本书系国家社科基金项目
《中国当代城市题材文学研究（1949—1976）》
（编号07BZW047）的最终成果

博雅文学论丛

城市现代性的
另一种表述

中国当代城市文学研究（1949—1976）

张鸿声 等著

北京大学出版社
PEKING UNIVERSITY PRESS

图书在版编目(CIP)数据

城市现代性的另一种表述:中国当代城市文学研究:1949～1976/张鸿声等著.—北京:北京大学出版社,2014.10

ISBN 978-7-301-24878-2

Ⅰ.①城… Ⅱ.①张… Ⅲ.①都市文学—文学研究—中国—当代 Ⅳ.①I206.7

中国版本图书馆 CIP 数据核字(2014)第 224989 号

书　　　名:**城市现代性的另一种表述——中国当代城市文学研究(1949—1976)**

著作责任者:张鸿声　等著

责 任 编 辑:张雅秋　延城城

标 准 书 号:ISBN 978-7-301-24878-2/I·2809

出 版 发 行:北京大学出版社

地　　　址:北京市海淀区成府路 205 号　　100871

网　　　址:http://www.pup.cn　新浪官方微博:@北京大学出版社

电 子 信 箱:pkuwsz@126.com

电　　　话:邮购部 62752015　发行部 62750672　出版部 62754962
　　　　　　编辑部 62767315

印　　刷　者:北京大学印刷厂

经 销 者:新华书店

　　　　　　965 毫米×1300 毫米　16 开本　24.75 印张　366 千字
　　　　　　2014 年 10 月第 1 版　2014 年 10 月第 1 次印刷

定　　　价:58.00 元

目　录

绪论:关于本书:如何使研究成为可能
——"十七年"与"文革"城市题材文学研究

对于中国现当代城市文学的研究,大致经历了三个阶段。最初是对于 1930 年代海派文学的研究,此后又推广至对整个现代阶段与 1980、1990 年代的城市文学研究,并经历了从作品论、流派论、作家论到文学形态论等各个研究阶段。随着对城市文学特别是海派文学研究成果的丰富,尤其是李欧梵、王德威等域外研究力量的推动,由海派文学研究中抽取的"日常性""晚清现代性"等概念,不仅为现代文学史研究中的个体性、私人性、消费性提供了合法依据,而且已经成为新的文学史整体阐述的重要原则,甚至可以说是最重要的原则。

更重要的是,意识形态减弱、市民社会兴起等所带来的社会转型,使得海派等城市文学的研究得到了各种社会思潮的支持,更进而以极强的社会参与性出现。它几乎与史学研究中的所谓"新史学",特别是法国年鉴学派方法、理念中对民间社会形态的"公共领域"、行会、商会、社团研究的注重相吻合,构成了某种近代中国整体史观的一种。因此,关于海派等城市文学与媒体舆论、大众传播、经济制度、学校教育、出版机构、流行生活等等公共社会领域的关联,又成为了新的热点。同时,左翼文学史叙述与启蒙文学史叙述的相继退位,使来自城市文学(特别是上海城市文学)研究中的日常性叙述几乎一枝独秀。而我们当下热衷的对"市民""市民社会""公共领域"的探讨,以及 1990 年代后期被神话了的"市场意识形态",更是为其提供了社会的政治与经济依据。1990 年代之后,整个世界因政治格局中左翼力量削弱这一"历史的终结"(福山语),造成左翼话语在整个文学史叙述中被放逐,而正在建立中的市场经济体制与大众文化的兴起,也使启蒙话语在文学史叙述中逐渐趋于弱化。在文学史叙述的等级因素中,源自城市文学的现代性,特别是日常现代性的文学史叙述几乎已经成为主导,最终部分甚至完全改变了文学史叙述的范式。

但这种研究隐含着巨大不足,其中最明显的问题是"断代",即对1949—1976年间城市题材文学研究的严重缺失。这体现在:第一,在研究对象上,多数研究将城市文学看做一种独立的文学形态,而这一时期的城市题材大多并不表现城市社会与文化形态,甚至还有意避免对城市形态的表现,自然也就谈不上属于独立的城市文学形态了。由于不是独立的文学形态,在中国当代文学的研究中,或者被略去,或者被肢解在"厂矿文学""文革"文学等其他分类中。一般情形下,这些文学作品都被当作了"工业文学"。目前所见的几种当代城市文学研究专著中,大多将这一阶段的城市题材文学略去。第二,在方法上,目前对城市文学阐释的最大策略是论述上海等城市的现代性,但又大多被理解为日常性、消费性、公共领域、市民文化一类。对这一时期的中国当代城市,许多人甚至认为根本没有现代性。所以,对这一时期的城市题材文学,自然也就无法使用这一研究策略。由于没有相应的研究方法,即使纳入研究之列,也无法研究。第三,由于上述原因,在阐释上,20世纪中国整体的城市文学分裂为1949年以前与1980年代以后,两者之间的30年被完全排除。因此,另两个阶段城市文学的阐释也难以承续,以致无法将整个20世纪城市文学纳入研究范围。

那么,我们还能够进行这一时期的城市题材文学研究吗?如果回答是肯定性的话,那么,我们要进行什么样的研究?

事实上,迄今为止,城市文学研究大体采用的是"反映论"式的研究模式,即认为城市文学以某种方式再现了城市社会与城市文化形态,而且,城市文学的创作必须来自于作家的城市经验。这种研究方法大都以社会学、历史学理论为基础,认为城市文学作品是对城市生活的客观再现,因而,这种模式特别适用于在表现方法上属于传统写实主义的文学作品。但问题在于:首先,在现代的城市文学作品中(尤其是上海文学),即使是对同一时期城市社会的表现,也会因作家流派的不同而表现出巨大的差异性。比如左翼城市文学与海派的创作。其次,中国现代最典型的城市文学恰恰并非经典意义上的写实作品,而是以现代主义创作居多。比如新感觉派,其对城市外在形态的展现,似乎并不比作家对内心感受的描摹更多。通常意义上，他们以自我强烈的主观性透入都市生活，其感觉成分明显多于经验成分。这种注重心理感觉的表述，使我们很难全然以反映论式的研究去面对它。

传统的城市文学研究，大都认为城市文学应具有两大要素：首先，从创作题材方面来说，它必须是描写城市中的人文生态与心态，诸如生活流向、价值理念与社会心理；其次，城市文学的创作者，必须以城市意识——只有城市人才具有的价值观念、思维方式与审美准则——去描述城市生活。但说到底，上述研究大多还是以题材为最终限定，而并没有将城市意识作为城市文学研究的重要标尺。这固然带来了对城市文学在社会学、历史学意义上的深入，但在一定程度上却忽略了城市生活作为人类基本生存方式对人类精神的影响能力。这种影响能力往往是超出了城市地域、心理、情感与认知的，它给予人们以不同的精神塑造，进而影响甚至改变着人们对城市的认识与叙述。同时，城市意识还表现在非城市文学类的其他各种文学形态中，如乡土文学、知识分子文学等等。比如，在沈从文的小说创作中，城市题材虽然能够占到一半的分量，但从来不被当作城市文学去研究。当然，沈从文的作品从总体形态来说，仍旧属于乡土文学。虽然我们不将沈从文的作品作为城市文学形态看待，但这不妨碍沈从文在这些作品中去表述"城市"。种种情况表明，在传统研究范式当中，"城市意识"并没有得到应有的强调和关注。我们要克服对于传统意义上的"城市文学"必须是城市与文学相互关联的理解。从城市给予人类的精神影响这一角度来说，"文学中的城市"这一概念，可能要比"城市的文学"更能够揭示城市对文学的作用与两者的关联。

Richard Lehan 出版于 1998 年的 *The City in the Literature* 一书（加利福尼亚大学出版社，已有中译本）中明确提出"文学中的城市"这一概念，而这一概念在其书中主要被认为是对城市的不同表现模式。它着重考察了欧美城市不同发展阶段文学的表现方式，除了现实主义与自然主义之外，"对高度发展和机构复杂的城市的逃避和拒斥，构成了现代主义（印象主义、唯美主义、象征主义）的源泉。现代主义转而表现城市压力的主观印象和内心现实"。该书将商业城市、工业城市与后工业城市分别与现实主义(自然主义)、现代主义与后现代主义相对应,事实上是在找寻文学中对于城市的不同表述问题。关于对城市的表述,德国评论家克劳斯·谢尔普(Klaus Scherpe)将其分为四类模式①。美籍华裔学者张英进对其概括如下:

> "第一类模式来源于德国 18、19 世纪小说中描写的那种'乡村乌托邦'和'城市梦魇'的直接对立。在这一模式中,一种早期的、据信是平静和安宁的主观主体受到新兴的工业文明的威胁。"第二类模式见于"19 世纪批判社会的自然主义小说,其中乡村与城市的对立退位于阶级斗争。……城市的生活和经验被缩小为个人和群体的对立"。第三种模式见于现代的作品,其中"巴黎流荡子的沉思姿态"表明"城市经验的潜在的想象力",其"审美主体自然而然地观察审美客体,用凝视的目光捕捉和把握这客体"。第四类模式是"功能性的结构叙述",通过这种叙述,"城市因其商品和人的剧烈流动而被重新构造为'第二自然',这一新构造据其在时间和空间上的自给自足,相辅相成的方式而产生"。换言之,在第四类模式中,城市成为自己的代理人,在文本中自由地展开自我叙述。②

克劳斯·谢尔普对城市叙述的描述与 Richard Lehan 有相似之处。他们不仅都相当重视城市的表述问题,而且都勾勒出了城市表述的历史发展,并都认为在城市表述中流贯着从现实主义到现代主义的线索。所不同者在于,克劳斯·谢尔普把"乡村乌托邦与城市梦魇的直接对立"这一浪漫主义倾向也归之于城市表述,无疑扩大了"文学中的城市"的含义。

注重城市表述研究的学者们认为,城市不单是一个拥有街道、建筑

---

① 原文见〔德〕克劳斯·谢尔普:《作为叙述者的城市:阿尔弗雷德·多布林的〈亚历山大广场〉》,载〔美〕安德雷斯·于森、戴维·巴斯里克编《现代性和文本:德国现代主义的修正》,哥伦比亚大学出版社 1989 年版,第 162—179 页。未有中译本。

② 〔美〕张英进:《都市的线条:三十年代中国现代派笔下的上海》,载《中国现代文学研究丛刊》1997 年第 3 期。

等物理意义的空间和社会性呈现,也是一种文学或文化上的结构体。它存在于文本本身的创作、阅读过程与解析之中。如果说传统的城市文学研究较多地存在于前者中的话,那么"文学中的城市"则思索城市文学的文本性与文本的文学性,以及怎样把城市的物理层面、社会层面与文学文本有效地结合起来。像新历史主义批评所说的,既需探索"文学文本周围的社会存在",也要探求文学文本中的社会存在①。

中西方学界关于"文学中的城市"概念的提出②使我们看到,1949—1976 年这一时期的城市题材,虽不是严格意义上的城市文学,但仍属于整体的 20 世纪"中国文学中的城市"的体现,它必然存在着对城市的某种想象与表述。那么,这个年代的城市题材文学对于城市的表述是一种什么样的情形呢?

1949 年,中国共产党的军队占领了上海和北京等重要城市。这一情形,一方面使上海等城市原有的历史逻辑复杂起来,另一方面又使另一种城市历史逻辑开始清晰。从城市史的一个角度来说,一个由马克思主义思想武装起来,并依照马克思主义政治思想创立的现代工人阶级政党,其本身就是现代城市的产物。在中国,它特别表现为口岸城市的一种现代性结果。中共领导的革命运动,虽则其过程表现出某种农民运动的特质,但作为一场现代性运动——谋求民族独立——的现代化力量,其根本目的在于推动中国社会由前现代形态向现代性过渡,因此,夺取城市是其必然的目标。这也是上海等口岸城市逻辑当中的应有之义,而且,这种逻辑早在 1930 年代就已经表现得非常清晰。

虽然中共对上海的军事占领,并不意味着对口岸城市所有历史逻辑与城市特性的继承,因为它延续的其实只是城市的左翼政治特性,但是,对于口岸城市来说,其资本主义特征并不完全与新中国建立之初的国家使命相违背,而且其间可能还有某种逻辑上的衔接关系。事实上,"民族国家的建构有两种基本类型:资本主义式的和社会主义式的……社会主

---

① 张京媛主编:《新历史主义与文学批评》,北京大学出版社 1993 年版,第 5 页。

② 即上文提到的美国学者 Richard Lehan(1998 年),以及德国学者谢尔普的城市叙事(1989 年)和美籍华裔学者张英进"文学赋予城市意义"(1996 年)的研究方法,也包括中国学者陈平原对此方法的提倡(2005 年)。

义民主式的民族国家的理想,源流于法国启蒙运动,它同样是现代性的一种构想。中国的社会主义建设是现代性方案之一"①。

其实,不管是"新民主主义",还是"社会主义",都是一个现代性的概念。这两个概念,都将中国历史放进"世界历史"的范围中。毛泽东认为,"中国革命是世界革命的一部分",中国革命"是一个绝大的变化,就是自有世界历史和中国历史以来无可比拟的大变化"②。也就是说,毛泽东将"革命"看作是中国进入世界历史的肇端。毛泽东的历史观是对梁启超进化史观的继承。梁启超用启蒙、进化的观点看待中国历史,将东方历史看作是与西方主流历史一样的轨迹。杜赞奇看到了自 20 世纪初以来中国对于启蒙的线性历史观的接受,认为梁启超是将欧洲史的"古代""中世纪""现代"概念移植到了中国历史中③。而这种情形正符合黑格尔对东方还没有进入"世界历史"的经典论断。在毛泽东的思想中,"中国革命的历史进程,必须分为两步走,其第一步是民主主义的革命,其第二步是社会主义的革命,这是性质不同的两个革命过程。而所谓民主主义,现在已不是旧范畴的民主主义,已不是旧民主主义,而是新范畴的民主主义,而是新民主主义"④。现代性的中国历史,在毛泽东看来,发端于鸦片战争,"而辛亥革命,则是在比较更完全的意义上开始了这个革命",但这属于"旧的世界资产阶级民主主义革命的一部分"。十月革命"改变了整个世界历史的方向",成为"世界无产阶级社会主义革命的一部分"。⑤ 中国的新民主主义革命是社会主义革命的初始阶段,由无产阶级及其同盟军完成。现代民族国家与社会的建立这一目标,恰恰是旧的资产阶级民主革命没有完成的任务。其原因是,中国资产阶级这一由封建地主乡绅转化而来的社会群体,在这一场运动中始终以暧昧的面目保持着与封建主义的联系,因

---

① 刘小枫:《现代性社会理论绪论》,上海三联书店 1998 年版,第 388 页。

② 毛泽东:《新民主主义论》,《毛泽东选集》第二卷,人民出版社 1991 年版,第 668—669 页。

③ 〔美〕杜赞奇:《从民族国家拯救历史:民族主义话语与中国现代史研究》,王宪明译,社会科学文献出版社 2003 年版,第 21 页。

④ 毛泽东:《新民主主义论》,《毛泽东选集》第二卷,人民出版社 1991 年版,第 665 页。

⑤ 同上书,第 666—668 页。

此,这一使命注定要由无产阶级来完成。卢卡契在《历史与阶级意识》中曾指出,无产阶级比之资产阶级更具有"现代性",原因是资产阶级由于获取了较多的社会利益,不能够把经济变革转换扩大至改造社会关系的激进的社会革命和文化革命。事实上,毛泽东认为,中国新民主主义革命体现出双重的历史使命,即在完成资产阶级没有完成的反封建主义斗争之后,进行社会主义革命。在《论人民民主专政》中,他把中国革命的任务设定为"分两步走"。一方面是建立现代国家,"我们现在的任务是要强化人民的警察和人民的法庭,借以巩固国防和保卫人民利益",而且"严重的经济建设摆在我们面前";另一方面是这以后所要进行的社会主义任务。毛泽东本人也承认,社会主义革命是对孙中山的旧民主主义革命的"继承"与"发展",所谓"继承",当然是指要完成民族国家的建立与工业化;而"发展",则是有关社会主义的部分。在毛泽东看来,他所要完成的是关于中国现代化的一揽子计划。从毛泽东最初的理论看,这个方案是要分两步走的,但从 1950 年代以后的实际情形看,"两步走"中的第一步被大大缩短了,甚至被当成了某一阶段的"两步"。所以学者汪晖曾说:"毛泽东的社会主义一方面是一种现代化意识形态,另一方面是对欧洲与美国的资本主义现代化的批判;但是这个批判不是对现代化本身的批判,恰恰相反,它是基于革命的意识形态和民族主义的立场而产生的对于现代化的资本主义形式或阶段的批判。因此,从价值观和历史观的层面说,毛泽东的社会主义思想是一种反资本主义现代性的现代性理论。"① 因此,毛泽东的"新民主主义论",作为一种现代性概念,不仅是理论形态,也是实践形态。他努力将中国导入世界历史的现代性进化范围里,其社会主义的国家设计也就是一种现代性的方案。

对于"文化大革命",包括德里克、汪晖、刘小枫等中外学者在内,都认为是一场现代性运动。刘小枫认为:

> "文化大革命"本身以及它赖以发生的政治——社会结构,均表明中国共产党已是具有相当现代化程度并已形成自己独特样式

---

① 汪晖:《当代中国的思想状态与现代性问题》,载《天涯》1997 年第 3 期。

的现代型民族国家:在广大阶层参与社会的中心领域和政治秩序方面,在新的精英形成及其政治作用方面,在大众政治诉求的表达形式方面,在工业化成就和积累方面,在现代科层系统的建构方面,在社会分化的现代样态(即中断传统的等级秩序,以普遍主义和成就新的身份资格)方面,在福利政策的设置方面,均已经达到了一定程度的现代化水平。"文化大革命"的发生,只有在一个与这场革命的性质一致的政治——社会——理念结构中才是可能的。在这一意义上讲,"文革"是一场现代化的社会运动。

由于当代中国经过了"十七年"的社会主义进程,"中国现代化已然构成的社会实在的结构性冲突,就此而言,'文化大革命'是中国现代性问题的集中而且极端的表达"①。

社会主义的现代化进程和现代性方案,决定了中国当代城市的特性。事实上,在毛泽东对新中国的现代性设计里,已经勾画出新中国城市的意义:一是社会主义社会所包含的"公共化","也即集体化和公有化"。这当然首先是生产资料、所有制的公共性,但同时也"指全社会个人及其财产、思想、情感、话语都属于集体,服从于集体"②;二是现代化,即中国通过国家工业化和发展科学技术而使中国摆脱落后,并进入发达国家行列。并且,"公共化"和现代化又是完全相辅相成的关系,也即,"公共化"保证了现代化的社会主义方向,而现代化则是社会主义"公共性"所能达到的发达程度。西方的梅斯纳③、德里克④,中国的汪晖⑤、刘小枫等学者提出的"社会主义现代性"的论断,说明该时期中国城市特别是上海,仍然具有着某种特殊的现代性,因此,对于文学来说,也必然存在着某种城市叙述。这是一种特殊时期的城市文学,因此具有研究的必要。

---

① 刘小枫:《现代性社会理论绪论》,上海三联书店 1998 年版,第 387 页。

② 王一川:《中国现代的卡里斯玛典型》,云南人民出版社 1995 年版,第 160 页。

③ 〔美〕梅斯纳:《中华人民共和国史》,社会科学文献出版社 1992 年版。

④ 〔美〕德里克:《世界资本主义视野下的两个文化大革命》,载《二十一世纪》1996 年 10 月。

⑤ 汪晖:《当代中国的思想状况与现代性问题》,载《天涯》1997 年第 3 期。

　　以上所阐释的,即是本书的研究基础。本书将以"文学中的城市"这一概念介入研究,改变原有单一的"城市文学"的研究定式,因而也就可以把"十七年"和"文革"时期中国的城市题材文学纳入研究视野。

　　本书的第一个内容,将对 1949—1976 年间的城市题材文学进行背景研究。首先,本书将梳理现代以来文学中的中国城市的形象与城市性。由于晚清以来文学的民族国家使命,中国城市也被赋予了与此相应的形象。中国的首位城市——上海被当做民族国家现代性建构的典范:一是上海体现出的在殖民体系中的边缘、破产、畸形、堕落以及摆脱殖民统治获得解放的国家元叙事;二是上海体现出的国家现代化中心地位与大工业、物质繁荣乃至全球化图景。而北京,则被 20 世纪的中国文学赋予了"帝都""废都""家园"和"社会主义首都"等几种意义。其次,本书将梳理"十七年"与"文革"文学中中国城市形象留存的现代性因素。本书认为,虽然这一时期的城市题材文学被消除了全球化、日常性、私性、消费性等内容,但却突出了国家意义上的"公共性"、组织社会与大工业逻辑等现代特性。这与当时意识形态反对资本主义的现代性有关,也是近代以来民族国家建构的必然。最后,本书将分析这些因素的构成、组合方式,并比较与其他时段文学城市现代性中的消费性、公共领域、市民社会、全球化等因素此消彼长的关联,进而揭示该时期复杂状态中中国城市的现代特性。

　　本书的第二个内容将进行题材与主题研究。首先,本书认为,该时期文学在上海等城市的历史溯源上大致采用了断裂论与血统论理解,即消除中国城市的原有文化传统与口岸城市基础,为中国城市确立一个左翼国家革命起源,表现旧有城市逻辑的终结与城市的社会主义特性。对此,我们可将其称为"左翼"角度的城市史类,如《上海的早晨》《春风化雨》《霓虹灯下的哨兵》等。其次,该时期的城市题材文学急欲消除城市社会的个人私性、日常性与消费性,以突出国家的"公共性"意义。这又可分为日常形态表现类,如《美丽》等被批判的作品,以及消解日常形态类,如《年青的一代》《万紫千红总是春》等。再次,本书认为,国家政治保障下的工业生产特性在文学中得到空前强调,文学被要求表现工业生产对社会生活的全面控制与其带来的特定的社会组织、人的属性与人格状态。工业题材文学不仅被巨量生产,而且往往伴随着对重大国家生活的描写,并强行排除了其他生活形态。这其中有胡万春、唐克新、费礼文等工人作家的作品,也包括"文革"时期大量的工业、车间文学。最后,将研究这一时期文学中残存的其他城市性表现如何以潜在方式存在。这表现为:《如愿》等作品对"为人生"传统的继承,《正红旗下》等作品对市井生活描写传统的延续,等等。

本书的第三个内容,是对这一时期的城市题材文学进行文本的形式研究,包括审美原则、叙述文体、人物塑造、场景描写、空间时间呈现等。这体现在:其一,作品中生活形态描写的淡化(包括居住、家庭、社群、消费等形态与城市原有地缘文化),生活描写要服从于超验意义的表达;其二,文学中人格属性描写如何高度服从政治保障下的工业化逻辑(包括人际、生理、心理、身体),以突出人物的生产与群体特性;其三,某些题材的模式化与重复,如反复出现的新民主主义与社会主义时期的政治斗争、反腐、生产、下乡、技术革新与竞赛等题材,城市表述呈现出高度一元化,多样性消失;其四,城市题材文学的场景设置高度集中于与国家政治、工业化有关的公共性空间,如广场、厂矿、办公室、工人新村、客厅等,而私性空间如院落、弄堂、卧室,往往被取消;其五,文学的个人性、地域性极弱,整体上属于国家风格。

本书的价值,可能有以下几点:首先,从纯学术的角度来说,将1950—1970年代的文学列入研究范围,特别是对于这一时期城市现代性的研究,可以填补城市文学研究的一段空白,也可以引起人们对1950—1970年代城市文学题材研究的重视;其次,本书与其他时段的城市文学研究一起,有助于构成20世纪中国城市文学或"中国文学中的城市"的完整课题;其三,有助于对当代其他文学形态的研究与对当代文学史阐释的整体反思。本书将梳理该时期文学中完整的城市形象与城市叙述,确立该时期中国当代城市题材文学在20世纪整体"中国文学中的城市"叙述中的位置,尝试描述20世纪中国"文学中的城市"的总体面貌。

第一章 中国现当代文学中的城市形象与特性

中国现代城市文学中的城市形象问题极为复杂，我们不妨将其分为两类，并且从不同城市的形象谱系开始梳理。

第一节 国家意义中的"上海"

在建国以来的中国官方的上海史知识中，由于在中国革命史进程中的重要地位，"上海"首先获得了关于共产党诞生等左翼事件所体现的革命历史的意义，即左翼史意义。比如，在《辞海》《词源》及各种关于上海的地图、明信片、普通画册当中，都用最简约的文字叙述其"开埠"这一最为重要的事件，同时又都用了大量篇幅讲述关于建党、起义与反内战等左翼政治事件。甚至在介绍上海名胜时，也表现出左翼的政治视角，选取了中共"一大"旧址、周公馆以及与鲁迅相关的胜迹；其二，附带的，对"旧上海"的经济，我们的城市知识只是在殖民性角度作了"消费性"等简单判断。有些知识性文本对旧上海经济的介绍文字稍多，也有一些中性文字涉及上海经济的全球化问题，但两者都最终将其归于"半殖民地"的城市经济依附于西方的殖民性与边缘性。而在介绍"新上海"的经济状况时，各类文本却强调上海经济的国家成分以及中心地位，不断使用"齐全""重要""改善""中心""中枢"等词汇。由以上简单分析可以看见，我们的城市知识对于上海的主导性阐述线索为：旧上海的半殖民地性造成了经济上的畸形与在全球资本主义世界的边缘性以及政治上的不断革命，而革命的成功则使上海成为国家经济中心。这种从"边缘"到"中心"的阐释线索，完全发生于政治学的意义上，其考察背景是从外向的世界性转向国内的政治性，经济角度的上海资本主义史是完全被否定的。

与滞重呆板的词典词条的政治性不同，也与地图、明信片等通俗文本的解析不同,新时期以来,国内学界着眼于上海特别是旧上海在现代化进程中表现出的发达状况,考察线索重新转向了上海的世界主义背景,上海的资本主义史在经济角度被给予了充分肯定。在1980年代中国现代化、城市化进程重启以后,"上海"重新成为中国"现代化""世界化""全球化"的典型,并带来了"旧上海"怀旧热的兴起①。上海被认为是近代中国由闭关自锁到走向世界过程的缩影,也代表了第三世界融入全球化的典型图景:"通过这一切试图告诉读者:开放是历史的选择;开放,只能是主动地开放,别无他途。"②

可以看出,我们对上海的另一认知线索的阐释,建立于上海城市的现代化的强大逻辑基础之上。这种城市知识不仅肯定上海在近代融入全球化(主要是西方)的过程,而且将其视为上海城市的最基本逻辑。

由于上海是中国的首位城市,人们对他的理解总是不可避免地带上了国家思维,某些时候,上海本地的事情甚至是关乎国体的重大事件③。因为,对它的理解,事关独立、殖民、传统、现代等国家问题。所以,上海最大程度地把国家近代历史与国家近代特性凸显出来。于是,国家逻辑不可避免地被移位于上海。这使人们对上海的认识较之其他任何地方都要复杂得多,同时相应地,也要比其他任何城市都清晰。由此,我们可以归纳出近代以来关于上海城市形象的两大谱系:一是从现代性中的民族国家意识出发,去认知旧上海作为世界主义殖民体系中的边缘性,和它的消费性、工业畸形、道德沦丧等派生特点,以及它最终脱离殖民体系获得解放,并成功摆脱西方帝国主义、资产阶级经济、文化遗存的国家元叙事;二是上海作为中国近代化、现代化进程中的中心地位所包含的现代性普遍价值,其与西方的同步,引领着中国现代化的进程,表现为物质与文明的扩张与物质乌托邦、大工业的组织化的,以及超越传统的力量。两种情形,都有将"上海"作为国家意义体现的倾向。

---

① 举一个例证:2003年11月,时值上海开埠160周年,全城几乎处于"市庆"中的狂欢中,各大媒体都相继出了专刊,甚至还有160版的特刊,远远超过对于解放的庆祝。而与开埠相伴随的"左翼"史角度的"沦陷""不平等条约"等含义,早已不知所终。

② 于醒民、唐继无:《从闭锁到开放》,学林出版社1991年版,封底。

③ 比如上海外滩曾申请"世界文化遗产",却导致了一场关于"民族性"的风波。

由上海城市的两大形象谱系,衍生出了对上海城市文化身份的认知。上海被指认为中国现代性最充分、最完整的一座城市。在表述中,"上海"城市概念中的现代性指向大致集中于两个方面:一是民族国家的主权丧失与恢复,这一过程伴随着融入世界以及摆脱殖民而获得独立的现代国家形成的意义,并由此开始了独立国家意义上的现代化;二是中国现代化进程的中心,发达的经济物质形态以及工业社会所呈现出的组织化特征。两者都共同建立于近代中国世界主义全球性的背景之下。无论是上海曾有的殖民史与解放史,还是其发达状况,都无法脱离全球性的视野,或者说都是在世界工业一体化中所得到的结论。因此,在人们认识上海现代性意义之时,往往将上海视为现代中国的中心,将对上海形态与历史的理解,上升为超越其自身与超越特定区域(包括国家区域、地域区域与文化区域)的文本性事物,使其具有了乌托邦的国家意义或世界意义,城市逻辑也被等同于国家的逻辑与世界现代化史的逻辑了。

就国家意义来说,一个现代民族国家的几种重要特征,上海似乎多少已经具有一些。比如主权问题。上海不是国家,谈不上国家主权,但上海在殖民时期国家主权的丧失被视为国家的缩影;而上海的解放,也常常标志着帝国主义势力退出中国,中国主权完全恢复。其实,上海国家意义中的"民族独立、解放"叙述并不是自解放后开始,早在1930年代,随着国民党在大陆取得胜利,上海在整个国家政治格局中独立解放的国家意义就开始显现。

对此,我们不妨加以论析。自上海开埠后,特别是自第二次鸦片战争以及"庚子之乱"中的"东南互保"之后,上海一直享有高度自治,其殖民性昭然。开埠后的上海有三个政权,即公共租界的工部局、法租界的公董局和中国政府,而中国政府只管辖少数不发达地区,如老城、南市、闸北。至1927年国民政府成立,上海仍未撤县建市①。1927年国民政府决定将上海划为"中华民国特别行政区域",定名"上海特别

---

① 辛亥革命之后,曾由李平书等人组成了市政府。1920年代,上海三次武装起义也产生了一个"上海特别市临时政府"。但两者都是临时性组织,基本上只有维持治安的功能。

市"，"不入省、县行政范围"。蒋介石政府"在上海推行了儒家文化理想和民族现代化规划相融合的城市政策"①。市政府成立时，蒋介石亲临仪式，并从民族国家的意义上评述新上海，"上海特别市乃东亚第一特别市，无论中国军事、经济、交通等问题无不以上海特别市为根据"，"上海之进步退步，关系全国盛衰，本党胜败"。② 1927 年 11 月，国民政府统辖的上海市政府开始规划新上海的建设，命名为"大上海建设计划"。第三任市长张群执政时，确定了《建设上海市市中心区域计划书》。与南京的"首都计划"相伴随，"大上海建设计划"拉开序幕。"大上海建设计划"包括码头、分区、道路、排水、铁路以及各类现代公共建筑的建设，但主导建设的思想基础却是民族主义。"上海特别市"的市政府大厦摒弃了广为流行的欧式建筑风格，而改以民族特色的红色立柱、斗拱、彩色琉璃瓦顶的古典宫殿建筑。整个"大上海计划"建设明显以市政府为区域核心，而在其周围则分布着市体育场、市图书馆、市博物馆、市医院和市卫生检验所五大建筑，在风格上，"取现代建筑与中国建筑之混合式样"③，以同样风格的楼宇组成庄严的建筑群。以此为中心，建设了世界路、大同路、三民路、五权路。四条大道将新的市中心区分为四个小区，路名首字为"中华民国""上海市政"。很显然，这与租界地区以港口、交通为核心并呈"同心圆""多中心"④的城市地理格局完全不同。后者完全循由经济与商业逻辑，而前者则具有

---

① 〔法〕白吉尔：《上海史：走向现代之路》，王菊、赵念国译，上海社会科学院出版社 2005 年版，第 180 页。

② 《国民政府代表蒋总司令训词》，载《申报》1927 年 7 月 8 日。

③ 《上海市年鉴》1936 年（上），中华书局 1936 年版，第 4 页。

④ 美国芝加哥学派的伯吉斯，在对美国大城市特别是芝加哥进行了研究后，提出了城市结构的"同心圆"说。他认为，从城市中心向外辐射，第一区为中心商业区，多为商业金融建筑，高楼林立；第二区为过渡区，多为贫民窟与舞厅、妓院等娱乐业；第三区为工人住宅；第四区为中产阶级住宅区，多是独立宅院与高等公寓；第五区则是上流社会郊外住宅。霍伊特则认为城市具有多个中心。比如工厂、企业要靠近水源，低收入人家庭居住在工厂附近、市区边沿与老城区。哈里斯认为，城市某些活动要求一定的条件，如商业区要四通八达；工厂区要靠近水源；某些区域要衔接，如工厂与工人住宅；某些活动是冲突的，不宜互相邻近，如高级住宅与工厂等。因此，不同的功能单元分别向不同的中心集合，成为各个中心点。上海依英、法殖民者随意扩张而成，缺少规划。它不完全符合某一种城市地理结构，而大略呈混合型，但"多中心"与"同心圆"式的结构依然可以看得出来。

鲜明的国家政治色彩。有学者认为："这些设想与当时的民族主义思潮与关税自主及废除不平等条约以收国权的运动是密切相连的。"①时任上海市市长的吴铁城在市中心区域初步建成之后说："今日市府新屋之落成，小言之固为市中心区建设之起点，大上海计划实施之初步，然自其大者、远者而言，实亦我中华民族固有创造文化能力之复兴以及独立自精神之表现也。"②这种情形，我们在 1930 年代的南京与 1950 年代以后北京城市的规划、建设中也可以看到。事实上，当一座城市被赋予国家象征意义的时候，这种情形总是会发生。不过，新北京的建设由于伴随着对老北京城的拆除而遭到反对，新南京、新上海却由于是在平地拔起而获得一致好评③。

　　将上海的市政建设视为国家独立的"新中国"民族解放的象征，并非政府的一厢情愿。它与 1930 年代人们对上海殖民地形态的认识一起，构成了国人对于"上海"概念的民族想象。如果说茅盾《子夜》构成了对"半封建半殖民地"上海的认知的话，那么"大上海建设计划"则是对"上海"概念所代表的未来国家的想象。无独有偶，在当时的《新中华》杂志发起的"上海的未来"征文中，有人就设想：所有的租界都被中国民众收回，公共租界改名为特一区，法租界改名为特二区④；所有的洋行、银行、报馆都成为中国的办事机关与学校。更有意思的是，有人还预料，中国在取得反对帝国主义斗争的胜利后，会将原跑马厅建成图书馆，可容纳二万人，跑马场将被辟为"人民公园"。⑤ 1943 年，汪伪政

　　① 忻平：《从上海发现历史——现代化进程中的上海人及其社会生活》，上海人民出版社 1996 年版，第 373 页。
　　② 吴铁城：《上海市中心区建设之起点与意义》，载《申报》1933 年 10 月 10 日。
　　③ 关于解放后北京城的拆除与梁思成悲壮的努力已成学术界文化界的热点问题。
　　④ 有趣的是，太平洋战争爆发后的 1943 年 1 月与 6 月，由日本人支持，汪伪政权"收回"租界，并将公共租界易名为特一区，法租界为特八区。
　　⑤ 参见熊月之：《近代上海城市特性的讨论》，http//www.uls.org.cn。这一设想在 1949 年后都成为现实，跑马厅办公处成为了上海图书馆，跑马场成为了"人民广场"。1990 年代后，上海市政府在此建造政府新厦，成为政治中心。美国社会学家詹森通过比较美、苏城市后指出，美国城市中心区的组合式高层建筑，表明了商业与市场的力量，而苏联城市的市中心多为广场，说明了其政治功能。见詹森：《苏美两国城市比较研究》，陈一筠主编《城市化与城市社会学》，光明日报出版社 1986 年版。解放后上海中心广场的建立，也可看成城市功能由商业金融向政治转变的标志。

府"收回"上海公共租界,汪精卫亲临上海,当时的报刊也是在所谓"民族独立"的立场上对此加以评论的,如"深赖友邦日本协力,结束帝国主义租界制度的丰功伟绩"①等等赞词。

如果说 1930、1940 年代"上海"城市概念中的新国家意义主要体现在其民族性上的话,那么,1949 年以后,"上海"城市概念的国家意义还体现了关于社会制度的意识形态色彩,即上海不仅是"新中国"的"上海",还是"社会主义新中国"的"上海":即左翼政治与阶级意义上的"上海"。在话剧与电影《战上海》中,都象征性地出现了美国军舰从黄浦江退至公海的细节,其寓意非常明显。这里,"上海"城市概念再一次被人们作了"历史终结"式的"断裂论"理解,即"旧上海"是半殖民地时代的"冒险家的乐园",而"新上海"则是劳动人民当家做主的新中国象征,上海城市历史的纵向逻辑再一次被终结。很大程度上,作为一座城市,"上海"成了新旧中国的分水岭。正像剧本《战上海》结尾之处解放军军长与政委的一段对白:"上海的解放,标志着帝国主义势力在中国彻底灭亡,标志着中国人民永远获得解放。"这里面,既有民族解放意义,也有阶级解放意义。

在 20 世纪的中国,"上海"城市概念中还有另外一种城市形象。自晚清与民初以后,"上海"即与各种所谓黑幕、揭秘、大观、游骖录、繁华梦、谴责文学相关,集各种丑恶如烟、赌、娼、淫戏、淫书、无耻、下流、邪恶、坑、蒙、拐、骗、买官卖官、流氓、拆白党、白相人于一身,而所谓崇洋、奢靡、浅薄之风,也几乎遍地都是。需要说明的是,在近代以来的各种文字中,对于上海城市道德厌恶的想象,其根基在于对上海作为"飞地"的看法,并与上海"现代化"的物质文明的繁荣相关。也就是说,"上海"这个城市概念被做了"非中国"与"现代化"的夸张处理,表现出作者们对中国文化价值被摧毁与被西方物质文明所取代的一种恐惧。在多数表述中,上海被作为与内地中国相对立的异己力量。因此,这种意义上的道德厌恶,仍带有关于上海想象的意味:内地不可能发生

---

① 　焦菊隐:《孤岛见闻——抗战时期的上海》,上海人民出版社 1979 年版,第 247 页。

的事情,在上海都可以发生。① 病僧在《上海病(一)》中曾说道:"不见夫未饮黄浦水者,规行矩步如故也,一履其地,每多抑华扬洋,风尚所趋,不转瞬间,而受其同化,生存之道未效,而亡国亡种之想象维肖。"②看来,这位论者对于上海人堕落原因的分析,主要在于上海人价值评判系统中"抑华扬洋"的倾向。类似的论调,基本上都不把上海之恶看作中国固有之物,而是强调了"上海"之特异于整个中国的"飞地"状态,带有一种传统文化价值体系在上海全面崩坏的想象。所以,在论及谴责小说时,王德威认定其暴露了"价值系统的危机","在这丑怪叙事的核心,是一种价值论(axiological)的放纵狂欢(carnival)。它对价值观(value)进行激烈瓦解,并以'闹剧'作为文学表达形式"。③因此,在晚清民初表现腐败的小说中,存在着与表述上海"维新"同样的视角,即外乡人到上海如何学坏:男人成为流氓、拆白党、恶棍,女人则沦为妓女。晚清民初小说中,已经开始在世界主义的背景下展开了对于上海现代性的想象。谴责小说中关于上海腐败、堕落的种种指摘,已初步将上海城市概念与乡土中国作了时间与空间意义上的分离。上海的物质繁荣产生了邪恶,这构成了近代以来关于上海"现代文明窗口""殖民形态"之外的又一种想象。

第二节　现代作家的"上海"

对于中国新文化、新文学以及新文化人来说,上海具有至关重要的"现代性意义",有研究者甚至将其称为"圣地"。首先,上海现代经济的发展,为中国接受西方文明提供了良好的土壤,使得"五四"倡导的新文化得以在此植根。它以其具体的形态,给了中国文化人一个感知

---

① 对于上海的"非中国化"的恐惧,在英语世界里亦有。在英文俚语里,Shanghai 若作动词,意思就是用酒或者麻醉剂使某人失去知觉,将其劫持至盗来的船上作水手,引申为拐骗、胁迫之意。

② 病僧:《上海病(一)》,载《民主报》1911 年 6 月 13 日。

③ 〔美〕王德威:《被压抑的现代性——晚清小说新论》,北京大学出版 2005 年版,第216 页。

现代文明的窗口。1930年代,林庚曾说:"这个现代的都市与我以初次的惊奇,车过静安寺路时那百乐门舞场的灯火,是北方所从来看不见的。路的好、街的整洁,在一恍惚里,我只看到一个纯粹现代化的社会……"①在当时,许多未曾留洋或长期寓居内地的文化人,是最先从上海得到对现代文明的初步印象的。大批莘莘学子,从四面八方萃集上海,而上海作为发达的都市社会,也满足了新文化人的职业需求与成就愿望。其次,在当时黑暗的年代里,上海以其多元的政治色彩与工人力量的强大,成为进步文化力量的栖身之处。美国学者梅尔·戈德曼曾说:"中国青年作家之所以被上海所吸引,不仅是因为鲁迅在那里,也因为上海的外国租界中尚有若干自由,尚可发表一些不同政见。"②由于上海较其他地方更能保证作家人格的自由与完整,因此也易于形成进步文学的集团性力量。1930年代,百分之七八十的中国作家都寓居上海。在新文学的流派团体中,除京派与解放区文学团体外,绝大部分都立足上海,如左联、海派、现代评论派,以及普罗小说派、现代诗派、创造社、太阳社,乃至乡土小说派、东北流亡作家群等等。在文坛上,不占领上海,便是失掉了全国。新文学作家与上海的密切关系,是中国城市文学产生的基础。作家城市意识的获得、城市文学作品的内容表现,甚至文体技法,相当程度上都依赖于上海给他们的生活实感。因此,上海不仅是城市文学的开创之地,而且始终占据十之七、八的地位。在1930年代,表现上海的城市小说,其产生与发展本身,就是上海现代性、多元性文化的产物。众多城市意识、表现内容与技巧文体不尽相同的文学流派,竟能同时并存于一地,这在其他城市中是不可想象的。

然而,比之对上海城市现代性的理性认知,现代文人对于上海的道德与情感态度要显得复杂得多。尽管在进化主义理论的历史价值系统中,上海完全符合新文化人的理性判断,然而几千年来积淀于文人文化心理中的传统价值尺度与情感需求,并未被这份理性完全替代。在许

---

① 林庚:《四大城市》,载《论语》1934年第49期。

② 〔法〕梅尔·戈德曼:《〈五四时期——中国现代文学〉前言》,《国外中国文学研究论丛》,中国文联出版公司1985年版,第93页。

许多多作家,包括那些外表看来非常洋化的作家心中,上海的城市概念仍是中国人难以认同的。它的高度运转,它的聒噪繁乱,它的贫富悬殊,它的道德沦丧,乃至上海人住处的逼仄,视野的迫促,都难以吻合文人的传统价值体系,以致时时被人称为"红尘十丈""水深火热"。在新文化初期,周作人、陈独秀、林语堂、沈从文等都以殖民地形态去看待上海的腐烂,试图将上海概念与传统中国和内陆中国在时间层面和空间层面都划清界限。陈独秀就曾写下《上海社会》《再论上海社会》《三论上海社会》《四论上海社会》等文章,在他眼中,上海一无是处。"两脚踏中西文化"的林语堂直斥上海是"铜臭""行尸走肉"的"大城",是"中西陋俗的总汇",是"浮华、平庸、浇漓、浅薄",是"豪奢""贫乏",是"淫靡""颓丧"。① 王统照认为上海"各种人民的竞猎,凌乱,繁杂,忙碌,狡诈,是表现帝国主义殖民地的威风派头"②。梁遇春则直斥"上海是一条狗"③。傅斯年将上海看成毫无创造力的地方,"绝大的臭气,便是好摹仿"④。周作人虽然辩证一些,认为"上海气是一种风气,或是中国古已有之的,未必一定是有了上海滩以后方才发生的也未可知。因为这上海气的基调即是中国固有的恶化",但"恶化"之因在哪里呢? 他又认为"上海滩本来是一片洋人的殖民地,那里的(姑且说)文化是买办流氓与妓女的文化,压根儿没有一点理性与风致",因此,这种"恶化","总以在上海为最浓重,与上海的空气也最调和"。⑤

新文化人一方面无法离开上海,但同时都不把上海视为自己的归属之地。在许多表述中,作家们都以"逃离上海"作为潜在的心理趋向(尽管并不曾实现)。即使是在某些情感上亲近上海的作家的文字中,我们也能读到另一番滋味。比如张爱玲曾说:"我喜欢听市声。比我较有诗意的人在枕上听松涛,听海啸,我是非得听见电车响才睡得着觉

---

① 林语堂:《上海之夜》,《我的话》,上海时代书局1948年版,第26—27页。
② 王统照:《青岛素描》,《王统照散文选集》,百花文艺出版社1982年版,第71页。
③ 梁遇春:《猫狗》,载《骆驼草》1930年9月1日第17期。
④ 傅斯年:《致新潮社》,载《新潮》1920年1月19日第2卷第4号。
⑤ 周作人:《上海气》,载《语丝》1927年1月第112期。

的。"然而有趣的是，张爱玲由高层公寓生活中发现的，却是解脱都市烦嚣的所在："公寓是最合理想的逃世的地方。"①柯灵在面对"人海滔天、红尘蔽日"的上海的同时，却在夜间寻觅些许"片刻的安宁"，于冷清的末班电车与街头小铺中领略人际的温馨与"辽远的古代"的意蕴②。像殷夫这样明确地意识到上海产业工人集团力量之美的城市无产者代言人，也竟于初到上海时诅咒道："上海是白骨造成的都市／鬼狐魍魉到处爬行。"③文人们不断疾呼："回去、回去，上海不可久留。"④甚至像叶灵凤这样的都市之子，在游历了北平之后，竟一再表示："我真诅咒这上海几年所度的市井生活。"⑤由此可见，在作家们内心，这是另一个上海概念中的城市形象。它根深蒂固，长达百年。

第三节 "老北京"与"新北京"
——"帝都""家园""首都"与"全球化"都市

中国现代文学中对于"北京"的叙述，有着三种"北京"⑥城市形象。一是由八百年明清皇城而来的"帝都"形象，以及自 1927 年以后随国民政府南迁之后的"废都"形象。这在老舍等人的文学文本中已有描述。老舍笔下的一些虚拟的古城，其实也是北京的另一比附，无非是借此不受情感干扰地写尽北京的非现代性状态。比如，"猫城"（《猫城记》）、"文城"（《火葬》）、"云城"（《牛天赐传》）等等。这是因为，这些虚拟的城市与北京有着同样的形态。比如"猫城"："整个大城——九门紧闭——像晴光下的古墓"，建筑物"四面是高墙"。由于这一形象已是学术界的共识，这里不再赘述。但是，我们可以考察一下北京由"帝都"而来的"废都"形象。我们看看周作人的感受，从居住在北京开

---

① 张爱玲：《公寓生活记趣》，《流言》，五洲书报社 1944 年版，第 36、30 页。
② 柯灵：《夜行》，见《乡风市声》，钱理群编，人民文学出版社 1992 年版，第 62—63 页。
③ 殷夫：《妹妹的蛋儿》，《殷夫集》，浙江文艺出版社 1984 年版，第 109 页。
④ 浑沌：《上海不可久留》，载《小说月报》第 14 卷第 7 号。
⑤ 叶灵凤：《北游漫笔》，《灵凤小品集》，现代书局 1933 年版，第 102 页。
⑥ 北京在 1927 年之后改称"北平"，至 1949 年又恢复"北京"旧名。为了论述的方便，除引文外，本书一律称为"北京"。

始的二十年间,周作人不过出去十数次而已,而且时间都不长,因为他对北京确有情分。周作人曾寻找自己喜欢北京的原因:"……大约第一是气候好吧。……第二,北平的人情也好,至少总可以说是大方……从别一方面来说,也可以说这正是北平的落伍,没有统制……"①按周作人所说,他喜欢北京,除了气候原因之外,还有的就是北京的所谓的"大气""没有统制"。在这个"大气"背后,隐含的仍然是北京的"废都"意味——只有被废,才会没有"统制"。这样的北京,虽然仍有旧帝都的"大气",但是如同陶然亭一样,总不免有些落寞。这一时期,知识分子对北京的感情中有许多的不平之气。这当然是出于对国家政治的不满,但作为对具体的城市形态的表现,就是北京没有"统制"的散漫无序,即北京作为"废都"给予人们的不良情感基础。毋庸置疑,其中自然也包含了对北京文化、北京居民的批判。比如章依萍就曾经说道:

> 北京,北京是一块荒凉的沙漠:没有山,没有水,没有花。灰尘满目的街道上,只看见贫苦破烂的洋车威武雄纠(赳)的汽车,以及光芒逼人的刺刀,鲜明整齐的军衣在人们恐惧的眼前照耀。骆驼走得懒了,粪夫肩上的桶也装得满了,运煤的人的脸上也熏得不辨眉目了。我在这污秽袭人的不同状态里,看出我们古国四千年来的文明,这便是胡适之梁任公以至于甘蜇仙诸公所整理的国故。②

所以,作家们有时虽然不断信誓旦旦地表述对北京的向往,但一旦久居,便会不堪忍受其落后与封闭。到 1930 年代,"文学中的北京"基本上已经是一种"边疆叙事"了。恰如当时京派和海派对于北京的表现,是相对于发达的上海而言的。叶灵凤曾将北京唤作"沉睡中的故

---

① 周作人:《北平的好坏》,《北京乎——现代作家笔下的北京》,姜德明编,生活·读书·新知三联书店 2005 年版,第 15 页。
② 章依萍:《春愁》,《如梦令:名人笔下的旧京》,姜德明编,北京出版社 1997 年版,第 65 页。

都"①。1930 年代,林庚曾说到北京给人的"边疆"感觉:

> 所说北平的城市,并非即指北平今日的人,今昔人之不同千百
> 年来已有很大的划分了。也正是因此地人工所该做的前人已做得
> 太好,这些今日的人,虽仍所受的陶冶与江南不同,且时时因前人
> 伟大的遗迹而得着雄厚深远的启示,但如今剩下的似只有那若近
> 消极的沉着的风度,却不见那追上前去的勇敢了!久住在江南的
> 人若初来北平,必仍有一种胸襟开阔的感觉,那是纯由于前人历史
> 上的痕迹是太足惊叹而动心了。而久住北平的人呢,却是受了百
> 年来旗人懒惰的习气;五四以来似有希望的一点朝气,又被压迫得
> 只可闭门读书;因此如今的北平似更深沉,却只是一种的风度了!
> 九一八以来,市面经济的不景气,使得北平故都的身份全然失去!
> 渐来的是边疆之感了!②

但是,在中国现代作家的文化观念中,存有一个基本的心理结构,即理
性与乡情的纠结。前者,是新文化人受新文化思潮与西方文化影响所
致,形成进化主义论的中与西、城与乡、落后与保守、东方与西方等两
元对立思维模式,并具体作用于对上海的理性认识中。后者,则是作
为一个不能脱离传统的文人内心情感的心理模式,往往体现在他们
对乡村与乡村型城市的情感维系之中。在这个心理结构中,上海只
是文化人理性的一极,而另一极,则系于乡村,或者乡村型的城
市——北京。

中国作家对现代城市的恐惧与疏离,使心理中"非都市化"倾向至
为浓重,而"五四"以来的民粹思潮又使之更为强化。由于北京城市的
乡村文化样态,使许多作家于情感上感到一种亲近,"在普遍的都市嫌
恶中,把北京悄悄挑除在外"③。老舍曾说:"假使让我'家住巴黎',我
一定会和没有家一样的感到寂苦。"④在众多作家心中,"家"的定义是

---

① 叶灵凤:《北游漫笔》,《灵凤小品集》,现代书局 1933 年版,第 96 页。
② 林庚:《四大城市》,载《论语》1934 年第 49 期。
③ 赵园:《北京,城与人》,上海人民出版社 1991 年版,第 7 页。
④ 老舍:《想北平》,载《宇宙风》1936 年第 19 期。

由北京提供的。1930 年代的文人曾一再谈到北京"住家为宜"。这个"住家"的概念，或许在心理学上的含义更多一些。它意味着传统文化为现代人们留下的一份审美意义，一种心理归属感。或许，这种心理满足，在北京尚属北洋政府驻地时并不明显，而当北京不再是首都，成为一座纯然的文化城的时候，就显得尤为浓烈了。在"五四"与 1920 年代，我们很少看到作家们写作眷念北京的文学。而 1930 年代，作家们对北京的向往与怀恋却达到了顶峰。1936 年，在上海的《宇宙风》杂志曾陆续推出"北平特辑"，共出 3 辑，其中大部分文章又以《北平一顾》为题结集出版。同时《立言画刊》《歌谣周刊》也设立了不少有关北京风情的专栏。有趣的是，这些文章的作者大都生活于上海，个中意味，颇耐人仔细品尝。1930 年代是上海等现代城市文化迅猛发展的时期，作家们愈是紧紧追随现代性的社会，以求与时代发展同步，便愈是感到寻求审美诉求与心理归属的迫切，愈是需要在内心留一份传统情感的位置。概而言之，眷恋北京，恰恰是出于对上海生活的一种补偿。老舍说："北平是个都城，而能有好多自己生产的花、菜、水果，这就使人更接近了自然。从它里面说，它没有像伦敦的那些成天冒烟的工厂；从外面说，它紧连着园林、菜圃与农村。""我不能爱上海与天津；因为我心中有个北平。"[1]不仅生于斯长于斯的文人们眷念北京，而且，南方等地的文人也将北京视为自己的归属，甚至目为第二故乡。郁达夫曾经写过《故都日记》，其中提到，他曾经去过的北京胜景有北京大学、天坛、景山、故宫博物院、北海、中央公园、琉璃厂、天桥、东安市场以及北京的各种饭店。[2] 事实上，这些地方基本体现了当时知识分子笔下的北京的空间构成。在整个民国时期，出现在知识分子笔下的北京城市空间主要是天坛、北海、陶然亭、钓鱼台、卢沟桥、西山、松堂、圆明园、清华园、八达岭、长城、妙峰山、潭柘寺、先农坛、天桥、胡同等旧京场景。可见，文人眼中的北京并不是一般的贩夫走卒、普通百姓生活的北京，而

---

　　① 老舍：《想北平》，载《宇宙风》1936 年第 19 期。
　　② 郁达夫：《故都日记》，《北京乎——现代作家笔下的北京》，姜德明编，生活·读书·新知三联书店 2005 年版，第 268 页。

是由"帝都"转型过来的公共园林景观和富有文人气息的文化之都。他们喜欢的,当然也是他们所描述的作为公共园林景观和作为文化中心的北京。所以,郁达夫说,北京是"具城市之外形,而又富有乡村的景象之田园都市"①。当然,对于旧北京的描写,也不乏脱开景物,直接表达感情的,但这种情感式的表现,同样脱离不开北京上述空间性因素的支撑。比如,周作人虽是南方人,但是对北京却情有独钟,"不佞住在北平已有二十个年头了。其间曾经回绍兴去三次,往日本去三次,时间不过一两个月,又到过济南一次,定县一次,保定两次,天津四次,通州三次,多则五六日,少或一天而已。因此北平于我确可以算是第二故乡,与我很有些情分"②。郁达夫在游历北京之后曾说,一离开北京,便希望再去,"隐隐地对北京害起剧烈的怀乡病来","这一种经历,原是住过北京的人个个都有,而在我自己,却感觉得格外浓,格外的切"③。久居沪上的洋场摩登文人叶灵凤,也在上海的"十丈红尘"之中,"渴望一见那沉睡中的故都"④。

文学中北京的第三个城市形象,是在解放后的当代文学中出现的,并一直持续到1980年代初。这时北京是作为社会主义中国的首都和世界社会主义阵营中心之一的"圣地"。这时的北京城市概念,几乎被删除了除此以外的所有城市意义,比如"故都""废都""家园"等等。除表述社会主义"新中国"的国家政治意义之外,就是作为"全能型"城市发达的国家工业化意义。也即,"新北京"与"新上海"城市概念一样,其着眼点是社会主义中国国家的"公共化"和"工业化"。这是本书所要详细论述的,这里不拟展开。

自1990年代以来,文学中又出现了一个北京城市概念。这就是伴随着中国"现代化""全球化"进程中的"国际都市"形象。这种"北京"城市概念,先是由徐星等人对于城市青年反叛文化的叙事开始的,而后

---

① 郁达夫:《住所的话》,载《文学》1935年第5卷第1期。
② 周作人:《北平的好坏》,《北京乎—现代作家笔下的北京》,姜德明编,生活·读书·新知三联书店2005年版,第15页。
③ 郁达夫:《北平的四季》,载《宇宙风》1936年第30期。
④ 叶灵凤:《北游漫笔》,《灵凤小品集》,现代书局1933年版,第96页。

由王朔在"消费"意义上的文学中展开,并在邱华栋的北京系列小说中达到高潮。其间,当然伴随着北京"亚运会""世妇会""奥运会"等一系列的"全球性"事件,以及"鸟巢""国家大剧院"、中央电视台新址①等试验性建筑关于"国际都会"的现代性诠释。在邱华栋等作家笔下,"北京"成为无任何地域、国家、文化因素的国际性建筑与享乐设施的铺排,如他所说:"以我的作品保留下90年代城市青年文化的一些标志性符码。"②我们不妨看一段描写北京东三环路的文字:

> 我们驱车从长安街向建国门外方向飞驰,那一座座雄伟的大厦,国际饭店、海关大厦、凯莱大酒店、国际大厦、长富宫饭店、贵友商城、赛特购物中心、国际贸易中心、中国大饭店————闪过眼帘,汽车旋即拐入东三环高速公路,随即,那幢类似于一个巨大的幽蓝色三面体多棱镜的京城最高大厦——京广中心,以及长城饭店、昆仑饭店、京广大厦、发展大厦、渔阳饭店、亮马河大厦、燕莎购物中心、京信大厦、东方艺术大厦和希尔顿大酒店等再次一一在身边掠过,你会疑心自己在这一刻,置身美国底特律、休斯顿或纽约的某个局部地区,从而在一阵惊叹中暂时忘却了自己。③

如此"巡礼"式的城市物象罗列,可以看出当代某些作家对于北京的想象:城市只是物质的构成与基于物质的"国际化"经验。他们总是追索着"北京"呈现出的"域外"效果,而避免对"老北京"城市史的深究。在新的"新北京"传奇的叙述中,他们将中国城市的任何历史逻辑与记忆统统排除在外了。

---

① 这些建筑由于完全没有任何民族建筑因素,使北京成为了全球试验性建筑设计的试验场。北京本地人对其有一个"解构"的说法:即"鸟巢""鸟蛋"(指国家大剧院,也称乌龟蛋、乌龟壳)、"鸟腿"(指中央电视台新址),另加中华世纪坛为"鸟屎"。其中,最有解构意义的是中央电视台新址,由于其呈现出倾斜状,也被叫做"大裤衩儿"。这种情形,清楚地表明北京百姓对于无风格、无地域指向的"全球化"符码的抵制。

② 刘心武、邱华栋:《在多元文学格局中寻找定位》,载《上海文学》1995年第8期。

③ 邱华栋:《手上的星光》,《新市民文丛》,周介人,陈保平主编,上海三联书店1996年版,第56页。

第二章　中国现当代城市文学的现代性表达

第一节　现代城市文学的现代性

认识中国现代性的一个前提是：作为第三世界后发国家的现代性，有着与西方不同的语境。中国是在近代以来不断被列强打败、面临亡国灭种的情形下开始建构现代性的，因此，中国的现代性自一开始就是多元复合的，其本身话语也不一致，甚至互相冲突。而正是多重现代性话语冲突之间的张力，构成了独特的中国现代文学现代性。我们以往认识中国现代性的误区，可能就是将其理解为一元性或中心性的现代性。目前，学界对现代文学史知识的认知，已经落脚于其现代性的获得上，但中国现代文学的现代性是什么呢？

一般意义上，现代性产生于启蒙与工业革命后新的世界体系之中。一种理解模式是韦伯式的，即启蒙主义之后理性的发展，工业时代与世界市场的建立，世俗化市民社会的形式，现代民族国家的产生与现代社会组织。在中国文学中，迄今为止，人们已经认识到的几种现代性，一是关于革命的现代性。学界已有人从民族国家的建立上去认识，并构筑了一套文学史叙述，即左翼的文学史叙述或革命叙述，构建了一条典型的文学史发展史论，即爱国主义、社会主义的进化线索；二是启蒙现代性，即以"五四"启蒙运动中的科学、民主、理性为文学史叙述的主角，并把它看作是一个不断弱化、复归又弱化的过程；三是"日常性现代性"，即将晚清文学看作起点，并把现代性的历史看作其被压抑的过程。这种现代性在1930、1940年代上海文学中昙花一现，又在1990年代得以回归。造成中国现代文学现代性的原因，一是，此三种现代性在遵循自身历史逻辑发展的欧洲国家，可能是一体的，但在后发国家当中，可能会产生矛盾冲突。比如，中国融入世界体系，并以此建立资本主义、科技发展方面特有的殖民性过程,是与民族国家的建立相违背的,世界主义的广泛模式与民族国家建立的焦虑之间的紧张始终存在;二是各个不同时期,由于不同的社会中心任务,使得某种现代性获得发展,而另一种现代性却被压制,形成断裂与置换的图景。这种情形,往往被学者们制造成不同的文学史叙述。

概而言之,中国现代城市文学的现代性,是世界主义普遍模式与民族国家焦虑之间交叉纠结的结果,启蒙现代性、革命现代性与日常现代性此长彼消。

一、晚清和"五四"——现代性的多元与一元

从晚清到"五四",是一个多元现代性逐渐定于一尊的过程。这一时期,进化论分别以宇宙观与工具论的方式进入文学视野,并逐步转向工具论的实用理性,初步诞生了世界主义的中心/边缘的基本模式,并出现了多元现代性向启蒙现代性的过渡。在地域上,则由上海等口岸城市中心转向北京新文化中心。晚清文学,开始出现在世界主义背景下民族国家的想象,这种想象从黄遵宪、王韬、薛福成等第一代游历欧美的文人开始,继之在梁启超《新中国未来记》《夏威夷游记》以及晚清谴责小说、科幻小说中得到集中体现。事实上,这一现代性并未被压抑,它在"五四"文学中也得到继承,并与"改造国民性"这一世纪主题相连。这一情形开启了两个新文学的传统,一是世界主义背景下的世界中心/边缘概念,即中国文化的改造问题,二是有关民族主义、爱国主义的表述。另一种现代性,多存在于早期通俗小说中,即所谓"日常性现代性",而且确如王德威所说——"被压抑"了。这一时期的通俗小说,基于市民社会雏形而产生日常生活的"合理性",即"私性"。这一情形只能存在于口岸城市,并在以后成为隐形的线索。

"五四"时期的城市题材小说,即建立于世界中心/边缘的基本框架中。鲁迅与创造社小说大都以启蒙现代性为观照,表现新旧文化的冲突。由于漠视城市的日常经验,城市经验与背景是很不明显的。在创造社、文学研究会的作品中,城市被抽象出"新文化"这一理念,表现出立足启蒙而疏离乡村(或立足域外而疏离中国)的状况。虽然创造

社有关情爱生活的描写与城市日常性稍有接触,并被普罗小说所继承,但"革命加恋爱"与恋爱服从于革命的写作模式,表明微弱的日常性最终被革命的现代性叙述代替。

二、1930 年代——左翼与新感觉派的城市现代性

1930 年代以茅盾为代表的左翼城市文学作家,将世界主义视野下的民族国家焦虑发挥到极致。他们将上海等工业城市经济、政治纳入到世界经济背景中考察,结论是:在西方资本主义中心之下,中国城市更加边缘化了(即破产)。不同于以往普遍的世界主义意识的表述,茅盾表明了中国城市社会总体的边缘化,以及在世界主义视野中对世界主义本身殖民性的思考(中国被西方经济侵略,中国不能依靠西方获得现代化)。同时,左翼文学将这一结论最终导向有关民族国家的革命叙述。不同于晚清的民族主义叙述与"五四"改造国民性的启蒙叙述,左翼文学将其转换为阶级立场,即希望以阶级斗争完成民族国家的建构。它暗示了吴荪甫等资本家不能代表国家的未来,这一使命被赋予在既体现工业化的现代性又体现了阶级立场的国家力量——产业工人身上。

巴赫金认为,现实主义创作原则与资本主义造成的中心/边缘的总体世界历史格局有关,即所有边缘都向中心社会普遍原则靠拢,人物与环境的典型性即体现于此。在环境与人物的典型性当中,茅盾的文学创作有一点值得注意,即工业经济以及相伴随的社会组织对城市现代性的主导,包括中国城市经济、政治与世界中心的联动,乡村政治、经济与城市中心的联动,人物的各种属性(伦理、政治的)对经济中心属性的附属(如冯云卿),城市中心现代性对乡村性的摧毁(如吴老太爷、惠芳、阿萱)。基于这一原则,茅盾的《子夜》对上海进行了潜在结构上的现代性想象,即上海非常资本主义化。这一潜在主题,与表层结构中的"中国更加半殖民地化了"的显性主题发生了游离。这也是茅盾基于特殊立场的民族国家想象。茅盾的矛盾之处在于,虽然将对于上海的表现建立于世界主义普遍原则之上,但是既立足于世界中心/边缘,认为中国处于世界主义进程的边缘,同时又立足于民族国家想象,赋予上

海充分的现代性意义。两者都来自于"现代性"的"上海想象"。造成这一情形的原因，在于茅盾的《子夜》并非个人的经验叙述，而是完全在替国家说话。这制造出城市文学的一个重要现象，即以国家叙述代替城市叙述或上海叙述，有时会违背城市自身的历史逻辑。这在1950—1960年代，甚至1980年代的文学中相当常见。

海派文学本身常被视为现代性表达最为强烈的文学形态。新感觉派基于世界主义普遍原则，把个体生存经验化为城市自身的艺术呈现方式，将上海写成巨大的物质乌托邦，大量描写性、竞技、酒、恐怖、高大建筑、热、异国等冒险体验，带有欧洲在场的殖民色彩。同时，新感觉派又将文学中的场景、人物（特别是女性）符号化。其城市呈现方式带有非市民性体验的特征，如鸟瞰、漫步、男女聚散、现时当下特征、摄影蒙太奇、语言暴力，殖民主义特征在世界主义的总原则下也掺杂其中。

不过，海派本身其实也是一个巨大复杂的矛盾体。虽然海派作家大都在表达消费现代性（物质、欲望），但是，新感觉派作家的消费现代性中心的物质乌托邦，又与张爱玲、予且等人的日常生活现代性不同。前者建立于世界主义普遍原则，而张爱玲则带有个体生活经验，比如日常市民所感到的末日感、不稳定感等等。而且，新感觉派自身也不统一。虽然都表现出某种"反现代性"，但施蛰存等人的反现代性立足于乡村立场，比较接近张爱玲的上海本地经验的表达。而刘呐鸥、穆时英等人的反现代性则有虚拟特征。比如，刘呐鸥就有将乡村场景都市化的做法。施蛰存等人所触及的上海乡土特征构成了其反现代性的一面，在此派当中显然不占主流，这与人们（读者）对上海这个城市的现代性想象有关。但这一表达在施蛰存这里也是有缺陷的，即他只以单纯的"城—乡"冲突组织叙事，而没有将其化为上海城市自身多元性特性的表述。相比之下，张爱玲将乡土中国背景化为都市自身的民间性，从而克服了这一缺陷。

总而言之，在现代阶段，中国曾有过较成熟的城市形态与较发达的城市文学。这是一种基于上海、北京等城市文化，特别是上海城市多元文化的文学形态，并且已经形成以茅盾为代表的描写城市殖民形态及其走向的大传统与张爱玲从日常性展开的描述口岸城市中西杂糅文化的小传统，以及老舍所展现的描写传统城市形态的京味文学传统。

第二节　中国当代城市文学的现代性表达（1976—1999）

一、政治与经济中心性与城市形态的消失

　　进入当代阶段后，城市文学的起点与发展和现代阶段产生了很大不同。首先，伴随着国家工业化与激进的全球化进程，城市形态趋向一元性，城市逻辑的自由、多元状态也开始消失；同时，由于1950—1970年代国家生活当中对城市文化的普遍敌视，也使城市题材文学不可能以城市内在文化为起点，而是呈现出外在的政治的与市场的意识形态特性。在1950—1970年代，城市题材文学表现出明显的城市形态的缺失。对城市属性的分析与重新认定，导致表现城市中国家工业化的"厂矿题材"大量衍发，并构成了1950—1960年代城市题材文学的主体。由于城市成为国家大工业发展的核心，这一描写成了"严格窄化的所谓'工业题材'创作"①。如艾芜的《百炼成钢》、周立波的《铁水奔流》、草明的《乘风破浪》以及胡万春、唐克新、万国儒等人的作品。同时，当时作品一面表达对城市的厌恶性想象；一面又强调新城市与旧城市的不同。这种不同被作了两种处理：一是旧的口岸城市是资产阶级罪恶地，工人阶级是新城市主人，这属于阶级斗争的革命表述；二是旧城市是帝国主义统治，这属于民族主义表述。因此，民族国家的非殖民化以反对西方现代性入手，带有后发国家的现代化特征，即经济上的工业化，文化上的东方化。当代城市被抽走了日常经验生活，如消费性、个体性，只留下有关国家政治与工业化的问题。这种情形，使得此期中国社会根本没有多样的城市形态，文学自然也就不能建立于城市生活经验之上，所以这种文学属于国家政治表述，而非城市表述。城市题材文学完全不被人看做是形态意义上的城市文学，自然也不被当作城市文学进行研究。不过，这正是本书所要进行的研究工作。

---

　　①　洪子诚：《中国当代文学史》，北京大学出版社1999年版，第131页。

　　1970 年代末与 1980 年代,中国的城市化现象逐渐突出。但是相对于 1990 年代高速的全球化、城市化进程,1980 年代初的中国城市依然延续着 1950—1960 年代的城市政治逻辑。处于主流文学状态的城市题材,首先是所谓"改革文学"。蒋子龙发表于 1979 年的短篇《乔厂长上任记》被看作"改革文学"的开风气之作。同被视为"改革文学"的作品,还有张洁《沉重的翅膀》、李国文《花园街五号》以及话剧《血,总是热的》等等。"改革文学"虽然已经不再使用路线斗争等政治性的叙述,也企图使用某种城市意识(包括价值观念,思维方式、行为方式等等)表现城市生活的某种特质、情感流向与价值多元①,但问题的关键在于,作品对社会采用单一的"现代"与"保守"的衡量尺度,而表现出它简化城市文化的一面。其以"改革"与"保守"为线索,而将人与生活分为两类的二元模式并未消除。事实上,"改革文学"所描述的也并非城市文化的多重含义,而是将改革与改革者的政治、经济的"先进性"作为城市生活的核心。因此,它仍然将城市复杂的形态简约化为简单的经济逻辑,仍不免 1950—1970 年代"厂矿文学"的影响,不过是加入了 1980 年代的中国国家的中心任务罢了。蒋子龙笔下的乔厂长(《乔厂长上任记》)也好、车蓬宽(《开拓者》)也好,都在这种模式中被做了单向度的处理。

　　从 1950—1970 年代到 1980 年代初,不管是描述城市的政治属性与人的政治属性,还是描述城市大工业逻辑与人的经济、生产属性,都是以取消或漠视城市多元化形态为前提的。其中,城市的日常性首当其冲。瓦特曾提出,近代小说兴起与"个人具体的生活"也即"私性"成为中心有关。这是一种日常生活的"有限价值",建立于城市日常生活形态之上。事实上,中国当代文坛从批判萧也牧《我们夫妇之间》开始,便将城市日常生活归之于社会"公共性"意义的敌人,城市日常生活就已经退出了文学。应当说,1930—1940 年代的城市文学,不管是海派还是老舍的小说,都建立于城市日常形态之上。即使是以茅盾为

————————

　　①　比如,《赤橙黄绿青蓝紫》等中的解净与刘思佳都带有某种城市青年文化痕迹。刘思佳卖煎饼一段,也饶有都市风情。

首的左翼城市文学,在某种程度上也建立于上海等口岸城市的消费性特征之上。而一旦取消了城市日常性,事实上也就使城市文化无所附丽,使其丧失了城市特性。

从另一种事实我们也可以得出同样的认识。在现代阶段的城市文学中,表现口岸城市特别是上海的文学,与表现北京等传统文化形态的城市是完全不同的,其原因仍在于城市文化的不同。而1950—1970年代文学,甚至1980年代的"改革文学",将城市仅仅理解为政治属性上的政权特性以及经济属性,从而漠视了城市之间的文化差别。这也是城市文学在城市形态上缺失的一个表现。

二、城市史逻辑与群体意义

真正具有文化意味的城市文学,始于新时期的"市井小说"。1980年代市井文学的出现,和主流文学观念渐渐淡漠及作家对地域、风俗的兴趣有关,与"寻根文学"有某种同样的基础。在这方面,表现北京地域的邓友梅、刘心武,表现天津市井的冯骥才与表现苏州水乡的陆文夫是其中的代表。这类作品的共同特点是将城市生活与某种东方城市史逻辑连接起来,写出了中国城市传统在当代的遗留。比如冯骥才的《三寸金莲》,便探究了缠脚这一恶习在历史状态下如何转化为一种审美的过程。但是,由于传统城市形态在当代的大量遗失,所谓传统形态已经成为"被寻、难寻之根",很难成为当代市民生活的主体内容了。因此,作者都将描写对象囿于特定的时期(如清末民初)、特定的空间(传统城市或城市某一传统区域)与特定的人群中(即所谓小众、小群)。冯骥才的"津门小说"自不必说,邓友梅的京味小说也大体在旧日八旗子弟、文人、工匠之间展开。历史常常处于"静止"状态,它在当代的遗留与变异状态是看不到的。正因为如此,作品中静态的民俗、民情、礼仪、典章、风物,常常构成城市文化的主体,或成为市井文化的标志。传统城市文化形态在经历了1950—1960年代、"文革"之后的变异,便不在表现视野之中了。

力图克服这一倾向的,是北京方面的刘心武、陈建功与上海的俞天白。在刘心武的《钟鼓楼》中,虽然作者采用了横断面的总体结构,但同时又以北京的城市传统作为历时性线索。举凡钟鼓楼的变迁、四合院的兴衰、婚嫁风俗的变化，都表明了一种中国式城市史的视野。历史形态在当代生活中的递嬗变动，构成了城市日常生活的文化意味。刘心武1991年完成的《风过耳》和以后的《四牌楼》，还有1996年出版的《栖凤楼》，也都遵循同一视角，企图在当代城市生活中寻找历史。陈建功的《辘轳把胡同9号》与《找乐》，都致力于在某些日常形态中描摹城市某一人群恒定的精神世界，以及精神世界中的传统根基，其中透出老城市的新世情以及新世情中的城市老传统。俞天白的《大上海沉没》是这一时期描写上海文化的出色作品，它的成功之处在于，作者一方面在当代躁动的经济社会生活中寻找到了"阿拉文化"的旧上海文化延续，同时也注意到了"阿拉文化"在解放后特别是在当代的变异。正是由于后者的存在，使俞天白成为兼顾"新旧上海"文化的作家。这其间有何茂源骨子里的旧上海流氓作风，也有沙培民这种作为进驻上海的干部怎样不自觉地被"阿拉文化"同化，也有符锡九等人感受到的"阿拉文化"这种曾经雄心勃勃而今却保守落后的上海文化的当代性。

在1980年代，刘心武与俞天白的北京、上海题材的小说，达到了当代城市文学的高度。但是，相对于1990年代而言，1980年代的中国城市化程度基本上没有"溢出"近现代时期的中国城市。不用说刘心武等人的小说，即使是俞天白的长篇系列《大上海纵横》（《大上海沉没》为第一部），也基本上是在商品经济初立未立之间寻找"旧上海"经济活动的影子。事实上，刘心武、俞天白是在分别延续老舍、茅盾人对北京与上海的表现。俞天白的小说对《子夜》的模仿更是清晰可辨，其以经济变动为核心全景地展示上海商业文化的特质，使其成为《子夜》《上海的早晨》式的作品，其写作模式没有溢出茅盾、周而复。就时代性而言，不过加入了1980年代"改革文学"的某种因子而已。

1980年代末，"市井小说"由"新写实小说"衍发，呈现出某种新质。与俞天白等人的作品不同，"新写实小说"虽不忽视商品经济对城市，特别是底层市民的影响，但它并不以此为核心。它寻找的是城市街巷与市井当中普通人在日常生活里表现出的而且正在延续的日常逻辑，也即城市的民间基础。相比邓友梅小说建立于满清贵胄及后裔身上的贵族文化基础，与俞天白倾心于上海经济较外在化的形态，"新写实小说"更注意中国城市尚存的精神的基础部分。事实上，"新写实小说"虽然并不以城市文化为标榜，但它所强调的生活状态本身的细碎、世俗、平庸，倒是为人们认识城市传统的另一面打开了一扇窗户。池莉坦言："我自称小市民，丝毫没有自嘲的意思，更没有自贬的意思，今天这个'小市民'之流不是以前概念中的'市井小民'之流，而是普通一市民，就像我许多小说中的人物一样。"虽然有学者指出，池莉笔下的"小市民"似乎并不具备"市民"的文化构成，仍属于市井小民[①]，但它毕竟提供了城市底层的生活日常逻辑。而正是这种基本逻辑，构成了中国城市精神的恒久性。

由"新写实小说"引发的，是被称为"城市民谣体"的小说。如范小青《城市民谣》、苏童《城北地带》以及彭见明《玩古》、王小鹰《丹青引》等作品，背景大都为南方城市底层的小群社会或者小市小镇，类似于池莉小说中的"沔水镇"。这一类作品虽然不能不涉及 1980—1990 年代之交经济变革的社会主流形态，但由于坚执民间立场，从而与城市社会现代化、商品经济保持了某种距离，并以此捍卫了城市的旧有传统。范小青《城市民谣》涉及了下岗、炒股、经商等时代躁动的气氛，但女主人公钱梅子身上的江南风韵，如同小说中的长街、小河与桥上石狮子一样，构成了城市的灵魂。其下岗后的不悲与新事业开始后的不喜，都来自于中国城市精神的最深处。而小说中所指涉的所谓时代气氛，反倒变得可有可无了。

市井小说或"城市民谣"注重城市史在古典文化谱系中的历史状态，这种历史状态由于少量的存留于民间，因而构成了小群文化的一种，一定程度上被限定于古典主义传统的想象当中。它之所以未能成为 1990 年代以后中国城市文学的主流，在于古典形态的中国城市文化在 1990 年代已不复存在，原有的小型社区（包括小城镇）与群体的特

---

① 　黄发有：《准个体时代的写作》，上海三联书店 2002 年版，第 159 页。

定文化,都遭到以个体为主的 1990 年代中国城市的抛弃。事实上,由于中国城市的剧烈变动,类似市井与"城市民谣"一类的小说,在刚刚获得叙述的可能性后,又失去了发言空间。也许,这一类文学在以后依然会延续下去,但注定是一声哀婉的叹息,恰如怀旧所呈现的古典城市幻象一样。

三、1990 年代——欲望、成长:城市外在物质场景与个体经验

与以往年代作家醉心于政治经济的公共空间与群体文化不同,1990 年代的主流城市文学开始具有某种个体性。这也许是因为 1990 年代后中国城市大变动而造成的文化认同感渐趋淡漠——当旧的公共空间与群体文化都面临消失或重组的时候,城市往往只是人们自己的。

始于 1980 年代的所谓"现代派"小说,从精神上可以看作 1990 年代城市文学的滥觞。有人认为"现代派"文学"讲述的现代人的叙事,而不是表达现代城市的故事"[1],这恰恰说明了新的城市叙事不是延续过去的城市史,而是讲述"溢出"旧的城市时空的新的城市故事。刘索拉的《你别无选择》曾被称为"中国第一篇真正的现代派小说",包括她的《蓝天绿海》《寻找歌王》,都给文坛带来很大震动。从主题形态来说,《你别无选择》所传达出的城市青年的混乱与空虚,接近西方现代主义主题。对个性的认同与对城市的逃避,构成了这一类小说的基础。在当时,类似徐星《无主题变奏》中城市青年考上大学反而退学的行为,成为一种反抗城市的文学模式。现代派小说至少在两个方面确定了 1990 年代城市文学的基础:一个是将属于城市世俗景象的城市形态直接作为描写对象,使其成为当时初步表达城市经验的符号,诸如酒吧、美容院、摇滚乐等。城市消费享乐场景在中断近四十年之后首次恢复。其二,类似于徐星小说主人公的生活方式,其实已成为 1990 年代城市青年的一种个体存在方式,不过是借了城市时尚去展现而已。现代派文学在精神上启迪了后来的城市文学作家。比如丁天甚至认为如果没有《无主题变奏》,他就不可能中断学业而从事创作。这个时期,

---

① 　陈晓明:《中国城市小说精选·序》,甘肃人民出版社 1994 年版,第 4 页。

最初的城市意识居然是反叛城市,这似乎是中国当代城市文化的一个特异,但细想之下两者并无悖离。正是由于有了1980年代末青年文化对当时城市的疏离与反叛,才会有1990年代青年对新的城市的感知。在后来的一些小说中,比如刘毅然的《摇滚青年》与《流浪爵士鼓》,一方面是反叛城市、急于寻找自我个性认同,另一面是城市形态中欲望化的消费场景。由街头青年的广场行为、流浪与闲逛而带来的城市躁动与变迁,在1990年代消费高潮中获得了新的城市特性。不过,由消费而带来的对1980年代体制化城市时空的反叛,到1990年代变为了由消费而带来的对城市欲望消费的认同。

王朔的小说不仅提供了大量新兴城市形态中的消费文化符码,如歌厅、舞厅、饭店等等,更重要的是,他还提供了一套认同城市另类文化的话语以及价值立场。这种情况使他成为城市文化在当代的一个重要冲击力量。通过边缘人的叙述,他摆脱了对城市普遍化的价值认可。他笔下的"痞子",这个最早利用城市控制力的松动而出现的人群,对此前的城市中心意识形态进行了颠覆。这可能是当代中国新时期以来最早出现的城市意识之一,尽管在当时看来不免邪恶。王朔提供的城市经验完全是个体的,那种由原始欲求而引发的,并在自由冲动中随意发出的混乱行为,都为当时的城市文化所不容,也不能对以后城市成熟的文化形态有足够的建树。因此,不像有些人认为的那样,王朔小说中已经开始表现"市民社会"(别说在当时,即便是今天,市民社会也没有确立)。正像真正商品社会的中坚力量是商人而非初级的"个体户"一样,王朔表现的城市混乱状态,只能构成城市形态和城市意识的过渡阶段。他的反抗特性,并无助于对1990年代中后期市场原则确立之后的秩序化社会的认知。比如,王朔曾说:"我写小说就是要拿它当敲门砖,要通过它过体面的生活,目的与名利是不可分的。我个人追求体面的社会,追求中产阶级的生活方式。"①可是,王朔根本不懂得作为社会中坚分子的中产阶级是什么模样,中产阶级的秩序感与保守完全不是王朔所能感知的。所以,一旦远离反叛特性而要建构城市文化时,王朔

---

① 王朔:《王朔访谈录》,载《联合报》1993年5月30日。

就只能回到他所熟悉的城市形态中,回到他的传统市井逻辑中。一部《渴望》,恰恰说明了王朔其实怀有的是农耕文化的伦理立场。他对于成熟的城市形态并没有归依感,甚至还有着几分恐惧。

　　1990 年代的城市小说就这样拉开帷幕了。一时间,各种城市题材的作品高下不齐,充斥其间。1993 年《上海文学》以所谓"新市民小说"为号召,在《"新市民小说联展"征文暨评奖启事》中说:"城市正在成为九十年代中国最为重要的人文景观,一个新的有别于计划体制时代的市民阶层随之悄然崛起,并且开始扮演城市的主要角色……'新市民小说'应着重描述我们所处的时代,探索和表现今天的城市、市民以及生长着的各种价值观念的内涵。"①应该说,"启事"中所说的城市成为 1990 年代中国最为重要的景观倒不为虚言,但所谓"市民阶层""市民"以及所谓"价值观念"的说法未免早了一些。因为"市民"与"市民社会"都是特定的概念,是发达成熟的城市商品社会的产物,它不大可能在商品社会初期便出现。事实上,1990 年代城市小说在形态表现上传达出的物欲倾向、享乐主义与非道德,恰恰是农民阶层初次接触城市物质时的状态,离所谓"市民社会"相距甚远。

　　1990 年代的城市小说恰恰表现出这一特性,物欲特征与青年人的成长成为最主要的主题形态。这中间,有被称为"北邱南何"的邱华栋与何顿。何顿似乎更热衷于市场经济初期处于原始积累时期的社会边缘游民的"商业黑幕",一种新的城市形态秩序未建立之前的混乱状态。赤裸的欲望与法纪的松弛成为最为刺目的城市写照。诸如《只要你过得比我好》《我们像葵花》《生活无罪》《无所谓》中的小商人、小老板,信守着"钱玩钱,人玩人"的信条,金钱欲望与违纪犯法成了生活的全部内容。邱华栋笔下的城市更接近于"冒险家的乐园"。它被视为一个陌生的地方,而人物则是冒险者,一群突然闯入的人。这种情形决定了邱华栋小说极度的外在化倾向。正如他所说:"1995 年,整整一年,我是一个酒吧里的作家。那一年我在酒吧里写了十四个短篇小说。

---

　　①　《"新市民小说联展"征文暨评奖启事》,载《上海文学》1995 年第 1 期。

我成一个酒吧写作者。"①应该说,待在酒吧里看世界是止于表象的。他的城市,不外乎酒店、商场、剧场、高级公寓、地铁站等等。关于北京城市的想象,在他笔下成为城市建筑与享乐设施的铺排,如他所说:"以我的作品保留下90年代城市青年文化的一些标志性符码。"②邱华栋小说"巡礼"式的都市物象罗列中,我们可以看出当代某些作家对于城市的想象:城市只是物质的构成与基于物质的个体经验。它们总是追求城市,特别是北京城市"国际性"的"域外"效果,而避免对真正东方城市形态与城市史的深究。在新的城市"国际化"传奇的叙述中,中国城市的历史逻辑与记忆统统被排除在外。这样的城市叙事是浅露的,仅仅呈现时尚化了的当下物象的"瞬间"。邱华栋小说中的各色人物,基本上也被定性为缺少城市纵深感与稳定感的城市人符号,如职业作家、制片人、公关人、时装人、持证人、推销人,满足于一种普泛的外在化的所谓"国际风格"。人与城市社会维系着当下的浅层的表面联系,而非历史的关系。

对于"溢出"传统城市文化的外在物象与人物属性的表现,使1990年代城市小说获得了前所未有的敏锐,但这些小说缺少对城市文化形态深处的探究,最终使其未能达到现代文学中张爱玲、施蛰存等人的高度。一个没有文化认同的新城市的人群,一个没有任何文化延续的城市文化形态,终究不能获得成熟。所以,类似"邱华栋小说面向城市白领"的说法一致遭到质疑。因为作为城市恒定状态的白领中产阶级保守、规避风险与稳定的意识,恰恰与邱华栋作品精神是相反的。张欣的所谓"白领小说"其实也一样。城市深度文化的缺乏使新生代小说家的作品极容易变成自传体小说,它们是关于自己的叙事,而不是关于城市的叙事。关于成长类的作品更是如此。从邱华栋、丁天、李大卫、殷慧芬到卫慧、棉棉,都是如此。个体经验加上城市外在场景的叙事,仍然是城市文学成熟期之前的过渡状态。

---

① 邱华栋:《私人笔记本》,载《青年文学》1999年第1期。
② 刘心武、邱华栋:《在多元文学格局中寻找定位》,载《上海文学》1995年第8期。

第三节　1949—1976 年间文学的城市现代性
——补上应有的一页

本书在绪论中已经谈到,在以往对于中国城市文学的阐释中,根本没有自解放到"文革"结束之间城市题材文学的位置。其原因在于,多数人认为,这一时期的中国城市不仅没有城市生活形态,也没有城市现代性,自然也就没有城市文学了。前文已经指出,1949—1976 年间,中国城市是较为缺乏多样的城市形态的,但这并不代表当时的中国就没有城市现代性。只是人们没有认识到这一时期的城市具有何种现代性而已。应该说,这一时期的城市现代性并不缺乏,有的时候还非常强烈,只是这种现代性特征与此前和此后都不同。

在整个 1950—1960 年代,城市文化由原来的现代性的复杂状态逐渐变成单一现代性的表意符号,其间的原因在于意识形态的作用。城市被排除掉了它的多重功能,而被简约为国家大工业的引领与政治领导的功用,而后者尤甚。莫里斯·梅斯纳曾评述说:"对于那些农民干部来说,城市是完全不熟悉的陌生地方……此外,伴随着不熟悉的是不信任。以集合农村革命力量去包围并且压倒不革命的城市这种做法为基础的革命战略,自然滋生并且增强了排斥城市的强烈感情。在 1949年以前,那些革命家把城市看做是保守主义的堡垒,是国民党的要塞,是外国帝国主义势力的中心,是滋生社会不平等、思想堕落和道德败坏的地方。"①对城市的道德厌恶,加剧了对城市作为政治中心与大工业国家经济核心的认知。其结果是,一方面强调城市的国家工业化发展,另一方面则是企图以战争时期的农耕伦理文明取代旧的城市文化,并以此构成城市政治的核心。

1950—1960 年代主流的城市题材文学,其出发点是对于城市的道德恐惧乃至厌恶。萧也牧发表于 1950 年的小说《我们夫妇之间》,由

---

① 〔美〕莫里斯·梅斯纳:《毛泽东的中国及其发展——中华人民共和国史》,社会科学文献出版社 1992 年版,第 96—97 页。

于对城市日常生活方式表明了某种暧昧不明的态度而招致批判。此后,城市的消费、娱乐甚至于日常特征都成为表现禁区。在 1964 年文化部举行的优秀话剧创作与演出受奖作品中,《霓虹灯下的哨兵》《千万不要忘记》与《年青的一代》将这种对城市的厌恶与恐惧推向高峰。在小说中,有胡万春的《家庭问题》等等。在作品中,城市中的阶级政治斗争,依然构成了城市生活主体。但这又不同于 1930 年代的左翼城市文学,左翼文学将经济斗争作为城市政治主线,而此期作品是将伦理道德作为阶级争夺的核心,其处理方式比之左翼显得更加褊狭。作品将旧有的城市生活作为资产阶级欲望、享乐的符号,并涉及一切城市日常层面,诸如贪恋城市、追求工作环境以及物质享用等等。

在消除城市日常性的同时,该时期城市文学还突出了城市作为政治与经济的社会主义属性。应当说,这两者是相对应的。同时,由于中国城市,特别是上海,都是由近代社会"拖泥带水"而来,因此,如何斩绝城市与"旧中国"的血缘联系成为文学中的一项政治任务。在有关上海题材的文学中,切断城市历史的"断裂论"与寻找城市无产阶级历史的"血统论"表现得是极为突出的。在徐昌霖、羽山的《春风化雨》、赵自的《照片引起的回忆》以及话剧《霓虹灯下的哨兵》《战上海》等一大批作品中,无产阶级的财富创造与对于资产阶级的政治反抗成了城市史的主体,这才是真正的上海的"血统"。伴随着血统分析,"新上海"与"旧上海"的区别也得以确定,即上海"由国际花花公子变成了中国的工人老大哥"[1]。在小说作品中,凡出现旧中国城市题材的,基本上都有血统辨析与对城市的断裂理解。

对城市属性的分析与重新认定,导致表现城市里国家工业化的"厂矿题材"大量衍发,并构成了 1950—1960 年代城市题材的主体。由于将城市作为国家大工业发展的核心,这一描写成了"严格窄化的所谓'工业题材'创作"[2]。如艾芜的《百炼成钢》、周立波的《铁水奔流》、草明的《乘风破浪》以及胡万春、唐克新、万国儒等人的作品。应

① 旷新年:《另一种上海摩登》,载《中国现代文学研究丛刊》2004 年第 1 期。

② 洪子诚:《中国当代文学史》,北京大学出版社 1999 年版,第 131 页。

该说,这批作品并非完全如某些研究者所说的遵循"路线斗争"的结构模式,而是表现了基于大工业逻辑而来的公共空间扩张对城市多元生活的蕲除。城市生活与城市人被取消了日常性,变成一架不停运转的生产机器。人的属性除了政治属性之外,其生产的属性(诸如技术革新)等也被无限夸大。这在上海题材的文学中尤为严重,因之这一时期的城市题材常常被称为"厂矿文学"或"工业文学""工厂文学"。这一时期文学的背景,是世界主义原则中的民族国家现代性被强调,其他现代性被抑制。而在文学中,民族国家概念下的国民性问题等也被忽略,而代之以另一种革命的现代性叙述。它要完成的也不是1930年代左翼的有关国家的表述,而是新中国城市的社会组织方式,在这里面,城市日常性当然要被排除。《我们夫妇之间》的被批判可看做一个重要的文化现象。这篇小说的问题并不在对干部进城腐化(即城市意识)的忧虑,也不在城市乡村文化的冲突,而在于它居然容忍了市民合理的日常性生活。张同志被改造成城市性格,这种写法在当时是非常危险的。这一事件表明,日常性是不能表述国家大问题的,否则就构成了问题。当时作品对城市的想象性厌恶,导致对于"新城市"与"旧城市"之不同的强调。这种不同被做了两种处理:一是旧城市是资产阶级的罪恶之地,工人阶级是新城市主人,属阶级斗争的革命主题表述;二是旧城市是由帝国主义统治,属民族主义的主题表述。因此,民族国家的非殖民化以反对西方的现代性,带上了后发国家现代化特征,即经济上的工业化,文化上的东方化。城市被抽走了日常经验生活,如消费性、个体性,只留下有关国家政治的问题。而这又以工业化和社会"公共性"的方式出现。

此期的城市题材文学,其具有的几个艺术上的特征,可视为对工业化造成的现代性的强调。一是特别强调城市的工业化背景。当时的小说、戏剧,大都以展示上海外滩大楼、高大厂房、集体宿舍、建设工地为开头(如话剧中,对工厂背景通常都有很详细的介绍);二是强调社会性的"公共性"空间,如工厂、办公室、工地、住宅的客厅等等;三是将"技术革新"情节作为社会进步的意义表述;四是以城市产业工人为先进代表;五是强调产业工人身上的现代生产属性,即技术创造、技术革新等。在社会组织方式方面，一是突出由大工业造成的社会"公共性"，排斥私人日常性（如工业加班），鄙视城市的消费与享乐，社会冲突以公与私矛盾出现；二是突出人物的前现代伦理意义，即具有乡村背景的老工人的教育职责（《千万不要忘记》《海港》）。两者又隐含了政治上的隐性心理，即"私性"体现了帝国主义与剥削阶级特性，表明了在革命的现代性中的非世界主义原则，并含融了前现代性的中国特色。两种写作模式突出了对城市日常性中消费性与个体性的消灭，出现了教育（对青工进行道德说教）与出走（青年到农村去）两种情节模式。

因此，总的来说，1949—1976 年间的城市题材文学，其对于城市的现代性表达，主要在于对国家工业化和社会"公共性"的表现，同时又极端蔑视城市的其他社会形态。因此，其与自晚清以来的中国城市文学不同，更与"新时期"以来的城市文学有着巨大差异。以下，本书就将开始对 1949—1976 年间的城市题材文学进行论述。

第三章 "新中国"城市形象的现代性意义

第一节 "新中国"城市形象的国家意义

一、工业化与"新中国"

新中国的现代化进程,使得中共对于国家现代化的理想与口岸城市的自身逻辑,不仅并不相悖,反而有了某种内在的契合。只不过,这种契合被限定在了某一层面,即社会主义的"工业化"方面,而非全部。莫里斯·梅斯纳在《毛泽东的中国及其发展——中华人民共和国史》中认为,毛泽东本人的领导并非一无是处,相反,他在推动国家工业化方面是贡献巨大的:

> 毛泽东作为一位推进经济现代化的人物,终于比他作为一位社会主义的建设者成功得多。当然,这种情况并不与一些人对毛泽东时代的通常认识相一致。有些人说毛泽东为了"意识形态"而拒绝了"现代化",并且宣称,当这位已故主席为了建立一个社会主义的精神乌托邦而着手进行一种无效的追求时,经济的发展被忽略了。但是实际的历史记录却表明了一个相当不同的进程,而且这一进程实质上是一个迅速工业化的过程。

另据莫里斯·梅斯纳在书中列举的数字:1952 年,中国的工业产值所占国民生产总值为 30%,到 1975 年,现代工业产值所占国家经济总量的比例变成了 72%,而同期,农业产值仅占国家经济总量的 28%。从 1950 年代到 1970 年代,全国工业产值增长了 38 倍,重工业总产值则增长了 90 倍。梅斯纳的计算结果是:"从 1950 年到 1977 年,工业产量以年平均 13.5% 的速度增长;如果从 1952 年来算起那就是 11.3%。

这是全世界所有发展中国家和主要发达国家在同一时期取得的最高增长率;而且中国工业产量在此期间增长的步伐,比现在世界历史上任何国家在迅速工业化的任何可比期间所取得的工业增长步伐都快。"①梅斯纳甚至认为,至 1970 年代,中国已经是世界第六大工业国;而在1950 年代初,中国的工业产值尚不及比利时这个欧洲小国。当然,上述数字并不能代表 1950—1970 年代中国社会的全面进步,但仅就工业化这一角度来说,中国仍然沿循了近代以来追求现代化的路线。这一时期的工业发展,几乎可以和 1920—1930 年代资本主义"黄金时期"的发展速度相比。有史家称,1920—1936 年为中国工业化增长较快的时期,工矿业产值从 1920 年占全国工农业总产值的 24.6%,上升到35%,而近代大工业已占工业总值的 58%,中国的资本主义工业发展水平已较过去提高了 20%。② 两个时期在发展的速度上有相近之处,只不过 1920—1930 年代的迅速发展完全建立于口岸城市自由资本主义的经济样式之上,而 1950—1970 年代则是国家工业化的结果。

中国最初的社会主义制度,并不像现在人们所理解的,完全构成了现代化的阻力。有学者认为,即使"从西方现代国家的形成和发展的历史来看,绝对专制主义的兴起是近现代国家建设的第一阶段,绝对专制国家与以往各种政体的不同之处在于其权力的集中性和国家性",而且"国家建设的第二阶段是从绝对专制国家向民主政治的转型"。③在某些后发国家的现代化进程中,采用具有极强"公共性"的社会主义制度,更是一个常见的情形。保罗·萨缪尔森就提出,自由和增长往往不可兼得。事实表明,社会主义经济的增长速度,要快于市场经济的增长速度——那些寄希望于高增长的国家可能不得不选择社会主义道路。④ 情形也如韩毓海所说:"恰恰是根据典型的现代化理论,社会主

---

① 〔美〕莫里斯·梅斯纳:《毛泽东的中国及期发展——中华人民共和国史》,社会科学文献出版社 1992 年版,第 482—483 页。

② 石柏林:《凄风苦雨中的民国经济》,河南人民出版社 1993 年版,第 261 页。

③ 刘晔:《知识分子与中国革命》,天津人民出版社 2004 年版,第 36 页。

④ 〔美〕约瑟夫·E.斯蒂格利茨:《社会主义向何处去》,周立群等译,吉林人民出版社1998 年,第 4 页。

义的人民中国不但在现代化的生产力方面,而且在整个社会结构特别是社会动员方面,也是充分'现代的'。"①在国家"公共化"因素加入之前,中国现代化理想的设计从来没有像当代那样强烈,也从来没有像中国当代那样具有整体的国家性。因此,一旦整个中国都驶入了强劲现代化的轨道,其猛烈程度就远远超过了整个现代时期,成为完全的国家行为,也是一种不折不扣的现代性国家的现代性行为,1950年代的"大跃进"不过是将其推向高潮而已。

田汉的十三场话剧《十三陵水库畅想曲》可视为对于国家现代化和工业化典型的想象性作品,其概念性的表达方式已经到了惊人的程度。说其是典型的国家现代化想象,是由于十三陵水库处于北京郊区,其工程建设关乎社会主义首都的基本建设与人民生活,因此,其国家意义异常突出。而且作者田汉设想此时的帝国主义国家已经不存在了,因此,这种关于现代化的设计完全是社会主义模式的。该剧设想,在20年后,中共已召开十八大,中国也有了十亿人口;人们发明了计算器、小半导体收音机;台湾已经被解放,十三陵水库的水电站技术还被用于了日月潭水利工程。从城市空间上说,北京城区和昌平县已经连接到了一起,北京市委还在山里建造了一个原子发电站。虽然大家仍然坚持义务劳动,但这并不是因为没有足够的设备,而是为了锻炼身体;从人类空间上说,建设水库的时候,就有人问起月宫里有无嫦娥,一位部队的负责人郭团长说:"这个问题顶多五年就解决了。二十年后我们已经完全进入了星际生活,十三陵的高山上就可能有旅客火箭发射台,嫦娥倘使还活着,准会坐咱们的火箭回到北京来看看咱们的。"在星际生活时代,不仅第一批旅客已经登上了月球,而且据说毛主席也想去看看。在太空中,火箭站的年轻人有效地指挥着交通,星际航空学院不断地培养着新的太空人才。由于技术的进步,小朋友们已经不知道什么叫柳条筐、窝窝头和小火车了。甚至由于医学的发达,医学界已经攻克了癌症:"采用了原子射线疗法,同时大胆使用中药","与苏联医学界的努力相配合,我们三千博士的集体研究找到了癌症的病原,特

---

① 韩毓海:《20世纪中国:学术与社会·文学卷》,山东人民出版社2001年版,第240页。

效药也试验成功了，癌症已不是什么致命病了"。同时，人类生态环境有了大的改善，不仅臭虫、麻雀、耗子、苍蝇已经绝迹，而且人的寿命也大大延长。国务院甚至还发布了新的职工退休条例：80 岁只能算中年，110 岁才能退休！

在该剧的第十三场，有一段较长文字的场景说明，更是集中描绘了中国国家现代化设计的蓝图：

随着轰然的响声吐出一阵烟云，蟒山上发射的星际火箭凌空直上。烟云散了之后慢慢吐出。二十多年后的十三陵水库，她已具备另一副新的面貌。

青年男女穿着更合理、更美观又富于民族风格的服装。二十年前有些领导同志说：将来到了共产主义社会，也许中国人都穿着戏台上美丽的古装，从这里也可以看到这种倾向，但又主要照顾着实用和合理，并非古典服装的无原则的硬搬。质料除一般棉毛之外更多采用丝绸，因此时人造丝已十分发达，而江南江北蚕桑串产，绸缎绫罗普及到广大人民中。——他们穿着此种服装在湖中游赏，有的坐着"原子艇"驶走如飞，有的却欢喜用一种轻俏的彩桨划着独木舟似的很原始的游船，这是可以理解的，因后者更对人们身体有益。男女间表示情感的方式更自由大胆了，但也仍保持东方人原有含蓄的高尚的风格。他们的发式跟今天差不太多，有近似古装的，也有完全新的发式，但一般结合着雄健英迈的民族风格、朴素坚忍的风尚，绝没有那种"阿飞"的式样。游人中也有许多老年人，好一些是领着他的儿、孙、曾孙、甚至玄孙一家子来玩的，看样子他们之间非常自然、温暖、相敬相爱。过去巴金同志的《家》里所描写的阴暗的关系已经一去不复返了。也绝不象欧美资本主义国家那种冷淡自私的家庭生活方式。小孩子们由于是在比现在远为富裕美好的环境中成长起来的，又受到周到严格的照顾和教训，一个个加倍地健康、活泼。衣着清洁美丽，虽然他们父母的职业待遇也略有不同，但没有太大的悬殊。他们的语言活泼天真中也富有智性，却又不那样"老三老四"的。

山上、洞中和湖边的林荫路上，处处是歌声。湖山胜处有几处音乐堂,也有广播音乐,由于那时的技术条件远为进步,显得幽雅雄壮而不嘈杂可厌。这里是游览区,天空不许有太多的飞机来往,但也远远可见大红门一带林子里停了无数 1978、1979 的"北京"牌新型汽车,也还有一个家庭用直升飞机的机场。湖边半山上建有昌平区农业大学,文学研究所,国立的艺术大学,戏剧大学分院也在这里,因此堤边树下,处处有人在写生和练小提琴等等,那些弦乐器看上去已经大大有所改进了。农民业余艺术研究所的学生也在这里活动,湖边林荫道口,标有汉语拼音字为主的指路牌,看来拼音文字此时仍和汉字并用。由于蟒山上有一个旅客火箭发射台,也有一个巨大的附设建筑,包含星际航空站和一个星际航空学院,也有为旅客设的一个美丽的星际旅馆。

张静——那位二十年前为修水库出过很多力,并立志要做水库的服务员和向导员的勇敢的女子,她的志愿达到了。二十年来她一直在水库工作,她已经是过四十的"半老佳人"了,由于生活和医药条件好,"老"的标准已经和今天的理解远不一样,四、五十岁,只能算青年。中国女人从来不容易老,又加现在不比修水库时要在严寒、酷暑、泥沙风雪里做激烈劳动,又加衣着入时,看上去她比从前还要漂亮多了。她此时领着一群活泼的小朋友走到堤坝上白玉栏杆边跟他们讲故事,小朋友们如饥似渴地听,路上行人也有停下来听的。

同一时期,人们对于中国农村的设计也是充分"工业化"的。它刻意强调了中国农村在合作化之后的工业图景,将乡村的生态系统置于规范化的工业机械网络意义,而不是人的意义网络之中,也就完全抛弃了传统中国的人与自然和谐的理念。在上海工人作家哈华笔下,农村是一幅城市"工人新村"的面貌:

> 搬进高层建筑的楼房里,组织成近代化的农民新村,过着更幸福的日子。或者说,建立电气化的农业居民点,而未来的前景,就是农业城市。
>
> ……

宿舍、办公大楼、大礼堂、小商店、招待所、牛奶场、展览馆、花圃,已修建好了,他们在国庆节前即将完成的,是中心医院、六百亩面积的果园、球场、牛奶场的冷藏仓库、自来水管的装置,以及环境全部绿化工作。

……

菜圃、果园和田野,要用米丘林学说,猪猡和奶牛的双重交配法的研究,电动的挤奶器的使用、拖拉机操纵杆的控制、冷藏仓库的管理,主要的不是用力气,而是科学的头脑。[1]

综合来说,中国共产党的国家工业化愿望不是淡漠,而是过于强烈。一方面要建立富强的民族国家,一方面又要实现在全民工业化层面上的以消除工农差别、城乡差别、脑力劳动与体力劳动差别为目标的平均主义理想,因此,"社会主义现代化概念不仅指明了中国现代化的制度形式与资本主义现代化的差别,而且也提供了一整套的价值观。中国语境中的现代化概念与现代化理论中的现代化概念有所区别,这是因为中国的现代化概念包含了以社会主义意识形态为内容的价值取向"[2]。这种情形非常容易导致国家在农业社会背景中以"大跃进""人民公社""上山下乡"等为标志的现代社会动员形式,以及"反现代的社会实践的乌托邦主义:对于官僚制国家的恐惧,对于形式化法律的轻视,对于绝对平等的推重"[3]等对欧美与旧中国城市现代性的批判。因此,在社会主义现代化、工业化的概念中,口岸城市的自由经济成分、浮华享乐生活与丰富多彩的消费日常性生活内容,都在某种程度上被视为国家工业化的障碍。这种情形,在 1980 年代通常被看作前现代农民阶层对于现代性的恐惧,但事实上,它包含了特定的"反现代性"的社会主义现代化内容。这样一来,在口岸城市复杂的现代性特性中,只有其符合工业化的一面才被许可,而其资本主义社会组织与私人性消费性日常生活,则必须被改造成军事的伦理的社会组织与纯粹的"公

---

[1] 哈华:《上海的卫星城市—闵行镇》,载《萌芽》1959 年第 17 期。
[2] 汪晖:《当代中国的思想状况与现代性问题》,载《天涯》1997 年第 3 期。
[3] 同上。

共性"空间,才能进入社会主义工业化进程。"公共化"和现代化,这便是1950—1970年代国家工业化逻辑对城市现代性的框定。

二、"新上海"的城市地位与形象

在国家整体的工业化进程中,一定程度上,原有的口岸城市(特别是上海)的经济力量被整体的国家工业化拉平。这是一个关于上海等口岸城市的地位问题。在我们充分认可了中国1950—1970年代国家工业化的水平,以及其所承续的近代中国以口岸城市为依托的现代化工业化进程之后,我们不得不看到另一个问题:即原有口岸城市经济(特别是上海)在全国现代化、工业化浪潮中地位的衰落。

纯粹从数字看来,上海在解放后"一五""二五"中的工业增长速度是极其惊人的。1952年,上海工业总值已达到了1949年的193.7%,至"一五"时期,已达到368.5%。也就是说,比1949年增长了两倍半还要多。至"一五"后期,这一数字更高达553.5%。仅仅是1958年增加的工业产值,就比1949年全年产值还要多。解放前为"国脉所系"的纺织业,也增长了近两倍,钢产量竟难以置信地增长了1953%。但同时,另一个数字却在下降,即上海工业在全国工业总产值中的比例。1949年,上海的工业产值占了全国的三分之一,但以后逐年下降。至1957年,降至15.8%;至1958年更降至14.3%①;至1979年,上海的工业产值只占到全国工业总值的1/8②。还有几组数字更能说明问题:1978年,上海的口岸出口额仅占全国总额的30%,而在30年代,这个数字却是80%;上海的第三产业的萎缩更是明显,"一五"期间,上海第三产业占全市国民生产总值的40%,而1960年则下降为19.4%,虽然1961、1962两年曾回升至26%,但此后又是长期萎缩③。

---

① 以上数字见张春桥:《攀登新的胜利高峰》,《上海解放十年》,上海文艺出版社1960年版,第3页。

② 杨东平:《城市季风》,东方出版社1994年版,第328页。

③ 见《解放日报》1990年12月24日,转引自杨东平《城市季风》,东方出版社1994年版,第329页。

张春桥虽然引述了 1950 年代上海工业产值在全国工业总产值中比例的下降，却从另一角度表明了一种的喜悦之情：

> 看样子，还要降下去。我同很多同志一样，看到我们生产图表上产值下降的数字，心里总是很难过的。独独看到这个数字，心里不但一点儿也不难过，相反的，感觉到极大的快乐。这个变化着的数字，不恰巧是我们祖国强大起来的标志吗？……大大小小的新的上海在祖国大地上生长起来。我想，总有那么一天，当我们祖国的工业总产值不是象现在这样以千亿元计算，而是以万亿元计算的时候，上海的产值虽然也在逐年迅速地上升，却不过只占全国几十分之一，百分之一，千分之一。那时，我们祖国的面貌不是根本改变了吗？①

由此可以看出，1950 年代以后的中国现代化是以国家工业化形式推动的。它虽然承续了近代以来的现代化进程，却并不建立于上海等口岸城市经济的基础上。相反，上海城市除工业化一项之外，它自身的外贸转运、金融贸易与服务性行业功能，都由于日渐脱离西方世界而趋于减弱。罗兹·墨菲一直强调："从长远的观点来看，上海经济的成长发展，将视它跟整个东南亚和世界各地经由海道自由通航的恢复原状而定。上海的贸易和商业功能，对它的成长发展和市场繁荣，甚至比对它的工业更重要；该项功能，不仅取决于它在中国的位置，而且还取决于它在整个商业世界中所处的地理方位。"②但同一时期，中国官方在《人民中国》杂志的文章中这样看待上海的经济性质："新上海是通过商业的物资交流而跟国内其他各地密切联系的。由于面向国内，而不是面向海外，它在政治上经济上和文化上跟国家合成一体。它为国家的需要竭诚效劳。今天，上海已从中国经济生活中传染病扩散的病源，变成了一个新中国力量的源泉。"③上述这篇文章，其总的观点在于强调上海经济的国家性。上海经济首先体现在其与国内的联系而非海外，其

---

① 张春桥：《攀登新的胜利高峰》，《上海解放十年》，上海文艺出版社 1960 年，第 5 页。
② 〔美〕罗兹·墨菲：《上海：现代中国的钥匙》，上海人民出版社 1986 年版，第 246 页。
③ 转自杨东平：《城市季风》，东方出版社 1994 年版，第 328 页。

中隐含的意义更多,即"旧上海"在本质上根本不能算作中国的国家城市。这一时期,"总体来说,上海价值是以全国利益为目标,由一种工具理性和社会工程而规定。毫无疑问,站在计划经济的宏观视域中,上海的定位是政府(北京)根据全国总体利益而形成的,是外部因素为前提强加的"①。中央的国家工业化的重点一方面是发展内地,另一方面则是强调现代化的上海对于内地的支持。据统计,国家"第一个五年计划"规划在重点城市建设 156 个大型工业项目,却没有一个项目分给上海。但在 1950—1979 年间,上海一般是将地方税收的 87% 上缴国家②,上海向中央上缴的财政收入,居然超过了上海自身市政预算的 13 倍。

张春桥欣喜的预言并不虚妄。在上海经济文化比重在国内地位不断降低的同时,成百个"小上海"在成长!1958 至 1960 年,是中国城镇化超速发展的阶段。由于经济建设上的急于求成和主观臆断,中国工业和城镇化在脱离经济发展水平的基础上超高速发展,城镇人口在总人口中所占比重上升到 19.7%,而建国时这一数字仅为 10.6%。③ 上海经济重要性的减退与国内各中小城市因工业化而崛起的状况恰成比照,它真正说明了张春桥的意思:经由口岸城市而来的工业化进程波及全国,成为了一种普及的国家意义。在这个逻辑上,上海不再一枝独秀,而是成为平均化了的中国城市之一。甚至在 1970—1980 年代,上海在国内也算不上最有经济活力的城市了。这无疑是近代上海自开埠以来的一个最大悖论,但也是上海口岸城市将工业化谱系推广、扩大至全国的必然。

这恰恰印证了柯文的一个说法,即中国的现代化是"沿岸或沿海(香港、上海、天津)与内陆或内地——之间互动的结果","启动变革的

① 〔美〕杜维明:《全球化与上海价值》,载《史林》2004 年第 2 期。

② 〔法〕白吉尔:《上海史:走向现代之路》,王菊等译,上海社会科学出版社 2005 年版,第 320—321 页。

③ 杨云彦:《中国人口迁移与城市化问题研究》,载中国人口信息研究中心官方网站:http://www.cpirc.org.cn。

重任主要依赖于沿海亚文化,而内陆则起着使之合法化的作用"①,换言之,源于殖民过程的上海城市的现代性,只有普及到全国,才具有国家意义上的合理性。否则,它不过仍是一种殖民形态而已。因此,上海城市现代性价值的推广与上海地位的下降,都是中国国家需要的。由此看来,在社会主义中国,上海的价值已不在其本身,而在于它的国家普及意义,这也是国家工业化的结果。

上述情形,不啻说明了上海城市在新中国国家工业化进程当中的微妙情状:一方面,其原有的工业化逻辑被毛泽东时代的国家工业化进程所继承;而另一方面,其不符合国家工业化的特性,如商业贸易、世界性与娱乐消费等服务性内容,却要予以消除。这使上海的城市形象,在解放之后的新中国面临着极大的尴尬。

在此情形下,口岸城市特别是上海的新形象开始在文学中被设计出来。概括起来说就是:对上海形象的设计,其基础是一种社会主义国家工业化图景。在这个总体图景之下,上海又从各个方面被规定了形象:首先,是它的左翼历史逻辑,即在城市中无产阶级反对帝国主义、封建主义与买办资产阶级的历史斗争的"中国革命史"式的线索。这当然也是旧上海逻辑的一种,但却被这一时期的文学夸大为历史逻辑中的唯一价值,并作为一个统一的"上海历史"的脉络出现。这种脉络的必然结果,是产生了一个崭新的社会主义"新上海"。对此,我们不妨把它称为上海知识的"血统论"与"断裂论"。其次,"新上海"是一个生产的而非消费的城市,它将现代化意义中的关于工业生产的含义无限扩大,从而将除此以外的其他意义无限缩小。

通常,按现代化理论的理解,现代化包含了以下要素:"第一,工业化,第二,民主政治,第三,市场经济,第四,先进的科学技术,第五,合理化、世俗化与都市化。"②"但是,由于现代化理论的设论框架……是以欧美的资本主义现代历史演化经验为前提的,中国现代化的未确然状

---

① 〔美〕柯文:《在传统与现代性之间:王韬与晚清改革》,雷颐、罗检秋译,江苏人民出版社 2003 年版,第 2 页。

② 俞吾金:《现代性现象学:与西方马克思主义者的对话》,上海社会科学院出版社 2002 年版,第 30 页。

态就被引向现代化论的一个简化的推论:现代化等于西欧的工业化。"①在毛泽东时代,"就国家社会而言,现代化即是工业化(industrialization)……工业化为其他一切的现代化的基础,如果中国工业化了,则教育、学术和其他社会制度,自然会跟着现代化"②。工业化是一幅宏伟的国家图景,也是上海这座城市形象谱系中最强大的现代性因素。但是,许多学者认为,将"现代化与工业化等同,是现代化理论构造出的'文化神话'……是一个意识形态的传说"③,贝克甚至认为,工业化隐藏着反现代的形态,因为它可能把其他的社会现代性抹杀掉。因此,在社会主义中国,城市的工业化是关于国家现代化的集体的公共想象,而关于城市个体生活的日常性形态都要服从于宏伟的国家目标。国家动员形式不是建立于私人生活基础上,而是建立在军事的伦理的政治层面。于是,日常生活形态渐渐退出新中国文学中的城市生活,从而突出了国家的公共意义。

可以认为,1950—1970 年代新中国文学中对于中国城市的设计,是自上海开埠以来关于中国城市形象谱系的集大成者。它继承并发展了自晚清以来关于现代民族国家的想象,并将工业化、现代化的相关谱系嫁接于国家意识形态图景之上,达到了空前的程度。上海等口岸城市的现代化价值被等同于国家价值。因此,一方面,城市的工业化逻辑扩大为国家逻辑,另一方面,上海等城市地方性的价值取向与身份认同遭到完全的削弱。从另一个角度来说,工业化是这一时期城市想象的核心,而城市的左翼史逻辑与公共特性则保证了这一想象的社会主义政治性质。于是,一个巨大的关于"城市(上海)—中国"的乌托邦开始被制造出来。当然,这种情形绝非上海独有,但是可以肯定的是,在这种想象中以上海为最甚。

① 刘小枫:《现代性社会理论绪论》,上海三联书店 1998 年版,第 30 页。
② 罗荣渠主编:《从"西化"到现代化》,北京大学出版社 1997 年版,第 229—230 页。
③ 刘小枫:《现代性社会理论绪论》,上海三联书店 1998 年版,第 45 页。

第二节　血统论
——上海等城市的左翼历史逻辑

一、红色的上海

1959 年，在经历了"一五""二五"十年的经济建设之后，对于上海城市所体现的社会主义特性的认识，开始成为一个公共话题。在官方的影响下，上海城市的全民都参与到这一关于上海新身份的讨论之中。在创作界与出版界，先是有《上海民歌选》《上海大跃进的一日》①《"上海在跃进"文学创作集》一至五集②与《上海民间故事选》《上海故事选》等群众创作的文集出版，以及《上海文学》《文艺月刊》《收获》等刊物中所发表作品对于上海城市形象的表现。到了 1959 年，又出现了上海各界（包括文学界）对于上海认识与讨论的标志性事件：一是特写集《上海解放十年》的出版；二是上海文艺出版社大规模出版《上海十年文学选集》(1949—1959)，后者包括了话剧剧本、短篇小说、论文、特写报告、散文杂文、诗歌、儿童文学、戏曲剧本、电影剧本、曲艺等十种。这两种大型套书都带有对上海十年文学成就的"检阅"性质。

其中，《上海解放十年》并非纯文学创作，大部分作者都是"上海解放以后，直接参与这场斗争或目睹这场斗争生活的"③亲历者，全集共计 40 万字，近百篇文章。其中除卷首张春桥与巴金带有序论特点的文章外，其内容大致包括："有解放上海的军事斗争和迎接解放的地下斗争，有经济恢复时期的经济斗争和政治斗争，有第一个五年计划时期的社会主义改造、社会主义建设和反对资产阶级右派斗争，有上海大跃进

---

① 《上海大跃进的一日》属于群众性创作特写集，作者大多为业余人员，也有巴金、靳以、黄宗英、罗洪等专业文学人士。

② 内收许多业余作家的小说、特写，也有老作家靳以、丰村、徐开垒等人的创作，中国作协上海分会编，上海文艺出版社 1958 年版。

③ 姚延人、周良才、杨秉岩：《欢呼〈上海解放十年〉的出版》，载《上海文学》1960 年 4 月 5 日，总第 7 期。

中的大规模工业建设和农村人民公社化运动,以及上海社会面貌变化和劳动人民精神生活物质生活上的变化。"①按内容线索,《上海解放十年》的题材可分为上海工人阶级与解放军的政治军事斗争、上海社会主义经济建设与上海人民的新生活三类,大致体现了当时人们对上海认识的几个方面。我注意到,关于上海城市"左翼"视角的历史线索是全书的核心内容,即旧上海不仅是"冒险家的乐园",同时"又是我国工人阶级最集中的地方,是中国革命的摇篮,上海的工人阶级在党的领导下一直在进行着斗争。上海的工人群众是有光荣的革命传统的"②。很明显,这里包含了对于上海的"血统"分析,即谁是上海的主人,是谁创造了上海。张春桥在文集中的一篇文章中说:"人们都说上海是我国最大的城市,是我国最重要的工业基地和文化中心。对不对呢? 答案是肯定的,这是中国人民长时期艰苦劳动的成果。"③这可以说是对于上海"血统"的最简明的概括。该文集中一些文章的题目也已经包含了这种意义,如"战歌""奔向胜利""战斗""怒吼""反击"等等。同时,该集中的文章主题又包含了对于"新""旧"上海的区别,即"断裂论"。用当时论者的话就是:"上海的工人阶级和劳动人民在党的英明领导下,如何以历史的主人的姿态继承并发扬了工人阶级的革命传统,把一个半封建、半殖民地的旧上海,从经济基础到上层建筑进行了一番彻底的改造。"④从集中文章题目看,所谓"新的""第一次""春天""变迁""拥护""第一炉""翻身""第一家""诞生""冬去春来""成长""今昔""新村""笑声""奇迹""跨上""颂歌"等等词汇就包含了对于上海城市史的"断裂论"的理解。其实,不管是"血统论"还是"断裂论",都表明了一种对于上海"历史的终结"式的理解,上海"由国际花花公子变成了中国的工人老大哥"⑤。

---

① 姚延人、周良才、杨秉岩:《欢呼〈上海解放十年〉的出版》,载《上海文学》1980 年 4 月 5 日,总第 7 期。

② 同上。

③ 张春桥:《攀登新的胜利高峰》,《上海解放十年》,上海文艺出版社 1960 年版,第 2 页。

④ 姚延人、周良才、杨秉岩:《欢呼〈上海解放十年〉的出版》,载《上海文学》1960 年 4 月 5 日总第 7 期。

⑤ 旷新年:《另一种"上海摩登"》,载《中国现代文学研究丛刊》2004 年第 1 期。

在《上海民歌选》与《上海民间故事选》中,"左翼"的城市线索也贯穿了作者对上海民间生活的理解。《上海民歌选》由当时的上海市委第一书记柯庆施作序①,当时的《解放》杂志还刊登专文予以高度评价②。《上海民歌选》分为七辑,即"歌颂共产党""歌唱总路线""传统歌谣""工人歌谣""农民歌谣""战士歌谣""里弄歌谣",其中,对新中国、新上海的歌颂居于主体。《上海民间故事选》③共分三辑,其中第一辑为革命斗争故事,突出了"党的领导作用和共产党员的先锋作用";第二辑则突出了民族斗争的意义,选入了有关太平天国运动、小刀会起义和辛亥革命的传统故事;第三辑为上海地区的传统民间故事,突出反抗主题。像《张四姐和崔文才》这样源于他处的爱情故事,在上海的流传中就增加了反恶势力斗争的主题思想④。上述种种情形,使得原本多元的上海城市史线索,在人们的城市知识中再一次被中止。很大程度上,上海的城市史,被当作了无产阶级革命的国家史。所谓"新旧上海",不过是这一逻辑的过程与结果。

在表述"新上海"的时候,如此多的作品之所以去追寻上海革命史的史迹,是为了寻找到属于中国国家现代性历史的开端。巴赫金曾指出:"现实主义不仅仅是一种历史时间,它还是一种国家历史的时间,也就是说每一个民族都必须确定自己的国家概念,有了国家才能确定自己的时间领域,才可能在历史逻辑中找到自己的位置,也就是找到自己的本质。"⑤对于上海来说,城市的本质既然被认为是"左翼"的,那么,也只有"红色"的历史事件才能构成上海城市史的开端。在这里,"革命"不仅是一场运动,一种意识,更是一种"时间"。卡林内斯库说:"'革命'的最初意义及其仍然拥有的基本意义,是围绕一个轨道所做

---

① 作为单篇文章,发表于《文艺月报》1959 年 9 月。

② 章力挥:《上海人民集体创作的最美好诗篇—推荐〈上海民歌选〉》,载《解放》1958年第 5 期。

③ 《上海民间故事选》,上海文艺出版社 1954 年版。

④ 里冈:《民间文学的宝石——读〈上海民间故事选〉》,载《上海文学》1960 年 4 月 5 日总第 7 期。

⑤ 转引自李杨:《抗争宿命之路——"社会主义现实主义(1942—1976)"》,时代文艺出版社 1993 年版,第 33 页。

的进步运动,以及完成这一个运动所需要的时间。历史上的大多数革命都把自己设想成回归到一种较纯净的初始状态,任何一贯的革命理论也都隐含着一种循环的历史观——无论那些前后相继的周期被看成交替式的(光明、黑暗),还是根据一种较系统的进步学说被看成有象征意义的螺旋式上升。"①对于上海城市的历史来说,人们要赋予其"红色的"意义,就必须将它安排在"革命史"的范围。这一点,也是中共党史研究的传统。恰如美国汉学家裴宜理在研究上海工人阶级生活史的时候指出的:无论是中国的,还是外国的,向来都把"中国工运史研究限定在中共党史的范围内"②。对于上海城市的历史来说,其源头与进程,就是一部完整的左翼政治史,或者说就是一部党史。

上海无产阶级血统的起点,是中国共产党的建立,共产党的诞生是上海左翼政治血统的开端。当时许多的文学文本都阐明了这一点,在《战上海》(群立著)这一出话剧中,先后出现了对于上海"血统"的几处处理:在进攻上海之前,三连长望着远方的上海说:"多好的城市,我们党就诞生在这里。"之后,军长,这位北伐战争中在上海组织工人运动的共产党人,与工人出身的战士小罗都以"回来"的心态回到上海。所谓"回来",意味着其原本就是上海的"本地人"。早年在上海与军长一起从事工运的同事林枫,则以"不曾离开"上海的地下党身份,说明着上海左翼政治线索的不曾中断。在文本结构上,《战上海》中的"上海血统",正是通过解放军攻城与地下党内应这两条线索构成的,并在最后合二为一。剧中一幕相当有意味:解放军因久攻苏州河不下而产生焦虑情绪,主攻部队的肖师长"嘴唇抖动着"质问军长:"我请书记同志替我回答王营长对我提出的一个问题(他一字一字地说着,声音有些抖动),我们,是爱我们无产阶级的战士,还是爱那些官僚资产阶级的大楼?"可是军长回答的却是:"我都爱!因为那些官僚资产阶级的楼房、工厂是无产阶级弟兄用鲜血创造出来的。今天,我们无产阶级的

---

① 〔美〕卡林内斯库:《现代性的五幅面孔》,顾爱彬、李瑞华译,商务印书馆 2002 年版,第 173 页。

② 〔美〕裴宜理:《上海罢工——中国工人政治研究》,江苏人民出版社 2001 年版,第 345 页。

战士,是以主人的身份来到了上海……那些被敌人占据着的官僚资产阶级的楼房、工厂,再过几小时,它就永远是我们无产阶级和全国人民的财产,因此,我们必须尽最大的努力去保全它!"其实在这里,师长对于上海"无产阶级"与"资产阶级的大楼"的两分法已经为军长的回答提供了一种逻辑可能,他只是没有让"无产阶级"的逻辑上升为对"新上海"概念的一元性认识而已。另一部话剧《霓虹灯下的哨兵》(沈西蒙〔执笔〕、漠雁、吕兴臣编剧),则将这一思考凝集于一个典型的城市空间——南京路上。老工人周德贵在斥责了讨好美国殖民分子的资本家之后,将南京路归之为"英国强盗、东洋鬼子、美国赤佬","国民党反动派"以及"革命同志和工人兄弟"三种线索。他说:

> 我周德贵活了五十多年,亲眼看见英国强盗、美国赤佬、国民党反动派在南京路上奸淫烧杀,横冲直闯!几十年来,单单倒在南京路的革命同志和工人兄弟就无其数!从跑马厅到黄浦江的一块块砖头上,都有我们的烈士鲜血,有的资本家说南京路是外国人的金镑、银镑堆起来的,我说,不,是我们劳苦大众双手开起来的!是烈士们用鲜血铺出来的!

最后,周德贵的结论是,上海是"我们劳苦大众双手托起来的!是烈士们用鲜血铺起来的!"有意思的是,周德贵话中使用的"赤佬"带有典型"上海滩"的味道,其民间色彩与典型的"革命政治"的话语解析显示出一种不和谐。

像《战上海》这一类描写上海解放题材的作品,其重点表达的不仅在于革命对上海殖民主义、帝国主义特性的消除,更重要的是要表达左翼革命力量的"回归",这种描写使上海左翼政治史的意义得到了体现。如果说《战上海》一剧兼有"占领"与"保全"两重含义的话,那么,杜宣创作于1959年的话剧《上海战歌》①,则在"军政全胜"的主题之下,特别强调了"保存上海"的意义。作品将主题阐释的重点,放在了工人护厂的情节当中。同样是攻打苏州河受阻,同样是面临"究竟是

---

① 杜宣:《上海战歌》(曾改名《姜花开了的时候》),《上海十年文学选集·话剧选集》,上海文艺出版社1960年版。

资产阶级的楼房重要,还是我们革命战士的鲜血重要"这一选择,《上海战歌》并没有像《战上海》一剧中引起剧中人过分的焦虑。在剧终一场,叶峰师长的结语没有突出强调打倒资产阶级帝国主义一类"占领"意义,而是强调了"保全"上海的主题:"磁器店里捉老鼠的任务,我们是完成了,上海是全部解放了,又完整的保全了。"可以说,剧中表现的"保全上海"的主题,已经大大超过了"解放上海"的主题。事实上,"保全上海"这一主题,隐含着上海作为无产阶级城市的左翼逻辑的路径,它不仅指向过去,而且指向未来——上海作为社会主义工业化城市的意义。此剧创作于1959年,从中我们也似乎可以窥见"大跃进"时代人们对上海工业化特征的某种强调。

对于上海无产阶级血统的挖掘,产生了一大批直接以旧上海为背景的无产阶级斗争主题的作品,以及大量描写上海工人阶级反抗帝国主义与国内反动势力压迫的国家叙事作品。如电影剧本《黄浦江故事》(艾明之、陈西禾编剧)、《我的一家》(夏衍、水华编剧)、《七月流火》(于伶编剧)、《聂耳》(于伶、孟波、郑君里编剧),话剧《上海战歌》(杜宣编剧)、《地下少先队》(奚里德编剧)、《难忘的岁月》《动荡的年代》与《无名英雄》(合称《青春三部曲》,杜宣编剧)以及小说《火种》(艾明之著)《刘华的故事》《照片引起的记忆》《走上爹爹的岗位》《辛泉民》《圈套》(赵自著)等等。即使是以描写资本家为主的作品,也通常辅之以左翼政治革命史的线索。如电影《不夜城》(于伶编剧)、话剧《上海滩的春天》(熊佛西编剧)与《上海的早晨》(周而复著)、《春风化雨》(徐昌霖、羽山著)等小说。《上海的早晨》与《春风化雨》都有较详尽的关于工人斗争的表现篇幅,其中主要人物由旧日的受压迫工人而成为新上海的企业领导,就是这种历史进程的必然结果。在这一点上,《春风化雨》表现得更加突出。在民族资产阶级从挣扎到破产的总体叙事中,还硬性加入了无产阶级的斗争线索,这一点与茅盾的《子夜》有相似之处。虽然工人运动的情节并未在结构上与全书构成一体,但作品中还是不厌其烦地写进了工人的秘密建党、罢工等内容。

这一类作品较大的问题是,由于将"左翼革命"作为唯一的现实主义时间标准,左翼政治也就成了"红色"城市唯一的逻辑,这就将复杂的城市工人运动形态纯净化了。应当说,这也是对中国现代城市政治的一种现代性想象。因为,即使都是工人阶级,即使都同样属于现代产业,各类工人阶级的组织构成与政治性格差异也是非常大的。在旧上海,大量的技术工人都有江南籍贯,以行会为组织,并与共产党保有直接的联系;而半技术机器工人,则多半来自北方,并以帮会为组织基础。也就是说,即使是产业工人,其来源与政治构成也不完全一样,甚至很不相同。据对上海工人运动有相当研究的裴宜理的说法,许多上海产业工人有的只是"工匠觉悟",而不是"阶级觉悟"。他说:"技术水平不同的工人往往来自不同的地区,熟悉不同形式的组织,受过不同程度的文化教育,享有不同程度的工作保险系数,对城市生活的适应程度也不同。就上海来说,江南工匠依赖茶馆文化和行会组织,经常发动罢工⋯⋯这些工人很容易接受激进学生组织者的动员,后者很多也来自江南。相反,来自华北的非技术工人,对当时知识分子争论的问题很少有兴趣。由于缺乏教育,与城市生活联系不紧密,这类工人在言谈举止上还与农民无异。介于两类工人之间的是半技术工人。虽然仍不见容于'精致'的江南文化,但这些来自北方的机器工人倾向于在容纳他们的城市生活下去。因为他们的背景严重限制了他们升迁的机会,半技术工人便转向秘密帮会寻求帮助。"①关于这种情况,即使在 1930 年代左翼作家的作品中,也并不鲜见。丁玲的《奔》《法网》,草明的《倾跌》中的产业工人,大多都以同乡聚集为居住生活单位。由于来到上海的农民,多数依靠同乡的关系谋职或寻居,并且都从事相同的工种,因而形成了较固定的地缘性社区,其政治立场有时就是地缘性立场。比如,《法网》中来自沿海农村的下江帮,与来自汉口本地的工人,为争夺生存空间就频频发生冲突,籍贯不同的工人们之间发生的凶杀暴力事件颇不少见。这种情况,出现在现代文学中,还是被允许的,但到了当代,就不符合意识形态对于历史阐释的要求了。也就是说,在当代文学中,工人阶级运动的复杂性与多元性,便被一律作了"革命史"的一元性处

---

① 〔美〕裴宜理:《上海罢工——中国工人政治研究》,江苏人民出版社 2001 年版,第 344—345 页。

理了。

阐释左翼城市历史的作品,首先要表现出现代性的时间概念,以符合中共对于中国政治革命各个历史阶段的时间划分。陶承《我的一家》①的叙述空间是长沙—汉口—上海,这恰是自北伐开始至1930年代左翼政治史的时间、空间转换线索。杜宣的五幕话剧《动荡的年代》②讲述1938年上海一群爱国知识分子在地下党的领导下,组成上海青年救亡工作队,沿长江而上,构筑了上海—九江—南昌—湘赣苏区的政治空间结构。同时,这也是左翼政治的时间结构。《动荡的年代》与《我的一家》在空间线索的表现上有所不同。《我的一家》采用了自然时间中的"革命"空间线索,所以其叙述的早期革命的成分还带有国共合作的多元性质。而《动荡的年代》则强化了对革命的一元性理解,它用空间上的"倒寻"的线索,即根据剧中人从上海逐渐深入到苏区腹地的行踪,直接与苏区红军活动相连。作品用这种"寻找"模式,表达左翼革命逻辑对于"革命源头"唯一性的认识。在诗歌方面,对于城市左翼政治逻辑的寻找,更以其诗歌语言的跳跃性而直接呈现出象征意义。在以上海为题的作品中,场景大多直接选择"一大"会址(如肖岗的诗歌《上海,英雄的城》、黎家的诗歌《星光从这里点燃》)等,或者是出现龙华古塔(如仇学宝的诗歌《龙华古塔放歌》)来表达对于城市的政治起点的理解。同时,作品中如果出现了南京路、外滩大楼或者外白渡桥等场景,则是因为它们着眼于工人阶级与殖民主义的斗争,与顾正红、上海三次工人起义等人物、事件连接(如谢其规的诗歌《上海抒情·大厦》等等)。

在以旧上海为背景的叙事作品中,无产阶级革命被完整地以几个历史阶段形式表现出来,并经常以人物家族、家庭代际的"事业继承"为叙事线索。电影剧本《黄浦江故事》(艾明之、陈西禾编剧)中叙述了上海造船工人一家两代的历史。其中,工人的家族历史与城市的政治

---

① 原作为陶承口述,后被夏衍、水华改编为同名电影剧本。
② "青春三部曲"的第二部。杜宣在1950年代的三个话剧剧本,即《无名英雄》《难忘的岁月》《上海战歌》,都是以中共地下党员的斗争为题材,从中可以看出杜宣所要体现的"左翼"历史线索。

史,在时间上是完全重合的,如满清末年、民初、北伐、沦陷、解放战争、解放后等等。在空间形式上,这类作品往往会选取既有旧上海城市特征、又具有左翼政治含义的场景。电影《我的一家》中,当陶珍带着孩子们来到上海的时候,出现这样的一幕:"(溶入)音乐、汽笛声迭印""(溶入)上海的马路,大世界后面,杀牛公司附近……""一个瘪三缠住陶珍乞讨"。这里表现了上海文学文本中惯常出现的一种空间形式,即上海作为有钱人的天堂与穷人的地狱两种含义同时出现。这与1930、1940年代上海左翼电影《马路天使》《万家灯火》的场景极其相似。《霓虹灯下的哨兵》"全剧用一个衬景,全部是高楼大厦,好像在外滩,又像在日升楼一带"①。作品的场景语义并不明显指称某个特定空间,它只是代表了一个符号,与场景中出现的《出水芙蓉》电影广告以及爵士乐一起,共同构成了旧上海的资产阶级色彩。而童阿男家的棚户住宅是作为旧上海无产阶级的空间符号出现的:"仍然是上海滩,仍然可见南京路的建筑群,但就在这些幽灵般的影子的后面,还有一个与解放后的景色极不协调的世界——苏州河畔的棚户区。"②这一表现模式,使得剧中第七场竟采用了电影式的"闪回"手法:在周老伯讲述罢工故事时直接出现童阿大在罢工中与敌搏斗的场面。六场话剧《一家人》(胡万春、陈恭敏、费礼文、洪宝堃编剧)虽属"大跃进"时期的工业题材作品,但在剧本第一场对场景的说明中,特意安排了一棵银杏树下的"本地老式房子——小工房",作为旧上海工人阶级受到帝国主义压迫的表述:剧中杨家的第一代工人因研究发动机装置而遭英国人殴打,死于银杏树下。因此,这个场景,既是对上海左翼历史的重温,又是"为中国工人争一口气"这一关于新上海工业化图景起点的憧憬。两者共同构成了"新""旧"上海在社会主义逻辑下的历史衔接。杨家两代人,特别是第二代杨国兴,在技术落后的情形下所进行的成功的技术革新,恰是这种逻辑在后来的一个指向。同样,电影剧本《黄浦江的故

---

① 白文:《谈话剧〈霓虹灯下的哨兵〉》,《谈〈霓虹灯下的哨兵〉》,上海文化出版社1964年版,第56页。

② 桂中生:《浅谈〈霓虹灯下的哨兵〉舞台美术设计》,《谈〈霓虹灯下的哨兵〉》,上海文化出版社1964版,第155页。

事》的分镜头剧本,虽一直以外滩、黄浦江为旧上海的空间符号,但剧本前后有些微小变化:情节越到后来,外滩的场景越来越少,而关于黄浦江上轮船的场景却越来越被强调。可以认为,这一时期的文学,对于上海城市"血统论"的表现,虽以"旧上海"为叙述起点,但同时又往往以"新上海"的未来工业图景为终点。这表现出一种完整的政治历史逻辑,即:工人阶级不仅反抗旧社会,同时亦创造新社会。

由于伶、孟波、郑君里编剧的电影文学剧本《聂耳》,在表达左翼政治史的空间方面是最为突出的。由于作品要表现的是在与殖民主义的斗争中产生的左翼政治力量,所以,作品较多地出现了实指性的"旧上海"场景,并与代表"左翼"政治的概念性场景构成了完整的革命史空间线索。剧本开头,聂耳乘坐自越南开来的法国轮船,在外滩铜人码头下船①。在这里,"越南""法国船""铜人",都是典型的殖民符号。在外白渡桥和外滩,聂耳途遇游行的革命者队伍,并在外滩公园第一次听到革命者苏平的演说。外白渡桥与外滩公园,也是殖民符号。在龙华古塔②,聂耳与女革命者郑雷电约会,旁边有囚车经过。正是在这个具有革命者牺牲的象征意义的地方,聂耳完成了革命洗礼。此后,在上海,聂耳分别经历了几处具有革命史含义的场景:聂耳参加的游行队伍"由西门大吉路公共体育场冲出来";聂耳与歌舞班到"闸北、天通庵路、宝兴路、宝山路"慰问十九路军。这几处场景,不仅包含了"一·二八事变"的民族革命含义,而且宝山路还有"四·一二"血案的阶级斗争意义。而聂耳到码头堆栈去接触工人,无疑是要说明他以实际行动参与了工人阶级队伍。后来,聂耳从上海乘船到汉口,剧本中出现了"江汉关钟楼的剪影"。江汉关不仅是武汉的地标建筑,也是1927年北伐军收回汉口英租界的地方。所以,这一场景也具有反殖民主义的含义。到北京,聂耳去了长城,在这里远眺沦陷的东北。剧本此处无疑说明了聂耳对抗战的热情。回到上海,聂耳随学生游行队伍,冲进了在

---

① 铜人指赫德铜像。赫德:英国人,曾任中国海关总税务司长达40年。铜像在上海沦陷后为日军拆除。

② 国民党上海警备司令部设于此处。由于许多中共人员被杀害于此,因此龙华具有了中国革命史的特殊意义。

江湾的上海市政府,并与军警搏斗。在作品的结尾,聂耳乘船来到海面,虚影中先是出现卢沟桥,后又出现天安门,然后结束全篇。在这里,空间场景的设置,完整地传达出了有关中国革命的历史元叙事,其场景也由殖民地时代的旧上海外滩开始,至新中国成立的北京天安门为结束。

在"文革"时期的上海题材文学中,"血统论"有了进一步的深化。这种作品大致又可分为两类。一类是具有了"十七年""社会主义条件下继续革命"内容的文本。如话剧《钢铁洪流》(上海儿童艺术剧院)和同题材电影《火红的年代》(上海电影制片厂)①中的赵四海,不仅承继了敌后根据地"铁匠铺"的革命传统,还有解放后接受毛主席视察钢铁厂的经历;卢朝晖的小说《三进校门》②中的赵平江,在解放前因大闹校长室而退学,在"文革"前又因反对修正主义教育路线被开除,直至"文革"后又重新回到大学;段瑞夏的《特别观众》③中的季长春,不仅有父亲在旧上海拉黄包车的无产阶级家族史,而且还有自己作为解放军海军的"十七年革命"的历史等等。此外还有清明《初春的早晨》④中的郭子坤,立夏《金钟长鸣》⑤中的巧姑,上海港工人业余写作组《迎风展翅》⑥中的方晓等等。由于"文革"时期这一类作品大都是"社会主义历史条件下继续革命"的反"走资派"的主题,所以,人物大都被处理为中青年形象,其伦理色彩有所减弱。加之"造反"型的主题类型,使作品呈现出一种不稳定的主题结构。作品中的上海地方色彩,也已经非

---

① 上海电影制片厂根据上海儿童艺术剧院话剧《钢铁洪流》集体改编,叶丹、傅超武执笔,人民文学出版社 1974 年版。

② 卢朝晖:《三进校门》,载《解放日报》1971 年 1 月 24 日。作者身份为卢湾区工人文化科技馆工人创作学习班学员。

③ 段瑞夏:《特别观众》,载《上海文艺丛刊》第一辑《朝霞》,上海人民出版社 1973 年版。

④ 清明:《初春的早晨》,载《上海文艺丛刊》第一辑《朝霞》,上海人民出版社 1973 年版。

⑤ 立夏:《金钟长鸣》,载《上海文艺丛刊》第二辑《金钟长鸣》,收入《上海短篇小说选》(1971.1—1973.12),上海人民出版社 1974 年版。

⑥ 上海港工人业余写作组:《迎风展翅》,《上海短篇小说选》(1971.1—1973.12),上海人民出版社 1974 年版。

常之弱,只是通过诸如"浦江两岸""新沪中学""沪江医院""江浦路""沪光厂"等机构名称大略显示出上海的地域背景。人物所体现的,也不能算是上海作为地方性城市的左翼历史逻辑了。另一类作品较多存在于"知青"题材中。由于作品中的上海"知青"大多被下放到江西、陕北等地,其革命史逻辑则几乎都直接与红色根据地地域有关,上接的是解放区的政治传统。如华彤《延安的种子》①的纪延风,史汉富《朝霞》②中的叶红等等。主人公的红色背景(其父都是根据地延安地区的老战士),与其离开上海奔赴农村都表明了一种追寻红色传统的意味。"十七年"的中国城市既然属于修正主义路线大行其道,"革命传统"当然只能从革命圣地直接获取了。所以,到了"文革"后期的文学中,旧上海城市的"红色"血统叙述已渐渐消失,也不再被大规模地纳入到文学表现的视域中了。

二、革命的城市史与家族史

在关于上海左翼血统的叙事中,广泛存在血缘伦理结构的支撑,即革命者与其后代在革命意义上的阶级血统与身体血统形成的同构关系。它将关于革命的叙事变为了一种伦理叙事,又以不可抗拒的血缘伦理关系巩固加强了革命阶级血统的稳定性。在此情形下,人物大体依伦理秩序而被分为老一代与年青一代。其间,对于革命传统的认同与教育,使两代人具有了政治伦理上的等级关系。当然,这种叙事文学模式在整个1950—1970年代都广泛地存在,并不唯城市题材的文学所独有。但是,有关城市叙事,特别是上海的工人运动、革命历史与资产阶级消费享乐的叙事想象,使这种模式被空前强化,显示出题材上的巨大等级优势③。

一类作品是陶承的《我的一家》和柯灵的电影剧本《为了和平》,大

---

① 华彤:《延安的种子》,载《文汇报》1972年4月28日。

② 史汉富:《朝霞》,载《解放日报》1973年6月17日,收入《上海文艺丛刊》第一辑《朝霞》,上海人民出版社1973年版。

③ 在同类模式的作品中,取材于其他城市或地域的情况要少得多。有的则模糊不清,如《千万不要忘记》应取材于哈尔滨,但作品并未点明。

体以旧上海时期的革命家族故事为题材。在这一类作品中,妻子一方对于丈夫革命事业的追随是叙述的重点。虽然在现代社会学意义上,妻子是现代核心家庭中与丈夫平等的一方,但在这一类文本叙述的等级上,妻子对于丈夫的追随却类似于"孤儿寻父"的模式,被明显地置于被启蒙的位置。也就是说,丈夫对于妻子,其实体现的是"父"的角色;而女性作为妻子,则在革命伦理方面处于"子"的位置。《我的一家》中的"我"和《为了和平》中的孟辉起初都是没有职业的家庭妇女,而且都是在丈夫牺牲后加入革命的。两篇作品中,《我的一家》中陶珍的成长较为单纯。陶珍在丈夫牺牲后,被组织上先后从长沙接到了汉口和上海。除了组织以外,陶珍基本上没有其他的社会交往,因而她的成长是直接的。而在《为了和平》中,作为丈夫的江浩是一位大学教授,其本身就需要"转型再生"。不像《我的一家》中陶珍的丈夫梅,一开始就是较成熟的革命者。王一川在《中国现代卡里斯玛——二十世纪小说人物的修辞论阐释》中认为,类似林道静、朱老忠、吴琼花等的"这些新型卡里斯玛主人公常常是翻身作主人的昔日被压迫工人、农民、妇女和知识分子,他们曾背负着黑暗社会的沉重负载,并不能直接摇身一变而成为新时代的主体。相反,他们需要经历令人惊心动魄、刻骨铭心的艰难的'转型'过程,才能仪式般的庄严地再生为新的历史主体"[1]。《为了和平》中的江浩早年并没有坚定的革命意志,而且,他作为教会大学(东华大学)的教授,出身和身份本身就说明了其政治上的不纯净。他在上海沦陷时因反日坐牢,后在内战时期因同情学生而被暗杀,还没有来得及实现"转型"就完全退出了叙事。在丈夫牺牲之后,孟辉受到丈夫的好友杨健(地下共产党员)的影响,但是这种引导并不直接。作品用较多篇幅讲述了丈夫的社会环境,这个环境对于孟辉来说是具有危险性的。在孟辉周围的人物中,有作为丈夫同事的学院训导长宋锡赓和美籍教授霍克斯。宋锡赓的形象颇似胡适之,"他的鼻梁上架着金丝眼镜,浑身有一种近于雕琢出来的绅士风度","一

---

① 王一川:《中国现代卡里斯玛典型——二十世纪小说人物的修辞论阐释》,云南人民出版社 1994 年版,第 182 页。

举一动都是棱角","他的服装的整齐,很容易使人产生一种'全身披挂'的印象"。而霍克斯呢,作品说他代表了"慈眉善目,谈吐举止有一种传教士式的声气温和的特征"。这两个人物的存在,说明了孟辉所面临的政治环境的多元性。孟辉在选择革命之路时的艰难,更加说明了其引导者杨健的重要。在这里,杨健类似于《青春之歌》中的卢嘉川、江华等人物,对于孟辉起到了"父"的作用。

另一种伦理结构则发生在"父"与"子"之间。在以解放后"新上海"为题材的作品中,通常都会出现具有"旧上海"左翼政治经历的一位或几位父辈(或祖辈)人物。比如《战上海》中的军长,《霓虹灯下的哨兵》中的老工人周德贵和解放军伙夫洪满堂,话剧《年青的一代》(陈耘、章力挥、徐景贤编剧)中的林坚与萧奶奶,电影剧本《钢铁世家》(胡万春编剧)中的孟广发,话剧《一家人》中的杨老师傅,方言话剧《锻炼》(钱祖武编剧)中的姚祖勤与马奶奶,《黄浦江的故事》中的常信根与常桂山,现代京剧《海港》中的马洪亮,电影《我的一家》中的陶珍,《火红的年代》中的田老师傅等等。即使是《火红的年代》中以落伍人物形象出现的白显舟厂长,也有当年在敌后根据地建设"铁匠铺"(兵工厂)的经历①。这种人物的经历有时会在作品中直接出现,但在大多数情况下只是一种背景,一种由人物身份体现出的关于上海乃至整个中国革命的背景。《年青的一代》中的林坚就非常典型,他似乎兼有各种革命史意义上的身份:既是旧上海的学徒,又是上海工运的干部,还参加过解放军。在剧中,他被看作老干部,但实际职务却是总工程师。这就使他同时具有了工人、工运、军事各种革命史上的一切优势,包括知识与文化上的优势。而在家庭中,他又是林育生的父亲,具有家庭伦理上的优势。萧奶奶同样具有左翼政治史的身份。她作为旧上海时期的工运骨干,坐过牢,并且因丈夫的牺牲而使得自己的政治身份得以强化。在她"讲打鬼子,打老蒋,三天三夜讲不完"的传说中,萧奶奶的个体革命史得到了传奇般的评价。同时,萧奶奶的伦理身份也很明显,她是纵向血缘伦理结构的顶层,其职责似乎也是专门教育青年的。在作品

---

① 当然,这一经历并不在上海,但根据地与新上海构成的仍是一种革命史的逻辑对应。

中,父辈(祖辈)人物与作品中主要人物还构成了血缘上的伦理关系。比如林坚是林育生的养父(《年青的一代》),马洪亮是韩小强的舅父(《海港》)。周德贵虽不是童阿男的直系亲属,但由于曾与童阿男的父亲共同参加过罢工,仍可视为"父权"人物(《霓虹灯下的哨兵》)。"父权"人物的这种角色,使其对青年的革命历史教育,成为一种伦理感化的形式,从而构成一种基于"父权"组织原则的社会控制与动员力量,而革命历史也借助"父权"的伦理权威,具有了天然的政治合法性。

伦理感化方式通常表现为"痛说革命家史"的情节模式。学者黄擎在《废墟上的狂欢》一书中认为,"文革"期间的文学在历史记忆的时代阐释方式,主要表现为"痛说革命家史"与"重温战斗故事"两种类型。其中,"痛说革命家史"更是"样板戏"常规的概述性设置,大体可以分为"主动型"与"诱说型"两种情况①。对于上海左翼历史记忆的回顾,由于是以对家史的回忆为形式,就使"痛说革命家史"模式更加具有了伦理色彩。这种通行模式即使在"文革"前的上海题材中,有时仍不失上海城市的地方特征。比如,林育生的父母在旧上海监牢里牺牲,林坚以教父身份行使着双重监护权力。林坚在斥责林育生时,使用了一连串"你对不起……"的句子。在历数了"对不起""党"和"老师"之后,林坚将重点放在了林育生对生身父母的"背叛"问题上,他斥责林育生"更对不起……对不起你死去了的亲生父母"。在《锻炼》中,马奶奶斥责孙子马一龙时所使用的,也仍然是关于背叛血统的谴责言辞:"你忘了你爷爷和你爸爸受的苦。"在《霓虹灯下的哨兵》中,童阿男与陈喜都被设置在一个接受教育的情境中,但教育者与教育题材却各有不同。对于童阿男,其教育职责由老工人周德贵承担的,其受教题材是关于南京路上的罢工游行:"阿男的爹英勇地牺牲在南京路上";而对陈喜来说,教育者是具有乡土背景的指导员、连长、伙夫洪满堂,教育题材则是关于解放区朴素的生活作风。也就是说,在对童阿男的伦理感化中,对上海地方革命史的记忆仍具有优势。

---

① 黄擎:《废墟上的狂欢——文革文学的叙述研究》,作家出版社 2004 年版,第 91 页。

　　有趣的是,在这一类作品中,作为子辈的革命者后代,通常都同时有着一对生父母和一对养父母。生父母往往在过去的斗争中已经牺牲,其后代由养父母抚育成人。而对子辈进行革命传统教育的,往往是其"代父"。这已经成为了一种叙事模式,其典型的体现是样板戏《红灯记》。其实,这种情况早在《我的一家》和《为了和平》当中,就已经有了端倪:陶珍的"养父母"是党的组织,孟辉的"养父母"是革命者杨健。在解放后的作品中,这种情况就更明显了,比如童阿男与周德贵、林育生与林坚夫妇、韩小强与马洪亮、马一龙和马奶奶等等,都构成子辈和"代父"的抚育与被抚育的关系。有学者在这种情况中找到了中国泛家族主义传统的深厚渊源:"按照这种传统,孤儿或主体总是与生父告别而寻求独立成人;生父不在则需由'代父'代行生父的监护、培养职责,'代父'往往具有比生父远为强大的力量促进孤儿的成长;孤儿的最终成人还有赖于他归宗认祖。"①这一论述当然是有道理的,但要修正的是,"代父"不一定就具有比生父更高的权威。作品之所以将子辈与"代父"(即养父母)处理成继养关系,是为了说明"革命"的政治组织伦理,在等级上要超过生物学上的血缘伦理关系。也即,作品要淡化人物作为生物体的性质,突出其作为政治体的意义。还可以理解为:父母在子辈身体上的给予是不重要的,重要的是在子辈政治身份上的给予。换言之,单纯的家族伦理是要服从于政治的伦理性的。由于"养父母"对于"子辈"既"养"且"育",家族伦理就形成了与政治伦理的同构关系,但在等级上,还是要服从于政治的伦理。所以,较之生身父母,"养父母"更具有政治教育意义上的高等级性。

　　对于上海革命史的记忆,对于革命与家族血缘伦理的传承的表达,通常要由一个传导"革命性"的介质来体现。这个"介质",鲜明地体现了祖孙传承相继的过程。王一川在《现代中国的卡里斯玛》中曾论析过《红灯记》里号志灯的作用,说:"现代孤儿在'代父'帮助下,历尽艰辛成长为新的历史主体……通过这一模式中的对象的传送过程,主体

---

　　①　王一川:《现代中国卡里斯玛典型——二十世纪小说人物的修辞论阐释》,云南人民出版社1994年版,第215页。

经历了考验,完成了成人典礼。"①在《红灯记》里,这一介质就是号志灯,由李玉和的师傅传给李玉和,再传给李铁梅。在《年青的一代》中,这个"介质"是林育生牺牲了的生身父母留给林育生的书信。在《海港》中,则是出现在阶级教育展览会上的"杠棒",以及种种"过山跳""皮鞭""镣铐""绝命桥"等旧上海港码头的器物。《海港》中的核心介质是"杠棒",它与韩小强的"大红的工作证"形成鲜明比照。按当时人的看法:"一根杠棒,铭刻着码头工人的阶级仇、民族恨,代表着工人阶级的革命传统;一张工作证,体现着'共产党毛主席恩比天高',反映着翻了身、作了主人的码头工人幸福生活。"②在"文革"时期,这种"介质"有时还是旧时代留下来的革命者的"血衣""日记"或"伤疤"等等。在文学文本中,"介质"的传导者林坚、马洪亮、马奶奶等人,不仅是政权文化的人格化,同时也是伦理文化的人格角色。他们担负着将"介质"代代相传的责任。因此,革命阶级血统的继承伴随着伦理控制,几乎牢不可破。

在政治革命与伦理的双重结构当中,小字辈的从属依附角色得以确立。因为子辈如果忘却"革命的家世",则不仅意味着他们对左翼历史的背叛,同时也意味着其对家族伦理的反动,几乎十恶不赦。在小字辈人物当中,大多存在两种类型,一类是自觉遵循革命逻辑的,如萧继业(《年青的一代》)、卫奋华(《锻炼》)。萧继业的红色身份似乎来自于其对革命历史的亲历:作品曾讲述他"当童工的时候怎样给塌鼻子工头吃苦头,快解放时候给护厂队传递消息,还把传单贴在国民党的岗亭上"。不过,通常情况下,第二类人物更多一些,即需要"教育"才能继承革命事业的小字辈。如前所述,这一类人物被置于强大的血缘伦理与政治双重结构之中。从其姓名的语义社会学分析来看,"育"(林育生)、"继"(萧继业)、"小"(韩小强)、"童"(童阿男)等,不仅暗喻了"革命后代"之意,还有尚未成长起来的政治上的幼弱性,同时也显示

---

① 王一川:《现代中国的卡里斯玛——二十世纪小说人物的修辞论阐释》,云南人民出版社 1994 年版,第 215 页。

② 闻军:《无产阶级专政下继续革命的光辉典型——赞方海珍形象塑造》,载《红旗》杂志 1972 年第 2 期。

出其在伦理上的等级弱势。不过,这两类人物,虽然同属"子辈",但在"革命教育"的叙事等级上并不相同。比如,"继业"与"育生"两个名字虽在伦理等级上并无差别,都属于"子辈",但在"革命接班人"这一政治逻辑上,"继业"含有自觉的意思,而"育生"则明显说明要有一个"育"的过程。这一情形,显示出两个人在革命的叙事等级性上的差异。

第三节 断裂论
——新旧上海的不同意义

对上海历史知识的认识,伴随着"血统论"的是对上海城市历史逻辑的"断裂"理解。这种"断裂论"理解,其实早在上海开埠时就已开始出现,并在与古代中国的断裂中做出了"历史终结"式的判断。对于国人来说,上海史是一部近代史,并依照不同时期现代性的获得而不断得到其新的历史起点。在近代以来的上海城市史中,总会伴随着重大的历史性事件而产生出所谓"新"的"上海"城市概念。换句话说,"上海"的历史总是依照现代性方案的转换而处于变化状态。正如杜维明所说:"很明显,上海价值,不是静态结构,而是动态结构。上海的价值体系是在变动不居的时空中转化……"所以他认为:"既然是动态过程而非静态过程,就必须避免本质主义的描述。"[①]从整个上海近代历史中,我们可以看到,从上海开埠到国民党的"大上海建设"计划,再到沦陷时短命的伪上海"大道"政府和伪"维新政府"[②],再到上海解放与浦东开放,都有所谓"新上海"之称,其间包含了数次基本价值的转移。比如开埠意味着上海被纳入世界(特别是西方)价值体系;国民政府

---

① 〔美〕杜维明:《全球化与上海价值》,载《史林》2004 年第 2 期。

② 1937 年 12 月,一个名不见经传的小汉奸苏锡文,在日本侵略军的唆使下,在浦东成立伪"上海大道市政府",市旗为绘有太极图的杏黄旗。"大道"政府下属 13 个区公所,但不能管理租界。1938 年 3 月梁鸿志在南京成立伪"中国国民维新政府"之后,伪"上海大道市政府"即告破产,被新设伪"上海市政府"取代。汪精卫伪"国民政府"成立后,成立了伪"上海特别市政府"。此为沦陷区上海的"正宗"政府。

"大上海"计划则包含了民族国家建立的民族主义努力;沦陷时期的"新上海"其实是在日伪统治之下,上海试图"摆脱欧美体系"的"亚洲"意义①;解放上海意味着"中国化""重回中国价值"的"解放"含义,浦东开放再一次意味着重新走向全球化的意义等等。所以,在讨论上海历史的价值时,杜维明认为应该通过三个时段来认识,"第一时段是1949年以前,第二个时段是1949年到1992年,第三个时段是1992年到现在"②。当然,这并不是说其他城市没有过断裂性现象的存在,比如改革开放便是改变中国所有城市逻辑的一个重大转折,但较之其他城市,上海所体现出的断裂性更加突出。它几乎包括了中国近代以来的任何历史阶段,因而其在断裂性上所表现出的历史变迁,也比任何一个城市都更加深切而突出。

一、上海资本主义的终结

作为上海"血统论"红色城市逻辑的终点,是关于"新上海"诞生的神话。通常,对"新上海"这一较抽象概念的表述,因其题材的颂歌性质,在各种文学体式里诗歌表达得最为充分。《上海十年文学选集·诗选(1949—1959)》中,较多收录了这一类诗歌。对这一主题表达比较集中的另一本诗集,是上海文艺出版社于1980年出版的多人集《啊,黄浦江》。两集收录了陈毅、魏文伯、靳以、芦芒、谷亨利、肖岗、方令儒、郭绍虞、陈伯吹、黎汝清、黄宗英、于之、仇学宝、毛炳甫、王森、宁宇、冰夫、李根宝、陈晏、郑成义、谢其规等上海诗人的诗作。如福庚的《苏州河曲曲弯弯》写旧上海:"苏州河是怎么黑的? 嘿嘿/饱饮了祖辈的血汗;/苏州河是怎么臭的? 嘿嘿/洗过洋老板的心肝……",而"新上海"则"一个船头,一张笑脸,一阵桨声激起歌声一片"。还有仇学宝的《龙华古塔放歌》,写"十年前"的地狱如何变成现在的"灿烂风光";刘金的《高歌猛进》写上海如何成为"人民的上海";周嘉俊的《我爱美丽

---

① 汪伪政府在日本军方的"支持"下,曾于1943年"收回"上海公共租界与法租界。法租界"收回"时间较晚,是由于当时法国维希政府已属轴心国阵营。在当时,这一行为被汪伪集团认为是所谓中国"摆脱西方殖民体系"以及"民族解放胜利"的标志。

② 〔美〕杜维明:《全球化与上海价值》,载《史林》2004年第2期。

的黄浦江》祝贺十六铺新码头的诞生;芦芒的《喇叭声响》歌颂上海从第一个五年跨向第二个五年。在主题的表现技法方面,作品通常采用新旧对比的基本手法。比如谢其规的《上海抒情·大厦》中这样写道:"深紫,浅绿,暗红,/山峦般连绵高耸;/这儿曾伸出殖民者的魔手,/挡住了太阳,/挡住了春风……/红旗拂去了含菌的尘埃,/大厦顶端一片晴空,/白鸽在飞翔,气球在飘动;/熙攘进出的是老红军、老工人……建设的热情在心海奔涌。"

较之诗歌文本单纯的"新""旧"上海对比式的"解放"主题,叙事作品的表现可能更侧重于城市在纵向历史线索上的展延。叙事作品所要表达的主题是:"新上海"对于上海无产阶级革命史的承续,和对于上海作为资本主义城市的历史逻辑的终止。周而复的《上海的早晨》,徐昌霖、羽山的《东风化雨》等长篇小说,于伶的电影剧本《不夜城》以及熊佛西的话剧《上海滩的春天》,都阐释了这一点。除《东风化雨》以外,三部作品最终都涉及中国资本主义史的完结,即"资本主义工商业的社会主义改造"运动,并以"公私合营"的完成作为这一部历史的终结。其中,"早晨""春天"等剧名的含义,即包含了中国城市"断裂论"的典型意义。《不夜城》的创作,明显带有《子夜》影响的痕迹,即民族资本家在帝国主义压榨下走投无路的窘状。留英回国的张伯韩从父亲手中接过纱厂艰难经营,并不时与以宗赟春为代表的买办资产阶级势力发生冲突,十几万美元期货投机生意失利,以至于最终彻底破产,宣告了民族资产阶级在帝国主义重压之下的失败。同时,张伯韩的二弟仲鸣夫妇在上海解放前夕错失了去香港的航班,与大年夫妇在香港经营的失败,则说明民族资产阶级经济跨国背景的丧失。同属对资本主义史中止的描述,《上海的早晨》要比《不夜城》意义更复杂。我们看到,资本主义经济体制及在解放后的状态,分别以徐义德、朱延年、冯永祥、马慕韩等人物为代表。其中,朱延年属于顽抗到底的一种情形,冯永祥与马慕韩则代表了资产阶级在新中国红色政权下主动争取政治空间的类型,而徐义德则体现出上海资本主义史中止的"被迫性"。徐义德身上体现了中国资产阶级多重特征,即殖民性、封建性与反动性。他首先将六千锭黄金与巨额资金运往香港,又拟将儿子送往香港读书,另外还有存款在纽约。上海——香港——纽约这三条防线,其实包含了上海资本主义经济体制中原有的世界性空间格局。其次,他的二房太太朱瑞芳的娘家是无锡大地主,而朱瑞芳的堂兄朱暮堂则有日伪、国民党等种种背景。而这两点都体现了"资产阶级的特点——一方面不能不依赖帝国主义,另一方面又跟封建地主阶级有密切的关系"①。其三,他指使梅佐贤利用工贼陶阿毛控制工会,并收买税局驻厂干部,这是他的反动性的写照。以上三点,其实是上海资本主义产生、发展的几种基本形式,在其他几部作品也有表述。与《子夜》不同的是,《上海的早晨》《上海滩的春天》与《不夜城》在宣告上海资本主义历史终结的同时,也在说明"在这个阶级中的大多数个人却又可以获得光明这样一种特殊的历史际遇"②。这种"际遇说"的理论外观,是毛泽东关于民族资产阶级在民主革命时期与社会主义革命时期都具有"两面性"的论断,同时,也是对中国资本主义进行社会主义改造的两个阶段——资本主义企业变成国家资本主义企业,再把国家资本主义企业变成社会主义企业——的图解。《上海的早晨》《上海滩的春天》以及《不夜城》在结尾处都"赠予"了上海资产阶级一个出路,但却是在社会主义新的政治空间里被消灭、转化的"际遇"。

与《子夜》另一个不同在于,以上几种作品同时也具有上海城市"血统论"的色彩。它们将上海左翼政治的逻辑作为历史的最终结果表现出来,这与《子夜》描写工人运动毫无成果以致在结构上游离于全书不同。《上海的早晨》中的汤阿英、《上海滩的春天》中的田英、孙达与《不夜城》中的银娣夫妇等人物都意在说明无产阶级政治的成长史,在上海解放后,他们成为宣告徐义德等资产阶级历史结束的新上海的政治主人。同时,马慕韩、冯永祥、王子澄(《上海滩的春天》)与《不夜城》中张伯韩的女儿张文峥、《上海滩的春天》中王子明的妻子与儿女同时也进入新上海政治。资产者家庭成员的"背叛",是资产阶级消亡

---

① 王西彦:《读〈上海的早晨〉》,载《文艺报》1959 年第 13 期。

② 张炯、邓绍基、樊骏主编:《中华文学通史》第 12 卷,《当代文学编·小说戏剧》,华艺出版社 1997 年版,第 109 页。

的另一个说明。其中,《上海滩的春天》较为典型。熊佛西的这出剧,基本上是在王子明的家庭中展开情节的。对此,熊佛西自嘲说:"我的这个剧本写的是翻天覆地、震惊世界的大事情,可是我只写十二个人物、一堂布景。我是响应党的号召,生产要快、好、省。前两点我谈不上,省,我做到了。"①在《上海滩的春天》中,王子明的转变,受其子参军影响很大。资产者家庭的变化,无疑也在于说明上海资产阶级在中止资本主义历史之后转向社会主义政治的某种可能②。

表现上海资本主义被改造题材的作品,其实是以上海为文本,借以说明中国国家性质的变迁。其间,关于徐义德、张伯韩、王子明等人在这种改造中的彷徨、抵触与被迫接受以致消亡,确属历史中应有的一幕,并非想象意义上的完全虚设。但是,人物体现的关于"在社会主义制度下资本家的命运和前途是光辉灿烂的"③的说法却未免夸张。这种情形,并不在于作品结尾设定的情节结局是否构成真实的中国资本主义历史,而在于这一结论完全是社会主义革命理论的一种预设,从而构成了一部想象性的"意念"文本。我们看到,几部作品中关于民族资本家在面对改造时的茫然、惶惑之情都较真切,但其倒向社会主义政治的情节一般都是急转直下。这种情形在长篇小说《东风化雨》中体现得更加明显。作者虽然在小说中设置了工人在厂里建党、罢工等情节,但仅仅只是作为上海左翼政治血统的一种说明,并没有显示出其能挽救长江厂的任何迹象,在结构上也一直游离于资本家的整个经营活动的情节。在小说结尾处,长江厂关门,孙敬煊破产,王少堂与马仲伯走投无路。但是,此时突然出现王少堂与马仲伯两人路遇上海民众抵抗日货的游行队伍的情节。作品在这时写道:"诡计多端的王少堂费尽心机,无法挽救长江厂的危机,实力雄厚、老谋深算的孙敬煊绞尽脑汁,

① 陈健:《熊佛西在排练场上》,《新闻日报》1957年1月17日。
② 在《上海滩的春天》中,王子明的妻子丁静芳参加了里弄工作,其子王长华参加海军干校学习、入党,女儿王秀珍大学毕业后到边疆工作。《不夜城》中的张文峥参加了边区矿勘队,成为地质工作者。
③ 虞留德:《他倾尽心血创造〈上海滩的春天〉》,《现代戏剧家熊佛西》,中国戏剧出版社1985年版,第390页。

也无法挽救长江厂的危机,只有中国工人、学生与中国人民,只有共产党领导的轰轰烈烈的抵制日货的爱国运动,才挽救了长江橡胶厂和其他无数正在死亡线上垂死挣扎的中国民族资本家和他们的工厂,使他们免于破产的命运。"这实在是一种某种理念式的想象,因为作品根本并未涉及长江厂如何被挽救!一方面是长江厂已经破产,一方面又是长江厂"被挽救",两种关于上海想象构成的矛盾,显然是作者无法解决的。

"灭亡"也好,"挽救"也好,其实都是在借上海资本主义史的消亡,来说明《子夜》没有机会进行表述的新的国家意义。如同《子夜》创作的目的是要回答托派关于中国社会性质的问题一样,《上海的早晨》和《春风化雨》都是在进行关于中国国家问题的解答。在海外的左翼学者看来:"《上海的早晨》这部书的成功所在,同样也是没有避开当时上海的里巷间人物所认为的'重庆是共产主义,武汉是社会主义,北京是新民主主义,上海是资本主义,香港是帝国主义'的现实","读者认真读过这本书后,就可以从上海这个窗口窥视整个中国革命面貌"。① 这种意义如果放在更大范围来看,则是国际性的世界社会主义国家性质的问题,如同越南文译者所说:"读到这部作品(指《上海的早晨》——引者)就不禁联想到越南的资产阶级,联想到河内、海防……"②

"断裂论"的核心,是"新上海"与"旧上海"的决然不同。本来,"断裂"是现代性的一个重要特征,强调"新"与"旧"的差异,并在与"旧"的不同中体现新质。因而,这一类作品通常强调"新旧社会两重天"的主题。当然,如前文所述,在简单的抒情文学(如诗歌)中,这往往是一种简单的比照。但在叙事文学(如小说)里,这个主题的表达要更复杂一些。庄新儒的小说《两代人》,从题目中就可以看出这种清晰的单性思维。俞雪生师傅在退休后,带儿子去他原来工作过的华福百货公司做练习生。在重回公司的路上,俞雪生颇多感慨。他看到公司

---

① 〔日〕冈本隆:《〈上海的早晨〉第一部日文译本前言》,《中国当代文学研究资料·周而复研究专集》,上海师范大学中文系 1979 年 10 月(内刊本),第 191—195 页。

② 张政、德超:《〈上海的早晨〉越南文译本序》,《中国当代文学研究资料·周而复研究专集》,上海师大中文系 1979 年 10 月(内刊本),第 223 页。

高高的尖塔顶：

> 啊！那高耸半天的青灰色尖塔顶看到了，那弯形的塔身，直立的水泥柱子，多么亲切啊！不错，这塔顶上面曾经布满过蛛网般似的洋里洋气的霓虹灯广告，到了晚上，鬼眨眼似的跳来跳去，把宁静优美的夜空搅得乌烟瘴气，尖塔顶在那个时候没精打采，它蒙受了多少羞辱啊！可是，到了有朝一日，邪魔驱除，它就迸发出绮丽的光辉。你看就在这塔顶上面，发出过胜利的信号，在解放军先头部队开进上海，残敌还在据险顽抗的时刻，是我们的英勇的兄弟，冒着横飞的弹片，顺着曲曲弯弯的铁盘爬上去，升起了一面红旗。红旗呼啦呼啦迎风飘扬，旗上染了鲜血，红的更壮丽了。

这种"睹物思人"式的思维，经常用来表达人物对于"新旧社会两重天"的认识，并因旧上海楼宇、器物在解放后的大量遗留而显得无处不在。

在这里，我们触及了一个有趣的现象。对上海"新"与"旧"的概念化比照，其结论往往是先验性的。也就是说，"新上海"之"新"，除却社会主义政治的概念性含义之外，并没有包含城市的具体形态。它完全是一种修辞性的表达，很难成为作家的实际生活经验。因而，"新上海"内涵的空洞是普遍存在的。与此相反，作家们在描述"旧上海"时，其描述的各种各样的城市形态，反而有较可信的经验性。在诸多作品中，"旧上海"无论是地名还是器物，几乎都是写实的。比如通俗话剧《三个母亲》[①]，叙述旧上海一个工人因贫困而将孩子送人，孩子先后辗转了三个家庭。作品中出现的工人王正庭一家，住在南市棚户区，而资本家住宅则在霞飞路、马斯南路一带的法租界。这种由旧上海实际的空间结构所体现的社会"层级"关系，不仅完全符合"旧上海"的城市形态，而且其社会性的准确程度也是明显的。胡万春的小说《卖饼》，取材于 1930 年代旧上海底层儿童的心酸生活，其对于"旧上海"闸北一带地区的形态表现，虽然简略却很传神：

> 这时候，在这都会的另一角，另一种人却苏醒了。在公共租界

---

① 何赛文原著，朝阳通俗话剧团集体整理，方言剧。

的北段、靠近华界的北山西路上,作为"报晓鸡"的粪车已经开始
在辘辘地滚动了。在暗淡的路灯下,潮湿的马路上,也稀稀落落地
有了穿短打、拎盒饭的行人。

......

裕和酒行是双开间的店面,只带零售,没有堂吃的。店堂里摆
满了大小酒缸,朝马路有一排柜台。阿大(作品中的小主人
公——引者)走进店门,就看见官芳腰里围着小作裙在大酒缸里
刮泥脚。

......

同春茶楼常见的那样,楼下单开间门面是卖生煎馒头的和"蟹
壳黄"的。一个赤着上身、肚脐眼露在裤腰外面的大胖子,当当地敲
着扁圆锅子。旁边有一条扶梯,直通楼上。楼上一排窗门大开着,
是三开间统楼的茶楼。进出的茶客很多,扶梯板发出咚咚的响声。

这里,不说更为详尽的对"旧上海"闸北地区华洋杂居的形态的表现,
只说那些"报晓鸡""堂吃""泥角""统楼""蟹壳黄"等等具有鲜明上海
地方性的底层生活讲述,就已经是"旧上海"华界的一幅风俗画了,而
且在描述中不乏作者的亲近感。这种情况,可能会给阅读者一个极其
不愉快但又不能不承认的感受,即作家们仍旧擅长对"旧上海"的叙
述,而对"新上海"的描写,始终停留在概念上。我们再回到对庄新儒
小说《两代人》的分析中。在《两代人》中,俞雪生师傅回到公司的亲切
感,究竟是他意念中的"红旗插上了塔顶"呢,还是他所熟悉的"花岗石
门框里的电动转门""明晃晃的玻璃柜台""亮闪闪的立体穿衣镜""丰
富多彩的商品模型""七巧板似的瓷砖地面"呢?结论无疑是后者。对
于前者,他即使看到,也无从体会;更何况,在枪林弹雨之中,他又如何
能够看得到呢?他感到亲切的,其实是他在公司做事时所经常见到的
场景。虽然这个结论可能让当时的人们无法接受,但却是真实的状况。

基于可信经验的城市描述,在于伶编剧的五幕九场话剧《七月流
火》①中更加突出。剧中主要人物生活和斗争的场所,因其职业和阶层

---

① 后在 1979 年被林谷改编为电影剧本。

所属,基本上在南京路、爱多亚路等公共租界与法租界一带的中心区域展开。职业妇女华素英住在南京西路的康康公寓,她的恋人——医生闻元乔则住在南市区一栋有厢房的石库门楼房。这首先就表明了两人的中产阶级身份。华素英主持的进步图书馆——萤火图书馆,在爱多亚路①的一栋石库门楼房里:"一条石库门的里弄。七月晚上,里弄里坐满了纳凉的人。唱小曲的瞎子拉着胡琴过来,说新闻的敲着小鼓过去,卖瓜、黄金瓜的吆喝声。"闻元乔的生活方式也完全是中产阶级的。他要与华素英结婚,先去找基督教青年会九楼大厅询问礼堂的事情,后又去启昌木器店选家具,再去朋街女子服装店订婚纱,又去培尔蒙店订男礼服。而华素英为支持抗战而进行的义卖活动,其地点也选在了南京路与虞洽卿路(今西藏路)交汇处的新沪百货公司的四楼。在义卖场附近,"先施公司楼上竖着双妹牌花露水的霓虹广告","跑马厅钟楼只剩下黑色的轮廓"。此外,类似租界中央巡捕房、"寓沪西人工部局"、工部局管辖的仁慈医院、扬子舞厅、"沪西越界筑路"等等具体场景的地域名称,使其描写的旧上海形态的真实性达到惊人的程度。

与此形成对比的是,表现"红色"历史的"上海",不论是场景,还是道具,都是虚指的,显示出实际含义的缺乏。比如,《为了和平》中,在解放前夕的上海,凡剧中出现造谣的报纸,都有实名,如《中央日报》等;而刊载正面消息的报纸,却难以说明报纸的名称,因为这些报纸根本就不可能存在!结尾,孟辉与她的引路人杨健见面,被安排在一个意义极其模糊的地方:"在靠近外白渡桥的一座大厦里面,临窗可见黄浦江和江上的点点帆轮船。"这里,作品明显呈现出一种意义构成上的矛盾和虚弱。因为要表现左翼政治在上海的胜利,所以剧本必须将两人"会师"的地点放在"旧上海"的核心空间,也即外滩,借以表现胜利者对"旧上海"的征服。但同时,它又必须小心翼翼地规避这栋楼宇的实体含义,并虚化"大厦"的真实名称,以免使得观众在历史经验里唤起对于高大楼房有关殖民意义的记忆。否则,就无法完成对上海旧楼宇

---

① 原名爱多亚路,今延安中路,原为洋泾浜,是上海著名的臭水沟,后填平成为马路,以英王爱德华名字命名,是公共租界和法租界的分界线。

的无产阶级政治意义建构。

对"旧中国"城市的形态描绘,在另外一些作家的笔下倒是间或一见。这里有两部上海之外的城市文学作品。在表现旧中国城市形态方面,最有成绩的应该是欧阳山的《三家巷》和李劼人的《大波》①。李劼人的小说《解放前夕一小镇》说的是豪绅陈大爷将旧成都的生活带到了附近的小镇,对边地地方土豪的作风穷形尽相:

> (陈大爷)包开了三十几家鸦片烟馆,十几处各色各样的赌博场。虽然没有公然设立娼寮妓院,但是却有几个"粉头"在鸦片烟馆和赌博场钻进钻出;有时在茶铺里,在酒店里打情骂俏,谁也不敢无缘无故去"挨"一下,因为谁也晓得她们都是陈大爷和陈大娘的干女。

陈大爷的豪气,来自于他复杂的社会关系。因为,他"不止是袍哥,据说和外来的'青帮'也有关系。杜月笙到成都来的那次,他去拜见过"。李劼人解放后的创作,应当是延续了他早年《死水微澜》式的创作模式。李劼人在《大波》的创作中力求城市社会形态的真实,"辛亥革命虽然是他亲身经历,又有直接的闻见,但他为了资料真实,仍尽力收集档案、公牍、报章杂志、府州县志、笔记小说、墓志碑刻和私人诗文。并曾访问过许多人,请客送礼,不吝金钱。每修改一次,又要搜集一次,相互核实,对所闻所见,天天还写成笔记,小说中所有人物,又整理有人物纪要"②。在新版《大波》中,还引入了大量奏折、告示等历史文献。李劼人的小说在表现城市形态和细节上力求准确,他说:"所写的生活距离现在已经五十年了,要写得使自己的心神走进那五十年前的'古人社会'才行,绝不能让当时的人讲现在的语言,穿现在的服装,用现在的器物。这类细节必须认真,不能潦草。"③有学者认为:"在他看来,历

---

① 《大波》上中下三册曾于 1937 年 1—7 月由中华书局出版,1956 年下半年,李劼人感到当初成书仓促,遂开始改写。拟分四卷,但第四卷只写了十余万字,作者去世,书稿未能完成。

② 张秀熟:《李劼人选集·序》,《李劼人选集》第 1 卷,四川文艺出版社 1986 年版,第 6 页。

③ 韦君宜:《最后的访问》,载《光明日报》1963 年 1 月 12 日。

史不仅是上层统治集团矛盾冲突和少数显赫人物的产物,更是社会各种力量基于经济、政治、种族因素互相矛盾冲突的复杂运动过程。在这个综合性过程中,上层社会和下层社会的历史动向。显赫历史人物的活动和普通社会成员的意欲、重大历史事件的进展和社会日常生活、风土习俗,都是渗透交织、彼此依存,共同组成了立体的历史生活。"[①]由于《大波》高度的写实性,甚至有学者指出,要研究四川保路运动,不可不读《大波》。这在后文还会有论述。

在"断裂论"对于人们意识状态的表现方面,也呈现出同样的情形。华标、马识途都有这方面的作品。马识途的小说《最有办法的人》,描述了一位有着极强旧掮客习气的职员莫达志在解放后的经历。莫达志在解放前是华屋建筑公司的经理,其实也就是皮包公司的小掮客,解放后当了国营公司的材料员。莫达志继承了旧时代商界的习性:"在包工的过程中,偷点工,减点料,都是照同行的常规办事",其结果当然是遭到揭发,被撤了职。作品虽属短篇,但其主题与《上海的早晨》相似,意在表现城市资本主义的终结,只是《最有办法的人》更加注意资产阶级精神状态的没落。不过,我们仍然看到了其对旧的城市商业形态穷形尽相的摹写。莫达志来到物资交流会,"物资交流会就是设在莫达志的老同行们过去叱咤风云过的老茶馆里","一般搞协作的只要交换到自己需要的材料就满意而归了"。莫达志到重庆搞材料,"不知怎么的他的脚就把他带到校场口来了。这一带的大小巷子,茶楼酒肆,都是当年鏖战激烈的地方"。在这里,他还见到了当年的老相好。华标的《钟老板回店》在刻画上海资本家解放后与工人之间的关系方面,也相当有深度。资本家们既有看到了工人加紧生产、公司盈利时的窃喜,同时又有无法像过去那样随意支配工人的困窘处境,而这些都呈现出那个时代资本家内心深处的悲哀。同时,作为上海资本家,钟老板在性格和心理上,也都带上了上海城市的本地性。即使到了1970年代,这种对于旧上海人物人格形态的表现,其生动性也远远超过其对

---

① 张冠华、张鸿声等:《西方自然主义与中国 20 世纪文学》,中央编译出版社 2007 年版,第 103 页。

新上海之"新"的描述。朱敏慎的小说《带路人》①意在表达"彻底消灭资本主义的残余"的理念。作品讲述了旧上海"鸿利五金店"的行规："'三层楼去'这句话,是过去鸿利五金号秃头老板的一个'煞手招'。因为老板住在店堂的三层,谁要是被他叫到三层楼去谈,就意味着叫你卷铺盖。在职业无保障的旧社会,'到三层楼去谈',也就变成了一句凶险的语言。"这段描写极富经验性,构成了整篇小说最有实感的部分。而作品主题要突出的新时代精神,反而没有给读者任何印象,这恐怕也是作者始料未及的。由此可见,作为城市的本地特征,上海城市的"滩上"性格,虽然只有在批判的态度上是被允许的,但却是这一时期上海城市史的唯一深度表达。虽然这种情况只是间或一现。

二 、作为遗存的城市资产阶级文化

自"社会主义改造"运动之后,当代文学中所出现的旧上海资本主义史,通常被理解为一种"遗存",并主要体现在反动人物或落后人物身上,成为某种人格化体现。细分之下,又有几种类型:其一是人物体现的上海史中的右翼成分与西方背景。比如方言话剧《锻炼》中的白步能,原名杨老七,是出卖进步知青卫奋华父亲的叛徒;《火红的年代》中的应家培,是国民党老牌特务;《海港》中的钱守维是"哪个朝代都干过",有"美国大班的奖状、日本老板的聘书、国民党的委任状"的账房先生;电影剧本《钢铁世家》(胡万春编剧)中的特务原是解放前工厂里的职员;小说《电视塔下》②中的坏分子汪子宗的父亲是旧上海无线电行的老板。这种情形也包括电影剧本《春满人间》(柯灵、桑弧等编剧)、《枯木逢春》(王炼编剧)中知识人物对西方医学文献的迷信等等。其消亡的结局,不啻说明帝国主义、封建主义、右翼政治在上海乃至全国的结束。其二是体现为日常中生活原则的市侩主义,特别是作为旧上海资本主义经济关系中的"等价交换"市场原则,这在上海"文革"题材文学中颇为多见。在上面列举的《带路人》一篇里,解放前在鸿利五

---

① 载《文汇报》1972 年 2 月 26 日。
② 段瑞夏著,载《朝霞》1974 年第 1 期。

金店当学徒的陆根生,解放后当了经理,却满脑子的旧思想。他满口是"五金店非要搞出点苗头不可"等"旧上海"行话,作者批评道:"分配商品不是根据工厂生产需要的轻重缓急,而是着眼于摆平。这不是单纯的做买卖吗? 这不也折射出鸿利五金号的影子吗?"在这里,"苗头""摆平"等上海滩商界旧语,都被视为"资本主义的残余"。电影《无影灯下颂银针》①中的罗医生,因醉心于一百例成功的胸科手术,而将重病人赶出医院或干脆不收。电影暗示,这是"十七年"修正主义医疗道路的延续。在同名话剧剧本中,罗医生的名利思想并不像电影里那样严重,他只是从医疗技术的可靠性上反对针灸麻醉,而且还有解放前"进步"的历史:他虽然无法给老杨师傅治病,但毕竟同情杨师傅。即便如此,剧本还是交代了罗医生的西方知识背景:其解放前供职的医院是教会机构"爱仁"医院。这就是"资产阶级"文化遗存的一个原因说明。还有独幕话剧《迎着朝阳》②中56岁的"旧社会的老板娘"殷翠花,她不仅竭力反对自己女儿殷玉萍当清洁工,还挑唆卫生局副处长老方的女儿杨洁。此外还有,话剧《战船台》(杜冶秋、刘世正、王公序编剧)中的董逸文,其父亲是旧上海的洋买办;小说《特别观众》中老技术员苏琪,满口"活络生意"等旧上海商业语言;小说《号子嘹亮》③中的装卸工赵祥根,满脑子自觉低人一等的旧上海等级观念;小说《新店员》④中的坏分子梁德鑫,具有旧上海小业主背景。食堂负责人顾月英"怕赔本"的"等价"思维,就来自于梁德鑫的影响。值得注意的是,"文革"时期的上海题材小说,不仅强调"新上海"与"旧上海"的断裂,同时亦强调"新上海"与"十七年"上海的断裂⑤。比如上边引述的电影、话剧作品《无影灯下颂银针》,在话剧剧本中,罗医生还只有解放前生活的经历,且不乏善良品行,但在电影剧本中,就加上了罗医生在"十七年"

---

① 上海市胸科医院业余文艺创作组创作,原为话剧,电影为桑弧导演,祝希娟主演。
② 湖北省参加部分省市自治区文艺调演节目,李冰、胡庆树编剧,湖北人民出版社1975年版。
③ 边风豪、包裕成:《号子嘹亮》,载《朝霞》1974年第3期。
④ 上海戏剧学院戏剧文学史编剧专业一年级集体创作。
⑤ 这种情形,恰好也印证了本节开头所说的关于上海现代性不同时期多变的状况。

的唯名是求的"修正主义"行为,且人性中也无善良可言。

虽然在这一类作品中,"旧上海"城市概念中的资本主义政治、经济原则作为一种"遗存",构成了与新上海社会主义政治经济空间的斗争冲突,但是千篇一律的"灭亡"模式所制造的,恰是一个旧上海已经完全"覆灭"的神话。此类作品的层出不穷,不能认为是资产阶级"遗存"继续大规模存在的依据,从另一个意义上说,不过是对于"灭亡"概念的不断重申罢了。在这一点上,它与《子夜》所写的封建势力在上海的"灭亡"有异曲同工之妙。

值得注意的还有"资本主义残余"所体现的人格化与身体特征的问题。通常,这一类作品都将落后或反派人物作为"资本主义文化遗存"的人格化了身体特征方面的模式化描写。这些人物的身体特征,往往被描述为瘦小、干瘪,脸色苍白[1]、表情阴毒,或者有身体缺陷(其程度最轻的是眼睛近视而必须佩戴眼镜)。这一种身体的政治特征大量出现的状况,也早已被多数学者注意到,将其作为了"文革"文学的一种特征。但是,这是一种普遍性的存在,并不自"文革"文学才开始。比如,曹禺话剧《明朗的天》是表现影响中国知识界的西方文化的全面退却,其间,对于知识界的西方文化因素,主要就是通过人物的身体特征表现的。在剧中,尤晓峰是一个典型的洋奴,作者着意要突出的是其身体上的"怪异"感:"他是一个矮个子,脸上白里透红,十分光润,鼻下有一撮黑黑的小胡须。如果他不穿着一套剪裁得十分美国味道的西装,他会随时被误认为是日本人。他戴着一副学者味道的眼镜,但这一副眼镜并不能改变他给人们那种庸俗滑稽的印象。"人物标志性的"胡须"式样,当然是"恶"的身体特征,但同时它又使其身体呈现出非"欧美系"的"次"等级劣势。而对于燕仁医学院的教务长江道宗,作者着意的是他身上的"胡适"风格,其特点是正宗的"民国"式风度:"他身材适中,面貌白净,眉毛淡得几乎看不出。一对细细的小眼睛,看起人来就不肯放过,闪着闪着,像是要把一切都吸进去的样子。他非

---

① 与此形成鲜明对照的是《霓虹灯下的哨兵》里无产阶级赵大大"黑不溜秋"的身体特征。

常爱惜自己的'风采',穿着一身毛质的潇洒的长袍,一尘不染,里面是笔挺的西装裤,皮鞋头是尖的,擦得晶亮。他是有惊人的洁癖的。"在这里,我们可以看出作者在突出人物身体特征时的困难。江道宗的外形是整齐、洁净的,不仅没有任何古怪的地方,反而是民国时期中国知识分子的标准形象;虽然其形貌显得阴冷,却也并不怪异。其实,江道宗的身体"问题"在于其"无瑕",即对身体的过分关注和修饰,而这恰恰是资产阶级身体观的一种体现。这种情况之下,作品只好由作者直接下定判语:"洁癖",以其对身体的过分关注来表达其资产阶级属性。

　　身体特征所体现的阶级特性,这也是学界的公论,笔者完全同意。但笔者更关心的问题可能更深一步,即身体的人格化修辞所要取得的所谓"资本主义"遗存在与社会主义制度对抗时采用的方式问题。首先,在资产阶级人物身体的形象感方面,女性人物常常被作者以"物化"手法来完成。所谓"物化",是指在文本中,女性身体常常与某些物体或生理感觉相关。作品不仅以此隐喻女性特征,更重要的是,以此将女性降低到"物"的层面。其最常见的手法,是以动物喻女性,达到将女性作为性对象的目的,也即将女性看作性玩物。当然,从写作的性别角度看,其男性中心思维是不言而喻的。但这不是问题的关键,关键在于它是如何取得政治上的隐喻作用的。我们注意到,中国当代城市题材文学,并没有出现对于女性"性感"的直接描绘,这一点,与同时期的乡土文学有较大不同。我们在《创业史》《辛俊地》《铁木前传》等当代著名作品中看到其对于女性"性感"乃至放荡的赤裸裸的性特征的描绘,有时甚至是绘声绘色的,有着某种"色情"成分。这里不妨引述一段《创业史》中对三妹子身体的描写:

> 那个年轻漂亮的三妹子,浓眉大眼,相当动人,竟然用戴戒指的手,拂去落在高增福棉袄上的雪花,身子贴身子紧挨着高增福走着。她的一个有弹性的胖奶头,在黑市布棉袄里跳动,一步一碰高增福的穿破棉袄的臂膀。

在"十七年"和"文革"城市题材文学中,很少甚至没有出现过此类赤裸裸的"性感"描写,其缘由应当说和城市题材本身的危险性有关。因为城市题材本身就是"高危"题材,容易导致写作"意识"问题。假如再发生性描写方面的不谨慎,就更加危险。我们看到,在展示"资本主义遗存"的城市题材中,通常没有过于色情的描写成分,身体特征最多只是出现纯粹"物"的符号性,也即阶级性,如衣着艳丽,满身香气等等。像《霓虹灯下的哨兵》中,连伪装成解放军的特务都会说:"怪不得,一个戴眼镜,一个穿高跟鞋,都不是好东西。"在这里,"高跟鞋"指代的是林媛媛的母亲林乃娴,当然也是"资产阶级"的身体符号;连诱惑陈喜的女特务曲曼丽,作者也没有对其进行性特征方面的描述。换言之,"资产阶级"对于社会主义的对抗,并没有以身体的形式出现。那么,这种"对抗"又体现在哪里呢?

其实,"资产阶级"对于社会主义的"对抗"行为,由于其阶级本身处于整体的消亡状态,形式上只是一种"侵入",即以并不明显的状态,悄悄地进行。就其"侵入"的传导方式而言,也并非"暴力""冲突"等行为,其对于无产阶级文化的"异质性",多数是依据有关身体的气味、声音等中间性"介质"来体现。其"侵入"方式,被采用最多的是"资产阶级"人物身体的"气味"和"移动"。《霓虹灯下的哨兵》的导演黄佐临在谈到导演体会时说,"经过十多次瞄准和射击",最后选定了"冲锋压倒香风"作为全剧的主题思想:"我们感到像'保卫大上海''保卫游园会''站马路''争夺上海阵地'等等,都太小,太实,太具体,太片面,但是这是很必然的过程,因为我们初读剧本,必定经过一个感性的认识阶段,只看到剧本中的情节、事件。"[①]在这里,"香风"就是一种介质。在导演的意识中,它包含了南京路"摩天楼上霓虹灯闪闪烁烁",还有让赵大大心烦意乱的爵士乐等"异质性"文化,当然,也包括实指的"香气"。剧中,鲁大成、路华与陈喜有一段对话:

> 鲁大成　你这儿有什么情况?
>
> 陈　喜　情况?没啥,一切都很正常。
>
> 鲁大成　照你看,南京路大平无事喽?

---

① 黄佐临:《谈谈我的导演经验》,《导演的话》,上海文艺出版社1979年版,第202—203页。

> 陈　喜　就是,连风都有点香。
>
> 鲁大成　(惊讶)什么,什么?你说什么?
>
> 陈　喜　(嘟哝)风就是有点香味!(走去)
>
> 鲁大成　你!你……
>
> 路　华　(自语)连风都有点香……
>
> 鲁大成　不像话!
>
> 路　华　是啊!南京路上老开固然可恨,但是,更可恼的倒是这股熏人的香风!
>
> 鲁大成　这种思想要不整一整,南京路这地方——不能呆!
>
> (爵士乐声荡漾,霓虹灯耀眼欲花)

这里,"香风"是资产阶级文化的指代,像洪满堂、鲁大成对陈喜的指斥的:"一阵香风差一点把你脑袋瓜吹歪了。"

之所以将异己文化统称为"香风",当然来自于这种文化的性别和身体指代,即资产者女性身上的香气。但更重要的,由于"香风"的存在形式是"移动",因此,它主要指代一种文化"侵入"的方式,即异己文化"侵入性"的无法意料和不可控制。剧中,路华的一段话就表明了这一点:"帝国主义的阴魂还不散,他们乘着香风,架着烟雾,时刻出现在我们周围,形形色色,从各个方面向我们攻来。"这里,"香风"和"烟雾"的移动方式都具有不可控制性。西方思想家早就注意到嗅觉在城市文化中的作用。罗德威曾指出:"对存在或者穿过某个特定空间的气味的感知,也许会有不同的强度,这种对气味的感知将会停留一会儿然后消散,它将一种气味区别于另一种气味,将某些味道同导致地方感和对特征地点的感觉的那些特定事物、组织、情形和感情联系起来。"列斐伏尔也指出,不同空间的产生主要是和嗅觉相关联的:"'主体'和'客体'之间产生亲密关系的地方肯定是嗅觉世界和他们的居住处。"由于气味来源于人的肌肤,因此,气味不仅表明了其所在地点的特征,也表明了人同所在环境的关系,甚至是人群的特征、特定人的特征。与视觉比较起来,似乎气味的特征能更准确地表明其社区文化本质。因为,按照本雅明的看法,"一个人可以凝视但不会被碰触到,可以介入但却远离群体",比如人们可以站在阳台上观察人群,以显示其对于人群的优越感。也就是说,视觉可以控制,但嗅觉是难以控制的。所以,西美尔谈到嗅觉时说,嗅觉是一种特别的"分离感觉",传送厌恶多过吸引,提出了"嗅觉的不可容忍性"。列斐伏尔认为,嗅觉似乎可以提供一种更直接、更少预谋的相遇;它不能被打开或者关闭。因此,嗅觉比视觉更可信。斯塔列布拉斯和怀特也指出,19世纪中叶,"城市……作为气味仍然继续侵犯资产阶级的私有身体和家庭。主要是嗅觉激怒了社会改革家们,因为嗅觉同触觉一样,代表厌恶,它弥漫四处,无形地存在,很难被管制"①。所以,在黄佐临看来,表现"旧上海"等城市的时候,《霓虹灯下的哨兵》里的"香风"作为对于纸醉金迷资产阶级生活的指代,与爵士乐一样,随风流转,让人无法防备,"侵入"无产阶级的营地,与"左翼"的革命政治发生冲突。

当然,在一些作品中,"香风"也是一种实指,具有性别和女性身体的含义,表明了传导气味的人物的生活习性乃至阶级属性。在曹禺的十幕六场话剧《明朗的天》中,有一个兼具洋奴与特务双重身份的刘玛丽,其正式身份是燕仁医院美国医生贾克逊的秘书。刘玛丽的身体特征主要是气味:香气和烟味——"她又干又瘦,脸上抹着脂粉,头发剪得短短的。她烟瘾很大,总是用一支短烟嘴"。在这部剧作中,男性人物的身体特征主要是通过衣着体现的,而唯独对于刘玛丽,作者使用了"气味"这一"介质"。这固然说明了刘玛丽的阶级特征,但更重要的,"香气"是对于不良女性的性别指代。而作为女性,刘玛丽身上又有着"烟味",就从性别角度更增加了她令人不能接受的"异己"感。其异己阶级的"侵入感"以其性别而尤其显得不可抗拒。因此,刘玛丽的"异质性",不仅在于"阶级",也在于性别。如果我们扩大一下对此种情形的考察范围,就会发现,在"文革"文学中,"脂粉气"一般是作为阶级性体现的符码的,通常有一些反面女性人物,被叫做"十里香"一类绰号,而且是"未见其人,先闻其味"。"香味"的出现,是资产阶级向无产阶级"进攻"的第一步。在"文革"时期的话剧作品《迎着朝阳》里,围绕

---

① 〔英〕约翰·厄里:《城市生活与感官》,《城市文化读本》,汪民安等主编,北京大学出版社2008年版,第160页。

着知识青年是否当清洁工的主题,两个阶级展开了斗争。显然,清洁工的工作在气味上属于"臭",其对立面当然是"香"。香与臭的分野,表明了其所隐含的阶级对立意义。由于"香气"是"旧上海"等城市资产阶级生活的符码,作为"异己"文化,它必然会"腐蚀"青少年,同时向无产阶级政治"进攻"。由于"文革"期间的作品中不大可能出现对女性人物身体"性感"特征的描绘,因此,"香味"几乎是对于人物阶级属性唯一身体特征的认定。而且,除了语言,身体散发着"香气"也是与革命政治发生冲突的唯一方式。由于气味来自于人的肌肤,所以反面力量的"侵入"也几乎是不可避免的。因此,在情节安排上,作品通过"香味"引导出反面人物,并进而与无产阶级爆发冲突,这样"气味"就构成了情节的核心。由此,我们不难体味毛泽东《在延安文艺座谈会上的讲话》中所说的关于知识分子和工农大众孰"香"孰"臭"的论断。

　　与"侵入"相关的另一个有关身体的特征是行为方面的,即反面人物的身体"移动"。我们看到,包括《霓虹灯下的哨兵》《锻炼》《海港》《火红的年代》中的反面人物,也包括《千万不要忘记》以及多数"文革"时期作品中的落后人物,其活动方式都是身体"移动",即在人群中窜来窜去,或者煽风点火,或者挑拨是非。这在"争夺下一代"的题材作品中尤为突出。其鬼鬼祟祟的形貌,并不完全是表现反面人物的人格化表征,也是在表达其"侵入"的方式。在城市社会学的理论中,"城市生活的多样性、密集性和刺激性长期以来一直与移动形式相关联","过度移动常被指责为城市堕落和危险的根源"。芝加哥学派的伯吉斯甚至认为,过多的移动和刺激"无可避免地使人迷失和道德沦丧"①。由于"移动性"造成的是一个不同于同质性文化的"私有空间",从而使移动者具有了不同于公共群体的私人主体性,因而,它绝对是一个"异质性"的力量。"移动"不仅说明了移动主体对于群体的"异质性",同时也表明了其"侵入"方式,它充分表明"移动"主体的弱小和边缘特征,从而将资产阶级的"遗存"以人格化的形式表现出来。在《海港》

---

① 〔英〕米米·谢勒尔、约翰·厄里:《城市与汽车》,《城市文化读本》,汪民安等主编,北京大学出版社 2008 年版,第 211 页。

中,钱守维总是在没有他人的情况下,对韩小强灌输一些有悖于无产阶级政治的道理:或者是"八小时以外是我的自由",或者是"靠我们这号人还能管好码头?"等等。在行为上,他或者在无人的情况下将玻璃纤维放进稻谷包中,或者将饮水开关打开,用饮用水洗手。一旦人群上场,反面人物便离场。此外,还有话剧《战船台》中的董逸文,由于父亲是旧上海的买办,学会了"忒滑"的"滩上"作风。作品描述他的性格是"你要吃甜的他就给你端糖罐;你要喝酸的他就给你拎醋瓶","过去和温伯年(原来的厂长)打得火热,一口一个温总,温老师,老家伙把全厂的技术大权都交给了他。现在削尖了脑袋……又缠上了老赵(车间主任)"。这种性格,给人带来的是到处逢迎而造成的极端不稳定感。显然,两面三刀、到处讨好的做派是需要繁复地穿梭于各种人群之中才能完成的。而在话剧舞台上,身体的"移动"就构成了其最重要的特点。

三、空间意义上的"新上海"

对于"旧上海"资本主义精神遗存的灭亡的描写,要比对"旧上海"物质遗存的描写容易得多。对上海"断裂"性的理解而言,如何借助"旧上海"的物质空间(特别是建筑空间)来表达"新上海"主题恰是一个难题。其复杂性在于,上海历来是以其建筑空间上的现代性而获得其"现代"意义的,不借助于此,很难获得对于上海地域的指认。同时,上海的高大洋房又是一种跨越地域性的世界性现代化符号,在1950年代以后,由于人们对国家工业化蓝图的憧憬,高大建筑还被作为一种工业化现代性符号而得以强化。但是,上海大面积存在的殖民时代的建筑又使人无法回避它的殖民记忆,一旦进入文学表现领域,可能不仅无法获得其在断裂层面上作为社会主义"新上海"的政治身份,甚至还会造成对殖民主义的记忆。这一类建筑空间,除了高大的洋房,也包括作为现代经济中心符号的码头、厂房、道路,还有作为"旧上海"主要居住形式的弄堂与棚户。上述种种情形决定了,在进行新上海社会主义的空间想象中,既要借助于旧上海建筑空间形式的表现,又要赋予其崭新的社会主义的城市意义。

在 1950—1970 年代的上海空间建设方面,"新政权直接利用了旧上海的空间结构,确立了自身在城市的权力地位。象征旧上海各种政治、经济、文化权力的符号性建筑,多被移用于新政权的各种机构"①。因而,面对上海中心区的殖民时代的建筑,文学的空间表现是无法回避的。比如芦芒《东方升起玫瑰色的朝霞》写人们在市委大楼结束会议:"在上海市人委拱形花岗石大门里,/走出听完传达报告的人群。/挺立的大石柱,/乌亮的铜质大门,/门旁卧着黑黝黝的一对铜狮……"②这里,立柱、铜门和铜狮等金属与石质构件,是要表明其作为社会主义政治建筑的庄严与不朽。这本来是"永恒""不朽"等主题惯常使用的手法。西方许多文学文本都出现了这种情形。比如波德莱尔在《恶之花》中就有"把美比成大理石像那样无表情,无感觉"的理念:"大理石像是永恒的,不动的,无言的"③,因而,雕像是"最高傲的""堂堂的姿态""像石头的梦一样"④,表明了一种永恒性。但是,由于"立柱"和"铜狮"是这幢建筑作为汇丰银行大楼时的遗存物,就可能发生殖民性方面的危险。所以,这种情况相对少见。更多的作品并不对这些殖民时代的建筑进行实写,只呈现出虚化的符号性处理。由于关于上海作为工业、商业、港口中心的身份指认已经符号化,在消泯了外滩大楼、国际饭店、百老汇大楼等建筑场景原有的西方建筑形式中殖民与消费的文化含义之后,成为典型的城市现代性符号表述。公刘的《上海夜歌(二)》是一个宣言,它表明了即使是在社会主义时期,现代主义的手法依然是表现上海城市物质场景的基本策略:"轮船,火车,工厂,全都在对我叫喊:抛开你的牧歌吧,诗人!"这种情形,与施蛰存在 1930 年代的诗歌主张所阐明的是同样的道理。施蛰存将现代诗歌看作"现代人在现代生活中所感受到的现代的情绪,用现代的词藻排列成现代的诗

---

① 陈映芳:《空间与社会:作为社会主义实践的城市改造——上海棚户区的实例(1949—1979)》,载《热风学术》第一辑,广西师范大学出版社 2008 年版。

② 新上海的市委使用了原来的英国汇丰银行大楼。该楼为罗马复兴式古典主义建筑,曾被称为"自苏伊士运河到白令海峡最美丽的建筑",门前有一对铜狮。

③ 钱春绮译注,见〔法〕波德莱尔:《恶之花·美》,钱春绮译,人民文学出版社 1991 年版,第 46 页。

④ 同上。

形"。而所谓"现代生活",在施蛰存看来就是:

> 所谓现代生活,这里面包括着各式各样的独特的形态;汇集着大船舶的港湾,轰响着噪音的工场,深入地下的矿坑,奏着 jazz(爵士)乐的舞场,摩天楼的百货店,飞机的空中战,广大的竞马场……甚至连自然景物也和前代不同了,这种生活所给予我们诗人的情感,难道会与上代诗人从他们的生活中得到的感情相同吗?①

在施蛰存所列举的现代场景中,除了"爵士乐""竞马场"等具有消费意义的场所之外,其他物质性的场景与公刘的主张表现得基本上一致。从中,我们也可以看出"十七年"城市题材文学在表现现代性场景方面对于"旧上海"文学的某种承继性。

《上海夜歌(一)》可视为公刘诗歌主张的实践,在对于上海现代性场景的描绘中,作者依然选取了城市中心的外滩和南京路:

> 上海关。钟楼。时针和分针
> 像一把巨剪
> 一圈,又一圈,
> 绞碎了白天
>
> 夜色从二十四层高楼挂下来,
> 如同一幅垂帘;
> 上海立刻打开她的百宝箱,
> 到处珠光闪闪。
>
> 灯的峡谷,灯的河流,灯的山,
> 六百万人民写下了壮丽的诗篇
> 纵横的街道是诗行,
> 灯是标点。

这首诗在表达城市的空间感和时间感时,采用了"并置"的蒙太奇手

---

① 施蛰存:《关于本刊的诗》,载《现代》杂志第4卷第1号。

法,给人完全的电影镜头感。同时,视觉效果采用了从高到低的顺序。这些都是自新感觉派以来上海文学传统的体现。诗歌完全沿用了现代场景写作的传统,特别是对于城市建筑高度的强调。而对于"夜色"的使用,则来自于现代主义文学的城市兴趣。其分别使用海关大楼和南京路的国际饭店作为参照,既高下参差,又纵横成行。只不过,在篇尾还是出现了"六百万人民"的句子,以符合当时的意识形态"共名"。

这一时期叙事类的上海文学,开头部分大都采用了"巡礼"式表现方式,其目的是突出上海城市的现代性风貌,也是为了避免对有关建筑场景所包含的殖民意义与市民消费意义的深究。这似乎同新感觉派使用"巡礼"手法描述高大洋房而回避其背后小巷一样,但意义又有不同。新感觉派要突出的是建筑空间上的西方性,要回避的是小巷里弄中的东方性内容。而1950—1970年代的文学则强调建筑空间的现代性,而回避其西方性。因此,这一时期文学,虽大都以高大楼房作为背景,但在叙述中又将空间迅速转移至他处,很少将高大洋房放进实写范围,也避免将读者的阅读长时间逗留在建筑上。比如电影《黄浦江故事》第一章在"景渐显"的说明中特意交代:"这是解放后的上海,草木葱茏的外滩,车水马龙人来人往,海关大楼响起悠扬的钟声,黄浦江上洒散了阳光的金点。"在第十章中,外滩建筑的成分减弱,而没有域外色彩的"烟囱林立""轮船穿梭"等黄浦江景象,在重要性上逐渐取代外滩。《霓虹灯下的哨兵》开头的场景是"火光中时而看到百老汇大楼的轮廓,时而看到江海关的剪影",但结尾处,空间重点转移至军民联欢的公园。《不夜城》结尾公私合营成功后狂欢的地点,是在中苏友好大厦(在原哈同公园旧址)①,最后的镜头推至万家灯火的南京路永安公司、先施公司、大新公司处。通常来说,新上海题材文学的空间描写热

---

① 中苏友好大厦是1950年代以后新上海的标志性建筑。此类建筑在北京、武汉、沈阳等城市皆有,建筑样式为苏联时代的拟古典主义。中苏关系破裂后,各地此类建筑统一改称XX展览馆。中苏友好大厦原址为犹太巨商哈同的私人花园,名为爱俪园,俗称哈同花园。

点仍是外滩与黄浦江一带,所以海关大楼①、市委大楼、外白渡桥、人民广场②等词汇出现频率极高,而黄浦江两岸与江中轮船则成为泛化的上海指代。但作为关于上海现代化的观念性意象,有时仅仅出现建筑名称。像《火红的年代》中的外滩场景:"宽阔的黄浦江正从晓雾中醒来。外滩,洒水车冲洗着宽阔平坦的马路",类似这样的场景描写数不胜数。在电影中,新旧上海的空间标志虽仍是外滩大楼,但在旧上海的场景体现上,通常用照片形式呈现出欧战和平纪念碑③下的外滩,或者海关前的"赫德"铜像④(电影《聂耳》在影片开始的时候就出现了"铜人码头"场景)。这似乎成了新旧上海不同外滩的标志⑤,因为纪念碑与铜像都建造于世纪初,其所包含的恰是旧上海殖民历史的符码意义。

社会主义政治在上海城市空间上的核心指认,应当是中苏友好大厦。我们看到,在《上海的早晨》《不夜城》等众多的作品中,这栋高大建筑由于绝对高度超过了国际饭店,构成了新上海的天际线。同时,它不仅在空间和时间上,也在文本结构上占据了中心位置,这无疑说明了在"新上海"这座城市中,新的政治形态的权力所处的中心地位。《不夜城》不仅在结尾写到"中苏友好大厦"前的欢腾场面,还安排了横幅"上海市各界庆祝社会主义改造胜利联欢晚会",以突出"中苏友好大厦"体现的社会主义国家的庆典意义。在一些作品中,中苏友好大厦还包含了中国在世界社会主义阵营的国际性意义。如福庚的诗歌《在工业馆里》中写道,在参观了新纺织机、车床、精密仪器之后,"沿着工业馆的大厅走,仿佛我已经来到了苏联的城市"。而在叙事性的作品

---

① 原名江海关,旧上海时期即为海关。其他中国重要口岸城市的海港名称大多与"江海关"相近,如汉口的"江汉关",广州的"粤海关"

② 原址为跑马场,1952 年将跑马场南部改为广场,北部建成人民公园。原跑马总会改为上海图书馆。1990 年代后,广场和公园建成了上海市市委、市政府,上海图书馆改为上海美术馆。

③ 位于延安路外滩路口,为纪念"一战"时欧洲上海外侨回国参战而建,用于纪念欧战死难者。上海沦陷后为日军拆毁。

④ 赫德(1835—1911),英国人,担任中国海关总税务司长达 40 余年。铜像在上海沦陷后为日军拆毁。

⑤ 不过,市委大楼(原汇丰银行)前一对铜狮(今已不存)倒是被写进诸多作品,如肖岗《上海,英勇的城》与芦芒《东方升起玫瑰色的朝霞》,载《上海文学》1959 年第 10 期。

里,中苏友好大厦不仅有一种现代性修辞意义,同时还获得了文本在叙事结构方面的中心地位。首先,中苏友好大厦通常都是出现在情节的高潮,比如在经过了"三反""五反"、公私合营等剧烈的斗争并取得重要胜利之后,又往往和庆祝胜利的重大的国家庆典、仪式相关联,其本身的仪式性表明了它的神圣感。其次,在空间的呈现方面,人物必须经过一个朝圣的过程,往往是在人们经过了众多街区之后到达目的地,其在文本中出现的位置也说明了其"圣地"的含义。《上海的早晨》曾写到了徐义德一家乘坐汽车来到这里的情形:

> 汽车里的指针很快地从40指到60公里。汽车顺着游行队伍的侧面,迅速地开过去,远远望见一颗光彩夺目的红星在早晨的阳光中闪耀,像是悬在半空中似的。这是中苏友好大厦屋顶上金黄柱子上端的红星,直冲云霄。

离中苏友好大厦越近,人物所乘汽车越是以加速度行驶,呈现出"朝圣"的激动情绪。而建筑本身的高大,更是呈现出海市蜃楼般的"神圣性",构成了整个上海空间上的制高点,也造成了整部小说的情节高潮。作品还写到徐义德的三太太林宛芝来到这里时的感受:

> 林宛芝从来没有进过中苏友好大厦的大门,从前只是路过,看见壮丽堂皇的外观,没有见过里面宏大的规模。当她一跨进大门,走进大厅,看见当中悬挂着一盏丈把长的大琉璃灯,玲珑剔透,灯光璀璨。四周蔚蓝色的墙壁上,飞舞着金黄的雕饰,顶上闪着点点星光,迎门是一个霓虹灯大"喜"字,使人感到身临变幻迷离的世界。
>
> ……
>
> 过了大厅,是开阔的拱形屋顶的工业大厅,一片光亮使得林宛芝眼花缭乱。她定睛一看,才慢慢分辨清楚,像一串串彩虹挂在雪白屋顶上的是电灯。两旁骑楼上仿佛飞舞着红色巨龙的是两幅巨大标语,红底金字,一边写的是"要把全市公私合营工作做得又快又好",另外一边是"为加速彻底完成社会主义改造而奋斗"。主席台上排列着数面五星红旗,当中挂着一幅毛主席油画画像,和主

> 席台遥遥相对的是一个巨大的霓虹灯制成的"喜"字,闪耀着喜气洋洋的红色的光芒。把这个庄严的会场点缀得欢乐又活泼,洋溢着节日的气氛。林宛芝看到那情形,她的心和霓虹灯的光芒一样在欢乐地跳跃。她从来没有见过这样庄严而又伟大的场面,到处都感到新鲜,看看这边,又看看那边,眼睛简直忙不过来。

上述心理描绘,是要在人物内心制造城市政治的高度。一方面,这也是一种实写。由于林宛芝疏于社会接触,上海中苏友好大厦给予她的震撼可能是一种真实存在。同时,为了强化这一震撼效果,作者在描写中让林宛芝完全接受了它的符号意义,而没有任何不安与不适感,这就带有了过强的诉求表达的倾向。因为,一个如同笼中鸟一样的闺中女性,一旦面对异样的辉煌宫殿,不可能没有一个适应过程。

在工业题材的创作中,外滩一带地域空间的复杂含义,往往被文学作者们简化为工业化表述,而将欧式建筑的殖民符号意义减弱了。它突出了这一带高大楼房——工厂——黄浦江的空间链条。前两者是工业化的泛化符码,后者则承载着轮船这一特定的现代化机械的符号指代。费礼文《黄浦江的浪潮》开头结尾都有类似"巡礼"式的写法,并由外滩高大建筑的掠影迅速过渡到黄浦江两岸的工业化雄伟图景的描写。这是一种很自然的衔接,常见于对上海现代性工业化场景的写照。关于上海的现代性逻辑,就这样被天衣无缝地展延开来。但是,意义逻辑上的"自然"有时却违背了实际的空间状况。我们看结尾一段:

> 美丽的黄浦江两岸呈现在他的眼前:巍峨、雄伟的建筑物像奇异的山峰矗立着,海关大楼洪亮钟声"叮叮当当"响着,绿化了的外滩,像一条翡翠的花边镶在江边花岗石上;在它们的后面,烟囱像森林似的竖立天空,浓烟混合在蓝天里变成万道彩霞;黄浦江里汽笛长鸣,无数的船只来回急驶着,突然,一条挂着五彩旗的崭新轮船,乘风破浪,高唱着凯歌向吴淞口开去,黄浦江给它掀起了浪潮,阳光照上去闪出万条金光。

这段场景描写颇令人惊诧,因为这完全是在实际的城市空间中不可能出现的视觉效果!文中的描述,首先存有大量的视觉焦点的混乱:其中,"矗立""绿化的外滩""花岗岩"等描述,似乎表明描写视线来自于外滩东面;可是结合"在它们的后面"等语句,人物视线又应该来自于外滩以西。但是,由于满布着写字楼,外滩西面又绝不可能出现"烟囱"景象!而接下来,文本对黄浦江上轮船的描述,则又将视线移至外滩以东。这一处描写发生了数次视线的紊乱,表明了空间本身的构成与其被赋予的意义之间有着差异,"意义"的词语本身带有国家工业化的意识形态,两者呈现出争夺关系以及由此而来的叙述焦虑。因此,与其说这是实际的物理空间,毋宁说是一种关于工业化的心理空间。经由建筑(海关大楼)—工厂区—黄浦江这样的工业化理想展开,分别体现了现代机构、工业生产、交通等各方面高速运转的城市的现代性意义,其描写功能在于集中关于工业化的物象,突出工业化的含义。应该说,这是一种将现代性意念化了的想象性叙述。

对上海空间的描述形式还有另外两种:一是抽象、泛化意义上的码头、工厂(这在后文中还有论述);二是以标准化的"工人新村"式住宅形式代替老上海弄堂石库门。其中,"工人新村"在区别新旧上海的断裂性意义上有重要作用,一方面,它与北京"龙须沟"有着同样的政治意义,其典型性的例子是肇家浜与曹杨新村①;另一方面,它又避免了上海市中心传统民居石库门建筑所可能带来的旧上海市井生活内容。我们注意到,这一时期文学中,出现对居住形式的介绍时,建筑多为近郊"工人新村"等非传统式样的新式工业化住宅,如《钢铁世家》《锻炼》《家庭问题》等等。在"十七年"和"文革"时期城市题材文学中,"工人新村"更是占据了绝对主导意义的居住形式。它的出现,并不是一般意义上在住宅空间形式上的改进,而是具有中国社会主义政治经济权力因素的重要文化现象。

"工人新村"的建设,是中国社会主义工业化进程的整体结构的结果。法国汉学家程若望说:"在上海之外建设上海,在外国人建起的城

---

① 肇家浜为上海著名的"龙须沟",1954年改造填平,即今肇家浜路,一向被视为新旧上海两重天的标志;曹杨新村是上海最早的工人新村,旧时为荒地泥潭,至1958年建成居住5万人口的工人城。解放前建的福履新村(1934年)、上海新村(1939年)、永嘉新村(1947年)不过是花园里弄而已,并非工人居住区。

市之外建设中国的大城市,这个发展计划(指国民党大上海计划)由此便被束之高阁。新中国建立以后,在最初的三十年里采取了'反城市'的政策,主张把中国的大城市从消费城市转变为生产城市;这使得上海除卫星城建设外,没有进行任何意义上的空间扩展,甚至包括原有工业建设和住宅的现代化,即使是卫星城建设也在相当程度上是失败的。相比之下,政府更加重视建设首都北京,因而对上海实施了十分不利的财政政策,这情况一直持续到80年代末。"①上海的"工人新村",就是一种倡导城市的生产功能,压缩生活功能,并尽可能地使生活功能服从于生产功能的一种居住形式。首先,"工人新村"大多位于当时的近郊区,并且靠近工厂。这与上海中心老城区的基本住宅石库门形成对比。其次,居住者多来自于相同的厂区,其生活特性基本一致,人们经常结伴上班。这种情形导致了社区人缘的高度"同质性"。因此,"工人新村"完全不同于老式里弄的复杂与多元性:一方面它最大程度地减少了人们生活中的其他功能,极大地提升了城市的生产功能;另一方面,它最大程度地防止了人们生活的"私性",而体现出社会主义城市的"公共性"。

上海第一次"工人新村"的建设规划始于1952—1953年,首先计划在老工业区附近的城郊结合部的农业用地上,建设9个"工人新村"。如在闸北和杨树浦,同时拆除了300个简陋居民点。每个"工人新村"的楼房都是4—5层,可以接纳40万名居民。当时上海总共建造了2.2万套住房,每套住房面积约30平方米。到1973年,上海已经有76个"工人新村",占上海全部居住面积的四分之一。

上海的曹阳新村是新中国建立最早和最大的"工人新村"。其首期建设占地200亩,共有三开间两层楼167栋,可供1002户五口之家入住。至1958年,其占地扩大了十几倍,有五万人居住于此,并设有专线公交,成为沪西最大的工人居住区。这些住宅有时被称为"新公房"。不仅水电设备齐全,每户还有独立的卫生间,每三户合用一间厨

---

① 〔法〕程若望:《北京、上海、香港——不同宿命的中国城市》,载《法国汉学(第九辑).人居环境专号》,中华书局2004年版,第397页。

房。小区中心有大草坪、小学、诊疗所、合作社、文化馆、露天电影场等公用设施,文化馆内还有小剧场,拥有戏剧、舞蹈、音乐等十几个演出队。在曹阳新村的鼎盛时期,据说有近 200 名演员琴师。"工人新村"的入住条件极其严格,在其建设初期,"由于数量实在太少,大多解决劳动模范和由工人提拔的干部的住房困难,一般的工人很难轮到分配住房"①,因而,首批入住者往往采用评选方式选出。据唐克新的散文特写《曹阳新村的人们》介绍,首批入住者中有陆阿狗、裔式娟、戴可都、朱法弟等著名劳动模范。初次入住的居民,在搬进"工人新村"的时候,其喜悦之情在唐克新的一篇小说中可以看出:

> 这是个四层楼的房子,外面是奶油色的,里面房间是一套一套的:大间、小间、浴间、抽水马桶、厨房间……奚大妈走上阳台,举目一望,那青砖红瓦的房子呀,一眼望不到边,有二层的,有三层的,有四层的……她简直好像掉在大海里一样,觉得自己简直小得象一粒芝麻那样。

这也许是一种真实的感受,特别是其中人物在宏大规模的"公共性"建筑群面前所感觉到的个体的"渺小"感。

由于政府的安排,"工人新村"式的居住区不断出现。1953 年起,上海市有计划地对市区的棚户区进行连片改造,使之成为新的"新村"。影响较大的有闸北的幡瓜弄,南市的桃源新村、瞿溪新村等。同时,又在市区边缘地区新辟了控江、鞍山、天山、日晖、宜川等一批新村②。从 1958 年开始,上海陆续新建、扩建了 5 个卫星城镇和 10 个市郊工业区:卫星城镇为闵行、吴泾、松江、嘉定、安亭;市郊工业区为吴淞、蕴藻浜、彭浦、桃浦、北新泾、漕河泾、长桥、周家渡、庆宁寺。在1958 年,据说闵行已有十万人居住。在作家哈华的特写《上海的卫星城市——闵行镇》中,对闵行的"工人新村"作了介绍,"那些公寓式的

---

① 袁进、王有富:《略谈 1950 年代工人的物质生活》,《热风学术》第一辑,广西范大学出版社 2008 年版,第 111 页。

② 见上海研究中心、上海人民出版社编:《上海 700 年》,上海人民出版社 1991 年版,第176 页。

高层楼房,与我们过去建设的工人新村大不相同了。奶油色的非常漂亮,蓝色的象天幕一样,朱红色的鲜艳夺目,白色的洁净无瑕,全在阳光下闪着光彩","它还有漂亮的托儿所。玲珑的小售店,正在修建的还有堂皇的学校,整洁的中心医院。这些建筑,都将被丛林和花草所绿化。一切都经过民用设计师的匠心的设计,上海的负责同志,还认真的研究过,才批准建造的"。①

在周而复《上海的早晨》里,通过汤阿英一家入住曹阳新村(小说中名称为"漕阳新邨")的情节,我们可以看到"工人新村"在居住形式方面极强的体制化政治特征:漕阳新邨造好之后,汤阿英所在的沪江纱厂也分到四户。究竟哪些人具有入住资格,要由厂工会生活委员布置给各个车间,通过讨论和评选才能确定。为了加大宣传力度,更慎重地选出合适人选,厂里还到处张贴了标语:"一人住新村,全厂都光荣。"汤阿英因为工作积极,又是住房困难户,祖孙三代挤在一间草棚里,被分配了一套。厂工会主席余静也分到一套,但余静出于"将困难留给自己"的领导者风格,放弃了住房。经过再次讨论,因为细纱车间工人多,这一套住房被交给细纱间。又经过讨论,这一套住房被分给秦妈妈。在汤阿英搬家的那天,余静因为要到区委开会,便委托了工会副主席赵得宝主持搬家。赵得宝特意借来卡车,组织厂里一些人,带着锣鼓,一路热热闹闹地帮助搬家。由于汤阿英原来所住的弄堂通道狭窄,只好由"赵得宝率领大家敲着锣打着鼓,欢天喜地走进来"。家具装车之后,依旧是敲锣打鼓,"卡车里充满着欢乐的咚咚锵的音乐和恣情谈笑声,飞快地向着漕阳新邨驶去"。在汤阿英一家入住新村之后,余静等人前去探望。在婉辞了汤阿英一家的感谢之后,余静开始以此进行革命传统教育:"我们有今天这样好的生活,是无数革命先烈的血汗换来的","新中国成立了,工人当家作主了,才盖这些工人新邨来。"接着,就是讲述邓中夏、刘华、顾正红等人的革命事迹。到后来,汤阿英将自己曾受到地主侮辱的事情交代给组织后,特别担心受到工人们的误解而无法继续在沪江纱厂做工:"不在沪江纱厂做工,能在漕阳新邨住

---

① 《上海十年文学选集·特写报告选》,上海文艺出版社 1960 年版。

下去吗?"由此可以看到,曹阳新村的入住或者迁出,都是一个体制化过程,并包含了超越日常生活的政治意义。

《上海的早晨》所叙述的漕阳新邨,其基本特征是"公共性"。当汤阿英一家入住后,作者对于他们居住感受的描写主要不是对于居室内的,而是在第一次参观"工人新村"后,建筑的"公共"场地给予他们的整体"规则"与"公共性"的感觉。首先,是新村的整齐和开阔:"和他们房屋平行的,是一排排两层楼的新房,中间是一条广阔的走道,对面玻璃窗前也和他们房屋一样,种着一排柳树。"新村中的道路约有一般弄堂的五倍,"如茵"的草地极其广大,以至汤阿英的女儿巧珠可以飞一般地在草地上奔跑,甚至还在草地上打滚;其次是新村公共设施的完备。先说学校:"经过一片辽阔的空地,巧珠奶奶远望见一座大建筑物,红墙黑瓦,矮墙后面有一根旗杆矗立在晚霞里,五星红旗在空中呼啦啦飘扬。红旗下面是一片操场,绿色的秋千架和滑梯,触目地呈现在人们的眼前。操场后面是一排整整齐齐的平房,红色的油漆门,雪亮的玻璃窗,闪闪发着落日的光。"再说商店:晚间,"幢幢的人影在路上闪来闪去。整个新村,只有合作社那里的电灯光亮最强,也只有那里的人声最高。从那里,播送出丁是娥唱的沪剧,愉快的音乐飘荡在天空,激动人们的心扉"。再说新村的交通:"一眨眼的工夫,新邨的路灯亮了。外边开进来一辆又一辆的公共汽车,把劳动一天的工人们从工厂送到他们的新居来。"在讲述了曹阳新村室外的"公共"空间特征之后,作品才开始讲述人们对于室内的感受。但是这种感受相当简单,而且基本上也是关于"公共"设计方面的,基本上不涉及属于"私性"生活的器物或设施。汤家奶奶看到,"新粉的白墙,新油的绿窗,新装的电灯,照得满屋亮堂堂的喜洋洋的"。在这里,对于新村建筑由外而内的介绍顺序,以及对于新村建筑"公共"部分与"私性"部分介绍的详略程度,均表明了"工人新村"建筑本身的"公共性"与"私性"之间的等级差异关系,因而也具有了完全的社会主义政治经济学的意义。

在其他文学作品中,也对"工人新村"的建筑进行了描述。"工人新村"给人的视觉特征,首先是"整齐"。如胡万春小说《家庭问题》中"四层的新式楼房,整齐地排列在一条街上",同一作者的小说《年代》

中："只见马路两旁整齐地排列着五层楼的三层楼的楼房。七年前,这里完全是一片田野,现在已是一座卫星城了。整齐的行道树,街沿旁的花圃,给人一种赏心悦目的感觉。"再如《钢铁世家》中的一段描写文字:"工人新村的环境非常美丽,到处是碧绿苍翠的树木,以及鲜艳的花草。住宅周围,有小河、木桥以及修剪得很好的花园。无数幢两层、三层、四层的楼房,都是红瓦黄墙,玻璃窗子闪闪发光。"这些文字的含义在于新村式建筑的标准化,它遵循的是统一的社会主义"新中国"国家生活对日常生活形态的统一规定。同时,近郊新村式工人住宅由于地处上海新兴工业区,不仅能较多地出现关于工厂、烟囱等现代化空间标志,便于得到现代性的象征意义,而且也避免了因地处市中心与建筑的传统样式可能引起的关于旧上海的回忆,可谓一举两得。

将场景放在上海近郊工业区以及工业设置附属的居住形式(包括以"工人新村"为主体的工人住宅,也包括筒子楼等简易公房)还有一种叙述动能,即描述居住形式的目的并非展示上海工人的生活内容,而是作为一种工业生产形态叙述的延伸。

绝大多数作品都将场景置于工业化背景中,其所显示的含义在于压制住宅建筑的生活功能,最大程度地提升其生产功能。《一家人》开头就点明了剧情发生的地点是"上海市郊某工业卫星城"。

> 杨家门外,屹立着一株百年银杏树,苍劲挺拔,叶如散盖。这是一幢老式本地房子,窗前花棚藤架,枝叶繁茂。
> 屋后,一座巨大的金属结构车间正在兴建。

这里,故事发生在工人居所。奇怪的是,主人公杨家的居住环境却带有农舍性质:"有高大银杏树,窗前有花棚,房子为本地老宅样式",看起来不是典型的工人住宅。但这只是为了说明"血统论"意义上的杨家的革命历史(因为杨家的第一代因反抗英国人的统治而牺牲于银杏树下),场景描述马上就转向了工业化的意义叙述。屋后"一座巨大的金属结构车间正在兴起"一句,无疑表明了这所住宅正面临着工业化对生活领域的包围。事实上,在另外一处说明中,这种"侵入"已经成为事实:"远处可见上海动力机械厂的烟囱和高高的水塔,崭新的一条街横贯舞台,宽阔的马路向远方延伸。两旁种栽着树木,树荫夹道,枝叶扶疏。商店、剧场、运动场的跳伞塔以及排列整齐的五层楼工房,鳞次栉比,错落有致。"作品中所叙述的多数其他人物的居所,如罗工程师的宿舍,就是典型的"工人新村"住宅:"这是在新建五层楼的三楼,透过窗户可以望见工业新城的面貌。远处,黄浦江波光闪闪,不时有小火轮游弋江面。江对岸为造船厂,船坞中停泊着'和平号'巨轮。"同样的情况还有胡万春的电影剧本《家庭问题》:"上海郊区,新建的工人住宅区";话剧《年青的一代》中,"通过窗口可以看见上海近郊景色和远处的工厂"。即使是将场景设置在车间等微观空间,也会在细节上、在"生产性"的意义系统中加以强调。如话剧《幸福》中的车间办公室:"从窗口隐约可以看见里面的机床、人。"可以说,这是上海题材文学在空间上表达新中国工业化逻辑时的一种典型表现。

从建筑与空间上将上海视为社会主义"公共性"社区与工业化中心,原本也是新上海等城市应当包含的国家意义,但在表现过程中无疑出现了一些夸大,比如无视1950年代石库门占了上海民居百分之八十以上的事实。到了1973年,上海共建成了76个新村,其面积仅占上海全部民居中的四分之一。即便到了1990年代,也仍有52%的上海市民仍居住在石库门中①。因此,对于"十七年"与"文革"文学出现如此之多的"工人新村"建筑,我们可以视为一种基于工业化和现代性的想象性表达。究其用意,当然在于凸显被意识形态认可的城市知识,但也因此而忽略了一个真实的生活形态的上海。

另一种情况是,在"大跃进"时期建设的上海周边的七个卫星城市,其生活形态之弱也是显而易见的。据资料说,1958年建设的闵行新区是当时新区生活条件最好的,住房宽敞,人均有9平方米,但"尽管如此,在闵行上班的工人中只有四分之一的人同意迁来家属,其他的人仍然愿意住在上海,每天长距离跑通勤",因为"卫星城地处偏远,生

---

① 忻平:《从上海发现历史——现代化进程中的上海人及其社会生活》,上海人民出版社1996年版,第418页。

产单位特别专业化"①，完全不能满足人们的生活需求。而根据 1990 年的人口普查，上海 7 个卫星城的总人口仅有 68 万人，不到上海总人口的 10%。而且，这些居民也并非完全从市区迁来。依籍贯推断，许多居民来自于邻近浙江、江苏的农村②。因此可见，"工人新村"并不是上海普通工人的主要居住形式，至少，它并未改变上海工人的基本居住方式。可是，对于意欲排除上海生活形态的工业题材文学来说，由于"工人新村"提供了一种对上海进行社会主义现代性想象的样本，便成为了文学叙事的热点。

第四节　"新北京"：作为社会主义首都

一、红色的北京

在近代至当代以来的文学中，北京的城市形象基本上可分为三种。其一是典型的中国传统古典都市，其二是作为传统城市形态在中国知识分子文化心理中所形成的"家园"形象。这两者基本上都不属于近代以来的现代性城市叙述，也不构成新文学的主流。其三是所谓"新北京"，1950 年代以来它作为新中国首都体现出了社会主义中心与世界社会主义阵营的国际性。在 1950—1970 年代，前两种城市形象遭到极大削弱，唯有后者一枝独秀。

"五四"以后的整个现代阶段，要在新文学中看到北京之"新"，几乎是不可想象的。近代以来，北京的城市地位相当特别。在南京成为政治中心，上海成为繁华的现代都市的时候，北京只是仍然牢牢占据着文化中心的位置。虽然北京城一直是知识分子乐于表现的地方，但是，由于北京属于故都，在当时的知识分子笔下，北京多少是带有落寞的"废都"意味的，带有文人的某种落寞、不平之气。这从他们写作的对

---

①　〔法〕白吉尔：《上海史：走向现代之路》，王菊、赵念国译，上海社会科学出版社 2005 年版，第 332 页。

②　同上。

象中就可以看得出来。

但是,在 1949 年之后,"文学中的北京"突然发生了巨大的变化,"北京"的城市概念里被赋予了强烈的"新"的强大意义。以当时刚刚解放,还来不及有任何变化的北京城市情况来看,这种"新"的意义并不来自于城市自身的现代形态,而是刚刚诞生的外在的"新中国"国家意义的强有力赋予。事实上,新中国成立之初,文学创作上就已经掀起了一个歌颂"新北京"的高潮——这也是可以理解的。作为新中国的首都,这个城市身份已经先验地获得了社会主义政治历史的意义。在国庆十周年前后,北京方面有组织地出版的关于北京的作品集,虽然不如上海方面此类书籍的规模,但也有诗集《北京的声音》《北京的歌》《北京的诗》《北京的节日》《北京的早晨》《北京的歌》《十三陵前锁蛟龙》以及小说集《北京短篇小说选》、戏剧集《北京短剧选》、理论集《把北京文艺工作推进一步》等等多达数十种,这还不算老舍等专门书写北京的作家作品。但在文学体式上,写北京的文学却相对单一。如前所述,以诗歌为最多,其次是散文、戏剧,少有长篇叙事类作品。但考虑到新中国刚成立时文艺工作者的匮乏状况,这已经是除上海之外城市题材文学最为庞大的一个地区了。

在诗歌作品中,有一个比较共同的倾向,那就是基本不涉及北京的传统古都历史,而往往是对"新北京"的歌颂。比如置身在天安门广场、人民英雄纪念碑、中南海红墙外的赞歌,以及对当时各种行业的产业工人的歌颂和吟唱。换言之,众多"北京颂歌"吟唱的只是当时社会主义首都的"新北京",而不是解放前的古都与故都。所有作者,在写到北京的时候,总是情不自禁地表达对"新北京"的向往,要充分地将"新中国"的国家意义体现在对"新北京"的表现中。这不是对于某个城市的情感,也不是作家个体对于北京的城市生活经验,而是对"新中国"的一种群体的憧憬,是一种集体的"心理"行为。比如,李季的《致北京》这样说道:"在我们谈心的时候,/谁对谁也不隐瞒自己的感情:/哪怕是能在你的怀抱里住上一天,/这就是我们一生最大的光荣!"也有很多人即使不居住在北京,也牵挂着北京。比如王希坚的《在千里之外》说道:"在千里之外,/我遥望北京城。/我的思想,/追过那温暖的南风,/夜里,在晴朗的天空中/飞向那光辉的北斗。"在对"新北京"热爱的表述中,最有代表性的是臧克家的诗歌《我爱新北京》:"我爱新北京,我爱/天安门的门楼在朝阳下发红,/我爱白鸽子象小小的帆船,/在碧蓝的天海上划行。//我爱新北京,/象彼此比赛着高大,平地上拔起了许多烟囱,/工人宿舍,傍晚时候传出来广播的音乐,/几年前,这些地方遍地石块,荒草丛生。//我爱新北京,我爱/拖拉机在近郊的田野上驶行;/新的楼房象从地底下冒出来,/尘土扑人的道路,柏油给它铺一身青……//我爱新北京,我爱/陶然亭变成了整洁的公园,/我爱金鱼池,那一湾臭水,/今天清亮得照出人影。//我爱新北京,我爱/农家大门上家家大门上那一团和平,/夜里,不再怕走偏僻的小巷,/地下的电灯象天上的明星。//我爱新北京/新北京是毛主席居住的城,/全国人民,全世界人民都仰望着它,/我光荣地住在这座城中。//我爱新北京,/在节日里,我看到过几十万人大游行,/欢呼的声浪象海涛,/里面也有着我的呼声。//我爱新北京,/它是人民的首都,胜利的象征,/我爱新北京,它是白天的太阳,夜晚的明灯,/我爱新北京,我爱新北京。"

在对"新北京"的叙述中,所谓"新北京"之"新"的特质,与"新上海"之"新",基本没有差异。而且,与上海城市题材文学相类似的"血统论"与"断裂论"的表达因素都存在。但是,较之"新上海"的文学叙述,还是出现了一些不同的因素。从中,我们可以窥见"新中国"城市叙述的一般状况。

其一,较之"新上海"城市叙述,"新北京"城市形象叙述最明显的特点,是在现代性表达上等级性的弱小。作为国家的首都,自然应该不乏有着庞大产业工人群体的现代性的革命历史和工业化历史,但是在这一点上,北京似乎有着天然的欠缺。在民国时期,北京是作为一个废都、旧京的形象存在的。从人口来说,北京城市的"异质性"不强。1930年代,有学者分析旧北京的人口构成有五类。一是旧日清朝皇室、亲贵、旗丁、内监等依附宫廷者,二是晚清以至民国在京为宦者,三是民国以来的来自辽、津、保①的北洋军政人员,四是老北京市民及周边农民,这四者都没有"异质性"。只有第五类即民初在北大、清华、辅仁、燕京等各大学的师生,才具有城市"异质性",但自首都南迁之后,其大多数又迁往沪宁②。在经济上,北京少有机器大工业与产业工人,其形态属于以农耕为主,兼有游牧、渔猎、传统手工业的混合型经济,现代产业性极弱。据1915年的统计,北京的222个工场中,只有6个有动力设备,其余皆为手工业作坊③,而且还以生产传统器物为主。北京无疑属于典型的消费型城市。这一点,赵树理说得很明白:"北京城内是消费专家集中的地方,以前的代表人物是满清的王爷,可是自从皇帝垮台以后,他们的气派渐渐小起来,摇摇摆摆遛鸟的也渐渐不存在了,可是另外有一种老爷又来了:乡下的地主,刮地皮刮得乡村供不起他的消费了,就搬进北京城来,置些房产,盖个花园。军阀政客们下野了,也拿着民脂民膏盖房子买别墅,都以老爷的姿态来出现。有了'老爷',就少不了有'太太',也少不得有一帮捧老爷的人们,如姑爷、舅爷、表舅爷等一大串——就像《红楼梦》里小红嘴里说的那一些人,姑奶奶、舅奶奶进来了。更有一批侍候这些爷们的人,家里的厨子、老妈子、丫头等男女仆人,外边如旅馆、饭店、舞场、澡堂、古董店等,都专供爷们的享受。许多店铺为了招徕老爷,也都添上洋这个、洋那个,于是老爷家的设备也都洋起来。不但老爷太太们享受,附庸于老爷太太的也都要享受,整个社会都在供养他们,构成这么一个消费城市。这些人也不能说他都不劳动,特别是供应他们衣食煤水车马的干粗活的,每天也是忙得要死,可惜他们的劳动只是侍候少数享福人,没有生产意义。所以这一个城,除了三十多万产业工人以外,劳动者固然还不少,可不能算是生产者。好了,帝国主义洋货,也就乘虚而入,来给老爷们凑趣。日子久了,弄得北京顾不住北京,非仰仗帝国主义不可。这也就是领导上要

①　即奉系、直系军政人员。保指保定,为曹锟、曹锐兄弟的发迹地。

②　铢庵:《北平漫话》,载《宇宙风》1936年第19期。

③　北京大学历史系编:《北京史》,北京出版社1985年版,第351页。

我们把这消费城变成生产城的原因。"[1]在上面的论述中,赵树理所列举的数字多少有些不太客观,比如说,他把 30 万产业工人算作生产者。其实,这个工人数量当中,许多是传统体力劳动的车夫、杂役、学徒、轿夫等,不能算作现代产业工人。比如北京的车夫,其数量就相当巨大。据 1930 年代的资料,当时北平有 150 万人,却有人力车 4 万辆,分拉早晚两班,共有车夫 8 万。[2] 但是,客观而言,赵树理对于北京城消费城市的认知还是正确的。1949 年北京刚刚解放的时候,常住人口是 208 万。在当时的人口来说,北京已超过武汉,是仅次于上海的大城市。而208 万人口的城市中,即使有 30 万工人,这个比例也说明了较少的产业工人数量,说明当时的北京缺乏物质生产能力与城市的消费性。对于以工人阶级为先导的左翼政治来说,这样一个城市似乎也不能算作社会主义国家的首都。概而言之,由于北京城市现代性之缺乏,既难以找到北京城市经济的现代性历史,也很难从中寻找到产业工人主导的左翼城市的政治逻辑,并缺少体现主流左翼历史进程的实际史实。

其二,是文学体式上的不同。即:抒情类作品较多,而叙事作品不足。除了老舍的几部话剧,其他的小说类作品,特别是长篇小说几乎没有。究其原因,由于北京城市"现代性"状况的不发达,似乎不能承载类似上海题材中"血统论"的庞大的左翼政治性的叙事性作品的要求。但是,北京是新兴的社会主义国家的首都,这样的城市身份,又使得在营构"文学中的北京"的过程中,必须强调其现代性特征,特别是作为首都的社会主义性质,而且,不仅是政治的社会主义性质,还有作为社会主义首都"全能型"城市的经济中心性质。相应的,只有将"新北京"作为新中国首都与北京之外的红色革命史作非历史状态的横向连接。这样一来,采用纯粹的修辞学方法来进行表现,可能是最好的一种办法。具体来说,即采用类比、比喻、跳跃等方法,直接与苏区红色政治或者苏维埃政权连接。无疑,这是写实的叙事类作品如小说特别是长篇

---

① 赵树理:《北京人写什么》,《把北京文艺工作推进一步》,北京文艺社编,新华书店1950 年版,第 30 页。

② 吞吐:《北平的洋车夫》,载《宇宙风》1936 年第 22 期。

小说所无法表现的。另外,比较而言,"断裂论"式的"新旧社会两重天"主题表达,较之"血统论"表达要容易一些。这在老舍等人的话剧作品中可以见到。但是,就"断裂论"主题惯常使用的"资本主义的消亡"题材,北京城市也因其资本主义城市史的缺乏和社会生活中资本主义因素的薄弱,而无力承担。我们看到,即使是表现"新旧社会两重天"主题的老舍话剧,如《茶馆》《龙须沟》《红大院》《方珍珠》《全家福》等,也都遵循着北京城市传统社区(胡同、院落)的生活进行。而《春华秋实》一类的表现资产阶级"没落"主题的作品,根本无法营构在现代工业产业的典型资本主义社会结构。也就是说,北京城市的经济状况,完全无法构成典型环境。仅就剧本难产的状况,已经足以说明老舍创作上的困难。比如,在老舍《春华秋实》的前四稿中,剧中的资本家是从事营造业的,原因是营造业是当时"五反"斗争的重点对象,具有主题表现上的典型性。但是,这种主题和题材要求却和北京的实际经济状况不符。这使老舍感到一种创作上的尴尬,他说:"可是,一般的营造厂是有个漂亮的办公室就可以做生意,它只有店员与技术人员,没有生产工人。当然,店员也是工人,也可以斗争资本家;但是,剧本中若只出现几个店员,总显着有些先天不足。况且,营造厂既不生产什么,也就很难用以说明政策中的斗争与团结的关系。"[1]可见,北京实际的工业状况,特别是产业工人力量之缺乏,并不因北京城市概念的变迁而改变。政治意识形态的要求,与北京城市的实际情形之间差异巨大,这是造成老舍《春华秋实》难产的主要原因[2]。所以,在体式上,以北京为对象表达"血统论"和"断裂论"的主导意识形态主题的作品,经常要回避描写具体情形的小说体裁,并不得不借助非叙事类的诗歌这种体式来完成。

同"文学中的上海"一样,"新北京"形象的第一个方面,是左翼的城市史意义。虽然北京缺乏工人斗争的历史,但曾有过长辛店罢工等

---

① 老舍:《我怎么写的〈春华秋实〉剧本》,载《剧本》1953 年 5 月号。

② 老舍:《春华秋实》写出后,曾在领导和剧院同事的"帮助"下,先后改写 12 次。其难产情况充分说明了时代主题与北京城市社会之间的巨大差异。关于这一情况,参见老舍《我怎么写〈春华秋实〉剧本》,《老舍剧作全集》第二卷,中国戏剧出版社 1982 年版,第 302—317 页。

著名的工运事件。这成为当时挖掘城市左翼城市历史的重要材料,频
繁地见于各种散文、特写中。1957 年 6 月 14 日《北京日报》的《工人们
不准动摇社会主义!》一文是批判储安平等人的"反党"言论的,文章列
举了一些人的发言,这些人都是产业工人,而且有些人曾参加过革命:

> 记者访问了"二七"退休老工人郭锐铭。……他再也读不下
> 去了,蹭地从板凳上站起来,眼睛里闪着愤怒的火花,陷入了很远
> 很远的回忆。他指着门前的远处告诉记者说:"南边那是长辛店
> 火车站。三十多年前,为了争民主,争自由,争人的生活,我和穷哥
> 儿们躺在铁轨上,截住吴佩孚前去屠杀工人们的兵车。"①

由于北京缺乏左翼产业工人的革命历史,因此,在表达左翼城市史主题
方面,北京与上海相比要处于较低的层次。自近代一来,虽则北京作为
新文化的中心,有着学生运动的强大意义,但比之工人运动,仍不能成
为左翼政治的最好阐释。在当时文学中,北京最重要的左翼城市史还
是"五四"以来进步学生争取自由、解放的进步的斗争传统,于是,这一
点构成对北京城市革命血统歌颂的核心,五四运动往往成为了"红色"
北京历史谱系的起点。但五四运动通常会与中国共产党的诞生建立左
翼政治意义的连接,否则就会停留在五四新文化运动的泛化的"资产
阶级文化"的意义上,而无法完成左翼政治意义的建构。朱子奇的《我
漫步在天安门广场上》在诉说了天安门当下的美丽之后,就转向对左
翼历史的寻找:"……当眼看到五星红旗在天空飞舞时,/当眼看到欢
腾的人马从这路上开过时,/我仿佛瞧见了'五四'的大旗飘在跟前,/
我仿佛瞧见了"一二九"的大队冲过身旁。/敬礼啊! 这无数先烈用热
血铺平的广场,/敬礼啊! 这毛主席宣布祖国诞生的广场。……"②通
常,被赋予"新"意义的天安门广场,其意义都是指向新中国建国之后。
但是,朱子奇的诗歌通过联想,把"五四""一·二九"这两个北京历史
上具有强烈革命性的事件与天安门广场联系在一起,然后发出感慨,使

---

① 北京日报记者:《工人们不准动摇社会主义!》,见 1957 年 6 月 14 日《北京日报》,收
入《北京在前进——北京通讯、特写选集》,北京出版社 1959 年版,第 113 页。

② 朱子奇:《我漫步在天安门广场上》,收入《北京的诗》,北京出版社 1957 年版,第 49 页。

用"无数先烈用热血铺平的广场"这一"远譬",使得天安门广场的革命的意义向前延伸,也为北京建构起了红色谱系。

比较系统地建构北京红色历史谱系的诗歌作品,是邹荻帆的《北京》。这首诗首先叙说了北京城美丽的景致,然后转入对中国近代历史的回忆。诗歌从八国联军攻占北京开始写起,表明北京是一个备受屈辱的城市,然后转向对五四运动的书写:"……我也看到北京从灰沙里面/'呐喊'起来,/'五四'的青年用赤脚的步伐/把北京的街道和胡同塞满,/向卖国贼放火!/向封建的宫殿放火!/破坏!破坏!……"接下来,他写到了民国时期的北京:"但是,/国民党来了,/北京改名了'北平'。/什么是'北平'呢?/是大刀向学生砍去的北平,/是水龙头向救亡队扫射的北平,/……北平被反动派抛弃/日本军阀屠杀过北平,/北平被反动派出卖/沈崇被美帝的士兵奸淫在北平,/北平的'文学革命'的校长①/出卖他的学生,/北平的'国民革命'的司令/监禁他的市民,/红楼、燕京、清华园/被特务和宪警包围,/天安门不准高声讲话,/工厂充满了恐怖,/工资被冻结、工运被镇压,/手枪点在工人的背后/要司机们去拨动电力,去操纵引擎/……北京,你的历史/就是中国的受难民族的历史!……"②在这首诗中,五四运动和国民党统治时期的种种学生运动成为北京革命的红色谱系,然后,通过对北京历史上所受屈辱的描写,把北京反抗右翼政治的红色里程展现出来。通过这一节的最后一句"北京,你的历史/就是中国的受难民族的历史!"比较全面地概括了北京所经历的压迫—反抗—再压迫—再反抗的历程,从而有效地构建了北京城的革命历史。不仅消解了旧北京的重要特性——消费性,发掘出了北京的革命血统,也消解了北京作为新文化中心的城市现代性,使得北京拥有了一个红色的城市革命谱系。

同上海的左翼城市史叙述一样,关于北京的红色血统叙事中,也广泛存在着伦理结构的支撑,即"新北京"的建设者与其先辈在左翼政治意义上的阶级血统与身体血统的同构关系。这可能是广泛存在的一种

---

① 应是指胡适——引者。

② 邹荻帆:《北京》,收入《北京的诗》,北京出版社1957年版,第110页。

城市文学的模式,并不唯上海文学所独有。在这样的叙事伦理中,政治伦理被转化为血缘伦理,又由血缘伦理不可改变的特征,进而强化了政治伦理的稳定性。在"新北京"的叙述中,也出现了大量的诗歌,来重构革命家族史意义上的城市。在这种叙述中,一般都存在一个或几个父辈人物,他们在旧北京有过左翼运动的经历,而这种经历也传承给了自己的后代。通过这种血缘伦理和革命伦理的同构,论证了革命伦理的合法性。其伦理影响方式往往是一种行为的影响——不需要语言,革命的行为已经对后代构成影响。

王恩宇的《烈士的后代》就是典型的一种革命伦理与血缘伦理的同构叙述:"你的像片,常年落户光荣榜,/来到你家,又见奖状挂满墙。/工厂里一杆不到的旗呵,/你的名字象你父亲一样响亮。//'二七'罢工时,你还是个婴儿,/睁开眼大地仍是黑夜茫茫,/你没有见过自己的父亲,/见的是他那身血染的衣裳。//未成年,你就懂得了仇恨,/未成年,你就走进了锻工房,/抡起了父亲抡过的大锤,/恨不得一下把旧世界砸成泥浆!//以后,你怎样掩护地下党员?/黎明前,你怎样保护工厂?/你怎样使气锤恢复了青春?/大干快上,又怎样把技术难关连连闯?/这些,你一个字都不向我提,/总把前辈们的英勇滔滔来讲,/你顺手拿出父亲的像片,/看得出,它给了你多么大的力量!//谈话间你的儿子放学归来,/那红领巾托着一脸刚强;我问长大后叫他干什么,/你自豪地把臂一抡:'跟我一样!'//啊!前辈的血液在后辈身上流,/辈辈英雄实现着一个理想,/革命重担,一代接着一代挑,/未来的征程呵很长很长……"①在这首诗歌中,先进工人是革命烈士的后代。诗歌说得很清楚,这种身份使他对旧社会产生了先验性的仇恨情感,他也成了一个旧世界的破坏者,或者说,至少是旧世界破坏者的同谋。他曾经掩护过地下党员,在反动派搞破坏的时候又保护过工厂。而且,在先进工人自己的话语逻辑中,他也强调,父辈的影响才是他力量的源泉:"你顺手拿出父亲的像片,/看得出,它给了你多么大的力量!"另外,像王恩宇的《前辈》《两代人》《血衣》、时永福的《北京郊区

---

① 王恩宇:《烈士的后代》,《北京的声音》,天津人民出版社 1978 年版。

一家人》、揭培理的《铁肩膀》等,也都遵循同样的叙事逻辑——通过血缘伦理强调革命伦理的合法性。值得注意的是,这样的血缘伦理还有一个限定,即血缘伦理必须发生在产业工人阶级的代与代之间。在上面所举的例子中,只有《北京郊区一家人》中的主人公例外。不仅仅是在虚构作品中,即使是在当时的新闻类作品中,产业工人也是绝对的主角,而且,这些产业工人都有着红色的革命斗争历史。

这种强行寻找北京左翼城市史的状况,显然和老北京的城市形态有矛盾。前面已经说过,1949 年北京解放的时候,有常住人口 208 万,其中有 30 余万为产业与非产业工人(包括了各种手工业者、车夫、杂役等),也就说,工人人口只占北京总人口的 16% 左右。而当时文坛的情况是,16% 左右的工人在左翼城市史文学叙事中几乎占到了 100%。所以,按照北京当时的实际状况,工人阶级的力量是无法体现出来的。如上文所述,在创作话剧《春华秋实》时,即使老舍多次改变写作策略,也仍然无法对产业工人有稍微像点样的表现。老舍心里非常明白:"随着运动的发展,大家看出第四稿的缺点——只见资本家的猖狂,不见工人阶级打败进攻的力量。故事始终围绕着一两个资本家的身边发展,写到了他们的家属、朋友、亲信,和被他们收买了的干部,而没有一个与他们对立的工人队伍。这样,所有的斗争就仿佛都由情感和道德观念出发,而不是实打实的阶级斗争。虽然他们的儿女、老婆、朋友也喊'要彻底坦白'等等,可是总使人觉得假若资本家把心眼摆正一点,不口是心非,也就过得去了。这样的'两面虎',只是近似假冒为善的一个伪君子,不能表现资产阶级的阶级本质。这是暴露某些资本家私生活的丑恶,离着'五反'运动的阶级斗争的主题还很远。"①对此,我们还可以以老舍《龙须沟》中的人物设置为例进行分析。在交代《龙须沟》中的人物设置时,老舍这样说道:"……在上述的三家子而外,我还需要一个具有领导才能与身份的人。蹬三轮的,做零活的,都不行:他必须是个真正的工人。……我需要这么一个人。这样,赵老头儿就出了世。在龙须沟,我访问过一位积极分子。他是一位七十来岁的健壮

---

① 老舍:《我怎么写的〈春华秋实〉剧本》,载《剧本》1953 年 5 月号。

的老人,是那一区的治安委员。可惜,他是卖香烟与水果的。想来想去,我把他的积极与委员都放在了赵老头儿身上,而把香烟摊子交给娘子。"①老舍说"我还需要一个具有领导才能与身份的人……他必须是个真正的工人"这句话大有深意。无论承认与否,在当时中国社会的所有等级中,作为无产阶级的工人毋庸置疑是领导阶级,这才是老舍说的具有领导身份的含义。这样,老舍就在《龙须沟》中虚构出了一个产业工人赵老头儿。那我们也就可以理解新中国北京叙事中工人形象众多的原因了——要建构左翼的革命历史,建构新北京的红色血统,工人身份是必需的。换言之,在当时对于"新北京"的革命血统叙事中,不仅仅强调一种血缘伦理,而且还强调一种工人阶级的政治伦理。正是这种血缘伦理与政治伦理的有效结合,才有效地建构了"红色北京"的革命血统。

"新北京"城市形象的第二个方面,是直接歌咏现代性的场景、器物和人物,在"大跃进"期间尤其如此。比如,诗歌中的人物职业多是产业工人。李学鳌的《给一个姑娘》写发电机女工,《北京夜歌》写电车司机和排字工,《好啊,北京的街道》写木工张百发与车间女货郎,方殷的《人们微笑着向你走来》写百货大楼的女店员。在场景方面,李学鳌《光辉的里程——看彩色纪录片〈欢庆十年〉》出现了北京站、人民大会堂等北京十大建筑;《好啊,北京的街道》出现了公共性的设施,如"群星似的工厂""食堂""托儿所""有求必应的服务站";巴牧的《北京在前进》写的是西郊工厂;冯至的《我们的西郊》写荒坟一样的西区现在成了高楼;邹荻帆的《北京》写无线电和烟囱;顾工的《在北京获得的灵感》写新式宾馆,等等。

第三种情形,是将北京作为社会主义中国的首都,对其在共产主义阵营中的中心或次中心地位进行国际性想象。从数量上来说,与苏联城市的类比占了绝对多数。邹荻帆的《两都赋》,其作品名称就提供了一种最直接的国际想象方式;方殷的《人们微笑着向你走来》中将百货

---

① 老舍:《〈龙须沟〉的人物》,原载《文艺报》第3卷第9期,收入《老舍剧作全集(2)》,中国戏剧出版社1982年版,第180页。

大楼女店员直接与苏联的列娜①的形象作比附;李学鳌的《友谊花》写
技术员从莫斯科带回种子,种在厂房旁。以"种子发芽"这种"介质",
暗喻北京与苏联之间是一种东方摹本与社会主义母体的关系:"在北
京温暖的土地上啊,/就像在亲爱的莫斯科一样。"在空间概念上,体现
最多的地域建筑是西直门外的中苏友好大厦②。必须指出的是,在这
种国际性表述中,有一种明确的等级倾向,即将中苏友好大厦顶端钟楼
看作社会主义中国的引导者的象征,从而将中苏关系置于一种国际共
产主义中心/边缘的依附/被依附的状态之中。李学鳌的《早晨》将中
苏友好大厦比为轮船的桅杆,而北京则是轮船:"展览馆的镏金尖塔像
一条桅杆,/高高的挺立在西直门前,/绚丽的北京城是巨大的船身。"
沙鸥的《在金塔的红星下》也是写北京展览馆:"我在金色的高塔下,/
见柔软的白云紧挨着红星,/太阳在塔身上射出光彩,/那金色的光芒
呦!/照耀着美丽的北京。"在诗中,"柔软的白云"是柔弱的中国国家
新政权服从于苏联的隐喻。李学鳌的《苏维埃人的眼睛》歌咏苏联放
射的卫星,将这种关系表达得更直接:"一颗明亮的星,/在北京的夜空
飞行,/又多像车头的挂灯,/引着社会主义国家的人民。"此外,对于北
京城市的域外想象,还多发生在朝鲜、越南、古巴等社会主义国家,如田
间的《北京—平壤》、韩忆萍的《北京—仰光》等。不过,与同苏联城市
类比不同,在这些作品里,作家将北京作为大国首都,开始表现出一种
"华/夷之辨"的中心性心态。顾工的《在北京获得的灵感》中写北京的
宾馆聚集着世界各社会主义地方的朝圣者:"你的肤色,/像南方的橡
胶;/你的眼睛,/像北方的海洋;/你挂着/欧洲的微笑;/你带着/美洲的
话谜。"更有公刘的《五月一日的夜晚》写天安门前的盛大庆典,居然有
"半个世界站在阳台上观看"。郭沫若的《五一节天安门之夜》中写道,
"天安门上胜友如云","来自四十几国的嘉宾,/一个个都在谈笑风
生"。青勃的《北京颂》中,昆明湖的知春亭"游艇上闪耀着全世界的目

---

① 苏联作家尼·伏尔科夫《我们切身的事业》中的女主人公。
② 与上海的中苏友好大厦相比,北京中苏友好大厦在体量、规模、高度、装修和艺术性
方面,明显较上海为逊,甚至还不如武汉的中苏友好大厦,这也表明在现代性方面京、沪两个
城市的等级差异。该大厦后改名为北京展览馆。

光"。朱子奇的《我漫步在天安门广场上》中,不仅写到北京之于中国国家的中心性,还有"走来了世界民主青年联盟书记布加拉／荣获列宁勋章的苏联人赛米恰斯尼／朝鲜英雄金京焕／与法国人厮杀过的越南武士武春荣"等将北京作为社会主义中心的表达。在王绶青的成名作《手摸着中南海的红墙》的第三节中,诗歌虽仍以"手摸着中南海的红墙"开始,但最后引申出一种宇宙观下的中心性思维,将北极星和中南海联系在一起:"好一个众星捧月的秋夜哟,看北极星正跳在中南海的当央!"

二、空间转移与"新北京"想象

饶有意味的是,相对于对旧北京的书写,新北京的叙事空间也发生了重大断裂。对代表传统旧京形象的标志性建筑的书写,被一些对新的城市景观的描述所代替。

文学中的叙事空间,显然与作者对于叙事对象的认知和想象有着直接的关系。举一个非常典型的例子,虽然同样是民国时期的创作,但老舍的北京叙述和沈从文、郁达夫等人的北京书写就有着极大的差异——老舍的北京极少涉及天坛、北海、陶然亭、钓鱼台等这些体现皇权的空间,他指向的总是与胡同、大杂院等北京普通底层民众相关的场景。这是因为老舍对于北京的城市知识远远不同于来自南方而定居于北京的知识分子。在这个意义上,"新""旧"北京在叙述上的断裂,其实正暗含了"新北京"叙事对社会主义空间的寻找。考察1949—1976年间关于北京的文学创作,我们会发现,解放后北京的城市形象,已经很少见到紫禁城、天坛、地坛、八大处、钓鱼台等旧京胜景了,而是往往被以下景观所代替:天安门、人民英雄纪念碑、西长安街、中南海、北京车站、人民大会堂、十三陵水库以及一些面目模糊不清的高楼、工厂等等。这些"新北京"景象,基本都是旧北京叙事中没有或不可能有的。利用这些新的城市空间,"新北京"叙事建构了城市多个角度的重要意义。

我们首先来看"血统论"表现中的空间处理。在以北京为题的作品中,空间表现大体以城市旧有格局中的地标建筑为中心展开,出现最多的是天安门广场与周围道路。依其表现的等级而论,其下者有中南海及新华门、中苏友好大厦、北海与昆明湖、永定河。再次,就是泛化了的东郊、西郊工业区。与此时期上海文学的空间表现相似,在文学中的"新北京"空间叙述里,也会产生一个令人不安的问题,即如何利用旧京的传统建筑进行社会主义空间构建。一般说来,解放后新兴的建筑都具有天然自明的社会主义政治意义,但与上海相比,"新北京"城市建设被完全放在了老城里面。在所谓"十大建筑"建成之前,北京的高大西式建筑数量极其有限,同时还都是纯消费性的场所,甚至有一些是臭名昭著的"销金窟"①。所以,在"新北京"的叙述中,完全不能依赖具有现代感的高大建筑来体现,而只能继续使用旧京时代的建筑空间表达新主题。这样一来,比之上海方面的文学,虽然不存在建筑本身的殖民性的问题,但终究无法回避旧京建筑的封建性。那么,"新北京"叙事又是如何给旧京场景赋予新的意义的呢?

在 1949 年之后的北京叙事中,最为重要的空间场景就是天安门。在当时描写北京、表达对北京的向往和思念的诗歌中,几乎都要涉及天安门。如上文所引的臧克家的《我爱新北京》,开篇第一句就说:"我爱新北京,我爱/天安门的门楼在朝阳下发红。"换言之,某种程度上天安门已经成了"新中国"的象征。但是富有意味的是,天安门原为北京皇城大门,以天安门为中心的古建筑群是原来古老中国的象征。按照新文化反封建主义的立场,天安门是应该首先被否定的一个建筑空间符号。那么,这个空间是如何获得其革命现代性的意义的呢?天安门之所以能够被想象为新北京的代表,带有革命现代性的意义,很重要的原因在于这个地方发生的重要事件——"新中国"在这里宣告成立,最高领导人每年都在这里检阅游行队伍。沈荣的《伟大的北京》对建国后北京的空间核心做了这样的描述:

---

① 旧京最著名的现代设施很少有生产性的,基本上都是消费、享乐场所,如六国饭店、北京饭店等等。生产性机构建筑规模都很小,比如大栅栏地区,虽是商号云集,但其经营、布局与规模,基本上是旧式商业性质。王府井大街的东安市场,属于市场而非商场。纯西式的商业机构是前门外廊房头条的劝业场,但其规模甚至不如上海的中型商场。

> 新中国以惊人的速度前进着。首都的建设如何？三年来它有了什么改变，将来它要建设成什么样子？
>
> 人们首先关心天安门。新中国在这儿宣布成立，毛主席每年国庆节和五一节在这儿检阅队伍。①

由此，天安门先验性地获得了革命的意义，成为了新兴中华人民共和国的象征，这也带来了后来文学对它的政治革命性的不断想象和强调。

但是，对原先作为明清皇城城门的天安门进行这样的左翼叙述，显然割断了民族历史本来意义的线索。这是一个极大的难题，可谓前无古人！如前所述，天安门原为皇城南大门，按照其最原初的建筑意义系统，它首先应该和北部的皇城北大门——地安门构成意义连接。或者向南，与永定门、前门、中华门形成向南的意义连接。但是，就像在建设方案上，必须将原来天安门地区中轴线上的中华门拆除，并将中轴线两边的六部等中央官署以及千步廊拆除，而代之以人民大会堂、中国革命博物馆一样②（否则，天安门始终是皇城的代表，而不是新中国政治的首都），在各种文学的空间结构上，天安门往往与南部广场上的人民英雄纪念碑、长安街形成意义连接，而不是向北，与端门、午门、景山、地安门构成皇城的历史。这就转向了对于左翼革命史的时间联想，也即完全进入中共"党史"的意义，在排除了古典性中国的意义之外，新中国的天安门叙述也排除了民族革命的意义构成，割断了自鸦片战争以来民族革命史的线索。这种阐释上的困难，使得"北京"承载的左翼史意义更加具有修辞性，变得异常狭窄，只能直接以纪念碑浮雕对应红色政治的各个阶段，并以诗歌式的跳跃取代写实性的叙事手法，否则，"左

---

① 沈荣：《伟大的北京》，收入《祖国在前进》，人民出版社 1953 年版，第 34 页。

② 按照中国古代都城规制，北京城郭分为外城、内城和皇城。天安门原为明清两代的皇城南城门，地安门为皇城北大门。天安门南面原本也并不是广场，而是由以天安门、中华门（明代为大明门，清代为大清门，民国建立之后改为中华门，解放后拆除，今毛主席纪念堂即在其旧址）、前门箭楼、前门瓮城为主的中轴线，以及两旁中央六部和宗人府的衙署组成的地区，这里一直被视为天安门地区。天安门地区原来完全是禁区，至天安门城墙下，其左右还有左长安门和右长安门。两门与墙体在民初时被拆除，打通天安门前的大街，并以两门名称名之"长安街"。前门以内即为内城，以外为外城，由前门大街至永定门构成中轴线。前门以外由于靠近北京城的南部，习惯上称为南城。

翼城市史"或者"左翼国家史"的叙述目的就根本无法完成。在"新北京"叙事中,在天安门的空间营构中,人民英雄纪念碑是作为天安门的相关空间联袂出现的,二者构成一种互文关系。或者说,诗歌中天安门的空间线索必然要向南,才能构成社会主义的政治意义,否则它仍旧不过是皇城的大门! 许多首诗歌都涉及这样一个标志性建筑。比如萧三的《毛主席来到天安门》一开始就先颂扬人民英雄纪念碑:"广场万树旌旗飘,/红林翻影生波涛。/百年英雄形象在,/纪念丰碑比天高。"应该注意的是,人民英雄纪念碑四面的浮雕,是诠释其政治意义的符码。对于解放后的"新北京"来说,人民英雄纪念碑虽是一个新兴的建筑,但它是民族革命历史的象征。新兴的政府需要强调其政权的合法性,既然政府树立的是纪念人民英雄的纪念碑,那么新中国政府就是鸦片战争以后,历经太平天国、义和团、辛亥革命、五四运动、北伐、抗日战争等民族独立、解放革命的正统承继者。这样一来,本来只是国内阶级斗争胜利者的新生政权,也成了民族革命斗争胜利果实的合法继承者,自然也就具有了新的国家政府的合法性。而且通过一种物质性的体现,新政府借历史标明了自己未来的身份,此时对人民英雄纪念碑的歌颂,正是对新中国的人民政府民族意义上的建构。于是,抒情的艺术、简单的比附方法开始大行其道。如丁力《人民英雄纪念碑》《红旗》等篇。"旗,满场的旗,/数不清的旗/象一片红色的森林"(《红旗》),"碑座嵌浮雕,/先烈显容貌;/斗争事迹有多少,/刻也刻不了⋯⋯"(《人民英雄纪念碑》)。由于北京在革命史迹方面较上海更为缺乏,因此,纯粹修辞意义的联想几乎无处不在。这样一来,文学史上的一个奇妙情形产生了:一个原本古典性中国的最高等级的象征物,居然也成为社会主义中国的最高象征! 真可谓"前无古人,后无来者"!

到了 1960 和 1970 年代,文学中的修辞性手法愈加明显。此时"新北京"叙事,更加强调的是天安门包含的左翼革命的政治特性,在当时,比较常用的一个方法是使用某种意象,把天安门和遥远的革命圣地联系在一起,比如韩静霆的《战士爱北京》中的《天安门城楼比天高》,以设问句"天安门的城楼呵,到底有多高"起句,接着进入井冈山、雪山、宝塔山等空间联想,以喻其"高":"天安门城楼呵,到底有多高? /

登上她,革命路程知多少？/呵,万里长征路途遥,/毛主席脚印做路标!/从井冈山直奔雪山顶,/雪山顶再攀宝塔山道……/毛主席登山天安门呵,/五星红旗插九霄。"《我爱长安街的灯火》以"灯火"喻火炬,出现"井冈山的火星""韶山的北斗""窑洞的灯光""赤卫队火把""红军帽上星"等"灯"的意象,然后与天安门、长安街建立意义联系。另外,徐刚的《天安门组诗》也是对天安门意义进行系统的"革命史"意义建构的。在《红楼颂》中,以"水"的意象入手,将天安门与共产党诞生的南湖烟雨楼和延安的延水河联系起来,最后发出感慨"是烟雨楼,还是天安门城楼？/相隔万里,却又肩并肩、手携手!/从南湖出发的航船在天安门前疾驶,/呵!两座红楼,托起了七亿神州……"而在其《红灯歌》中,他又使用"灯"的意象,把天安门和延安革命圣地枣园联系起来:"呵!从延安到北京,/枣园的灯连着长安街的灯!/红呵,天安门上有一轮不落的太阳,/亮呵,中南海书房里有无尽的热能……"在上述诗歌中,我们可以看到,天安门被不断地和中国革命史上的革命圣地联系在一起,从最早的南湖烟雨楼到中国革命过程中一个个富有意义的地点。通过这样的强制性连接,天安门的左翼革命的神圣身份就得到了不断强调,它成了左翼政治革命的自然延续,这样就遮蔽了其原来的封建皇权的符码意义。与此相似的还有朱子奇的《我漫步在天安门广场上》,以天安门引发中国近代史的两大左翼事件:"五四的大旗飘在眼前""一二九的大队冲过身旁"。王绶青的《手摸着中南海的红墙》写于 1959 年国庆前夕,将天安门场景作了空间上和意义阐释上的延伸与对应。第一节是写诗人走到天安门广场,手摸着中南海的红墙:"傍晚,我走过火树银花的天安门,/径直走进中南海。轻轻地,轻轻地,/手摸着中南海的红墙",诗句连用两个"轻轻地"来表现诗人的兴奋和敬畏之情;第二节紧接着进行空间的意义填塞,"我知道一颗伟大的心灵正在工作,/怕打扰他老人家庄严的思想……"诗人的感情又递进了一个层次,双手把"心"捧到中南海的墙上;第三节,诗歌仍以"手摸着中南海的红墙"开始,在宇宙观的角度表现出中心性思维。

除了天安门之外,"新北京"叙事经常涉及的建筑空间还包括北京车站、人民大会堂等新北京十大建筑和十三陵水库以及一些面目模糊的高楼、工厂。这些建筑是建国后新建设的城市设施,而且在当时来说,它们还具有特别的意义。我们可以先看一首诗,李学鳌的《光辉的里程——看彩色纪录片〈欢庆十年〉》。这首诗描写了典型的新北京建筑形象:"我看见:/崭新的北京车站,/用最响亮的钟声,/迎来优秀的儿女,/——各条战线上的英雄,/向党汇报大跃进的成就,/怀着更大的雄心!//我看见:/人民大会堂的灯,/亮如天上的星,/庄严的主席台上,/坐着八十多国的贵宾,/高歌我们的伟大友谊!/高歌反殖民主义的斗争!/ 我看见——/天安门前红旗入海,/天安门前掌声欢腾,/毛主席在门楼上含笑指点……/我们啊要开足马力,/更勇敢地向前!"这首诗是诗人观看彩色纪录片《欢庆十年》之后以一种激动的心情创作完成的,那么,诗歌中出现的"新北京"场景显然也是纪录片重点播放的影像。这就说明,对"新北京"的建筑物——北京车站、人民大会堂、天安门——的挑选、表述已不仅仅是诗人的个人行为,而且还是纪录片的一种集体意志。在北京那么多的建筑中选中这样几个,就显得富有深意了。新中国空间意义上的"新北京"建筑景观,除了天安门外,其他几个建筑都是建国后的新式建筑:

> 为迎接国庆 10 周年,1958 年 8 月中央决定建设国庆十大工程,又称北京 50 年代十大建筑。十大建筑包括:人民大会堂,建筑面积约 17 万平方米;中国革命和中国历史博物馆,建筑面积69510 平方米;民族文化宫,建筑面积 31010 平方米;民族饭店,建筑面积 34649 平方米;钓鱼台国宾馆(迎宾馆),建筑面积 67383 平方米;农业展览馆,建筑面积 29473 平方米;工人体育场,建筑面积80515 平方米;华侨大厦,建筑面积 13343 平方米;军事博物馆,建筑面积 60557 平方米;北京车站,车站大楼建筑面积 47000 多平方米。十大建筑总建筑面积 61.5 万平方米,基本上是 1958 年开工,全部于 1959 年 10 月前竣工,创造了中外城市建设史上的奇迹。十大建筑设计一流,施工质量一流,装修工艺复杂,建筑形式既采用中国传统建筑风格,又具有时代特色,代表了当时中国建筑的最

高成就。[1]

也就是说,这些建筑在新中国、新北京修建之初就蕴含着意义——它们不是简单的房子,而是既有"中国传统建筑风格,又具有时代特色"的建筑。其实,"十大建筑"在建筑符号上,其来自苏联的建筑因素明显要大于"民族"风格,它显然暗含了新北京的一种带有国际性的社会主义现代性想象,其庄重的风格和庄严的气象显示了经典社会主义时期对国家现代性的宏伟追求。

"断裂论"之于"新北京"城市空间的表现,主要有两点。一是作为社会主义首都,成为发达、繁荣的经济城市。这一主题较多地写作于1950 年代末"大跃进"时期,基本上属于对城市现代性的想象性叙述。在空间表现上,出现最多的场景是拓宽了的马路、东郊西郊的工厂区和永定河,还有北京十大建筑(如北京火车站、人民大会堂)等。而道路是这一类叙述的核心,因为"道路"意象的设置,可以突破文学在老城与新城表现上的空间界限,直接将老北京"城"的"封闭"意象打破,并与东郊、西郊的工厂区的生产意义网络连接起来,进入工业化的意义指向。这一类作品容易出现对于"新""旧"北京的比较,典型的例子是艾青的《好!》:

> 一天早上,我从东四牌楼[2]路过,
> 忽然觉得马路很宽,很高,
> 原来那挡在十字路口的四个牌楼,
> 被工人们呼嚷着锤击着拆掉了,
> 我朝着十字路口大喊一声:"好!"
> 但听说有人为了这件事哭泣,
> 泪水模糊了他的老花的眼镜;
> 由此可见人的爱好是扁圆多样,

---

[1]　引自 www.chinamcw.com/cidian/beijing6.htm。

[2]　"东四牌楼"因此处路口有四座牌楼而得名,简称"东四";"东单牌楼"因此处只有一座牌楼而得名,简称"东单"。同样,"西单"是"西单牌楼"的简称,"西四"是"西四牌楼"的简称。

当一些陈旧的东西消失的时候，

会引起陈旧的灵魂的暗暗叹息。

在作者的表现视角中，"旧"事物之破除是为了"新"事物之建立："我们应该大胆地把马路放宽，/曲折的路能拉直就尽量拉直，/我们的东西长安街将直通郊区，/站在天安门上就看见正阳门外的景色；/百货公司的门也要开得很大，/因为今天人民是我们的顾客；/让我们的马路有美丽的林荫道，/林荫道上发散出洋槐花的香气，/让年轻的母亲推着睡车慢慢地走过，/让我们在劳动后有爱情和友谊。"

在诗中，说马路拓宽是为了连接郊区和正阳门外的大街，即由内城向外城甚至城外连接，由此，诗歌将古老皇城的中心引向了充满现代性的工厂区。再比如韩忆萍《东郊之春》："沿着这通往城里的宽阔的大路，/树枝桠摇着绿雾弥满着厂房。/新楼多得象山脉连绵不断，/高大的烟囱喷吐着云烟。"类似的情况还有丁力《北京的早晨》：

我走出胡同，

走在宽阔的大街上，

这是长安街，

它延伸到建国门①了！

向西一望——

又宽又光，

又直又长。

来来往往的车辆，

好像穿梭一样。

公共汽车刚一到站，

售票员就会热情地呼喊：

"您早！您早！

我们接您来了。"

---

① 建国门并非城门，而是民国之后为方便城内外交通在城墙处扒开的豁口。类似情况还有复兴门、和平门。建国门西连长安街，东启建国路，一直到北京东部的通州。

> 我跳上公共汽车，
>
> 到天安门前去义务劳动。
>
> 驶过东单，
>
> 这里正翻修马路，
>
> 碾路机、铲运机大声哄哄，
>
> 好像在说：
>
> 快把这条最好的路修好，
>
> 让国庆十周年的游行队伍，
>
> 浩浩荡荡地畅通。

李瑛的同题诗歌作品同样以道路为抒情核心："北京，你每天都有一个太阳/升起来，从那/如林的建筑的楼架后面，/当轧路机喷着气/滚过一条街道又一条街道，/当起重机闪着耀眼的阳光，/电车响着笛子开出了车站。"事实上，在以后的"新北京"城市建设中，诗人们当时的想象性叙述都一一变成了事实。北京城市的东部与西部都建成了工业区。即使是老城里，也建设了许多工厂。北京的城市功能，也由解放前的文化城市，转变为以大工业为主导的全能型中心城市。应该说，文学中对"新北京"的设想，与当局的城市功能转变观念是一致的。不管是文学表现，还是实际的城市建设，都是由国家的现代性憧憬而引发的现代化方案的一个侧面。

从上面的分析可以看出，通过叙事空间的转换，"新北京"文学叙事建构了一个典型的社会主义政治经济学的空间，而不是作为老北京政治、文化中心的空间，这当然就构成了同旧北京文学叙事的断裂。那么，空间叙述上所涉及的第三个方面，即对老北京旧城地区的表现，又是怎么进行的呢？一般说来，旧城景象并非完全不在"新北京"叙述的视野当中，只是对它的叙述基本上与旧京文学中的空间叙述不同，从而呈现出一种断裂感：作家们只是选择与新政府政治有关的旧京地区，如龙须沟、龙潭湖、陶然亭等等。这不仅仅是一种叙事空间的断裂，更表征了关于北京的以"新"代"旧"的不同的城市想象。这个断裂的形成，首先有其合理性的经验性因素：一方面，"新北京"的确完成了许多新的工程，而这些工程又是国家确定的代表新兴意识形态的建筑，比如人民英雄纪念碑、人民大会堂、北京车站等;另一方面,北京也完成了对旧北京底层贫民区落后地方的修整,比如说对陶然亭、龙潭湖和龙须沟的修整。上面引述的臧克家的《我爱新北京》中,提到了陶然亭:"我爱新北京,我爱/陶然亭变成了整洁的公园,/我爱金鱼池,那一湾臭水,/今天清亮得照出人影。"臧克家热爱北京的理由之一就是陶然亭的改变,那么,陶然亭的改造具有何种政治上的意义呢? 张中行曾解释过陶然亭解放前后的变化:

> 陶然亭是清朝康熙年间江藻所建,所以又名江亭,在外城先农坛之西,南距城墙二三百步。其实这里并没有亭,只是高基上一个南北略长的方形院宇。南西两面向外都是窗,登其上,南可以望雉堞,西可以望西山。重点在北面,几处满生芦苇的池塘,小丘上野草围着一些荒冢,一派萧瑟景象。每到秋风送爽的时候,银灰色的苇梢随风摆动,伴随着断断续续的蟋蟀的哀吟,使人不能不感到春光易尽,绮梦难偿。这正是文人墨客愿意经历的,所以二三百年来成为京城士女的吊故伤怀之地。……现在,陶然亭已经改造为现代化的公园,香冢、苇塘等都不见了。听说每天有大量的青少年去游,跑,跳,划船,玩电气设备。凡事难得两全,萧瑟的景象,吊碧血的眼泪,自然只能藏在有些人的记忆中了,这也好。[1]

张中行的这段话倒是把陶然亭的前后说得很清楚。在 1949 年以前关于北京的叙事中,陶然亭也是一个经常出现的空间,因为其寥落的气氛正合乎文人对萧瑟心绪的抒情需求。但是新政府蒸蒸日上,自然不允许这种寥落之气出现,因而必须加以整修。但是,对陶然亭所进行的整修,使其变成了一个干净整洁但又过于规整的公园。今天看来,这种改变对陶然亭来说也许并非好事,而张中行先生说"这也好",我们不难体会到其语气中的勉强。但是考虑到当时的历史背景,一派萧瑟破败的北京城被新政府整饬一新,自然不免要对其歌颂了。事实上,解放后北京的确大兴土木,对整个北京城进行修整和重建:

---

① 张中行:《香冢》,《读城——大师眼中的北京》,刘一达主编,中国华侨出版社 2006 年版,第 113—114 页。

解放以来，北京究竟修建了多少房屋呢？这里暂且不说工厂、机关、学校，仅是工人、职员、学生的宿舍和市民的住房，到 1951 年底止，就建筑了两万四千七百多间，以十五平方米为一间计算，合三十六万七千多平方米。1952 年预定修建的住房是九十万平方米，几乎相当于过去两年总数的三倍。很多人，特别是从前几辈子拥挤在低矮和黑暗的小屋子里的工人们，现在大量地搬到新房子里去了。……

新建工程只是一个方面，人民政府还花了很大的力气整理了原有的基础。

……一九五二年，人民政府掏挖了城南的陶然亭和龙潭两处苇塘洼地，使它们成为人工湖。它们将变成两个美丽的公园。

下水道方面，北京原来也有很完整的系统。经历了将近六百年的历史，但是大部分淤塞了。……三年来，人民政府还在劳动人民聚居的地方修建了将近八十公里的新下水道，相当于原有下水道的百分之三十多，而且规模比原有的更大了。[①]

从上述引文可以看出，旧中国在城市公共建筑方面有很多问题，但是旧北京政府迟迟不能解决这个问题，这也直接影响了北京民众的生活。新社会、新政府解决了这个问题，在经验论的意义上，"新北京"叙事相对于"老北京"的叙事空间发生了巨大的变化，也是合乎逻辑的。所以，"新北京"叙事是一种社会主义空间叙事，而这种叙事也是符合社会当时状况的一种经验表达。

但是，毋庸置疑，"新北京"叙事中呈现出来的景观带有强烈的"新"城市想象的因素，原因在于"新中国"的北京叙事有意遮蔽了旧的城市空间，特别是明清以来的旧建筑。北京城是拥有极多旧建筑的，但是在当时的诗歌中，提及北京旧建筑的很少。至少在文学的层面，这些旧建筑已经被遗忘了。偶有涉及的，也是出于一种批判的目的。典型者如艾青的《"好"！》，在艾青笔下，"牌楼"成了陈旧的"老中国"的象征，这也是当时主流意识形态的声音。正是这种极为强势的叙事，遮蔽

---

① 沈荣：《伟大的北京》，收入《祖国在前进》，人民出版社 1953 年版，第 34 页。

了关于北京的其他话语与声音,特别是北京生活中最典型的四合院的生活形态。虽然四合院的空间形式是北京生活最具代表性的伦理、生活形态,但是在当时的北京叙事中,只有老舍等有限几个作家创作涉及四合院,原因就在于描写四合院无法完成对北京的红色首都想象。或者我们可以这样说,围绕北京的红色建筑进行的红色叙事,一方面的确是新社会某种经验的表达,另一方面,又带有强烈的首都想象的色彩。正是这种对红色首都的想象性定位,遮蔽了北京其他声音的表达,使得偌大一个北京城,只剩下了天安门、西长安街、人民英雄纪念碑、军事博物馆、北京车站以及一些面目不清的工厂和高楼。应该说,相对于1949 年以前的北京叙事,新中国文学在叙事空间上与之完成了一个彻底的断裂。如果说旧北京叙事中经常出现的北海、陶然亭等文人景观隐含着知识分子对北京的废都、文化之都的认知和想象的话,那么解放后的"新北京"叙事中,北京形象被天安门、纪念碑、人民大会堂以及众多工厂、高楼所代替,正隐含了新政府与知识分子对北京的社会主义首都的经验认知和想象。通过对这种全新的并被赋予新的意义的空间的重新叙述,"新北京"叙事有效地构建了关于北京的社会主义空间,为北京建构了一个典型的社会主义红色首都和世界革命中心的形象。

但从另一方面看,文学中的"新北京"与明清以来的"老北京"叙事,根本上都是依据北京城市的总体布局,来表明北京所体现的政治学意义。不过明清以来的"北京"是一个有着中国国家政治伦理色彩的空间构架,而"新北京"则是社会主义政治伦理学的空间。两者在不同的意义上都有着"世界性",都有政治上的"公共性"意义。

这里,我们要讨论一个隐讳的案例,即如何体现以原有的传统小型社区来实现对"新中国"城市"现代性"和"公共性"空间的转换。此类作品极度缺乏,但我们可以在老舍的作品中找到范例。一般而言,老舍的北京题材文学,是当代文学史中最能体现城市传统逻辑的。这是他与同时期的作家有较大的区别,也是最能令我们尊敬的一点。老舍的小说与话剧,通常都以传统社区,如大杂院、旧街巷为背景,即使是完整的四合院等中等人家的居室都很少见,其作品的背景也能够见出北京城市的传统性。但在局部的某些细节上,特别是通过老舍最喜欢用的舞台空间——庭院,还是能够传达出"新北京"的信息的,即社会主义城市的"现代性"与"公共性"。最明显的,是人物关系上公共性的建立与新型公共性关系所发生的空间的不同。在老舍的剧作中,人物关系原本都为传统社区或人际组织所支配。比如《方珍珠》中的老京戏行当。虽然方老板在解放后摆脱了李将军(官僚)、向三元(特务)、孟小樵(文阀)的压迫,但是,其与"白花蛇"彼此倾轧的同行关系并没有改变。作为同行,这种关系可能也无法改变。但剧本后半部分中,方老板成了京戏行业政治权威的体现,其与"白花蛇"就不再是传统行业性关系,而成为了一种"新型"的政治关系。"白花蛇"最终对方老板的服从,就是由这种关系所导致的。在剧本结尾,方老板的活动空间常常是舞台之外的各种会议场。其间,虽则舞台空间没有改变,但剧本叙述中心已经转向舞台之外。在《生日》《春华秋实》《女店员》《全家福》等剧中,虽则舞台空间仍是传统社区,但剧本情节的发动与推进,基本上都是公共性的群众运动。比如《生日》《春华秋实》中的"三反""五反"、《女店员》中的"大跃进"、《全家福》中派出所的新型警政等等。也就是说,核心剧情其实已经不在舞台上,而是在舞台之外。人物的属性,当然也由舞台之外的公共性社会性质所支配。像《女店员》中三个女孩因参加公共性领导而进入了新的公共性社会组织。其对长辈的顶撞,源于传统人际关系权威的丧失和改变,也是由这种公共性关系所决定的。

我们以《龙须沟》为例。《龙须沟》以北京南城天桥附近为背景,包括程疯子、黑旋风等人物,都暗含着北京南城的城市性。但是,老舍剧本采用的舞台"庭院"布景设计,就包含着从室内转向室外的结构企图。《龙须沟》中的舞台布景,虽然几乎都是大杂院,但是其中人物的命运都与龙须沟有关,也就是说,人物的命运都由"院外"的因素产生。如臭沟、黑旋风等,暗示着社区外环境的险恶。程疯子从过去在天桥进行演出到回到家中,暗示着人物空间区域的不断缩小,包括他的身体和他的艺术领地的缩小。而人物最终得到"解放",也都与社区之外的情形有关,比如龙须沟的改造、道路的修整,这说明人物的命运已被社区外的社会制度所改变。程疯子这时又可以演出了,他欢天喜地地走出院落,重返院子之外的游艺场和工地。另外,在根据剧本改编的电影中,二春也向往到外面去当工人。在这里,包括工地、工厂,都是现代性城市的"公共"区域,大杂院本身也在进行着"公共性"的改造。在解放后的院子里,已经有了"工人合作社"。这就稍稍脱离了传统城市自身的逻辑了。我们看到,改变人物命运的,首先是"现代性"的城市社会。有学者注意到,《龙须沟》"电影的最后一个镜头有说服力地强调新北京已经与封闭的小杂院和宽阔的露天表演场所一起创设了一个新的都市景观。占据整幅银幕的是一条宽阔笔直的新路(应该在今天天坛路的位置)。街道整洁,苗木成行,电线杆整齐地分列两侧。布景处耸立着一根烟囱。这是响应着毛泽东将重工业引入这座城市,并将树立起烟囱之林的梦想。……这一进程,同时表现了城市空间、都市景观与整个国家的三重解放"①。这无疑含有一种对城市"现代性"的暧昧亲近,也即,龙须沟由旧城的底层社区,开始进入了现代化的城市区域。而另一方面,城市的"公共性"已经建成,这包括工地、工厂以及公共空地上的露天舞台。更有代表性的,是这些区域上进行的"公共性"活动,比如庆祝会、领导人的出现、群众的游行等等。所以,在谈到《龙须沟》一剧的舞台艺术时,上述学者看出了其舞台场景设置在中国话剧史舞台艺术上的创新:"自西方话剧在 20 世纪初叶被引入中国以来,易卜生式的话剧以及京剧一直是影响中国话剧的两大来源。这两种戏剧都是以室内场景为主,围绕着清晰的线索展开情节。老舍则引入了以现实主义的手段复制一份生活的新思路,将剧情交给了变动的都市环境本身。与之相应,舞台布景设计也从庭院代替了内景,来表现更大范围内的城市景观。"②由此,《龙须沟》完成了由老北京传统社区到社会主义"公共性"城市空间的转换。

---

① 柏右铭:《城市景观与历史记忆——关于龙须沟》,陈平原、王德威主编:《北京:都市想象与文化记忆》,北京大学出版社 2006 年版,第 422 页。

② 同上书,第 415 页。

第四章　社会主义城市的"公共性"想象与日常性的消失

第一节　城市"公共性"社会的建立

前文提到，在社会主义中国，国家工业化的前提之一是城市单一的"公共性"功能，包括政治上的、生产上的。原来口岸城市私人生活领域表现出的市民生活的"有限合理性"，由于被视为只具有个体意义，而被置于排除之列。因此，社会主义中国城市的"公共性"，并非西方思想家如哈贝马斯理论原有的含义，而是有着强烈的中国语境。

一般来说，"公共"建立于"私人"概念之上，指的是机构化了的政治权力和外在于国家控制的社会经济活动与社会生活。事实上，哈贝马斯提出的"公共领域"，更多的是一个对话性空间。它不仅表现为资本主义兴起后产生的印刷媒体，更存在于直接的口语对话交流的个体观念中。因此，传统公共性在古希腊城邦时就已产生，即在共享空间中，以面对面交流为形式的"公共生活"。文艺复兴后以市镇为主要场所的各种公共领域（如沙龙、剧场、咖啡屋等），构成了资本主义时代由私人领域产生的公共空间。在葛兰西的表述中，"公共空间"是从属于其市民社会理论的，因为市民社会的基础就是私人生活领域。他将上层建筑方向分为两种："现在我们固定两个主要的上层建筑方面——一个可以称为'市民社会'，即是通常称作'私人的'有机体的总称；另一个可以称作'政治社会'或'国家'。这两个方面中的一个方面符合于统治集团对整个社会行使的'领导权'功能，另一个则符合通过国家或'法律上的'政府行使的'直接统治'或指挥"。他又说："我所谓市民社会是指一个社会集团通过像社会、工会或者学校这样一些所谓的私人组织而行使的整个国家的领导权。"①因此,所谓"公共领域"与"私人领域"有着相似性,都是相对于"国家"而言的,都是"市民社会"的产物。

所谓"公共领域"又称"公共空间",霍尔曾把空间分为四种,即密切空间、人身空间、社交空间与公共空间。在社会学中,它并非指被政府和官方单方面制造和强加的所谓"公共利益",而是指以个人为信念基础,以民间团体为决策主体的新型公共社区。在哈贝马斯看来,它应当是一种民主政治生活中的"公共领域"(public sphere)和民间社会,原则上向所有人开放,不隶属于国家官僚机构的法律规章,且人们无明确的责任去服从它们。但是,中国早期的公共空间有着强烈的中国语境。不管是清末民初的中国社会,还是"十七年"与"文革"时期的当代中国,中国的"公共领域"依然与哈贝马斯所说的以欧洲经验为底色的公共领域有诸多不同:"其在发生形态上基本与市民社会无涉,而主要与民族国家的建构、社会的变革这些政治主题相关。"②所以,美国的罗威廉和兰金等人,通过对晚清汉口与浙江地区的研究,认为中国的"公共空间"并非哈贝马斯理论话语意义上的,而是中国士绅社会演变的结果。黄宗智等人干脆提出另一概念:"第三领域",即国家权力和宗法社会之间的以城市绅商为主体的组织场域③。与哈贝马斯所说欧洲"公共空间"不同的是,中国的"公共领域",有着较多对国家事务的参与,如赈灾、兴修水利、救火会等等,同时也得到了国家的高度认可,它的国家性是一目了然的,或者说,是国家政治的一个补充。

在解放后的新中国,民族国家的建立与国家工业化的完成,并不依赖于所谓"公共领域",而是恰恰相反。毛泽东关于国家建设的思想,是希望以强大的国家力量保障工业化的进行,并以避开资本主义

---

① 转引自李青宜:《"西方马克思主义"的当代资本主义理论》,重庆出版社1990年版,第137—139页。

② 许纪霖:《都市空间视野中的知识分子研究》,载《天津社会科学》2004年第3期。

③ 参见〔美〕罗威廉:《晚清帝国的"市民社会问题"》,〔美〕玛丽·兰金:《中国公共领域观察》,黄宗智:《中国的"公共领域"与"市民社会"》,〔美〕魏斐德:《市民社会和公共领域的论争》等。黄宗智主编:《中国研究的范式问题讨论》,杨念群等译,社会科学文献出版社2003年版。

性——包括经济金融体制、生活方式消费逻辑与文化意识形态——或者说是以反对资本主义性来获取，具有明显的反资本主义倾向（包括后来的反对修正主义）。德里克曾指出社会主义中国的这一情形，他认为，社会主义中国的问题在于全面与世界资本主义分离。因此，群众运动是为了纠正精英主义的政治与官僚体制之弊，自力更生也不是"自绝于现代化"，而"文革"则是"解决了新兴后殖民社会既要发展经济又要兼顾凝聚社会的窘境，它似乎还解决了经济进步的资本主义社会与社会主义社会在发展中遇到的异化问题"①。这个结论是否符合实际暂且不说，但德里克对社会主义阶段反抗资本主义这一点应当说是有道理的。在谈到"政治挂帅"时，德里克认为这是"公共价值优先于私人价值"的体现②。刘小枫亦认为，中国民族国家的建构方向偏向卢梭的理念，即现代的民主社会主义，强调民族国家至高无上的权力③。由此，在社会主义中国，所谓"公共性"其实就是一种国家性。不仅不是西方意义上的"私性"，而且，对"私人生活"还呈现出压制性力量。这并非如一些人所说，社会主义中国完全属于乡村式的社会形态，因为，社会主义的国家性同样发生于中国乡村，国家"通过公有化运动，特别是'人民公社'的建立，毛泽东使自己的以农业为主的国家实现了社会动员，把整个社会组织到国家的主要目标之中"④。

中国社会主义的"公共性"之所以最终成为一种压制"私人"的国家性，源于中国政党政治的特殊性。刘小枫在《现代性社会理论绪论》中，提出了政党意识形态、政党伦理和政党国家三个概念，用来把握"民族社会主义国家现代化的社会实在"。在他的分析中，政党意识形态，指的是政治党派在取得国家统治权力后通过社会法权推行的该党的价值理念体系。政党伦理是由政党价值理念体系引申出的党内成员的行为规范，因此也是社会中一个政党组织的行为伦理。但是，在当代

---

① 〔美〕德里克：《世界资本主义视野下的两个文化革命》，载《二十一世纪》1996 年 10月。

② 同上。

③ 刘小枫：《现代性社会理论绪论》，上海三联书店 1998 年版，第 100 页。

④ 汪晖：《当代中国的思想状况与现代性问题》，载《天涯》1997 年第 5 期。

中国,政党伦理最终成为国家化的社会伦理,也就是说,社会主义"公共化"的结果,是全社会的政党化。他认为:

> 政党的伦理转化为规范社会所有成员的伦理,成为社会日常的伦理,使社会日常伦理成为政党意识形态的延伸秩序。
>
> ……
>
> 政党伦理之社会化法权在国家体制的政党化过程中得到了法律、经济和政治结构的支持。政党国家的概念指国家科层组织、社会经济生活和日常生活单位都受政党组织的支配,国家机器(行政、军队和司法)和社会生活(经济、教育、家庭)与政治意识形态一体化;多样的单位和"党的一元化领导"取消了有别于国家的生活领域的自在性,形成了政党伦理化的全民国家。
>
> 政党意识形态—伦理—国家的组织体结构,是中国的社会主义式民族国家的社会实在的日常生活结构。①

刘小枫也表明,当代中国的"公共性"并非严格意义上的公共化或公共性,而是社会主义的国家性,并受政党意识形态支配,将政党伦理转化为全民的社会伦理,以此支配社会生活。就社会个体的实际生活来说,我们在阐释旧中国口岸城市时经常使用的"私性"需求,在当代中国,由于国家伦理的压制而荡然无存。在当代中国,由于权力和财富资源的获取与政党伦理一致,因此,政治资源也就是经济利益,也几乎是当时社会成员唯一可以凭借的生活利益来源。社会精英首先是国家精英,同时也是政党精英。只要这种政党伦理存在,整个社会秩序与生活秩序就都是相对稳定的。只不过在"文革"时期,政党伦理原则自身有了变化,从而导致精英阶层的变动。不过,虽然政党伦理原则不时变化,但是这种政党意识形态—政党伦理—政党国家的基本结构并没有改变。所以,社会主义的"公共化",最终成为一种社会主义的国家化,也就是社会主义的政党化。

田汉的《十三陵水库畅想曲》是典型的表达国家"公共性"的作品。

---

① 刘小枫:《现代性社会理论绪论》,上海三联书店 1998 年版,第 390 页。

十三陵水库的建设,由于关乎社会主义首都的基本生活保障,完全是一项国家工程,其重要性不言而喻。在作品中,十三陵水库基本不是被当成一个水利建设工程来写的,而是被定位为"公共性"的国家工程。在这里,"公共性"①的义务劳动被体制性地进行。一些文化界名人纷纷被组织到这里,他们每个人都代表了一定的社会群体。其中,有领队郭团长,有作家陈培元、陈耀邦、冯作云、林昆以及反面人物胡锦堂,还有史学教授简幼岑、植物学教授黄仲云、音乐家李翼、作家兼画家刘少逸等等。如此庞大的知识界队伍由主管部门组织,本身就说明了强大的国家体制的作用,也说明了国家的文化生产必须和国家生活结合的国家文化政策。不仅如此,这种"公共性"劳动,由于发生在社会主义首都,还获得了社会主义的国际性质。参加劳动的有许多外国人,有苏联专家安德烈夫,还有英国记者杰克逊——后者是作为资本主义世界中的"左翼"人物出现的。为了更好地表现"公共性"主题,作品特意安排了一位身患癌症的作家冯作霖,以他在劳动中病情发生的变化,用以说明"公共性"劳动的结果。这里面明显有一些违背生活道理的地方:一个从未参加过体力劳动且又身患绝症的人,怎么能够被分派到工地?!又如何能够进行强度的体力劳动呢?!更让人不可思议的是,患晚期癌症的冯作霖居然被繁重的体力活给治愈了。这一极其荒谬的情节安排,无非是要说明"公共性"劳动是知识分子唯一获救之路的道理,不管是思想上的,还是身体上的。有意思的是,在作品中,作者还安排了一对夫妇。一个是作家胡锦堂,一个是劳动妇女孙惠英。两人原为指腹为婚的未婚夫妻。胡锦堂在上学读书之后,抛弃了发妻,追求学生出身的小杨。通常,在传统文学形态中,我们会将胡锦堂此种行为看作有悖道德的恶行,但就作者的表达看,道德谴责倒是次要的。胡锦堂错误的核心之处在于其逃避"公共性"劳动,也即胡锦堂的反"公共性"问题。因为,他抛弃发妻,也是为了"不劳动"。当小杨决心到十三陵水库参加劳动时,胡锦堂不仅自己托故不去,还阻拦小杨。而孙惠英没有

①　不能称为公益性,因为剧中参加劳动的人并非全都自愿。相反,有些参加劳动的人,是被强迫来的,带有惩罚性质。

成为旧时代的秦香莲,她不仅在劳动中成了劳动模范,而且还识了字。20 年后,还作为第一批赴台湾工作的人员,去参加日月潭的水利工程,成为通过"公共性"生活获救的劳动者的代表。胡锦堂则因想尽办法逃避劳动,遭到小杨的揭发。小杨说:"我告诉过胡锦堂我决心到十三陵工地参加劳动,邀他一起来。他不但自己托故不来,还再三反对我来,说建设水库是'劳民伤财,费时失计'的事,要我别赶热闹,还是努力把外语学好,人家就打不倒。同志们,这就是他写给我的信,我虽然没有听他胡说八道,可是我没有把信交给党组织是要检讨的。"可见,小杨已经将"没有把信交给党组织"看作严重的"非公共化"行为了,所以,她要以更深程度的"公共化"行为来弥补。于是,小杨将胡锦堂的信在工地上公布出来,在场群众大喊:"把这个压迫女性、轻视劳动的坏分子抓起来!"整个结局,包括惩罚胡锦堂的方式,都是充分"公共化"的。因为,小杨没有"听他胡说八道",本属于其私人领域的事情,并没有得到"公共性"的认可;而她将信交给组织,并且公开化,才算作真正意义上的解决。胡锦堂被处理和小杨的做法,都属于国家"公共性"生活的结果。

第二节　《我们夫妇之间》
——当代中国日常性叙事的消亡

一、日常生活与"日常性"

在城市生活中,与国家政治的"公共性"相对应的是日常性原则。日常性也是一种现代性,它产生于现代市民社会,与英国经验主义中追求"直接价值的有限合理性"的世俗化传统有关。在中国,从晚清小说开始,基于私人生活领域的日常生活叙事传统便在口岸城市的文学中出现。比如,鸳鸯蝴蝶派文学中一夫一妻所代表的严格市民伦理就体现出这一点。经由张爱玲、苏青等人,口岸城市中的日常性叙事已经成为一个小传统,具有抵制乌托邦意义系统的作用,这在李欧梵、王德威的论述中多有阐释。

众所周知，萧也牧《我们夫妇之间》是新中国成立后最早发表的小说之一，也是最早受到批判的作品之一，对它的批判，构成了当代文学的一次重要事件。但到了 1980 年代后，这篇小说又获得"表现新中国城市与乡村意识的冲突"的美誉，被视为解放后第一篇具有城市意味的小说。其实，批判也罢，赞许也罢，这篇小说的内容和被批判的原因，以及这场批判对当代文学特别是城市题材文学的影响，似乎都未能得到廓清。

我们看到，在 1950 至 1970 年代发生于文艺界的重大批判运动中，《武训传》与《我们夫妇之间》同样遭到厄运，但情形是不相同的。对于前者，批判所涉及的，是对历史作不同阐释时的合法性问题，即作者是否拥有虚构历史的权利，还为此组织了武训历史调查团专门到山东省进行调查，得出的结论，是《武训传》有着"反人民反历史""反现实主义"的重大政治问题[1]。而《我们夫妇之间》作为表现一对国家干部夫妇之间的争执、吵闹琐事的虚构作品，既不涉及历史，也不涉及重大政治问题，却遭到来自冯雪峰、丁玲、陈涌、康濯等文艺界头面人物的大规模批判，批判动因究竟来自何处呢？

我们不妨来看一下这篇小说在发表后收到的不同反应。首先是获得了一片赞誉之声。小说原发表于《人民文学》第 1 卷第 3 期，此后被多家报纸转载。《光明日报》刊专文大加推崇，上海的昆仑影片公司立即将其拍成电影，甚至萧也牧的另一篇小说《锻炼》也有人动议要拍成电影。连后来的批判者丁玲也承认，这篇小说"很获得一些称赞"，不仅是"专家"，而且"很多青年人都喜欢"。[2] 在赞扬这篇小说的批评家中，有肖枫、白村等人。但自 1951 年 6 月起，批判《我们夫妇之间》的文章开始在《人民日报》《文艺报》等刊物上发表，其间有李定中、叶秀夫、陈涌等人的文章，也有丁玲、力扬、康濯等作家的文章。为此，《中国青年》编辑部还召开座谈会，《新华日报》也对这场批判发表了综述（即综合稿）。至 1951 年 10 月，萧也牧不得不在《文艺报》上发表《我

---

① 周扬：《反人民、反历史的思想和反现实主义的艺术》，载《人民日报》1950 年 8 月 8 日。

② 丁玲：《作为一种倾向来看》，载《文艺报》第 4 卷第 8 期。

一定要切实地改正错误》,为这场批判画上了句号。

　　不管是赞誉还是批判,对《我们夫妇之间》的评论基本上都落脚于其描写的"日常生活"上。赞誉者说"所描写的是一件很平凡的事,但这篇小说写出了两种思想态度的斗争和真挚的爱情","虽然不是轰轰烈烈的事情,但有一定的社会意义"。① 批判者的论点,集中在两个方面:一是认为萧也牧把知识分子与工农干部间的"思想斗争"庸俗化了;二是歪曲了革命知识分子,丑化了工农干部。细究之下不难发现,这两个方面的批判,事实上都来源于作品的日常性表现,因为"萧也牧无原则地拼凑了李克与他爱人之间的矛盾。他把二人之间政治思想上的矛盾与非政治上的矛盾等量齐观","集中和夸大了地描写我们女主角的日常生活的作风、习惯",如同丑角,洋相出尽。丁玲的批判文章认为,小说暴露了萧也牧不良创作倾向的根源即小资产阶级的立场,说萧也牧反对的是"解放区文艺太枯燥,没有感情,没有趣味",拥护的是"更多的原来留在小市民,留在小资产阶级中的一切不好的趣味"。② 赞誉者显然是肯定了《我们夫妇之间》中的日常生活描写,其所遵循的,是从日常生活中寻找超验意义的现实主义典型观念。而批判者则从否定日常性描写出发,其内在逻辑是"知识分子与工农结合"这一类"无产阶级科学思想",不能建立于"非政治性的矛盾"这一类日常琐屑之中,因为这属于"小市民"的、"小资产阶级"的趣味与"噱头"。假如仅仅从评论者的理论素养来说,赞誉者完全不得要领,那一套"以小见大"的所谓现实主义评论路子放在对《我们夫妇之间》的理解上根本无法说通。倒是丁玲等人的批判文章更见敏锐与功力,因为这篇小说确实没有从日常生活中表现出"知识分子与工农结合"这一宏大理论。

　　《我们夫妇之间》初稿于 1949 年春天,发表于《人民文学》1950 年

---

　　①　白村:《谈"生活平谈"与追求"轰轰烈烈"的故事的创作态度》,载《光明日报》1951年 4 月 7 日。

　　②　批判文章见陈涌《萧也牧创作的一些倾向》,载《人民日报》1951 年 6 月 10 日;李定中:《反对玩弄人民的态度,反对新的低级趣味》,载《文艺报》4 卷 5 期。叶秀夫《萧也牧作品怎样违反了生活的真实》,载《文艺报》第 4 卷第 8 期;丁玲:《作为一种倾向来看》,载《文艺报》第 4 卷第 8 期。等等。

第 1 卷第 3 期,是建国后最早的城市题材小说文本,也是日常性叙事传统在当代的曲折延续。但它及其作者在当代的不幸遭遇,也预示了日常性叙事传统在解放区文学传统一统天下的政治化文学生态中的命运。解放区叙事传统强调其服务的对象是工农兵,其文本特征主要是彰显阶级、政治、国家等超验意义。《我们夫妇之间》在追求叙事的超验意义的同时,也注重市民文学中叙事的日常性和趣味性。这样的结果是,文本的超验意义不断被叙事的日常逻辑和迎合读者的市民趣味所消解。

小说文本涉及的问题并非社会重大问题,而是国家干部夫妇李克及其妻张同志在日常生活中的矛盾。李克是初中毕业的知识分子,在北京长大,虽然离开城市已经十二年了,但他身上还残留着"小资产阶级"的趣味和情调。这一点当他和妻子在乡下生活的时候,没有机会显现出来。解放后回到了北京,"那些高楼大厦,那些丝织的窗帘,有花的地毯,那些沙发,那些洁净的街道,霓虹灯,那些从跳舞厅里传出来的爵士乐",使他觉得"好像回到了故乡一样",觉得"新的生活开始了"!而张同志,出身于贫农家庭,十一岁就被以五斗三升高粱的"价格"卖给人家当了童养媳,吃尽了苦头,十五岁便参加了革命,在一个军火工厂做了六年工。她文化程度不高,仅仅粗通文字,对工农群众有着深厚的"阶级感情",对城市生活有着强烈的"敌意"。解放后进入北京,她立志要"改造城市"。

这对干部夫妇在乡下时虽说不上怎样恩爱,家庭生活倒也和谐宁静,曾一度被人们认为是"知识分子和工农结合的典型"。但是,当他们进入城市后,矛盾却日渐显现。知识分子出身的李克,由于内心深处的"资产阶级情调",使其爱慕精致的城市物质环境,喜欢讲究一点的生活,比如抽烟要抽纸烟,吃饭想下馆子等等。这样,就与处处以传统乡村伦理为标准,讲究朴素、节俭的张同志发生了冲突。知识分子和工农的结合,在城市生活中显出了它的罅隙、裂缝和冲突。那么,关于这个矛盾如何解决的问题就成了小说文本结构情节的关键,因为这关乎知识分子与工农结合这一超验政治命题。

不过在作者的叙述中,我们并没有读出作者赋予这对干部夫妇日常生活的矛盾以"两条路线斗争"的超验意义,而是遵循日常生活的逻辑,对这种矛盾做了道德化、伦理化的处理。文本中李克是这样认为的:"仔细想来,我们之间的一切冲突和纠纷,原本都是一些极其琐碎的小节,并非是生活里边最根本的东西!所以我决心用理智和忍耐,甚至迁就,来帮助她克服某些缺点。"知识分子丈夫和工农妻子的矛盾,只被作者作为夫妻之间的日常琐事来处理,并没有上升到"应有"的高度,即毛泽东《在延安文艺座谈会上的讲话》中提出的知识分子要和工农群众相结合这一原则性的政治问题。最后问题的解决,一方面是张同志做了改变,不骂脏话了,也注重衣着了,还买了一双旧皮鞋,每逢集会、游行的时候就穿上,还对自己急躁、简单的工作作风作出了自我批评;另一方面是李克深刻地反省了自己思想感情里保留的一部分脱离现实生活的小资产阶级成分,同时也改变了对工农妻子的认识。在作者的叙述中,知识分子与工农的结合,不是工农对知识分子的改造,而是彼此的迁就、忍让和自我批评,是对日常生活所体现出的所谓"政治问题"的回避。如张同志的话:"以后,我们再见面的时候,不要老是说那些婆婆妈妈的话;像今天这样多谈些问题,该多好啊!"日常生活中夫妻双方的矛盾在夫妻关系和好的时候被消泯了,被按照日常生活本身的逻辑"自然"地解决了,日常生活被赋予的超验意义在这里被搁置和被日常逻辑颠覆了。

那么,萧也牧是怎样对日常题材作"日常性"处理的呢?

二、叙事系统与意义系统的对抗

客观地说,《我们夫妇之间》算不上优秀的作品。小说有两个系统,一是叙事系统,二是意义系统。叙事系统中,作者叙写了李克身上不同于战争时期的生活趣味,并与具有乡村背景的工农干部的妻子张同志发生冲突,也写到了张同志的改变。而意义系统则是一个"大道理"——知识分子与工农结合,以及这种融合在解放后城市生活中的新状态。小说的确如丁玲所说,作者"把二人之间政治思想上的矛盾与非政治上的矛盾等量齐观",也就是说,作品无法从非政治的日常叙事系统的琐屑、日常中推衍出"政治"上的意义,因为两个系统在作品中呈分裂状态。如果说作者是有意为之恐怕牵强,问题在于作者在处理日常题材时,呈现出与"意义"指向相反的倾向,也即作了"日常性"处理,导致了作品属意于日常性意义而不是超验性意义体现。

在传统农耕社会中,人们的日常生活常常被赋予超越经验的神圣意义。"五四"以来的文学,特别是"左翼"与解放区文学传统中,日常生活常常被赋予"本质""动向"等意义要求,日常题材一次又一次地被理解为追求不可见的"公共"意义秩序,意义系统决定了叙事。而在现代城市中的市民社会中,则肯定日常生活的"有限价值",呈现出城市平民的世俗性与市民主义的合理性。瓦特在论述西方现代小说的兴起时,指出小说的兴起与"个人具体的生活"即"私性"成为中心有关,表达"私性"是合理的。"私性"建立于城市个体日常生活中,并不具备公共超验意义。

在《我们夫妇之间》中,所谓"知识分子与工农结合"是一个属于"公共性"的政治话题,但却被日常题材中一再出现的"私性"叙事所颠覆。作者在谈到写作这篇小说的动因时说:"写《我们夫妇之间》的原来企图是:通过一些日常琐事,来表现一个新的人物。这个人物有着坚定的无产阶级的立场,她憎爱分明,和旧的生活习惯不可调和;这个人物的性格是倔强的、直爽的,然而是有缺点的,那就是有些急躁、有些狭隘。但这些缺点并非是本质的。这个人物就是小说中的张同志。为了烘托这个人物,拉了个知识分子出身的李克作陪衬。"①当然,对于事后作者在大规模的批判声中对自己当初的创作动机的解释,在多大程度上反映了事情的真相,是有必要存疑的。

小说第一部分以"真是知识分子和工农结合的典型"为题,但其所叙的李克与张同志的婚姻并无战争中革命夫妻的情义,也没有更多的爱情内涵,因为"婚后的生活也很难说好还是坏",只是写到男的忙于公务、妻子相夫养子的平静而传统的生活。进入城市后,张同志对城市充满了敌意,敌意的出发点首先来自生活方式,即看不惯女人穿皮衣、抹嘴唇,人们扰扰攘攘的。而且,她马上归之于政治与伦理层面上意义

---

① 萧也牧:《我一定要切实地改正错误》,载《文艺报》第 5 卷第 1 期。

价值的诘难,即"我们要改造城市","我们是不是应该开展节约,反对浪费?""我们是不是应该保持艰苦奋斗、简单朴素的作风?"而丈夫李克则完全不把日常生活方式置于意义的拷问中,身为解放区来的干部,却从生活方式上相当习惯于城市的欲望:"那些高楼大厦,那些丝织的窗帘,有花的地毯,那些沙发,那些洁净的街道,霓虹灯,那些从跳舞厅里传出的爵士乐……对我是那样的熟悉、调和",甚至还是"强烈的诱惑"。如果按照通行的左翼写作模式,大可以化为具有小资产阶级倾向的干部受资产阶级腐蚀的宏大主题,但萧也牧并未让这个情节基础升华。小说并不把李克的物质欲望与消费引申到阶级意义或道德意义层面,其与妻子的冲突,仅仅被作了家务事处理,不断降低到夫妻间因习惯不同而争吵的常识空间。张同志的工农感情也不断被降低到"私性"的地步。事实上,小说文本中张同志给予读者的印象,并非像作者所表述的那样。小说中的张同志显得狭隘、固执,甚至满口脏话,"无产阶级的立场"也不是那么坚定。家乡受灾时她的表现不过是不经过丈夫同意即将丈夫的稿费寄回自己家里。对于丈夫抽纸烟,她也不是讲道理,而是在大街上丝毫不顾丈夫颜面地谩骂:"我不待说你!环境变了,你发了财了?没了钱了,你还不是又把人家扔在地上的烟屁股捡起来,卷着抽。"小说文本以日常题材展开,却又以"日常性"为结,这便是丁玲所说的"丑化工农干部"的含义。

丁玲十分敏锐地发现了小说文本中流露出来的趣味化倾向。确实,叙述者在叙述李克和妻子张同志日常生活中的矛盾时,对张同志的塑造在一定程度上是用了漫画化的笔法的。比如,张同志对城里女人的评价:嘴唇血红红,像是吃了死老鼠似的,头发像个草鸡窝;去饭铺吃饭时,张同志问完价钱拉着李克就走,因为"一顿饭吃好几斤小米,顶农民一家子吃两天";等等。从作者的叙述中我们读不出张同志坚定的阶级立场与深厚的阶级感情,她的种种行为更像是一个愚昧固执的村妇在北京城里种种令人发笑的表现(当然这不是张同志的全部,在对待保姆的事情上张同志的做法还是打动了李克,但整个事件中张同志的表现也是教条化、模式化的)。此外,文本中还有几处叙述也流露出作者"趣味化的倾向"。比如,一个周末的傍晚,李克夫妇从东长安街散步归来时,在"七星舞厅"门口,看到舞厅的老板在暴打一个影响了他生意的十三四岁的小孩。在叙述小孩被打的惨相时,作者这样写道:"只见一个胖子,西服笔挺,像个绅士,一手抓住一个十三四岁的小孩,一手张着五个红萝卜般粗的手指,'劈!劈!啪!啪!'直向那小孩的脸上乱打,恨不得一个巴掌就劈开他的脑瓜!那小孩穿着一件长过膝盖的破军装,猴头猴脑,两耳透明,直流口水……杀猪般嚷道:'娘嗳!娘嗳!'嘴角的左右,挂下了两道紫血……"叙述者的口吻完全就是评书式的口吻,而且还是一个没有"阶级同情心"的说书人的声音。对被欺压的小孩"猴头猴脑""杀猪般地嚷着"等的形容,也折射出叙述者试图把故事讲得生动的"趣味化的倾向"。此外,文本中叙述者讲了张同志处理西单商场皮鞋铺的一个掌柜,因为学徒到区里开会回去晚受到他的责骂,使用的语汇是:掌柜把学徒骂了个"狗血喷头",张同志把掌柜训了个"眼发蓝"。这样的语汇透露出的也是叙述者讲述故事时对趣味性的倚重。

我们看到,作品中对张同志言行在"公共"空间中的意义阐释,是一个不断消失的过程。李克与张同志的矛盾冲突逐渐消弭,但其方式却是张同志相当程度上的容忍,是因为她认同了城市日常生活方式。作品中虽然不断描叙两人的争吵,而且一再提到李克对妻子朴素、热情、奉献精神的感动,但读者感受到的却是李克身上具有的明显的精神优势。这便是丁玲提到的作品的"虚伪"之处。结尾处,李克对妻子有一番含义暧昧不清的宣叙,貌似赞扬,实则批评,而妻子则"听得好像很入神,并不讨厌,我说一句,她点一下头"。在这里,妻子张同志的工农道德优势全然瓦解。最有细节表现力的是结尾一段,张同志在听完了丈夫的说教后,缩回到妻子的日常义务之中,她推开了想要吻她的丈夫,说:"时间不早了,该回去喂孩子奶啊!"小说在叙事中不仅没有导出知识分子与工农冲突结合的意义,也没有导出城市与乡村生活冲突的意义,而是径直从可能的常识意义阐发中回到了日常性。这样一个与左翼解放区文学相反的创作过程,当然是批判者不能容忍的。

要弄清张同志认同城市方式的内容,先要看一下李克。李克身上的市民主义合理生活的"有限价值",主要体现在以下几点:一是消费

的欲求(如上饭馆吃饭,并且不太计较价格);二是"公"与"私"的分离
(个体价值应当被承认。稿费既然为自己所得,理应由自己支配);三
是组织化观念(社会问题,比如掌柜打小孩要纳入到组织化形式中解
决)。李克意识的核心特征,是阶级立场上公共道德与个体私性的分
离。再看张同志。初入城市的张同志,其价值体系原本建立于"公共"
的道德意义之上。从外在形态看,是对于城市生活的仇视,其内核,则
在于乡村伦理以及由此而来的阶级道德立场。她看不惯城市的享乐、
消费生活,原因是:"他们干活也不? 哪来那么多的钱?"或者是:"一顿
饭吃好几斤小米,顶农民一家子吃两天! 哪敢那么胡花!"作为干部,
她的工作方式原本具有建立于道德价值系统的非职业化与伦理化倾
向。比如对于打人的胖掌柜厉声呵斥,其实这事本不属于她的工作范
围。为此,作者专门在这一部分中插入她憎恨有钱人的出身基础的介
绍。但伦理性在她的工作当中慢慢变成了职业特性,并化为一组中性
的社会化原则。她担任女工工作,"在那些女工里边,也有不少擦粉抹
口红的,也有不少脑袋像个'草鸡窝'的……可是她和她们很能接近,
已经变得很亲近……"同样是训斥掌柜,但第二次却引起了她的自我
检讨:"工作方式太简单,亲自和掌柜吵架,对学徒也没好处,有点'包
办代替',群众影响也不好!"这中间不独有处理人际的非伦理性,也有
几分久居城市后的世故与老练。

　　关于组织社会,韦伯认为现代社会是组织社会,"经济生产借助合
理核算的企业家而成为资本主义式的,官方的管理借助有法律教养的
专业官员而成为官僚主义化的,这样,这两样活动就按企业形式或机关
形式组织起来"。韩毓海对此解释说:"人的社会成为一个客观化的自
我控制的系统,它像机器一样自行运转,因而人类普遍价值和主观情感
很难对它进行干涉。当然它也不是将人类普遍价值完全排斥掉,而是
对其筛选后,将它消解为一系列的客观化的社会功能。这样,人类普遍
价值就被客观化、工具化、功能化,或者说是'形式化'。"①张同志作为
一个新政府的管理者,她的工作方式,有一条将农民式的爱与憎逐渐

---

① 韩毓海:《从红玫瑰到红旗》,上海远东出版社1998年版,第49页。

"客观化"的过程,逐渐具有的教养与城市经验使她职业性起来,同时也与乡村道德渐渐疏远。

当然,这里并不是说关于阶级、道德的普泛已经被日常性城市生活完全取消,作为"左翼"作家,作为那个时代的作品,萧也牧的《我们夫妇之间》不太可能全然无视解放区文学的传统。比如张同志对女工的接受,仍然出于"解放她们"的需要;向小保姆道歉,也同样是检讨自己"小看穷人"的道德水准。但是我们必须承认,在作者笔下,关于阶级、国家的宏大理论与"鸡毛蒜皮"的日常性相连,两者的结合最终构成了一种普泛的国民人格与精神文明问题,从而与阶级、道德等问题剥离开来。张同志最终被城市的组织化生活塑造成了一个新国民,逐渐具有尊重他人、讲究体面的人格形态,打上了明显的资产阶级的烙印。比如,原本土气十足的她买了一双旧皮鞋,每逢集会、游行便穿上,回家又赶忙脱下。工作与闲暇的分离不仅保障了她的国民义务,同时也兼顾了其作为农民出身、反对过多消费的旧式伦理,公共空间与个体空间被分离开来,同时,农民习性被极大地克服。小说中张同志的一番道理颇能代表民族国家精神建设中的日常性基础。

> 组织上号召过我们:现在我们新国家成立了!我们的行动、态度,要代表大国家的精神;风纪扣要扣好,走路不要东张西望,不要一面走一面吃东西,在可能条件下要讲究整洁朴素,不腐化不浪费就行!

衣着也好,生活习性也好,在日常的层面被工具化了,而不是像先前那样被伦理化和意义化。正因此,李克与张同志的矛盾冲突,最终仍然停留在性格和常识层面,没有上升为意义冲突。李克仍然对城市生活方式抱有相当的热情,张同志也许并没有完全成为城市人,但她的存在,已经不构成对"干部进城腐化"或"城市乡村"冲突的意义判别。就像结尾两人谈话后张同志说的:"以后,我们再见面的时候,不要老是说些婆婆妈妈的话;像今天这样多谈些问题,该多好啊!"两人的不同之处也许依然存在,也不能造成爱情,但作品将一切都化为了一夫一妻小家庭严格的市民伦理,即相互体贴、忍让,重大政治伦理终于降至日常性工具层面,并得以解决。

细读文本,我们会发现《我们夫妇之间》这部短篇小说是多种话语的大杂烩。其中既有注重日常琐事和趣味性的日常性叙事话语(如前所述),也有知识分子话语(如小说第一部分李克收到妻子的信和毛背心时的表述:"我读着这封信,我仿佛看到了她那矮小的身影,在那黄昏时候,手拿镰刀,独自一个人,弯着腰,在那荒坡野地里,迎着彻骨的寒风,一把、一把、一把地割着稀疏的茅草……"还有小说结尾部分的带有浪漫色彩的情景描写等),还有意识形态话语(文本中对知识分子和工农结合的超验意义的追求)。在文本呈现的秩序中,知识分子话语和意识形态话语之间并没有构成冲突,而日常性叙事话语与追求超验意义的意识形态话语之间却存在抵牾。日常性叙事话语不断消解着意识形态话语,不断把文本中作者要追求的超验意义降低到日常逻辑的层面。也就是丁玲所说的"一切严肃的、政治的、思想的问题,都被他们在轻轻松松嬉皮笑脸中取消了"。

作者在后来的反思中对于自己为何选取这样的题材、为何要这样写进行了解释:"我正感困惑,恰好听到一种议论,据说城里的读者不大喜欢读老解放区的小说。原因是读起来很枯燥,没趣味,没'人情味'。……又说:生活随处都有,最好的小说要写日常生活,要从侧面写,这才显得深刻。又说:为了争取城市里的读者,必先迎合他们的胃口,才能提高他们的水平。"①首先,作者的这段话至少说明解放之初解放区文学并没有占领城市的读者群,市民读者是有着自己的阅读倾向的,这个倾向有着不同于解放区文学的政治化的"为工农兵服务"的特征。那么,解放区作家在面对城市读者该如何写作呢?萧也牧的做法是"先迎合他们的胃口"(趣味化的追求,日常性的叙事),再"提高他们的水平"(政治水平、思想觉悟)。这样写作的结果却是消解了日常性叙事,颠覆了超验意义。也就是说,城市旧有的文学传统、文学趣味与新建政权的主流意识形态之间是存在抵牾的。这样就必然导致新建文学体制的评价机制对旧文学传统的规范和剔除,以维护新建政权及其

---

① 萧也牧:《我一定要切实地改正错误》,载《文艺报》第5卷第1期。

意识形态的合法性。在遭遇了文艺界的批判之后，作者经过反思，有了这样的认识："《我们夫妇之间》这一篇，客观的效果仅仅是告诉了读者这样的一个问题：我们的老干部不论是知识分子出身的也好，工农出身的也好，都是非常的可笑和糟糕！把女的写成了一个愚昧无知的泼妇；把男的写成了一个毫无革命干部气味的市侩式的人物。他们之间的生活仿佛成天是在吵嘴、逛街、吃小摊……既不见他们工作，也不见他们学习，只见他们整天沉没于鸡毛蒜皮的琐事之间，不能自拔。像这样的干部怎么能为人民服务呢？怎么能掌握党的政策和管理城市呢？这和现实的生活不仅是有距离有出入；不仅是歪曲，而是伪造。客观上，对于革命干部是一个恶毒的讽刺。"①从这段文字中可以看出，作者十分清楚，《我们夫妇之间》之所以受到这么严重的批评，是因为文本遵循的日常性叙事传统与要表达的超验意义之间的矛盾冲突消解了"意义"，是因为日常性叙事基于的小市民趣味颠覆了阶级、政治和国家等宏大叙事。所以就不难理解为何萧也牧的《我们夫妇之间》等作品会赢得市民阶层、知识青年的欢迎和赞赏，却招来了丁玲、陈涌、康濯等文艺界重要人物的批判。丁玲提醒萧也牧不要"轻飘飘地"看待文艺界同志们对于他的批评，也就暗示了批评背后强大的规约性权力话语。这种规约性的权力话语不断地规范、剔除包括日常性话语在内的异质话语，从而建立起绝对的文化霸权。

三、日常性叙事的消亡

萧也牧《我们夫妇之间》的发表和被批判，在当代中国文学史上并不是孤立的存在。萧也牧被认为是第一个试图表现新中国城市生活并尝试以城市为题材进行创作的作家。有论者认为，萧也牧"敏锐地感觉到了生活环境的变化与人的精神生活要求的关系"②，它的被批判表明"进入城市的革命者和左翼文学家对于城市，也对于产生于都市'旧

---

① 萧也牧：《我一定要切实地改正错误》，载《文艺报》第 5 卷第 1 期。
② 陈晓明主编：《现代性与中国当代文学转型》，云南人民出版社 2003 年版，第 150 页。

小说'的深刻疑惧"①。这些结论无疑是正确的。但是在我看来,仅仅从城市题材方面去理解《我们夫妇之间》是不够的。尽管解放区文学传统对表现城市的确存在着某种禁忌,但事实上,城市题材在整个1950 至 1970 年代仍然大量存在,特别是由于表现了作为"领导阶级"的产业工人的生活,一时间,城市"工业题材"的创作还蔚然成风。不过,它们大都被化为"两条道路斗争"的政治模式。这不仅在周立波、雷加、罗丹、草明、艾芜的长篇小说中大量存在,甚至也是经常表现日常城市生活的胡万春、唐克新、费礼文等人的创作模式。由此看来,城市题材固然与乡土题材文学存有等级差异而受到抑制,但这种抑制,从根本上来说,还不仅是题材问题,更重要的,是题材本身表现出的是重大政治问题,还是日常性问题。

《我们夫妇之间》的被批判也可看作一次标志性事件,它意味着新中国当代文学对城市日常性叙事的一次清除。我们还是回到丁玲对萧也牧的批判文字中。丁玲说:"这篇小说正迎合了一群小市民的低级趣味。"这是一种什么趣味呢?"就是他们喜欢把一切严肃的问题都给它趣味化,一切严肃的、政治的、思想的问题,都被他们在轻轻松松嬉皮笑脸中取消了。"②以丁玲的敏锐,已经察觉出问题的核心在于对日常生活是进行超验性的意义挖掘还是仅仅以日常性来处理。陈涌也认为,"作者在这些地方是把知识分子与工农干部之间的两种思想斗争庸俗化了",因为"写了她经常为了日常的琐事而争吵,而且这后一方面在这作品也是占了主要地位"。③

我们看到,上述批判者所指涉的种种情形在《我们夫妇之间》中的确存在,只不过当时的批判者与我们今天的评论者在价值取向上已经发生转变。这篇小说之所以成为当代文学中的异数,原因即在于,它第一次在当代文坛上显示出日常性与左翼文学中革命主题的分离,表明了在"公共"的政治生活中,个人性"私人空间"存在的可能,也就表明

---

① 洪子诚:《中国当代文学史》,北京大学出版社 1999 年版,第 130 页。
② 丁玲:《作为一种倾向来看》,载《文艺报》第 4 卷第 8 期。
③ 陈涌:《萧也牧创作的一些倾向》,载《人民日报》1951 年 6 月 10 日。

了城市日常性所包含的合理性。因而,作品中的城市生活没有与资产阶级生活方式构成想象关系,对抹口红、烫头发、爵士乐、高楼大厦等后来被称为资产阶级生活符码的东西也一概给予容许,并以"不能要求城市完全和农村一样"作了非阶级、非伦理的评断。在日常逻辑的层面上,城市生活中的城乡意识冲突,两种观念的冲突,也并不被想象成你死我活的关系,而是在某种"新中国"国家想象中构成一种和谐。城市资产阶级传统竟与"大国家"的国民精神统一起来,这无疑是在文学中给日常性留了一定位置。虽然这在相当程度上依赖于个人趣味,但它无疑构成了对解放区文学传统的某种抵制。这是相当"可怕"的,也是当时文坛对其进行围剿的主要原因。

值得注意的是,在批判《我们夫妇之间》的同时,《人民日报》大力举荐马烽的短篇小说《结婚》。这是一篇取自农村日常生活题材的小说,发表时所附的《编者按语》中说道:"马烽同志的这篇小说,通过两对农村青年男女的婚事的生动简洁的描写,表现了新中国的农村青年,在中国共产党的领导和教育之下,怎样积极参加社会活动,怎样正确地处理个人与集体,和生活与政治的关系。"编者显然肯定了《结婚》中表现出的以日常生活表现重大政治的"现实主义"道路。

由此看来,日常生活同"中间人物"一样,是极其敏感的。能够反映重大政治问题的日常生活是被允许的,否则就堕入"趣味""噱头"乃至"歪曲"的丑相。其中,最易招致恶谥的即是城市日常生活。萧也牧招致批判的主要原因,是没有对日常题材作出"正确的"政治判断,以致出现"丑化干部"这样的立场与倾向问题。看来,此"日常"并非彼"日常"。同样是日常题材,境遇却大不一样,关键在哪里呢? 在这里,我们必须区分两个概念:"日常"与"日常性"。"日常",指的是作品所使用的题材。而"日常性"则是作品在使用日常题材时,遵循日常立场而得到的符合日常逻辑的判断。日常性也是一种现代性,产生于现代市民社会,与英国经验主义中追求"直接的有限价值"的世俗化传统有关。在中国,这种日常性被认为是城市现代性的一种。从晚清小说开始,基于私人领域的日常生活叙事传统便在城市文学中建立,经由张爱玲、钱锺书等人的创作,现代城市文学中已经显示出一种传统,即以个体的日常生活经验,特别是城市经验抵制乌托邦意义系统的小传统。
这种传统既与左翼叙事不同,也有别于"五四"新文学的启蒙叙事。我
在一篇文章中谈道,面对消费性,茅盾等左翼作家阐发的是阶级的意
义,而海派作家则承认经济属性对于人的合理价值。对于"大众生活
个人空间的世俗生活常态的体认",使海派有了经验性乃至常识性写
作的倾向①。对这一小传统,创作于1949年的《我们夫妇之间》可说是
当时文坛的最后一个承继者,当然,也是终结者。

　　对《我们夫妇之间》的批判,连同早此一年关于"可不可以写小资
产阶级"的讨论,以及此后对"人性论""人道主义""写'中间人物'论"
的批判,使得城市日常性被杜绝。此后的城市题材作品,都以从日常生
活洞悉政治思想问题为模式,将日常性中的私人生活领域归之于社会
"公共性"的敌人,也即:有日常生活,但没有了"日常性"。《年青的一
代》《霓虹灯下的哨兵》《千万不要忘记》,还有"文革"时期的《海港》,
都将生活方式在阶级政治的意义上展开,在"公共空间"(时间)与"私
人空间"(时间)架构起意义的连续性。人物的物欲、闲暇(即八小时以
外)都被取消,人物的行为也不再职业化,人与人之间构成政治伦理关
系,甚至包括家庭,都在"公共性"的意义上建立起生活的道德化性质。
诚如丛深在《〈千万不要忘记〉主题的形成》一文中说的,他原本所拟定
的是"批判习惯势力"的主题,但通过学习列宁《共产主义运动中的"左
派"幼稚病》和八届十中全会公报,发现了用"阶级和阶级斗争的显微
镜来分析工厂日常生活"的方法。诸如丢掉布袜子(《霓虹灯下的哨
兵》)、工作分配在城市(《年青的一代》)、下班后打野鸭子(《千万不要
忘记》)、下班后看电影、调动工作(《海港》)、不戴老式帽子(《家庭问
题》)等等,都成为城市资产阶级生活的符号,在非日常逻辑上展开。
城市生活的日常性,从此退出文学。这种情形,甚至持续到1980年代,
直至1980年代中期才有了扭转。这便是萧也牧《我们夫妇之间》被批
判所标志的当代文学的意义。

　　此后的城市题材文学,一方面只是将笔触放在涉及关于工业化的

---

　　①　张鸿声:《都市大众文化与海派文学》,载《郑州大学学报》2000年第5期。

厂矿题材上,一方面将日常性的私人生活领域归之于社会"公共性"的敌人。《我们夫妇之间》虽然是以北京而非上海为背景,但上海作为繁荣的口岸城市,在私性生活空间上要比北京典型得多。我们看到,在此后以批判资产阶级私人生活为题的作品中,上海绝对占据了头筹①。

第三节　私性生活的资产阶级想象

一、日常性生活的阶级符码

1962 至 1965 年,新中国话剧创作出现高峰,由官方组织了大规模的地区性与全国性剧目演出与评奖,并以单行本形式出版,其中以上海城市为背景的有《霓虹灯下的哨兵》《年青的一代》。有人认为,两出剧作都提出了"新人新事新主题",之所以"新",是由于"能从常见的生活现象中发现和观察到阶级斗争"。这一情形在当时被认为具有突出的时代意义:"在阶级斗争激烈存在的今天,资产阶级思想无时无刻不在影响和腐蚀我们的年青一代。即使是血统工人的后代或者是革命烈士的子女,也免不了会受到资产阶级思想的影响。"②

事实上,这两出剧作之所以"新",在于成功解决了萧也牧《我们夫妇之间》的"问题"。在《我们夫妇之间》中,日常生活因没有归入超验性意义而备受指摘,而在《年青的一代》中,这一情形则得到克服。《千万不要忘记》的作者丛深最初构想写出一种"批判习惯势力"的主题,因此初稿定名为"祝你健康"。但经过 1963 年北京汇报演出,特别是通过学习列宁《共产主义运动中的"左派"幼稚病》和中共八届十中全会公报,他决定以"阶级和阶级斗争的显微镜来分析工厂的日常生活"③。作者将年轻人受到腐蚀而贪恋浮华生活归于阶级斗争内容,

---

① 丛深的《千万不要忘记》的背景似乎是哈尔滨,虽非上海,但也有口岸城市形态。

② 贾霁:《新人新事新主题——谈一九六三年话剧创作的几点收获》,载《戏剧》1964 年第 2 期。

③ 丛深:《〈千万不要忘记〉主题的形式》,载《戏剧报》1964 年第 4 期。

"这种阶级斗争,没有枪声,没有炮声,常常在说说笑笑之间进行着"①。
这两个剧本,都将日常生活超验化从而涉及"阶级""阶级斗争"等重大
"公共性"意义。像唐小兵说的:"在于剧本隐约地透露出一种深刻的
焦虑,关于革命阶段的日常生活焦虑。"②也即是说,剧本的目的是要用
超验意义解析日常生活中的"私性"。

　　我们不妨看一下在超验意义中日常生活的含义。

　　首先,日常性生活内容被认定为与"物质""欲望""身体"和"享
乐"相关的人性基本属性。蓝光的独幕剧《姐妹俩》取材于天津,其中
的妹妹是一个落后人物。剧本在场景交代的文字中这样写道:"室内
除工人家庭一般的设计外,一边有张梳妆台,老式的,倒也又红又亮。
梳妆台上摆满了梳子、雪花膏、头油、小盒子花、彩色照片等。这些多半
是妹妹的东西。"妹妹的生活被物质所包围,她"在镜子前梳妆打扮,电
烫的卷发梳理了一遍又一遍,然后打上了绿色的结子。华达呢制服敞
开着,露出花衬衣和绿毛衣,穿着咖啡灯芯绒的西装裤"。作者还专意
以此和苏联社会形成讽刺性的对比,因为妹妹对苏联的看法是:"你没
瞅着人家电影上,女的都穿的大花裙子,跳舞唱歌;工人们下了班,坐上
汽车满处玩去,男的女的在一块可痛快!"在《霓虹灯下的哨兵》中,这
一特性主要体现为资产阶级"物欲"。童阿男携女友林媛媛闲逛马路、
上国际饭店吃饭,这在他看来,具有消费上的民主与平等意义,属于
"解放"主题:"为什么国际饭店去不得?解放了,平等……"林媛媛的
母亲林乃娴在基本人性方面似乎更加彻底:"我做人,向来是吃饭困
觉,不问天下大事的。"不过,作品显然并不认为"基本人性"和"物质"
具有超越阶级差异的普遍性意义,"物质"被认为具有阶级性,消费场
所也被看作资产阶级生活符号。这与1930年代的左翼文学传统是一
致的。在连长鲁大成看来,去跳舞厅、咖啡馆消费都属此列。而陈喜丢
掉春妮织的布袜子,改穿尼龙袜这一著名细节,使"物质生活"与身体
及其表达都具有了政治"公共"意义,"物质生活"不再是纯粹的私人生

---

① 丛深:《千万不要忘记》,中国戏剧出版社1964年版,第128页。
② 唐小兵:《英雄与凡人的时代:解读20世纪》,上海文艺出版社2001年版,第140页。

活。而洪满堂使用旱烟管,春妮用手娟包"鸡子"(鸡蛋)并用针线包缝袜子,以及赵大大"黑不溜秋"的身体特征,则表明了物质与身体的农耕文化色彩,所以,在解放区农村的节俭传统这一点上,获得了社会主义时代的合法性。《霓虹灯下的哨兵》所表现出的焦虑,在于对"革命队伍"进入上海后接受资产阶级生活的恐惧感。当童阿男携林媛媛去国际饭店时,排长陈喜不仅批准,还按照上海规矩对童阿男叮嘱一番:"帽子戴正,风衣扣扣好,你是解放军了,别叫上海人笑话!要钱用吗?"在这里,陈喜已经表现出对上海城市人身份的某种认同:风衣扣与帽子是军人形象,但"要钱用"一句,则暗示去国际饭店要花不少钱,属于较高的消费。陈喜明知这一点,仍然要借钱给童阿男,这表明陈喜已完全认同上海资本主义的消费方式了。更可怕的是,陈喜在接受上海生活时显得非常平静,没有一丝挣扎。在这里,"钱""物""消费"以及身体特征(比如罗克文与林乃娴"一个戴眼镜,一个穿高跟鞋,都不是好东西"),都具有阶级符号性。在这个队伍中,陈喜、童阿男与赵大大在剧本结尾时又要赴朝参战。虽则都要赴朝,但对于赵大大来说,是将革命传统带入新的战斗的叙事需要,而对陈喜与童阿男来说,则是需要在生活的"朴素性"方面继续改造的叙事延伸。文中也点明这一点:陈喜缝制了一双棉手套交给童阿男,这一细节表明了作者对两人赴朝的某种处理动机,即在物质生活层面需要不断被改造。

类似的模式还大量存在,比如胡万春小说以及被改编成电影的《家庭问题》①,其中福民在生活、语言与身体方面的特征,如"留着青年式的头发,身穿着长毛绒翻领茄克",看不上"罗宋帽",满口"爱克司""未知数",吃饭时不珍惜食物等,都属此类。日常性还被等同于与"公共性"相背离的个人理想生活,艾明之的《幸福》就明显地把"幸福"理解为"公共"的与"私人"的两种。其中,王家有体现出完全属于个体的生活幸福观:金钱、漂亮女人与生活自由。《年青的一代》中,"私性"生活则泛化为一个概念——"上海":林育生谋求留在上海。这里的"上

---

① 小说为胡万春原著,电影为胡万春、傅超武编剧,张伐、张良主演。剧本由上海文化出版社 1964 年出版。

海"是一个概念性的泛化指代，即和上海相关的一切工作、生活方式，特别是旧上海遗留的口岸城市资本主义生活。

"上海"既然是一种生活方式的指代，在一些文本里，它就含有"私性"生活的"物欲""消费""享乐"等所指。张弦的小说《上海姑娘》表达了对上海人口岸城市性格的强烈贬斥，而根据小说改编的同名电影剧本，对于这种性格的批评更加明显。小说的故事情节发生在东北，只出现了一个上海姑娘白玫，基本上属于正面形象。而在电影中，开头就作了一个强烈物质性、消费性的场景交代，定下了全剧的批判基调："在衣料的橱窗前，在时装的橱窗前，在化妆品的橱窗前……我们看到她们(指上海女青年)的近景，她们抢着说些俏皮话和微笑时的面部表情……在理发店里，许许多多烫发的女人"，"公园，嫩绿色的草坪，她们两三个一起洒脱地走过……她们时髦而且漂亮。"有时，作者的这种道德厌恶也会扩展至"上海人"概念的表层形态，如上海口音。在电影剧本《上海姑娘》里，作者专意用方言写人物对话，因而获得了更确定的上海城市的地域指向。在上海本地作家中，福庚和唐克新也都有以"上海"冠名的作品，分别是福庚的《上海人》和唐克新的《上海的儿子》。两篇作品都采用了对比的手法。前者描写两个支援外地建设的上海工人史老头和小陆，一老一少，分别代表先进和落后两种。史老头对小陆说："你做梦也想回上海，可就不想到为上海增光。我前年刚去东北，有些同志一听到上海人，眉头就打结。我一声不响，做给你们看。不管老师傅的活，小工的活，拿起就干。"《上海的儿子》的故事发生在电车上。两个人都在东北工作过，但对东北的态度大不一样。一者是电工，参加了鞍钢、"一汽"、丰满、抚顺等多个工厂的电气安装，为自己的工作感到自豪；一个则抱怨"冬天下了雪个把月不化，经常零下20几度，冻煞人！有些城市什么也没有，白天要买一包烟得跑两里路"。这一类作品，不仅在人物间形成性格对比，更重要的，也是将上海口岸城市的性格与内地城市特别是与"东北"性格进行一褒一贬的比较判断。我们看到，虽然作者竭力以先进的"上海人"抵消这种口岸城市性格的社会评价，但对"消费性"的上海城市文化的批评依然清晰可见。

其次，私性生活被视为弥漫于旧上海的"等价交换"资本主义式的价值信仰,其中又包括知识与财富地位的等价性,劳动与报酬的等价性。这原是一种现代社会最基本的市场准则:劳动的商品化原则。林育生、福民(《家庭问题》)与韩小强表现为前一种情形:有了知识必须有相应的社会位置。在《家庭问题》中,大姨妈对福民中专毕业后还要当工人颇为不满,说:"念了十几年书,出来当工人!要当工人何必下那么大本钱读书?你呀,尽做些赔本的生意!"福民的这种伦理缺陷在一个细节上被刻意表现出来:福民吃肉,肉掉到了身上,其母马上递过来毛巾。而福民用毛巾擦干了油,头也不抬,将毛巾往后一甩。这里,既表现出福民蔑视劳动者的轻狂,也表现出其对家庭伦理的不屑。属于后者的情况有艾明之话剧《幸福》中的王家有和样板戏《海港》中的韩小强,体现了劳动与报酬的等价原则。王家有把请假看成在等价前提下可以被允许的行为:"反正请假可以明扣工钱,厂里又没有吃亏!"韩小强常常说的"八小时外是我的自由"也含有此类意思。电影剧本《六十年代第一春》①中有一位外号叫"标准钟"的落后女工,意指其下班过于准时,从不加班。所以,剧本中经常出现她"已经穿好大衣,掏出梳子梳了梳头发,正要往外走"的下班情形。至"文革"期间,这一写作模式更广泛地表现在"知青"题材以及众多"社会主义、资本主义争夺接班人"的文学主题形态中。在包括"上山下乡"、艰苦的工作等题材里,都大量出现对"等价交换"市场原则的批判。作品所强调的,是对社会主义"公共性"的认同。这是一种将生活整体化与有机化的超验方法,它不允许人的生活被城市各种形态分割为"公"与"私",而是确保人们以单一的"公共"性质完全融入国家生活之中。

因此,个人私性生活之所以不能获得肯定,源于其资产阶级的符码指代,在国家"公共"生活中,它并不完全是私人问题②。在许多作品中,这有两点说明,其一是,私性生活被理解为旧上海资本主义生活方式遗存,因此在剧中,每一个"受腐蚀"的青年背后皆有一个或几个反

---

① 编剧有张骏祥、沈浮、黄宗英、齐闻韶、刘琼、林杨、丁然、孙永平、韩非、温锡莹、刘非、李燕珍、周冲、梁波罗。单行本由上海文艺出版社 1960 年版。

② 比如,《幸福》中的车间主任因为不干涉王家有等人的私人生活而被斥为"官僚主义"。

面、落后人物,后者作为资产阶级的人格化体现,带有明显的"旧上海"痕迹。在《幸福》中,引诱王家有堕落的,是一个绰号"六加一"的医生①,以及一个私营工厂的小老板。在《年青的一代》中,则是一个叫小吴的无良青年,其无所事事、游手好闲之状暗示出"家中有钱";在《家庭问题》中,则是具有市侩味道的外婆与大姨妈。在《海港》中,由于"文革"文学模式的影响,反面人物是被处理为"阶级敌人"且具有旧上海账房先生背景的特务钱守维,其"旧上海"遗存是旧上海码头上的等级制度(如他所说:"靠我们这些人还能管好码头"),以及他做过"外国大班"的背景。

事实上,上述作品所涉及的落后人物,其行为由于符合日常逻辑而显得较为生活化,因而比之正面形象更容易显出性格的丰满与塑造上的成功。比如曹禺就对《千万不要忘记》中的丁少纯这一形象表示出赞赏。他说:"大约一个人物写活了,他就仿佛可以离开作者的笔下,有了独立的生命。"②其原因在于,丁少纯这一人物多少还符合生活的经验性,而正面人物则完全超越经验成为一种"公共性"原则想象的产物,显得概念化。

二、《上海的早晨》中的物质性描写

在论及《上海的早晨》中,对以徐义德为代表的民族资产阶级和以余静、汤阿英为代表的工人阶级两个阵营的阶级斗争的表现时,学界通常认为周而复的描写是失败的,表现为刻画乏力,人物性格缺乏个性。对于这种情况,有人认为是"作者对于政府工作人员和工人群众不如对资本家那样熟悉"所致。这当然是一种可能的解释,但过于表面化了。还有的学者从叙事角度和方式出发,指出:"如果我们进入文本的叙事层面,就会发现叙事人叙述关于工人、党员干部的故事与叙述资本家的故事用的是不同的叙事眼光。叙事眼光的不同是造成了不同的叙

---

① "六加一"代表了在公共性之外个人生活的自由状态,但这被看成是"主义"之区别:星期一到星期六,他穿制服,看病,他认为这是过社会主义;星期天,他换了西装,逛舞场,找女朋友,就是过资本主义,所以叫"六加一"。

② 曹禺:《话剧的新收获——〈千万不要忘记〉观后感》,载《文学评论》1964 年第 3 期。

事效果的直接原因。"对于工人和资本家的表现,这位论者还分析说:"叙述人讲述工人的生活和斗争基本上采用的是意识形态的眼光。由于意识形态眼光处处要对情节和人物进行符合政治训诫的宣传、引导和提升。因而,经过意识形态眼光过滤后的工人生活是由阶级、压迫、斗争、反抗这些关键词组成的。日常生活的琐碎、人物情感的波动等等与政治训诫无关的因素均被排斥在文本之外。于是,在关于工人阶级的故事中出现了众多我们在十七年其他作品中早已熟知的场景和情节。"对于资产阶级的表现,论者还说:"叙述人讲述资本家的生产经营和日常生活基本上采用的是生活化的眼光。生活化的眼光不承担意识形态功能,不必从普通的情节、平凡的人物中提炼出符合主流意识形态的宏大意义。因而其所观照的对象有日常生活中的衣食住行、人物内心喜怒哀乐的细腻情绪,琐碎而繁杂,有着浓重的生活气息。"①这里,论者将原因完全归之于叙事"眼光",并且将"资本家的故事"叙事看作是"生活化"的眼光。这种看法,比之前的论点较有见地。不过这一看法仍不够深入,《上海的早晨》中对于资本家的生活描写虽较为详尽,但仍不脱意识形态的功能。

比如,论者说:"生活化的叙事眼光十分注重对环境的摄取和描述,而意识形态的叙事眼光往往不把景物作为主要观照对象。"论者曾分别引述作品对徐义德书房和区委会客室的环境描写为例。为了说明问题,我们也不妨将徐义德的书房一段引述如下:

> 书房里的摆设相当雅致:贴壁炉上首是三个玻璃书橱,里面装了一部《四部丛刊》和一部《万有文库》。这些书买来以后,就被主人冷落在一边,到现在还没有翻过一本。徐守仁(徐义德之子——引者)对这些书也没有兴趣。书橱上面放了一个康熙年间出品的白底兰花的大瓷盘,用一个红木矮架子架起。大磁盘的两边放着两个一尺多高的织锦缎子边的玻璃盒子,嵌在蔚蓝色素绸里的是一块汉玉做的如来佛和唐朝的铜佛像。壁炉上面的伸出部分放了一排小古玩,放在近窗的下沿左边的角落上的是一个宋朝

---

① 郭冰茹:《十七年(1949—1966)小说的叙事张力》,岳麓书社 2007 年版,第 92—93 页。

的大瓷花瓶,色调瞩目,但很朴素,线条柔和,却很明晰。面对壁炉
的墙上挂了吴昌硕的四个条幅,画的是紫藤和葡萄什么的。书房
当中挂着唐代的《纨扇侍女图》。画面上表现了古代宫闱生活的
逸乐有闲,栩栩如生地描写了宫女们倦绣无聊的情态。她们被幽
闭在宫闱里,戴了花冠,穿着美丽的服装,可是陪伴着她们的只是
七弦琴和寂寞的梧桐树。

论者认为,这是极其"生活化"的叙述。但是我们可以看到,这一段描
写仍包含了对于徐义德作为资产阶级"阶级性"的某种特征:首先是其
客厅陈设表现出的资产者的富有,这是毋庸置疑的;其次是对徐义德不
学无术、附庸风雅的讽刺性写照:徐义德父子根本就不看这些书,"到
现在还没有翻过一本"。书房里固然摆放了许多金石字画,但是,徐义
德既不懂书画古玩,也非常吝啬。其绰号"徐一万",就表明了他由于
不辨古玩真伪,根本不愿花巨资去买真品,大多以赝品做做样子。从小
说第三部中古玩商向徐义德兜售郑板桥的画而遭徐义德拒绝一段可以
推断,徐义德客厅里悬挂的所谓《纨扇侍女图》,肯定也是仿制品。因
此,这一段描写无疑是要说明徐义德身上的铜臭气,这也是一种没有士
大夫文化浸渍的中国早期资产者性格。其三,《纨扇侍女图》中所描绘
的"有闲""无聊""寂寞"的宫女生活,其实是对徐义德的三姨太林宛
芝的比附。这样一段描写,我们很难将其视为完全的"生活化眼光"。
环境描写所要传达出的,仍然是徐义德作为特定阶级的性格。

　　在小说中,徐义德的主导性格是唯利是图,一切围绕着"利益原
则"处理与他人的关系,这是典型的资产阶级性格。我们承认,小说在
徐义德的人际周围,设置了与其有关联的各色人物,但这种写作方法与
茅盾《子夜》一样,都是为了补充说明徐义德的阶级性格。比如,他交
好冯永祥,是为了获取参加"星二聚餐会"的资格。正因此,冯永祥不
断出入徐府,以教唱京戏等各种名目与林宛芝接触并约会,而徐义德却
视而不见。甚至在亲眼看见了冯与林宛芝热情拥吻的场面时,徐义德
仍不为所动,其原因正是不愿为此得罪冯永祥而失去在工商界活动的
圈子。再看他与江菊霞的暧昧关系,"他对她并没有真正的感情,和她
亲近主要是因为她是史步云的表妹,通过她,可以和工商界巨头史步云

往来。江菊霞在徐义德的眼中,不过是他在工商界活动的筹码"。他与妻弟朱延年,更是以利益来决定是亲是疏。在朱延年因要开张福佑药店而求助于徐义德与姐姐朱瑞芳的时候,他不得已支持了朱。但在朱延年因制售假药犯罪的时候,他迫不得已又出来揭发。至于他与工商界前辈潘信诚、"红色小开"马慕韩等人,也是以利益关系相处。另外,徐义德等资产阶级人物的生活细节也是与其阶级性相关的。参加"过关会"的时候,徐义德一改以往西装革履的装束,穿上灰色咔叽布的人民装,以便在衣着上减少与工人的对抗性。还有道德问题,他与江菊霞、马丽琳等女性的关系,也都体现了左翼文学中"资产者生活必然腐朽"的理念。甚至于在劳资冲突谈判的时候,徐义德虽遭汤阿英质问,但依然流连于汤的美色,以致忘了回应汤的问话,其情形也与《子夜》中的吴荪甫一样,表现出将道德问题与政治相关联的"阶级性"写作原则。其他人物的阶级特性与利益关系也是相似的,比如徐义德三位太太的关系,甚至大太太与徐守仁的关系;朱瑞芳的儿子徐守仁和大太太的侄女吴兰珍的婚事,也都是"利益"在驱动。换言之,作者并没有以"生活化眼光"去写作人物,其表现出的仍是意识形态准则,并不是完全的"生活化眼光"问题。

不过,客观地说,《上海的早晨》在"阶级性"原则之下,涉及了较多的生活形态的描写。其中最重要的原因,就是资产阶级的政治特性往往与"物质性"相关,甚至阶级性就是通过资产阶级人物的"物质性"体现的。所以,越是写资产阶级的物质性,就越是加强了人物的阶级性。这就是为什么反动人物、落后人物都与较强的"物质性"有关的原因。比如朱延年,他与刘蕙蕙、马丽琳的婚姻,完全是等价或不等价的交易。与刘蕙蕙相识,"可以说是朱延年平生第一笔生意。有了资本,他就希望做第二笔生意,赚更多的钱"。而后,朱延年与刘离婚,也是因为"目前她的经济能力已经是油尽灯干,没啥苗头,而他却有了转机,渐渐感到她对他只是一种负担了"。在朱延年与马丽琳的交往中,作者对马丽琳的家居布置十分有兴趣地进行了介绍:

> 客堂当中挂的是一幅东海日出图,那红艳艳的太阳就好像把整个客堂照得更亮,左右两边的墙壁上挂着四幅杭州织锦:平湖秋

月,柳浪闻莺,三潭映月和雷峰夕照。一堂红木家具很整齐地排列
在客堂上:上面是一张横几,紧靠横几是一张八仙桌,贴着左右两
边墙壁各放着两张太师椅,两张太师椅之间都有一个茶几。在东
海日出图左下边,供了一个江西景德镇出品的小小的磁的观音菩
萨,小香炉的香还有一根没有烧完,飘散着轻轻的乳白色的烟,萦
绕在观音菩萨的上面。

对资产者家庭环境如此繁琐的介绍几乎是《上海的早晨》的一个写作
特点。这里,作者的意图是要突出朱延年观察马丽琳家居时的感受,以
说明朱延年的性格。以他投机者的眼光,他关心的是马丽琳是否富有,
而不是雅俗:"这个客堂的摆设虽说很不协调,甚至使人一看到就察觉
出主人有点庸俗,许多东西是拼凑起来的,原先缺乏一个完整的计划,
但是朱延年很满意,因为从这个客堂间可以看出它的主人是很富有的,
不是一般舞女的住宅。"类似这样带有意识形态的生活形态描写,在
《上海的早晨》中相当多。

　　对于资产者人物形貌的重视也是作品的一个特点,因为人物的形
貌通常与物质性有着不可分割的关联。在文本中,徐义德、江菊霞、林
宛芝等人表现得尤为突出。特别是对林宛芝的形貌描写,其繁复之处,
仔细到发卡的样式与鞋子的款式。这种描写看上去是中性的,但其实
是为了说明其作为"类"的资产阶级特性。比如林宛芝的衣饰细节,说
明了她对细节的讲求,不是极其有闲的人是不可能做到的,这恰恰是作
者对林宛芝被"豢养"生活的说明。而江菊霞的衣饰则大红大紫,是要
说明其夸饰、豪气的"强人"特征。冯永祥第一次在徐公馆见到林宛芝
光华艳丽的美貌时,感觉到了自己衣饰的寒碜:"当然,他也是早就想
瞻仰瞻仰三太太的仪容的,不料来的这么迅速而又突然,使得他毫无准
备,想到今天穿的那身浅灰色的英国呢的西装,本来以为还不错,现在
觉得有点寒伧了,不够漂亮。领带也不像样,灰溜溜的,怪自己为啥不
换一条呢?"有学者认为这是写到了男女情感交往时的性爱心理,其
实,这时的冯永祥与林宛芝是第一次见面,根本还来不及有非分之想,
其心理其实是旧上海掮客惯有的"场面"意识。因为他虽然各路都吃
得开,但毕竟"无产无业",一切全靠"派头"。失去了"派头",也就失

去了可供与人"交易"的资本。

可以认为,《上海的早晨》虽然写进了较多的资本家的生活内容,但明显带有阶级性的写作原则。因此,我们还是要辨析,既然"物欲"和"性欲"是"十七年"文坛强烈反对的写作题材,那么《上海的早晨》为什么要涉及较多的资本家生活内容与细节,而且还被认为是较为成功的呢?原因很简单,徐义德的经营和家庭生活内容,根本上属于完全的"私性"属性,不可避免地与"物质性""欲望"相关,通过这个角度,更能进入资本家人性当中最隐秘的深处,也与当时上海遗留的复杂多元的资本主义生活形态结合紧密。由于这种生活和社会关系所体现的是资产阶级命运的"没落",不仅属于"阶级性"的一种写照,而且还可能因之更能表现资产阶级的"灭亡"主题,所以,其对于资本家形象的塑造,是具有合法性的。也即,在理论上,讲求物质的消费和享受是资产阶级的生活"符码"。越是描写其生活细节,越是被认为符合资产阶级的生活特征,也就越是符合资产阶级"没落"的现实主义原则。这不仅不违背左翼的写作原则,也不是写作的"失败"。恰恰相反,这反而更加被认为是一种创作上的"成功"。

《上海的早晨》对于资本家日常生活的描写,是参照了 1930 年代上海殖民时代社会生活的感性经验的。所以,作者可以无所顾忌地将其写进文本,而不必顾及其是否构成对于社会主义文学或者"公共性"的妨害。我们看到,小说中涉及资产阶级生活的描写,大多具有实写的性质。比如,"星二聚餐会"会址"在法租界思南路路东的一座花园洋房里"①。同时,还出现了大量上海现实中的消费性场所,如大世界、永安公司、五层楼、老大房、美琪大戏院、新雅餐厅、华懋大厦、水上饭

---

① 思南路旧称马斯南路。由于处于法租界,其路名来自于法国人名字,现在通译"马斯涅"。曾朴曾描述过马斯南路的异域风情:"马斯南是法国一个现代作曲家的名字,一旦我步入这条街,他的歌剧 Le roi de Lahore 和 Werther 就马上在我心里响起。黄昏的时候,当我漫步在浓荫下的人行道,Le cid 和 Horace 的悲剧故事就会在我的左边,朝着皋乃依路上演。而我的右侧,在莫里哀路的方向上,Tartuffe 或 Misanthrope 那嘲讽的笑声就会传入我的耳朵。辣斐德路在我的前方展开……法国公园是我的卢森堡公园,霞飞路是我的香榭丽舍大街。我一直愿意住在这里就是因为她们赐我这古怪美好的异域感。"我们从曾朴的描述中可以见到其西方风格与资产阶级生活的对应性。

店、国际饭店、沧州书场,还有荣康酒家、莫有才厨房、弟弟斯咖啡馆、沙利文点心店、南京路永兴珠宝店等,所有场景几乎都是写实的。即使是像"莫有才厨房"这样的地方,作者也会详细介绍:它位于江西中路一座灰色大楼的写字间当中,是著名的淮扬菜馆;过去是银行家们出入的地方,现在是棉纺业老板们碰头的地方。在《上海的早晨》中,"物质性"描写几乎比比皆是,甚至有时会表现出作者对于"物质性"知识的卖弄。我们看小说开头,梅佐贤前去晋见徐义德时等待的场面:

> 梅佐贤揭开矮圆桌上的那听三五牌香烟,他抽了一支出来,就从西装口袋里掏出一个银色的烟盒子,很自然地把三五牌的香烟往自己的烟盒子里装。然后拿起矮圆桌上的银色的朗生打火机,燃着了烟在抽,怡然地望着客厅角落里的那架大钢琴。钢琴后面是落地的大玻璃窗,透过乳白色的团花窗帷,他欣赏着窗外花园里翠绿的龙柏。

这里,对于"物"的繁复修饰和交代相当之多:香烟是"三五牌"的,打火机是"朗生"牌的,窗帘是"团花"图案,柏树的品种属于"龙柏"。这一方面体现了作者对于这种生活的熟稔,同时也不无卖弄高雅生活知识的自赏之意。这种情形在《上海的早晨》对于资本家生活的叙述中随处可见,比如,仅仅在徐义德家中,对于所谓"风雅"的叙述就有藏书、字画、古董、京戏和盆景等等。至少可以认定,其"物质性"的描写几乎成了作者的某种癖好。同时也从另一个角度说明,这种描写是被认可且受赞许的。于是,在"物质性"描写方面,《上海的早晨》获得了某种尺度上的宽松,甚至是某种写作上的"放肆"。

而将带有"物质性""欲望"等特点的人性内容写进工人阶级的生活,却是不被许可的。因为,"物质性"只与资产阶级有关,而无产阶级的阶级性是"反物质"的。革命阵营中的人员,如果与"物质性"有关,则意味着其堕落的开始。比如,来自苏北的张科长,被朱延年等人带进大世界、永安公司的七重天舞厅白相,在惠中旅馆住宿,坐"祥生"出租车,就被认为是"堕落"。所以,对无产阶级阵营特别是对干部阶层的物质生活的描写,作品简化到如小说中人物所说:"干部不论大小,一律穿着布衣服,有的穿蓝色卡其布的军装,有的穿灰色的人民装。猛一下见到,叫你分不出哪一个是高级干部,哪一个是下级干部。"余静与汤阿英等人,虽然解放后她们的生活已经日渐好过,但作者仍然小心翼翼,不敢涉及她们的日常生活,特别是物质生活,因为"物质性"被认为只与资产者相关。所以,尽管汤阿英住进了漕阳新邨,但文本只是写了新居室外整个新村的外部特征,如场地的开阔、学校和合作社等公共设施的完备等等,却不敢对室内特别是日用物事作哪怕是简略的交代。连人物感觉到的电灯的"亮"、墙壁的"白"与"油漆味""石灰味"等,也都是附属于建筑本身的"公共"部分的,即由"公家"提供,而且还体现着"公共性"的超物质意义,而不是生活意义。因为,这个小细节马上就被过渡到"全靠党和毛主席领导我们斗争,才有今天的幸福的生活"的意义化展延。原因很简单,因为工人阶级的生活是"公共性"的存在,工人最大的属性是"生产"而非"生活",过多的"生活"细节只会妨碍"公共性"。只有在小说最后,当公私合营宣告成功,在中苏友好大厦举行庆祝大会的"庆典"场面时,由于涉及"公共性"胜利的庆祝,才出现了汤阿英穿着簇新的紫红对襟棉袄和蓝色咔叽布西式女裤、头发烫成波浪式这种资产阶级女性的装束。在这里,生活的"公共性"被等同于"工人阶级"生活,继之被等同于"新上海"的城市生活;"私性"被等同于"资产阶级",继之被等同于"旧上海"。这是新中国文学写作的铁律,《上海的早晨》不过是延续了这一原则。因此,虽然作者写进了相当多的"物质性",却仍然被认可,甚至还被认为是"相当熟悉"和"成功"的。

第四节 "公共性":生活的意义化和组织化

一、日常性生活的意义化

日常性生活的意义化、超验化过程在于:它必须被引向一个进入"公共性"的路途,将生活细节整合成关于意义本源的元叙事,而克服现代社会应有的"公"与"私"的分离状态。否则,就会被批评为"从狭小的角度取材,片面追求对人物的细节描写,片面追求人物性格的复杂性和情节的曲折离奇,舍弃或忽略了重要的方面,而将琐细的东西加以腐俗的渲染,流露了不健康的思想和感情,或是将我们的生活加以庸俗化"①。在"十七年"和"文革"时期城市题材文学中超验意义产生的过程,表现为对人的个体性的全面否定,包括身体、情感、兴趣、家庭与物质生活等等。

　　首先是正面人物"身体"上的"公共性"特征。通常,"公共性"表达并不意味着否定一般意义上的身体,因为"身体"作为资本是为"公众"服务的。这时期的作品,只是反对纯粹"肉体"和"生物学"意义上的身体需求,比如身体所需要的美食、华丽的衣着等,这些都具有需要购买的消费性意义以及"性"的要求。"公共性"所需要的,是"身体"的"非物质"的纯洁性。这从上文中对《霓虹灯下的哨兵》等的分析可以看出。身体在某些作品中的出现,是与"公共性"事业相关的。而身体实际具有的"肉体性",只有在涉及"公共性"人物因献身事业而"受虐"时才会出现。比如萧继业,为了勘探事业,他的双腿已患重病,几乎要被锯掉。洪子诚曾谈道:"在'样板'作品中,可以看到人类的追求'精神净化'的冲动,一种将人从物质的禁锢、拘束中解脱的欲望。这种拒绝物质主义的道德理想,是开展革命运动的意识形态。但与此同时,在这种禁欲式的道德信仰和行为规范中,在自觉地忍受(通过外来力量)施加的折磨,在自虐式的自我完善(通过内心冲突)中,也能看到'无产阶级文艺'的'样板'创造者本来所要'彻底否定'的思想观念和情感模式。"②也就是说,身体的"自虐"是一种"公共性"人格的"自我完善"过程。如果"身体"是服从于"公共性"需要的,那么身体受虐的程度也与"公共性"表达的程度成正比例关系。比如,几乎所有身体的"受虐"都发生在作品的正面人物甚至是英雄人物身上。在这方面,

---

　　① 　张玘、曾文渊、孙雪岭、吴长华:《一九五九年上海短篇小说创作简评》,载《上海文学》1960 年第 2 期(2 月 5 日),总第 5 期。

　　② 　洪子诚:《中国当代文学史》,北京大学出版社 1999 年版,第 203 页。

《年青的一代》是富有深意的,作品用身体的状况来作出人物的人格是否具有"公共性"的判定。比之萧继业真正的"病笃",没有任何病理和症状的林育生居然也声称"有病",企图逃避野外勘探工作,进而向组织上提出了"留在上海"的请求。在这里,"身体"是否有病成了人物"正面"与"落后"的区分标准。其实,有没有"病"并不重要,重要的是"身体"是否能够经受得起崇高的"公共性"事业的考验。在当时的文学中,类似的情况还有因过度疲劳而"晕倒"或"带病加班"等典型的身体行为。

其次,与"公共性"人格相联系的是人物"家庭属性"的缺乏。我们看到,在一些典型的"公共性"表达的作品中,人物多数都"未婚"或婚姻状况不明。在《年青的一代》中,萧继业没有父母、姐妹,也没有恋爱对象,只与奶奶构成"事业"承继的"公共化"的政治关系,而不是家庭生活的赡养关系。《年青的一代》中的林岚虽有家庭,但一直试图减弱自己的家庭属性。她不仅经常表示要离开家庭,而且声称"不找爱人",原因是"怕找了爱人丢了事业"。还有一些人物,虽有家庭,但家庭属性极不明显,也就是说,是为了"工作而不顾家"的人物。这在话剧《幸福》当中已有显示。《幸福》中的正面人物刘传豪,虽然也有某种属于私性的生活,比如他对收藏邮票有极大兴趣,但却被他严格控制着,甚至不为人所知。事实上,作品强调的是他在个人事务上"克制"欲望的含义,而非个人的欲望本身。刘传豪也深爱着师傅的女儿胡淑芬,但他仍然压抑着自己,甚至不惜支持情敌①。类似的人物还有《锻炼》中的卫奋华、《千万不要忘记》中的季友良、《海港》中的方海珍等等。而作为女性人物,"未婚"或"婚姻不明"还有另外一种隐喻意义。因为"未婚"当然意味着"无性",身体本身的纯洁性表明了其所献身的"事业"的纯洁性。杜赞奇曾说:"在中国历史上,纯洁的女性身体一向

---

① 胡淑芬曾送票给刘传豪去看自己的演出,王家有捧胡淑芬却讨票不得,但刘传豪居然将票让与王家有。这在戏剧结构上造成"误会"的喜剧性,在意义呈现上则显示出刘传豪压抑个人欲望和对"私性"的否定。

是民族纯洁性的隐喻和转喻。"①这里,我们可以将其放大来理解,也即
"女性身体的纯洁性是事业纯洁性的隐喻和转喻"。而即使是有"婚
姻"或"恋爱"行为,也要高度服从于事业。有时甚至是以"事业"来否
定婚姻的,也就是说,其强调的是"否定婚姻",而非"婚姻"本身,《十三
陵水库畅想曲》中的小杨就是这样。再比如,崔德志的话剧《刘莲英》
里,女工刘莲英为了提高整个车间的生产速度,把自己小组的生产骨干
调配给别的小组,因此与自己的男朋友张德玉发生争执。这本来是当
时"先进与落后"主题的呈现,但作者最终将其转变为"公共性"主题的
表达。刘莲英虽然爱张德玉,但认为不能因此而迁就他的落后思想,她
说:"不能和你这种人在一起迁就。"独幕剧《姐妹俩》②中的女工杨玉
兰,之所以接受了男朋友黄国栋赠送的头巾,并非爱屋及乌,而是因为
"这块头巾绣着中朝两国用鲜血结成的友谊"。而萧继业呢,则以否定
身体、同时也抛弃家庭生活来获取对公共事业的投入③。他在私人生
活与"公共性"社会之间建立了一条必然性的关联线索,从而保证了私
人生活的"被意义化"。所以,他斥责林育生只顾自己的小家庭:

> 使谁的生活变得更幸福?是仅仅使你个人的生活变得更幸
> 福,还是使千百万人因为你和大家的劳动变得幸福?你要使日子
> 过得丰富、多彩。对的,我们今天的生活是有史以来最丰富、最多
> 彩的了,但决不是在你的小房间里,而是在广大人民群众火热的斗
> 争里!

可以看到,刘传豪与萧继业都架起了一条由私性过渡到"公共性"的逻
辑之桥,因为私性的获得本身也被看作源于"公共性"保障的一种结
果。就像萧继业说的:"如果全国没有解放,像你我这样的工人的儿
子,别说大学毕业了,连命都难保,哪里谈得上你想的那一套个人
幸福?"

---

① 〔美〕杜赞奇:《从民族国家拯救历史:民族主义话语与中国现代史研究》,王宪明译,
社会科学文献出版社 2003 年版,第 9—10 页。

② 收入中国作家协会编:《独幕剧选(1954,1—1955,12)》,人民文学出版社。

③ 萧继业起初被诊断可能残废。

第三，不仅个人生活如此，个人的职业劳动也必须在"公共化"层面上意义化，其劳动价值与"公共性"的实现构成等价关系。靳以的小说《小红和阿兰》里，纱厂的生活极其难做。尽管机器落后，但生产速度还要被迫提高，以致工人们抱怨说："车速还没有加稳，一下子又加上去，把人都做死了"，"这那里是细纱间，简直变成了弹花间了"。而且一味地提高速度还造成巨大的浪费，连工人们都说："这不是增产，简直是浪费，糟蹋农民兄弟千辛万苦生产的棉花。"这时候，车间主任刘金妹用关于"国家"的大道理说服大家："我们不能忘记工农联盟，咱们到农村去访问的时候不是说过了吗，他们生产多少棉花，我们就要纺出多少布！全国工农业都在快马加鞭，飞奔向前，我们哪能象小脚女人走路？"在短剧《春满人间》里，餐馆服务员金凤英甚至按照顾客的工作是否重要来安排饭菜，她认为："接待顾客好不好，直接与生产有关系。"当她得知两位工人在吃饭时要研究技术革新问题，心想："这两位同志劲头大，分秒必争把革新搞，他们讨论问题环境应清静，我要想法帮他们座位调。"当知道一位工人为了生产没吃饭就走了，甚至还决定送饭过去。在这里，"公共性"已经成为一种等级制度，一种无处不在的权力之场。它无视甚至压迫人的物质、人格等需求，同时又以国家"公共化"的大道理压制任何对国家不平等权力的不满。

在多数厂矿文学里，工业技术并不与个人报酬等价。是生产技术的个人专有，还是人人享有，也就是说，生产技术是否具有"公共性"意义，成为衡量个人技术是否具有价值的标尺，甚至还关联着品性、道德、党性等社会伦理与政党伦理，也决定着群体、人际、组织构成等工业社会的基本组织构成。高延昌的小说《我的朋友》中，北京新建棉纺织厂女工靳秀兰，技术虽好，但不肯帮助大家，在多次的评选先进工作者中，都名落孙山。而同厂的万大姐，虽然技术比不上小靳，但她乐于助人，被屡次评为劳模。因为在劳模评选的条件里有一条规定，即"技术不保守，能带动大伙搞好生产"。在杨波的小说《提拔》里，虽有技术而无助人之心的，更是被称作"日本人脑筋"，其被鄙视是不言而喻的。

前文我们已经谈到，当代中国现代性方案是社会主义"公共化"和现代化，两者的关联性在于，"公共化"保证了现代化的社会主义方向。

也就是说,社会主义在组织制度、意识状态、个体生存方面,甚至于在技术和掌握技术方面,都必须经由"公共化",才能具备社会主义的国家性质。1958 年,上海炼钢三厂转炉车间司炉长丘财康在炼钢过程中被沸腾的钢水大面积烫伤,烫伤皮肤达 89%,生命垂危。后经广慈医院(即今瑞金医院)多方抢救,伤好治愈,并重回工作岗位。这一事件在当时有大量报道。在文学里,有柯灵的电影文学剧本《春满人间》,陈恭敏、王炼的话剧剧本《共产主义凯歌》等。两部作品在取材方面各有侧重,但都有一个最重要的主题,即医学和医疗技术所体现的社会主义"公共性"。在《春满人间》中,起初外科主任范纪康认为烧伤面积太大,按照西方医学文献记载,病人几乎没有存活可能。但是,在党委书记和一些党员医生看来,仅仅依靠西方医学记录是不够的。由于社会主义社会具有的"公共化"特性,不管是医疗技术,还是医疗制度,都有着资本主义社会无可比拟的优越性。在剧中,"公共化"的优越性首先体现在医疗资源的共有。党委书记说:"在不同的社会制度下,同样的科学会产生不同的结果","我们可以为抢救一个普通工人的生命,动员一切力量,采取一切可能的医疗设施,这在资本主义社会办得到吗?"其次是突破现代科室组织机构的限制,组织科室内外人员共同攻关。当范医生面对浩如烟海的医学资料感到阅读困难时,书记说:"那么多的资料一个人怎么啃得动? 组织外科的医生一起来看,不是一下子就解决了吗?"在《共产主义凯歌》中,甚至有留学英、美、法、德、意的各路医生一起来会诊,还有专家坐飞机从北京赶来。第三,是在为病人植皮时,有无数人前来抢着献皮,弄得整个医院人山人海。第四,是当病人对唯一的有效药多粘菌素产生抗药性后,专门将原本无单位的科学家夏教授安排到大学,"和学校、医院一起合作,把学生动员起来一起搞,走走群众路线",最后终于研制出了另一种新的特效药噬菌体。在《共产主义凯歌》中,为了更加"典型地"表现社会主义的"公共性",还将受伤工人受伤原因改为为救人而被烫伤,以突出病人本身就是在实践着"公共化"的劳动。为了加强人们行为的"公共化"程度,剧本还加上了去世老工人在身后献皮等更加"感人"的情节。

二、传统社区"公共性"生活的组织化

社会主义的"公共性"还体现为一种城市组织化社会生活的功能，就是说，在社会主义社会，城市个体成员没有存在的主体性质，个人必须进入国家社会生活。在表现个人加入"公共"群体方面，个人之于工厂、机关等固定国家机构的被组织化是相当常见的。除此以外，还有一种情形，即原有社区的"公共化"。一般情况下，中国城市的传统社区，在上海主要是石库门弄堂，在北京等传统城市则是院落，当然还有城市郊区。传统社区远远不同于上海曹阳新村等现代工业区的社区组织，其基本构成是传统的人际关系，由血缘、宗族维系，人际形式往往是亲族、邻里，人员交往也被称作"原始接触"。虽然旧上海的石库门街道所造成的人际关系，其传统意味要小于北京等内陆城市，但也并非现代的"次级接触"①。其实，新式社区还有另外一种情况，即自合作化以后，当代中国所有农村都开始加入的新型的农村社区。不过本文并不打算讨论如此之大问题，这里只就城市传统社区的问题进行论析。

相对于"工人新村"等具有工业附属组织的新型社区来说，上海等城市中心区域的社区"公共化"要复杂得多。其最大原因是城市领导者无法将传统社区居民，特别是一些年老而又没有职业的居民用现代形式组织起来。1958 年，当上海城市郊区纷纷建立人民公社的时候，已经有人动议建立上海城市人民公社。事实上，在 1958 年，上海已经在传统社区开始进行"公共化"组织形式的实验。此时，市区已经建立了 829 座食堂，约有 8 万人用餐。到 1958 年 11 月初，上海市第三届人大第一次会议通过决议，要求各级城市管理机构根据市区的特点和具体情况，有领导、有计划地逐步成立城市人民公社。到 1960 年，中央作出了建立"城市人民公社"的批示，上海开始试办。1960 年 3 月 25 日，上海市委成立城市人民公社领导小组，各区也先后成立了相应的领导

---

① 石库门是一种中西合璧式的近代上海民居。首先，它具有住宅建筑的东方性因素，即可以满足东方式聚族而居、多代同堂的居住伦理需求。由于空间狭窄，邻里关系呈现出最重要的一种人际环境。同时，它又有着居住者的个体性，因为其具备欧美单元式民居建筑的各种单项功能，如卫生间、灶间等，以保障个人的私密权利受到保护。

机构,开始试点建设工作。根据设想,城市人民公社是政治、社会合一
的社会基层组织,由职工家属和其他社会人员构成其主体。通过兴办
小型工业企业、生活服务站、居民食堂、托儿所、文化补习班等,组织并
动员广大无业人员,特别是家庭妇女参加生产和社会服务工作。在
"大跃进"期间,到 1960 年初,上海约有 20 万人参加了 8000 多个里弄
生产组。到 1960 年上半年,上海有 40 万居民,在 1667 个公共食堂吃
饭,并兴办了 2117 个托儿所,约有 12 万儿童入托。此外,还有数以千
计的服务站、业余中学和小学。小学生人数已达 15 万人,占全市小学
生的 15%。① 当时,文化界为配合城市人民公社的建设,制作了一批反
映这一事件的宣传品,著名电影、故事如《女理发师》《鸡毛飞上天的故
事》都产生于这一时期。从某种意义上说,"城市人民公社"对于中国
城市底层人员的改变,远比"工人新村"这一类新型居住社区要大。这
种改变包括生活方式,也包括了心理和精神状况。

　　电影剧本《万紫千红总是春》(沈浮、翟白音、田念萱著)以一种较
平易的方式,叙述了整体社群形态从私人生活到"公共"意义的过渡。
作品的主题是叙述上海一个里弄的日常"私性"形态怎么被工业化组
织改造为"公共"生产,在日常性(私性)与"公共性"(超验意义)之间
表达一种彼此替代的逻辑关系。在一个上海老式里弄中,徐大妈是有
名的烹调高手,擅长配菜,并精通广东菜、湖南菜、宁波菜的烧制;阿凤
会裁剪、针线。可是,这种服务于家庭成员的私性生活技能,只能构成
人物的家庭属性。作品中还专门交代,蔡桂贞——一位贤淑的女性,虽
然非常能干,但其全部生活内容就是相夫教子。不过,随着里弄日常形
态向工业化组织的过渡,这些人物的生活技能逐渐变成"公共"意义上
的生产技能了。居民小组是城市底层的"公共"组织,起初是帮助政府
收购废品一类的事情,后来则开始组织生产。召集方式一般是用摇铃
通知,并以会议布置工作。在这个里弄,先后成立了刺绣组、编织组、缝
纫组、纸盒组等生产小组,徐大妈成为公共食堂的负责人,阿凤则成为

---

　　① 　熊月之、周武主编:《上海——一座现代化城市的编年史》,上海书店出版社 2007 年
版,第 530 页。

缝纫组的骨干。当蔡桂贞参加了里弄生产后,其身份由主妇转向生产能手,经常忙得晚上九点还不能回家。可是,由于有了令人自豪的"公共性"的劳动者身份,蔡桂贞不管回家多晚,儿子云生总是高兴地投入母亲怀中,赞美道:"我知道,妈妈是工人。"有论者认为,该剧反映的是"为争取妇女解放和家庭制、与大男子主义思想作斗争"的主题①,在我们看来,实际情形却复杂得多。对这种复杂情形,我们不妨以茹志鹃同时期几部作品为例,试加论析。

茹志鹃的《如愿》,尽管也涉及街道生活,但其着眼的是街道上的生产小组、食堂、托儿所、扫盲班等"公共"事物,并作为"大跃进"的一种写照②,作品着眼的也是街道妇女的"公共性"社会角色。这些妇女"工人"的含义不在于其经济与人格上的"独立",而在于生产——"公共性"的劳动。与《万紫千红总是春》采用外部形态视点不同,茹志鹃这一时期先后有《如愿》《春暖时节》《静静地产院》《里程》等篇,大体都采用了女性内部视点:"在描述这些平凡人物如何从过去被压迫或被忽略的生涯中过渡成为新社会的一员时,叙述者采用内部视点方式,深入人物的心理甚至潜意识领域,解剖她们的精神和心理变化。"③对于人物的精神感受,有论者指出:"她所写的'翻身感'并不是那种浅薄的对于得到物质上的某些改善的感谢,而是表现了被压在最底层的群众,主要是妇女,从精神上的屈辱自卑中解放出来,认识到自己也可以直起腰来做一个大写的人。"④这一结论是不错的。但关键在于,这些家庭妇女究竟以何种方式完成了"解放"呢?陈顺馨认为,这些妇女"呈现出的是一个从'可有可无'的人变成了得到社会认同的主体"⑤。这里,论者使用"主体"一词似乎有些牵强。不错,作品中的确有着家庭妇女进入社会的过程,但这一过程并不是个人"主体"的产生,而是

---

① 瞿白音:《略谈上海十年来的电影文学创作》,载《上海文学》1959 年第 12 期。

② 茹志鹃:《如愿》,载《文艺月报》1959 年 5 月号。

③ 陈顺馨:《中国当代文学的叙事与性别》,北京大学出版社 2007 年版,第 26 页。

④ 李子云:《再论茹志鹃》,见《当代女作家散论》,三联书店香港分店 1984 年版,第 52 页。

⑤ 同上书,第 27 页。

将自己自觉地服从于"公共化"的过程。《如愿》一篇写里弄妇女何永贞,在25年前曾做纱厂女工,因抚养孩子而被资本家开除,没有领到工资。解放后,她参加了里弄工厂的工作,并担任了玩具小组组长,开始有了一种"自立"后的喜悦。25年前,她曾答应给儿子买苹果,但工资既然没拿到,这一愿望也就无从实现,并进一步成了何大妈的心病。现在,何大妈拿了工资,"二十五年前的心愿,今天偿还了"。在这里,作品的人性主题和"翻身"主题应当说都有。多数论者注意到,何大妈"自尊"的获得在于其参加了"劳动"。但关键在于,何大妈解放前也给人作佣,作佣也是劳动!解放后,她虽然年龄大了,但仍然"买菜,生煤炉,赶早饭,烧开水……蓬了头忙进忙出"。也就是说,其实何大妈并不缺少劳动,只是这个"劳动"究竟是"公共性"的,还是纯粹私人家务的,才是作品的症结所在。再进一步说,是这个劳动是否具有"公共化"劳动的外在形式。其实,作品对何大妈的心理表现,重点在于如何通过劳动获得成为"国家的人"的外在方式与过程。比如,何大妈早就非常向往像"公家人"那样"吃食堂"了:过去必须自己做饭才能吃,"现在呢,只要你高兴吃,食堂里热腾腾的粥已等着了"。而自参加了生产小组后,何大玛更是繁忙。早晨,"她急急的起床,就把昨晚准备好的一只钢笔,一个登记本,检查了一下,想放在口袋里,但口袋放不下。何大妈想到,自己要有一只手提袋才好,象媳妇那样,上班去就把要用的东西往里一装。自己既然工作了,当然就得有一只手提袋"。在这里,"一只钢笔""一个登记本"和"手提袋",对于何大妈的工作并没有实际作用。之所以重要,是因为何大妈需要具有"公共化"劳动的模样:即"象媳妇那样"上班,而且还要吃"食堂"。这一情形,显然是"大跃进"时代的生活特征。由此看来,何大妈的"翻身感"并不在于劳动,因为仅有劳动是不够的,还必须是"公共性"的劳动。而再进一步说,有了"公共性"劳动还不行,还要具有进工厂、吃食堂的典型的"公共化"劳动的外在形式。这已不是"劳动翻身"的主题含义,而是社会"公共性"主题的表达。

茹志鹃的另一部小说《春暖时节》,将社会"公共化"过程放在家庭的夫妻之间,表现其所引起的家庭情感变迁。女工静兰近来感觉到丈夫明发不关心她了，两人"好像隔了一道墙"，虽然在解放前两人曾共同患难，解放后又过上了幸福生活。那么产生隔阂的原因呢？她觉得："明发的世界比她宽，明发关心的东西比她多，他看的东西比她的崇高。"后来，里弄成立了生产福利合作社，静兰参加了。她从家里柴片堆中找出了木头，削成机器上的圆盘。她受到了街道的赞扬，大字报还表扬她"敢想敢干，技术革新，里面还特别提了她主动找木柴的事"。"静兰恍然悟到昨晚劈的已不是什么柴片，而是机器上的一个圆盘，是社会主义建设中的一块小砖小瓦"，她感到"从前她赶不完的活，顶多是大宝二宝穿不上新鞋，或是明发没及时穿上毛衣，现在这活可是关系到整个生产组，关系到工厂里的生产任务"。这之后，她有了自尊，丈夫也开始关心她。小说结尾，她似乎看到了"丈夫正温柔无限疼爱地看着自己"。在作者的叙述里，夫妻之间的感情取决于静兰"公共性"角色是否能够获得。我们不能将这篇小说看作"女性成为社会主体"的主题，也不存在作者从女性心理或潜意识视角对于人物精神状况的体察，相反，作品将一切（比如爱情、人格自尊，乃至性意识）都归之于"公共化"层面。不管是男性人物，还是妇女，都必须服从于一个"公共"的社会主体，决定自己的一切生活价值。否则，个人的、家庭的生活都是没有价值的。这绝不是女性"主体"的诞生，诞生的只是国家的"公共性"。而国家"公共性"的建立，恰恰是伴随着所有人物"主体"的消亡！由此看来，还是洪子诚先生的评价更客观一些：小说"写城市市民阶层的家庭妇女，在生活潮流的诱发和推动下走出家庭的心理变化"①。

在这里，我们不妨将茹志鹃这一类作品与艾明之的小说《妻子》作一番比较。如果从题目看，艾明之是将家庭中的女性一方置于配角和弱者的位置，但在主题表达上，却与茹志鹃的作品相似，即意欲建立女性的"主体"性。但是，这种"主体性"根本上是虚假的。在作品中，韩月贞作为一个工厂科长的妻子，虽然出身农村，但经过不断的学习，已经能够帮助丈夫做报表了。而且，从生活上，她也跟随时尚潮流，烫了

---

① 洪子诚：《中国当代文学史》，北京大学出版社 1999 年版。

头发。韩月贞动机的改变,是由于看到一个时尚的女统计员与丈夫在一起的情景。有文化的女统计员给了她很深的刺激,她改变了。她烫了头发等待丈夫回家时的一段心理描写,现在看起来颇有男权意识的痕迹。特别是小说结尾,女性的虚假"主体性"完全被社会的"公共性"包含的男权意识所拆穿!韩月贞与众女家属集体去钢厂炉前慰问工人,并表示:"第一,让男同志吃得好,穿的好,睡的好;第二,保证做好家务,带好孩子。"如此情形,如果放在"五四"时期,似乎是将女性重新置于家庭樊笼之中。然而,在"十七年"的作品中,妇女们的决心,被认为是一种进步的"公共性"的产物。因为,她们的家务劳动,甚至是身体的改造,都被看成是男性工人努力劳动的前提,或者说是一部分,而被作者赞扬。这也是一种"公共性",虽然作品与所谓的"妇女翻身"主题完全背道而驰。

事实也证明,"城市人民公社"对于妇女个人"解放"和"主体性"的诞生意义完全是虚妄的。首先,在真实的历史事实中,多数家庭妇女都是碍于街道、里弄的干部无数次的劝说,而被迫勉强出来工作的,并无真实的意愿。其次,它是典型的"大跃进"的产物,很快就暴露出盲目、低效的弊病。至1962年9月,随着"大跃进"运动的彻底失败,上海市城市人民公社领导小组也被撤销,"城市人民公社"运动随之宣告结束。其给多数人们带来的,可能是一场噩梦,一个新的奴役过程。

第五节 "公共"意义上的空间与时间

这一时期的文学作品,如同在人物属性上要消除私性而突出其"公共性"意义一样,在空间处理上也是同样的状况。第一方面,在场景安排上,作品的空间设置多为车间与办公室。即使是私人居室,也多被处理为客厅。这样既可以突出人物所进行的"公共性"事务,同时也可避免因生活琐事而导致的日常性生活内容的纠葛。在《年青的一代》中,三幕场景都设在林坚家,其中两幕在林家客厅,一幕在林家门前。我们试看第一幕中林家客厅的布置:

> 林坚家里的小客厅。有楼梯通往楼上。有窗。透过窗口可以

看见上海近郊景色和远处的工厂……整个环境给人一种朴素的整洁的感觉。

再看第二幕：

> 林坚家门前,有树、瓜架,架上枝蔓丛生,人们可以在这里乘凉,在这里工作,在这里休息。右边是林坚家屋子的一角;左边通向萧奶奶家……附近学校传来广播操的音乐声。

在这里,舞台场景的"公共性",首先体现为远处的"工厂"与"近郊的景色"。这使得私人居室完全处于公共场景的包围之下。同时,这一处描写也最大程度地压抑了居室的私人性:楼梯本来是通向居室的隐秘空间的,但由于剧中并没有在内室发生情节,所以这里的楼梯所隐含的空间私密性,只是客厅一个不为人注意的延伸,几乎被人忽略,其脆弱性不言而喻。在第二幕中,作品以"附近学校传来广播体操的音乐声"构成了对门前"休息""乘凉"等生活内容的强烈侵犯。其次,空间的"公共性"与私性在大多数时间会成为"公""私"对照的一种暗示。在《锻炼》中,位于"工人新村"的姚慧英家的客厅"布置简单,但颇精致,有木橱,舒适的小沙发,立灯,小茶几上还有漂亮的收音机",这暗示出居室主人对生活格调的讲求。由于姚慧英的父亲经常不在家,因此,这其实是对姚母与姚慧英狭窄生活的一种对应:

> 宁静的夜晚,窗外深蓝色的天空,没有一丝云雾,显得那么高不可测。洁白的月光,柔和地铺洒在大地上。室内开着一盏灯,淡黄的灯光,与月光成为鲜明的对比,造成安静而狭小的氛围。

我们再看一下白天居室的情况。当姚慧英的父亲不在家的时候,"窗户被厚厚的窗帘遮住,看不见外面的景色"。这里,不管是夜间与静谧夜色的相容,还是白天与喧闹外界的隔绝,都代表了姚家母女居室的"私人"性质。特别是夜间的氛围,还暗示着姚慧英热爱自然的纯粹个人的审美习性。姚慧英虽则喜好乡野,但不过是个人的一点审美意义的享受罢了,并不意味着是"公共性"意义上社会主义农村的"广阔天地"。但当卫奋华一进入客厅,就拉开窗帘,此时,"明朗的天空和雄伟的工厂建筑,立即展现在眼前",居室也就变成了"公共性"的处所。这一处交代,不仅构成了对卫奋华"公共性"人格的一种写照,也是对姚家母女"私性"生活的批评。

　　家庭居室的"公共性"大多体现在"客厅"里。当然,在某些普通工人家庭,有时也会是兼有客厅功能的"起居室"。其实,客厅的功能也并非日常生活的,因为这里几乎没有生活起居的情景。客厅的最大功能首先是举行会议(会议有家庭里的,也有工作单位和社区的。在有些作品中,还伴随着激烈的政治斗争),并通过家庭的或单位的"会议",阐发"公共性"意义。这是在空间意义上将"公"与"私"整合统一的一种描写策略。曼海姆曾说,在现代社会,"城市家庭与工厂办公室之间的分离首先强化了私人领域之间的区分"①,但在这一时期文学中,我们看到的恰恰是相反的情形。在《年青的一代》《锻炼》等剧中,所有涉及青年人阶级教育的情节几乎都发生在客厅。在《年青的一代》中的结尾,由于众青年涌入,使"台上立刻变得活泼而有生气",同时,"几辆满载支援边疆建设的青年卡车队驶过,传来了阵阵的歌声,台上青年热情地对他们挥手"。在这里,作品叙述的重心由于台上青年向远处"挥手"而被转移至室外。室内室外,构成对"知识青年到农村去"这一叙述的呼应性空间。其次,客厅的另一功能,是通过室中设施,整体展现空间的社会主义政治特征。比如《不夜城》中的瞿海生一家,由于生活条件所限,没有独立的客厅,而与起居室功能合而为一。起居室最突出的视觉焦点,是主墙正中的毛主席像。虽然在墙上也挂有瞿海生与银娣的"并肩双影"像,但不仅被置于旁侧,而且被另一边的沈银娣"当选劳动模范的锦旗"所挤压。同样,《年青的一代》中第一幕,林育生要在客厅里挂画,而其父林岗却令他把画放在自己卧室,而将墙面上换成"四战友"的照片,以突出家庭的革命史意义和意识形态教育的功能。这一描写是一处伏笔,在后来教育林育生的场景中果然得到了呼应。看来,客厅的"公共性"是不能够被任何私性的因素所侵扰的。让人吃惊的是,"文革"时期的话剧《战船台》中的雷海生的家,

---

① 〔德〕曼海姆:《卡尔·曼海姆精粹》,徐彬译,南京大学出版社2002年版,第224页。

属于工人新村式建筑,其房间总是约集了许多的工人和干部,甚至一些关于工厂的重大事情,也是在这里决定的。更让人吃惊的是第二场,在雷海生家,许多工人们为技术问题争论,厂革委会副主任赵平正从二楼走下来,可雷海生居然并不在家!也就是说,家里的主人在不在家,都不妨碍"公共性"事务的进行。

第二方面是社区建筑的"公共性"问题。前文已述,此期上海题材文学大都以"工人新村"等标准化新社区作为空间的展示。此处不再赘述。

《万紫千红总是春》是一部为数极少的描写里弄生活的剧作,但是它要突出的是里弄日常生活形态向"公共性"形态的过渡,以及"公共性"生活意义取代私性生活的过程。这种转换颇有当时一般作品特征。请看开头一段:

> 秋天早晨的上海小菜场。每个摊头、店铺的周围都聚集着或流动着许多挎篮提袋的妇女。有的选购菜蔬、虾蟹、家禽、肉类或蛋类;有的在挑选枕花、鞋面布、绸带或钢针;有的在选购糕点、水果或鲜花;有的为小孩买玩具;有的在买铅笔,练习簿、小笔记本这类的东西。

这是关于里弄私人生活空间的描述,有着较多的物质色彩。但是,"物质性"场景并不是作者要表达的,作品所要表述的国家"公共性"内容很快便将里弄的"私人"性质完全瓦解:

> 在建筑物的墙上,到处挂着红布横幅并贴有许多张大字报、服务公约和清洁卫生公约等等。

这里,剧本写作明显体现了对于里弄叙述的展延线索:从空间来说,是由里弄到"公共空间",再到生产空间;从生活逻辑来说,是从日常形态,到"公共"生活形态,再到工业逻辑。由于里弄成为了"公共性"空间,便瓦解了里弄原有的私性。恰如在人物属性上,徐大妈虽是有名的烹饪高手,却只是给自己家人做饭。但此后,却成为了公共食堂的负责人。也就是说,人物的属性,也从"私性"转变为国家的"公共性"了。值得注意的还有,作品中的里弄里居然有一个广场,甚至于在弄堂里还出现了礼堂这种建筑,许多"公共性"社会动员大多在这里发生。这是完全违背上海城市的实际状况的。因此,剧本不是为了表现里弄生活,而恰恰相反,是为了表现里弄里个体为主的私性市民生活的消亡。说得更清楚一点,是要表现里弄生活的灭亡。

建筑的乌托邦含义并不只是发生于文学文本中。事实上,空间的意识形态性也是上海作为"新中国"象征的政治经济学标本的题中之义。有研究称,1950 年代的曹杨新村、1960 年代的彭浦新村、1970 年代的曲阳新村和 1980 年代的田林新村,都属于工人阶级的"花园洋房",曹杨新村甚至还是上海的涉外旅游景点,"作为革命样板房,工人新村是新中国的客厅,这使得工人新村的任何部位包括卧室都全面客厅化——甚至卫浴之类的私人空间,要么被彻底删除,要么被公共化。与此相对照的是,合作社、卫生所、银行、邮局、学校这些公共设施一应俱全,同时还预留文化馆、运动场和电影院的建筑位置"①。由此看来,社会主义新中国的上海并不缺少空间的现代性,缺少的只是个体私性范畴的现代性。这是"公共性"现代性被强调的结果,它可能发生在任何一个强调国家意义的时候。无独有偶,1930 年代国民政府的"大上海"计划中的居民建筑也有"公共性"特征。比如,杨浦、卢湾与闸北分别要建成三所平民住宅区,都没有独立的卫生设备,但大礼堂、运动场和花圃等"公共性"设施则被优先考虑。

"公共性"对个体"私性"的瓦解还包括对时间的叙述。与空间处理相一致的是,"公共性"的时间建立将私人时间与"公共"时间在意义阐释上构成了联结。我们看到,除了工作时间外,私人时间如何被利用是许多作品的焦点。关于"革命""阶级教育""阶级争夺"等当时文学的常见主题,恰恰都发生于"八小时外"的私人时间中。《幸福》中的王家有和"六加一"、《海港》中的韩小强等青年,其堕落的可能性都与"八小时以外"有关,以致韩小强说"八小时以外是我的自由"时被斥为"这种话像咱工人阶级说的吗?"其实,韩小强的"错误"之处,正在于他不想在"八小时以外"仍然上班,也即没有在"公共性时间"与"私性时

---

① 王晓渔:《霓虹光圈之外:工人新村的建筑政治学》,载《上海文化》2005 年第 2 期。

间"之间以"革命"或"集体"的意义建立联结。丛深在谈到创作《千万不要忘记》的过程时,曾指出该剧"还提出了如何安排和组织社会生活的问题,一天有二十四个小时怎么安排? 戏里让我们看到把八小时工作安排好,还不能保证不出问题。除了八小时工作,八小时睡觉,最后八小时怎样安排? 安排得不好,就会出去打野鸭子(打野鸭子不要紧,不要陷入泥坑!),就会受到姚母的影响"①。

　　一般情况下,正面人物所体现的的"公共性",显然是把"八小时以外"中的"私性"完全取消。李天济的电影剧本《今天我休息》②是最典型的例子。在周末,民警马天民本该在别人的介绍下与女友见面。在这里,"相亲"当然是个人的"私事"。但是,马天民一整天都忙于各种"公共性"的事情,以至于完全耽误了与女友的会面,甚至在到了女友家时竟忘记了带礼物。但恰恰是马天民这种"公共化"的活动,使其人格得到了更高程度的认可:虽然耽误了约会,却不料女友的父亲正是马天民"公共性"活动的受惠者。于是,这一件婚事立即获得了成功! 为了"公共性"事务而完全舍弃家务的例子非常多见。在《年青的一代》中,林岗与萧继业都是由于开会或出差才偶尔回一次上海,回到上海后,也并不直接回家,而是将"公共性"事务忙完才回去。《锻炼》里的卫奋华回到上海,也是由于农田出现枯苗病虫害,在县农业站解决不了,需要到上海寻求帮助。到"大跃进"时期,这一写作模式又衍化为工作而加班,取消作息时间等等。

第六节　"公共性"人格的伦理化过程

一、家族伦理与政治伦理的共谋

　　我们看到,在对于城市青年"私性"日常生活的批判中,几乎都存在着家族与家庭的背景,这一现象非常引人注目。在实现"公共性"社

---

① 丛深:《〈千万不要忘记〉主题的形成》,载《戏剧报》1964 年第 4 期。

② 中国电影出版社 1960 年版。影片由仲星火主演。

会价值的过程当中,"公共性"的胜利是通过对年轻人的"教育"来完成的。也就是说,年轻人如果不经过政治意义的"教育",就不能自动具有"公共性"人格的主体性。而既然存在"教育问题",就必然存在作品人物的"辈分"之分,存在伦理上的背景。也就是说,"教育"要通过伦理化的过程来完成。这使我们不得不思考,"公共性"对于城市青年的胜利是怎样通过家族式的伦理教育达成的?

"公共性"有很强的乌托邦色彩,而"教育"便成为通向乌托邦理想的一种控制力量。作品中的人物,事实上都是围绕着"教育""感化"这一核心情节而设置的。或者是纵向的祖父、父亲,或者是横向的兄妹、朋友、同事。众多人群围绕着"教育""感化"而存在着等级差别。比如,主要完成"教化"任务的,通常为年轻人的直接父辈与祖辈。在《年青的一代》中,是林育生的养父母与牺牲的生父母;在《锻炼》中,感化马一龙的是马奶奶;在《霓虹灯下的哨兵》中,说服童阿男的是周德贵,即阿男的父执辈;在《海港》中则是马洪亮——韩小强的舅舅。通常,这种现象被理解为体现了以"父权"为主导的社会组织基础的力量。比如,唐小兵便认为,《千万不要忘记》中的丁海宽与丁爷爷的出现表现了"以父权为基本组织原则"[1]。这种看法无疑是正确的,但问题并不止于此。事实上,在"堕落的年青人"身旁,还有相当多的同辈。比如:林育生的周围有萧继业和林岚(《年青的一代》),王家有的身边有刘传豪(《幸福》),丁少纯的身边有季友良(《千万不要忘记》),马一龙的身边有卫奋华(《锻炼》),福民的身边有福新(《家庭问题》)等等。虽然他(她们)并不构成"感化""教育"情节的核心力量,但无疑这些人物的设置不可能不起作用。这至少说明,"公共性"人物的产生有两种形式,一是萧继业等人的"自生性",我们可以把它叫做"自性繁殖"或"单性繁殖";另一种才是通过"感化""教育"之后产生的,如林育生等人。因为"教育"本身是一种社会控制力量,处于"控制"的组织化形态之中,它需要组织形式中不同层级的人物来实施。父辈与同辈都只

---

[1] 唐小兵:《〈千万不要忘记〉的历史意义:关于日常生活的焦虑及其现代性》,《英雄与凡人的时代——解读 20 世纪》,上海文艺出版社 2001 年版,第 147 页。

构成"控制"组织化形式中的一员,而非全部。

对于年轻人"公共性"人格成长的伦理环境来说,显而易见的情况是,相当多的年轻人的家庭或家族背景是不完整的:《年青的一代》中,萧继业只有奶奶,但没有父母,而林育生的生身父母是早已牺牲的烈士;《霓虹灯下的哨兵》里的童阿男,父亲早年牺牲在与殖民者的斗争中;《锻炼》里的卫奋华父母均是烈士,而马一龙的父母也早逝,由奶奶抚养长大;《海港》中的韩小强,虽然剧本没有交代其父母的情况,但从剧情来看,是由其舅舅代行监护权的。在这里,我们不是在讨论年轻人的社会学"家庭属性"的问题。因为就其中一些"落后"的青年来说,他们反而表现出了过多具有"家庭属性"的弊病。这里,文本表现的不是社会学意义的问题,而恰恰是要淡化人物的"生物学"出身。在人物塑造中,将青年人作为"公共性"人物的"非家族""非私性"体现,才能保证最大程度地体现出其"公共化"的人物特征。

可以说,在"公共性"的政治家族意义上,年轻人是一个个"孤儿",其成长过程是一种"孤儿叙述"。所谓"孤儿",一方面是指其家庭结构和人员存有缺陷,并基本上表现为与父母之间"纵向链条"的中断;另一方面,从象征意义上说,乃是缺少成为从父母那里来的成人"主体"的表现。既然没有合法的成人"主体性",年轻人就必须由"代父"行使并完成其身体精神的"抚育"过程。这些"代父"或者是奶奶、舅舅,或者是养父母。其实,这些作为亲属称谓的"亲人"并不是一个人,这些血缘关系并不直接的"亲属",在某种意义上说应该说是"共父",是一群人的指代。由于他们都有着"革命经历",所以这些"亲属"也就是"革命大家庭"中的先辈,是年轻人的"革命领路人"。在作品中,年轻人的"父母"作为"烈士",也大有深意。这意味着"孤儿"虽然缺少父母,但仍有着正统的政治性"来源",不过需要他在成长过程中寻找并最终"返祖归宗"。"代父"的职责,就是帮助"孤儿"成为"成人"的过程。

但是,这些年轻人的人物形象彼此之间又有着不同,依其"公共性"的强弱和具有"公共性"的过程特征,又可分为两种:一者是以肖继业、卫奋华为代表,其基本上没有"成长"的过程,一出场就非常成熟;

一者是以林育生、韩小强为代表,存在着一个较长的"公共性"人格的成长过程。如果细加分析,还可发现,两者在"代父"方面的情况也有所不同。前者不仅生身父母不详,而且"代父"含义也不太明确,作用较弱,有的甚至不存在。也就是说,其缺少被"代父""抚育"的过程;后者的"代父"含义明确,且有着较长的被"代父""抚育"的过程。那么,这种情形在"公共性"人格塑造方面究竟有着何种不同呢?

我们先来看第一种情况,可以将其称作"自性繁殖"。这一类人"生身"不明,而且"抚育"关系也不明确,同时又"生而成熟"。这意味着其具有"自生"或"自性繁殖"的特性。样板戏《红灯记》中李玉和、李奶奶、李铁梅组成了一个毫无血缘关系的家庭,有学者论述道:"'红灯'(革命精神)的代代相传是与异性之间的性别无关的;而与性别无关的生殖在生物学上意味着一种原始的生殖方式,即通过自身的分裂和复制的单性生殖方式,其结果必然导致与生殖主体完全一致的生殖个体。只有单性生殖方式才能保证某种精神类似于'红灯'代代相传地被完美无缺继承在另外一些个体之上。"[①]"样板戏"之所以被称为"样板",即在于其"典型意义"。我们所列的上述作品,虽然在表现"公共性"人格方面不如"样板戏"那样典型,但我们仍能看出其人物"自身分裂"和复制的"单性生殖方式",也就是具有"自性繁殖"的含义。我们甚至还可以认为,《红灯记》中的铁梅,由于存在着"抚育"过程,其"自生性"意义还不如上述作品更加典型。

第二种人物具有明确的"代父""抚育"的过程,他(她)的成长,有着"公共化"的伦理背景和作用。也就是说,他(她)必须在伦理关系上经由"代父"完成"成人典礼"。这种"伦理"关系主要呈现出政治上的"历史叙事",即由"代父"讲述人物生身父母的"英雄历程"和"英勇献身"的故事。在这里,"伦理"关系既表现为亲生父母生物学意义上的"生身",更表现为生身父母和养父母政治意义上的"生身"与"抚育"。由于作品将人物置于纵向线索上的伦理差序格局中,这种生物学的伦

---

　　① 李军:《"家"的寓言—当代文艺的身份和性别》,作家出版社 1996 年版,第 106—107 页。

理关系就更加强化了政治的伦理关系。

二、伦理与社会控制

关于"控制"的组织化形式,并非有形的社会力量,它并没有产生于现代组织社会中。关于社会组织,韦伯认为,现代社会是组织社会,"经济的生产借助合理核算的企业家而成为资本主义式的,官方的管理借助于有法律教养的专业官员而成为官僚主义化的,这样,这两样活动就按企业形式或机关形式组织起来"①。韩毓海对此解释说:"人的社会成为一个客观化的自我控制的系统,它像机器一样自行运转,因而人类普遍价值和主观情感很难对它进行干涉。当然它也不是将人类普遍价值完全排斥掉,而是对其筛选后,将它消解为一系列的客观化的社会功能。这样人类普遍价值就被客观化、工具化、功能化或者说是形式化。"②很显然,价值的"客观化,工具化,功能化"与伦理化的意义是相反的。也即是说,致力于消除城市日常性的"意义化",并不来源于现代社会的社会组织原则,而是源于一种"非组织"的原则。

个体权益的法律制度保障,在"控制"的组织化形式当中完全被排除了。比如韩小强、王家有等人的行为,虽然并不触及任何制度,但仍然成为"意义"的敌人。最明显的是《年青的一代》,当萧继业指责林育生时,林育生对他进行了一连串的反问:有没有个人幸福? 个人欲望是否违法? 国家利益是否只有到边疆一途? 这三者皆涉及个人权益及国家、法律的保障问题,但萧继业并无任何正面回答。当林育生质问萧继业:"按照自己的愿望自己的理想过生活,这又有什么不合法的呢?"萧继业只能顾左右而言他:"又是自己、自己! 开口自己,闭口合法,你究竟把国家和集体利益放在哪儿去了呢?"很显然,在萧继业看来,"合法"的东西不一定都有"意义","意义"并不在法律的概念上,也不在制度化的社会组织上。因而,萧继业一套关于国家的说教根本无法说服

---

① 〔德〕哈贝马斯:《交往行动理论》第 2 卷,洪佩郁、蔺青译,重庆出版社 1995 年版,第 398 页。

② 韩毓海:《从"红玫瑰"到"红旗"》,上海远东出版社 1998 年版,第 49 页。

林育生。能够感化林育生等人的,是父辈英勇牺牲的事迹与祖辈父辈的伦理性意义。所以,"国家"在这里已经被虚化,伦理特征上升为一种实体。也就是说,作为社会"控制",其遵循的仍旧是伦理化原则。

三、"公共性"伦理的乡村背景

在"教化堕落的年青人"的人群当中,我们依稀可辨识出祖辈父辈与同辈的伦理背景。在这些人身上,乡村文化的面貌渐渐呈现出来,而关于"父权"控制的说法也有了依托,因此,乡村—伦理就构成了稳定的价值体系上的关联。

我们看到,具有伦理权威的人物都有明晰的乡村背景:在《霓虹灯下的哨兵》中的洪满堂①与春妮;在《海港》《火红的年代》中是具有工人与农民双重身份的马洪亮与田师傅;在《锻炼》中是马奶奶(其虽在工厂工作,但没有职业化色彩,突出特征是"管闲事")。居次等的父辈伦理权威人物,即使不是来自乡村,也会有一种"非城市"或"非上海"的特征:如《年青的一代》中的林坚与《锻炼》中的父亲姚祖勤,虽然家住上海,但工作地点都在外地,因此其体现的"控制"权力的基础仍是乡村文化的伦理性。其实,萧继业等正面青年形象也仍然是乡村伦理文化控制的产物,与林育生的不同点在于,后者被迫接受教化,前者则自觉认同。通过以上乡村背景的人物,在其"公共性"超验意义之间,作品与乡村建立了连接。这在作品中呈现为两种模式:一者是马洪亮等人从乡下进城,将乡村伦理文化带入上海,就构成了伦理结构与"控制"力量的完整性;一者是上海青年到乡村去,进入一种乡村文化。后者已经成为某种理念化产物,以至于"乡村"本身便成为某种意义所在。比如《家庭问题》中,与贪图享乐的福民相对应的是厂长的女儿小玲。她一出场,就在宿舍前空地上刨地,一把锄头总在身边;尔后,她又主动要求去农村,特别是北方农村去锻炼。在《年青的一代》中,对"公共性"的认定也存在着乡村背景与职业上的对应因素。对于林岚来

---

① 洪满堂体现的文化符号是不具有太多智力因素的伙夫职业与低物质符号"烟袋筒"。

说,她关于未来理想志愿的等级因素明显地表现为电影学院—农学院—农村—井冈山农村的等级顺序,对萧继业的志愿来说,则是上海—"山沟"—边疆的"山沟"的顺序。两种情况在空间与价值选择上都是逐渐接近乡村的过程,类似的情况还有《锻炼》中的卫奋华、姚慧英与《不夜城》中的张文铮等等。

其实,在"公共性"方面,乡村也被赋予想象性的意义。之所以说是"乡村想象",在于这一类作品也存在着对乡村在"公共性"意义上的普遍化、统一化原则。不同于"五四"时期刘半农等人及后来乡土小说派、京派文人笔下的乡村,它一开始就被排除了乡村美学的宗族意义,其突出的一面是对于上海等城市的改造力量,而并非乡村本身①。

第七节 对社会主义"公共性"的反思与对公共空间的向往
——十七年"干预"文学

新中国成立以后,政权对文学、思想领域始终保持着高度关注,通过一系列运动规范了作家的创作思想,使得"歌颂"成为描写新中国时的唯一向度,文学形态高度单一。但是,这种情形在 1956 年发生了变化:受苏联批判斯大林的影响,在这一年的最高国务会议上,毛泽东提出了"百家争鸣,百花齐放"的"双百方针"。其中对文学提出的"百花齐放",在某种意义上其实意味着对文学的松绑,意味着对新中国文学不仅可以歌颂,而且可以批评。意识形态的宽松给文学创作带来了新的生机,从"双百方针"提出,到 1957 年下半年开始的反右斗争扩大化,在短短的一年多的时间中,就先后出现了《入党》《改选》《组织部新来的年轻人》《本报内部消息》《在桥梁工地上》《科长》《明镜台》等一系列产生重大影响的干预生活的小说,而这些小说,事实上也是对社会主义城市生活的新的批判,通过这些批判,小说表达出了对社会主义

---

① 《锻炼》中姚慧英对农村的美学幻想显然是被否定的。剧本开始时,姚对马一龙说:"我喜欢农村。(幻想地)在那可以呼吸新鲜空气,周围的景色多美呀,清晨可以看日出,饭后可以在田野里散步,真是'和风轻拂,鸟语花香'。"这在当时被认为是一种典型的小资产阶级情调。

"公共性"的反思。

一、官僚主义——政党精英与国家性的结合

《组织部新来的年轻人》等一系列小说的批判指向是官僚主义,对社会主义下的官僚行为、官僚作风进行批判。当时存在于党和国家领导机构中的某些教条主义、官僚主义和宗派主义等思想作风,直接影响群众积极性的发挥,压抑群众的创造精神,这些作品揭露了官僚主义、教条主义和保守僵化的思想对我们事业的危害。这些小说的深刻之处,首先在于它们点出了所有的官僚主义、教条主义和保守主义的最深刻根源即官僚们的自私思想——与更好地建设社会主义事业相比较,他们更加在意个人利益的得失。《组织部新来的年轻人》中的韩常新,在 28 岁就当上了组织部的科长,踌躇满志,但是他把麻袋厂工人反映厂长问题视作给自己找麻烦,所以,他更愿意对问题视而不见而平平稳稳地升自己的官。《在桥梁工地上》中的桥梁队队长罗立正为了维护自己的地位、利益,宁愿牺牲国家利益。《本报内部消息》中"新光日报"报社总编辑陈立栋独揽了报社的所有大权。在他的主持下,整个报社死气沉沉,报纸内容也总是图解政策,从来不敢发表记者在下面发现的真实情况。因为陈立栋怕出问题,他更愿意喊些没有问题的口号,虽然这意味着报纸根本没有销路。小说指出了陈立栋这样做的原因:他慢慢明白了,在他的一切顾虑、恐惧之中,最主要的原来就是——他害怕走。不能够,陈立栋不能够离开报社!"新光日报"的一草一木,这房间,这小花园,这虽然旧了却还中用的小卧车,这一切他是那么习惯了,他的身体仿佛早已和这些东西长到一起,再也分不开了。尽管那么多操劳,那么多烦恼,可是总编辑毕竟是最理想的职业。……不行,陈立栋已经习惯于总编辑这个职位①。

当然,对这些官僚行为和保守僵化的思想进行批判的同时,这些小说几乎都深刻地点出了这些官僚行为不是个别官僚的个别行为,事实上,它是一种体系下的合理行为。《科长》中的科长之所以没有自己的

---

① 刘宾雁:《本报内部消息续篇》,载《人民文学》1956 年第 10 期。

观点,完全对上级奴颜婢膝,是因为上级需要他这样做;《组织部新来的年轻人》中的刘世吾作为领导人一方面对林震说出"你这个干部好,比韩常新强"的话,另一方面,在具体实际工作上却完全支持韩常新;《改选》中的老郝全心全意为工人服务,却因为不会讲话而被撤掉工会主席的职务,现任的工会主席完全违背了工会为工人服务的宗旨,总是考虑着怎么服务领导,却从老郝的下级替代老郝当了工会主席,而且位置无比巩固。换言之,这些小说中批判的官僚主义者一方面损害着群众的利益,另一方面,在新中国的官僚体制中却不断得到提拔,而且是越官僚主义就越能够得到重用。小说中官僚主义者的命运显然暗示了,在当时的新中国,官僚主义已经存在一种官僚化的体制,惟其如此,这些官僚主义者才能够如鱼得水,而老郝和林震们则只能发出郁闷的呻吟。

而且,饶有意味的是,官僚主义者对公共利益的损害,对官僚利益的维护行为又发生在特定的"公共性"空间之中。《本报内部消息》和其续篇的故事都是围绕着报社的活动展开的,《改选》的故事则是集中在群众集会上,按照哈贝马斯的公共理论,报社、群众集会都是极为典型的现代社会的公共空间,是表达公共意见的地方,是公众对国家活动实施民主控制的地方。但是在小说中我们看到的却是,在这些典型的现代社会的"公共"空间的环境内,官僚主义无所顾忌地伤害着大众的利益。从中我们或许可以看出这些小说对当时中国的"公共性"的批判:中国特色的中国"公共性"无力改变官僚主义者损害公共利益的行为。

西方意义上的公共性强调的是公共意见。哈贝马斯指出:"所谓'公共领域',我们首先意指我们的社会生活的一个领域,在这个领域中,像公共意见这样的事物能够形成。公共领域原则上向所有公民开放。公共领域的一部分由各种对话构成,在这些对话中,作为私人的人们来到一起,形成了公众……他们可以自由地集合和组合,可以自由地表达和公开他们的意见。当这个公众达到较大规模时,这种交往需要一定的传播和影响的手段;今天,报纸和期刊、广播和电视就是这种公共领域的媒介……国家的强制性权力恰好是政治的公共领域的对手,而不是它的一个部分……自那以后,这种公共性使得公众能够对国家活动实施民主控制。"①显然,在西方语境中,公共性强调的是对话,是对国家权力构成制约的民主力量。但是在"十七年"干预小说中,我们可以看到,虽然群众集会、报社都是西方意义上的公共空间的特定领域,但是在其中,官僚主义者却借助国家权力对反抗这些官僚的群众进行压制。这种现象的形成,和当时中国特色的公共性特点是密不可分的:在社会主义中国,国家工业化的前提之一是城市单一的"公共性"功能,包括政治上的、生产上的。原来口岸城市私人生活领域表现出的市民生活的"有限合理性",由于被视为只具有个体意义,而被置于排除之列。社会主义中国城市的"公共性",也并非西方思想家如哈贝马斯理论原有的含义。在解放后的新中国,民族国家的建立与国家工业化的完成,并不依赖于所谓"公共领域",而是恰恰相反。因此在社会主义中国,所谓"公共性",其实就是一种国家性。不仅不是西方意义上的"私性",而且,对"私人生活"还呈现出压制性力量。换言之,新中国提出建设社会主义国家,建设的当然是现代国家,但是由于当时存在的强烈的意识形态对抗,使得政府领导人把规避西方现代性模式,取消资本主义性当作国家建设的一个重要事情来抓。在这个过程中,公共性原本对话、凝聚民间力量和限制政府权力的特质被当作资本主义特性被取消,公共性呈现的空间——公共领域,也被新中国用作了国家主流意识形态的传达、强化场所。在中国,"公共性"彻底成了国家性。当"公共性"彻底成了国家性的时候,能够在这个"领域"发言的人也被限制——只有能够代表国家的人才可能在公共领域发言。事实上,在当时的中国,这种限制使得只有政党精英、政府官员才可能在公共领域发言,这是当时的国家伦理已经被政党伦理决定的结果。

如果说在歌颂新中国国家建设的小说叙事中,社会主义的"公共性"是通过塑造道德高尚的政党精英而得到一种道德的强化和合理性强调,那么,这些"干预"小说则指出了另外一种可能性:如果这些政党

---

① 〔德〕尤根·哈贝马斯:《公共领域》,《文化与公共性》,汪晖、陈燕谷编,生活·读书·新知三联书店 2005 年版,第 125—126 页。

精英没有崇高的个人道德,那么他们代表的社会主义"公共性"还有价值么? 在干预文学的叙事中,代表国家在公共领域发言的官僚主义者完全是利己的,他们可以为了个人利益而置公共利益于不顾,最根本的特点在于其自私性。他们虽然也宣传国家政策,但他们不过是用国家话语掩盖他们自私的行为而已。这个时候,因为这些以政党精英为代表的国家话语宣传者道德、动机的卑下,使得他们独占的公共领域不再具有神圣的道德意味。通过对这些官僚主义者的批判,小说指出了政党精英的权力未受到遏制,反而在"公共"空间为所欲为的现象。通过这种叙事,小说显然暗含了对社会主义"公共性"的质疑:我们可以信赖道德高尚的政党精英,但是如果领导人不再道德高尚,而把"公共"权力当作谋取个人私利的资本的时候,还有"公共性"吗?

二、真正公共性的可能

这些"干预"小说在批判官僚主义的同时,也给出了解决官僚主义的药方——深入人民,听取人民的声音。而当小说中的主人公深入民众听取民众的呼声时,已经在小说中建构起了一个新的、有别于作为国家性存在的社会主义"公共性"的另外一种形态的公共性。事实上,几乎在这所有的"干预"小说中,都构造出了一组二元对立的人物系统:脱离人民的官僚主义者和深入人民的优秀共产党员。之所以成为官僚主义者,根本原因在于他们和公众的疏远,因为在他们的官僚系统中,公众的利益已经不是最重要的,能否符合上面的意图才是。相反,小说中那些优秀的共产党员往往都不是教条主义地理解政策,而是能够深入群众,听取人民的呼声,所以,他们得出的结论,做出的事情往往更符合真正的公共利益。《改选》中的老郝和工会主席之间最大的分野就在于他们服务对象的变化,老郝作为工会领导,认为工会是为绝大多数普通工人服务的,所以,在考虑问题的时候,都能够做到工人利益至上,因而受到工人的拥戴。而工会主席名义上是要为工人谋福利的,但是,工作中心却是怎么为领导服务。在领导利益和工人利益发生矛盾的时候,他总是优先考虑领导,无法听到也不愿意听到群众的呼声。老郝和工会主席就分别属于深入公众和脱离公众的形象表征。另外,像《组

织部新来的年轻人》中的林震与韩常新、刘世吾，《在桥梁工地上》中的
曾刚与罗立正，《本报内部消息》中的黄佳英与陈立栋，也都分别属于
这个二元对立人物系统中的各自代表。

当然，作为共产党员，这些官僚主义者也必须强调为人民服务的宗
旨，甚至他们也会组织群众集会以表明他们为人民服务的宗旨。本来
群众集会应该是表达群众意见的一个典型的公共空间，但是由于中国
"公共性"已经成为一种国家性，一般情况下，群众在这样的群众集会
上并没有随意发表自己意见的自由。他们只是被组织起来参加一个公
共活动，由此证明政府得到了他们的支持，以此彰显社会主义的优越
性。至于民众自身的要求，往往会在这样的集会上缺席。在某种意义
上，这种典型的公共领域的群众性活动并没有让民众的声音得到彰显，
而是为官僚主义者的官僚行为服务了。《本报内部消息》中的记者黄
佳英就对一个煤矿的开会行为提出了不同意见。这个煤矿领导要求工
人每天都要开会学习，对此，黄佳英提出了她尖锐的意见：

> 黄佳英激动地说："贾王矿的工人不肯开会，我是参加了的。
> 但是，事前我也对矿上的两个负责同志提过意见，他说考虑考虑，
> 可是一直没有下文。后来，我是有些着急。我认为工人们不愿开
> 会是对的。我鼓励了团委干部，我跟工人说过这么做对。要是我
> 错了，告诉我，我就承认。可是我实在不知道有什么别的办法好
> 想。对这样的事情能够忍耐吗？矿上的工人住的离矿很远。早晨
> 两点多钟就得起来，走十几里路。到了矿上，井上开个会，到井下
> 还得开个会。六点钟上班，干到下午三点。从下边掌子里走到井
> 口上，又是好几里路。够累的了罢？不行，不能回家——还得开
> 会。常常一开开到晚上六七点钟。再走回家，又是十几里地，就是
> 九点多钟了。工人们说，像这样一天睡四个钟头觉，已经好几年
> 了。"太累了，开会就有很多人睡觉。有的人抽烟，睡着了，烟头
> 落在棉裤上，烧破了布，烧透了棉花，还不知道，直到烧了肉，才醒
> 过来。"

> "省委说了多少次，报纸喊了多少次，要减少会议。说是说，
> 喊是喊，会还是照旧开。一般下级干部也陪着开，他们有个想法：

> 反正多开几个会也死不了人,开罢。可工人受不了啊。在这种情
> 形下,除了没意思的会不去开,还有什么别的办法呢?其实,这也
> 没有什么可怕。这么办,那些会议迷自然得考虑减少一些会议。
> 会少了,工人就不会不参加了。"
>
> "问题的严重性还不光是会多。你看看这都是些什么会,就
> 明白了。随便一点芝麻大的事,也要层层布置,反复讨论,再三动
> 员,组织保证。还不要说那些先党内、后团内,先干部、后群众的一
> 套额外的附加会议,一个党员工人常常为一件事得开七、八次会。
> 从一九五二年起,工人们就说开这种会比干活还累,宁肯加班也不
> 受这个罪。没话也得挤话,要百分之百发言啊。……"

在这里,黄佳英指出,煤矿开会看上去是走群众路线,但根本上其实是
领导人利己主义的表现。对工人来说,"他们有个想法:反正多开几个
会也死不了人,开罢"。如果不开会的话,则很有可能会被上级领导批
评。相比较之下,对于干部们来说,开会是最没有风险的事情了,虽然
这样会让工人的生活、工作受到很大影响。而且,黄佳英还指出,这些
会议最大的问题是,从来不听群众意见:

> "有人说,这也是群众路线。表面看来,似乎是,有事和大家
> 商量嘛。可你仔细看看,就不是那么回事。这不仅不是什么群众
> 路线,分明是不相信群众,认为不开会就不能解决问题。而开会所
> 说的一套呢,又都是一般化的大道理,群众不爱听,记不住,就认为
> 会还开得不够,就还要开。却没有一个会是叫群众给领导上提意
> 见,叫群众谈谈自己的要求的。要是肯听群众的意见,也早就不开
> 这种会了。"
>
> ……
>
> "这叫什么?叫群众路线?这么一来,群众的积极性就发挥
> 出来了?……"

小说借助黄佳英的批评指出,这些原本属于公众发言的典型的公共空
间其实并没有给公众发言的权利。这种会议最大的意义在于:首先,不
间断地强调政治意识形态;其次,成为官僚主义者所谓走群众路线的一

个证明,遮掩他们的官僚主义行为。

这些小说所着重塑造的正面的共产党员形象,如林震、曾刚、黄佳英、老郝等,同那些官僚主义者相反,他们是真正地深入了群众,所以能够更多听取群众的意见,了解到群众的需求,从而对照出官僚主义者行为同群众要求的不合拍。事实上,当林震深入工厂了解工人们对工厂领导的看法的时候,当黄佳英深入煤矿听取煤矿工人对煤矿工作看法的时候,当老郝深入群众听取工人们对他工作要求的时候,在某种意义上,可以说他们和工人之间已经形成了一种公共领域特有的对话和互动,已经在建构一种和社会主义国家性不同的公共性了。如前所述,哈贝马斯等强调公共性是强调对话、强调公共意见的形成。当煤矿领导强制性地要求工人参加会议,而工人在会议上又不能发出自己的声音,只能谈学习上级文件的体会的时候,这个会议就成了典型的国家性的体现。但是,当黄佳英深入煤矿工人之中,认真听取他们的意见的时候,我们发现,公共意见在黄佳英这里得到汇集,黄佳英和工人之间的对话已经形成。换言之,一种有别于国家性的公共性模式通过这些优秀共产党员的行为已经在民间形成了,而在小说中,这种公共性模式下形成的公共意见更能代表民众的声音。事实上,在小说叙事中,我们发现,当教条主义者被讽刺的时候,这些收集民众声音,代表民众说话的党的基层的优秀工作者是作家着力塑造的正面典型形象。通过这种形象的塑造,小说显然已经表达了一种对于有别于国家性的新的公共性的诉求。

新中国成立之后,为了规避资本主义的发展模式,公共领域中的公共声音被取消,所谓公共领域成为单一的国家政治意识形态的传递场所。虽然在建国之初这种模式在集中国家力量建设社会主义方面起到了重要的作用,但是其内涵的致命缺陷——缺乏民主力量的监督,也使得官僚主义、官僚体制成为这种作为国家性存在的"公共性"无法解决的弊端。干预生活的小说批判党内的官僚主义,同时也已经构成了对这种社会主义"公共性"的批评,而对林震等优秀的、能够听取群众意见的共产党员形象的塑造,则显然暗含了对一种新的更强调民主的公共性的诉求。

第五章　无城市地域指向的工业题材文学

所谓"无城市地域指向"的工业题材文学,是指 1949—1976 年大量出现的工业题材文学。由于多数作品没有出现特定的城市背景,甚至没有城市背景,我们无法将其作为特定地域的城市文学样式去讨论。由于这个时段统一的国家工业化进程与工业化逻辑,不仅城市之间的地域文化分野不再存在,甚至城乡之间的文化地域分野也不再存在。因此,大量出现没有地域指向的工业题材作品,也就容易理解了。①

第一节　巨量的工业文学生产

一、大工业生产与意识形态要求

建国初期工业题材文学的迅猛发展与这一时期的政治环境、文化氛围、经济状况乃至思想原则、价值观念密切相关。新中国成立后,困难重重,百废待兴,经济形势尤为严峻。旧中国经济原本就十分落后,经历了八年抗战、四年解放战争,国家经济更濒临崩溃。同历史最高水平相比,1949 年工业总产值减少了一半,其中重工业产值减少 70%,轻工业减少 30%。年钢产量仅 15.8 万吨,减少 80%;煤仅 3243 万吨,减少 48%;粮食为 11318 万吨,减少约 25%;棉花为 44.4 万吨,减少约 48%。1949 年现代工业产值在工农业总产值中只占 17%。② 因此,迅速医治战争创伤、恢复国民经济,是摆在整个国家面前的首要任务之一,而恢复国民经济的重要途径,就是迅速恢复发展工业生产。对此,

---

① 一般说来,这一时期绝大多数城市题材作品都有"无地域指向"的倾向。不过,由于上海方面的工业文学规模巨大,我们将在下一章作集中讨论。

② 丁守和主编:《二十世纪中国史纲》,河南人民出版社 1994 年版,第 578 页。

中共及其领导人有着清醒的认识。

建国前夕,毛泽东就指出:"中国能够达到真正的经济独立,还需要经过相当长的一段时间。只有当工业有所发展,中共方能够在经济上不依赖外国。才能享有真正的独立。"①建国后,国家接管了官僚资本企业,充分发动工人群众修复机器设备,复兴工业。在企业内部开展民主改革和生产改革,完善企业生产管理。同时整顿工资制度,推行劳动保险制度,改善职工生活,提高工人责任感和生产积极性,开展劳动竞赛和合理化建议运动,不断提高劳动生产率。经过3年努力,国民经济得到全面恢复和初步发展,至1952年,工农业总产值比1949年增长77.5%,其中工业总产值增长145.1%。1953年,党在过渡时期的总路线提出在一个相当长的时期内,逐步实现国家的社会主义工业化。1954年,《中华人民共和国宪法》明确规定"……通过社会主义工业化和社会主义改造,保证逐步消灭剥削制度,建立社会主义社会"②。至1957年,第一个五年计划完成,工业生产成绩显著,1957年全国工业总产值783.9亿元,超过原定计划21%,比1952年增长128.3%,为国家工业化打下了初步基础。1957年11月,在"大跃进"口号提出后一个月,毛泽东提出十五年左右中国要在钢铁等重要工业产品的产量方面赶上或超过英国。随着"大跃进运动"愈演愈烈,1958年5月中共八大二次会议后又提出"以钢为纲,带动一切"的方针,同年8月北戴河会议又号召"全党全民为生产1070万吨钢而奋斗","在1958到1962年的第二个五年计划期间,我国将提前建成为一个具有现代工业、现代农业和现代科学文化的伟大的社会主义国家,并创造向共产主义过渡的条件"。1962年中共八届十中全会后,在"调整、巩固、充实、提高"方针指导下,工业生产得到迅速恢复发展。1963—1965年,工农业总产值平均每年增长15.7%,其中农业总产值年均增长11%,工业总产值年均增长17.9%,工业生产能力大幅提高。同1957年相比,1965年工农

---

① 〔美〕罗德里克·麦克法夸尔、费正清主编:《剑桥中华人民共和国史》(1966—1982),海南出版社1992年版,第19页。

② 丁守和主编:《二十世纪中国史纲》,河南人民出版社1994年版,第605—674页。

业总产值增长 59.9%,其中,工业产值增长 98%。① 事实表明,无论对这一段历史如何评价,中共及其领导人始终认为发展经济是巩固和维护新生政治实体的关键,是社会主义的重要物质保障,而现代工业则是整个国民经济的主导力量。正如斯图尔特·施拉姆所言,在毛泽东"统治中华人民共和国命运的 27 年中,毛绝没有停止号召迅速发展经济,号召增加产量:钢铁多少吨,粮食多少吨等等"②。为此,采取全民动员的方式促进生产建设的高速发展,是当时社会主义中国的选择。

大规模工业建设的迅速铺开,必然要求意识形态领域的默契配合,文学界对此作出了迅速反应。各级文艺组织、团体纷纷深入工业生产第一线,一些文艺界高层领导、知名人士也及时发表相关言论加以导引。周扬从如何依靠工人恢复发展工业生产的(而非审美的)角度盛赞《红旗歌》,认为"它之所以好,就在于它是第一个描写工人生产的剧本"。他说:

> 我们进入城市第一个遇到的重要问题就是如何依靠工人,恢复与发展工业生产,学会管理工业。……解放以后,工人阶级在生产战线上所表现的高度的自觉性和积极性,及他们创造的各种模范事迹,充分表现了中国工人阶级的伟大,同时也大大加强了我们许多干部的"依靠工人阶级"的思想。
>
> 《红旗歌》第一次把工人在生产竞赛中所表现的高度的劳动热情及在生产竞赛中所发生的问题搬到了舞台上。

当然,《红旗歌》也有不足之处:"没有足够地表现工厂中党的领导与工会活动的作用。"③显然,在周扬的论述中,无论臧否,都立足于文学创作是否恰当地表现了工业建设,体现了党对工业建设的领导,或者说,工业建设之于社会主义中国的重要意义。茅盾论及"工人写"及"写工

---

① 参见丁守和主编:《二十世纪中国史纲》,河南人民出版社 1994 年版,第 582、585、586 页。

② 〔美〕罗德里克·麦克法夸尔、费正清主编:《剑桥中华人民共和国史》(1966—1982),海南出版社 1992 年版,第 18 页。

③ 周扬:《论〈红旗歌〉》,载《人民日报》1950 年 5 月 7 日。

人"的作品时也指出：

> 革命已在全国胜利。此后的建设事业千头万绪，而中心的一环则是增加生产。……围绕增加生产这一中心，数不清的轰轰烈烈的事迹正在矿山，在工厂，在农村，天天发生……每一件事都可以写成一篇作品。时代在飞快前进，我们文艺工作者应当急起直追。[①]

茅盾关注的仍然是文学是否追随生产建设这一时代主题。在此情形下，越来越多的作家投身于对"新的题材、新的生活"的表现。一大批新老作家为工业生产建设领域火热、沸腾的生活所吸引，纷纷告别自己以往所熟悉的生活、题材领域，奔赴矿山、油田、铁路、公路、钢厂、纱厂等工业建设基地，亲身感受新的时代巨变及新中国工业化的进程，热情、迅速地描摹1950、1960年代新中国工业建设起步阶段的真实景观。一支规模宏大的工业文学创作队伍由此得以聚合，工业文学创作迅速兴起并走向繁盛。

从作家构成上看，这一时期工业文学创作队伍主要有三类作家构成：部分从战争年代走来的老作家，与共和国一起成长的新一代作家和工人业余作家；从文学体式上看，工业文学创作在小说、诗歌、戏剧散文等领域都收获颇丰。老一代著名作家如路翎、周立波、艾芜、萧军、于敏、罗丹、雷加、杜鹏程等，纷纷走向工业建设第一线，深入体验生活，积累创作素材。萧军深入东北抚顺矿山，于1950年代初写成反映矿工生活的长篇《五月的矿山》，再现了矿工为支援解放战争展开劳动竞赛的热烈场景。通过矿工鲁东山、杨平山等人物形象，凸显了矿山工人的主人公意识、忘我的劳动态度、勇于牺牲的精神，同时也针砭了某些矿山干部的官僚主义作风；路翎怀着对新生活的无限憧憬，从1949年下半年到1952年，以对工厂生活的亲身感受，创作了《替我歌唱》《朱桂花的故事》《荣材婶的篮子》《女工赵梅英》《"祖国号"列车》《劳动模范朱学海》《锄地》《林根生夫妇》《粮食》《英雄事业》等反映新中国工人生

---

① 茅盾：《略谈工人文艺运动》，载1949年10月1日《小说月刊》第3卷第1期。

活的短篇小说;艾芜深入鞍山炼钢厂平炉车间,以车间工会主席助手的身份体验工厂生活。继 1957 年发表长篇《百炼成钢》后,陆续出版了短篇小说集《新的家》《夜归》《输血》,散文集《幸福的矿工们》《初春时节》等,在反映钢铁工业生活方面成绩斐然;周立波深入石景山钢铁厂,写下了反映钢铁工人生活的长篇《铁水奔流》,叙写工人阶级在解放初期为迅速恢复工业生产进行的艰苦斗争,勾勒工人阶级在党的领导下的成长过程,塑造生产斗争和对敌斗争中涌现的英雄人物;罗丹以鞍钢生活为素材的长篇《风雨的黎明》,通过护厂队与国民党分子的秘密"护厂队"之间的斗争,摹写富于个性色彩的工人形象,展现工人阶级在风雨中的党醒和成长,黎明前鞍钢工人苦难之深重、新时代生活之喜悦赫然在目。作品"文气浩荡,器宇轩昂,瑕不掩瑜"①,颇能体现这一时期工业小说之魅力。

戏剧创作方面,新老作家都有不俗表现。由鲁煤等人执笔、集体创作的《红旗歌》是新中国成立后"第一个描写工人生产的剧本"。"它用艺术的力量,表扬了工人在生产竞赛中的高度劳动热情,批评了工人中的落后分子,也批评了某些积极分子对待落后工人不去耐心团结教育而只是讥讽打击的那种不正确的态度;表扬了行政管理上的民主作风,批评了官僚主义、命令主义的作风。"②夏衍在新中国成立后,创作了《考验》。作者冷静处理了共产党人在和平建设时期面临的新的挑战与考验,更不回避工业领域存在的官僚主义,凸显党对工业企业领导的重要性。新人崔德志、丛深、李庆生、杜印、刘川、王命夫、陈恭敏、王炼、孙世维、蓝光、何求、蓝澄等人的剧作《刘莲英》《春之歌》《千万不要忘记》《百年大计》《四十年的愿望》《在新事物的面前》《烈火红心》《第二个春天》《敢想敢做的人》《共产主义凯歌》《初升的太阳》《姐妹俩》《新局长来到之前》《初开的花朵》《瓦斯问题》《同样是敌人》《扬子江边》《一个木工》《地下的春天》《搏斗》《不平坦的道路》《平凡的创造》《前

---

① 茅盾:《反映社会主义跃进的时代,推动社会主义时代的跃进!》,《茅盾全集》第 26 卷,人民文学出版社 1996 年版,第 46 页。

② 周扬:《论〈红旗歌〉》,载《人民日报》1950 年 5 月 7 日。

进再前进》《火车开来的时候》《保卫干事》等,都从不同侧面展现了各
类工矿企业、建筑工地的生活和处于历史转折时期普通工人的精神品
格。《刘莲英》《春之歌》展示了纺织女工的美好心灵,无论刘莲英还是
李玉洁都善良真诚,置个人荣誉、利益于度外,勇挑重担、顾全大局。尤
其是刘莲英在集体利益与个人感情发生冲突之时,能够坚持原则,说服
恋人张德玉克服本位主义思想,以健康的心态投身社会主义劳动竞赛。
《千万不要忘记》写某电机厂工人丁少纯工作积极、热情负责,曾多次
当选先进生产者。后来受岳母(鲜货铺子老板)影响,思想发生变化,
追求吃喝享乐,从此,工作消极敷衍,屡出事故。一次,他擅离职守,险
些酿成大祸。后来在父亲和同志们的帮助下,终于醒悟,决心痛改前
非。该剧公演后广受好评,1964 年进京演出受到中央领导、文艺界、观
众的赞扬,《人民日报》《工人日报》开辟专栏进行讨论,周总理亲自提
出了修改意见,剧作还被改编成电影。《在新事物的面前》写解放初期
东北某钢铁厂经理薛志刚从千军万马的战场来到陌生的工业领导岗
位,以指挥战争的智慧、严谨对待工业生产。他带领全厂职工依靠工人
群众的实践经验、技术人员的科学论证,自力更生、因陋就简修复炼焦
炉,由外行变内行,取得了领导工业生产的主动权。《百年大计》中某
电机制造厂施工员董振有为保证按期完成施工任务,不顾工程质量,简
化操作规程,受到工地贺主任及混凝土工小组长郭海山的严厉批评。
在领导、同志们的帮助教育下,董振有终于认识到"自己的工作就是为
了实现党的目标,实现千千万万人民的希望"①,为自己险些"犯罪"痛
悔不已。《姐妹俩》中姐姐杨玉兰与妹妹杨玉凤同为纺织厂女工。姐
姐忘我工作,虚心学习,当选了市特等劳模;妹妹贪图享受,因与恋人约
会不惜撒谎、旷工。后来在姐姐及姐姐的爱人、志愿军营长黄国栋的言
传身教下,妹妹终于认识到自己的错误。《新局长到来之前》写总务科
长刘善其为了讨好新局长,把摆放水泥的一间屋子腾出修整,作为局长
办公室。建设科工作人员朱玲眼见大雨将至,建议把露天存放的水泥

---

① 丛深:《百年大计》,《1949—1959 建国十年文学创作选(戏剧)》,田汉主编,中国青
年出版社 1961 年版,第 175 页。

暂时搬入为局长准备的办公室,以免国家财产遭受损失,刘善其推三阻四置之不理。不料,这一切都被悄然而至的新局长尽收眼底。自私自利、敷衍塞责的刘善其受到批评处分,认真负责的朱玲、老李受到了局长赞扬。《瓦斯问题》写某煤矿以苏副矿长为代表的先进思想如何战胜以陈副矿长为代表的安于现状、保守不前的落后思想,使煤矿生产得到根本变革,工人的安全问题得到根本解决。《扬子江边》通过展现两种领导方法、工作方法的矛盾,描写汉口某机车车辆修理工厂推行先进作业计划的过程,着重宣传了苏联企业经验——先进的作业计划的优越性。这些作品大都能够敏锐捕捉新中国成立之初工业领域出现的种种问题,格调高昂,但取材范围狭窄,多囿于对生产事件、劳动过程的叙述,对于对象的审视缺乏开阔的视野、深度的思考及生动的表现,如论者所言,"对于新时代还只能作浮光掠影的反映"[①]。

在散文、报告文学、通讯特写方面,这一时期有靳以、李若冰、刘白羽、华山、国涌、井频、任干、郭光、陆柱国、魏钢焰、李峰、余辉音、袁木、范荣康、黄钢等作家的作品。他们以新闻记者的职业敏感,迅疾地记录了全国各地如火如荼的工业建设,内容涉及油田、矿山、铁路、公路、钢厂、纱厂各个生产领域,如《到佛子岭去》《在柴达木盆地》《从富拉尔基到齐齐哈尔》《童话的时代》《钢都老英雄》《跋涉者的问候》《矿山的主人》《英雄的列车》《幸福的旅程》《红桃是怎么开的》《"一厘钱"精神》《大庆精神大庆人》《拉萨早上八点钟》及通讯特写集《祖国在前进》《经济建设通讯报告集》等。刘白羽的《从富拉尔基到齐齐哈尔》是此期特写中的力作。第一次受命到富拉尔基建厂的女厂长、第一次来北大荒的工程师、上海学校毕业的学生、北京最优秀的打井队、长春的坦克吊车女司机、全国驰名的"三八"女测量队……"扎钢筋的人冒着那样大风雪蹲在直耸云端的高架上作业,打混凝土的人流尽汗水不准严寒把水泥冻结,测量队员的仪器上蒙了一层冰凌,没经验的青年人伸嘴去温暖它,冷钢就象火一样烧了他,把他的嘴唇都撕破流血……","在这样豪迈的人面前",嫩江"也向这群心肠热、手头硬的人们露出笑

---

① 冯雪峰:《五年来我国文学创作的发展方向》,载《人民日报》1954 年 10 月 1 日。

脸","开始歌唱着自己身旁这座新城市的诞生了","一座一座新的工厂正在诞生,这边新的厂房刚刚矗现,那边一大片通红的钢架又已耸入天空","富拉尔基象太阳刚刚从地平线上升","一个崭新的工业城市闪出一片永不熄灭的社会主义的红光"。在这里,作者以初升的太阳比附富拉尔基的生产建设景象。

二、工人创作群体的出现

工业文学宏大规模的形成有赖于专业文学工作者,但工人作家群的崛起同样支撑着工业文学的半壁江山,至少在创作数量上引人注目。由于工人阶级队伍的迅速壮大,文艺界对工人作家的大力培养扶持,以"工人写、写工人"为特点的工人文学创作日趋繁盛,工人作家队伍异军突起。

1950 年代,工人创作运动呈现出迅猛发展的态势。其实,这种情形也是当时全国范围内风起云涌的工人阶级群众性创作大潮的一个缩影。探究工人创作的繁荣,有以下几个原因:首先,工人的创作运动本身就源于官方的提倡和动员。继毛泽东《在延安文艺座谈会上的讲话》之后,在文化领域,知识分子的工农化和工人、农民的知识化成为两大任务。周扬在与工人的一次谈话中曾说:"通过体力劳动和脑力劳动相结合,最后达到共产主义。工人农民一方面作八小时工作,一方面受业余文化教育,根据他们爱好,又是科学家、文学家,又是管理干部。他们的业余活动,一是搞科学技术创造,一是搞文艺。而专业作家呢,也要参加体力劳动。那时实际上已不存在专业作家了,只有这样,才谈得上共产主义文化。"①当时,中共的文艺界领导,已经阐明了"正确地帮助和指导工农群众的创作,发现和培养工农作家、艺术家,是我们文学艺术方面的最重要的任务之一"②。文艺主管部门甚至还规定,"辅导群众的业余艺术活动,是省、市文联的另一个主要任务。这种辅

---

① 周扬:《和工人业余作者的谈话》,《周扬文集》第 2 卷,人民文学出版社 1990 年版,第 26 页。

② 周扬:《为创造更多的优秀的文学艺术作品而奋斗》,《周扬文集》第 2 卷,人民文学出版社 1990 年版,第 259 页。

导应当侧重于供应群众业余艺术活动的材料和指导群众的创作这两方面,以便和政府文化主管部门的工作互相配合而不互相重复"①。这更推动了工人创作在文艺体制化方面的保障。到 1956 年,周扬在中共第八次代表大会上讲话,宣布文学艺术的"群众化"是真正民主化的过程,也是"破天荒"的历史壮举。到 1958 年,伴随着"新民歌"运动,工人的群众创作更是得到了体制的扶持。茅盾就曾说:"我们的报刊、文艺刊物,在它的篇幅中反映了这种情况。刊物在组织和发表群众的文艺活动方面,起了很大的作用。"②茅盾甚至还为工人的诗歌创作了赞词,即:"'劳者歌其事',何必专业化;发挥创造性,开一代诗风。"③在1950 年代,"各地的党委宣传部门、文学团体和工会组织,都对工人文艺活动作了不少推动工作,如举办工人业余训练班、工人文艺观摩会演、工人文学创作的座谈会和介绍作家和工人作者见面等等"④。一些重要的文学刊物如《人民文学》《文艺报》《文艺月报》《剧本》等都对工人文学创作给予了高度重视,《文艺报》刊发专文着意举荐《不是蝉》《装卸工》《六号门》等工人剧本。文艺界著名人士也纷纷撰文就工人文学创作取得的成绩、存在的问题、努力的方向及时加以肯定、总结、导引。艾青以大量工人诗作为例,指出"中国历史上空前未有的工人的诗歌创作活动的普遍展开"⑤与解放战争的胜利、中国共产党的领导密不可分;吕荧盛赞工人文艺是"新生的热烈的欢呼,英勇的战斗的南韩,伟大的胜利的进军,这是共产主义时代人民的诗篇"⑥。茅盾则从主题的发掘与提炼上肯定工人文学对于新人新事的表现,批评其主题、表现方式的雷同⑦,更盛赞东北工人创作力的发展,认为"这是中国文

---

① 周扬:《为创造更多的优秀的文学艺术作品而奋斗》,《周扬文集》第 2 卷,人民文学出版社 1990 年版,第 262 页。

② 茅盾:《文艺和劳动的结合》,《茅盾评论文集》上,人民文学出版社 1978 年版,第 185页。

③ 茅盾:《工人诗歌百首读后感》,《茅盾文艺评论集》上,文化艺术出版社 1981 年版,第 291 页。

④ 《工人文艺创作选集(1953)·编者的话》,工人出版社 1954 年版。

⑤ 艾青:《谈工人的诗歌》,载《人民文学》1950 年第 2 卷第 1 期。

⑥ 吕荧:《关于工人文艺》,新文艺出版社 1952 年版,第 4 页。

⑦ 茅盾:《关于反映工人生活的作品》,载《人民文学》1950 年第 2 卷第 1 期。

学史上全新的一章的起点"①。

　　在各大城市中,上海自然首当其冲,本书将在下一章中专门讨论。北京、天津方面的情形与上海类似。在北京刚刚解放不久,就开始了对工人作家的培养,北京市总工会开设了包括 24 个工厂在内的工人文艺训练班,力图使受训工人成为工厂文艺的骨干。在第一次全国"文代会"之后,北京市工厂文艺工作委员会宣告成立,并组织了专业文艺团体下厂,对工人文学作者进行辅导。在四个月的时间里,专业人员和工人共同创作的剧本就有 49 个,其中绝大多数作品是写工厂题材的。②1959 年,天津专门出版了"天津工人文艺创作选集",将万国儒、张知行等工人作家的创作收入其中。其中,张知行的情形具有相当的代表性,他在三年前还是半文盲,1955 年,开始写表扬稿并发表在报纸上。后来,在人们的不断鼓励下,他开始写新闻通讯,一年就创作了 20 篇左右,其中有 10 篇发表。由于其所在工厂太小,故事少,张知行渐渐开始虚构作品的创作。一般情况下,一周写两篇小说。后因无法发表而开始系统学习语法,并陆续借阅鲁迅、郭沫若、茅盾的作品。1957 年,张知行被调到天津帆布厂,正式开始文学创作,1959 年在百花文艺出版社出版了名为《巧大姐》的小说、故事集。

　　在 1950 年代末至 1960 年代初,工人创作呈现出全国性的高潮。不仅上海、北京、天津等地纷纷出版工人创作的各类选集,全国性的工人创作选拔也开始进行,先后有《工人歌谣选》(1961 年)、《工人戏剧选》(1962 年)、《工人短篇小说选》(1963 年)等各种选集陆续出版。上述每种选本都经过了极其严格的组织与程序。以《工人短篇小说选》为例,中国文联、中国作协和中华全国总工会于 1961 年 8 月联合向全国发出征稿通知,从 1962 年初到 7 月,各省、市、自治区总工会宣传部和当地文联、作协从 1958 年至 1961 年间全国职工创作的短篇小说中挑选、推荐了 144 篇候选作品,近 100 万字,最后选定了 29 篇作品。

① 茅盾:《略谈工人文艺运动》,载《小说月刊》1949 年第 3 卷第 1 期。
② 李伯钊:《把北京文艺工作推进一步》《谈工人文艺创作》,《把北京文艺工作推进一步》,北京文艺社编,新华书店 1950 年版,第 9、57 页。

此外,许多著名报刊也都加入其中:《人民文学》等刊物专门开辟了"新人新作"专栏,发表工人的文学作品;《文艺报》等报刊还组织文艺界专业理论队伍进行研究、评论。茅盾、侯金镜等大牌理论家都曾写过评论文章。比如,侯金镜曾评论过工人作家韩统良的小说《龙套》,认为其立意很新,"善于在日常生活和普通人身上敏锐发现容易被别人一眼掠过的优秀品质",说"他的短篇剪裁能力强,处理素材又力求简练含蓄,并且是用人物来体现作者对生活的看法,不是用事件去直接印证某一种观念和政策"①。茅盾曾与上海的工人作家胡万春多次信件来往,亲自指导其创作。在其中一封信中,茅盾说:"今天的年青一代的作家比我(或者同我同辈的作家们)年青时代要强得多;我于您那样的年龄的时候,写不出您写的那些作品",原因是现在"凡事都有党在指示,党分析一切并将结论教导你们"②。不过,我们应该注意到,评论家们的态度表现得相当暧昧,比如茅盾一方面夸赞胡万春的创作"强得多",而另一方面又认为其毫无创作的主体意识。从这封信中我们可以看出,周扬等文艺界领导的倡导意图是真实的,但作为作家的茅盾等人对于工人创作的评价具有相当的虚伪性,也相当肤浅。这一类评论文字的出现,只能说明这场文艺的"群众性"运动在当时已经成了制度性的社会内容,评论家即使不情愿承认,也无法不面对它的存在。

政治上的高度评价、文学刊物的有力支撑、艺术表现上的悉心指导,都为工人作家群的成长崛起提供了良好的生态环境。在新中国工业建设刚刚恢复、工人队伍逐渐壮大、工人文艺开始兴起的情势下,单从数量上看,这一时期的工人作家队伍就已相当可观。中华全国总工会的一份通知称,随着生产的迅速恢复发展和工人阶级觉悟的普遍提高,反映工人生活的创作开始滋长,涌现出了不少天才,创作了很多为工人所喜爱的各种形式的文艺作品,"仅天津一地据最近调查即有二百余种",而且,"这种职工的创作在全国各地都有"。③ 自 1951 年至

---

① 侯金镜:《侯金镜文艺评论选集》,人民文学出版社 1976 年版,第 76 页。

② 茅盾:《致胡万春》,载《文艺报》1962 年 5 月 20 日。

③ 《中华全国总工会关于准备出版〈职工文艺创作选集〉的通知》,《工人文艺创作选集》(第一集),工人出版社 1951 年版,第 98 页。

1956 年,工人出版社出版了多辑《工人文艺创作选集》,入选的工人作家多达数十位,体裁包括小说、诗歌、散文、话剧等多种形式。而见诸各类大小报刊的工人作家、作品更不胜枚举。"在东北和华北,'写工人'及'工人写'已成为普遍的运动","这空前的工人文艺运动"已取得初步的经验及成就。[①] 一份来自大连的关于工人文艺创作开展情况的报告表明,自 1947 至 1950 年,仅大连海港工会黑嘴子支会和西部装卸区工人就自编话剧、秧歌剧 28 部,自编大鼓、相声 23 个,现编现唱的大鼓、相声更不计其数。报告在总结经验时指出,要搞好工人文艺活动,必须取得党政的重视、帮助和鼓励,文艺活动开展得好坏直接关乎生产效率的高低:"哪个支会文娱搞得好,在生产上必定就好。……重视文娱就是重视生产,这样一配合,生产效率就高起来。"[②]赵树理也指出:"工人的文化娱乐活动,不论是创作还是其他活动,其目的都是要用它调剂精神,解除疲劳,增强工作效率;如果是因为创作妨害了生产工作,那就违背了文艺为生产服务的方针。"[③]由此看来,工人创作活动其实是生产建设乃至整个国家工业化进程中的一个重要环节——也正是在此意义上,我们才能够理解,为什么工人文学创作在质的提升上非常有限,而在量的扩张上却急剧增长。

　　这一时期的工人作家大都集中在工业基础较为雄厚的大城市,如北京、上海、大连、哈尔滨等地,除上海之外,其他地区较具代表性的工人作家主要有万国儒、阿凤、风章、萧育轩、王慧芹、韩统良、陈桂珍、王家斌、张德裕、鲁琪、何苦、苏宁、黄声笑、孙友田、李学鳌、温承训、晓凡、戚积广、刘镇、韩忆萍、刘川、李庆升、蓝光、王命夫、王炼、高延昌、李云德、傅镇岳、李建纲、徐锦珊、谈敦杰、路继会、陈桂珍等等。其中小说创作方面,以天津的万国儒较有影响。万国儒 17 岁到天津大华染织厂当工人,1954 年开始文学创作,长于表现工厂生活,"文革"前出版有短篇

　　① 茅盾:《略谈工人文艺运动》,载《小说月刊》1949 年第 3 卷第 1 期。
　　② 《大连海港工会黑嘴子支会和西部装卸区工人文娱活动的报告》,参见吕荧:《关于工人文艺》,新文艺出版社 1952 年版,第 166 页。
　　③ 赵树理:《本书的产生及其特点(代序)》,《工人文艺创作选集》(第一集),工人出版社 1951 年版,第 2 页。

小说集《风雪之夜》《龙飞凤舞》《欢乐的离别》。《欢乐的离别》曾受到茅盾好评,作品通过老工人和一把锤子的故事揭示了工人的生活与性格,表达了对新社会和技术革新的赞颂。另一篇在当时引起较大争议的短篇小说《龙飞凤舞》,围绕生产劳动、技术革新,描写了工人程荣夫妇之间的摩擦因自动割绒机试验成功、工作效率大幅提高而得以化解的过程。应该说,小说并未超出那一时代政治文化语境的制约,但因塑造的人物形象未能"概括我们时代的全部崇高品质和光辉思想"①而遭到批评。

建国后由普通工人创作的第一部多幕剧是《不是蝉》,剧作讲述了受旧社会污染很深的落后工人马顺保如何转变成先进工人的故事。同期由工人创作的较具代表性的剧本还有《六号门》《工厂就是家》《装卸》《家务事》《战斗的一昼夜》《遍地开花》等等。《六号门》由天津市搬运工人文工团集体创作,剧作在新旧对比中描写工人胡二阶级意识的觉醒。《装卸工》通过对装卸工人劳动场景的真实描绘,展现了新时代工人积极向上的精神风貌及强烈的主人公意识,"是劳动的诗,劳动人民的诗"②。《家务事》所写并非限于家长里短,而是凸显家属管理之于生产建设的重要性。工会主席孙玉林忙于生产建设及工人思想工作,疏于对工人家属(包括自己家属)的教育管理,导致与爱人吴玉珍之间的摩擦,经领导批评帮助意识到"不重视家属工作,就等于对工人利益不关心",最终改变工作态度,决心"先从自己家庭作起"。《遍地开花》《战斗的一昼夜》表现大跃进、大炼钢铁运动中工人阶级高涨的劳动热情。前者写一个工具车间干部职工响应党的号召修建土高炉,"两天内遍地开花";后者写某施工队"为了使水力采煤在我省放第一颗卫星",要在一天一夜完成原计划十二天完成的施工任务——五公里的山区线路架设。对这种"荒唐""冒进""盲目"的做法,吴工程师坚决反对。但是,在家属群众的大力支持下,施工队全体成员如期完成了施工任务,在事实面前,吴工程师也幡然醒悟。

---

① 冯牧:《略论万国儒的创作》,载《新港》1961年9—10月号。
② 吕荧:《劳动人民的诗——评〈装卸〉》。

从题材选取、主题提炼上看，工人文学创作主要集中在两大方面：一方面，在新旧对比中述说旧时代工人的不幸与苦难，凸显新中国工人的幸福生活及主人公意识；另一方面，不畏艰难险推进生产建设、技术革新。《我的朋友》讲述了一个旧社会的童养媳如何成长为新时代的劳动模范并帮助同伴学习技术、提高觉悟的故事；《鸡蛋》讲述了家住深山的一户农人，因为亲历过旧社会的饥饿冻馁，怀着对未来山沟里火车鸣叫、高楼挺立的憧憬，把家里省吃俭用积攒的鸡蛋，送给跋涉在崇山峻岭的地质勘探队员的感人事迹。只是从年幼的孩子手里抢下鸡蛋存入箱子，惹得孩子哇哇大哭，即便是为了凸显支援工业建设的主题，也仍然有些不近情理。《到生活的激流中去》写青年工人郝德安在解放前进了工厂，"正经的东西没学着，乌七八糟的玩意却学了不少"。解放后在党支书的启发鼓励下，认真钻研技术，因陋就简，发明了号码机，解决了生产中的难题，受到了厂里表扬。从此，他觉得"眼睛比以前亮堂了，眼界扩大了。……在这伟大的时代，人人都应该进步、向上"。相形之下，《王兰》更凸显出生产技术的重要性，主人公王兰在工地材料组工作期间，发现绝缘沥青预算用量远远大于实际用量，而预算制作者正是王兰的恋人程振业。经过一番争执，王兰终于说服程振业修改、削减了预算，王兰也由伤心、难过转而欣喜开怀。从外在结构上看，小说讲述的是恋人之间的纠葛，但潜在结构叙述的却是坚持原则、增产节约的故事。不仅如此，故事虽然是由王兰在与恋人郊游时讲述的，但王兰与恋人并未耽于儿女情长，反而专门邀"我"这个"电线杆"作听众，以数落程振业工作上的粗枝大叶、不负责任。显然，王兰关注的不是男女之情，而是工作态度。一对凡俗男女却有超凡脱俗的表现，这是客观叙述还是主观表达，抑或兼而有之？如果是客观叙述，那么，是什么引导这对普通男女能够远离日常生活、情感？如果是主观化表达，又是什么促使创作主体作出如此价值判断？同样，《小珍珠和刘师傅》讲述的是师徒克服各自思想、技术上的弱点共同进步的故事。经验丰富的老师傅刘春山在旧社会过着非人的生活，解放后，他扬眉吐气，得到组织提拔重用，但是他嫌新手小珍珠碍手碍脚，不让她插手平车操作。小珍珠并不气馁，以勤恳的劳动、真诚的态度赢得了师傅信任,并在组织帮助下消除了思想的苦闷,很快掌握了平车操作技术,跟师傅的感情也日渐深厚。听说师傅即将入党,小珍珠"格外感到老刘的亲切和慈爱了"。而师傅也一再告诫徒弟:"记住!所有的成绩与党对你的培养是分不开的!"在此,小说展现的不仅是以生产技术为中心的工业化诉求,更是与工业化诉求相伴的以社会主义意识形态为内容的人生价值取向,也就是说,爱厂——爱党——爱国,生产技术——工业化——社会主义合而为一,同源同根,一荣俱荣。这种思维模式、文学表现方式在《看哥哥》《一件没发生的"事故"》等作品中一再复现。《看哥哥》中身为翻砂工的哥哥为了"支援抗美援朝,早日消灭美帝国主义"自愿牺牲春节休息时间,帮助完成不属于翻砂车间的工作任务:赶制防滑链。白天忙碌的哥哥晚饭后仍然跟同伴专注于研究、解决生产中遇到的难题,终于创下新的生产纪录:过去一斤炭化四斤铁,现在一斤炭化九斤铁。而"我"目睹了生产试验中黑烟滚滚、火花四溅、紧张忙碌的场景,觉得"好看极了"。尤其是看到哥哥受到厂里的表扬,更觉"心里乐开了花",也向往着当一名工人:"工厂是多么好啊!工作的时候大家都在一块,又有很多机器。尤其是哥哥……那么受人尊敬……""我",一个十四岁的孩子,面对艰苦危险的场面不仅临危不惧,反而心向往之,似乎不合乎人性常态,但置于工业化逻辑中却顺理成章,一个长在红旗下的孩子,理应对宏伟的社会主义建设远景心怀憧憬。《一件没发生的"事故"》中,政治态度、工作态度、劳动成效依然是所有人事的"试金石"。老技师李师傅和徒弟小高情同父子,但由于反动分子挑拨,小高在试制新产品、向师傅请教时,师傅却置之不理。经组织帮助解释,李师傅转变了态度,与徒弟齐心协力制止了反动分子的破坏,避免了一场爆炸事故,成功试制了新产品。短篇《玉兰子》则几乎浓缩了这一时期工人创作的所有特点:新旧对比、志同道合、增强觉悟、技术革新、劳动竞赛、增产节约。小说主人公玉兰子一身新娘打扮,在婚礼即将开始之际,迫不及待地跟老高讲述自己为何没有当上劳模以及和长鸣的恋爱过程:"我"和长鸣从小一起捡破烂,一起进纱厂做工,解放后一起入党,在一个车间工作。后来,"我"当选了劳模,长鸣被提拔为技术员。为了培训青工,"我们"推迟了婚期。为了感谢党把一个捡煤核儿拾破烂的穷丫头培养成为劳动模范，"我"牺牲节假日不分昼夜钻研技术、努力生产。面对生产停滞不前，"我"检讨自己骄傲自满、脱离群众的错误，消除了与长鸣之间的隔阂，在长鸣的帮助支持下，带领全组女工提高认识、改进技术，最终夺回失去的竞赛红旗，并与长鸣领取了结婚证书。这个故事其实是那一时代的一个横切面，玉兰子与长鸣的结合在某种意义上可看作是生产与技术的结合，而这种叙述也有着"革命加恋爱"模式的面影。玉兰子与长鸣因革命觉悟提高、生产技术增长而相爱，因生产成绩滑坡产生分歧，当生产稳步增长、竞赛红旗失而复得后又重归于好，终成眷属。显然，价值判断、思想转变、感情取舍的标准是是否合乎社会主义工业化的要求。

　　总体上看，从新中国成立至1960年代前半期，工业题材文学创作不仅数量巨大，而且体式丰富。从数量上看，在当时产生较大影响的作品不胜枚举，诸多发表于大小报刊的作品更是难以历数；从体式上看，工业题材文学创作涉及小说、诗歌、散文、戏剧等各种文学体裁。此种情形也反映出文学作为意识形态的特殊表现对于国家民族强烈工业化诉求的呼应。

第二节　大工业意识形态的一元性写作原则

一、城市与生活背景的消失及工业场景的凸现

　　通览这一时期工业题材文学创作可以发现，全国上下如火如荼展开的工业化运动，虽然在很大程度上以大型城市为依托，如上海、天津、抚顺、大连、哈尔滨等，但很难从工业题材文学中看出人物、事件、场景的城市属性，如一般城市特有的商业贸易、物质精神娱乐、人际往来、风俗礼仪、衣食住行等丰富多彩的日常性，取而代之的是无处不在的工矿场景。如《铁水奔流》，从敌我双方争夺工厂、护厂卫厂、发动教育工人恢复发展生产、肃清反动分子、组织技术力量、调配各级干部、收集配备各类必需的生产资料到最终克服重重困难完成生产任务，所有情节的叙述、人物的描绘始终围绕工厂、车间、高炉展开。解放军攻占工厂前

夕:"整个工厂是一片混乱、荒凉和漆黑。所有车间停工了,焦炉熄火了,烟囱不冒烟,送风机和回水泵早销声没息,三百来个大大小小的电滚子停止了运转,机车瘫在铁轨上,渣车横在三岔口。"恢复生产阶段:"工地上一千多职工日夜忙碌着。各种马达声,各式车辆声,铁锤敲击声,夹着打夯歌,在炉顶和炉外,汇成了嘈杂的一片。"同样,《乘风破浪》开篇,就为青年炼钢工人李少祥的出场铺设了这样的背景:"浓烟弥漫,染黑了兴隆市的上空。忽然,西边浓烟深处冒出了一团红光,冲破了黎明前的黑暗。……这片红光不是初升的太阳,而是兴隆钢铁公司的炼铁厂在深夜里按时出铁,铁水的红流映红了半边天。"这段描写很容易使人联想到《子夜》开篇的一段文字。但如果说,在茅盾笔下,除了"Light,Heat,Power"之外还有令人或缠绵、或兴奋的"软风""音乐"等带有城市享乐消费属性的因素,那么,在草明笔下,则只剩下"炼铁厂""铁水""浓烟"这些工业化物象了。而《百年大计》大幕拉开,近景是"混凝土工第一小组宿舍",远景是"中国第一座大型电机制造厂的建筑工地",锯齿形厂房、钢架、臂式起重机、边排柱子的模型板等。在此背景下,混凝土工小组长、施工员、工地主任围绕工程质量问题展开争论,并最终达成统一认识:质量问题关乎国家百年大计。《百炼成钢》中厂党委书记梁景春初到炼钢厂,首先看见的,是露天的原料车间及大铁罐子、黑色矿石、巨形桥式吊车、钢铁修成的房子、平炉冒出的火光、蓄热室、沉渣室、巨大的煤气管子、金红色的液体、高大的烟囱……这一时期工业题材文学创作对于工业化场景的凸显,似乎只用"千篇一律"便足以概括。

当然,这倒不是说这些文本只有对工矿场景的描绘,但即使是偶尔涉及的家庭生活场景也不过是工矿场景或工矿生活的延展或附属,少有独立存在的意义。《铁水奔流》(周立波著)中钢铁厂工人李大贵一家住在废窑,破陋逼仄,一家三口勉强度日,但看到保卫厂区的解放军战士睡在家门口,李大贵"连拖带拉地把他们请进了砖窑","看作一家人"。不仅自己的私人居所可以贡献给革命,作为一个刚刚迎来解放的普通工人,日常所关心的不是柴米油盐酱醋茶、老婆孩子热炕头,而是在周围的工友惴惴不安于荷枪实弹的解放军战士时,大胆迎上前去,为接管工厂的新政权出谋献计、鼓动带领工友修复设备、恢复生产。李大贵之所以这样做，是因为与共产党、解放军有着"天然的血缘关系"及亲近感——哥哥早年参加了八路军。因此，李大贵的家可以随时向解放军敞开，甚至李大贵自己也不属于家庭，不属于老婆、孩子。因为忙于工作，他常常三更半夜才回家，以至于李二嫂听信谗言，伤心落泪；听说儿子烫伤，"他心象刀扎似的"，但旋即自责："一听到自己孩子烫了，就溜号了，社会主义也忘了"，就决意留下抢修锅炉，因为"这儿的活扔不下"。不独李大贵，老瓦工邹云山在修砌炉底时忽闻老伴去世，"他愣了半晌，含着两泡泪，最后果断地说道：'不，这儿活正紧，我不能丢手……我不送她了，她知道我是为了祖国的工业化，地下有灵，会原谅我的。'"其他抢修锅炉的工人不愿耽误工期，也"都不回家吃饭，家属们把饭送来了。"——把家搬到了工厂。其实，"以家为厂（公）"或"以厂为家"这类情形在这一时期工业题材文本中已成惯例。

《乘风破浪》中，炼钢厂党委书记唐绍周回到家中抱着十个月大的女儿，仍然想着如何完成规定的生产指标；焦急中望见墙上的毛主席像，越发感到一种鼓励、鞭策，以致对哭闹的女儿、忙乱的妻子置若罔闻，急切奔向市委书记冯棣平家中商讨工作。而冯棣平之居所似乎与办公室并无二致：不大的一间屋子摆了两套沙发、许多椅子，书桌上摆了三部电话，两个书柜摆满了马列著作、哲学、经济、冶金之类的书籍，连唐绍周都觉得"书记们经常在家里开小会"。同样，感情、婚姻陷入危机、与丈夫分居已久的市委宣传部长邵云端盼望丈夫"能到她屋里走走"，不是为了求得夫妻和解，而是为了提醒丈夫宋紫峰的傲慢、保守、固执可能会成为完成生产指标的障碍。更有意思的是，在艾芜的《百炼成钢》中工人袁廷发的家简直成了快速炼钢纪录的统计室，妻子每天在门后画圈记录丈夫每月快速炼钢的数目，丈夫以此警醒自己的成绩、荣誉或不足。当然，袁廷发对于妻子的动机：出成绩、拿奖金、改善衣食是嗤之以鼻的——这类想法显然表明妻子思想落后、觉悟不高。《玉兰子》中劳动模范、生产小组长玉兰子因为一时脱离群众致使整个小组在劳动竞赛中失去红旗，后在自己家中向全组女工作自我检讨，作为主人，沏茶、倒水、摆凳子都只为加强团结、改进技术、学习先进。由此可见，仅从空间设置上看，为了凸显生产建设主题，除了工矿场景这类公共空间，真正属于城市私人生活的空间几乎不复存在。所谓的私人空间，也只是城市中生产、技术叙事延续的场所，成为公共生活空间的组成部分。

与空间设置难以分割的还有时间叙述，"公私不分"在这类文本中已成常态，正如《百炼成钢》中老工人袁廷发所说，"他的生活是和炼钢联系在一起，不可能再分开了。平炉车间正和家一样，两个所不同的，就是一个是休息的地方，一个是工作的地方"。但实际上，对袁廷发而言，休息的地方和工作的地方并无区别，因为即使是轮休的时候，他也要到厂里看看炼钢的情形，即便不能去，也要远望着炼钢厂的烟囱以判断生产的好坏。厂长赵立明带着妻儿去拜访书记梁景春的新家，但在简短的寒暄之后，厂长、书记还是忍不住直奔主题：快速炼钢、推广经验、开展竞赛、提高产量。难怪厂长夫人嗔怪道："哎呀，你们又在开会了。该休息的时候，还是要好好休息。"言语虽轻，却道出症结所在：工作、休息没有分别。而炉长秦德贵及其工友们一天的时间是这样安排的："像我们上日班，下午四点下班，就在工厂里开会，不是行政的会，就是工会的会，再不然又是党的会。六点钟赶回宿舍……吃晚饭，就得上八点钟的文化课。不学文化，就得上技术课，学化学。九点半睡觉。转到夜班，就停止学习，白天全用来睡觉。只有上阴阳班的时候好一点，上午睡半天，下午起来学两个钟头。赶四点，又得上班。"除了吃饭、睡觉、上班，空余时间都已被规定安排得"天衣无缝"，开会、学习姑且不论，上班前充足的睡眠、休息也是安全、高效生产的重要保障，违者必究。在如此满负荷运转的情况下，按照党委书记梁景春要求，秦德贵们还必须每天挤出时间看报，学习时事政治。《乘风破浪》中厂党委书记唐绍周在八小时工作时间之外，亲赴老工人刘进春家中听取群众意见，并"一连串了三个党委委员的家"，直至"深夜十二点多钟"，才"高高兴兴地各自回家"。炉长李少祥为了帮助思想、技术落后的工友易大光，牺牲自己休息时间搭乘火车赶到乡下，又步行七八里路找到易大光家中，了解其家庭生活情况，以便对症下药。在家中，李少祥跟哥哥讨论的仍然是如何"消灭炉外脱硫"，增加产量。可见时间在此已无公私之分,正如《百炼成钢》中赵立明所言:"因为我的时间,不是属于我的","属于党"。八小时之内填满了工作内容无可厚非,问题是八小时之外的时间也不属于私人或个人,并且上至高层领导(如市委书记等)下至普通工人不仅对此毫无异议,反而为内心偶尔闪出的"私有"观念而感到羞耻。

当空间、时间失去私性与公共性的区别,所有城市空间、时间被工业化诉求所需的种种规范、条例分割殆尽,所谓社群属性、个体属性、私人消费性日常生活也就无处容身。从社群属性来看,无论党政干部、工程技术人员,还是普通工人日常所关注的都是产量的提高、技术的进步,日常物质、精神生活也非常单调、匮乏,有限的消遣无非是看电影、逛公园、跳集体舞。即便如此,一心扑在工作上的干部、劳模也都无暇光顾,偶尔逛逛公园,也要见缝插针讨论生产技术的发展。

《乘风破浪》中炼钢工人李少祥与女友小兰第一次在公园湖畔约会,一面急切盼望恋人的到来,一面又与哥哥、厂长热情讨论指标、任务、产量、技术,津津乐道于高炉大修、增产节约、快速精炼……而小兰也因忙于厂里工作未能如期赴约。当然,并非所有人都一心为公,同为炼钢工人,《百炼成钢》中的张福全日思夜想的是如何赢得意中人青睐、如何约女友看电影、逛公园,将来怎样分新房娶新娘,甚至做出成绩、调换工作也是为了婚后能有更多时间跟妻子待在一起。但是,像这类以私人生活为重心的做派一般都是思想、技术落后者才会有的表现,属于批评教育帮助的对象,因为此类思想、行为在某种程度上被视为国家工业化的障碍,也就是说,私人性生活只有在符合工业化大局时才能得到认可,否则必然遭到各种形式的劝说、批判。但另一方面,只要不是反动分子,即便酿成大错,在组织的帮助下,在先进人物的感召下,也多半终能幡然悔悟、改过自新。与张福全形成鲜明对照的是炉长秦德贵,为了避免与张福全发生更多摩擦,影响团结、生产,他宁愿暂时放下对女友孙玉芬的感情,他深知个人利益要服从集体利益,为了国家,他可以牺牲一切,更何况男女私情!

更为典型地体现了"公共"领域对私人领域的瓦解或者说私人空间为"公共"空间所淹没的,是蓝光的《姐妹俩》。剧作在姐姐杨玉兰与妹妹杨玉凤的鲜明对照中，"着意刻画了正面人物和英雄人物的光辉形象"①，与此同时，也宣示了对于人物家庭属性、消费属性的摒弃。主人公杨玉兰、杨玉凤姐妹俩同为纺织厂女工，妹妹性格活泼，爱打闹，爱玩，喜欢唱歌、看电影、演话剧，爱漂亮，聪明，技术不坏；身为党员、市特等劳模的姐姐性格沉静，果断坚强，忘我工作，虚心学习。大幕拉开，妹妹在梳妆台上精心梳妆打扮，而姐姐则在埋头计算产量；姐姐忙于看报表、进厂开会，顾不得吃一顿简单的早餐，而妹妹则强调保养身体，要母亲准备牛肉、鸡子儿、大白菜；妹妹为了与男友约会撒谎旷工，姐姐为了工作冷落了爱人。妹妹向姐姐炫耀男友送的红围巾，姐姐则觉得辫子上扎个绿绸结都不够朴实，不合乎自己身份。在妹妹看来，姐姐"就知道生产，不懂得恋爱"，"社会主义也是为的人吃好的，穿好的。搞恋爱不犯法，玩也不犯罪"，姐姐则批评妹妹不应该"因为搞恋爱，影响生产"，"一恋爱就去玩，不上班，遛马路，看电影，把生产扔在脑子后边；这不是工人阶级的态度！"要是工人都像这样，"还怎么建设社会主义，国家怎么能走上工业化呀！"经过忆苦思甜、批评教育，妹妹终于觉悟，决心暂时放下个人感情，专心工作，而姐姐为了不影响工作，更改了婚期。故事发生的场景倒不是工厂、车间，而是工人杨玉兰家，时间也是礼拜日上午，但短剧讲述的不是发生于普通家庭的日常琐事，而是劳动态度之于建设社会主义、国家工业化的重要意义，妹妹追求个人享乐的思想、行为应予以驳斥，姐姐高尚的情操、远大的理想则得到肯定，公私界限分割清晰，先进与落后昭然若揭，不可含混，正像剧作一开始对于场景的描绘："梳妆台上摆满了梳子、雪花膏、头油、小盒子、花、彩色照片等等"，这些体现私人性、日常性、消费性的用品"多半是妹妹的"，而属于姐姐的东西则是"墙上挂着毛主席的象"，带有"劳模"字样的"几朵大红花"，"参加国庆典礼的黄绸子"，"姐姐在北戴河、青岛休养的相片等"，均体现着符合社会主义意识形态及工业化逻辑的宏大意义。

①　田汉：《1949—1959建国十年文学创作选（戏剧）·序言》，《1949—1959建国十年文学创作选（戏剧）》，田汉主编，中国青年出版社1961年版，第1页。

二、人物生产属性的强化与其他属性的消失

在 1950—1960 年代,特别是"大跃进"时期,"技术"成了当代中国工业化的主导因素,也成为了一种新的国家神话。在康濯为《工人短篇小说选》所作序言中,在谈到文学对当代中国巨大建设成就的反映时,将技术革命看作是最重要的一项内容。他说:"上述作品中所反映的那种自力更生和发愤图强的创造的光辉,在生活中就曾形成了深入人心的技术革新和技术革命运动,而这本选集也就向我们揭示了这一群众运动的魅人的景象。不只是老爷车的征服和锻制尾梁的制造。"①孔罗荪在一篇文章中,也将技术问题列为解放后十年工人创作的四大方面之一,并说"生产过程、技术问题同每个人的品质、思想感情是有紧密联系的"②。

对此,我们不妨分析一下夏衍的话剧作品《考验》。《考验》作于 1954 年,此时的文坛还没有进入高度的政治和工业意识形态中,所以"技术"问题而不是政治问题,被用作了评判生活的基本原则。作品的主要人物是新华电机厂副厂长杨仲安,他虽然出身新四军,但有着严重的官僚主义作风,还忽视生产安全,打击、压制有不同意见的车间副主任徐达民和总工程师钱沛之,也不团结党委书记方克。新的厂长丁纬到来后,与党委书记等人一起,同杨仲安做了斗争,也解决了生产问题。在剧中,政治因素并没有成为主线。不仅落后人物并无政治问题,而且,党委书记的形象之孱弱,也并没有类似以后创作的固定套路,纯粹属于工业伦理的问题。杨仲安对待其他人的压制,主要表现在其对"技术"的不尊重和对技术人员完全的忽视。而被打击者,基本上都是讲求生产安全和尊重技术的人员。特别是总工程师钱沛之,因其代表了技术理性,而被杨仲安斥为"满脑子英美技术观点"。丁纬的到来,代表着工业伦理和技术理性的回归。他说:"技术是重要的,斯大林同

---

① 康濯:《为工人创作而歌——〈工人短篇小说选〉序》,《工人短篇小说选》,中华全国总工会宣传部编,工人出版社 1963 年版。

② 罗荪:《上海十年工人创作的辉煌成就》,载《上海文学》1959 年第 10 期。

志说过在社会主义改造时期,技术决定一切。"在丁纬的支持下,徐达民研制出了"绕线圈",解决了生产安全问题。不独如此,丁纬身上的工业理性也为作者称道。他尊重现代工业机构的科层制度,建立了三级负责制,实行各科分工,"在总工处有权决定的事,总工签字就行,决不揽权"。他还反对加班加点:"也不得早到迟退,只有这样,才能把正确的生产纪录固定下来","下了班不走,尽管说是自愿,也还是一种加班加点,这样的纪录不能作数的。"因此,该剧的主题,有人认为是"反对官僚主义",而且夏衍本人在剧本开头题记中还引述了《中共第七届中央委员会举行第七次全体会议的公报》,但就展开冲突的情节安排和主要人物的基本性格来说,作品属于阐释工业文学中表达技术理性的作品。

由屈楚(执笔)、周均、丁力编剧的四幕五场话剧《初开的花朵》(又名《为了明天》)的主题,也是反对工业生产中的官僚主义。但是与《考验》相似,对于官僚主义的斗争,并没有发生在"阶级"的政治层面,而是工业伦理的科技意义上。上海某纺织厂的车间主任张一鸣盲目要求工人们加班加点。但是,这种在"生产"意义上的"激进"行为,并没有在政治层面上被肯定,而是被当成了违反"技术伦理"的行为,相比之下,劳动模范方彩风是以技术上的实验和革新来取得生产任务的。与《考验》相似,在剧中,工厂的党委书记和车间的支部书记都是支持这一革新的。因而,方彩风的实验取得了成功,并因为技术上的改进,获得了职位上的升迁——担任了新的车间主任。这也应该看作是"工业伦理"的成功实践。同样的,"工业伦理"在工人创作中也得到了体现。

随着工业化逻辑对于社会生活的全面渗透乃至颠覆,整个社会形式、秩序、意识形态及人格形态也变得技术化、理性化,原本由伦理、血缘维系的人际关系,自然的生理、心理属性和身体意识也随之发生扭曲。夫妻、父(母)子(女)、兄弟姐妹、亲朋好友之间的亲疏,生理、心理、身体的认定都以是否有利于生产技术的发展为标尺。

此时,技术性成为人性的表现方式,甚至是唯一的标尺。当人的尺度变成了工业尺度的时候,包括人的身体与情感生活,便都成了工业支配之下的俘虏。万国儒的《快乐的离别》中,生产工具与人的一生构成神秘的对应："旧"的技术意味着工人命运的悲惨，"新"技术的出现则体现着人的成长。生产工具的进步同时也表明着人的命运变化，这是可以理解的。但将人的全面成长悉数归于"技术"的进步，则暴露出工业意识形态的狭隘。冯老师傅从他的师傅手里接下了传下来的唯一念物——一个大铁锤。大铁锤是师傅一生潦倒命运的隐喻，现在大铁锤要退役了，而代之以"新"工具，人物也由此就开始了"新"命运。这里，作者以生产工具的先进与否，隐喻人性是否完全具有解放了的尊严。陆文夫的小说《荣誉》一篇中，写了一位纱厂女工方巧珍在知道自己织了次布后自责不已的心理过程。方巧珍以前每年都是先进，今年仍旧被评为先进。但是被评为先进后，却发现了自己织的布面上有两根杂色纱。事情虽然小到可以忽略不计，检验员事先并不知道，并且事后也不肯再检验，但方巧珍却不能原谅自己，以至几乎心理崩溃，并出现人格上的变异。她不仅主动去掉了光荣榜上自己的照片和名字，居然还怒斥检验员的善意。小说在开头部分写了"光荣榜被布置成天安门的样子"，这是一种隐喻。也就是说，生产上的"先进"代表着高度的国家政治性，也代表着基本的人性。正是这种不允许丝毫的政治错误的符码，几乎将人物压垮。陆文夫的另一篇小说《介绍》里，有一位青年工人，性格木讷、寡言、笨拙。在与女朋友见面时，他几乎没有话说，但一提起机器便口若悬河："'机器'这两个字就是十分神奇。年轻人听了眼睛发亮，脸上发光，神态变得自然，说话也十分流畅。"作品中整个恋爱过程就随着关于机器的讲述展开。男女人物虽然处在恋爱的状态，但却没有除对机器的热情之外的任何情感。当姑娘说"想请你去看看我们那部包馄饨的机器能不能行"时，恋爱立即成功，整个相亲过程结束。

　　"生产"与"技术"对个人情感与日常生活的支配和控制是显而易见的。《为了幸福的明天》中的女工邵玉梅、王英同时爱慕着立下战功、受伤致残的党总支书记黎强，而黎强也从邵玉梅奋力保护国家财产、刻苦钻研生产技术的行为中"发现了工人阶级的品质的纯洁"而心生爱意；《刘莲英》中刘莲英的意中人是踏实能干、"全厂都挑不出第二个的落纱长"；《百炼成钢》中女工孙玉芬在自私自利、甜言蜜语的张福全和奋不顾身冲进烈火浓烟中制止恶性生产事故的秦德贵之间,最终选择了后者;《乘风破浪》中广播员小刘和女工小兰,出身教养、性格趣味差别极大,却都暗恋着模范工人李少祥。尤其是广播员小刘,原本并不满意于李少祥的文化教养、生活习惯。她对李少祥的迷恋,并非发自感情深处的爱慕,而是出于对劳动模范的敬仰。因此,她对厂办秘书杨宝琨的追逐置之不理,却偏偏对李少祥的工作生活倍加关注。劳动模范之所以在青年男女中如此炙手可热,当然与当时意识形态导向对年轻人择偶标准的影响有关,正如刘莲英所说,不了解思想好坏就结婚,婚后工作落后了,感情也不和了。"咱们自己都愿意进步,就得找个工作上互相帮助的……"《百炼成钢》中党委书记梁景春也对妻子说:我真诚地爱你,就因为你在工作中不怕困难、舍得牺牲,能够服从祖国建设的需要。连袁廷发的家属、地道的家庭妇女丁春秀都唠叨着:现在的姑娘跟以往不同,以前图男人有田有地又有钱,现在就喜欢你工作做得好,能做劳动模范,炼钢炼得好,创造新纪录。

　　相应的,超出"生产"和"工业技术"的情感状态与生活方式是被完全否定的。在这里,我们要涉及被否定人物的一个重要特征——"非生产性"。我们看看《千万不要忘记》中的丁少纯的"非生产性"是如何表现的,他之所以被认为具有非无产阶级工人品性,就在于他有过多的生活内容:在家中,作品并没有详细交代其父亲、母亲的卧室,因为父亲的活动较多地发生在具有"生产"的"公共性"意义的客厅。但作品却非常奇怪地详细交代了丁少纯的卧室(对于卧室环境的描述在当时是非常少见的):他的卧室布置与父亲的房间很不一样,墙上悬挂着巨幅的夫妻照片和妻子姚玉娟的巨幅头像照片,这显示出夫妻关系在其生活中的过于重要的位置,也说明他的家庭属性多于"生产"属性。同时,丁少纯与其岳母保持着较亲密的关系,这在当时的作品中十分少见,可以认为是作者刻意为之。由于这种关系并不来自于生产活动,而纯粹来自于其与妻子的关联,可以认为这是其生活内容过多的又一个表现,说明他更重视其与妻子的关系而不是与父亲的关系。甚至还可以认为,丁少纯的家庭构成,中轴线在于"夫妻"和"岳母/女婿"之间,而不在于"父子"之间。这种情况倒不是说丁少纯违背了传统的家庭伦理,作者之意在于说明丁少纯父子在工业人格上的中断。丁少纯甚至疏远了母亲、妹妹和爷爷,还有其他同事。由于父亲和妹妹都是先进的工人,这也显示出丁少纯与"工业生产"联系的缺乏。在时间方面的意义表达上,丁少纯整个周末不仅没有去工厂加班,反而去打野鸭子,并且为此而耽误了第二天的上班,甚至由于将钥匙丢在了机器里面,差点引发了重大责任事故。虽然丁少纯打野鸭子不是为了像岳母那样去"投机倒把",但是即便是自己吃,也意味着其过强的"口欲"需求。还有,在身体形貌方面,同事和父亲每天都是工装形象,而丁少纯却经常穿着一百多元钱的笔挺的毛料中山装。种种情形,都在于说明丁少纯在性格、生活、身体各个方面的"非生产"特征。

有了人物这样的"正反"标准,在人物关系设置上,维系夫妻、父(母)子(女)、兄弟姐妹、亲朋好友的不仅是伦理,更是思想觉悟、生产技术。如李少祥父子两代,可谓根正苗红。父亲在战争年代舍生忘死掩护群众,在和平建设时期又带领群众建设人民公社;李少祥和哥哥李忠祥同在炼钢厂工作,哥哥是"铁牛"号高炉组长,李少祥则是"共青"号平炉炉长;老工人刘进春爱厂如家,身为居民组组长的老伴也以自己的方式表达对党的热爱;还有宋紫峰(厂长)与邵云端(宣传部长)、梁景春(党委书记)与邱碧云(工会组织委员)、赵立明(厂长)与妻子(工人技术学校党务工作者)、韦珍(技术员)与刘子青(工程队干部)、孙玉芬(女工)与秦德贵(炼钢工人)、姐夫袁廷发(炼钢工人)、邵玉梅与哥哥邵仁(同为工人)、黎强(党总支书记)、王英(女工、宣传委员)与黎强(党总支书记)、刘莲英(纱厂女工)与张德玉(落纱长)、董振有(混凝土工程施工员)与夏灵芝(电机制造厂卷线女工)……总之,生产、劳动、技术是检验一切的标准。

这种人物的"生产性"关系不仅出现在亲缘关系中,也出现在扩大了的伦理关系中,比如"师徒"。陆文夫的小说《只准两天》中,邵立本师傅将女徒邵芸英收为干女儿。邵芸英恋爱了,要与男友约会,而邵师傅为了让干女儿好好学习技术,规定一周内只能在周三、周六约会两次。我们看到,邵师傅之于干女儿体现的是一种"父权"压迫的传统家庭关系。但在这里,却被一种"学习技术"名义上的"技术秩序"所覆盖,从而使具有压迫意义的父女关系变得合法化了。其中,师傅对于干女儿的"压迫关系"的合法性基础,不再是"父女"的传统结构,而是工业生产关系在家庭中的延伸。在南丁的小说《检验工叶英》中,作为检验工,叶英判定工段长赵得工段的产品不合格。赵得是她的父执辈,虽不太满意叶英的处理,还发生了冲突,但他无法动摇叶英所代表的工业原则。叶英的所作所为,也得到了政治伦理的支持,车间主任唐亮出面说服赵得,使赵得接纳了叶英的意见。像这一类因技术问题使师徒发生冲突的情节,在当时工业作品中十分常见,而其解决方式基本上是相同的,即其他伦理关系都要服从于"技术秩序"。

身体的"生产性"特征也是明显的。比如,南丁的《检验工叶英》里,车间主任赵得即是体现"生产性"的身体:"门口巍巍峨峨的一架小山似的站着赵得,他浑身充满了力量,胸脯和两肩都好像叫自己内部的一种什么力量要崩得炸裂了似的。"女检验工叶英也具有同样的身体特征,她"嘴唇薄薄的,一定是个不肯饶人的姑娘"。叶英的前任——一个不负责任的女检验工就与叶英形成强烈的身体对比:她"蓬松着头发",这是不符合工业要求的身体性要求的。《检验工叶英》也是讲述了一个精英产生和工业伦理的故事。她的身体充满了"生产性"的敏感。刚到车间"她又用鼻子嗅了嗅这一切发出来的机油的味道,这都是叶英熟悉的,使她感到亲切"。正由于身体作为"生产力"的唯一属性,所以,为了完成生产任务,身体的损害乃至生命的付出都在所不惜。在没有可靠的安全保障的情况下以极为原始的方式解决生产当中遇到的难题,在这类作品中也几成常态。在《乘风破浪》中,为了不耽误出钢,李少祥赤手空拳把重六七十斤、温度高达三四百度的铁瘤子从钢槽中抱出,而仅有的劳保用品只是几块湿草袋子。尽管手套、胸前都已烧着,但他仍能不慌不忙、笑谈自如。在军工厂从事弹药生产的邵玉梅,为避免硝酸泄露及火药燃烧引发重大事故扑救火险,两次受伤,之后,赶抢工时,在极度疲惫、头昏眼花的状态下,为了不使手里的雷汞落地爆炸,她极力保持身体平衡,但最终昏然倒地,火药爆炸,邵玉梅永远失去了左臂。除了邵玉梅,厂里的其他工人也有类似的经历。如王英,胸部被炸伤;傅金苓,手指被烧伤……而在涉及其他工业生产领域如炼钢、纺织、铁路、矿山、油田等的作品中，类似的描述更是不计其数。生产建设工地的事故、伤残当然不可避免，问题是作品在描述这类事实时，少有揭示其中的安全隐患、野蛮施工的，而是一味强调产量、速度，就像《百炼成钢》中的厂长赵立明，只关心钢产量的增加，不在乎必要的安全养护，而他的脸色即是产量升降的寒暑表。因此，生产事故造成的身体的伤残、生命的付出不可能得到人性的观照，而只是给予荣誉的补偿：劳动模范、爱党爱国。在此，身体生命的价值之所以被置之度外，是因为作品所凸显的是另一个价值尺度——"国家工业化"的利益。无论李少祥还是现场目击者，甚至叙事主体，都视身体为革命的附属，身体因革命而具有意义价值，正如李少祥本人所言："身体是革命的本钱呀，没有这幅体格还能炼钢！"革命是身体意义之所在，自然，因革命、建设而致残也就无上光荣，甚至会带来美感的产生。《为了幸福的明天》（白朗著）中，"最使玉梅感动的是他那只残废的腿，最使她尊敬的也是那只残废的腿"。当黎强"拖着一只木质的假腿走过来和她握手时，被感动的玉梅鼻子都酸了"。而在黎强、王英看来，玉梅"脸上斑斑的伤痕，并不显眼，更不会损伤她固有的美，那正是她光荣的标记"。

　　不仅身体意识表现出工业化特征，对客观物象的感觉也发生了扭曲。人之于美，有同好焉。但是，《乘风破浪》中炼钢厂党委书记唐绍周面对幽雅的夜色兴致全无："你真幽雅，可惜我没有你那种娴雅的心情。……我们共产党员时刻都保持着战斗的清醒的意志。"也就是说，一个"战斗员"无需"娴雅的心情"，纯属个体、私人的带有消闲、享乐的感觉、意绪一旦与强烈的工业化诉求所必需的技术化、理性化相抵牾，前者必须让位于后者。这一方面是对自然之美的抵制，另一方面却是对工业化景观的欣赏陶醉：《王兰》中女主人公周日与男友一道爬山，站在山顶，她凝眸于蓝天、高山、大江、白帆，但更沉迷于山下平炉工地的钢柱、吊车、电焊火花、铆钉枪声、紧张忙碌的人群、冒着浓烟的烟囱，乃至慨叹："这地方真美！我一辈子也不想离开了。"显然，王兰欣赏的不是自然，而是工业化景观。《乘风破浪》中年轻的工程师吴凌枫遇到技术上的难题陷入沉默之时，不远处高大的烟囱、发电厂的冷却塔、巨大的瓦斯罐、弥漫的浓烟让他"眼光远大，心胸开朗，无所畏惧"；老工人刘进春望着雄伟的高炉、立成一排的烟囱、高大的厂房忘记了烦恼，"不觉眉开眼笑"。"平炉的风管咆哮着拼命向煤气道使劲，让火焰在炉内尽情欢舞，平炉前面的装料机和送原料的天吊也在轰隆作响。这儿一切复杂的巨响形成了一支巨大的钢铁交响乐。它那雄健壮丽的旋律奏出了人们心中的欢畅和劳动的激情。"《百炼成钢》中梁景春站在火花四溅、钢水沸腾的炼钢炉旁，感觉"这里景色奇异而又美丽，是任何地方看不到的"。可以说，在工业化狂潮下，人们的价值观、幸福观都以生产技术为尺度。《玉门春》(李季著)中这样说道："不是气候年年暖，/不是市区大发展，/飞跃前进干劲足，/人人心里是春天……"①春天不因季节、感觉来临，而因"发展""飞跃"出现。《乘风破浪》中的炼钢工人李少祥响应国家号召，奔赴兴隆炼钢基地，与女友小兰一别六载，从未回乡探望，只因为"新的生活以巨大的魅力吸引着他，以致他连一天也不肯离开自己的岗位回去看小兰和故乡"；在公园等待小兰时，内心急切难耐——不仅源于对女友的渴念，更在于他觉得这等待让他耽误了工时，他甚至希望小兰"赶快嫁给我算啦。你看，平炉一刻都不能离开我"。新婚燕尔，李少祥只与妻子小兰住了两天就搬到了厂里。不仅是李少祥，兴隆炼钢厂为了完成生产指标，全厂上下竭尽全力改进技术，对于发明奖、超额奖的归属已不以为意，"只要完成和超过一千零七十万吨钢，大家把自己的一切搭上去也愿意。人们的心，和钢水一样只是朝夕在沸腾"。激情沸腾中，即便是受伤残废的脚趾带来的伤痛也微不足道了，"自从一千零七十万吨宣布之后，脚上多两颗脚趾少两颗脚趾也觉不出来了"，"有党的培养和爱护……残废也不觉得残废了"。吴工程师被批准入党，"兴奋得简直不吃饭不睡觉都不觉得累"。甚至"有了共产党，我什么都不怕。没有丈夫，我还不是顶天立地地做人？"政治感情、夫妻感情显然属于人类情感的不同侧面，但在此之间的差别则被消泯，前者常常可以成为后者的替代物。

其实，小说人物的工业化人格并非自然生成，只是当人们在特定语境中已习惯于或者说只能被动地以生产技术指标衡量一切时，一切都

---

① 李季：《玉门春》，《难忘的春天》，人民文学出版社1959年版，第182页。

如箭在弦上，不得不发。《乘风破浪》中邵云端对待感情、婚姻的态度便很能说明这一点。市委宣传部部长邵云端与身为炼钢厂厂长的丈夫宋紫峰从小青梅竹马，感情笃深。然而共处一室时，夫妻俩谈论更多的是各自所代表的"党委"和"行政"的关系。尤其是邵云端，在个人感情与党的利益（生产任务的完成）发生冲突时，她总能公而忘私，"从党的利益出发"，"以同志的身份来规劝丈夫"。原本珠联璧合的一对夫妻婚姻陷入了危机，原因之一是妻子坚持党性原则，坚决拥护党的号召：完成一百零七十万吨钢产量；而有着丰富生产实践经验及专业技术知识的宋紫峰坚持认为如此违反科学、不顾实际的生产目标不可能实现，并因此受到组织、群众包括妻子的指责，认为他固执己见、脱离群众、态度消极。由此，夫妻间摩擦逐渐升级。其实，邵云端深爱丈夫、女儿，面对丈夫的冷落她痛楚不堪。贴着女儿熟睡的小脸，她悄然落泪；静伏在丈夫用过的枕上黯然心碎。她暗下决心，只要他回来"我不责备，不追究，我原谅他，我只吻他"，足见邵云端的母性、妻性、女人味。但是，当丈夫回到家中，她一连串的问话则是：厂里生产好坏、指标完成情况、作为党员态度是否端正、有没有看到群众的潜力等，步步紧逼，唯独没有一句话能显示出内心的柔情、对丈夫的留恋，因此，丈夫宋紫峰看着"她那公正无邪和雍容大度的丰姿"，只觉得跟妻子距离越来越远。而当宋紫峰意识到自己思想生活上的错误主动跟妻子和解时，邵云端又狠心拒绝了他，理由是"最近的严肃紧张的斗争生活全部占据了她"，况且"他自己的思想问题还没有解决"。最终夫妻言归于好，也是因为宋紫峰在组织、群众的批评、帮助和感召下，终于认识到"这儿没有多少技术，却是有高涨的革命热情"，"思想觉悟可以产生伟大的力量"，再加上领导的预见性、组织协调能力，"就无坚不克了"——宋紫峰不仅放弃了他科学的标尺，而且融入了"大跃进""高产周"的狂潮：完成、超过一千零七十万吨钢产量。他终于得到了妻子的宽恕，"所以，现在他和邵云端的感情正像春天的玉兰。夏天的玫瑰，秋天的桂花，冬天的腊梅似的芬芳浓郁哩"。可见，宋紫峰、邵云端都非无情草木，只是，党性、工作、生产是决定私人情感的关键。

三、生产与技术的核心情节叙述

以生产与技术为核心展开情节、描写人物是这一时期工业题材文学创作的突出特征,这一现象的出现,当然与弥漫于社会各个领域、各个阶层的对于工业化的热切期许有关。不可否认,工业题材创作离不开对生产与技术环节的叙述,但工业题材并不仅仅意味着生产与技术。若此,情节的铺叙、人物的展现必然单调、乏味,千篇一律。就工业生产建设的现实而言,事件、人物、环境千变万化,纷繁多姿,不可能"从一而终"。对此,茅盾曾经指出,仅就工人阶级的落后分子及其转变而言,有相同的因素,亦有不同因素。因此,转变有先后,过程有不同。作家之职在于写出同中之异,异中之同,但相当一批作家却只是从某一固定的角度表现雷同的主题。如:背景局限于工厂的一角,以积极分子带动落后分子转变,从工厂产量的增加来写落后分子的转变等等。① 茅盾的看法在一定程度上道出了工业题材文学创作以生产与技术为叙述核心的通病。我们看到,无论老作家还是新作家,无论专业作家还是工人业余作者,无论小说、诗歌、戏剧、散文,在主题、情节、结构上都如出一辙,甚至可用统一的"公式"来概括。场景模式:某工业部门(常常是工矿企业);人物模式之一:两个领导者,或坚持正确思想(党务领导,党委书记等),强调党性、依靠群众,或偏离党的领导(行政领导,厂长等),只抓生产技术,不重思想觉悟;人物模式之二:老工人,保守,但生产技术经验丰富;青年工人,或不怕困难,敢于革新,勇于献身或自私自利、斤斤计较;人物模式之三:技术员、工程师,或爱党敬业、知难而进,或坚持科学生产,反对盲目冒进;情节模式:提出超出实际生产能力的过高指标,对此党政领导意见不一,技术人员、工人有赞成也有反对。接着,用心钻研生产技术的劳动模范凭实践经验提出生产技术革新的合理化建议,党政领导、技术人员经过一番争执、斗争,采纳建议。当试验受挫时反对者便振振有词,而试验失败常常源于探索者的疏漏、落后分子的捣乱或反动分子的破坏。在领导的正确决策指导下,

---

① 茅盾:《关于反映工人生活的作品》,载《人民文学》第2卷第1期。

革新者经过千辛万苦、顶着巨大压力乃至冒着生命危险终于试验成功,生产效率成倍提高,生产任务超额完成,全厂上下欢呼沸腾,向"七一"或"十一"献礼。从整个情节结构上看,生产目标——目标实施——目标完成是主线;从人物塑造上看,喜怒哀乐、矛盾冲突皆因生产技术而引发;从叙述用语、人物对话上看,通篇生产技术语汇:平炉、高炉、炉顶、炉底、快速炼钢、出钢、钢种、钢水、奶头(炼钢技术问题)、面条(炼钢技术问题)、炼炉、雷汞、硝酸、烘房、底药组、落纱、结头、纱型、养成工、抢纱底、电滚、冲底子、灌灰浆……所有这些,更像是对生产流程的图解、生产过程的描述、生产技术的探讨、生产经验的推广,在某种程度上可以作为学习生产技术的教科书或普及读物。如果抽去这类关于生产技术的叙述、对话、矛盾冲突,整个文本将空无一物,人物也将处于失语状态。理论家们在谈到工人创作的问题时,有这样的看法:

> 戏剧和科学不同,它和其他文艺形式一样,不是写技术而是写人,是通过形象去感动观众的。戏剧可以使我们增长生活经验和丰富知识,但它不能担负科学技术小册子介绍科学知识和生产技术的任务,因此对于戏剧作用不能简单机械的理解。把工人业余戏剧创作只单纯看作技术革新服务,要求戏剧推广生产技术,或者去追赶新闻报道,都是对戏剧为革命斗争服务作不正确的理解。我们过去经常看到有些反映工人生活的剧本没有突出写人物,却写一些生产技术、工作方法和生产过程,这些缺点在大跃进以来许多优秀的工人业余戏剧创作中得到不少的克服。[1]

比如收入《1949—1959 建国十年文学创作选》(戏剧卷)的《刘莲英》(崔德志著),在 1950 年代被称为独幕剧创作的优秀之作,即突出体现了上述特点。剧作设置了五个人物:细纱女工刘莲英、王娟,落纱长张德玉、老赵,富管理员。情节是这样设置的:车间党小组长刘莲英与落纱长张德玉同在一个生产小组,工作上互相鼓励、感

---

①　欧阳予倩:《工人戏剧选·序》,中华全国总工会宣传部编,工人出版社 1962 年版。

情上情投意合。两人齐心协力带领全组工人在劳动竞赛中力保红旗,争当全厂模范小组。因工作需要,厂里要从张德玉小组调出一名落纱工,刘莲英从全厂生产大局出发主张推荐王娟帮助兄弟小组,而张德玉为保住竞赛红旗反对骨干王娟调离。刘莲英见张德玉固执己见不肯接受批评帮助,气愤中脱口而出:"我刘莲英要做一个好党员,不能和你这种人在一起迁就。"当张德玉认识到自己的错误并主动表示改正时,也得到了刘莲英的原谅、接纳。《红旗歌》虽然涉及诸多问题,如如何克服官僚主义作风、团结教育落后工人、纠正积极分子自身的弱点,但"所有这些问题都围绕着生产竞赛,而最后都给以正确的解答"①。

《扬子江边》(李尔重著)更像是铁道部推行先进作业计划的文字说明。第一幕写未贯彻作业计划之前某机车修理厂的混乱状况及厂长兼党委书记游志学为建立生产秩序、推行作业计划与靳副厂长发生的矛盾;第二幕写游志学面对实际工作中的困难决心赴京学习作业计划,展现作业计划的积极效应;第三幕写游志学回到厂里,坚决贯彻作业计划并与靳副厂长产生冲突,在上级党委和广大工人支持下作业计划得以实施并初见成效,落后工人发生转变,靳副厂长受到批评。尾声写作业计划的生产任务的超额完成、铁道部的奖励、靳副厂长的转变,全剧在群众欢呼中闭幕。剧作对于工厂生活的反映及其教育意义可以肯定,只是原本可能鲜活的剧中人物在此被拘囿于生产技术的狭小格局,只能成为论证作业计划重要性的附属品。同样,《瓦斯问题》(慕柯夫著)在处理苏副矿长和陈副矿长的冲突时,也未对人物的精神内涵作更为深入的开掘,比如对人的关怀、生命的珍视等等,而是就事论事,围绕生产任务能否完成、工人及工程师的合理化建议是否可行以及对合理化建议应采取怎样的态度等等工作过程、工作方法展开情节,是否赞成从矿井中抽出瓦斯作为评判人物的标准,人物活动只是为了论证瓦斯问题的社会意义,成为事务、技术性描写的附属。比如对苏副矿长的描写,作为一个鲜活的生命个体,其丰富复杂的精神世界被生产技术叙

---

① 茅盾:《略谈工人文艺运动》,载 1949 年 10 月 1 日《小说月刊》第 3 卷第 1 期。

述所淹没,行政事务性的争论成为贯穿剧作始终的主线,即便在与妻子久别重逢的时刻,也无暇跟妻子倾吐自己内心的情感。在此,人物成为生产技术的奴隶而非自在的生命。由此可见,在社会政治经济环境、意识形态框架、社会心理的影响下,在工业化逻辑的支配下,工业题材创作离开生产过程、生产方法、生产技术这一叙述中心,几乎寸步难行。然而,当整个社会陷入某种工业乌托邦迷思,苛求文学能够挺立潮头之外可能同样是一种关于文学的乌托邦。

四、宏伟的工业化蓝图

其实,无论是巨量的工业题材文学创作的出现、城市与生活背景的消失、人物生产属性的强化还是生产与技术核心的叙述,都与这一时期人们对于工业化理想的迷狂有关。

前文已经提及,在 1950—1970 年代,中国社会加快工业化进程的呼声日益强烈。这首先与中共及其领导者对于工业化重要性的认识及逐渐升级的工业化目标有关。如果说中共及其领导人最初提出的工业化目标还颇为审慎、可行,那么,其后面对严峻的国际国内政治、经济形势,人们已无暇顾及工业发展的科学尺度。对此,有国外学者指出:"开始,毛明确制定的经济政策是谨慎的和渐进的。……即使是在第一个五年计划开始执行后,毛在此类问题上的观点也没有多少改变。"1953 年,毛泽东把过渡时期的总路线概括为"要在一个相当长的时期内,基本上实现国家工业化和对农业、手工业、资本主义工商业的社会主义改造。"1954 年,毛泽东又指出:"……准备在几个五年计划之内,将我们现在这样一个经济上文化上落后的国家,建设成为一个工业化的具有高度现代文化程度的伟大的国家。"1955 年,毛泽东认识到社会主义是一个漫长的过程:"……要建成为一个强大的高度社会主义工业化的国家,就需要有几十年的艰苦努力……"但是到了 1955 年,毛泽东发动了异常迅猛的农业合作化运动,几乎一夜之间就改变了中国社会的整个面貌,其后发生的"大跃进""文化大革命"的基本主题也在此间逐渐酝酿。1956 年,当人们提出经济发展不宜过快时,毛泽东却坚持中国的经济能够迅速发展。[1] 1957 年,"大跃进"口号提出后,不断攀升的钢产量成为工业领域大跃进的首要标志,从 1957 年的 535 万吨到 1958 年的 620 万吨、710 万吨、850 万吨、1100 万吨、1070 万吨,即比 1957 年钢产量翻了一翻。1958 年北戴河会议正式提出:"在 1958 年到 1962 年的第二个五年计划期间,我国将提前成为一个具有现代工业、现代农业和现代科学文化的伟大的社会主义国家,并创造向共产主义过渡的条件。"至此,中华民族急切的现代化诉求从最初从实际出发的设想、到憧憬未来的理想急遽膨胀为关于现代化、工业化、共产主义的狂想、空想,没有丝毫实现的可能。[2] 这与 1955 年毛泽东对于社会主义的认识形成了巨大反差:"在我们这样一个大国里面,情况是复杂的,国民经济原来又很落后,要建成社会主义社会,并不是轻而易举的事。"[3]仅三年时间,原本美好的愿望已经面目皆非。事实表明,为了实现钢产量翻一翻的宏伟蓝图,国家耗费了大量人力、物力、财力,而在最终炼成的 1070 万吨钢中,有 300 多万吨钢基本报废,毫无利用价值。飞速跃进的社会主义现代化的荒诞并非未被觉察,只是当这种现代化的夙愿以反现代的方式——中国式的全民动员展开时,即如"飞蛾扑火",无法遏止。五彩斑斓、似乎唾手可得的现代化、工业化蓝图诱惑着或者说迷惑了上至中共最高元首下至普通平民百姓,以至于人们已不再衡量、审度可能的付出、损失和牺牲,无论是物质的还是精神的,无论是个人的还是国家的。由此我们才可以理解,为什么面对火药爆炸的危险,邵玉梅们能够舍身扑救,为什么面对沸腾的钢水,李少祥们不惜生命,为什么面对咆哮的大江,刘子青们无所畏惧——因为对于未来现代化、工业化美景的憧憬、渴望和迷狂,使得殉道者们勇毅无敌。

从这一时期工业题材文本中,我们随处可见对于工业乌托邦的描

---

① 以上引述见〔美〕罗德里克·麦克法夸尔、费正清主编:《剑桥中华人民共和国史》(1966—1982),海南出版社 1992 年版,第 21—25 页。

② 丁守和主编:《二十世纪中国史纲》,河南人民出版社 1994 年版,第 630—635 页。

③ 〔美〕罗德里克·麦克法夸尔、费正清主编:《剑桥中华人民共和国史》(1966—1982),海南出版社 1992 年版,第 22 页。

绘。华山在《童话的时代》中预言：

> 我们还要在五十年内把黄河变清，就是把风沙干旱的西北黄土高原，变成绿色世界，到处都是森林、牧场、庄稼和果园。让高原上的山洪变成清水，就是把直泻狂奔几千公里的大河锁在山中，变成四十六个平湖，把所有的洪水装住，不让它泛滥成灾，还要它给我们发电，灌溉，通航，——让暴涨暴落的黄水变成冬夏常清的平湖，如同万里黄河穿起来的明珠。

> ……我们还要向长江借水。——我们要象洪水时代开山导河的巨人那样，劈开秦岭，劈开伏牛山，让黄河和长江拉起手来，用长江的水灌溉黄河流域！

> ……

> 人民的时代！童话的时代！我们要黄河听话，它就得听话；我们要黄河变清，它就得变清。什么人也挡不住我们创造幸福的生活。只管拿出力量来猛干就是！

这样的梦想固然美好，但是，半个多世纪以前的梦想在今天也未成为现实。然而，当梦想插上"翅膀"，谁也无法阻止其飞翔的欲望。诗人李季这样描画着："采油炼油大发展，/井架摆满祁连山。/一年找一个新油田，/春天永驻玉门关。"[1] "我们要老油田川流不息，/我们要新油田象雨后春泉，/象戈壁上的苍鹰长起翅膀，/把石油产量翻它几百翻。"[2] "川流不息""雨后春泉"作为一种美好的祈愿可以理解，但是如果把幻想当成现实，为所不能，必然付出无谓的牺牲。然而时代洪流无可抗拒，在其他作家笔下，也同样梦影飞动。工人作家李学鳌坚信："任何障碍不能阻拦建设大军的脚步，/……高山峻岭都得给他们让开道路，/他们会让酷暑严寒变温如春，/他们坚信在自己走过的路上，/每一寸土地都会有幸福诞生/……祖国啊！我的母亲。/你神速的变化，象闪电，象飓风，/昨天，这儿还是一片空白，/今天就出现了一座工业新

---

①　李季：《玉门春》，《难忘的春天》，人民文学出版社 1959 年版，第 182 页。

②　李季：《争论（一）》，《难忘的春天》，人民文学出版社 1959 年版，第 186 页。

城,/……祖国啊！我的母亲。/你的脚步超过世界上最快的印刷机轮……"①由此可以看出，飞跃式迈向现代化、工业化已成为那个时代人们义无反顾的执著。《百炼成钢》中的党委书记梁景春以这样的宏大蓝图启发老工人的觉悟："我们这样大的国家，还要建立许多的钢铁基地才行"，"就在包头、武汉建立钢铁基地还不够"，"我们还要在西北、西南建立许多钢铁基地"。《乘风破浪》中，理想的幻彩更是时时闪现。厂长宋紫峰兴奋地想："……我们开了个跃进会议，要叫钢铁比去年增了产？光我们厂就要在四个月内增产十六万吨。你们搞公社，我们搞共产主义大协作。"来自乡村的李大爷"想起了那个将要建立的工、农、商、学、兵合而为一的大的人民公社，便心花怒放。他的老眼一眯，眼前就出现了许多小工厂、水库、发电站、合作社，小孩们在托儿所集体玩耍……"而炼钢工人李少祥的梦幻更为"雄伟瑰丽"：

> 李少祥仍手握着钢钎，不肯丢开，好像他要把钢钎当笔，钢水当墨，写上去一千零七十万吨几个大字。这几个字刚在他眼前恍惚出现，却给冲天的红光掩盖了。顿时，红流咆哮，银色的火花围绕着钢流轻盈地飞舞，五座平炉同时出钢，便使得长达一里、到处闪耀着银色火花的铸锭车间，变成条金鳞闪动的巨龙似的在红霞紫雾中翻腾要欢一样。这样雄伟瑰丽的景象，以它不可抗拒的魅力吸引着钢铁工人们，他们只要眯上眼睛，就仿佛看见这条巨龙一直欢舞进入城市，跨过高山，穿过平原，在九百六十万平方公里的国土上奔腾似的……

这段描述是否是一个普通工人的真实想法颇可质疑，但它至少是那一时代工业化蓝图的典型体现。社会主义工业化作为新中国迅速实现现代化目标的重要途径当然无可厚非，但是，一旦这种现代化诉求以反现代的思维、逻辑、方式展开，那么目的与达成目的的手段之间的悖论就颇耐省思了。脱离实际的工业化蓝图、"大跃进"式的发展模式及其后伴生的"文化大革命"，实际上并未加速现代化进程，相反，这使得

---

① 李学鳌：《每当我印好一幅地图的时候》，《印刷工人之歌》，北京大众出版社1956年版，第3—4页。

国民经济面临严重困难,整个社会陷入动乱之中。在此期间,物质上的巨大浪费姑且不论(其中森林资源、矿产资源的破坏造成的恶性循环损失无法估量),精神上的畸形一度成为时代的顽症,如盲从、专横、反科学、二元思维等等。前文提及的工业化人格——价值尺度的工业化、生理、心理属性的工业化、生产技术的核心叙述无一不是这种时代痼疾的衍生物。当人们把虚幻当成现实,把蛮干当成忠诚,如《遍地开花》中所言"党说搬山山让路,党说治水水倒流",自然会有邵玉梅、李少祥、刘子青这样的人物出现,即使身体致残或生命殒殁也在所不惜。

　　诚然,生产建设中的牺牲在所难免,但是因不切实际的幻想人为造成的不必要牺牲,显然有失对生命的尊重。在生产技术条件有限、缺乏安全保障的情况下,一味强调产量、指标、任务,必然引发生产事故,危及国家财产及工人生命。如《百炼成钢》中的厂长赵立明,在技术员、技师、炉长提出炉底情况不好、需炼炉养护以防止事故发生时,仍然违反安全规定坚持出钢,追求多产、高产,以至于工人为了得到褒奖不惜有意化炉顶以创造新的炼钢纪录。这种杀鸡取卵式的野蛮操作,得到的是一时的高产,损坏的却是国家的原料、设备;带来的是表面的荣光,造成的却可能是永久的伤害。至此,生命的价值、人道的关怀被弃置不顾——从现代性诉求出发,收获的却是反现代的苦果,宏伟的工业化蓝图导演了一场全民出演的荒诞。其实,《乘风破浪》中兴隆炼钢厂厂长宋紫峰曾经的冷语道破了这种工业乌托邦的虚幻:"快速炼钢不能炉炉都是,窍门更不能天天有。"但遗憾的是,宋紫峰的客观、务实被视为保守、消极,受到组织群众的批评,最终也不得不检讨、反省,"改邪归正"。

第三节　形式系统
——文体特征、人物特征与地域性的消失

　　文体即文学作品的话语体式,它所指涉的是怎么说而非说什么,偏重于作品的形式层面。文体可分为个体文体、时代文体、民族文体和文

类文体,决定文体产生、变异的要素之一是社会文化环境。① 就工业题材文学创作而言,其时代、民族特质相对突出,而个体文体、文类文体特征不甚明晰。鉴于时代、民族特征的凸显与其所反映的对象有更多关联,所显示的社会学意义大于文学意义,因此,探讨工业题材文学文体特征的关键当从个体文体、文类文体特征入手。

个体文体分为作品个体文体与作家个体文体。前者指单个作品的文体特征,后者指一个作家所有作品或主要作品的文体特征。从个体文体角度看,这一时期的工业题材创作,无论是不同作家的作品还是同一作家的不同作品都很难显现出独异个性。工业化逻辑的展开、厂矿背景的凸显、生产技术核心的叙述使得工业题材创作的文体特征、人物特征和地域性都暧昧不明。

以工业题材小说创作为例,其支配性的文体规范是以情节或人物性格为结构中心的。但是,作品与作品之间情节的雷同令人瞠目——把同类作品放在一起比较,如果没有清晰的记忆,很难分清情节、人物归属于哪篇作品,而一旦抹去篇名、人物,要把这些作品区别开也相当困难。茅盾曾以半年内发表于各报刊的十多篇反映工人生活的优秀之作为例,指出这种"千篇一律"的弊病:

> 作品中的落后分子有很好的技术,有长久的工龄,经过敌伪和国民党反动统治,阅世既深,因而对于新时代也还抱着保留的态度。

> 作品中的积极分子大都性子急躁,不善于团结,因而引起落后分子反感,故意闹别扭。

> 积极分子碰了钉子之后,改好了自己的态度,于是落后分子也就转变,比谁都积极。②

茅盾的概括同样适用于同期同类大多数中、长、短篇小说,如《铁水奔流》《乘风破浪》《百炼成钢》《在和平的日子里》《到生活的激流中去》《小珍珠和刘师傅》《一件没发生的"事故"》等等。实际上,工业题材

---

① 参见陶东风:《文体演变及其文化意味》,云南人民出版社 1999 年版。
② 茅盾:《关于反映工人生活的作品》,载《人民文学》1950 年第 2 卷第 1 期。

小说情节的雷同并不止于茅盾所言的种种。对于生产过程、方法和生产技术的描写，对于国家政策、方针的宣传，对于历次关涉工业生产的斗争、运动，如整风、反右、"大跃进"、人民公社等等的图解，几乎成为所有同类作品中必不可少的情节，即便是其中的优秀之作也概莫能免。

同样，对于人物形象的塑造也流于模式化，少有血肉丰满、令人过目难忘的人物性格。从政治态度上看，人物基本分为三类：积极分子、落后分子和反动分子。积极分子对党对祖国赤胆忠心，坚持原则，舍己为公；落后分子计较个人得失，经教育发生转变；反动分子则是国民党暗藏特务，蓄意破坏，终被揭露。从职务分工上看，主要有领导干部、技术人员和工人。领导干部一般是党委书记或厂长，前者坚决贯彻党的政策，深入群众，后者只重产量，不抓思想。并且，优秀领导干部一般根正苗红，苦大仇深；身有瑕疵者追根溯源，一般是家庭出身、早年成长环境优裕，受到不良思想影响。如兴隆炼钢厂厂长宋紫峰与兴隆市委副书记冯棣平。宋紫峰从小在舅舅家长大，舅舅是苏州一家绸缎铺老板。后来虽然跟外婆单独生活，但一直被溺爱娇宠。参加革命后，一直在机关工作，很少接触群众，又因性格开朗，处处受人欢迎。出国学习归来，又任炼钢厂厂长。一帆风顺的经历造就了他傲慢、固执的性情，以至于凡事以自己的知识经验为尺度，不相信群众的潜力及未经科学检验的产量、指标，最终受到批评。作为宋紫峰的支持者冯棣平也曾有"前科"，他"生长在资产阶级家庭中，从小娇生惯养，自以为是"。入党之后，依然标新立异、孤芳自赏，工作中不左即右，错误不断。为了帮助他改正错误提高觉悟，组织上派他到兴隆市锻炼，但他仍热衷于一鸣惊人，追名逐利。不仅是领导干部，技术人员、工人也大体被一分为二：积极进取或消极保守，后者如韦珍、常飞、苑清、于松，前者如李少祥、易大光、秦德贵、张福全，等等。除了先进落后之分，技术人员之间，工人与工人之间，也少有个性气质上的分别。如李少祥与秦德贵，都是炼钢工人，爱党爱厂，为了排除重大险情舍生忘死，身受重伤依然不以为意。两人对待感情的态度也如出一辙：在个人感情与发展生产相抵牾时，他们都选择了先公后私。由此可见，思想觉悟或生产技术的高低、劳动态度的好坏是塑造人物、评判人物的唯一尺度。以此为逻辑起点，人物个性的模糊、雷同也就在意想之中了。影响所及,人物在价值观、生理、心理等方面都显现出工业化特征,以致无论干部、群众,无论知识分子、普通工人,无论男女、老少、父子、夫妻、兄弟,都同根同源,整齐划一。如此批量复制的作品与工厂流水线生产的产品似乎异曲同工,所谓文体特征在这类作品中更是难以寻觅。在此情形下,作为文体特征重要标志之一的艺术风格也不复存在。艺术风格,简而言之,是创作者个性气质在作品中的显现。但是,当文学艺术不再是一种个性化的创造,而是按照某种价值标准、操作规范的制作,比如同一的情节、既有的角度、模式化的人物,那么,创作主体就不再有伸展其艺术个性的空间,艺术风格当然无从谈起。最典型的例子莫过于艾芜。艾芜早在 1930 年代就以清新明丽的浪漫主义风格蜚声文坛,但这一时期创作的工业题材小说,无论是长篇《百炼成钢》还是短篇《夜归》,或者其他一些作品中,都很难见出明显的独异风格。

不仅同一文类中的单个作品丧失了赖以区别于他者的个性标志,不同文类之间的个体特征也因工业化逻辑的覆盖而消隐退场。与此同时,不同文类之间表现出某种同一性追求。一般说来,小说重情节人物,戏剧尚戏剧冲突,诗歌讲意绪抒发、意境营造,散文求形散神聚。但是在工业题材作品中,小说情节叙述、人物描绘的特征在戏剧、诗歌和散文中也得以延展、发挥。首先,不同文类都显示出明显的纪实、叙述内容:大抵是工业政策的贯彻,生产过程、经验、方法的介绍,事务性、技术性的琐碎描写;凸显的人物一律是生产建设的英模,胸怀远大理想,不畏艰难险阻。其次,小说、戏剧、诗歌、散文中都呈现出同样的矛盾冲突,解决的方式、结局也大致无二。再者,从情感格调上看,都不约而同地高唱工业化颂歌。另外,从形式上看,诗歌失去了意境、诗感,成为分行而书的小说或散文,或者,戏剧不过是以人物对话形式出现的小说、散文。最能说明工业题材创作文类特征消失的,当属这一时期的诗歌,除了韵律大体合乎传统诗歌规范,总体上看,诗境、诗味几乎荡然无存。这些文字如果不再分行,其实当作散文、小说来读也未尝不可。比如李学鳌《写信慰问志愿军》,以劳动模范王师傅的口吻向志愿军汇报劳动成绩:

　　别看我年老五十岁，

　　干活却不次于年轻人，

　　劳动一天不觉得累，

　　夜晚还开动脑筋找窍门。

　　……

　　我使用的机器虽然破旧，

　　但它还没有发挥全部功能，

　　我要让它随我的变化而变化，

　　在技术上来一个大胆革新。

　　……

　　三个月的苦功夫日以继夜，

　　我改造机器终于成功，

　　生产率提高了将近两倍，

　　每月给国家多创造资金一亿挂零。

显然，劳动、生产、技术、效率和产量是诗人关注的中心，诗体规范则被忽略不计。

　　众所周知，文体特征的彰显在很大程度上倚重于作家的艺术个性，而艺术个性的形成与作家所选取的独特题材领域密切相关，题材领域的框定与特定的地域难以分割，如沈从文之于湘西，老舍之于北平，张爱玲之于沪港洋场。但是工业化逻辑的拘囿，使得工业题材文学不再把地域性纳入创作视野。事实上，工业题材文学创作描绘的是不同地域的生产建设。创作者无论专业作家还是业余作家多来自不同地域，而且大都对描写对象——不同地域的生产建设有长久、深切的体验，如艾芜、草明、李季、杜鹏程、周立波、罗丹、雷加、万国儒、李学鳌等等，但都无一例外汇入了千人一面的生产技术大合唱。在李季笔下，戈壁沙漠风情无影无踪，耸立的井架、喷涌的石油赫然醒目；雷加的潜力三部曲中的第一部《春天来到了鸭绿江》，题名即暗示了显明的地域性，遗憾的是，小说主要情节依旧是收复工厂、稳定秩序、恢复生产和完成任务，人物无非纸厂厂长（何士捷）、党总支书记（乌士濂）、工程师（陈士美）和钳工（徐世疆）等等。第三部《蓝色的青枫林》更是直奔主题：

"安东造纸厂副厂长岳全善,在一个夜里老了,瘦了⋯⋯"除了第一部开篇"下过一场鹅毛雪,雪后又卷起一阵阵漫天大风"宣告严冬来临,并无展现鸭绿江两岸风情之笔。巧合的是,《铁水奔流》也只有"数九天气,冷风吹木人的脸,雪花漫天地飘卷"这类字眼透露出冬季寒冷。《春天来到了鸭绿江》《铁水奔流》既然都有"雪花漫天",必是北方无疑,不过,是东北、西北、华北就不得而知了。倒是《为了幸福的明天》提及"寒冷的东北也可以嗅到春的气息了"[1],但是作品的地域性又非这样稀有的字眼可以阐释,原本可以渗透于风土人情、衣食住行乃至人物言语神态等诸多方面展现出来,但遗憾的是完全没有呈现。值得一提的是,剧作《夫妻之间》(北京人民艺术剧院下厂小组集体创作)依稀有地域性的闪露。剧作开场关于背景的提示——"北京的一个四合院","街上传来卖油的梆子及叫卖烧饼麻花声"暗示了些许北京的地域特征,更为难得的是,剧中人物台词也多少带有北京方言特点。如儿化音的使用,在剧中多处出现,像"昨儿""今儿""搁这儿""自个儿""吭声儿""赶明儿"等等,还有一些鲜活的口语也带有地方特色,如"大礼拜的""找窍门的热火劲儿""她俩一事""绕牛脖子""甭惦记着了"等。然而,这些有限的地域性特征若非刻意搜索,也同样难以觉察,剧作突出的主题仍然是生产窍门、争当模范等等。同样,工作、生活在京津地区的工人作家万国儒尽管对京津风情烂熟于心,也较为生动地表现了工人的工作、生活、情感,但人物与生于斯长于斯的这方土地的血缘却被稀释殆尽。如果说,上述作家创作历程相对较短,文学素养相对薄弱,那么,如何解释有着较为丰厚的文学积淀、自1930年代就步入文坛并曾以对独具风情的西南边陲生活的描绘独树一帜的老作家艾芜,也失却了往日《山峡中》的风采?

如此说来,艺术素养、思想深度不足以解释这一时期工业题材文学创作文体特征和地域特征的消失,各种特征消失的根本原因在于,日益膨胀的工业化诉求以全民动员的方式渗透至社会生活各个领域,对全体社会成员的思想观念、价值判断产生了重要影响。过强的地域性会

---

① 白朗:《为了幸福的明天》,人民文学出版社1981年版,第113页。

妨碍普适化的工业化原则。正如丛深《百年大计》中工地主任所说："要用爱祖国、爱家庭、爱幸福的精神来工作。"①以生产技术发展革新为中心，无论新老作家、专业或业余作家，其价值判断、审美选择、感情取舍等都以是否合乎工业化蓝图为旨归，对于纷繁复杂的人生世相则做了机械简单化处理，于是，被阉割的就不只是地域性、艺术个性，更有人性的复杂性、日常生活的多样性等等。

---

① 丛深：《百年大计》，《1949—1959 建国十年文学创作选（戏剧）》，田汉主编，中国青年出版社 1961 年版，第 177 页。

第六章　上海工业题材与国家工业化的想象

第一节　巨型规模的上海工业题材文学生产

如前所述,在社会主义性质的工业中心性这一概念中,以文学表现上海等城市"血统论"与"断裂论"的深意,是为了消除城市历史由多元而引起的差异与不统一。事实上,这一时期的文学并非如人们一般所认为的,只有单纯的政治原则。在文学中,"政治性"肯定是存在的,但"政治性"出现的目的,是为了在否定上海城市资本主义消费性和日常性生活形态之后,确定关于工业化的社会主义国家性质,并突出国家工业化的"经济性"逻辑。这一事实是极其重要的,因为它不仅与1950年代中期以后的国家工业化题材相连,而且还构成了其表现国家工业化的基础。

通常认为,在这一时期上海文学的总体格局中,有"政治斗争"与"生产斗争"两大类题材。而事实上,即使是"政治斗争"题材,自一开始也显示出了上海作为新中国城市的单一的"生产性"功能。从《战上海》中关于保护"大楼"的细节,到《上海战歌》中"瓷器店里捉老鼠"的"军政全胜,保存上海"主题,便已显示出这一迹象。胡万春的《钢铁世家》一剧更是突出了从"军事斗争"转向"生产"的城市功能过渡。从军代表马援民就任工厂厂长始,他便以"工厂是属于我们工人阶级的家"为号召,动员工人们以现代效率与节俭观念(在马克斯·韦伯看来,"节俭"是典型的资本主义精神)为新中国工业服务。虽然剧中按惯常模式设置了"特务破坏"这一情节,但并没有像"文革"时期文学中那样,完全将"政治斗争"作为全剧的主线。由于特务在情节开始不久便被抓获,所以"阶级斗争"没有成为全剧主要内容,当然也不构成工人阶级现代性的主体。因而在作品的表现中,工人阶级的工业生产是作者表现的主要意图。在胡万春另一部话剧作品《一家人》中，老工人惨遭殖民者的迫害，以及杨家"为工人争气"的革命血统分析等等这些"政治性"特征，成为最后完成五万千瓦发电机制造任务的精神支撑。在这里，反对帝国主义的"阶级斗争"题材，其最终要表达的仍是"生产"主题。城市的社会主义国家性与单一的"公共性"，成为国家工业化的有力保障。这是毛泽东时代中国式现代化的基本特点，也是这一时期文学中城市想象性叙述的中心，上海成为国家大工业"生产"的单一象征符号。从上海城市形象的两大谱系来说，这一时期的文学可谓是集大成者。

在 1950 年代特别是"大跃进"时代，关于上海的工业题材文学达到了空前绝后的程度，使得上海文学与其他地域创作明显区分开来。魏金枝在谈到上海解放十年来短篇小说的成就时，首先提到的就是工业题材："这几年来，描写到工业生产的，也已有了相当大的分量，再从描写的题材的范围来说，虽然不如我们想象的那样广阔而多样，却比解放初期无人敢写工厂的那样的情形，已经好得不知多少了。"①魏金枝认为，始于第一个五年计划初期的上海工厂文学，到"大跃进"时代已经进入成熟期。到 1959 年，这一类小说作品数量已经多得惊人。有人在谈到 1959 年上海小说创作时，将这一类作品放在首位："在 1959 年，上海作家和业余作者在上海文学刊物上发表的短篇小说中，取材于工业题材的占有很大比重。"②论者还将其分为"反映大炼钢铁的""反映大跃进以后工业的重大变化的""反映热火朝天的劳动竞赛和技术革新的""反映铁路运输大跃进的""反映工厂里先进和保守斗争的""反映整风运动以后工人和工人关系的进一步融洽的""描写老工人在我们社会主义建设中的忘我劳动和退休工人渴望继续参加劳动的""描写大跃进中师徒关系的"等等，都"强烈而真实地反映了上海工业战线

①　魏金枝：《上海十年来短篇小说的巨大收获》，载《上海文学》1959 年第 10 期。

②　张玺、曾文渊、孙雪吟、吴长华：《一九五九年上海短篇小说创作简评》，载《上海文学》1960 年第 2 期（2 月 5 日），总第 5 期。

上的生活面貌"。① 在这位论者的述评当中,对城市工厂题材作品的论述已占到了所有题材的半数。论者总计评论了 18 篇小说,而对于城市其他题材的作品,评论者只选了些茹志鹃的《如愿》与庄新儒的《两代人》之类的作品。《如愿》虽然取材于街道里弄,但其实也是表现里弄生产的题材,应该说也与工业文学相关;而庄新儒的《两代人》,虽非工业文学,但也取材于城市商业。由此可见,工业文学题材在当时处于重要地位。电影文学方面的情形也基本一样,自"大跃进"开始后,城市工业题材就猛增,"而且绝大多数又是反映上海这一地区的","如果说,大跃进以前的几年间,电影文学反映这一地区的特点还深感不足,那么大跃进以来,这个不足得到了大大的弥补","大跃进以前的几年间,包括反映工人斗争历史的作品在内,仅仅有四个,而 1958 年一年间,就有了二十多个"。② 在工业题材中,钢铁题材又占据了重要位置。该年,上海地区以钢铁厂生产为内容的电影就有芦芒的《钢城虎将》、艾明之的《常青树》与胡万春的《钢铁世家》,而在 1957 年,则仅有艾明之的《伟大的起点》这一部电影作品。比较而言,上海方面的乡土题材与知识分子改造题材的作品,在当时却十分罕见。据瞿白音的说法,到1959 年,"反映上海郊区农村的电影,则还一个都没有"③。这些数字,无疑说明了工业题材在当时上海文学中居于最重要的位置,具有明显的题材上的等级优势地位。

值得注意的文学现象还有上海本地工人作家群的兴起,这似乎更说明了工业生产在整个上海城市文化、文学关系中的权力因素。这种情况表明,工业题材文学是一个被国家培养起来的门类,包含了相当的体制性内容。上海非常重视对工人作家创作的培养,在 1950 年代初,上海创办了以培养青年工人(也包括农民,但很少)为主的文学刊物——《群众文艺》。1951 年 4 月,上海市文化局与上海市文联为迎接"红五月",组织了"上海市工人红五月文学创作竞赛"等活动,在工人

---

① 张玺、曾文渊、孙雪吟、吴长华:《一九五九年上海短篇小说创作简评》,载《上海文学》1960 年第 2 期(2 月 5 日),总第 5 期。

② 瞿白音:《略谈上海十年来的电影文学创作》,载《上海文学》1959 年第 12 期。

③ 同上。

中间进行了工人文学创作竞赛。至当年 4 月底,就收到了 115 篇应征作品。同年,上海市工人文化宫与《劳动报》联合举办上海工人文学写作班,专门培养工人文学作者。同时,上海市委指示各文艺刊物在厂矿发展工人通讯员,《解放日报》《劳动报》和电台都先后举办了多次通讯员讲习班,上海市文化局和上海市文联又合办了工人文艺创作组。这些通讯员起初是用口述方式向记者报道工厂生产情形,不久便开始练习创作。在工人创作队伍方面,上海市中型以上的工业企业都建立了创作组。在 1956 年北京召开全国青年文学创作者会议以后,上海市团委和中国作协上海分会设立了专门组织,创办了《萌芽》杂志,以刊载青年工人作家作品为主。一些著名报刊的编辑部,如《解放日报》《劳动报》《青年报》《文艺月报》《萌芽》,都联系了许多工人写作爱好者,并培养了优秀的工人通讯员和基本作者。至 1958 年"大跃进"时期,上海的工人创作队伍更加扩大,各种机关办刊物也陆续出现。如上海市工联的《工人习作》、上海市群众文艺工作委员会的《群众文艺》,还有上海市各区与各大型企业党委宣传部办的文艺刊物等。1958 年,上海的《文艺月刊》《萌芽》还编辑了工人创作专辑,并出版"工农兵创作丛书"(其中主要是工人创作)。该年,据说在上海已形成七十万人的群众性创作队伍①,群众创作达五百万篇②,据说其中仅诗歌创作就有一百多万首③。在这场工人创作运动中,出现的较知名的上海工人作家有胡万春、费礼文、唐克新、福庚、朱敏慎、孟凡爱、张英、李根宝、郑成义、徐锦珊、郑松年、丘化顺、俞志辉、胡宝华、楼颂耀、谷亨利、高金荣、刘德铨、陈继光等等。其中,胡万春是原上海第二钢铁厂的工人,从事小说创作之后成名。其小说《骨肉》在 1957 年世界青年联欢节国际文学竞赛中获青年文学奖,作品被翻译成英、法、俄、日等文字,小说《家庭问题》被拍成同名电影,《内部问题》则被改编为话剧《急流勇进》,并

---

①　除文学之外,也包括美术、音乐、曲艺等文艺创作形式。

②　以上情况参见罗荪:《上海十年工人创作的辉煌成就》,载《上海文学》1959 年第 10 期。

③　见章力挥:《上海工人集体创作的最美好的诗篇——推荐〈上海民歌选〉》,载《解放》1958 年第 5 期。

于 1963 年获文化部优秀剧目奖。另一著名工人作家费礼文来自上海机械厂，有《钢人铁马》《风流人物数今朝》等小说作品被拍成电影。

"大跃进"之后，上海工业题材与工人创作的势头有所减弱。但到"文革"期间，工业题材和工人创作又再现兴盛，成为除"知青"题材之外最抢眼的文学题材。"文革"时期，著名的城市工业题材长篇小说就有李良杰、俞云泉的《较量》，刘彦林的《东风浩荡》，程树榛的《钢铁巨人》（创作于 1963—1964 年，出版于 1966 年）等。在 1971 年至 1973 年间较知名的上海小说中，大多是工人作者所写：《船厂的早晨》（中华造船厂创作组著）写万吨巨轮的建造，《特别观众》（段瑞夏著）写对高品质播音设备的研制，《金钟长鸣》（立夏著）写铁路运输，《迎风展翅》（上海工人业余创作组著）写港区用先进设备满载货物，《号子嘹亮》（边风豪、包裕成著）写装载区码头司机与装卸工的协作，《电视塔下》（段瑞夏著）写彩色显像管的研制，《试航》（王金富、朱其昌、余彭中著）写国产泵机在万吨船上试航，《船厂的早晨》写万吨轮的建造，《初春的早晨》（清明著）写工厂造反，《一篇揭矛盾的报告》《典型发言》（崔洪瑞、段瑞夏著）写显像管的研制，《第一线上》（庄大伟著）写制造电力工业需要的拉伸机，《新委员》写上海无线电厂试制原膜电话自动调整板，《责任》（上海第一棉纺厂写作小组，叶勉执笔）写纱厂制造援外产品，《小将》（上海电机厂肖关鸿著）写生产重要国防工程技术，《取经》（上海电机厂周勇闯著）写电机厂冷作车间的生产，等等。

如此情形，一方面说明自 1950 年代开始的中国国家工业化的迅猛发展[1]，工业化逻辑已经开始全面进入上海等大城市生活[2]，另一方面，也可看出人们对国家工业化的热烈期许。即便是上海"文革"时期的作品，也仍然呈现着对工业化的狂热崇拜。时人在评论《典型发言》中

---

[1]　有资料表明，从 1952 年到 1976 年，全国工业年均增长速度为 10% 左右。1952 年至 1977 年，钢铁工业产量年均增长 16%。考虑到其中三个短暂的衰退期（1959—1962 年，1967—1968 年，1974—1977 年 1 月），其他年份的工业增长速度是惊人的。见〔美〕赫伯特·罗兹曼主编：《中国的现代化》，比较现代化课题组译，江苏人民出版社 1995 年版，第 426 页。

[2]　这不仅包括上海等原口岸城市，"以前的通商大埠，征调巨额利税以支持工业向地扩展"。见〔美〕赫伯特·罗兹曼主编：《中国的现代化》，比较现代化课题组译，江苏人民出版社 1995 年版，第 425 页。

任树英的政治先进性时,有这样的表述:"她胸中装着一个使整个电视工业战线都'飞起来'的美好理想,这个美好理想已经超越了一个工厂,一个局部,一个狭隘的范围⋯⋯任树英想到的是整个阶级整个革命工业,所以才能有这样一个美好的理想,才能打破人与人,厂与厂之间的界限,积极支持'先锋一号'这一新生事物。"①在以上的赞美语句中,抛弃政治上的说教不说,其实也隐含着某种工业逻辑,即工业属性自身的扩张性和对原有社会组织生产组织强大摧毁力量,并最终上升为一种无产阶级的政治意义对其加以保障。包括《海港》在内的工业文学,不仅阐释了当时的政治,也阐释了工业扩张的神话与政治和工业的内在逻辑。而且,上海工厂题材之所以在"大跃进"年份中达到顶峰,自然与"大跃进"时代人们"赶英超美"的工业化极端的宏伟想象有关。比如陈恭敏的话剧《沸腾的一九五八》,充斥着关于工业化的狂想与迷信:农民土地被占,名曰"给钢帅让地";小汽车一驶入,便引来一片欢呼声。钢铁厂党委书记丁浩充满了歇斯底里的夸张,几位外行副厂长被迫按指令全力以赴,怨声载道。整个生产过程漏洞百出,工人不断累倒,安全事故层出不穷,如同灾难,以致作品在潜在结构中成为对"大跃进"的控诉。在这种情形下,钢铁厂终于建成了年产 60 万吨合金钢厂的任务。在当时,即使是乡土文学题材,也同样表现出工业化逻辑。在《上海文学》1959 年第 12 期发表的 14 首上海郊区歌谣中,有 6 首属于物质进步主题,涉及机器生产、电力灌溉、河堤加筑、新式楼房、新式服装与城市化等等。还有 2 首属歌颂社会化程度的提高,如"食堂好""颂后勤四化"②等等。如此情形,无非是要表明中国农村的传统生活向以工业为主导的现代生产、现代社会组织的过渡。

还有另一种情况,即在这一时期甚至是此后的"文革"时期,上海地区的许多作品虽然并不直接描写工业生产,但国家工业化和科学技术的进步仍是许多作品的内在结构和基本价值核心,从而与作品所要

---

① 叶伟成、任寿城、华斌群(皆为杨浦图书馆工人业余评论组成员):《势力揭示工人阶级英雄形象的思想深度——读几篇工业题材小说有感》,载《朝霞》1975 年第 1 期。

② 《上海马桥人民公社歌谣》,载《上海文学》1959 年第 12 期。

取得的政治主题相结合。有意思的是,在"文革"时期,政治正义性的主要体现就是工业或生产的"进步"。我们看到,多数作品,不管是群众运动题材,还是阶级斗争题材,政治主题都贯穿着生产或技术"进步"的线索。如《火红的年代》中特种"合金钢"的生产,《无影灯下颂银针》里的"针刺麻醉"技术,《战船台》中万吨轮的建造,《迎着朝阳》中女清洁工研究"机械扫路制作图",并要"全面实现扫路机械化",最后使用新型的扫地车打扫街道,等等。

应该说,上海文学中关于当代中国的工业化想象,与中国城市现代化进程的现代性普遍价值,与大工业的、技术主义的谱系均密切相关。但是,它抽去了关于现代化的其他含义,将工业逻辑夸大为整体的城市的甚至是国家的意义。这一种对城市国家工业化的憧憬,不仅远远超过创作了《子夜》等上海现代工业文学的茅盾等人,同时也可能后无来者。随之而来的问题,对国家工业现代化的想象,在这一时期城市题材中显得相当外在化。在这一点上,它和1930年代上海新感觉派的现代性谱系编码并无本质差别,也并不因城市政治属性的改变而变化。不过,新感觉派的起点是"消费",而此时文学的起点是"生产"。从根本上来说,两者都是一种极端的现代化中心性的文化编码。

第二节　工业主义逻辑的全面建立

一、工业主义概念的提出

对于工业题材这一类文学形态,当下正面临着一种研究上的尴尬。首先,传统左翼文学史叙述所确立的"两条道路斗争"的政治/文本叙述线索,遭到了学界的抛弃,已无法再对工业文学进行阐释。其次,在1980年代以后的"启蒙"文学史叙述与1990年代的现代性文学史叙述中,工业文学也没有文学史的位置。迄今为止,我们尚未发现对"厂矿题材"成熟的文学史阐释方式,对工业文学的研究,也在很大程度上处于一种"被搁置"的状态。

假如我们遵循"社会主义现代性"的思想路径,也许会打开一些思

路。1990 年代以来,对于中国现当代文学,学界先是出现了关于文学
"现代性"的讨论,到后来则偏重于"启蒙现代性"与"日常性现代性"
角度的辨析。在这一语境当中,人们认为"资本主义现代性同时也就
是西方现代性"①。按照莫里斯·梅斯纳、德里克以及汪晖等人的论
断,社会主义制度尽管体现为反对西方资本主义的特性,但仍是一种现
代性的进程。事实上,现代性本身便具有批判性,并构成了现代性自我
调节和平衡的手段。换句话说,"批判现代性"本身也是一种现代性。
按照列文森的理解,中国正是由于要进入西方才进行反对西方的革命
的,因此,"革命"之后的中国不可能不处于某种西方资本主义现代性
的基础之上。既然如此,社会主义现代性也必然与资本主义现代性存
在交叉重合的关系。恰如德里克所说,毛泽东的社会主义"能出乎意
料地有助于我们解决当今资本主义的问题",因为"我们所知的整部社
会主义史,无非是第三世界史,必须透过它们与资本主义内在演变的关
系来理解"。② 在目前学界,已经有相当多的论述谈及 1950 年代以后
文学中的现代性思维模式,如"目的论"的历史观与世界观、线性时间
观念、进化主义与两元对立模式等等。这一情形意味着学界在把社会
主义视为现代性方案的同时,也注意到它所包含的资本主义因素,所以
有学者将社会主义和资本主义的现代性称为"同根同源"③。

　　对于毛泽东时代来说,现代性作为一种现代国家的建设方案,其最
突出的一点是关于国家工业化的设计。相当多的中西学者(西方学者
如帕森斯等,中国学者如罗荣渠等)都认定现代化也就意味着工业化。
事实上,我们今天所谈论的当代中国诸多经济社会问题,并不是工业化
严重不足,而是工业化进程过于激进所造成的,庞大的工业结构就是例
证。即便是政治体制问题,也与工业结构有关。某种意义上,中国的政
治体制也与韦伯所认为的以国家科层官僚制度为标志的管理、监控和
企业生产制度相连。

---

①　陶东风:《文化研究:西方与中国》,北京师范大学出版社 2002 年版,第 225 页。
②　〔美〕德里克:《世界资本主义视野下的两个文化革命》,载《二十一世纪》1996 年 10
月。
③　陶东风:《文化研究:西方与中国》,北京师范大学出版社 2002 年版,第 225 页。

城市现代性的另一种表述

　　既然如此,不管是资本主义,还是社会主义,在现代化这一核心思想体系当中,工业化逻辑都是一个显在的存在。有鉴于此,西方思想家如吉登斯等人提出了"工业主义"(Industrialism)的概念。对于"工业主义",有西方学者对其作了如下定义:"工业主义是一种抽象,它指的是工业化的历史所能达到的极限。工业主义的概念指向的是全面工业化的社会,工业化过程本身内在地蕴含了产生这种社会的趋势。"①在这一看法中,主要将"工业主义"理解为"从传统社会向工业主义社会转变的具体过程"中的一种程度。而吉登斯则似乎从制度上去理解"工业主义"。他认为"工业主义"至少应当包括:1."在生产或影响商品流通的流程中运用无生命的物质能源";2."生产和其他经济过程的机械化";3."生产方式","虽然工业主义意味着制造业的普遍推广……但它应该指生产方式而不仅仅是指这种产品的制造";4."生产流程""同人们从事生产活动的集中化工作地点之间的关系"。因此,"工业主义不可能完全是一种'技术'现象",也是"一种人类社会关系组织"②。吉登斯认为,"工业主义"与"资本主义"密切相关。"如果说马克思和韦伯都赞成'资本主义社会'这一概念,那么如前所述,韦伯的著作却时常被引证以维护'工业社会'的理论。"③而韦伯则认为,虽然"资本主义"的诞生远远早于"工业主义",但"工业主义的产生导源于资本主义所带来的压力",比如"特别是 17 世纪时,由于人们发现迫切需要降低生产成本,因而他们狂热地追求发明创新","正此时,技术创新和经济行动中对利润的追求开始合流"。④

　　但是,"工业主义"又不仅仅是资本主义的产物,作为一种"工业化过程的内在法则,工业化过程中的逻辑作为一个整体构成了工业主

---

①　〔美〕克拉克·科尔、约翰·T.唐洛普、弗里德里克·H.哈比森、查尔斯·A.梅耶斯:《工业主义的逻辑》,《现代性基本读本》,汪民安、陈永国等主编,河南大学出版社 2005 年版,第 512 页。

②　〔英〕安东尼·吉登斯:《民族—国家与暴力》,胡宗泽、赵力涛译,三联书店 1998 年版,第 174 页。

③　同上。

④　同上书,第 161 页。

义",“不管是高度工业化还是初步工业化”[①],都可能遵循这一法则。因此,“工业社会是世界性的”,“所有的工业化社会都用自己的方式对工业主义的内在逻辑做出了回应”,包括“每一个共产主义政权”[②]。正如英克尔斯指出的:“现代工业秩序似乎与民主的或极权的政治、社会形式都相容。”[③]因此,国内学者汪民安认为:“尽管在历史上,工业主义首次和资本主义自然地结盟,但它并不先天性地依赖于某个意识形态政体。工业主义既可以创造出同资本主义相结合的逻辑,也可以创造出同社会主义相结合的逻辑——不同的社会制度,不同群体和不同的个人都可以利用工业主义的技术。”[④]对于摆脱殖民统治、谋求国家独立的后发国家来说,“工业主义”还促发了民族主义与民族国家的进程。作为现代性的一种,“工业主义”必然伴随着民族主义运动,即“向工业过渡的时期,也必然是一个民族主义的时期”[⑤]。

　　“工业主义”不仅造成了复杂的劳动分工,也铸造了现代社会的秩序。也就是说,整个社会因工业的统治而遵循工业的技术——物质结构与社会组成的形式。贝尔认为:“工业革命归根结蒂是一种用技术秩序取代自然秩序的努力,是一种用功能与理性与技术概念置换资源与气候的任意生态分布的努力”,“这是一个调度和编排程序的世界”,“这个世界变得技术化、理性化了”[⑥]。因此,“工业主义”固然是指一种技术与生产形态,同时,也包括由此而来的社会形式与人格形态。置身于工业化进程中的人,不可避免地在人的属性、人格状态乃至生活方式上产生变化。

---

　　① 〔美〕克拉克·科尔、约翰·唐洛普、弗里德里克·H.哈比森、查尔斯·A.梅耶斯:《工业主义的逻辑》,《现代性基本读本》,汪民安、陈永国等主编,河南大学出版社2005年版,第512页。

　　② 同上书,第521—522页。

　　③ 同上书,第487页。

　　④ 汪民安:《步入现代性》,《现代性基本读本》,汪民安、陈永国等编,河南大学出版社2005年版,第52页。

　　⑤ 〔美〕厄尔斯特·盖尔纳:《民族与民族主义》,韩江译,中央编译出版社2002年版,第53页。

　　⑥ 〔美〕丹尼尔·贝尔:《资本主义文化矛盾》,生活·读书·新知三联书店1989年版,第198—199页。

二、文学对于"技术"的表现

在西方思想界,对于现代社会的技术的理解,有"技术中性论"和"技术决定论"两种思潮。越到晚近,思想界越倾向于"技术决定论"。所谓"技术决定论","是一种认为技术根据它自身的逻辑发展,塑造人类发展而不是服务于人类目的的观点",是一种认为"技术不只是解决问题的手段,而且也是伦理、政治与文化价值的体现的观点"。法国思想家埃吕尔首先表达了这种思想。他认为,技术作为一种自主性的力量,已经渗透到人类思维和日常生活的各个方面。埃吕尔破除了传统的工具/使用两分法,认为"一旦技术系统被使用,它们就需要高度的一致性,而不管使用者的意图如何。它们也统治着使用者的生活,即使使用者没有直接控制他所使用的机器。在这个意义上,技术的后果与影响是内在于技术的,他们被设计在技术里,而不管设计者是否完全意识到它"①。同时,芒德福、马尔库塞和舒马赫也表达了同样的认识:发达工业社会的"单一技术",即使不是极权主义的,也是非人性的。卢卡契也曾经谈到机器生产对于人的影响,认为人是"被结合到一个机械体系中的一个机械部分……无论他是否乐意,他都必须服从它的规律",工业生产"存在着一种不断地向着高度理性发展,逐步地消除工人在特性、人性和个人性格上的倾向"②。应该说,"技术"是"工业主义"的主导概念,也是构成工业形态的要素。

我们看到,在 1950 年代和 1960 年代上海等城市的工业题材文学中,工厂、工矿的技术革新成为工业文学、城市文学中最重要的主题。这个问题在当时就已经有人认识到。在姚文元总论上海工人创作的长篇论文《春风桃李花开日——谈谈群众业余创作中反映工人生活的一些优秀的小说和特写》中,就认为"大闹技术革命及在技术革命中人们的精神面貌和思想斗争,是许多作品着力描写的一个中心"③。

---

① 高亮华:《人文主义视野中的技术》,中国社会科学出版社 1996 年版,第 15—16 页。
② 〔匈〕卢卡契:《历史阶级意识》,张西平译,重庆出版社 1993 年版,第 97—99 页。
③ 发表于《文艺月报》1959 年第 5 期,并收入《上海十年文学选集·论文选(1949—1959)》,上海文艺出版社 1960 年版。

"工业主义"与技术作为对生活各领域的主导逻辑,表现在各个方面。其一是与政治生活的结合,也即工业化、高技术与社会政治的同构。社会主义政治在毛泽东《新民主主义论》中被明确表述为生产力的发展与公有制的完成。因而,是否代表了先进的工业生产或者技术,被认为是判定政治上先进与否的标尺。施燕平的《巨浪》是当时上海工人创作的名篇,这篇小说截取了一个片断——机械加工段和制配工段的竞赛,反映了五千吨海轮三个半月下水的工业创举。姚文元在同一文章中对这篇小说评价说:小说"反映了技术革命是完成跃进指标的主要方法,单靠体力是不行的"。姚文元还分析了篇中老工人杨阿金的保守性与后来的"进步"表现。很明显,姚文元将杨阿金看作已经落后的人物,其落后之处表现在只懂得"加班加点",不懂得技术革新。而他"从加班加点到懂得技术革命这一过程,是在群众干劲高涨的形势下面,一部分基层干部思想赶不上形势所经历的普遍过程的一个缩影"。在许多作品中,不利于工业生产的思想与行为被视为最大的一种政治"落后"。哈华的《新的风格》[1]写了两种工作风格:一边是书记和工人的方案,要建设一个现代化的联动的轧钢车间,只需要一个月的时间和50万元的费用;一边是总工程师的方案,却需要一年时间和一千万元费用。总工程师落后的原因,是基于在德国克虏伯公司的工作经历。他迷信德国,认为"生活、工作,都应该有一种节奏,很好地生活,很好地工作。这点日耳曼人做得非常好"。这两种"风格"被认为是"资产阶级与无产阶级的两种思想斗争"。姚文元曾总结说,这一时期"有一些保守思想的来源并不是个人主义,而是一种以墨守成规才对工人阶级事业有利的思想在作怪"[2]。到了"文革"时期的上海工业题材文学中,这种情况就更加明显了。在叶勉的小说《责任》中,师傅韩杏英在技术上的高度负责任的态度,体现着生产"援外"产品的"国

① 收入"上海在跃进文学创作集"第三集《生龙活虎》,中国作协上海分会编,上海文艺出版社1958年版。

② 姚文元:《春风桃李花开日——谈谈群众业余创作中反映工人生活的一些优秀的小说和特写》,《上海十年文学选集·论文选(1949—1979)》,上海文艺出版社1960年版。

际主义"政治。在肖关鸿的小说《小将》①中,是否采用新技术,也代表了是否具有政治上的革命性。在重要国防工程电机的生产任务面前,师傅老郑有顾虑。徒弟小姜提出,"如果我们用计算测量保证线圈模子形状的准确性,就可以不必等定子完工就生产线圈,这样做不就可以省下试嵌的时间了吗?"但老郑却不同意。小姜主张为了革命要采用新技术。她说:"我们要巩固无产阶级专政,还要为无产阶级攻下技术堡垒","白专道路当然要批判,但是为革命钻研技术却要大大提倡。这决不是走老路,我们无产阶级就是要攀登科学技术高峰"。最后,老郑觉悟了,"终于把一种陈旧的工艺送进了历史博物馆"。其实,人物技术上的"进步",也是政治上"革命化"的过程。在整个"文革"时期,"两个阶级两条路线"的代表通常也都有一种技术主张。技术上的先进或落后,与政治立场形成同构关系。在上海话剧《火红的年代》和《战船台》中,反派一方都固守着比较保守的技术。比如,《战船台》里的坏分子董逸文就与保守派温伯年密谋"切成几块,分而治之"的方案;《火红的年代》里,厂长白显舟在坏分子应家培的唆使之下,也几度考虑合金钢生产的下马。而正面人物一般都坚持较为积极的技术路线。如《战船台》中,雷海生等提出在小船台上造万吨轮,利用船台的水下延长部分解决问题;《火红的年代》中赵四海等人试制高品质合金钢。还有小说中的《特别观众》中季长春试制音响调控桌,《电视塔下》研制彩色显像管等等。

工业文学中的"技术"问题是如此泛滥,以致如果没有生产技术方面的因素,许多作品就根本无法叙述情节。在表现工业"技术"的文本中,人的工业属性(生产属性)与社会的工业化逻辑被极大凸显。其间,人物与"生产性"相伴随的政治意义与伦理意义,事实上都被"技术化"或"生产化"了。在多数情况下,技术进步成为了核心情节。这也引出另一种现象,上海此类题材充斥着大量极富专业化色彩的工业技术术语,以致普通读者常常难以理解。比如,《特别观众》中的"调音控桌""袖珍晶体管""失真度"《迎风展翅》中的"一关关铝块""吊杆负

---

①　发表于《解放日报》1973 年 6 月 10 日,收入短篇小说集《小将》。

荷""调浮吊"《号子嘹亮》中的"浮吊""制氧""网络""专车制""泊位"
"升降杆"等等,非专业人员往往根本看不懂。

对于工业文学中"技术"问题的泛滥,评论家们表现出了清醒的态度。茅盾曾仔细分析过上海工人作家胡万春的小说《在时代的洪流中》。这篇小说从进步派和保守派的斗争中表现了技术革命的全景,作者以一万多人的巨型钢铁厂中一个重要车间的某工段由手工操作改变为机械化、半自动化为题。由于工段技术的落后,这个工段已经成为全厂生产跃进的绊脚石。为了全景式地展现技术革命,作品首先写党委会上的激烈争论,继而又写党委领导下的车间党总支委员、全体党员大会和工段的全体群众大会。厂党委书记魏刚不仅统筹全局,甚至还卷铺盖下了车间。从场面上说,有会议,有现场操作,也有工人的深夜苦思;从人物来说,有对技术革新持完全怀疑态度的周阿大,有觉悟最高的阿梅,也有怪话不断但又坚持革新的"小捣蛋"。如此庞大的人物群体和宏大场面,无疑是要说明技术革新已经是当时生活的"时代洪流",势必以宏大的群众运动的形式出现,并席卷一切。但在评论中,茅盾对于这篇小说曾有一番解构:

> 不让一个技术人员或工程师露面。这就发生了疑问:好像这样一个万人大厂内的技术人员或工程师全部都置身于这样一个工段的技术革命运动之外;或者,好像党委也没有想到这样的技术革命应当调动一切力量,因而也没有动员技术人员和工程师(党委书记魏刚在这一运动中亲自抓得很紧,最后他搬了铺盖卷儿下车间,亲上前线,然而他的思索和行动中却不见半个技术人员或工程师的影子)。作者强调了技术革命的群众运动的一面到了过分的地步,因而这篇作品就有片面性,就会使读者发出了上述的疑问,就在一定程度上损害了作品的真实性。作者在小说的第五节(工段的全体工人大会上)提到庞黑三的父亲当年被外国人讥笑,这就点出外国钢铁厂的金属制品车间的制钢绳工段早就机械化、半自动化了,的确不是新鲜玩意,不是保密的尖端技术,那么,这个万人钢厂如果还有工程师的话,应当懂得或至少看见过这个工段如何机械化,特别是在一九六〇年的万人大厂中应当有见多识广的

工程师和技术人员,因此,作品的完全不提到他们,就更加显得不可理解了。我们可以理解的,是作者这样的安排的动机:如果把工程师和技术人员写成保守派,一筹莫展未免俗套,如果把工程师和技术人员先保守后通思想帮助工人们完成力量了这项革新,看来也是公式化,而且不能突出技术革命的群众运动的伟大意义,因此,作者拣定了如上所述的安排。作者的动机无可厚非,但客观效果则不尽符合作者的动机;因为这样一来,反倒把技术革命的群众运动的意义表现得片面和狭隘了。①

事实上,姚文元当时也注意到了这一点。他谈到此时期上海工人创作存在两大问题,其中之一就是由于写"老工人"和"青工"太多,而且多以技术问题来处理,而"以党支部书记、厂长一级的干部为中心人物的作品,就很少"。在姚文元看来,"这反映了作者生活上的局限性"。姚文元的意思是,作者们忽略了除技术以外的众多方面,如"工程师、技术人员同工人结合""工人和农民的血肉关系""家庭生活的变革""党内生活、党内的思想斗争""工厂管理中许多新鲜有趣的问题""工人生活上同各种非无产阶级思想的斗争"等等。在对具体作品的分析中,姚文元指出了唐克新《古小菊和她的姊姊》"反映了一九五二年秋天轰轰烈烈的劳动竞赛……但由于故事过多地注意从生产过程上去写矛盾的产生和解决,刻画人物的精神面貌的变化就相对减弱了"。姚文元还批评张英的小说《奔腾》:"也是反映不断突破指标的那个万马奔腾的日子的。但我觉得这篇作品过于注意指标、数字的变化,而没有更多地注意刻画人物。"②应该说,几位批评家的论述都是有道理的。

第三节　人的生产与技术属性

产业工人在生产中进入工业化技术体制,是上海文学工业主义的

---

① 茅盾:《一九六〇年短篇小说漫评》,《一九六〇年短篇小说欣赏》,中国青年出版社1962年版,第92页。

② 姚文元:《春风桃李花开日——谈谈群众业余创作中反映工人生活的一些优秀的小说和特写》,《上海十年文学选集·论文选(1949—1979)》,上海文艺出版社1960年版。

一个典型表述,尤其是工业机构严密的组织化和技术化被视为国家工业化的必要条件。上海工人作家张明的小说《工人阶级的财宝》中,几位老工人要求退休后参加义务劳动。厂长坚持劝他们不要太认真,不要太制度化,可是老工人们却要组织起来,说:"不论到哪里,都得有组织有纪律……自由散漫的日子,我们老工人过不惯呢。"姚文元曾分析了篇中邹老头的形象,说:"他的特点不在于自己要干,而且很有组织才能,有能把杂乱的事业安排得很有秩序的爱好,喜爱有组织的集体生活成了他的一个特色。"对于张英的小说《老突击队员》,姚文元亦作如是观,说其"反映了老工人的技术对于生产的重大意义——老年突击队的突击办法不是加班加点,而是搞机械化、自动化"[1]。

唐克新的《种子》[2]属于一个关于工业型人格的超级乌托邦故事:一个有病的小脚老年女工王小妹,却要做挡车工,而且还被分配了一台车间里有名的"老爷车",可是她的技术却比别人高:每当车子一停,她就知道线头断在哪里。其技术之精,居然能在轰鸣的车间里听到落针的声音。其产量也高得惊人,原因是她让儿子每天记下她的生产成绩,产量只能每月增加,否则便吃不下饭。人格异化的例子不止一个,姚文元在评论费礼文的《竞赛没有结束》的主题时说:"'老黄牛'要当千里马用,这也是上海机械工业的一个普遍主题。"在这部作品中,创造了多次切削技术的老师傅盛利,曾经三年完成了五年的工作。但盛名之下,他也成了惊弓之鸟。一旦听到有别人超过了他,便焦虑不堪,甚至于直打寒战。这是典型的抑郁症的病状,可见,技术竞赛已经成了恐怖的政治压力,对人性是一种摧毁力量。

对工业性人格极度夸张的典型例子是胡万春《特殊性格的人》。这位被称为"合金钢"的科长,兼具所有工业人格的优势:既有知识分子的理想和聪明,也有实际管理上的调度、组织能力。他以生铁换取运输科的机车,以使转炉车间恢复运输,居然用三天时间就完成了半个月

---

① 　姚文元:《春风桃李花开日——谈谈群众业余创作中反映工人生活的一些优秀的小说和特写》,《上海十年文学选集·论文选(1949—1979)》,上海文艺出版社 1960 年版。

② 　唐克新:《种子》,载《上海文学》1960 年第 2 期。

的工作。不仅如此,其暴躁的性格也被赋予了一种工业化人格想象,并与其他理想化的人格因素,如他内心有对于艺术的喜好等一起,构成了技术官僚的特质。这种性格在作者 1960 年代的中篇小说《内部问题》以及根据小说改编的电影剧本《急流勇进》,甚至在 1980 年代的中篇《位置》中,以同一形象得到持续性的展示。有人描述话剧《急流勇进》的美学特征:"首先在流畅性上,体现了'线的流动'之美","其三,剧中主人公王刚的出场极富视觉冲击力,体现出雕塑性中的'立体之美'。他站在风驰电掣的火车头上,身上的衣服随风扬起,那豪迈的气势,如'特写'一般震撼着观众的心灵。"[1]所谓"流畅性"和"雕塑性",是该剧导演黄佐临提出的传统戏曲美学特征。在这里,成为对于王刚"力"的工业人格的表现方法。[2] 唐克新的小说《金刚》讲述了一位老工人,仅仅率领三个徒弟,以不可想象的精神,完成了巨大的轧钢机安装。这位老工人也有着工业时代的"神性":"个子长得又高又大,身体也还挺结实","不仅是一个老工人,也不仅是个水工班班长,而是一个拥有一切的司令员,他不但能指挥一切,简直能够呼风唤雨。这样的人,别说装一套轧钢机,就是有一座高山,他也能翻过来。"作者叹道:"这样的人,病魔也奈何不得他的。"徐俊杰的小说《女车间主任》中的陆菊英,以 23 岁的年龄成为造船厂车间主任,其主要优势是胆大、勇敢。裔式娟[3]的特写作品《我们的倪玉珍》里塑造了一个女工的形象。姚文元曾评述说:"倪玉珍又高又胖的身材,饱满的精力,莽撞到走路都急急撞撞的姿态,直来直去的性格,爽直到心里一有事情脸上马上反映出来……"[4]上述种种形象,皆为工业化人格的写照。

艾明之的话剧《性格的喜剧》,从作品题目就可以看出,作者在人物性格与工业生产的某些特性之间建立起对应关系:王来发是造船车

① 丁罗男主编:《上海话剧百年史述》,广西师范大学出版社 2008 年版,第 242 页。

② 黄佐临将传统戏曲美学特征概括为"流畅性""伸缩性""雕塑性""规例性"(即程式化)。见黄佐临:《导演的话》,上海文艺出版社 1979 年版,第 143 页。

③ 裔式娟本人也是上海著名劳模,其事迹在当时被广为宣传。

④ 姚文元:《春风桃李花开日——谈谈群众业余创作中反映工人生活的一些优秀的小说和特写》,《上海十年文学选集·论文选(1949—1979)》,上海文艺出版社 1960 年版。

间第八工段长,是"一个精力充沛、性子急列出名的人",绰号"火烧鬼"。作品对其火爆性格不厌其烦地随处强加渲染,并作为工业化的概念性人格体现,可见作者对于"工业化"的诉求之强烈:

> 王来发不能容忍懒散、拖杳、松弛,就像鞋子里容不得砂子一样。哪里有一点松劲,哪里发现一点顿折,他就冲到哪里,用他那全船台都能听得见的嗓子,用他那双暴着青筋的巧妙而有力的大手,把一切推上轨道,重新用高速度前进。
>
> ……
>
> 王来发就是这么一个人。他好像赶着到什么地方去,去晚了,立刻就会有什么祸事发生;又好像后面有火烧着似的,走慢了,就会受烤受燎。车间里总把最困难的任务交给他。任务越重,越难,他的嗓门越大,精力越旺盛,而每次又总是超额完成。

相形之下,同样也是工人的朱阿四,却因形貌的"非生产性"遭到了王来发的歧视:"瘦的象只小鸡,身上干干净净的,准是不肯干脏活。"还有另一种情况,即有些性格是不属于工业人格的,不便将其作为先进人物来写。比如在样板戏《海港》初排时,江青就不满剧中人物金树英(后改名为方海珍)的饰演者蔡瑶姝的形象:"金树英像个大学生、小学教员,毫无紧张气氛,总是笑眯眯的……"[1]再如上海工人作家张英的小说《温吞水》,其保守人物"温吞水",是因其性格的绵软而得此绰号的。

如前所述,是否具有"工业技术性人格",在于其性格和身体是否具有完全的"生产性"。在社会主义工业化社会中,"人"作为完全的生产力,必然要求抛弃人性中除"生产"以外的其他内容,或者说,除"生产"以外的人性内容根本就不存在。落后人物,或者说"非生产性人格"的主要问题,就在于其性格中或生活方面有着较多的"非生产"内容。在多数作品中,确保人物作为生产力的体现,大致体现在以下方面:如题材的"非生活化"特征,人物性格上的"强猛"特征,性别叙述上

---

[1]　戴嘉枋:《样板戏的风风雨雨》,知识出版社 1995 年版,第 98 页。

的"雄化"特征,群体关系上的"非家庭化"特征,人物身体上的"劳动力"特征。还有虽然经常被赋予"政治上的先进性意义",但同时却是典型的清教徒式的资本主义性格——节俭,等等。

大多数"先进"人物的"先进性",体现在私人生活与工业生产之间的连带关系上,即日常生活的工业逻辑化。正面人物往往持有很高的技术水准,其人格、品性也是通过对技术的掌握、发挥而得到表现的。因此,理想的人格形态应该是一种典型的工业或技术人格,即工业形态、技术逻辑与个人性格存在着一致性。在艾明之的话剧《幸福》中,刘传豪的家庭设置就颇有意思:"里屋门边,有一个水槽,水槽上有一个木架,上面安了一个面盆,木架边垂下一条绳子,这是刘传豪自己设计的自动冲凉的设备。"这是工业化逻辑侵入个人生活的一个事实,也是个人生活形态和个人属性完全从属于工业逻辑的表现,它使私密性的个人生活变成了明朗的工业生产的"公共性"领域。在这种侵入之下,个人生活的其他内容就不存在了。"工业主义"逻辑,使具有工业人格的人物,分别在伦理、政治等方面形成强大优势;反过来,不具有工业人格的人物,也同时被剥夺了伦理、政治优势,乃至伦理身份。后者通常就是我们所说的落后人物。落后人物是以与工业性人格一一对立的形式出现的,如王家有与刘传豪、林育生与萧继业(《年青的一代》)、杨国良与杨国兴(《一家人》)等。落后人物的落后之处在于其"非生产性",也就是说,其是否具有先进性,取决于其有没有生产特性。所以,落后人物总是与吃吃喝喝等消费性生活而不是与生产有关,他们总是出现在具有享乐含义的场所。在人物出现的场景方面,"生产性"人物和"非生产性"人物大不相同。比如在《火红的年代》里,赵四海去农村找田师傅,场景是在修建水电站的现场。此时镜头一转,白厂长正在与谭总工程师讨论,但地点却是谭总长期疗养的太湖疗养院。一者是生产场地,一者是休闲场所,表现出"生产"与"非生产"性的区别。更典型者如《幸福》中的王家有,王家有的行为特点是有过多的生活喜好而"妨碍"生产,经常闲逛,或者去电影院,或者和女孩约会。其实,这不过是他的"等价"观念而已,即不愿意为无报酬的劳动而加班,也不愿在"生产性"与私人生活之间建立起意义联系,这也就无法保证工业主义在充分意义上实现劳动力的无限"再生产"。更典型的当然是"六加一"。他的整个周末都泡在公园、电影院、舞厅,既无生产属性,也无家庭属性。王家有有一段对工业主义逻辑侵犯私人生活的控诉:"要按他(指刘传豪)的心意,我们最好也跟他们一样,把自己整个儿拴在机器上,一天到晚就是从家里到工厂,从工厂到家里。"王家有体现出的是工业生产不能控制的零散化的个体生活,即生活内容不能完全服从于生产要求,这是一种对工业逻辑控制一切生活的反动。同时,王家有也是一个具有伦理缺陷的人。他先后曾有过两个女朋友,此时又在追求师傅的女儿。在师傅面前,没有行为上的伦理原则,不断地顶撞师傅,表现出"生产性"与伦理性的双重缺乏。

作品中对于落后人物的处置,类似于福柯所说的现代惩罚制度。福柯说:"肉体痛苦不再是惩罚一个构成因素,惩罚从一种制造无法忍受的感觉的技术转变为一种暂时剥夺权利的经济机制……"[1]"这种对肉体的政治干预,按照一种复杂的交互关系,与肉体的经济使用密切相联。肉体基本上作为一种生产力而受到权力和支配关系的干预的。"[2]这种情形类似"一种兵营式的纪律,这种纪律发展成为完整的工厂制度"[3]。对落后人物的惩罚,是使他们的私性生活权利也被悉数剥夺。正如《年青的一代》中的林育生被剥夺了在上海工作的权利一样,王家有被剥夺了"请假"的权利,其作用在于确保其"生产性"的完成,因为"请假"意味着劳动力的无法再生产。同时被剥夺的还有情感与人性的权利。剧本结尾,王家有追求女人失败的故事被编为歌谣,在庆祝"提前完成年生产任务联欢会"上广为传唱,私人性的生活在工业神话中被完全剪灭,变得微不足道。

另外,对于人物身体与性格方面的"工业化"描写更是常见。工业生产性人物的身体,通常被写成体格健壮而充满力感。也就是说,不论男女,都必须在形体上具有"雄性"特征。这里,我们有必要辨析一下,

---

[1]　〔法〕福柯:《规则与惩罚》,刘北成、杨远婴译,生活·读书·新知三联书店1999年版,第11页。

[2]　同上书,第37页。

[3]　〔德〕卡尔·马克思:《资本论》第一卷,人民出版社1999年版,第464页。

在对待这一时期文学中人物身体感的时候,学者们常常强调人物的"无身体感"和"无性别化"。这是对当时文学状况的一般描述。而在谈到女性的身体感的时候,又通常认为其体现了"泯灭性别"的"无性化"处理,并源于当时社会的"性禁忌"和"性缺乏",这种看法并不完全正确,或者说只是一种表象。事实上,这一时期的文学也强调"身体",但强调的是"健康的身体"和"从事生产的身体"。另外,这时的文学"身体"上的意义,不是作为"肉"的,也不是作为"灵"的,而是完全作为"生产力"的!身体的"无性化"特别是女性形象的"无性化",是人物身上体现的一种工业时代的"身体政治",即以身体的"雄性感"凸显人物的"生产性"。否则,如果我们仅仅从"性别"意义上夸大这时期文学的"无性别"现象,就会忽略与女性"无性化"同时存在的其他现象,如强调身体的强壮及其他派生特征。张英的小说《老年突击队》刻意在人物身体方面表现生产上的"先进性",为了表现唐老头为生产而不肯退休的工作精神,居然写他把胡子刮掉,在花白头发上擦上油,并吹成波浪式,打扮成年轻人的模样,在厂里走来走去,这已近乎闹剧了。与此形成对比,身体的非生产、非技术性特征则表现为身体弱小、衣着讲求、过于修饰等等。

由于在这一时期,以人物的身体特征来判断人物是否具有工业人格、是否具有"生产性"的作品比比皆是,因此我们就有必要思索,通过身体来表现"生产性"是如何变成可能的? 也即身体特征如何反映着社会的政治经济学意义? 应该说,在传统时代,身体是被看作一种罪恶的。不管是中国古代,还是欧洲中世纪,身体的能量都被限定在生殖的范围里,也就是说,身体本身没有存在的意义,它必须服从于一种社会责任。在当时来说,最主要的社会责任就是"生殖"。因此,在相当长的时间里,在文学艺术中,关于身体的美都与生殖有关。身体的另一个社会意义是"生产",也即我们通常所赞美的体格健壮对于社会生产的作用,譬如男耕女织等等。在工业时代,资本主义的社会化劳动也对身体提出了要求,比如体格检查,已经作为单位准入制度中的一个内容,成了社会的基本惯例。因此,不管是传统社会,还是工业时代,身体都包含着"生产"属性。要么是身体的再生产即生殖,要么是对物质的生产。所以，韦伯和福柯都已经阐释过，身体是一种机器。既然身体是可变的，也就是可驯服的，它必须服从于资本主义生产，并成为工业社会驯服的工具，所以，福柯认为身体是可以被安排、被塑造、被训练甚至被惩罚的，是社会权力的产品。而且，福柯将其看作惩罚史的前提，"肉体也直接卷入某种政治领域；权力关系直接控制它，干预它，给它打上标记，训练它，折磨它，强迫它完成某些任务、表现某些仪式和发出某些信号。这种对肉体的干预，按照一种复杂的交互关系，与对肉体的经济使用密切相联；肉体基本上是作为一种生产力而受到权力和支配关系的干预"①。福柯甚至还使用了一个概念："规训权力"，以此表述社会政治的和经济的权力对于身体所实施的管理和塑造。更具体地说，现代社会的惩戒，是将身体作为一个工具或媒介，将身体"控制在一个强制、剥夺、义务和限制的体系中"②。

在工业时代，工业化和技术生产是最大的政治经济权力。工业化既然成为当代中国城市最重要的现代性要求，人的生产属性成为最重要的现代性特征，那么，身体作为一种生产力，也就相应地必须具备工业生产所提出的要求。比如，胡万春的小说《家庭问题》中，福民具有两种缺点，一是政治伦理上的，"白晰晰的脸，留着青年式的头发"，"完全是一个带点书生气的学生打扮"，不太像劳动阶级出身；另一缺点则是身体违反了工业生产要求：有一次，"因头发太长，挡住了眼睛，以致将榔头打在手上"。其实，福新将头发梳成"青年式"分头，其愿望是关注自己身体上的审美属性，但这却不符合工业生产的要求，其对生产的妨碍是显而易见的，这几乎成为当时工业文学作家们的心理定式。其实，将两者联系起来看，政治伦理上的缺陷也是生产上的，因为"学生"打扮本身就不是劳动者形象，也就包含着"非生产性"。与他的弟弟福民比较起来，哥哥福新戴的"罗宋帽"，当然是不好看的，却符合生产上对身体的要求——至少头发不会挡住眼睛。所以，到小说和电影最后，福民头发剃短了，罗宋帽也乐意戴了，这时候父亲才"爱抚地看了儿子

① 〔法〕福柯：《规训与惩罚》，生活·读书·新知三联书店1999年版，第37页。
② 同上书，第11页。

一眼"。在这里,头发的长短有一个身体生物学意义向政治经济学意义的转变。对于"头发"的生物学意义,有人认为:"头发又不是纯粹意义上的身体。如果说,身体具有某种完满的总体性的话,头发则溢出了这种总体性之外,它不是身体的必要的有机成分","可以将头发视作身体的资产而非身体的器官。头发是身体的产品,但不少绝对的身体本身。……头发的起因是严格地依赖于身体的,而它的结局与身体则只有脆弱的若有若无的关联。"①换句话说,头发比之肉身是更容易改变的,它的可塑性最高,也就更易于代表某种政治。诸如发型之于阶级性的意义,在过去的时代经常被人们使用。因此,福新的改变"从头开始",不是简单的生物学问题,而是有着重要的政治经济学意义。

与《家庭问题》一样,在这一时期的文学中,身体的"非生产性"的情况还有许多。在上海作家赵自的《在船台上》里,技术员闵山"瘦长个子,他脸上最突出的特征是拖长的下颚和洁白的牙齿。一开口就会带出许多书本上的字眼,假使……如果……我表示……合乎逻辑",还有"太讲卫生"的生活习惯。老作家靳以的《小红和阿篮》里有一个落后的技术员小梁,"小梁是纺织专科毕业的学生出身,说话细声细气的,好像黄梅天的糖块,甜得让人腻烦","头发梳得光溜溜的,穿了一件雪白衬衫"。这里,人物的几个特征都是身体"非生产性"的派生物:"瘦""说话细声细气"意味着体弱;衣着整齐,说明劳动性的缺乏;"太讲卫生"则是非劳动者的生活习惯等等。在上述两篇小说中,人物的身体特征与其受教育经历,在作者看来有着某种因果关系。正是由于"专科毕业",导致了身体的非生产性。这是一种将经济伦理与政治伦理相统一的方法。在当时文学中,诸如"戴眼镜""皮肤白"等身体特征,都带有政治伦理上的劣势所导致的身体上的劣势,也都是妨碍劳动或者很少劳动的代表。至于到"文革"时期,手脚上有无"老茧"则成为衡量是否劳动人民身份的标准,也是当时极其正常的社会学意义。另一方面,福民最终的改变与成长,也有两方面的含义。一是伦理上对知

---

① 汪民安:《我们时代的头发》,《身体的文化政治学》,汪民安主编,河南大学出版社2004年版,第246—247页。

识分子气质的修正;二是身体上的修正:"头发剪短了。"福新的成长其
实是一个工业化人格培养的过程。福新身体的被改造应当被看作是一
种"惩戒",他被教育、规劝,剪了头发,戴了"罗宋帽",直到完全符合了
生产上的要求,也最终符合了政治的和伦理的要求。

第四节　工业伦理与社会精英的产生

　　前文谈到,刘小枫提出了"政党意识形态""政党伦理"和"政党国
家"的概念,进而提出"政党意识形态—伦理—国家的组织体建构,是
中国的社会主义式民族国家的社会实在和日常生活结构"的命题①。
事实上,"政党伦理"是社会主义社会的主导伦理形式。我们看到,在
城市"工业主义"的大工业逻辑中,"政党伦理"和工业领域中的"工业
伦理"是一致的,而在家庭中也决定着家庭伦理,三者都循由共同的逻
辑,由此也出现了新的社会精英产生模式。

　　新的社会精英出现的基础,其实是社会制度的改变而带来的新的
阶层秩序。在中国社会主义制度之前,左翼政治精英产生的主要基础
是现代化过程中农村传统结构的破坏。而在社会主义社会,随着政党
国家的建立和大规模工业化的进程,社会精英的产生逐渐不再依赖于
农村的社会结构体,而是开始取决于工业化的社会结构。这时,社会精
英产生的机制,也必须符合社会的主导伦理结构。我们看到,这种机制
首先表现为政党伦理提出精英合法化的社会评价尺度。刘小枫指出:
"农转工、工转干不仅是经济条件的改变,更是政治条件的改变。同
样,由于社会主义工业化和城市化建设是以政党伦理的动员方式推动
的,工人或市民的财富获取就与政党伦理一体化。权力和财富资源的
差异分配与政党伦理同构,使'红'成为奖励机制而非符号,成为社会
成员追求的一种可带来生活利益的政治财富,从而进入'红的社会阶
层'。"②但是当政党国家建立之后,统治者必然将原来的政党伦理纳入

---

　　① 　刘小枫:《现代性社会理论绪论》,上海三联书店 1998 年版,第 390 页。
　　② 　同上书,第 402 页。

到国家科层制度,并使之制度化。因为政党意识形态只能对阶级属性进行区分,而无法完全适用于社会科层。政党精英转化为国家精英,特别是工业化社会的精英,还需要新的因素加入。刘小枫进而指出:"政党意识形态对阶级道义的划分,使工农阶级的伦理身份有先赋的贵位性,他们较易取得政党精英的资格,但要成为国家精英,还需要其本身并不具有的资格条件。共产党兴盛过程中主要的精英来源是农民和城市学生,在比例上,前者远远多于后者。通过'知识分子工农化工农分子知识化'的政党策略政党的精英理论力图抵消这两种主要精英来源的品质差异。"①事实上,对于大工业占主导的城市社会,在政党伦理之外,又加上了"工业"或"技术"的先进性。这导致在社会主义城市或工矿领域,精英的产生除了政治上的条件以外,还需有工业技术上的先进性,这种情况必然导致工业精英的产生与以往的社会伦理与家庭伦理的秩序不同。

我们首先要看一下现代工业伦理与传统伦理的不同。

工业伦理对于传统伦理的冲击表现在两个方面。一是家庭伦理;二是原有"师徒"式的旧的手工业伦理。我们先来看第一种情况。协作式的工业机器生产,肯定会对传统的家庭模式形式构成冲击。由于传统家属负载有生产功能,因此,家庭事务对传统时代来说,属于一种"公共"事务,而共同居住这种形式与共财合爨的分配、消费制度,也会超越家庭成员之间不同的文化品格,稳定并强化家庭成员之间的情感。在工业化之后,家庭已不再是一个集体性的生产、经济单位。同时,在现代社会,传统家庭的人身依附关系也会松动,延续家族血缘的义务渐渐消失,血缘关系的认同心理也会降低,使家庭纯然成为一个私人领域的生活单元。家庭成员们在工业社会中被社会所认可的程度,一定程度上决定了其在家庭中的地位。也就是说,其在家庭中的身份与角色,都不再依据家庭角色,而带有了工业社会的公共性角色色彩。换句话说,公共性乃是由个体以社会成员的面目出现的,而家庭则愈发成为私人生活领域。

---

① 刘小枫:《现代性社会理论绪论》,上海三联书店 1998 年版,第 414 页。

　　但在中国当代工业题材的文学中,我们却看到了相反意义的体现,即家庭作为一个生产单位出现。通常,家庭成员都有职业工人的社会身份,这种身份侵入了家庭,使得生活形态不再"私有化",而变成生产活动的一部分,人物关系也大体依据生产上的工作关系展开。胡万春的电影剧本《钢铁世家》后半部的主题是关于"生产"的。我们看到,孟广发与孟大牛之间的父子关系几乎完全是工作关系的一种延伸。从两人之间为工作的争吵到作为领导的父亲处理儿子,再到后来两人的和解,具体的生活形态不再支撑家庭关系,其家庭逻辑是依托"钢铁生产"而确立的。这倒不是说父子之间没有亲情,但这种亲情成为了"生产"关系的一种附属,或紧张或和缓都依随"生产"关系而展开。在孟广发处分了孟大牛后,孟广发萌发了父子亲情,给儿子准备了饭盒。但这一情形仍是在生产的"公共性"意义上展开,并不属于个人的人性范畴。甚至孟大牛的婚事也与生产有关,孟大牛是工厂的炉长,其妻是工厂的技术员,两人的结合呈现出工业生产协作式的"结合",所以这场婚姻在"生产"的意义上得到了肯定。正如厂长马振民说的:"现在的青年人真幸福呀! 一个是炉长,一个是技术员,这真是劳技结合呀……"作品结尾在一片极端的工业化狂想中结束:原设计 80 吨的炉子,居然能够烧铸 460 吨的钢料。孟家在客厅里庆祝这一成功,同时,父子相承的伦理结构也在生产成功中得到了合法化。

　　在这里,我们触及一个难题,即家庭传统伦理是否因工业化而遭到摧毁呢? 如果是,我们可以将其视为工业化的结果;如果不是,我们又如何去解释这些作品关于"工业主义"的含义呢? 其实,这一类作品并不表现旧有家庭伦理的消亡,只是家庭伦理必须符合一种我们称之为"工业伦理"的新秩序。而且,"工业伦理"还会因家庭伦理的加入,使"工业伦理"得以强化。

　　我们看到,这一类作品大都明显具有伦理"差序格局"的人物关系。一种情况是父子、师徒、夫妻等等,其中最突出的是父子关系。通常,父子关系在作品中依据"生产"的工业关系给予确认,但父子伦理关系并没有改变,因为作品一般都以"子对于父"的最终认同为结局。个人情形似乎说明了伦理关系与结构和生产关系与结构之间的同构,正如同"公共性"与私人性之间发生冲突的时候,"父权"控制与"子认同父"的情形一样。从某种意义上说,这与我们习惯的关于现代家庭以个体为单位的关系不同,相当程度上也与"五四"以来的新的家庭文学传统不符。由于这类作品大量存在,我们无法将其视为个例,应视为具有共同的时代基础和一种时代共名。如果我们的论述仅仅依据工业主义逻辑而展开,那么它似乎体现了"一套以现代工厂对生产过程全面控制为基本原则的行为模式。这样一个以大规模工业生产为出发点的社会组织方案,与其说反映了意识形态的选择,不如说是由现代工业的基本逻辑所决定的。大规模、高效率的工厂工作必须依靠纪律化、组织化的劳动大军,因此现代工业生产的一个重要的环节便是确保劳动力的再生产"①。家庭伦理保障是父子血缘的基础关系。如果依据一般的社会学原理,工业逻辑与家族伦理会呈现出相悖的状态,这对于1950—1970年代以凸显大工业逻辑为主导的作品来说,无疑是一种损害。但关键在于,一旦"生产"的关系与"父子"的血缘关系形成同构,父子血缘就变成了一种工业组织形式,甚至是"再生产"的组织手段,它就会强迫每一个子辈的家庭成员无条件接受,这不仅不损害"工业主义"的逻辑,反而使得其得到强化。

"工业主义"的逻辑全面扩大至伦理领域,或者说与伦理原则合谋,从而形成双重的社会组织力量。本书已经谈到了伦理秩序对于当代中国社会"公共领域"的有力支持。在工业题材中,这一模式并未有所改变。《钢铁世家》《家庭问题》《一家人》等作品,开头都以父子冲突的情节展开,同时又都以"子认同父"作结。这是一种伦理差序式结构,与传统的"主轴是在父子之间,在婆媳之间,是纵的,不是横的"②家庭序列完全一致。即使没有出现父子关系,也仍然有一条隐性的父子纵向结构,如师与徒、领导与工人、老工人与青年工人、兄长与兄弟。另外,还有以养父母、养子(女)出现的关系。还有一例,在胡万春六场话剧《一家人》中,这一"隐形"的"纵向"结构由三代人组成。首先,是父

---

① 唐小兵:《英雄与凡人的时代:解读20世纪》,上海文艺出版社2001年版,第143页。
② 费孝通:《乡土中国》,生活·读书·新知三联书店1985年版,第40页。

亲杨老师傅与长子杨国兴的关系。父权的权威性一方面得之于家庭伦理身份，一方面又得之于其身上体现的祖父"一定要为中国工人争一口气"的"先进性"的政治诉求。其次，杨国兴在弟弟杨国良面前，不仅具有传统的"兄"与"弟"的伦理层级优势，还具有一种"忍让"的东方伦理上的高度。他曾担任过上海动力机械厂的车间主任，而后自动到落后的大新机器厂任职，原先的职务为弟弟杨国良所有。因此看来，技术与生产同时被纳入传统的伦理秩序，两者都能得到认可。

　　再看第二种情况。在多数工业文学作品中，人群与工业技术的关系，还表现在"师徒"关系上。其实，"师徒"式的手工业伦理也是"父子"式家庭伦理的延伸。一方面，"师徒"具有传统的血缘代际的人群关系特征，也即具有"一日为师，终身为父"的传统人伦。在"师"这一方面，其等级优势来自于"父"的家庭权威；另一方面，"师徒"关系又表现为生产技术的传递。在传统手工业时代，"师徒"是一种最大的生产关系，特别是在血缘伦理秩序极其严格的中国。但是，在相当多的作品中，恰恰是要破除这种传统关系的唯一性。而破除这种关系的，正是"技术秩序"。也就是说，传统伦理秩序必须符合新的"技术秩序"。如果不能符合，其存在的合理性就会被质疑；如果符合，其会加固"技术秩序"。也就是说，新的精英的产生，其第一要义是生产技术。

　　这方面我们可以举出许多例子。阿凤的小说《在岗位上》是一篇涉及多层伦理关系的小说，在作品中，女旋工小刘既是老李的徒弟，同时又被老李夫妇认为干女儿。之后，小刘又与老李的儿子小李恋爱，成了小李的未婚妻。这样一来，小刘不仅与老李构成"师徒""父女""公公/儿媳"关系，还与小李结为"夫妻"关系。但如此复杂的关系，却被作者处理得非常简单，那就是一切都服从于"技术秩序"。我们先看小刘与老李。小刘揭发了师傅的违章作业行为，车间里还把这事贴上了"霹雳报"，将此事公开化了。在"霹雳报"上，大家"近前一看，有一段是表扬稿，表扬一个老搬运工利用旧废料的事。另外，还有几幅漫画，画的是李师傅违章作业的事。逗大伙笑的是这幅：李师傅正浇凉水的时候，心里盘算着可别叫人看见，这可是违章作业呀。偏巧，被青年监督岗看到了，那监督岗画的是年轻女工，圆圆的脸，大大的眼，作业帽戴得靠后,露出前面的头发来,小刘一看,就知道画得是自己"。在这里,小刘揭发作为"干爹"和"公公"的师傅,似乎违背了家庭伦理。但作品并没有强调"技术秩序"必须破除"人际伦理",因为"霹雳报"上首先表扬的就是一位"老搬运工",这说明人际伦理与"技术秩序"并不违背。其实,作品要阐发的是,在人群关系中,"技术秩序"是唯一的原则,即所有伦理关系都要服从于工业伦理。因此,老李夫妇并不计较小刘的"忤逆",相反,他们似乎没有任何心理挣扎便接受了批评。对此事,小李也认为未婚妻做得正确。因为小李与小刘虽则是未婚"夫妻",但其间的主导关系并不是"家庭"或"男女"的关系,而是一种"技术秩序":"其实这一对未婚爱人,还是不公开的竞赛对手呢,骨子里都使着劲,看谁先成为先进生产者,看谁的相片先挂在段里的光荣榜上。"在小说中,"技术"也是精英产生的最重要条件。作为新的"精英",小刘具有在"技术秩序"上的等级优势。她技术好,又"大公无私"。在作品开场,这种优势在人物形貌上就已经表现出来了。小说写小刘"她穿着工作服,戴着防护眼镜,手里握着力架的把手,两眼盯着车床"。这完全是一幅"生产者"形象。这里,小说虽然构筑了几重关系,如"师徒""夫妻""父女""婆媳",但并没有构成小说在揭示人物关系和人性时的复杂性。一切都非常简单,这就是小说题目所揭示的,一切都受工业技术的"岗位"支配,并由此产生新的工业伦理,而没有任何别的。

反过来,伦理原则已不仅是家庭组织形式。由于其负载着社会组织的义务,因此它也必须服从于技术逻辑。在唐克新《第一课》[①]中,党委书记储平曾经是六级师傅小吴的业余徒弟,马上又要做"职工红专大学"的业余学生,而小吴恰好被聘为"职工红专大学"的业余教师。应该说,在政治权力关系方面,储平处于层级的上端。但在技术伦理和"师徒"式手工业伦理中,储平反而处于小吴的等级之下。在这一种人物关系里,党委书记居然做普通工人的徒弟这一情形,便是政治关系的技术化。它虽然跳过了工业社会结构中厂长—车间主任—工人的技术性社会结构,直接将领导与底层工人在政治伦理的结构中合理化,但同

---

① 唐克新:《第一课》,载《人民文学》1960 年第 4 期。

时"师徒"式的伦理关系也因技术的"传、帮、带"生产技术逻辑而得到认可,使两方面都得到加强。小说表明了当代中国工业社会伦理组织、政治性与技术的结合。当有人提出改造车间要由厂长、总工等技术人员来负责时,党委书记储平说这是迷信思想:"主要靠谁,靠我们全体七千多职工……因为我们是解放了的中国人民,我们不仅是掌握了政权的主人,还将是文化、科学和一切技术的主人……"其间,伦理、政治与技术逻辑的同构异常鲜明地体现出来,瓦解了纯粹规范化组织制度的"科层制"权力结构。同样,在费礼文的《黄浦江的浪潮》中,老工人吴守本用"节俭"的觉悟加上改造车轮的技术,解决了运料难的问题,实现了"大跃进"的速度,也体现了政治(节俭)、伦理(老工人)与技术进步三者的结合。同样的情况,还有陈恭敏、王炼的《共产主义凯歌》等。

　　胡万春的小说《步高师傅所想到的……》[①]是一篇较有意味的作品,其中步高师傅与其徒弟杨小牛在伦理与技术两个层面上都形成了复杂的交叉关系。两人都被任命为工段长,并展开生产竞赛。杨小牛因为自己与师傅同样担任领导职务,不愿再接受师傅的帮助,而步高师傅则执意要帮助他,杨小牛因而负气。但拒绝了师傅的帮助后,杨小牛便出了生产上的差错。因没有处理好"尖子"就要出钢,不得不接受师傅的教训。在这一篇里,杨小牛与师傅同处于领导地位,一般意义上是一种现代社会的"科层"关系,但这一科层含义非常脆弱。杨小牛与师傅相处时虽然遵行的是官僚行政中的"平级"关系,但完全不能阻止师傅在师徒伦理优势下的进逼。师傅不仅有伦理优势,还有"觉悟"与"道德"的政治特性,更有技术上的进步。由此看来,政治优势、伦理原则与工业技术进步的一致是理解此类文学的关键。

　　对于"技术秩序"所造成的"师徒"关系冲突,以及由此带来的对于当事人心理的冲击,有些作品并非没有表现,甚至还很严重。我们试看费礼文的《一年》中一位师傅面对徒弟黄爱华时的心理感受:

　　　　黄爱华是我过去不太欢喜的徒弟。我不喜欢她,是有原因的。虽然,她平常见到我是有礼貌的,可是在干活时却全然不

---

①　胡万春:《步高师傅所想到的》,载《收获》1958年第4期。

像当年我对待师傅的样子。我派给她干的活，表面上她是按照我指点的方法去做，但有时候总是要白浪费时间来寻找"花样"，对师傅指点的法子，总觉得有点不称心的样子。她不明白，师傅总归是师傅，徒弟总归是徒弟。当年师傅教我朝东，我从不向西望一下。即使现在不讲这一套吧，但技术方面总归是我教她，而不是她教我吧。

虽然师傅对徒弟有如此的抵触，但在师傅因病住院一年后，看到徒弟黄爱华改进了技术：在车床里多安装了一把刀，工效增加一倍，还能画图样。在这篇显得较单纯的作品里，这病中"一年"，事实上也应该被理解为一种隐喻，即师傅的落伍。小说最后，徒弟开始给师傅讲授自动退刀技术，师傅也欣然接受。这是新的精英产生的过程，也是旧的精英退出的过程，同时也是工业伦理重新建立的过程。师傅接受了新的精英，同时也接受了新的工业伦理格局，不再焦虑。此种情况，在上海"文革"时期文学中仍然有着延续，比如《小将》《金钟长鸣》《初春的早晨》《新委员》《新店员》《号子嘹亮》等等都在讲述新的精英产生的故事。从其题目所包含的"初春""小""新"等词汇中，就可以看出这一主题。而且，与"十七年"文学不同的是，"文革"作品中的工业伦理表达得要更加强烈一些，并已经成为一种模式。不过"文革"作品在"技术秩序"之上，又加上了政治的意识形态。但意识形态的"正确"并不是唯一的，换句话说，政治的"正确"加上正确的技术伦理，构成了当时时代的伦理秩序，也才能产生新条件下的精英。

第五节　小结

综上所述，在突出上海作为国家与工业化典型城市这一意义上，1950—1970 年代的文学作品，无疑是以牺牲上海城市特性中多元性、不统一性为代价的。它将城市的复杂性在工业化逻辑中整体化，在空间、时间、生活形态上都与国家工业化意义联结在一起。当然也有少数作品在局部描写中对工业主义逻辑和工业的人格化描写稍有突破，比如胡万春的《内部问题》①、任干的《心心相印》与唐克新的《沙桂英》。前两者写了工厂中高层的官僚气与复杂人际,颇有旧官场中的气息遗留;而后者将沙桂英的先进事迹化为个人性格逻辑,如意气之争、情绪状态不稳定,还有面对男女感情时的慌乱等等,甚至父亲罢工牺牲的形象也没有在她内心产生什么影响②。另一人物邵顺宝的柔弱与工于心计,更是被当时文坛当作"中间人物"的典型而加以分析。几部小说都对工业逻辑决定生活人性的模式所有突破。但总体而言,这一类作品毕竟少见。为了突出工业主义逻辑,人的情感形式,人格形态乃至伦理原则,都成为一种附属之物。而且,丧失了城市本地特性的工业文学,实际上也就丧失了城市性,作品中的人物与情节,放在任何一个地域,都无损于工业主题的表述。如果说新感觉派是将上海等同于西方城市的话,那么工业文学则将上海等城市等同于正在迅猛工业化的中国。虽然一则是在消费意义上将上海"非中国化"从而达到"西方化",一则在"生产"意义上将上海"非上海化"从而达到"国家化",但其间消失的,都是作为上海多元性和地方性的城市。所谓"城市性",仍是一种掺入了许多外在于城市特性的、多重的现代性诉求而已。

---

① 曾被改编为话剧《激流勇进》。
② 晓立撰文认为沙桂英有不自觉的成分,"只凭简单的是非标准"。见《新的探索,新的突破》,载《上海文学》1962 年第 4 期。但刘金与林志浩等人曾为这一形象辩护。

第七章　隐性的存在

——残存的现代城市文学传统

第一节　日常性叙事的延续与消亡

一、日常性对"公共性"的微弱抵制

1949 年以来的"十七年文学"和"文革文学"是"延安文学"(或者"解放区文学""工农兵文学")逐步取得文化领导权并获得霸权地位后的体现。这一时期,与解放区文学传统相抵牾的文学形态都受到了不同程度的批判与剔除,具有"资产阶级倾向"与"小市民趣味"的日常性叙事传统更是在批判与剔除之列。

建国之初文艺界的"萧也牧事件",表征着毛泽东时代在实现社会层面工业现代化与社会主义目标之间的矛盾和冲突,也就是"反资本主义现代性"的现代性的内部冲突。工业化是社会主义现代化的应有之义,但伴随着工业现代化进程的推进,机器大工业生产迅速成为社会生产的主要形式。与机器大工业生产相伴随的是工作时间与个人时间的截然分离。随着这种分离,城市生活的日常性和私性也随之浮现。国家主义、集体主义至上的社会主义伦理规范,对消费性、娱乐性的日常生活和个人化的私人领域无疑是警惕和戒备的。这样就会产生一种悖论:一方面,工业化必然导致日常性和私性的出现;另一方面,社会主义工业化又对日常性和私性之于"公共性"的妨害充满着焦虑。于是,矛盾和冲突便不可避免。城市题材文学《我们夫妇之间》便因为在一定程度上表现了日常性和私人性,而受到了大规模的批判。以丰村的

短篇小说《美丽》①《在深夜里》②和《一个离婚案件》③等作品为代表的另外一部分城市题材文学,由于关注了个人生活与集体主义的矛盾冲突,并在某种程度上对集体主义"公共性"有所批评,同时表现出了对集体主义至上的社会主义伦理背景下的个人生活的关注和担忧,私性和日常性原则有所浮现,也为当时文坛所不容。文坛对这些城市题材文学的批判,正是现代工业化所带来的个人时空与"公共"时空的分离,与社会主义伦理之间的矛盾冲突。

《美丽》写季玉洁两次失败的恋爱经历。这两次恋爱失败的原因都在于她把全部身心都扑到了工作上。第一次,季玉洁爱上了自己的首长,一个主管文化工作的秘书长。作为秘书长的秘书,由于在工作中的频繁接触,季玉洁"爱"上了已有家室且夫妻感情甚好的首长。首长也由于小季对自己无微不至的关心和照顾,"爱"上了她。季玉洁陷入了人生的困境:当首长得了重病的妻子姚华察觉到小季的感情时,对她产生了深深的敌意;与此同时,季玉洁认真、努力、尽心的工作动机也受到群众的怀疑,连支部书记都对她说:"你的工作不坏,这是大家一致的看法,但你对秘书长的态度,是不是有向上爬的思想呢?你全心全意为秘书长的动机是什么呢?"在这双重压力之下,虽然姚华病逝了,季玉洁还是对这份感情选择了放弃与逃离。在这一次失败的恋爱经历中,给读者印象最深的,也是作者着力表现的,是季玉洁对待工作的态度。每天深夜十二点之前,她要么是在工作,要么是在等待接受工作,为首长服务成了她工作生活的全部。她从不容许自己的工作有丝毫懈怠之处。对于为何如此苛刻地要求自己,季玉洁说:"我觉得:我的任务就是帮助首长,给首长方便。首长需要什么,我必须知道什么,并且拿给他什么。秘书,必须是首长的记事本,必须是首长的眼睛,必须是首长的耳朵,而且,还要是首长的脚和手。"她还说:"一个秘书,需要懂得自己的首长。需要懂得首长的作风,懂得他的习惯,甚至要懂得他的

---

① 载《人民文学》1957 年 7 月号。
② 载《文艺月报》1956 年 12 月号。
③ 载《奔流》1957 年 2 月号。

爱好。这不是说要迎合他,而是说要关心他。为什么不要自己的辛苦劳累的首长轻松愉快些呢?为什么不要尽可能少地分他的心神呢?为什么不给一个能干的负责同志多安排喘一口气的条件呢?我是这样要求我的。你也许不知道我的首长是多么不会关心他自己。他又并不喜欢看医生,他总是说:'看啥病呀,看的时间没有等的时间久哩。'我觉得这需要我为他挂号,并且给他安排去医院的时间。他不论在任何时候,也不知道休息,这就需要我在休息时间里使他安静,哪怕能够使他清静几分钟。他也常常工作到深夜不吃饭,我如果不给他准备东西吃,又怎么行呢?……"

从对季玉洁这一形象的塑造中我们可以看出,工作至上、工作就是全部的社会主义伦理使得社会的公共空间和私人空间陷入了双重危机之中,导致了公共空间的私人化和私人空间的公共化。季玉洁甚至这样认为:"对首长的生活,我深深感觉需要有更妥善的安排和更细心的照顾,不然,使首长用于领导工作的精力而耗费在生活小事上面,我该如何向党交代呢?我认为一个首长的生活,在家庭需要爱人的帮助,在机关就必须依靠秘书。"在季玉洁的心目中,"爱人"和"秘书"对于首长的意义区别不大,她们都是照顾首长、为首长服务的,只是场所不同、时间不同而已。也就是说,在工作/集体/国家的名义下,"爱人""秘书"对于社会主义革命和建设的意义与功能是一样的,没有区别的。在这里,公共空间和私人空间之间已经没有明确的分野,一切都公共化了。当季玉洁把自己"秘书"的作用等同于"妻子",也就把自己的私人空间与公共空间混为一谈了,由此引来首长妻子姚华的敌意,使自己陷于困境之中也就在所难免。更为甚者,她对此毫无自觉,就在他们的党支部书记提醒她要检查自己的思想动机时,她说道:"我懂得。但是,我有一点想不通:我是不是可以稍微放弃我的责任呢?我是否可以不照顾或少照顾我的首长呢?我这样想过。但是,我的良心不允许。而且,我看到我的首长时,我就不能不照顾他,在他的面前,我会忘记我自己,也会忘记一切。我怎么办呢?"从这段话里我们可以看出,公共空间与私人空间的一体化,不仅成为了季玉洁的潜意识,更成为了她自觉的社会主义道德伦理实践。小说取名《美丽》,是作者对季玉洁全心全意的工作精神和在爱情中的隐忍精神和牺牲精神的赞美，"现在的年轻人，都有一颗美丽的心，那心呵，象宝石，像水晶，五光十色而透明"。也有评论者认为这篇小说是对女主人公"为了崇高的革命事业，为了别人的幸福"的自我牺牲的隐忍精神的赞美。① 作者及评论者对季玉洁"美丽"心灵的赞美，意味着泯灭个人空间的社会主义伦理不仅是季玉洁的自觉行动实践，也是 1950、1960 年代主流意识形态强化之下的集体无意识以及社会群体自觉的道德实践。社会主义革命和建设的主体的一切活动的公共化，导致了这一年代现代性主体主体性的缺失。在小说文本中，不管是首长、爱人还是秘书，都没有自己的主体性，他们都只是全心全意为社会主义革命和建设服务的工具（"齿轮和螺丝钉"），只具备国家机器的结构性功能，却丧失了一个现代性主体应具备的个体意识。

如果说季玉洁第一次恋爱的失败是因为对工作的极度尽心尽力而"爱"上了首长，结果使私人空间和公共空间陷入了双重危机之中，第二次则是由于对工作的负责和热爱使自己连和徐医生见面的时间都没有，以致两个人的交往没有办法进行下去。此时的季玉洁，已经是一个部门的负责人。她和徐医生的工作都非常繁忙，所以他们很少有时间见面、交流，彼此又都不愿意稍稍把工作放一放，最终这段感情也就不了了之。这种集体主义至上的叙事还存在于丰村的《一个离婚案件》《在深夜里》等小说文本中。《在深夜里》是关于一对青年男女的爱情波折的故事。姑娘姑苏是搞法文翻译的，经常跟着外宾东奔西跑，繁忙的、日以继夜的工作几乎占用了姑苏全部的时间，以至于她连打个电话给未婚夫季松林（工厂的青年技术员）的时间都没有。她的未婚夫因此提出了断绝关系的要求。《一个离婚案件》更能让读者意识到集体主义至上的社会主义伦理的"可怕"。小马是一个工作至上主义者，他和小刘是在"党的组织的化身"王处长的包办下恋爱、结婚的，可是在结婚那天的联欢晚上，新郎因为结婚晚会是"工作以外的活动"偷偷地溜走了。在小刘怀孕期间盼望他的关心时，他竟然说"你又不是生

---

① 　兆岱丹:《爱情小说选·序》,广西人民出版社 1980 年版。

病,是病住医院去!""你知道我是怎么工作呵!"小刘还在床上痛苦难
受,他却打开台灯,摊开图纸工作了,"他那么沉醉于自己的工作,他一
面作图,一面竟吹起得意的口哨来,他把小刘的存在又完全忘记了"。
叙述者本来是要赞美季玉洁、姑苏等人的集体主义精神的,但当个人沦
为不停运转的工作机器时,工作时间就会严重挤占个人时间,个人的
"幸福"就会受到严重影响。所以,只要叙述者涉及人物的个人生
活,公共空间和私人空间之间的矛盾就会显现。难怪当时有批判者
指出:这些作品"想把社会主义社会中人民全心全意地劳动的新生活
同个人生活对立起来"①。当叙述者的笔逸出了社会主义公共性的
范畴之外时,叙事的裂缝与矛盾就在所难免,进而形成了一种反讽的
效果。本来是对"社会主义社会中人民全心全意地劳动的新生活"
的赞美,反而从另外一个方面成了对这种新生活和社会主义公共性
的质疑——因为这种新生活严重地影响了个人生活的幸福和美好。

由于对工作的极度负责和工作任务的繁重,致使姑苏(《在深夜
中》)和季玉洁(《美丽》)等个人情感生活遭遇困境,她们内心的痛苦
与挣扎,也在一定程度上表现了对集体主义"公共性"的抵抗。姑苏由
于献身于工作,无暇顾及和未婚夫的感情与婚事,招致了未婚夫的不解
与不满。为此,她深感痛苦,"仿佛是感到沉重的压迫似的","带着异
常的痛苦深深叹息着:一个人,什么都照顾到,什么都做得好,是多么难
啊"。《美丽》中季玉洁故事的讲述者季凤珠对未来乐观的预期,与文
本中季凤珠对季玉洁生活状况的目睹形成了极大的反差。姑姑季凤珠
在火车上巧遇侄女季玉洁之时,就因为她"闪露着骄傲和遗憾"的深沉
的眼睛和隐藏着"内心的忧虑"的眉宇而为她担心。从和侄女的同伴
小金的活泼、开朗的对比中,她意识到玉洁的个人生活并不幸福。而玉
洁对此的回答却是"哪里有时间去想自己呵",这句回答同样透露出了
人物内心的无奈与痛苦。

一位批判者在解读《在深夜中》时说道:"我们这个社会对于一个
人的工作担子压得这么重,简直是剥夺了个人恋爱的时间——也就是

---

① 姚文元:《文学上的修正主义思潮和创作倾向》,载《人民文学》1957 年第 11 期。

集体生活剥夺了个人生活的自由,似乎社会主义社会中人的公共生活同个人生活之间有一条深深的、几乎是不可逾越的鸿沟。"①可见这些作品由于叙述者态度的摇摆和叙事的游离,导致了小说文本内部的冲突和矛盾。叙述者在叙事中也分明意识到了这种分裂和矛盾,因此便极力缝合叙事中的裂缝,努力在叙事中解决个人生活和集体主义之间的冲突、私人空间和公共空间的矛盾。不过,这些文本中矛盾的解决都显得牵强与不自然。《在深夜中》虽然是以姑苏和未婚夫两人的和好作为结尾,但表现得非常无力,小伙子是在和领导的一次谈话后就突然转变过来的,冲突的解决并不符合作品中人物性格的发展。《美丽》中季玉洁的个人生活同工作之间冲突的解决也与此相似。小说文本中在结尾处有这样的话:"一个事业上的胜利者,在生活上会是败北的么","玉洁会是幸福的","她怎么会不幸福呢"。叙述者季风珠用乐观然而不合逻辑的预期,替代了事件发展和人物性格本身的逻辑。实际上,《美丽》这部作品的文本结构中存在三个层次的叙述人,即"我"、季风珠和季玉洁。作者一方面通过叙述人之一季风珠,对季玉洁的命运寄予了深深的理解和同情;另一方面又企图通过季风珠缝合叙事中的裂缝,解决个人生活与集体主义的冲突。不过,正是文本中基于季风珠叙述层面的对于主人公的赞美同情,以及对他们个人生活的担忧,招致了批判。批判者认为这是资本主义、封建主义剥削社会"个人主义的复活"。这些批评也从另外一个方面昭示了在集体主义、国家主义成为唯一正确的社会伦理的语境中,人们在城市生活的"私人空间"被不断被侵占后,对于"个人幸福"的时代担忧。而对这种担忧的批判,也就意味着"私人领域"合法性的丧失和对城市现代性"私性"的摒除。

如果说建国之初的城市题材小说《我们夫妇之间》对夫妻日常琐事矛盾的叙述遵循的是日常生活逻辑而不是阶级、政治等公共化的超验逻辑,还表征着日常性叙事逻辑在当代的曲折延续,那么《美丽》《在深夜里》《一个离婚案件》等城市题材中"公共"领域对私人领域的侵

---

①　姚文元:《文学上的修正主义思潮和创作倾向》,载《人民文学》1957 年第 11 期。

占,以及其时文化权力机关与文化界重要领导人组织的对这些文本中流露出来的对"私人领域"消亡的隐忧的批判,则意味着当代文学中日常性叙事的逐步消亡。

二、日常生活的微言大义

《美丽》《在深夜里》和《一个离婚案件》等文本中所表现的公共空间对私人空间的侵占,和公共空间与私人空间的双重危机,导致了日常性叙事在当代文学中的消亡。其他一些文本则通过对日常性价值的否定和彰显日常生活的超验意义等宣布了日常性叙事的彻底消亡。茹志鹃的《如愿》是侧面反映大跃进的一个颇具"意味"的文本。主人公何永贞何大妈解放前年轻守寡,一个人带着儿子生活得很不容易,到丝厂里做工受尽压迫和剥削,后来靠做佣人才得以养活自己和儿子。解放后,儿子儿媳都成了工人,家里的生活也有了保障,不过,何大妈还是参加了里弄里组织的生产劳动,并担任了小组长。对此儿子并不支持,一方面他觉得家里面并不缺钱,另一方面觉得家里需要母亲,同时也想让母亲"享享福"。儿子对自己的不理解让何大妈感到不畅快,"儿子不了解自己,媳妇不了解自己,难道自己参加里弄里组织的生产小组,就是为的钱吗?不是。何大妈觉得这里有一个十分十分重要的意思,但自己又说不清楚"。何大妈心中那个"重要的""说不清楚的""意思",叙述人告诉了读者:"她活了五十年,第一次感觉到自己不是一个可有可无的人,自己做好做坏,和大家,甚至和国家都有了关系。"用何大妈的话说就是:"自己所做的事,不管怎么说,也是国家那把大算盘上的一颗算珠。"也就是说,小说文本中的何大妈坚持参加里弄里的生产小组,是因为自己不再仅仅是一个劳动者的身份,同时还具有了"生产者"的身份。劳动者的身份和国家、社会主义等宏大意义并没有必然的联系,而生产者这一身份必然地具有超越私性的公共性的意义。在建国后的社会语境中,生产者这一身份的获得不仅使个体的劳动获得了天然的合法性,更获得了某种神圣性,因为这种生产本身具有国家主义、工业现代化等超验意义。

　　但同时我们必须明白，个体"生产者"这一身份的获得是以牺牲日
常劳动的价值为代价的。何大妈在家里并不是一个"可有可无的人"，
每天早上，她都要"买菜，生炉子，赶早饭，烧开水……蓬了头忙进忙
出"，此外，她还要带孙女小阿英。看到儿子儿媳为工厂为生产忙碌，
看到五一节工人、农民的大游行，何大妈对自己的日常劳动产生了深深
的怀疑，"她想，她只有这么一个讨到错处、却永远讨不到好处的责
任"。1950 年代的一位评论者在盛赞《如愿》的细节描写时谈道："像
何大妈参加里弄生产组织之后，这天带小孙女出去联系工作，刚出门，
小孙女忽然飞快地跑回去，一会儿，又气吁吁地把一只菜篮交给奶奶
说：'奶奶，我们忘记带菜篮了。'这只菜篮，全篇只出现了这一次，可是
它却包含着很多很多的内容，它说明在过去，何大妈的生活曾经与菜篮
结下不解之缘，多少年来，她早上出门总是为了买小菜。那千百次的拎
着菜篮出门的情形，虽未明写，却通过这一次小孙女的有趣的误会而暗
场交代明白了。说是有趣的误会吧，其中却又蕴藏着深沉的辛酸，多少
妇女曾经长期在买菜烧饭之中消耗精力，好像被人忘掉了一样。简短
的几句话，竟道出了旧时代妇女的全部命运，可谓神来之笔。"①何大妈
的话语无疑是叙述人的话语，文本中叙述人的话语与文本外评论家的
话语一起否定了日常性劳动的意义，也就意味着新中国语境中主流意
识形态话语对日常性劳动价值的否定。当然这种否定是话语层面的，
现实层面上则是通过集体食堂、托儿所、生产小组、工厂等组织和机构
消灭了劳动的日常性，而强调了生产的"公共性"。也可以这样说，当
国家权力最大程度上把人们的生活和工作组织起来的时候，一方面保
证了社会化大生产的规模和进程，另一方面也在最大程度上消灭了劳
动的"日常性"。

　　《如愿》通过对日常性价值的否定昭示了日常性叙事在当代文学
叙事中合法性的丧失与日常性叙事的消亡，以日常生活为题材的另
外两篇小说则从另外的角度表征了日常性传统在当代城市文学题
材叙事中的消亡，即耿龙祥的《明镜台》和胡万春的《家庭问题》。

---

　　①　欧阳文彬：《试论茹志鹃的艺术风格》，载《上海文学》1959 年第 10 期。

《明镜台》这一小说题目取自佛家用语，"身是菩提树，心如明镜台，时时勤拂拭，勿使惹尘埃"。这在十七年文学叙事中显得意味深长，暗示了革命干部必须像佛家修行那样，得时时检视自己，处处抵抗诱惑，才能"功德圆满"。小说文本中的故事场景主要集中在一对革命干部夫妇的家里，时间是春节前一个星期天的下午，丈夫在房间里苦苦思索给厂里墙报《明镜台》的《想当年》栏目写的稿件的结尾，妻子在丈夫身边织毛衣，从农村来的保姆刘雁红抱着宝宝，在他们身后走来走去。小说文本设计了一个比较极端的情节，保姆的只有六岁的女儿阿早在风雪之中去奶厂给宝宝取奶迟迟未归，后来才知道掉进河沟里被人救起送进了医院。小说文本主要渲染了干部夫妇尤其是妻子的冷漠、自私与官僚作风，保姆因为冒着风雪去取奶的女儿长时间未归而担心不已，想去迎一迎。她第一次要求的时候，女主人说："你等一等，我把这针打起来。"第二次要求的时候，男主人提出自己抱孩子让保姆去，女主人说："你快点写你的吧。等会儿还要上街给宝宝买热水袋呢。"第三次要求的时候，女主人说："你等一等，还有几针，打起来，宝宝明早要换。"最后得知一个小姑娘掉到河沟里时，竟然说："那个小姑娘手里拿没拿奶瓶？这要真是阿早，我们宝宝明天早上吃什么呢？"作者对日常家庭生活中发生的故事情节的设计如此极端，实际上已宣告了日常性叙事的消亡，也就是说日常生活无小事，日常生活处处都显露出宏大主题与超验意义。叙述中叠加的男主人公对"想当年"的回忆，更强化了这一点。男主人公当年打游击受伤后住在一个穷苦老大娘家里，老大娘把他当作亲生儿子看待，三个月后在风雪之中老大娘深情地送别了他，并且流着泪对他提出了希望。男主人公把自己当年的这段经历写给厂里的墙报时，家里面发生的事情触动了他，他觉得自己和妻子这些干部们辜负了当年老大娘的殷殷希望。小说文本正是通过对男主人公写作过程中所思所见的叙述，使家中事情本身的"意义"变得更加宏大，也即革命胜利后，干部应如何对待"养育"过自己的穷苦百姓的重大问题。类似的故事情节还出现在《我们夫妇之间》，不过张同志对待保姆的态度虽显教条和生硬,尽管还有革命干部的教导姿态,却显出了尊重和最起码的平等意识。如果说《我们夫妇之间》在一定程度上还承续了日常性叙事的传统,那么《明镜台》则通过设置只有在讲述"旧社会"剥削阶级才会有的极端行为的故事情节,更通过对革命年代军民之间深情厚谊的回忆和革命胜利后革命干部对待穷苦百姓的冷漠无情的对比,昭示了日常生活的"微言大义"。

胡万春的《家庭问题》中故事的场景虽然大多发生在杜师傅的家里,故事的主要人物也是杜师傅一家,但这个家庭曾经存在、到故事结束已经解决的问题却远不止家庭问题,而是关联着技术革新等关乎工业现代化的最重大的国家问题。值得我们注意的是,在叙述人的讲述中,杜师傅的家庭已经完全工厂化、工业化了。杜师傅在家里是有着绝对权威的父亲,在工厂里是受人尊敬的检修工段长和党的分支书记。福新作为长子继承了父亲的工人阶级本色,而中等技术学校毕业的次子福民无论在家庭中还是在工厂里,都是被"规训"的对象。福民身体上、着装上的一些特点都被做了不利于生产的想象和叙述,他的白皙的脸和手、油光水滑的头发、讲究的穿着,都让他的父亲感到陌生和不舒服。为了强化身体的政治意义,叙述者又进一步交代了福民在学校里不爱劳动、在找废旧材料的过程中只考虑自己,从而使得文本中对福民身体的批判性叙述获得了合法性。文本中叙述者对人物的动作和心理的描写也被赋予了工业化、机械化的想象。比如,在马路上杜师傅和儿子福新相遇,福新听到父亲叫自己,作者这样写道:"福新刹住了脚。""刹住"的宾语一般情况下应该是机械性的,这里却被用来写人。再比如杜师傅给福新买的一顶帽子有点小,还被弄脏了,只好又买了一顶,但杜师傅感觉不开心,在写杜师傅不开心的时候,作者这样写道:"杜师傅还是很不开心,就像他在生产上出了什么事故似的。"描写心情可以用生产来形容,可见当时工业化这一国家目标影响之深远。如此一来,日常性便没有了任何立足之地,对城市生活的日常性叙事传统也几乎消失殆尽。

第二节　个性主义传统的微弱承续

一、被结构化的知识分子个人主义者

　　个人主义源于现代个体主体意识的觉醒。在现代中国，个人主义者在一定程度上等同于小资产阶级知识分子。五四新文化运动由于其对"人的解放""人的觉醒"的贡献，有着永远不可磨灭的历史合理性。正是从"五四"开始，启蒙现代性的主体才真正得以建立。同时，由于五四新文化运动的局限性，受到"人的解放"的启蒙现代性洗礼的多是知识阶层和青年学生。这些群体都有着城市生活的背景，城市成了个人主义知识者的主要栖身之地，这样，城市与个人主义者之间便有了复杂而多样的关系。"五四"文学中个人主义者主要有三种存在状态：一种是鲁迅作品中的"独异个人"，与庸众和环境之间始终处在一种紧张对立的状态，他们是失去了"家"的人，城市里虽然有他们的寓所，但他们却只是城市的"过客"；另一种是黄庐隐、丁玲、郁达夫作品中的"时代病者"，与社会之间同样存在一种紧张关系，他们生存于都市又疏离于都市；最后一种是冯沅君作品中反抗封建礼教、追求个人幸福的时代觉醒者，其与传统文化、与周围社会环境之间也存在着一种紧张关系，他们是都市的逃离者。

　　个人主义者由于对"个人自由意志"的追求和尊重，由于理想与现实之间的巨大反差，常常处于与社会现实的紧张冲突之中。这是个人主义者的宿命，是现代主体的必然困境。一方面由于这种困境的存在，另一方面由于"左翼"集体主义话语对知识者的规约，集体主义话语逐渐取代个人主义话语成为时代主潮。至社会主义新中国建立，集体主义话语终于一统天下。因为集体主义话语不但具有了文化领导权，还有了坚实的经济基础，即以社会化大生产、个人不占有任何生产资料为主要特征的公有制和集体所有制。

　　在"十七年"与"文革"以消泯个体为代价的集体主义话语语境中，知识分子与城市之间的关系较之于"五四"时期发生了重大变化。其

中最重要的变化是新的社会主义城市不再是知识分子自由活动的场所或者自由思想、表达、批判的空间。知识分子成了新的城市机器中的结构性存在，不但失去了思想的自由，而且必须通过高度自觉的思想改造才能获得存在的合法性，进而担当起"齿轮和螺丝钉"的结构性功能。如果这些存在于高度制度化的城市中的知识分子的行为或者思想有"出轨"或者"越界"的事实甚至倾向，就会有各种能够代表党、国家的人以训诫者或者领路人的角色出现，对其进行话语规训。

其实，这种话语规训行为早在延安时期就已开始，延安整风运动、毛泽东的《在延安文艺座谈会上的讲话》的发表与其精神的贯彻，就是制度化、纲领化的话语规训行为的开始。建国后，这种话语规训运动更是成为一种常态，一种经常性的意识形态规训，一种整合知识分子、维护其意识形态权力的手段。1951 年的知识分子思想改造运动，同年对电影《武训传》的讨论，1954 年对俞平伯《红楼梦研究》的批判，1955 年的"胡风反革命集团"事件，1957 年的"反右"斗争，直至"文革"，这些都是大规模的全国性话语规训运动。此外，那些常态化的话语规训行为更是存在于工作与生活的各个角落。

这一时期的城市题材文学涉及表现知识分子的，大部分都存在类似于话语规训的情节设置。邓友梅的《在悬崖上》中，作为技术员的知识分子在其感情出轨的时候，首先是"团里注意上这件事了，小组会上大家正式给我提出意见。支书也找我谈话，并且明示我这样下去将为团的纪律不允许"。在此之后是科长一段推心置腹的谈话，科长甚至不惜现身说法，目的是想让技术员明白"共产主义精神的内核"是"关心别人，关心集体"，"对别人负责，对集体负责，互相都把对方的痛苦当做自己的痛苦"，从而达到话语规训的目的。这样的话语规训活动促使大学生技术员最终还是选择了"悬崖勒马""浪子回头"。俞林的《我和我的妻子》虽然是一个革命干部丈夫对知识分子妻子红杏出墙的原谅及自我检讨，但自始至终，干部丈夫都是知识分子妻子的监护人、领路者。他对于妻子有外遇的自我责任承担仅仅止于承认自己监管方法不得当。并且，在故事的讲述中干部丈夫始终拥有阐释的权力，而知识分子妻子却完全被剥夺了话语权。在被戴锦华称为"知识分子改造手册"的《青春之歌》中,林道静的成长之路是通过在不同男性/革命者之间的位移实现的。其中,卢嘉川、江华等人更是充当了革命领路人的角色和功能。就是在保留了日常性叙事传统的《我们夫妇之间》中,工农妻子张同志也在一定程度上充当了知识分子丈夫李克的训诫者,对李克身上的小资产阶级知识分子积习的批判正是通过张同志实现的。类似的训诫者形象还有方纪《来访者》中倾听大学助教李敏夫对自己一段不堪的感情经历的讲述的作家(国家干部),还有丰村表现知识青年感情、婚姻经历的一系列小说《美丽》《周丽娟的幸福生活》《在深夜里》《一个离婚案件》等文本中故事的讲述者或者倾听者,以及在知识青年的感情出现危机时出现的党组织代表,他们都充当了话语规训者或者训诫者的角色。这些角色是功能性的,无处不在的他们是党和国家的政治意识形态的人格化体现,是党和国家的社会控制力量的人格化体现。

建国后,国家意识形态之所以能够实现其社会控制,和人的组织化存在是分不开的。有论者称,"当代中国的社会结构主要以身份制、单位制和行政制为基础",具体体现在通过户籍制度使个人从属于一个固定地域,通过单位化使个人从属于一个固定机构,同时又通过人事制度和劳动用工制度把社会成员划分为"干部""工人""农民"三种不同的社会身份①。在这样的社会结构中,知识分子也被"结构化"了,当他获得了新的结构性身份(国家干部、技术员、教师)的时候,也就意味着个体性的逐步丧失以及党和国家话语规训的开始。

当然,知识分子主体性的丧失,并不仅仅是新的身份认同和社会话语规训的结果,在一定程度上,这种转变也是知识分子的自觉行为。知识分子之所以放弃个人话语接受集体话语,和个人主义者自身的困境是分不开的。如前所述,现代个人主义者的困境不但来源于与社会之间的紧张对立关系,而且来源于自我的分裂。个人主义者是追求个性解放的理想主义者,由于理想与现实的差距使得社会现实对于他们而言永远都是阻碍的力量,他们需要不断的反抗,这样他们与社会现实之

---

① 参见王本朝:《中国当代文学制度研究》,新星出版社 2007 年版,第 81—82 页。

间的紧张关系将永远存在。同时，个人主义者还会陷入自我分裂的困境，如理智与情感的冲突、革命与恋爱的冲突、理想与现实的冲突等。个人主义者的这种困境是其向"左"转或者自我改造的内驱力①，这或许可以解释为什么建国后大批知识分子集体唱出了对新社会的赞歌，并自觉清洗自己身上的小资产阶级特质。小资产阶级出身成了他们的原罪，这种原罪意识使他们的自我改造具有了某种自虐性。

丁玲的思想在这方面颇具代表性。她曾说过这样一段话："我们从什么地方来？不可否认我们一般都是小资产阶级出身，当我们还没有决定自己要为无产阶级服务，要脱离本阶级，投身到无产阶级中来以前，我们的思想言行是为小资产阶级说话的，带有本阶级的一种情绪。但进步理论的接受，社会生活上的黑暗，使我们认识了真理，我们转变了。然而要真正地脱去小资产阶级知识分子的衣裳，要完全脱去旧有的欣赏、趣味、情致是很难的。我们的出身限定了我们不能有孙悟空陡然一变的本领。加上我们的知识、文学教养里面也包含了很多复杂的思想和情趣……这一些沉淀在我们的情感之中的杂质，是必须有一个长期而刻苦的学习才能完全清除干净的。"②巴金也真诚地说过这样的话："我们同是文艺工作者，可是我写的书仅仅在一些大城市中间销售，你们却把文艺带到了山沟和农村，让无数从前一直被冷落、受虐待的人都受到它的光辉，得到它的温暖。我好像被四面高墙关在一个狭小的地方，你们却仿佛生了翅膀飞遍了广大的中国，去散布光明。"他为自己的生活和工作经历感到愧疚，从而怀疑自己的创作："现在一个自由、平等、独立的新中国的建设开始了。看见我的敌人的崩溃灭亡，我感到极大的喜悦，虽然我的作品没有为这伟大的工作尽过一点力量，我也没有权利分享这工作的欢乐。……我的一只无力的笔写不出伟大的作品。为了欢迎这伟大的新时代的来临，我献出我这一颗渺小的心。"③

① 对此，贺桂梅在《知识分子、革命与自我改造——丁玲"向左转"问题的再思考》一文中的论述颇有见地。

② 丁玲著、陈明编：《丁玲论创作》，上海文艺出版社1985年版，第204页。

③ 巴金：《〈巴金选集〉自序》，开明书店1951年版。

　　诗人穆旦的《葬歌》就非常具有代表性地表现了知识分子埋葬旧
我的艰难历程,他把旧我称为"阴影",把小资产阶级个人主义者称为
"孤寂的岛屿",他写道:"哦,埋葬,埋葬,埋葬! /'希望'在对我呼喊:/
'你看过去只是骷髅,/还有什么值得留恋? /他的七窍流着毒血,/沾
一沾,我就会瘫痪。'"穆旦在这首诗里也写了对"新我"的向往:"就这
样,象只鸟飞出长长的阴暗甬道,/我飞出会见阳光和你们,亲爱的读
者;/这时代不知写出了多少篇英雄史诗,/而我呢,这贫穷的心! 只有
自己的葬歌。/没有太多值得歌唱的:这总归不过是/一个旧的知识分
子,他所经历的曲折;/他的包袱很重,你们都已看到;他决心/和你们并
肩前进,这儿表出他的欢乐。/就诗论诗,恐怕有人会嫌它不够热情:/
对新事物向往不深,对旧的憎恶不多。/也就因此……我的葬歌只算唱
对了一半,/那后一半,同志们,请帮助我变为生活。"①此外,在《我们夫
妇之间》《在悬崖上》《青春之歌》《红豆》等作品中小资产阶级知识分
子"出轨"之后的回归不仅是话语规训的作用,更有自我认同的需求。

二、知识分子个人话语的曲折表达

　　即使如此,个人主义与集体主义的嫁接也不是没有罅隙。知识者
的主体意识不可能完全泯灭,在意识形态控制稍稍宽松的时候,在知识
者的自我改造与社会语境发生冲突的时候,个人主义就要寻找表达的
空间,只是这种表达往往以曲折的方式存在。1956 年至 1957 年上半
年"反右"开始前的一年多时间,通常被称为"百花时期"。在这期间,
以《人民文学》为主,包括各地一些文学期刊相继推出一批在思想上和
艺术上对前一时期公式化、概念化的文学模式有所冲击的作品。那些
"公式化、概念化"的文学创作,是新生政权维护自身合法性诉求的表
现。这些作品的叙事结构是单一化的,叙述者的叙述话语也是明朗的、
坚定的。个人主义知识者在这些作品中处于"失语"状态。而"百花
文学"中的那些被文学史认定为突破题材禁区的作品,却呈现出某种
复杂、暧昧的文学形态,对当时的主流文学形成了一定冲击。当然这些

---

　　①　原载《诗刊》1957 年 5 月号。

冲击是有所顾忌的,创作主体努力在"党的事业的齿轮和螺丝钉"与坚持个体精神独立之间寻求协调的可能性。这些在后来的"反右"运动中被斥为"逆流""毒草"的作品,在一定程度上承续了"五四"以来文学中的个人主义传统。其中,以城市为主要背景的有短篇小说《在悬崖上》《小巷深处》《我和我的妻子》等,还有前文谈到过的《美丽》。它们大多以婚姻爱情为题材,在人物塑造、情节模式以及叙事结构上呈现出复杂的形态,从中我们可以窥见处于纠结中的知识分子个人话语的碎片。

邓友梅的《在悬崖上》讲述的是一个浪子回头的故事:"我"与单位的女会计员结婚后,因为"半路上贪恋一株新异的花草,忘了路标的指示",爱上了美丽的混血儿加丽亚,向加丽亚求婚遭拒后,在忏悔中和妻子的感召下又回归了家庭。小说文本中的主要人物都被赋予了强烈的阶级意识形态内涵。"我"是大学毕业生、技术员、小资产阶级知识分子,身上有着小资产阶级知识分子的软弱与摇摆;妻子是工人阶级、共产党员,理性、思想积极、品质高尚、时刻为他人着想;而加丽亚则是资产阶级的化身,爱慕虚荣、玩弄男性、自私自利。可以看出,小说中的人物是严格按照其时的政治意识形态规范来设置的,并没有游离出1950年代的主流话语。那么小说文本对1950年代文学规范的冲击,也就是说个性主义的表露,体现在哪里呢?

首先是加丽亚这一形象的设置与塑造。"我"与妻子的婚姻看起来幸福美满,政治上进步、生活上关心"我"的妻子,在"我"的眼里简直无可挑剔,但这只是在社会的强大"超我"——主流价值标准与规范——控制下的显意识层面的认识,事实上,在潜意识层面一直存在着一种为"我"自己所不能察觉的、无法名状的"爱"的匮乏和渴望。一开始叙事者就在叙事中埋下了伏笔:在"我"初参加工作时,无论在生活上还是工作上会计员都给予"我"帮助,使"我"一面认为"她长得很秀气,笑起来很美",一面又认为"但我没想到会和她恋爱,我觉得她和我不是一样的人,她比我要高些"。这句话本身在价值判断上的暧昧就隐约透露出了知识分子和工人阶级的罅隙。在会计员政治进步、品德高尚的感召下,"我"与会计员的恋爱和结婚,昭示了主流意识形态对个人主义知识者巨大的规约和召唤力量。在叙述者对自己爱情婚姻生活的讲述中,最多的就是妻子对他政治上的帮助,比如,"你总是不在政治上注意别人,对我还这样呢,对同志们又该怎样";再比如,"为了纠正我不爱读政治书的毛病,便把俄文移到早上去念,晚上叫我念政治书给她听";周末,他们在一起时经常谈论的也是"自己一周来的工作、思想"。在这样的婚姻中,人的自然情感让位给了"阶级、道德、政治"情感,人的自然情感的需求处在被压抑的状态。作为知识分子的"我"是被工人阶级共产党员妻子引导着"进步"的,是处于被规训者的地位的。至于这种规训是否成功,加丽亚的出现已说明了一切。

活泼美丽的加丽亚的出现犹如一道闪电照亮了被规训的知识分子内心深处被压抑的渴望。小说文本中的加丽亚代表着"美""自由"和"个人的享受"的编码,也可以说她是个人主义知识者欲望的"符号化"。她特立独行、与周围环境格格不入,是因为她奉行的价值标准是为主流意识形态所不容的。加丽亚象征着一种完全不同于"我"现在刻板生活的、自由自在、随心所欲的生活状态,这种生活正是"我"内心深处所渴望的,因此"我"的越轨是在所难免的。技术员和加丽亚的交往所带给他的情感愉悦,首先体现在他们交往的场景和空间上。这些场景和空间往往和城市的消费性以及城市的文化传统有着某种关联,比如外出旅游的车上、颐和园、北海、单位的舞厅等等。同时,这种情感愉悦还体现在他们谈论的话题上。这些话题往往与意识形态化的生活和工作无涉,而是与艺术和美有关(技术员是搞设计的,加丽亚是搞雕塑的)。在小说文本中,加丽亚这一"尤物"般的形象,不仅是男性欲望的投射,也是知识分子追求自由、反抗主流话语规范的曲折隐喻。

在反右斗争中,对这篇小说的批判也主要集中在加丽亚这一人物形象的塑造上。他们认为作者"在加利亚的处理上却有很大的问题":"加丽亚明明是一个玩弄男性充满资产阶级个人主义思想的姑娘。如果站在工人阶级立场上,作者就会在描写她动人的丰姿身影的同时也用艺术的语言揭露出她内心丑恶的一面,然而在这篇作品中,作者对加丽亚根本没有进行批评的要求,相反地,对她的美丽却大加赞赏。作品给读者留下的印象,是加丽亚的热情、美貌、轻佻和对男性的吸引力……引起人们的羡慕的爱压倒了对她的憎,她的外貌美压倒了内心的丑。"他们还认为:"产生这样现象的根源,显然是作者自己思想深处就有着那种自私自利的丑恶的资产阶级个人感情,并且受着那种'写真实'、否认人的感情有阶级性的胡风的反动文艺思想影响的缘故。"①批判者正是从加丽亚这一形象的塑造,以及作品中所表达的对加丽亚欲贬还褒的态度上,嗅出了知识分子的个人主义气息。

本来有希望成为"一个好党员和红色专家"的"我",在爱上加丽亚之后工作和生活便陷入了困境。与妻子的关系越来越坏,家庭争吵不断;设计图纸风格过于华丽受到领导的批评;与加丽亚的婚外情也受到众人的指责。为此,团里面本着"治病救人"的态度找他谈话,希望他能够"悬崖勒马"。前文所述的个人主义者所遭遇的与环境之间的紧张对立关系,爱上加丽亚之后的技术员也遭遇了。联系其时的社会语境,作品中爱情婚姻的道德、政治、阶级隐喻是不言自明的。技术员和加丽亚的婚外情,不仅是一个家庭问题,更是一个道德、政治、阶级问题。技术员摆脱自己陷入的重重困境的办法似乎只有一条,那就是离开加丽亚,回到妻子身边,归依主流话语。而加丽亚所具有的极大诱惑力使技术员一心只想着离婚,但对待离婚他又是极其矛盾的,当他最终下定决心时,加丽亚却拒绝了她。也就是说,他最终的"浪子回头",并不是由于"悔过",而是加丽亚的拒绝才使他"在悬崖上"却不至于坠入"万丈深渊"。这样一来,读者不禁要问:"假如加丽亚不拒绝的话,那结局将会怎样呢?"叙述者显然也意识到这一漏洞,唯一的弥补办法便是封死加丽娅接受"我"的求婚的可能性,将加丽亚塑造成一个从不考虑结婚、惯于玩弄男人的道德堕落者(在此之前就曾因为作风问题受过处分)。也就是说,只有将加丽娅彻底"妖魔化",才能圆满地完成"我"最后的回归,也才能警示越轨的行为不仅是违法的,而且对越轨者自身也具有极大的危害性,只有迷途知返才能重新获得家庭幸福。这种牵强的情节设计是作者对意识形态话语高度自觉的表现,同时也是意识形态控制力量强大的表现。

---

① 姚文元:《文学上的修正主义思潮和创作倾向》,载《人民文学》1957 年第 11 期。

知识分子个人话语的表露除了体现在加丽亚这一角色的设置和塑造上,还体现在小说文本的第一人称叙述和套层叙事结构上(有学者称其为"超叙事结构")。小说文本中"浪子回头"的故事采用的是第一人称叙述,让技术员"我"现身说法,增加了故事的真实度和可信度,增强了故事本身对读者尤其是那些出轨者的警示意义,从而也就达到了作者最初的写作目的。邓友梅在《致读者和批评家》一文中很明确地告诉了我们他创作这篇小说的动机。作者是以自己的工作生活阅历,耳闻目睹在婚姻中因放弃责任的行为给予被遗弃者造成的痛苦,出于感情上同情弱者的动机创作了这篇小说。作者想写的是"一篇反映夫妻生活中的道德观念、思想品质等方面的矛盾冲突的作品"。他是要批评、否定婚姻关系中那些喜新厌旧的人,他"希望青年朋友们看见这种人的卑鄙处,不再学他"。作者还说:"豁出去被人说我思想有问题,也要按着生活本身的样子把它再现出来。"[①]但同时小说文本采用的套层叙事结构又削弱了故事本身所具有的"道德训诫"和警示意义。所谓"套层叙事结构"或者"超叙事结构",涉及的是叙事分层问题。众所周知,任何叙事文本都有一个虚拟叙事人,由他来讲述故事、结撰文本是文学叙事的常规;当这个虚拟的叙事人叙述出来的人物又变成一个叙事者讲述故事时,那么同一个文本就出现了三个叙述层。这种情况下,主要叙述层之上的层次可称为超叙述层,之下的层次称为次叙述层。试看:

> 夏天的晚上,闷热的很,蚊子嗡嗡的。熄灯之后,谁也睡不着,就聊起天来。
>
> 大家轮流谈自己的恋爱生活。说好了,一定要坦白。
>
> 睡在最东面的是设计院下来的一位技术员。是个挺善谈的人。轮到他说的时候,他却沉默了许久也不开始。
>
> 人们你一句我一句的催他。
>
> 终于,他叹了口气,说起来了。——

---

① 邓友梅:《致读者和批评家》,载《处女地》1957 年 2 月,第 22 页。

　　技术员讲着讲着，发现听的人一点动静都没有，问道："怎么了？都睡了？"

　　……

　　讲故事的人说："回来后，为了重建我们的爱情，两人也还费了好大力气的，不过，那要讲起来就太长了，明天还上班呢！"

　　沉默一会，他笑了声："最好星期天你们上我家去作客吧！耳闻不如一见哪！"

《在悬崖上》通过它的开头与结尾提供的"超叙述层"，提供了"从设计院下来的技术员"这一人物，而在主叙述层，"他"就变成了"我"，"他"的家庭婚姻故事，就变成了"我"的"现身说法"。第一人称"我"的现身说法，增强了故事的切身感、自传性，从而强化了作品的真实性与感染力，也强化了作品道德训诫的意味。但"超叙述层"中"隐含作者"的存在，又使读者在读完这个故事时与故事包括故事中人物的道德姿态保持了一定的距离。这会起到一种间离的效果，也会削弱故事本身的"教育"意义。小说文本之所以采用这种超叙事结构，实际上是 1950 年代知识分子摇摆、犹疑心态的一种表现。

　　小说文本也可以看作当时知识分子处境的微妙象征。故事结局浓重的说教味，故事人物设置上鲜明的阶级性，无疑显示了意识形态规约对叙事行为的控制，但文本叙事中超叙事结构的设置却又在一定程度上构成了对这一规约的疏离。故事本身全部由主人公"我"来叙述，而隐含的叙事者只是个完全外在于故事的听者，他不发表任何对故事的评价。这样的沉默依然表明知识分子叙事人独立意识的存在，主人公的第一人称叙事，表明了一种"应该"的道德、政治立场。而隐含的叙事者对此所选择的沉默，却显现出对这种道德、政治立场暧昧莫辨的态度，叙事结构中所透漏出的个人主义话语隐约可辨。

　　前文提到过的《美丽》同样采用了套层叙事结构，甚至比《在悬崖上》的叙事层次更多，转换的叙述人也更多。其中有隐含的叙事者、"我"、季凤珠、季玉洁，还有小金。不过，与《在悬崖上》不同，故事的主要讲述者季玉洁，虽然是一个大学毕业生，但因为对工作的极度热爱和身上所体现的集体主义精神，她在行动上从没有动摇与犹疑。即使别人对她的表现产生了非议,她也是这样认为:"我懂得。但是,我有一点想不通:我是不是可以稍微放弃我的职责呢?我是否可以不照顾或少照顾我的首长呢?我这样想过。但是,我的良心不允许。而且,我看到我的首长时,我就不能不照顾他,在他的面前,我会忘记我自己,也会忘记一切。我怎么办呢?"可以说,季玉洁是一个被社会主义伦理观和价值观异化的人。对她这种个人时间被工作时间严重侵占产生深深担忧的是故事的另外一个叙述人季凤珠(也就是季玉洁故事的聆听着):"年青人都多么可爱。但是,他们可又有着自己的忧虑和苦恼。有时,甚至于叫人担心"。但在季凤珠之上还有两个叙述层,"我"和隐含的叙述人。这样层层包裹的叙事,是作者有意与故事、与对故事的叙述拉开距离。拉开距离的原因是对故事中人物的立场以及故事讲述者立场的暧昧态度,或者说对表明立场所带来的危险的敏感。在"百花齐放"欲放还收的语境中,知识者对待冲破话语规约的态度由此可见一斑。

同一时期城市题材文学中以婚姻爱情投射政治的作品还有《我和我的妻子》①,这部作品也采用了超叙事结构。《我和我的妻子》讲述的是家庭风波。解放战争胜利后,"我"整天忙于工作,妻子却有了外遇,但最终由于"我"真诚而深刻的自我批评,家庭矛盾得以解决,夫妻二人和好如初。故事中的夫妻关系模式是传统男权社会的典型模式。丈夫是妻子的家长,即管理者和引领者。在谈起他的妻子时,他会说:"我妻子是刚从城市里来的女学生,比我小五六岁,很单纯,有些地方还带着孩子气。"或者:"我妻子在政治上还很幼稚,她总是根据我的意见行事的。"丈夫的共产党员、革命干部身份,和妻子的知识分子身份又使这一传统夫妻关系模式具有了某种隐喻色彩,即:丈夫/共产党 /管理者,妻子/知识分子/被管理者。妻子这一角色在小说文本中自始至终都没有自己的话语权,整个事件都是丈夫按照自己的意图和理解在讲述。文中本可以借妻子的日记让她发出自己的声音,讲述自己有了外遇的真正原因和自己的真实感受。但故事的讲述者"我"(也就是丈夫),提到日记只是想透露妻子要自杀的想法,想要印证自己关于妻

———————————

① 作者俞林,发表于《新观察》1956 年第 11 期。

子失足的判断。即使到了故事的结尾,丈夫深刻地反省自己并做了真诚的自我检讨之后,夫妻彻夜长谈时,妻子还是处于"失语"状态。丈夫依然武断地贯彻自己的想法,"我"的话语变成了"我们"的话语。作者这样写道:"这一夜我们谈了很多话,很多时候,我们是在争着讲自己的错误。当我们认识了造成这次不幸的根源后,我们才第一次感到莫大的幸福。我们像新婚时那样感到甜蜜。一直到天亮,她才枕着我的胳膊睡着了。"

　　这篇小说更值得玩味的地方在于,知识分子妻子犯错误的时候,作为党员、革命干部的丈夫认真分析了事情的起因,对自己作了深刻的自我批评。在他看来,妻子之所以会有外遇,是因为生活无聊。生活无聊是因为没有从事革命工作,没有从事革命工作是因为自己的自私和官僚主义。文中有这样一段话:"当然,她也要负责任,可是这不是问题的主要方面,该负主要责任的是我,是我犯的那一连串的错误! 三反运动提高了我的认识,使我比过去任何时候都容易地找到了问题的答案。是我把妻子当作自己的附属品,把她放在身边,不叫她学习,也不叫她工作。借口'照顾'她,其实却是为了自己有一个所谓'温暖'的家,让妻子成为照顾这个家的主妇。正是我这种可耻的思想窒息了她发出的火花,阻挡了她前进的道路。我有什么理由责怪她对不起自己,认为非离婚不可呢? 我这种念头是多么庸俗和可耻呵!"也就是说,妻子是有革命热情的。这有穿越敌人封锁线时妻子的革命热情和不怕吃苦为证,有土改运动中妻子抱着孩子热情参与为证。而"我"却把妻子的这种革命热情看作是知识分子的革命浪漫蒂克,没有加以重视。解放之后,对妻子思想的苦闷也没加以重视,才导致妻子走上歧途。是"党"这个家长、监护人对知识分子的本质认识不够,工作方法、方式不恰当,而不是知识分子本身存在问题。联系当时知识分子的处境,党对知识分子的政策,似乎是隐含作者想要表达的观点。但让知识分子直接表达这样的观点,似乎会触动新生政权敏感的政治神经。于是,让党员、革命干部在一次家庭风波后,做自我批评,这样也许会安全一些。但作者还是存在顾虑,就采用了超叙述结构,"在一个婚礼上,有位来宾向大家讲了以下的故事",用间离的方法把自己隐在了故事叙述者的最后。知识分子个人的声音经过层层包裹以这种曲折的方式发出来,在那样一个文学极度政治化的时代是可以理解的。

从小说文本中我们还可以读出知识分子个人声音的微弱和个人话语所探及的边界的有限性。党员、革命干部丈夫作自我批评是在一个公开的场合———一个朋友的婚礼上。因为这种自我批评涉及妻子红杏出墙的私人敏感话题,人物的自我批评便显现出一定程度的"家丑外场"的真诚感,具有了推心置腹的性质。但人物在作自我反省和自我批评时,仅限于对妻子的不正确态度,对待自己的问题,一概采取了回避的态度。人物这样讲道:"这个运动像一面镜子一样,把我自己和我做的工作清楚地照了出来,从这面镜子里我看清了:我在办公室里整天忙忙碌碌是多么脱离群众,对工作又多么没有帮助。但是,今天我不打算对你们讲我工作中的错误和缺点,我还是谈我家庭生活的问题吧。"此外,在讲述妻子外遇的问题上,妻子被剥夺了话语权,没有任何表达自己真实想法的机会,读者只能接受事件的叙述者———丈夫的解释。小说文本还通过对妻子外遇对象的设置———一个音乐学院毕业的知识分子干部,因为和私商勾结、贪污公款,证据确凿受到群众的批判———使妻子的外遇具有了天然的不合理性和违法性。同时,文本中表现出的知识分子身上的软弱性、动摇性和危险性,又证明了他们处于被监管者地位的合法性。

《在悬崖上》《我和我的妻子》《来访者》等作品的知识分子个人话语是微弱的,也是犹疑的,他们的反抗性也是有限的。技术员、知识分子妻子,不再是"五四"时代的魏连殳、于质夫、莎菲,不再是觉慧,不再敢于对一切不合理的现象做痛快淋漓的抨击,不再敢于大胆追求个人的幸福。他们也不再与城市保持一种自由的关系,他们已经被结构化到社会主义城市庞大的组织之中,一切活动都在这个庞大组织的控制之下,个体性不复存在。即使是偶尔的出轨行为,也会被监管者(技术员的团组织、对他现身说法的老干部、知识分子妻子的党员、革命干部丈夫)拉回到"正常"的工作、生活轨道上。不过,一些知识者潜意识中涌动的个人主义有意无意通过人物塑造或者叙事结构,曲折地发出了自己的声音。这让我们在阶级极度泛化、政治极度泛化的年代听到了知识分子个人主义话语的微弱声音,看到了个体精神的"碎片"。

三、爱情与性别逻辑

爱情在"十七年"文学中被视为小资产阶级情调而成为一个题材敏感区。这一时期对爱情的描写多为"劳动 + 恋爱"模式或者"学习 + 恋爱"模式。在这种叙事模式中,爱情并不是建立在自然情感的基础之上,而是建立在政治、国家、民族等超验意义之上。就像马峰的《结婚》、李天济编剧的电影《今天我休息》、张弦的《上海姑娘》等作品表现的,爱上一个人等于"爱上"他(或她)忘我地工作、忘我地为人民服务的精神;《在悬崖上》中技术员爱上会计是因为会计政治上进步;《爱情》(李威仑)中叶碧珍爱上周丁山是因为他医术精湛、不惜拿自己做实验以减轻病人的痛苦,报名前去朝鲜战场救护伤员。这些小说文本中的爱情描写,遵循的并不是情感的自身逻辑,而是国家意识形态的逻辑。这种建立在政治意识形态之上的"爱情"被一些后来的评论者称为"无爱的爱情"。事实上,这一时期还存在着一些另类的爱情叙述,比如《红豆》《深夜的别离》《雪》等。这些文本在赋予爱情以超验意义之时,依然在一定程度上遵循了情感自身的逻辑。不过,叙述者不纯然是以人性为基础叙写爱情,爱情已成为一个复杂的场域,成为了性别/革命/家国、爱情/进步/政治等话语纠结并陈的所在。作者或者在宏大叙述中隐现女性意识,或者在城市的新与旧中展现爱情,或者在诗意与情愫中表达男女之情的幽微。

杨沫的自传体小说《青春之歌》是"一个少女的青春之旅"(戴锦华语),其主旋律是爱情与革命。少女林道静为了反抗后母的包办婚姻,逃离了家这个苦难的所在,成为了"出走的娜拉""五四之女"。之后她遭遇了爱情和革命,又走出了"丈夫的家",成为了"党的女儿"。对此,有论者这样认为:"从某种意义上说,《青春之歌》并非一部关于女性命运、或曰妇女解放的作品,不是故事层面上呈现的少女林道静的青春之旅,事实上,其中的女性表象再度成为一个完美而精确的'空洞的能指';影片真正的被述对象是资产阶级、小资产阶级知识分子成长道路、或曰思想改造历程。"①此论者自有他所遵循的逻辑,不过作家杨沫以及丁玲甚或更多的女性所走过的道路正是林道静走过的道路。《青春之歌》中的林道静并不是一个"空洞的能指",在她身上,女性/爱情/革命是融为一体的。虽然说在林道静身上女性解放的命题被包含并溶解在民族解放的革命话语中,但作品中的女性意识依然清晰可辨。对封建家庭包办婚姻的反抗、对成为花瓶式的官太太命运的反抗,体现了林道静女性意识的觉醒。虽然之后的革命话语冲淡了女性话语,但林道静走上革命的历程依然遵循着女性独有的逻辑。对于林道静来说,爱上卢嘉川就是参加革命的开始,爱上江华便是在革命道路上的继续向前。在这里爱情与革命互为动力、难分难解,女性以其独特的逻辑汇入了革命的洪流。

宗璞的《红豆》同样存在爱情与革命互相冲突的时代命题。不过,在叙述中,《红豆》遵循的主要是情感自身的逻辑。虽然江玫与齐虹的分歧早就存在,这种分歧也给她带来了痛苦,但她依然无法不爱他,"忘掉他——忘掉他——我死了,自然会忘掉"。当爱情与革命、与家国命运发生冲突的时候,虽然江玫最终选择了革命与家国,但对"小爱"的放弃也给她带来了巨大的伤痛,即使几年之后也挥之不去。在这种带有悲剧性的叙述中,却更突出了革命的神圣性。同时,也昭示出"大爱"的获得并不能消融失去"小爱"的痛苦。这种遵循情感自身逻辑的叙事反而使作品在其发表的社会语境中具有了超越性意义。此外,在这部作品中,革命话语非但没有消解、遮蔽性别话语,反而彰显、突出了性别话语。首先,女性的革命领路人不再是男性,相反,男性成了走上革命道路的阻碍力量,女性朋友则成为革命的感召者;家庭也不再是需要反抗的罪恶之地,而成了走上革命道路的动力。也就是说,家庭(父亲的缺席,江玫自幼丧父)和同性之谊成了江玫走上革命道路最重要的力量。女性的革命之路不再需要男性的示范和引领,从而使得男性与革命的必然联系被切断,革命的男权话语被颠覆。其次,江玫走

---

① 戴锦华:《〈青春之歌〉:历史视域中的重读》,《再解读:大众文艺与意识形态》,唐小兵主编,香港牛津大学出版社1993年版。

上革命的道路是以牺牲"小爱"为代价的,但江玫与齐虹的决裂并不仅仅是思想的分歧和革命对江玫的感召,更是女性追求独立自我的体现。齐虹对江玫的爱情充满着男性的占有欲望,他曾这样说道:"我救了你的命,知道么？小姑娘,你是我的。"当江玫拒绝跟他一起到美国时,他压低了声音,一字一字地说:"我恨不得杀了你！把你装在棺材里带走！"而江玫不愿跟他走的理由则是:"跟你走,什么都扔了。扔开我的祖国。我的道路,扔开我的母亲,还扔开我的父亲！"显然,江玫在1948年,"那动荡的翻天覆地的一年,那激动,兴奋,流了不少眼泪,决定了人生道路的一年",没有跟恋人齐虹走,不仅仅因为祖国、因为革命,更重要的是坚持"自己的道路",小说文本中彰显的女性意识由此可见一斑。

此外,在《如愿》和《寒夜的别离》[1]等作品中也体现出一定的性别意识,茹志鹃的《如愿》中,何大妈不满于整天围着锅台转的家庭主妇生活,渴望参加与国家有关系的公共化劳动,也是要求妇女解放的体现,不过是包含在国家宏大叙事之中的女性解放。阿章的《寒夜的别离》中的性别意识则显得与众不同,故事中的男女主人公本是地下党夫妇,在一次特务的搜捕行动中失散。经历了漫长的抗日战争和解放战争后,男主人公再婚,而女主人公依然孑然一身。叙述者对女主人公南燕忠贞于爱情的描写,对她"镇静、安详、自信"的渲染,对她在火车站对一对年轻恋人的关注流露出的对感情的向往,以及对无名男主人公的内疚和软弱的强调,于无声处鞭挞了男子对女子坚贞爱情的辜负。小说文本中的女性视角还体现为"小小的欢乐"在女性生命中的重要位置:"十几年来,有多少艰辛又有多少希望,望着胜利,望着和平,望着建设,也望着小小一份家庭团聚的欢乐。如今,和平、建设的日子到来了,那一份盼望已久的小小的欢乐呢？"在此,女性视角中的革命不再完满,而是充满了种种缺憾,并且这种缺憾在女性的世界里并不是微不足道的。

上述作品是在宏大叙事中隐现性别话语,还有一些作品则于爱情的叙述中彰显城市的新与旧。巧的是,草明发表于1955年的小说和李

---

① 阿章:《寒夜的别离》,原载《萌芽》1957年第3期。

威仑发表于 1956 年的小说都取名《爱情》，而且都是三角恋爱题材。不同的是，草明的《爱情》中的三角恋爱发生在一女（李小华）二男（刘得胜、林升平）之间，李威仑的则发生在一男（周丁山）二女（叶碧珍、小贞）之间。最终矛盾的解决都是通过重大事件的意外发生。李小华与刘得胜相爱，并在刘得胜去朝鲜战场前"私订终身"，而林升平不知情并深爱着李小华。当林生平得知时，刘得胜已经在朝鲜战场负伤且生死未卜。此时三角恋爱的冲突已经让位于重大且具有超验意义的社会事件，个人的恋爱已经显得微不足道，宏大叙事遮蔽、消泯了恋爱的纠葛与矛盾。当林升平知道他的情敌刘得胜还活着时，"发现自己心里失去了一样重要的东西"，"但是他看见这个热情而快乐的少女的欢笑，看见这个家庭又充满了欢乐，也仿佛看见自己的战友驾驶着汽车在朝鲜战场上驰骋着，把美国飞机气的嘶嘶叫，他身上又来了力量。"在李威仑的《爱情》里，叶碧珍爱着已经和小贞确定恋爱关系的周丁山，最后矛盾的解决得益于叶碧珍抢救了素梅之后的顿悟："是的，她克制住了一种几乎不能克制的感情。这是为了什么呢？这正是为了爱情——一个青年团员、一个真正的医生，对人民，对自己的职业，那深厚、真挚的爱情。还有什么样的爱情，会比这更崇高、更美呢？"男女之间的爱情让位于"对人民，对自己的职业"的"深厚、真挚的爱情"。事实上，李碧珍内心涌动的爱被"大爱"置换和压抑了。之所以这两部作品中的三角恋爱最后都能以"崇高"的方式得到解决，是和这样的爱情纠葛发生在社会主义"新城市"里分不开的。草明的《爱情》故事发生在大连，第三人称全知全能视角赋予了故事明朗的基调，客厅、工厂、海边的叙事空间赋予了人物内心无限敞开的姿态。新的红色城市中爱情纠葛有了新的"崇高"的解决方式。虽然李威仑的《爱情》中第三人称女性限定视角赋予了小说文本感伤的情调，对叶碧珍"欲爱不能"的心理也刻画得细腻、婉转、曲折，但是医学院学生刻苦学习，附属医院医生不顾自身安危全心全意为病人着想、积极参加抗美援朝前线救援工作，乡村医生恪尽职守，依然闪现着社会主义城市新的面貌和形象。爱情／政治／新城市融合纠结在一起，构成了这些作品的底色。

如果说草明的《爱情》和李威仑的《爱情》映衬着社会主义城市的

"新"，陆文夫的《小巷深处》和方纪的《来访者》则表明了社会主义城市的欲新还旧、新旧驳杂。首先两篇小说的故事都有着中国传统"才子佳人"故事的影子。只是《小巷深处》用才子佳人的故事来演绎"旧社会把人变成鬼、新社会把鬼变成人"的主题，并采用了"恋爱加学习"的结构模式，从而使大学生张俊和新社会的劳动者徐文霞（旧社会曾是妓女）之间的爱情故事被赋予了意识形态内涵。而《来访者》中的大学生康敏夫和唱大鼓戏的女子的故事，则有着张恨水的《啼笑因缘》中樊家树和沈凤喜的影子。康敏夫最初也是作为拯救者的形象出现在女戏子的面前，只是由于时代的缘故，知识分子已经成为一个可疑的身份和需要改造的对象，最后他不但没有能力拯救女戏子，反而两次自杀未遂，不论精神上还是肉体上都沦为了被拯救的对象。而女戏子因为离开了康敏夫，依靠自己和新社会的力量过上了有尊严的生活。这两篇小说都借传统的故事模式演绎了新的意识形态内涵。此外，这两篇小说中的故事展开的空间也是新旧并置。《小巷深处》中的张俊是工厂里的技术员，徐文霞是工人，但是工厂场景只是作为背景存在，故事中出现的是高大巍峨的北寺塔，有着假山、曲折的回廊、满月形洞门的留园，小巷深处的徐文霞的住处等这样一些或传统或私密的空间。《来访者》中大量故事情节发生的空间是戏园子这一带有强烈传统文化意味的空间，而康敏夫讲述这个故事的空间却是一个有着严格接待程序的党委机关。也就是说，小说中的苏州和天津既新且旧，新并没有与旧完全断裂。甚至《小巷深处》中在苏州城里还有嫖客出入，徐文霞见到老嫖客之后竟然黑话连篇。《来访者》中还有老鸨、姘头在活动，戏园子里还有调戏"文艺工作者"的起哄现象。新的城市里老套的爱情故事映衬着城市的旧，不老套的爱情结局又昭示着城市的新。旧的城市空间的呈现与城市里各色人等的存在又暗示着新的城市继续着旧的城市形态与城市逻辑。

　　此外，在"十七年"的"爱情小说"里，还有一些有别于主流创作的个性文本存在。比如艾芜的《雨》①，小说没有激动人心的故事情节，有

---

①　原载《人民文学》1957 年第 7 期。

的只是大雨中徐桂青心中涌动的情愫和对一个不知名的男青年的担忧与关心。徐桂青因为父亲病倒、家庭困难,高小一毕业就做了列车查票员。由于对读书的渴望使她对经常乘车时专心看书的小伙子印象深刻并有了好感。叙事者娓娓道出了朦胧的爱情在心中悄悄萌芽时,少女徐桂青心中淡淡的喜悦、丝丝的牵挂以及莫名的惆怅。情节的淡化、少女感情的微妙使小说颇具诗化小说的神韵。再比如燕苹的《雪》①,检查员邵慧和工长之间爱情的萌发,并不是源于工长的劳动积极性和责任心,而是源于工长的"英雄救美"式的行为。虽然检查员邵慧工作认真负责,但工长看中的却是邵慧的女性特征,如会打扮,"闪个白眼"也是美丽的,还有迷人的浅笑等等。不同于主流爱情模式的情节和人物设置,使得《雪》中的爱情描写不再是"无爱的爱情"。

第三节　市井文学传统的承续

自延安文艺以来,由于文艺界主导文艺思想对传统文化和外来文化的拒斥态度,新中国以来的当代文学可供借鉴的思想资源非常有限,这在一定程度上影响了当代文学的创作面貌。又由于新中国对城市生产意义的强调和消费意义的警惕,城市成了单纯的政治、工业中心。这一时期城市最主要的功能是国家大工业,对城市属性的这种认定,导致了表现城市中国家工业化的"厂矿题材"的文学作品的井喷。

在这样的文学生态中,城市的家园意义、城市与传统文化的联系、民族国家概念下的城市人的"国民性"问题,由于其并不从属于城市的政治、工业逻辑,也由于其内涵的复杂,基本上是处于被遮蔽状态的。这样的文学叙述是被边缘化的,其叙事的合法性也是被质疑的。但在"十七年"文学创作中,依然存在着城市及城市历史书写的"异类",主要有老舍的《正红旗下》、李劼人的《大波》、欧阳山的《三家巷》以及陆文夫以苏州为叙事空间的一系列作品等。这些作品更注重城市的民族文化史逻辑,作家在讲述城市的革命史时,更多地把笔触深入到市井细

---

① 原载《萌芽》1957 年第 6 期。

民的生活中,注重城市作为市民精神空间的象征,承续了中国古典文学中绵长的市井传统,更承续了新文学中老舍、张爱玲等人开拓的市井传统。《正红旗下》是老舍未竟的长篇,在作者生前未能面世;李劼人在解放后花费数年时间重写《大波》,一百四十余万言的长篇巨著,面世后几乎无人问津;欧阳山以《三家巷》为代表的多卷本《一代风流》,为作家带来声誉的同时也招致了更多的批评与质疑。这些作品的遭际,都在昭示着这些作品的"非主流"的"异质"性。

一、李劼人的成都

1. 传统建筑空间中的近代成都

我们先来看李劼人《大波》中这样一段描写:

> 所以孙雅唐一到楼上,便情不自禁地循着走廊,向四下眺望起来。南面被皇城门楼挡住,看不出去,仅能从门楼的右侧,窥见陕西街的教堂钟楼。西面是满城,呀! 好一片郁郁苍苍的树林! 满城外面的人家也不太多。东面恰恰相反,一眼望去,万瓦鳞鳞,房屋非常之密,只稀稀落落有些大树,像硕大无朋的绿伞撑向天空。北面有两处高地,远一点的,是有名古迹五担山,近在跟前的,是从前铸制钱的宝川局(从辛亥前一年、即宣统二年起,已改为了劝业道衙门)的煤渣堆积起来,为人称道的煤山;除这两处光秃秃的名实太不相称的所谓山外,还有两座相当高的建筑,正北是皇城厚载门洞上破破烂烂、久已失修的门楼,偏东的,便是建筑在一个颇似城门洞上的、尚未十分颓败、也算得是成都古迹之一的鼓楼。可惜天色阴沉,密云四合,东南的龙泉山、北面的天彭山、西面的玉垒山,连一点影子都没有。而且时候也晚了,城内说不上有暮霭,但薄雾迷蒙,准定是数万人家的炊烟了。(这时,成都人家烧煤的非常少,绝大多数都烧的是木柴,因此,发出的烟,不浓而淡,不聚而散,很似雾。)

如果不了解这段文字的语境,初读这段文字的话,一定会以为是哪位文人逸兴满怀在登高望远。殊不知此刻的成都已乱成一锅粥,巡防军、边防军、陆军陆续"哗变",军政府的藩库、盐库,成都城内的银行、票号、银号、捐号,十多条繁华街道上的商家几乎无一幸免,惨遭抢劫。听到消息后,刚刚成立十二天的军政府的师爷们想离开皇城而不得,孙雅唐于是想到明远楼找军官吴凤梧问个究竟。谁知这位孙师爷在登上明远楼之后竟然还有雅兴登高望远,眺望成都的全景。显然,叙述者是在借人物的眼睛带领读者在明远楼上放眼老成都的全景。作者在很多时候不惜破坏文本的叙事节奏来细细描绘老成都的历史古迹、官绅宅院、街头巷尾、茶馆酒肆,显示了作者对老成都城市空间的执著。历史事件、社会变革和民风迁移均在纷繁的城市空间中呈现,也就是说,城市空间的嬗变与政治、经济、文化的变革具有某种同构性。就在这段对老成都全景的描绘中,近代成都各种社会力量的此消彼长已经清晰可辨。作为西方文化符号的"教堂钟楼"已赫然屹立在皇城的南面,成为老成都的最高建筑;作为中国传统文化隐喻的"鼓楼"和"门楼",一个是"尚未十分颓败",另一个则是"破破烂烂、年久失修"。这样的城市空间分明把晚清以降,古老、闭塞的四川在西方现代文明入侵之际,中国古典性城市已岌岌可危、衰朽堕落的情景展现于读者面前。满城只见郁郁苍苍的树木而人家却不多,则说明了旗人大势已去、旗人的统治也已日薄西山。

在传统公共建筑空间方面,《大波》中还有对青羊宫、武侯祠、文昌祠、少城公园、新式学堂、道台衙门等的精心呈现,以及对茶馆酒肆、戏院餐馆、街头巷尾的细致描绘。在这些传统建筑空间中,近代成都的社会变迁同样清晰可辨。少城公园是成都近代公共空间的代表,其中既有颇具中国传统园林建筑风格的像水榭又像长廊的养心轩,也有楼顶有桅杆、烟囱,楼房正面悬了一块小匾额,绿底粉字,题着"长风万里",还有模仿外国火轮船建造的楼船。青年学生对待这个不中不西的楼船的态度是:"好恶俗的东西,真杀风景!我每回看见,总不免要打几个恶心。"还有的说:"为啥不模仿中国的楼船,偏要模仿洋船?又不像。我看见过洋船照片,楼顶是平的,还有铁栏杆,怎么会是两披水的人字顶,而且还盖上了瓦!"中国传统文化中并没有现代意义上的公园,只有所谓的私人园林和皇家园林。这个在成都满城修建的少城公园本是现代文明的产物，但建筑风格却是中国古典式的，中间却又杂有不中不西的楼船。青年学子对这个怪物的本能厌恶显示了普通民众对西方文明一种自发抵制。同时青年学子认为这个不伦不类的建筑是"胸无点墨的满巴儿"的"手笔"，则显示出清朝的统治已岌岌可危、几近土崩瓦解。成都星罗棋布的大街小巷也是李劼人重点表现的老成都的城市空间。如繁华的西御街、东大街，贫穷的陕西街、三圣巷，阴暗的下莲池，杂乱的北门草市街，娼妓集中的新化街等等。青石桥贩卖各类小吃的铺面，四城门冒着热气的"十二象"露天摊子，清晨，城门洞里拥挤着挑大粪、买小菜的人流；中午，机器局的放工哨音响彻云霄，大街上穿梭来往的轿子，从轿子的样式和轿夫的吆喝声中，可以猜出坐轿人的身份；入夜，主要街道的菜油街灯抖动着微弱的火光等等。即使在这些具有浓郁市井气息的城市空间里，西方物质文明也已落地生根，卖洋货的章洪源、正大裕、马裕隆、庆协泰等大洋广杂货店生意兴隆，这些店里的洋绸汗衣、东洋珠穿的鬓花、西洋景、洋囡囡为官绅太太小姐所钟爱，小市摊上的洋火、洋布、洋葛巾、洋针、西洋假珍珠等则诱惑着市井细民。

　　类似这样的城市空间描叙，《大波》中还有许多。同时，私人空间也是李劼人所呈现的成都城市空间的重要部分。这方面的代表要数官绅的公馆，比如黄澜生的黄公馆、郝达三的郝公馆、葛寰中的葛公馆、李湛阳的李公馆等等。作者笔下的这些公馆大多古色古香，修建地十分讲究，但同时也呈现出受西方物质文明影响的特点。比如黄公馆，靠北是一排五开间、明一柱的上房；迎面是小客厅，客房和游廊；小客厅对面是一座藤萝苔藓覆盖的假山，假山有孔、有穴、还有洞，从洞里沿着石阶还可到达山顶，假山下是金鱼池；靠南是过厅背后的花格子门窗。单从庭院中考究的假山就可以看出主人对生活的讲究，主人还吹嘘这是"江南大名士顾子远的手笔"，颇有些中国传统文人附庸风雅的遗风。不过，就连古雅如此的黄公馆，西方物质文明也已悄悄入侵，地道的外国牙签、洋灯等西方器物已登堂入室。郝公馆更是如此，郝家人对西方新玩意儿的接纳更早、更多。在李湛阳公馆，中国式的木炕桌椅之间，"居然摆了几件由上海运来的弹簧软椅和沙发之类的家具"。在这些传统建筑空间中,作者为我们呈现出了近代成都的面貌。在西方文明的入侵下,近代成都已是新旧杂陈、面目驳杂。

2. 川味儿与巴蜀风情

在《大波》中,当作者把笔触深入到市井里巷、茶馆餐楼、街面小铺和官绅公馆中时,也就意味着作者不仅讲述重大历史事件,也关注日常生活场景和民风民俗场景。这样的城市叙述基本上延续了李劼人之前《死水微澜》《暴风雨前》注重描绘民俗风情画的传统,从而使作品具有浓郁的"川味儿"和巴蜀文化特质。四川偏安一隅、交通不便但又富饶丰足的地理环境和气候条件,使其在历史上长期以来较少受到儒家文化的羁绊,久之,便形成了崇享乐、尚实际的民风,而成都作为四川的中心城市则呈现出鲜明的消费性、享乐性的文化特征。李劼人一生的大部分时间,除了 29 岁时到法国留学四年十个月之外,都在这里度过,深深地浸染在巴蜀文化之中。他的小说创作均以发生在四川的历史事件为题材,并以成都和川西为主要叙事空间,有着显著的"成都情结"。这种"成都情结"有些类似于老舍的"北平情结"。但李劼人不同于老舍的地方在于,老舍是以悲剧的意识和含泪的幽默来写北平的,而李劼人在写成都时却多了一份从容与冷静。他的这份从容和冷静也是以成都为中心的崇尚实际的巴蜀文化浸染的结果。

《大波》的川味儿和巴蜀风情,首先表现在对川人生命欲望的呈现上。四川地处西南,使它兼有了南方文化的绚烂多情和西部文化的雄强坚韧;作为盆地,它既阔大又封闭,封闭使它保守、自足,和其他地域文化交流少,盆地的阔大和沃野又赋予了它勃勃的生机。这些都造就了川人融蛮性与野性于一体的生命欲求。这种生命欲求在被称为"川辣子"的四川女性身上体现得尤为充分。黄澜生太太就是"川辣子"的典型代表,她是李劼人为中国文坛贡献的以蔡大嫂(《死水微澜》)、伍大嫂(《暴风雨前》)为代表的独特女性人物序列中的一员。黄太太不仅"精明强干",而且"人材貌美、性情温柔、言谈有趣、体态风流",浑身充满了魅惑力。黄澜生这个半官半绅比太太大十几岁的人,也被管制得服服帖帖,是有名的怕老婆,连楚用都开表叔的玩笑:"为啥表叔不听表姊的话呢","岂不是反了常了"。郝又三在黄家做客时见到黄太太,他那"含着微笑的眼光","很像两枝可以射穿七札的利箭一样",让黄太太觉得"没有一瞬时不透进自己的肌肤"。这种表述充分显露出黄太太所具有的女性的强烈的魅惑力。小说文本中的黄太太也是一个爱赶时髦的女子,她梳"新式的爱斯发髻",穿"文明鞋",装扮有时"浓妆艳抹"有时"淡雅疏朗"。黄太太身上最能体现巴蜀风情的是她对男女关系和性的态度,她较少受儒家礼教的束缚,没有强烈的贞操观念。她不仅善于运用女性的手腕来满足自己的情欲,而且没有道德上的歉疚感和伦理上的不安。她爱自己的丈夫,不愿舍弃自己幸福的家庭和自己官太太的身份地位,又为小自己八岁的表侄楚用能对已经是两个孩子的母亲的她产生爱慕之情暗暗得意,并且还想把他紧紧地攥在自己手里。她最后选了一个万全之策,一方面让楚用回家与父母给他物色的未婚妻结婚,另一方面让楚用不能忘了她,婚后要迅速回成都。这样,楚用就不会威胁到她的生活,又在她的控制之下。与现代文学史上表现已婚女子私情的文学作品不同,李劼人并没有展现黄太太内心的挣扎与挣脱情欲的努力,读者感受到的只是一个成熟女性在感情上的手段和对情欲的放纵,这也正是川辣子的核心特质之一。

贯穿《暴风雨前》和《大波》的人物伍大嫂也是一位道地的川辣子,还是姑娘时她就敢于反抗父亲,婚后也大张旗鼓地和婆婆较量,最终婆婆败下阵来。她同样没有贞操观念,迫于生计和多个"男朋友"交往,更甚的是,男朋友无力供养她的时候还给她找来有钱的郝又三,并且她还能让这些人和她的丈夫友好相处。这样的伦理人情当然与成都特有的自然、地理环境以及长期形成的各种社会关系、风俗人情、生活规范有着密不可分的关系。在这样的环境的浸染下,成都的女性大多泼辣顽强、敢于斗争、敢于冲破世俗成规。不过,伍大嫂的生活方式也是生活重压之下的无奈选择。近代以来男女平等的时代风气也是川辣子行为开放的原因之一。西方现代性的扩张使川人的思想逐渐开化,女性的社会地位提高后,也有了反男人三妻四妾之道而行之的可能性。

相对于具有强烈生命活力和生命欲望的"川辣子",四川男子更多地表现出一种重实际、明哲保身的特征。黄澜生有一儿一女,儿子调皮淘气女儿活泼可爱,黄太太漂亮泼辣,黄澜生亲切地称自己的女儿为"我的噪三雀儿",一家人生活得有声有色、其乐融融。时代的变迁和社会的变革也在影响着这一家人的生活,黄澜生支持保路运动和社会革命,但他的支持只限于对时事的关注和议论。他对投身保路运动的王文炳赞赏有加,却不希望自己的表侄楚用身陷其中。他更看重生活的安稳和家庭的和睦,巴蜀文化中重实际、明哲保身、顺应时势的特点在他身上就表现得很明显。重实际、明哲保身的民风使成都少有真正的仁人志士和英雄。楚用因为贪恋和表婶的私情,推掉了同志会分派给他的回新津发动同志协会,并洽商他的堂外公侯保斋出山领头号召的任务。后来参加同志军也是在事先不知情的情况下,随同同学汪子宜到了新场后不得已才加入的,还稀里糊涂打了一场硬仗,受了伤,做了一回英雄。等再回到成都,他已对革命不再有激情。事实上,《大波》中的官、绅、学、兵各个阶层在保路运动等事件中的各种表现都是出于各自不同的利益,真正为民为公的并不多。

《大波》中的川味儿和巴蜀风情还表现在川人重美食、重享乐上。楚用到黄公馆去住宿是为了"消夜",结果由于"卤牛肚死咸,卤牛筋帮硬",烧鸭子和白斩鸡也不可口,颇不乐意,导致觉都没睡好。黄澜生邀请人吃饭特意请了有名气的厨师小王到黄公馆做鱼翅便饭。关于做饭,黄澜生还有一番高论:能够用心思做好饭就会当官,因为历史上的伊尹就是因为会弄饮食,汤王才会重用他。吴凤梧因为早饭"下饭"的只有豆腐乳,便对妻儿大发雷霆,能到伍平家里饱餐一顿有肉的饭,便无比满足。他什么苦都可以吃,就是不能忍受饿肚子之苦,无论到了哪里他最惦念最在意的就是吃。作者还描写了旧成都著名的餐馆聚丰园、枕江楼,以及名目繁多、色香味俱全的小吃等等。尤其是四川大汉军政府成立后把都督府定在了贡院皇城,皇城随之对各界市民开放,皇城大坝简直成了一个成都小吃的海洋:

> 人来得多,自然而然把皇城变成一个会场。会场便有会场的成例。要是没有凉粉担子、莜面担子、抄手担子、蒸蒸糕担子、豆腐酪担子、鸡丝油花担子、马蹄糕担子、素面甜水面担子(这些担子,

还不只是一根两根,而是相当多的);要是没有茶汤摊子、鸡酒摊子、油茶摊子、烧腊卤菜摊子、蒜羊血摊子、虾羹汤摊子、鸡丝豆花摊子、牛舌酥锅摊子(这些摊子,限于条件,虽然数量不如担子之多,但排场不小,占地也大;每个摊子,几乎都竖有一把硕大无朋的大油纸伞);要是没有更多活动的、在人丛中串来串去的卖瓜子花生的篮子、卖糖酥核桃的篮子、卖橘子青果的篮子、卖糖炒板栗的篮子、卖黄豆米酥芝麻糕的篮子、卖白糖蒸馍的篮子、卖三河场姜糖的篮子、卖红柿子和柿饼的篮子、卖熟油辣子大头菜和红油莴笋片的篮子;尤其重要的是,要是没有散布在各个角落的装水烟的简州娃,和一些带赌博性质的糖饼摊子,以及用三颗骰子掷糖人、糖狮、糖象的摊子,那就不合乎成例,也便不成其为会场。而且没有这一片又嘈杂,又烦嚣,刺得人耳疼的叫卖声音,又怎么显得出会场的热闹来呢?

娱乐、消遣在川人的生活中也有着不可或缺的地位。打纸牌、麻雀牌,抽烟、吸食鸦片,到戏院听戏,甚至于嫖,都是川人生活中的重要部分。蜀通轮船作为四川最先进的现代交通工具,地方虽小,却有客人专门打麻雀牌的地方。华阳知县史九龙正与姨太太打麻将,手里一副好牌,不巧一个亲信小跟班进来报称:管监狱的高老爷便衣禀见。史九龙听了典狱官高老爷细说详情后很是气愤,因为好牌被搅。四川人爱抽烟,无论男女,一般人抽水烟袋或者纸烟,水烟袋最好的烟丝是福建烟丝,纸烟普通人抽麻雀牌的,有钱人抽双刀牌的。大部分人家都备有给客人用的水烟袋、烟丝或者纸烟。在绅士、地主家的客厅里或者在茶馆里,一伙人一边抽烟,一边摆龙门阵,谈论时政大事。万春茶园、悦来茶园、可园等戏院对成都人来讲都是耳熟能详的。各种戏种、唱段、名角儿也是川人共享的话题:灯影戏、川班、京班,灯影戏的名角有唱花脸的贾培之、唱旦角的李少文登,川班的名角名段有刘文玉、周名超的柴市节,李翠香的三巧挂画,邓少怀、康子林的放装,蒋玉堂的飞龙寺,还有游泽芳的痴儿配,小群芳的花仙剑等等。

对服饰的关注也是李劼人对成都民俗的一种呈现,葛寰中的便装是一件玉色接绸衫,外罩一件裹圆的深蓝实地沙袍子,系着玉扣丝板带,上身还罩了元青铁线纱马褂,脚穿薄粉底双梁青缎宫靴,手上拿的是一柄檀香谷子折扇。如果是行装的话,头上要戴缨帽翎顶,腰上要有忠孝带、槟榔荷包、眼镜盒、表褡裢、扇插子等全套行装。黄太太见客的服装也非常讲究,还有青年学生的装束,社会底层人的装束,作者都进行了详细的描述。《大波》多次写到黄太太的服装,特别是黄太太的发式,还有"血灌肠内"的装束:"只在水红绸汗衣上加了件长仅及膝,并无滚边的白纱衫子,衬着里边的浅红颜色,是当时有名的打扮,叫着血灌肠内。"细节之精准,令人赞叹! 这些饮食、服饰文化不仅具有民俗学的价值,还具有审美价值。

此外,李劼人小说的语言具有浓郁的巴蜀韵味,最突出的特点是选用了不少充满活力与生趣的四川方言。从方言本身的类别来分,主要有两种:一是哥老会术语,其中有些已经进入日常话语,如"对识"(介绍)、"撒豪"(恃强仗势、胡乱行为)、"搭手"(帮助)、"水涨了"(风声紧急或是什么危险临头)、"戳到锅铲上"(碰上硬东西,不但抢不到手,反而有后患);二是四川通用的成语、俗语,如"油大"(荤腥菜肴)、"伸抖"(风姿出众)、"苏气"(称道一个人态度大方、打扮漂亮,与土气、苕气、土头土脑相反)、"苕果儿"(土气)、"煮屎"(说臭话,背地道人是非)、"巴适"(适合,合适,适应)、"扁毛儿"(毛病)、"打捶"(打架)、"角逆"(相争、相骂、斗殴)、"散谈子"(开玩笑)、"整倒注"(整得彻底)、"烫毛子"(以非游戏规则把别人的银钱弄光,又叫整猪,与剥狗皮、被人拔了萝卜缨同义)、"装蟒吃象"(假装糊涂)、"不撒火"(不畏惧、不怯懦)、"开红山"(见人就杀)、"地皮风"(耸人听闻、使人茫然奔避的谣言)、"袍皮老儿"(成都人以前称呼袍哥的名称,含有鄙薄之意)、"默道"(暗想)、"门限汉儿"(只在家里对自己人称好汉,却不敢对外人称豪杰)、"瓜瓜"(老实人)、"言子"(方言、土语、谚语、歇后语、某一些术语都叫做言子)、"冲壳子与冲天壳子"(说大话、夸海口,无中生有),"癫疙疤躲端午躲得过初五躲不过十五"等等。在四川的历史上,民间的哥老会组织颇多,袍哥势力强大,甚至在一定程度上可以左右官府,小说文本中大量哥老会语言的存在正说明了这一点。此外,四川通用的俗语和成语又有一种蛮劲和野劲,正是川人野性和蛮性特质的体现。所以,这些方言是巴蜀文化重要的一部分,是巴蜀文化特质在语言上的显现。

3. 风俗描写的复杂性

《大波》第一部的前半部分对民风民俗的叙写较之后半部分和后几部要多。对此,作者在《〈大波〉第二部书后》中这样说道:"有些不该描绘之处,描绘了,有些该形象化之处,又没有形象化。例如在上半部,尚不慌不忙,反映了一些当时的社会生活,多写了一些细节。(也有朋友批评细节写的过多,不免有点自然主义的臭味。)但是到了下半部……只用了很少笔墨,写到会场以外的社会生活。……以致干巴巴地凑成一副骨头架子,而缺乏生人气。"①作者认为只写历史事件,不写"社会生活",是"干巴巴"的"骨头架子","缺乏生人气",由此我们可以看出李劼人对描写以民风风俗为中心的地域文化的重视。吴福辉先生说:"中国的地域文化迄今为止还是乡土文化","乡土文化的民间性质,它所处的滞后位置,使得它呈现出许多文化残存体,所以特别具有历史文化品格"。② 地域文化是空间意义上的,更是时间意义上的。它是一个特定的区域在漫长的历史过程中形成的相对稳定的文化特质。现代性的历史是变革与断裂的历史,地域文化的乡土性质则决定了它的某种保守性与历史连续性,所以二者之间必然会存在矛盾和冲突。

以成都为中心的巴蜀文化,历史上长期与正统儒家文化相隔膜,使其能够重视人的感性欲望的合理性,所以四川虽然闭塞,但重实际、重享乐的巴蜀文化却具有一定程度的开放性和包容性。因此,在中国现代性进程伊始,成都的变革并没有在文化层面产生传统与现代的激烈冲突。在现代性和历史变革的裹挟下,成都的民风民俗所发生的变化也显得顺理成章,譬如成婚的仪式。在成都,传统的成婚

---

① 李劼人:《"大波"第二部书后》,《李劼人选集》第二卷下册,四川人民出版社 1980 年版,第 952 页。

② 吴福辉:《地域文化视角》,载《天津社会科学》1995 年第 3 期。

仪式非常复杂,从婚期前两天的过礼、回礼,到婚日头一晚男家热闹的花宵,再到迎娶之日的花轿迎亲、拜堂、撒帐、揭盖头、老长亲传授性知识、谢客、婚宴、闹房等等。到了辛亥年间,这些繁琐的仪式发生了变化,《大波》中周宏道与龙幺妹的婚礼,为了安慰龙老太太,新娘子坐了花轿,花轿前后打着飞凤旗、飞龙旗、红日照与黑油掌扇之外,但其他全是新式:介绍人演说、来宾致辞、新郎演说等等,免去了那些繁文缛节,一派新气象。而且法政学堂监督在婚礼上带来了人们关注的时政消息,人们的话题很快从私人空间转向了社会生活,显示了社会变革对日常生活的激荡。另一方面,民风民俗在吸取、包容社会新思潮、历史变革的同时,也在一定程度上消解着现代性。比如开明绅士郝又三之所以关心新津的战况,更多的是因为挂念自己的旧相好伍大嫂;黄澜生关注时政,是为了明哲保身、保全自己的家庭;吴凤梧热心同志会,一部分原因是泄私愤,毕竟赵尔丰让他丢了差事,还有一部分原因是为了一份差事养家糊口;黄太太、顾太太穿上了文明鞋是为了不落伍、时髦、漂亮。

有论者对作者在叙写历史时花费大量笔墨描写成都的市井风情和社会民俗这样评论:"市民文化趣味是李劼人史诗追求的阻碍,主要体现为'三部曲'中艺术处理上的不平衡,及民族精神的表现与民俗风情画之间不平衡,历史主潮人物的刻画与中间人物的反映之间的不平衡,悲壮的历史主调与平庸的杂音之间的不平衡。"①事实上,正是作者追求历史真实的精神和把握时代全貌的努力,才使《大波》呈现出了现代性变革伊始时中国社会的复杂性和现代性变革的艰难性。正是作者在展现历史场景的同时,不忘展现社会风俗场景和四川地域文化特性,才使得他的历史叙述,不是历史的理念的形象化,而具有了历史叙事的多义性和丰富性,中国现代性的进程因而得到了多侧面的表现。

---

① 李杰:《论李劼人长篇历史小说的内在矛盾》,《李劼人小说的史诗追求》,成都市文联、成都市文化局编,成都出版社 1992 年版。

二、老舍的北京

1.《正红旗下》与旗人文化

在当代文坛中,既不表达城市的"红色"血统,也不以"新、旧"的城市转变为主题,而直接以传统城市形态为表现对象的作品,似乎只有老舍的《正红旗下》。应当说,这部长篇小说承接的是《老张的哲学》《离婚》《四世同堂》等老舍早期作品的脉络,采用的是以个人习察之特定城市社区的日常性生活叙事策略。由于没有受到新中国现代性国家集体想象的时代主题限制,作者采用了完全的个人视角,几乎不表达时代主题。从思想渊源上说,虽然承续的是"国民性批判"的创作形态,但几乎完全不契合当代的文学主流。这可能反而使作者获得了创作上的轻松感。它最终没有完成,在作者生前也没有发表①,属于陈思和先生所说的"潜在写作"状态的作品②。但这可能是这部作品最好的结局,因为,这篇小说即使发表,在题材、主题、人物和体式各方面,也都不会得到主流意识形态的认可。

《正红旗下》所写的,是清朝末年旗人风烛残年时期传统城市的底层文化,其写作样态也完全遵循着自1920年代以来对于老北京城市文化形态的表现。小说所涉及的北京城,除却对于晚清时代的旗人社会愚顽之风的批判,基本上是在旧有传统形态上进行表现的。作品上接两百年前旗人入关的历史渊源,以此作为城市脉流的源头,表现的是城市自身原有逻辑的延续和些许转变。虽然满族以马步骑射的武力征服中原,但入关以后,早先八旗制度的军事职能迅速消退,军事优长被代之以文化享乐,成为旗人最大的文化特征。《正红旗下》中的大姐夫的父亲,是骁骑校(骑兵军官),可是不会骑马;大姐夫是佐领(步军军官),可是不会射箭。他们"到时候就领银子,终年都有老米吃……生活的艺术,在他们看来,就是每天玩耍,玩的细致,考究,入迷……",

---

① 小说只完成了11章,初刊于《人民文学》1979年第4、5期。
② 陈思和:《中国当代文学史教程》,复旦大学出版社1999年版,第12页。

"他们老爷儿们都有聪明、能力、细心,但都用在微不足道的事物中得到享受与刺激。他们在蛐蛐罐子、鸽铃、干炸丸子……等等上提高了文化,可是对天下大事一无所知。他们的一生像作着一个细巧的,明白而又有点糊涂的梦。"

旗人在与汉民族二百多年的融合中,把汉民族文化变成了自己文化中最有特色的部分。比如"礼仪",旗人使礼仪具有了审美功能,在社交场合,"连笑声的高低与请安的深浅,都要恰到好处,有板眼,有分寸","咳嗽与发笑都含有高度的艺术性"。林语堂就曾在《生活的艺术》中谈及旗人的"打千"礼和发怒、吐痰的艺术。《正红旗下》中的福海,他的请安动作已经不是一般意义上的礼节,而是具备了气质美和动作美的形体艺术。但旗人生活的艺术,不仅在于对士大夫汉文化的学习,他们的独到之处,还在于"俗"与"雅"的结合。在那些被传统士大夫鄙弃的民间艺术,如京戏、大鼓、相声等曲艺形式,与鸽哨、斗鸡、遛鸟等娱乐方式中,也糅进了相当的心血。比如唱戏,向为汉人士大夫所不齿,只有在元代,由于文人断绝了科举仕途才肯下海。但在旗人之间:"有的王爷会唱须生,有的贝勒会唱《金钱豹》,有的满清官员由票友而变成京剧名演员,戏曲和曲艺成为满人生活中不可缺少的东西,他们不但爱听,而且喜欢自己粉墨登场。他们也创作,大量的创作岔曲、快书、鼓词等等。"胡潔青曾回忆说:"老舍小时候,满旗人中还有很多人会吹拉弹唱,不少人家中有三弦,八角鼓这类简单的乐器,友人相聚,高兴了就自弹自唱起来,青年人也往往以能唱若干大鼓或单弦而自傲。"[①]在旗人中,稍有条件的旗人还可以自己组织票社,在亲友们有寿喜筵宴的时候,自己出资唱上几天几夜。《正红旗下》的亲家爹,虽无力组织票社,但可以加入别人的票社,随时去消遣。对于花鸟鱼虫,旗人们更是玩得精到。小说里的姑夫"无论冬夏,他总提着两个鸟笼子,里面是两只红颏,两只蓝靛颏"。玩鸟的经验,"甚至值得写本书,不要说红、蓝颏儿们怎么养,怎么溜,怎么'押',在换羽毛的季节怎么加意饲养,就是那四个鸟笼子的制造方法,也够讲半天的。不要说鸟笼子,就连笼里

---

① 胡潔青:《老舍与曲艺》,载《曲艺》1979 年第 2 期。

的小磁食盆、小磁水池，以及清除鸟粪的小竹铲，都是那么考究……"

礼仪之雅在旗人文化中更是极具特色。《正红旗下》所写的旗人，大体居住在以血缘为纽常的传统社区，人际群体大多是亲属、外戚为主的血缘集体和近邻，其人际交往，也属于社会学家所说的"原始接触"。在传统文化中，"中庸"被视为人格道德美学理想的极致。在儒学中，"中庸"和"中和"同义，其功能在于"致中和"，即将存有差异而不相安和的人际关系统一在和谐有序的礼教秩序之下，而人际和谐又常常以"礼"来衡量，所谓"礼之用，和为贵"。此处所谓"礼"，并不是一种简单的表示敬意的礼节，其含义要复杂得多。由于传统社会以血缘伦理为基础，所以根本上说，"礼"的本质是追求血缘关系中的人际和谐。按费孝通先生的说法："礼字本是从豐从示，豐是一种祭器，示是一种仪式。"加之旗人入主中原之后，倡导孔孟儒学和纲常礼教，"礼"是"社会公认合适的行为规范"①。因此，礼仪是旗人文化中重要的审美形态之一。二百年积下的历史尘垢，使一般的旗人既忘了自遣，也忘了自励。他们创造了一种独具一格的生活方式："有钱的真讲究，没钱的穷讲究。"遇有婚丧大事，远亲近邻都要来行礼，"不去给亲友们行礼等于自绝于亲友，没脸再活下去，死了也欠光荣"。而且，"礼"到人不到还不行，来贺者必须在衣饰、风度上做够"官派"，于是，鞋袜衣裳、礼金礼品、车轿品第，都要有一番讲究，亲属间的交往往往成为礼仪的"表演比赛大会"，"至于婚丧大典，那就更须表演得特别精彩，连笑声的高低，与请安的深浅，都要恰到好处，有板眼，有分寸"。即使是穷困人家，也会拿出所有的文化去对付一桌腌疙瘩樱儿、蚕豆辣酱和掺水的酒，礼仪之雅与审美之趣丝毫不因此而减少。也许，只有这样，才能将衣食之虞化为人生之乐。且看大姐周旋于亲友们间的礼仪修养：

> 她在长辈面前，一站就是几个钟头。而且笑容始终不懈地摆在脸上，同时，她要眼观四路，看着每个茶碗，随时补充热茶；看着水烟袋与旱烟袋，及时地过去装烟，吹火纸捻儿。她的双手递送烟袋的姿态多么美丽得体，她的嘴唇微动，一下儿便把火纸吹燃，有

---

① 费孝通：《乡土中国》，生活·读书·新知三联书店 1985 年版，第 52 页。

多么轻巧美观……在长辈面前,她不敢多说话,又不能老在那儿呆若木鸡地侍立,她须精心选择最简单而恰当的字眼,在最合适的间隙,像舞台上的锣鼓点似的那么准确,说那么一两小句,使老太太们高兴,从而谈得更加活跃……

在男性旗人中间,也不失礼仪风致。小说曾描述福海给人请安的动作:"他请安请得最好看,先看准了人,而后俯着急行两步,到了人家身前,双手扶膝前腿实后腿虚,一趋一停,毕恭毕敬。安到话到,亲切诚恳地叫起来:'二婶儿,您好。'而后,从容收腿,挺胸敛胸,双臂垂直,两手向后稍拢,两脚并起'打横儿'。"

礼仪之美体现较多的,还有老北京的商人与他们的旧时经营方式。老北京的经营讲求人情与传统礼仪,必须将商业契约与经营中的实利原则掩藏于东方的宗法人伦之中。老字号的经营者,多是一些有着传统中庸人格的道德君子,如徐珂所说:"虽为贾者,咸近士风。"①《正红旗下》曾讲述一段商业经营上的习俗:"许多许多旗籍哥们儿爱闻鼻烟,客人进了烟铺,把烟壶儿递出去,店伙计先将一小撮鼻烟倒在柜台上,以便客人一边闻着,一边等着往壶里装烟。这叫做规矩,是呀,在北京做买卖得有规矩,不准野腔无调。"

清朝末年,原属统治者的旗人与汉人接触已经较为频繁,加之民元以后,没落的旗人失去衣食保障,开始改为汉姓并散居民间。曾为贵族阶层所享有的生活的艺术,也进入了小街里巷,被普通老百姓接受。《正红旗下》中的王掌柜是来自山东的小商人,"在他刚一入京的时候,对于旗人的服装打扮,规矩礼数,以及说话的腔调,他都看不惯,听不惯,甚至有些反感。他也看不上他们的逢节按令挑着样儿吃,赊着也吃的讲究与作风,更看不上他们的提笼架鸟、飘飘欲仙地摇来晃去的神气与姿态。可是,到了三十岁,他自己也玩上了百灵,而且和他们一交换养鸟的经验,就能谈半天,越谈越深刻,也越亲热"。

但是,在19世纪末,在早已改变的世界格局中,《正红旗下》中的旗人们完全没有任何意识上的改变。从其表现出的世界观来说,由于

---

① 徐珂:《清稗类钞》,中华书局2003年版。

旗人的皇城意识极为发达,对世界的感知也仍然以北京为本位,他们以传统的认知方式来看待世界,强制性地将外来事物纳入既有思维之中。对他们来说,认识世界,只是认识北京的附加成分。发生认识论的鼻祖皮亚杰认为,人们对外部客体的认识过程,存在着两种对立并依存的机制:一是外部客体与认识主体的概念、术语、范畴相一致,从而被主体的认识结构顺利吸收。此被称为同化机制,表现为不必改变、调整认知结构便能认识客体的特制;二是当新事物作用于主体思维时,主体的认知结构无法再以原有的概念、术语、范畴予以接受,必须调整、改变主体认知结构,去认识客体。此被称为顺化机制。但是,当出现新事物时,如果不能调整、改变认知结构,就会进入同化机制,"当同化胜过顺化时,就会出现自我中心主义的思想"①。对传统中国人来说,对华夏文明圈内的东方农业国家的认识,可以遵循旧有的"华夷大防"的秩序,而无须改变自我的认知结构。但对于西方资本主义新兴国家,只有改变、调整"华夷之辨"的思维,才能达到真正认识的目的。《正红旗下》中的旗人们,仍然固守着原有的语言概念,对西方文明的特征,用一种既有的概念去表述。比如,在亲家爹看来,西方列强只是中华文明周边的蕞尔小邦,甚至"不知道英国是紧邻着美国呢,还是离云南不远"。所以,面对洋人,多甫总是拍着胸脯,说:"洋人算老几呢?……大清国是天朝上国,所有的外国都该进贡称臣。"阔绰的定大爷与洋人牛牧师斗法,其秘密武器却是:"叫他走后门!那,头一招,他就算输给咱们了。"同时还请来了两个翰林、两个喇嘛、一僧一道,以各种繁缛礼数使洋人难堪。所以,旗人们"生活的艺术"已经成为他们逃避没落现实的手段。正像作品里说的大姐公公:"艺术的熏陶使他在痛苦中也能够找出自慰的方法,所以他快活。"定大爷始终生活于老派旗人的氛围中,"只要有人肯叫'大爷',他就肯赏银子","自幼儿就拿金银锞子与珍珠玛瑙作玩具,所以不知道它们是贵重物品。因此不少和尚与道士都说他有仙根,海阔天空,悠然自得。他一看到别人为生活发急,便以为必是心田狭隘,不善解脱。……他渺茫地感觉到自己是一种史无前例的特种

①　《西方心理学家文选》,人民教育出版社 1983 年版,第 32 页。

人物,既记得几个满洲字,又会一两句汉文诗,而且一使劲便可以成圣成佛。"他们多有一副阿Q相,到了手中一无所有,身上一无所能,也还自诩"吃喝玩乐,天下第一"。久之,他们会对一切社会、国家政治麻木不仁,如老舍说的:"当一个文化熟到稀烂的时候,人们会麻木不仁地将惊心动魄的事情与刺激放在一旁,而专注意到吃喝拉撒的小节目上去。"①对旗人文化,老舍曾在《四世同堂》中做过沉痛的检讨:

> 在满清的末几十年,旗人的生活好像除了吃汉人所供给的米,和花汉人供献的银子而外,整天整年的都消磨在生活的艺术中。上至王侯,下至旗兵,他们都会唱二簧、单弦、大鼓与时调。他们会养鱼、养鸟、养狗、种花和斗蟋蟀。他们之中,甚至也有的写一笔顶好的字,或画点山水,或作点诗词——至不济也会诌几套相当幽默的悦耳的鼓儿词。他们的消遣变成了生活的艺术。他们没有力气保卫和稳定政权,可是他们使鸡鸟鱼虫都与文化发生了最密切的关系……就是从我们现在还能在北平看到的一些小玩艺中,像鸽铃、风筝、鼻烟壶儿、蟋蟀罐子、鸟儿笼子、兔儿爷,我们若是细心的去看,就还能看出一点点旗人怎样在最细小的地方花费了最多的心血。

2."新北京"的传统逻辑

从外在的主题形态来说,老舍对北京的表现也明显地呈现出"断裂论"特征,也即表现"新""旧"北京天翻地覆的"变化",这几乎成为所有研究者公持的观点。我们并不否认老舍所要传达的主题,只是说,即使是表现"新北京",在老舍的理解中,尽管承载的城市社会内容与"旧北京"不同,但承载的形式并没有大的变化,城市的逻辑也没有改变。也就是说,"新北京"之"新",与"老北京"之"老",遵循的都是一样的原则,那就是北京仍然是由传统社区尤其是底层社区构成的,包括空间、人际、人物和语言,不过是在这些原有社区的形态与内容上有了

---

① 老舍:《四世同堂》,《老舍文集》第4卷,人民文学出版社1980年版,第302页。

某些新质而已。因此,它仍旧是建立于与"旧"北京相同的城市逻辑之上的。从这方面说,老舍的《茶馆》所用的结构方法,即"主要人物由壮到老,贯穿全剧","次要人物父子相承"①,应当就是对于这种城市理解的一种写作技术的实践。在这一点上,老舍以北京为题的作品,表现出与上海城市文学巨大的不同。比如,"十七年"和"文革"时期文学中的上海,基本上已经不再表现里弄这样的社区形态,也不表现上海城市特有的具有很强"物质性"的人际关系特征,更没有带有上海本地特征的人物语言。其所要说明的,是已经完全改变了基本逻辑的城市结构。

我们看到,老舍在解放后的一系列话剧作品,都以具有典型北京传统形态空间意义的胡同、小院、戏院等空间单位作为剖析"新北京"的基本尺度。在《茶馆》中,老舍见到的是"老北京"的生活:"这里买简单的点心与饭菜。玩鸟的人们,每天在遛够了画眉、黄鸟之后,要到这里歇歇腿,喝喝茶,并使鸟儿表演歌唱。商议事情的,说媒拉纤的,也到这里来。那年月,时常有打群架的,但是总会有朋友出头给双方调解;三五十口子大手,经调解人东说西说,便都喝碗茶、吃碗烂肉面(大茶馆特殊的食品,价钱便宜,做起来快当),就可以化干戈为玉帛了。总之,这是当日非常重要的地方,有事无事都可以坐半天。"在谈到《龙须沟》的主题表现时,老舍明确地表示,其要寻找的是承载主题所必须遵循的"老北京"式的原则:

> 在写这本戏之前,我阅读了修建龙须沟的一些文件……大致地明白了龙须沟是怎么一回事之后,我开始想怎样去写它。想了半月之久,我想不出一点办法来。可是,在这苦闷的半月中,时时有一座小杂院呈现在我眼前,那是我到龙须沟的时候,看见的一个小杂院——院子很小,屋子很小很低很破,窗前晒着湿漉漉的破衣与破被,有两三个妇女在院中工作;这些,我都一眼看全,因为院墙已完全塌倒,毫无障碍。②

---

① 老舍:《答复有关〈茶馆〉的几个问题》,《老舍研究资料》,北京十月文艺出版社1985年版,第640页。

② 老舍:《〈龙须沟〉的人物》,载《文艺报》第3卷第9期,1951年2月25日。

这似乎早已成为老舍思考北京的隐形心理结构,即像他在创作《离婚》《月牙儿》时那样,"求救于北京"。

所以,老舍没有离开传统社区去寻找承载城市内容的形式。比如,五幕话剧《方珍珠》将剧本故事放在胡同小院和戏院;《春华秋实》所写的荣昌厂,虽是工业机构,但其工业宿舍仍是好几个院子,远处则是天坛的祈年殿——这说明了厂子坐落在老北京南城的胡同里面。三幕十三场话剧《女店员》更有意思,虽然所写是"大跃进"时期街道大办商业的题材,但剧本不仅将故事放在什刹海(俗称"后海")附近的胡同里,而且所写的这个区域有着典型的"后海"空间特征:"一湖春水,岸柳初青,间有野桃三二,放艳春晴。"一切看起来都仍旧是具有乡野特征的城市空间与景观。

因为要以传统社区为表现对象,老舍的作品不可避免地要涉及传统社区里的人群和城市组织,即城市社会学意义上的"原始接触"——由血缘伦理以及外戚、邻里等构成的人情组织。《女店员》中的全数人物几乎都有亲缘关系,故事也以家庭、家族关系出发构成故事。三幕七场话剧《全家福》叙王仁利一家沦陷时妻离子散的故事。王仁利在去张家口之后杳无音讯,其家人以为其死,妻李桂珍改嫁,并丢失一子一女,解放后,在派出所的协助下得以团聚。剧本的主题无疑是"新旧社会两重天"的老套,但其出发点仍在于关注家庭形态的完整性,像作者所说的,作品的写作是"针对杜勒斯说中国不要家庭的偏见"。在创作《龙须沟》时,老舍在确立了以南城大院为表现空间后,就开始考虑传统社区的人群结构:"我凑够了小杂院里的人。除了他们不同的生活而外,我交给他们两项人物:(一)他们与臭沟的关系。(二)他们彼此间的关系。前者是戏剧的任务,后者是人情的表现。若只有前者,而无后者,此剧便必空洞如八股文。"[①]也正因此,老舍往往在剧本开场,对人物关系作大篇幅的说明。比如《春华秋实》中,几乎所有人物的性格都与"旧北京"有关,而且还来自于与主要人物丁翼平的关系。如:冯二爷"在厂内打杂儿,与厂主有点亲戚关系",李定国"从前做过私塾先

---

① 老舍:《〈龙须沟〉的人物》,载《文艺报》第3卷第9期,1951年2月25日。

生,教过丁翼平",唐子明"生意不大,往往受制于丁"。

正因此,循由城市基本逻辑而来的剧本人物,都有着城市逻辑的支撑。我们看《龙须沟》里赵老头儿这个人物的由来,就有着老北京市井的职业准则:"我还需要一个具有领导才能与身份的人。蹬三轮的,做零活的,都不行;他必须是个真正的工人。龙须沟有各行各业的工人,可是我决定用个泥瓦工,因为他时常到各城去干活,多知多懂,而且可以和挖修臭沟,填盖厕所,有直接关系。就以形象来说,一般的瓦工都讲究干净利落(北京俗语:干净瓦匠,邋遢木匠。)我需要这么个人。"①剧本中的另一个人物程疯子,其所暗示的"老北京"的内在性更加具有深意。程疯子作为艺人,与龙须沟附近的天桥游艺场有着联系,因而也就暗示了北京南城一带的城市性。比如他的讲求礼节、长衫打扮,以及悲天悯人的精神高度,都说明他作为南城艺人的底色。并且,因其过去的演出活动,与黑社会、警察等人发生了关联,暗含着旧北京底层的社会结构和组织。所以,有人说:"程疯子的数来宝艺人的身份明显加重了《龙》剧的地方色彩。"②这种情形并非个例,事实上它已成为老舍在写人物时的一种习惯。我们还常常发现,老舍的剧本在结构上通常采用"新旧对比"的手法。在每个剧本的人物表中,不仅对于人物习性、身份等有详细的说明,而且还专意将人物主导性格的来源加以说明。通常,这一性格的形成来自于"旧北京"时期。这也是一种将人物作为城市内在逻辑的叙述方式。如《生日》中的王宝初贪污,作品专意交代了其性格形成的缘由:因为过去习惯了官场,所以奸商刘老板在解放后仍然给他送礼,"在机关庶务科作职员(留任),思想改造未能彻底"。其妻郭利芬怂恿丈夫贪污,有享乐恶习,也是渊源有自:"当初娘家阔绰,染了恶习,至今不能尽改。"再比如,话剧《方珍珠》中的方太太,"她娘也是作艺的,看惯了买卖人口,虐待养女,故不知不觉的显出厉害";"白花蛇","他可善可恶,不过既走江湖,时受压迫,故无法不常常掏

---

① 老舍:《〈龙须沟〉的人物》,载《文艺报》第 3 卷第 9 期,1951 年 2 月 25 日。

② 柏右铭:《城市景观与历史记忆——关于龙须沟》,《北京:都市想象与文化记忆》,陈平原、王德威主编,北京大学出版社 2006 年版,第 417 页。

坏"。在《生日》里面,王立言"以前做过机关里的小职员,现在是街代表,知道些新社会的情形";在《红大院》中,吴老头"从前做过些勤杂的工作,有点文化";小唐"从前散漫,整风后表现不错";小唐嫂"好花钱,多娇气,整风后有了改变",等等。同时,对于人物语言,老舍也遵循其一向的地域性原则。在谈到《方珍珠》的语言时,老舍说:

> 要紧的倒不是我不愿意模仿自有话剧以来的大家惯用的"舞台语"。这种"舞台语"是作家们特制的语言,里面包括着蓝青官话,欧化的文法,新名词,都跟外国话翻译过来的一样……这种话会传达思想,但是缺乏感情,因为它不是一般人心中所有的。用这种话作成的剧中对话自然显得生硬,让人一听就知道它是台词,而不是来自生活中的……我避免了舞台语,而用了我知道的北京话。①

这里,我们触及一个悖论:老舍解放后的作品,除了《茶馆》《龙须沟》等,都被认为是失败之作,其原因通常被认为是老舍作品的主题表达都以意念为主,并不来自于实际的经验。事实上,老舍在这里表现出与周而复《上海的早晨》等作品同样的问题,即:叙写"旧中国"城市或者写城市的旧文化遗存时,多来自于经验;而写"新中国"的"新"城市时,则基本上来自于理念。其所导致的不成功是显而易见的。所以,基本上以"老北京"为主要内容的作品,往往在表达城市逻辑方面要可信得多,而纯粹表达"新北京"主题的,通常是不成功的。作者本人未尝不知道这一点。较典型的是《方珍珠》,内中叙写鼓词艺人方珍珠一家解放前后命运的变化。解放前,老方遭受官僚(李将军)的压迫,特务(向三元)的追逼,旧文人(孟小樵)的欺负,还有同行("白花蛇")的倾轧。剧本前几幕取材于解放前,其人物与人物关系,都是真实可信的。而后取材于解放后的几幕,则完全源于观念性。其实,老舍对这一点非常清楚。在创作之初,老舍还要求自己从城市生活逻辑出发,"尽量的少用标语口号,而一心一意的把真的生活写出来"②。但是,过于急迫

---

① 老舍:《谈〈方珍珠〉剧本》,载《文艺报》第 3 卷第 7 期,1951 年 1 月 25 日。
② 同上。

的主题表达意愿,使他接受了友人的劝告,把原来计划的四幕改为五幕,为的是"多写点解放后的光明"①。老舍自己分析说:"此剧前三幕整齐,后三幕散碎。原因是:前三幕抱定一个线索,往下发展,而后二幕所谈的问题太多,失去故事发展的线索",至于原因,老舍自我分析说:"北京还没有出现一个典型的女艺人……我应当大胆的浪漫,不管实际上北京曲艺界有无典型人物,而硬创出一个。"②这里,老舍似乎是"正话反说"了。老舍创作上的困境是很明显的:一方面,由于北京根本就没有类似方珍珠这样的女艺人,老舍也就根本找不出一个可以写在剧本中的"典型"形象。换句话说,要写出"典型"的艺人,就必须"大胆的浪漫",或者"硬创出"一个,也就是说,必须说瞎话!另一方面,由于作者硬要在后几幕里表现出社会主义的"新"主题,因此完全打破了前几幕来自经验的旧艺场的生活经验,沦为一种理念化的表述。这时期的老舍,因急于表达对"新北京"的表述,不得不从理念出发。比如《春华秋实》的创作,按照他的话说,"通过写政策写出'五反'的全面意义","急切地交代政策,恐怕人家说:这个'老'作家不行啊,不懂政策!"③所以,老舍急于在"五反"运动刚刚开始的时候就投入写作。因为,他"舍不得趁热打铁的好机会",认为,"在运动中写这一运动,热情必高于时过境迁的时候"④。情形恰如茅盾所说:"头脑中还没有成熟的人物,却先编个故事","而后配上人物。"⑤所以,有论者指出,"这两个剧本(指《龙须沟》和《方珍珠》——引者)由于都采用了'今(新)昔(旧)对比'的框架结构,因此,它们均显得前半部'戏'足,能够通过人物的行动和命运来映射现实;而后半部则由于影响人物的基本矛盾已经不复存在,因而只注重大摆新人新事新风气,这就使作品显得'议论

① 老舍:《〈方珍珠〉的弱点》,载《新民报》1951 年 1 月 11 日。

② 老舍:《谈〈方珍珠〉剧本》,载《文艺报》第 3 卷第 7 期,1951 年 1 月 25 日。

③ 老舍:《我怎么写〈春华秋实〉剧本》,《老舍的话剧艺术》,文化艺术出版社 1982 年版,第 136、144 页。

④ 同上书,第 132 页。

⑤ 茅盾:《在中、长篇小说座谈会上的讲话》,《茅盾文选》,四川人民出版社 1985 年版,第 680—681 页。

性'过剩,而'戏剧性'不够,致使人物也随之呈现出苍白乏力状态。"①
其实,早在 1950 年,赵树理就以"北京人写什么"为题,讨论过这个问
题。赵树理的看法是:"北京解放以来,十多个月的时间是有不少的变
化的,这种变化有时不是老解放区的人所能了解的,因此北京人能写出
来的东西,往往不是老解放区的人们能写出来的。我以为北京人写东
西倒不必非写解放区和农村不可。人是社会的动物,是有社会性的,北
京人脱离不开北京这个圈子。"他又说:"只要你的立场和观点正确,这
些材料写出来都有助于革命,在未熟悉工农生活之前,不一定非写工农
不可。"那么,要写北京,又如何写呢? 他举例说:

> 北京解放后,领导上指示我们:要把这一个消费城市变成生产
> 城市,这一点就是为劳苦大众着想的,如果你不站在大众的立场,
> 你就不明白为什么要把消费城市变为生产城市。
>
> ……
>
> 北京解放后,十多个月的变化很大,外来的人对这个变化观察
> 不大清楚,北京人可是一桩桩一件件都很清楚,那么只要换一个立
> 场——不为少数老爷们打算,而为劳苦大众打算,那么各个阶级在
> 这个变化中的材料,都是很丰富的。比方拿舞场或商店来说吧,舞
> 场生意不好了,首饰店洋货店纷纷转业了,旅馆也萧条了,寻找他
> 的原因就是好材料。这还不过是本人浮浅的观察,如果老北京从
> 你熟悉的人中加以细心观察,什么人进步,哪些人没有进步,像以
> 前大家庭的人,或藉着国民党的人情而做事的人,现在有的进了南
> 下工作团,或是参加生产工作,有的却还在出卖自己家中的古玩、
> 字画、皮货,卖掉了改买落花生、白薯,可是渐渐地也会走上生产
> 的。再如算卦的,没人去问祸福也会转业的,都是环境使得他们不
> 得不改变过去的消费生活,而投入生产部门(王爷、老爷转入生产
> 的也不少),反正这些人谁是主动的,谁就是觉悟的,有便宜的;被
> 动的就是落后的,吃亏的,你身边周围有这么多的模型例子,假如

---

① 刘增杰、关爱和:《中国近现代文学思潮史》(下卷),上海文艺出版社 2008 年版,第
238 页。

去仔细问一下,就能得到不少转变过程的材料。①

这里,赵树理实际上阐明了一个道理,即认识"新北京"其实也就是认识"老北京"的过程。因为,"新北京"城市的逻辑仍然在"老北京"之中。所谓从"消费城市"到"生产城市"的形态改变,也仍然建立在"老爷""王爷""姑奶奶"与"老妈子""厨子"这些人的生活的改变之上,并不是凭空出现一些"生产性"的人物。可惜这一点,并没有如赵树理所希望的那样,即使是老舍这样较为遵循城市传统的作家,也往往忽视这一点。

三、欧阳山的广州

由于自古以来四川就交通不便,更加上巴蜀长期以来形成的盆地文明,辛亥革命前后的成都尽管有了西方现代文明的浸染,却依然因袭着川西旧有的传统和文明。北京作为帝都,因袭着中国传统文化,又受到"五四"新文化运动的洗礼,随之又经历了文化、政治中心的南移,因此呈现出复杂的城市文化形态。处于岭南的广州却不同,作为港口城市,历史上经济、贸易就较为发达,从"五四"时期到大革命时期它又经历了革命及西方文明的洗礼,这使其成为了其时有着明显现代性特征的中心城市之一。

欧阳山的《三家巷》虽是革命知识分子题材,属于"十七年"历史文学的正宗形态,但对于周炳生活的旧广州,通常被认为"并不具备革命者成长要素的'典型环境'"②。原因是,周炳所处的多元复杂的社会关系来自于城市具体的家族、邻里等特定传统社区形态。三家巷中的周、陈、何三家,分别属于手工业劳动者、由小商人起家的买办资产阶级和官僚地主。作品在三家的"五重亲"中展开,即表亲、姻亲、换帖兄弟、邻居、同学五重关系。尤其是小说前半部,就像某些章节的题目"盟誓""换帖"一样,基本上围绕着传统的多重关系展开。陈思和认为:

---

① 赵树理:《北京人写什么》,《把北京文艺工作推进一步》,北京文艺社编,新华书店发行,1950 年版。

② 陈思和主编:《中国当代文学史教程》,复旦大学出版社 1999 年版,第 81 页。

"现代历史题材的叙事模式,在'五四'新文学实践中已经被确立了,并对五六十年代的现代历史题材创作产生了影响。这一类创作归纳起来大致有三种叙事模式:茅盾的《子夜》模式、李劼人的《死水微澜》模式和路翎的《财主底儿女们》模式","《死水微澜》模式,是一种以多元视角鸟瞰社会变迁为特征的叙事模式,突出了民间社会的生活场景与历史意识……这种透过民间生活场景来展示历史的叙事模式,在当代文学创作中虽然不能完全体现,但局部的民间生活场景还是能起到重要的作用。"①应该说,《三家巷》特别是其前半部,就是一种民间城市形态的叙事。由于作者要表现的是属于已经消失的"旧中国"的城市形态,这反而使作家获得了某种创作的自由,也使得城市的形态呈现出较为生动的表现。

《三家巷》以广州西关官塘街三家巷为中心,勾连起了整个广州的面貌。小说文本中叙述者起初对三家巷历史变革的讲述颇有些天下大事分久必合、合久必分的循环时间观,可当讲到周炳和他父辈这一代人的时候,已呈现出矢线性的现代时间观念。这种现代性时间观念也体现在叙述者对三家巷空间的呈现上。三家巷位于广州城的西北角上,大约有十丈长、两丈来宽,住着何、陈、周三姓人家。何家是门面最宽敞,三边过、三进深,后面带花园的一幢旧式建筑物。水磨青砖高墙,学士门口,黑漆大门,酸枝"趟栊",红木雕花矮门,白石门框台阶;墙头近屋檐的地方,画着二十四孝图,图画前面挂着灯笼、铁马。陈家是一座双开间,纯粹外国风格的三层楼的洋房。红砖矮围墙和绿油通花矮铁门围着一个小小的、曲尺形的花圃。混凝土走道从矮铁门直通到住宅的大门。门廊的台阶之上,有两根十米的圆柱子支起弧形的门拱。客厅有一排高大通明的窗子。二楼、三楼的每一层房子的正面,都有南北两个阳台,上面陈设着精致的藤椅、藤几之类的家私。而周家则是一幢破烂的、竹筒式的平房。从这三家的居住空间来看,陈家是典型的封建官僚地主阶级,何家是新兴的买办资产阶级,周家是典型的手工业工人。中国半殖民地半封建社会城市中的三大阶级就这样被作者安置在

---

① 陈思和主编:《中国当代文学史教程》,复旦大学出版社 1999 年版,第 76—77 页。

广州城市的一隅。周、陈、何三家之间复杂的血缘、姻亲关系以及三家子辈之间的分和与对抗,清晰地表明了广州这座城市的未来与走向。作者正是通过这种带有鲜明阶级性的空间呈现,把三家巷从传统的城市空间导向了革命的现代性的城市空间。正是有了现代文明的强大影响,三家巷由三家变六家再变三家的因缘际会式的循环时间观被打破,矢线式时间观被奠定。

　　广州地处岭南,很早就是岭南地区的政治、经济中心,古代广州就是中国对外贸易的重要港口。汉代时已经和海外一些国家有了贸易往来。唐代时广州成为世界著名的港口,对外贸易范围扩大到南太平洋和印度洋区域诸国。为了加强对外贸易的管理,在这里设置了中国最早的外贸机构和海关“市舶使”,总管对外贸易。另外还有“蕃坊”,供外国商人居住。外国到广州的船,帆飘如云。侨居广州的外商(主要是阿拉伯人)数以万计,最盛时达 10 万以上。从五代到北宋,广州已成为中国最大的商业城市和通商口岸,对外贸易额占全国 98% 以上。近代以来广州得时代风气之先,不但是重要的贸易港口城市,还成为革命的策源地。《三家巷》中周、何、陈三家的子辈已深受“五四”启蒙运动思想的影响,虽显稚嫩却积极探索富国强民之路。周炳和区桃、陈文雄和周泉、周榕和陈文婷三对表兄妹之间的自由恋爱并没有遇到太大的阻碍。当陈万利企图阻拦周榕和陈文婷的婚事时,就连厉害的“钉子”陈杨氏也说:“可我有什么法子? 这个世界,人家兴自由。”小说中对周泉和陈文雄,何守仁和陈文婷在酒店举行的豪华的西式婚礼的渲染,也已经使广州显露出现代都市消费性的特征。

　　和《大波》《正红旗下》中的空间描写相似,《三家巷》的空间描写也具有强烈的地域指向性,并且通过地域描写表现城市性格。这一点有别于“十七年”主流城市题材文学中城市空间无明确地域指向,或者即使明确了城市地点也不表现城市性格的特点。《大波》中的东大街、劝业场、大什字、小什字、蜀裸街、总统府、湖广馆街、棉花街、西御街、下莲池、东丁字街、西丁字街,枕江楼、聚丰园、锦江春、宜春茶楼、怀园茶社,满城(又称少城)、少城公园、可园等等,都是成都历史上真实存在的街道、餐馆、茶馆和公园,且具有鲜明的成都色彩。《正红旗下》中出现的皇城、九城①、皇宫、护国寺、内务府、厂甸、东单、西四鼓楼、内务府、德胜门城楼、北海的白塔、积水滩,英兰斋满汉饽饽铺、便宜坊、金四把、牛奶铺,以及黑土飞扬的甬道,都充满了 19 世纪末 20 世纪初老北京的印记。《三家巷》中的西关、南关、大新公司、亚洲酒店、惠爱路、四牌楼师古巷、维新路、珠光里、风安桥、西来初地、志公巷、三家巷、窦富巷、沙基路、红花冈、观音山、白云山、珠海、五层楼等等组成了完整的广州城市空间。这些有着明确的地域指向性的空间描述,是和叙述者的家园意识、乡土意识分不开的,家园意识和乡土意识则又进一步指向了地域文化。

广州作为岭南的中心城市有自己独特的文化、风俗,对此《三家巷》也有所表现。郭沫若称李劼人的大河小说是"小说的近代史","小说的近代《华阳国志》"②。李劼人也表示自己所想要描写的,不单是重大的政治事件,更是一个地方变化的"整体性","地方色彩极浓,而又不违时代性"③。建国后李劼人重写《大波》时也说,"必须尽力写出时代的全貌,别人也才能由你的笔,了解到当时历史的真实"④。所以,作者在描写社会历史场景的同时,花费了大量的笔墨描写社会风俗场景,使作品呈现出浓郁的川味儿和巴蜀文化特质。欧阳山的《三家巷》写的是革命起源和英雄成长的故事,为了增加故事的可读性和吸引力,作者也在革命叙事中加入了大量的日常生活场景和社会风俗场景描写,使作品在一定程度上呈现出地域文化色彩。

清代、民国年间,广东非常重视"乞巧节",并流传有许许多多有趣的风习。屈大均的《广东新语》中,即已记载了清初"七娘会"的盛况,民间多称"拜七姐"。广州西关一带,尤为盛行"拜七姐",活动一般是

---

① 即九门,至明代永乐十八年重修的北京内城九门:正阳、崇文、玄武、德胜、东直、朝阳、西直、阜城。后来,人们常以"九门""四九城"来代指北京城内外。

② 郭沫若:《中国左拉之待望》,原载《中国文艺》1937 年第 1 卷第 2 期,转引自《李劼人选集》第 1 卷,四川人民出版社 1980 年版。

③ 《李劼人致舒新城信》,1935 年 6 月 15 日,收入李劼人研究学会编《李劼人研究》,四川大学出版社 1996 年版,第 103 页。

④ 李劼人:《"大波"第二部书后》,《李劼人选集》(第 2 卷下册),四川人民出版社 1980 年版,第 952 页。

在少女少妇中进行(男子与老年妇女只能在一旁观看,并行礼祭拜而已),预先由要好的十数名姐妹组织起来准备"拜七姐",在六月份便要将一些稻谷、麦粒、绿豆等浸在瓷碗里,让它们发芽。临近七夕就更加忙碌,要凑起一些钱,请家里人帮忙,用竹篾纸扎糊起一座鹊桥并且制作各种各样的精美手工艺品。到七夕之夜,便在厅堂中摆设八仙桌,系上刺绣桌裙,摆上各种精彩纷呈的花果制品及女红巧物,大显女儿们的巧艺。《三家巷》第三章详细地描绘了这一风俗。旧历七月初六区桃特意歇了一天工,精心地准备这个节日。天黑掌灯的时候,她家神厅前面正中的八仙桌上已摆满了各种细巧供物:"有丁方不到一寸的钉金绣花裙褂,有一粒谷子般大小的各种绣花软缎高底鞋、平底鞋、木底鞋、拖鞋、凉鞋和五颜六色的袜子,有玲珑轻飘的罗帐、被单、窗帘、桌围,有指甲般大小的各种扇子、手帕。还有式样齐全的梳妆用具,胭脂水粉,真是看得大家眼花缭乱,赞不绝口。"

根据汉代东方朔的《占书》记载,农历新年的首八天为人和不同畜牧作物的生日,依次序为"一鸡,二狗,三猪,四羊,五牛,六马,七人,八谷"。晋朝董勋的《答问礼俗说》中也有相关记载。现在"人日节"这一风俗在国内已基本消亡,新加坡和马来西亚的华裔人士却依然非常重视。每年农历新年正月初七时,新马华人都会大肆庆祝,在这天家家户户都会以"捞鱼生"作为当天的主要活动,一群人围在一起共襄盛举,讨个好彩头。1920年代的广州,"人日节"依然是很重要的一个节日,小说文本中的年轻人在这一日相约郊游庆祝"人日",并且选出了"人日皇后"区桃。此外,小说文本中,除夕这一日少年人在横街窄巷里游逛卖懒,边走边唱:"卖懒,卖懒,卖到年三十晚。人懒我不懒!"吃团年饭、逛花市等行为也非常具有地方色彩。小说文本中的这些风俗文化描写不但烘托了人物,而且具有民俗价值和审美价值,使小说文本在日常生活场景和民风民俗场景的展现中具有了多重意蕴,与同时期的革命历史小说相比也具有了一定的超越性。

四、陆文夫的苏州

陆文夫的创作之于苏州,几乎是一种底色。这贯穿了陆文夫一生的创作历程,而非自新时期写作《美食家》开始。在解放初的城市作家中,陆文夫几乎是唯一一位专注于城市地域文化与地域性格的作家。虽然周而复、胡万春等人的作品中点明了确定的城市,但一般并不表达城市形态,更不用说城市的地域性格了,即使是老舍,也有意无意地被过于强烈的政治主题将城市地域感冲淡,甚至完全消失。而陆文夫不是这样。

我们论起陆文夫"十七年"的创作,往往会集中在《小巷深处》这篇作品。从外在形态上看,《小巷深处》确实在表达"新旧社会"比较的"翻身"主题:一个旧时代的烟花女子,居然在新社会获得了美好的爱情。但是,陆文夫似乎缺少表达新旧社会"翻天覆地"变化的兴趣。在小说深层的叙述中,社会政治虽然变了,但苏州城市的一切形态仍然在延续。我们看到,长期的风尘生活,使徐文霞的生活很难脱离旧秩序的控制。在与旧日嫖客朱国魂不期而遇时,徐文霞居然"黑话"连篇,"这几年在哪里得意呀?""有什么里子翻出来看看"等等,仍然一幅阊门外"四妹"的派头。其实,张俊对徐文霞起初的怀疑,也是在小巷深处发生的。解放后,虽然张文霞的身份是可以改变的,但生活的逻辑没有改变。徐文霞和张俊的交往空间依然是留园的石峰、小楼、回廊、满月形洞门、豆棚瓜架等等,还有石板路的小巷。不仅如此,作者用以衡量人物空间感和时间感的尺度,也依然是老城格局:"到底走多少路,他们并不计较,总是看到北寺塔,看到那巍峨的黑影时便回头。"我们不妨看一下作品的开头:

> 苏州,这古老的城市,现在是熟睡了。它安静地躺在运河的怀抱里,象银色河床中的一朵水莲。那不太明亮的街灯,照着秋风中的白杨,婆娑的树影在石子马路上舞动,使街道也洒上了朦胧的睡意。

人物的活动,尽管是要破除旧秩序的,但仍然被传统的城市空间所环绕,它所暗示的是没有改变的城市脉络,包括精神上的。

作为"十七年"的文学作品,虽然不可避免地出现"先进人物""技术革新"等时代主题,但相对于其他作家来说,陆文夫还是能够同城市形态和城市历史结合起来。比如,许多故事情节是在评弹(《葛师傅》)、下棋(《棋高一着》)、养花(《健谈客》《龙》)、医道(《牌坊的故事》)、游园(《介绍》)等传统意味的活动中进行的。在空间方面,也较多地出现了"大新桥"(《移风》)、"丁桥巷"(《龙》)、"银壶巷"(《牌坊的故事》)、"沧浪亭"(《介绍》)等具有实际意义的城市处所,还出现了牌坊、公井等城市传统纪念性建筑。所以,陆文夫的小说往往使整个故事都在传统的时间和空间意义中进行。《葛师傅》一篇,写的是阊门机械厂一位有着极高技艺的老师傅葛增先,有着"巧车大活塞"的传奇。但整个故事是通过传统的传奇故事来讲述的,这大大不同于同时期的工业文学。更有意思的是评弹在作品形式上的作用,不仅作品中的人物大都会弹奏《水浒》《景阳冈武松打虎》《鲁智深拳打镇关西》一类的评弹,体现出苏州的地域色彩,而且这种曲艺形式已经体现在日常生活的运转之中了。葛增先师傅的技术传奇也是通过评弹这一地方曲艺形式讲述的。它一方面体现着城市的地域色彩,一方面将工业生产置于苏州日常生活的呈现之中。再如发表于"大跃进"时代的《健谈客》一篇,叙写了一位先进工作者,著名的养花专家,但其养花的热情却不是出于"生产"的因素。虽然他只是一个普通的劳动者,但其身上仍透着相当的传统文人情趣,其类似文人的审美属性远远超过了作为先进工作者的"生产性"。在去北京开会的车途中,他小心翼翼地带了许多菊花,一路与人交谈种花的经验。对于花,他不是"种",而是"吟",是一种略带诗意的行为,包含着玩赏、养生等士大夫审美气质。其种花之道,已经溢出了简单的"公共性"劳动意义。他对同行者说:"别说诗人欢喜吟菊,就是普通的农民,也常在篱笆旁边种几丛菊花,它可以玩赏,可以作药,可以泡茶,吃了可以去湿。"因此,陆文夫的苏州城市文本,既是工业题材的文学,同时也带有城市日常性叙事的意味。

　　除了城市日常性生活经验的呈现之外,陆文夫"十七年"的苏州小说往往有一种超越现实的神秘力量。显然,"神秘"本身并不是现实的城市经验,但又隐含着城市的一种莫名的状况。一方面,这种力量来自于城市民间,并往往以物化的形式出现;同时,这种力量又对应于人物的命运,甚至决定着人物的命运。既使人物具有传奇色彩,同时又有着某种宿命感。在上文已谈到的作品《葛师傅》中,葛师傅的一生被放在评弹的文本形式中,似乎人物已经有了超越城市逻辑的神秘力量。但是在《龙》中,这种力量不仅越过了我们惯常见到的人物的生产属性,甚至开始统治了人的命运。《龙》这篇小说的故事,是 1950 年代常见的"技术革命"题材,讲述了老工人范师傅(金工车间主任)、杨仁(车间总支书记)与丁朋(车间副主任)三家进行的技术革新,情节也似乎随着"技术"的进行而展开。可是,小说并不是一般的"工业"叙事。三户人家的居住环境不是典型的工业空间,而是具有农耕色彩的乡间;其关系也并不呈现出完全的工业技术关系,而是属于传统的邻里关系。我们先看其居住空间:在"苏州丁家桥巷东头,沿河浜住着三户人家。一家门前种着大理菊和迎春花;一家门前种着青菜和萝卜;还有一家什么也没种,只有一张石条凳躺在白杨树下"。再看人际关系类型:三家人平时经常聚饮,或在白杨树下闲话。有时你到我家拔菜,我到你家摘花。这种情形,使人物的生产属性完全消隐在审美属性之中,三户人家的关系构成变成了极富"原始接触"意味的传统人际。更有意思的是,小说将"技术革新"的情节展开分别命名为花卉名字:"菊""梅""迎春",城市的生活更像是自然的天时循环。第一部分"菊",叙写丁朋热衷于革新造"龙"(一种新工艺),"丁家门前的大理菊越开越盛,绒球球的,粉团团的,五颜六色,看得人眼睛花。丁朋的妻子丁师母,发觉丈夫的心情就像花一样的繁华"。第二部分"梅",丁朋遇到困难灰心不干了,可是范师傅却仍在努力。"大理菊都打枯了,秋菜却长得十分粗壮,萝卜长得也蛮大"。范师傅"他象一株老梅,在风雪中开得挺拔清秀了"。第三部分"迎春",写"技术革新"成功,丁朋也认识到自己的弱点。从一般情形说,小说以不同花卉的生长期对应情节主体发展的各个阶段,也即从"菊""梅""迎春"隐喻技术革新从热闹到坚守再到成功的过程。这一简单的对应手法,隐含着自然属性对人类行为的约束,不像其他作家文本当中人对于"物"可以具有绝对的支配性力量。人类的行为不再是支配环境,而更像是随着自然季节而起伏。在这里,城市的逻辑也就不是"工业"或"技术"了,而更像是田园乡间的自然法则。

陆文夫最典型的城市传奇故事是《牌坊的故事》。小说的情节是一位老中医谢医生将祖传秘方捐献给国家,其外在主题的表达,如文本中的官员所说："谢老一家三代行医,与疾病作斗争,对人民的健康作出了巨大的贡献;现在又把祖传的秘方献给人民政府,使祖国的医药宝库又增添了一份财产。"但是,在小说的深层叙事主体中,表达的却不是这样的政治主题。一般来说,秘方作为文化传承的符号,本身就包含了纵向的历史性。所以,情节将秘方的来历与谢家的传奇经历结合起来,成为"一生不贪利,不求名,只想毕生之力救天下人"的传统"诚信""济世"医学伦理的主题,并不构成"断裂论"式的"新社会"命题。小说中人物的基本属性,也已经脱离了政治的、生产的层面,而确定在了医学伦理的层面。由于文本的传奇色彩很强,使得这个传统故事始终在极强的神秘氛围中进行,包裹秘方的"黄布包袱"更加深了它的神秘指向,暗喻了城市久远的传统力量,并对城市传统文化强大的支配性作了强调。作品中出现的谢医生的形貌,也完全是一副仙风道骨:"穿着一件江西白夏布大褂,一条黑生丝的长裤,一双镂空的麻布风凉鞋;忙着向人递烟倒茶,十分殷勤。"在叙事色调上,小说也力图突出这种神秘氛围。开头有一段近乎于古典叙事的开场:

> 城东有条银壶巷,巷子头上有座石牌坊。这牌坊并不高大,却造得十分精巧;上有二龙戏珠,下有狮子盘球,左右镌一副对联:"德先百行,祀永千秋";横额四个大字:"饮水思源"。

> 牌坊下面,有一口三眼井。井栏用整块的大青石雕成,四周方砖漫地,有捣衣石,有消水槽。每逢清晨傍晚,巷子里的百来户人家,都来井边洗衣淘米,倒也十分热闹。内中有个二好婆,欢喜道古论今,常常说起这口公井与牌坊的来历,说这都是巷子里谢医生的祖父造的。当年,谢医生的祖父穷得一无所有,住在一座破庙里,每晚有只癞蛤蟆对着他叫:"挖、挖、挖。"谢医生的祖父福至心灵,便在癞蛤蟆的身边向下挖,结果得了一窖金子,发了大财,便造下这座牌坊与公井,修点功德。有人不同意二好婆的讲法,说是因为谢医生的祖父四十无子,到处求神许愿,后来果然生下了谢医生的父亲,这牌坊与公井是谢神还愿的。

> 这两种不同的传说,在井上争执了几十年,一直没有个结论。好事的二好婆还特地去问过谢医生。谢医生只是笑,不吭声。

　　　　直到前年夏天,谢家发生了一件事情,于是,井上又流传着另
　　外一段奇闻。

这是一般传奇故事惯用的开头。其所出现的"牌坊""公井",都是纪念
性的古典性建筑或者设施,其包含的"过去"的意义成分,暗喻着某种
古老精神的永恒。作品以对牌坊、公井的介绍入手,其含义大大超越了
故事的现实感。就像《健谈客》《龙》中出现的花木一样,隐含了城市的
旧有传统。

五、文本的历史化与个体文化记忆

　　《大波》《正红旗下》《三家巷》以及其他具有表现城市市井生活的
小说,如长篇小说《小城春秋》《野火春风斗古城》,都有着文学历史化
的特点。这些小说都试图用"宏大叙事"表现时代本质和历史前进的
方向。一百四十万言的《大波》上承《死水微澜》和《暴风雨前》,已足
显作者对"史诗性"的执著追求,更何况作者还打算重写完《大波》后,
"至于一九一一年以后,更有意义的几个段落,当然也想写出来"①。老
舍在提到《正红旗下》时曾说要写以北京旧社会为背景的三部历史小
说,"第一部小说,从八国联军洗劫北京起,写我的家史;第二部小说,
写旧社会许多苏州、扬州女子被拐卖到北京来,堕入'八大胡同'娼妓
火坑的种种悲惨结局;第三部小说,写北京王公贵族,遗老遗少在玩蟋
蟀斗蛐蛐中,勾心斗角,以及他们欺诈压迫下层平民的故事"②。欧阳
山的《三家巷》是以"一代风流"为总题的多卷本小说的第一部,这部多
卷本小说共五部,还包括《苦斗》《柳暗花明》《圣地》《万年春》,作者的
目的是为了反映"中国革命的来龙去脉"③。

---

　　①　李劼人:《死水微澜·前记》,《李劼人选集》(第1卷),四川人民出版社1980年版,
第3页。
　　②　谢和赓:《老舍最后的作品》,载《瞭望》1984年第89期。
　　③　欧阳山说,他1942年在延安时,就有了写作长篇,来反映他经过文艺整风之后,"有
了比较明确认识"的"中国革命的来龙去脉"的计划。《三家巷》和《苦斗》分别出版于1959
年和1962年。由于"文革"的发生,其他各卷如《柳暗花明》、《圣地》、《万年春》至80年代才
出齐。

　　文学的这种"史诗性"追求和"历史化"趋向，在"十七年"文学中具有普遍性。文学的历史化是激进变革的年代里，文学对历史断裂所做的合法性辩护。正如陈晓明所言："文学的现代性运动集中体现在'历史化'方面。尽管传统的文学也有历史观念和历史叙事，但它与现代性的'历史'有着本质的区别。过去的历史不过是一种编年史，它没有强烈的按照一种目的论的意图重新定义历史，它也没有给定明确的历史目标。只有现代性的历史观是以合目的性的必然的进步观念标示出的，历史叙事具有强大的概括能力，它把过去、现在和未来结合一体，建立起现代性的宏大叙事。中国的现代性文学重塑了现代性的历史，它不仅在传统向现代的转型中给出了历史断裂的明确标志，同时给那些阶段性的断裂划定界线。关于历史结束和重新开始的叙述频繁地出现在中国现代以来的文学史的叙事中，这些历史化，使断裂具有合理性，并且使它们共同建构现代性的宏大历史叙事。"[1]也就是说，文学的"史诗性"追求和"历史化"趋向源于中国现代性历史进程的断裂性。陈晓明认为："现代性的价值根基在于它的普遍主义；就其精神品格而言，在于它的反思性；就外在化的历史存在方式而言，在于它的断裂性。"[2]断裂性被认为是现代性实践的历史存在方式。对此马克思曾有过这样的描述："生产的不断变革，一切社会关系不停的动荡，永远的不安定和变动，这就是资产阶级时代不同于过去一切时代的地方。一切固定的古老的关系以及与之相适应的素被遵从的观念和见解都被消散了，一切新形成的关系等不到固定下来就陈旧了。一切固定的东西都烟消云散了，一切神圣的东西都被亵渎了。人们不得不用冷静的眼光来看他们的生活地位、他们的相互关系。"[3]整个现代性的历史也可以说就是变革、革命的历史，现代性包含和制造历史的断裂。事实上，现代性的起源就是一种断裂，现代都市生活同传统的乡村民俗生活的

---

　　① 　陈晓明：《现代性与文学研究的新视野》，《现代性与中国当代文学转型》，陈晓明主编，云南人民出版社 2003 年版，第 10、11 页。

　　② 　同上书，第 7 页。

　　③ 　〔德〕马克思、〔德〕恩格斯：《共产党宣言》，《马克思恩格斯选集》（第 1 卷），人民出版社 1972 年，第 254 页。

断裂,现代生活固有的碎片化同前现代生活的总体化的断裂。现代性的持续推演、在不同阶段不同地域的发展变异,也标志着断裂。断裂成为现代性的一种机制,以至于吉登斯把它看作现代性最重要的特性。

马克思、吉登斯对现代性的断裂性的论述,也同样适用于中国的现代性实践。只是中国的现代性不像西方的现代性那样,是从自己的文化传统中生长出来的,而是一个被迫进行与自主选择相互交织相互作用的过程。由于中国近代社会的半殖民地半封建性质,使得中国的现代性是在西方现代性在文化、经济和政治方面不断扩张的历史语境下进行的,西方现代性既被作为一个目标又被作为批判的对象,但中国的现代性实践是在对自己的传统文化进行决绝的批判中推进的,显得更为激进,断裂性也更加突出。现代以来的中国充满了激进的社会变革,从辛亥革命到新民主主义革命,再到社会主义革命,再到"文化大革命"。"由此也就不难理解,现代以来的中国历史,充满了那么多的结束和开始。一个时代的结束,另一个时代重新开始,这不仅表现在大的社会变迁方面,即使在那些阶段性的政治运动,也经常被叙述为(宣布为)一个新的时代开始。急迫地抛弃过去,与过去决裂,追求变迁的速度,以至于人们只有时刻生活在'新的'状态中,才能体会到社会的前进。这一切当然都导源于'落后'的焦虑情节,都来自渴求超越历史、迅速自我更新的历史。"①

这种断裂必然会折射在文学中。一方面,新文学作为参与现代民族国家的想象与建构的激进的思想形式,直接表达现代性的意义,表达现代性急迫的历史愿望,它为那些历史变革开道呐喊,当然也强化了历史断裂的鸿沟。另一方面,现代性的断裂带来社会变革、进步的同时,也会给社会心理造成强烈的冲击,造成情感的危机与精神的不平衡。文学作为想象性地解决问题的方式,作为人类情感的载体,必然会努力地弥合这种断裂,追求社会变革与精神世界的平衡。正是在这个意义上,现代以来的中国文学又始终眷恋着历史的连续性,反抗着历史的断

---

① 陈晓明:《现代性与文学研究的新视野》,《现代性与中国当代文学转型》,陈晓明主编,云南人民出版社 2003 年版,第 10 页。

裂。前者在现代以来的文学中可以看到清晰的脉络，主要表现在文学革命、革命文学、延安文学、社会主义文学中。后者在乡土文学、老舍的以描写北京市井文化的"京味儿"小说中表现得比较充分。但不管是前者还是后者，都是一个复杂的存在，在前者最为激进的文学叙事中，也存在着温情的个人记忆，正是这些温情的个人记忆，使急剧变动的历史具有了某种连续性，变得可以接受。而在后者较为保守的文学叙事中，在表达对传统的眷恋的同时，也对传统进行了现代性反思。正是这种对传统既眷恋又批判的态度，使现在牵连着过去也向往着未来。

在"十七年"文学和"文革"文学中，文学的政治化使文学更加激进地表达着历史的断裂。在"以阶级斗争为纲"的年代里，文学中的保守主义失去了生存的空间，在整个国家向社会主义社会加速行进的过程中，文学不仅自身要实现社会主义化，即如郭沫若所言，"遵循着国家建设的总路线"，随着"伟大祖国所经历的本质上的改变""更使一新"，而且要在整个国家的社会主义文化中发挥独特而能动的作用。也如周扬所言，"用爱国主义和社会主义的崇高思想教育人民，鼓舞人民向着社会主义前进"。因而，把强烈而紧迫的政治诉求转化为文学的任务与使命，就是当时文学的方向。

文学的历史化是现代性的断裂在文学中的表现，历史的阶段性强化着历史的断裂，历史的连续性、合目的性又反抗着断裂。但"十七年"文学中革命历史题材的文学文本却呈现出更加复杂的状况，尤其是承续了描写市井传统的《正红旗下》《大波》和《三家巷》等作品。《正红旗下》围绕清朝末年八国联军入侵北京时自己家庭生活的背景，展开的是三重历史：一个是作者自己家庭苦难遭遇的历史，一个是中华民族被侵略者烧杀凌辱和奋起抗争的悲剧，一个是自己隶属的满族由盛而衰的历史。《大波》写的是中国近代历史上的著名事件——四川保路运动。围绕着对这一运动的叙述，作品塑造了庞杂而众多的人物形象，描绘了当时社会各个阶层人士的生活和思想状况，再现了这一群众运动的前因后果及曲折过程。这些作品描写的历史本身已够复杂，但这些作品的意义并不仅仅止于对复杂历史的叙述，还在于对历史进行追叙的同时，对个人记忆深处的民族文化和地域文化进行了诗意的描述,正像《正红旗下》中的旗人文化,《大波》中的巴蜀文化,《三家巷》中的岭南文化。正是这种带有个人印记的文化记忆,成为了急剧变革、断裂年代里人们对历史连续性、稳定性的朦胧怀念。对历史变革与断裂的合法性叙述,对历史深处文化记忆的诗意叙述,在一定程度上弥合了现代性的断裂。

尤其是老舍的自传体小说《正红旗下》中对个人历史的追忆,实际上是成年人在失去精神家园后的返乡之旅。在成人世界里童年意味着故乡,回忆童年就是精神上的返乡之旅。成人对自己出生和童年的每一次想象、追忆和叙述,都是一次找寻精神上的家园的历程。不过,这记忆中的家园已不是原初的家园,而是成人意识观照之下的家园,但是回忆和想象又会使叙述者摆脱成人的意识,使记忆中的家园呈现出诗意。"当我旅行去的时候,我看见高山大川和奇花异草,但是这些只是一些景物,伟丽吧,优秀吧,一过眼便不相干了,它们的伟丽或优秀到不了我的心里来,不能和我混成一个。反之,我若是看见个绿槐虫儿,我便马上看见那两株老槐,听见小姐姐的笑声,我不能把这些搁在一旁而还找到一个完整的自己;那是我的家,我生在那里,长在那里,那里的一草一砖都是我的生活标记。是的,我愿有这种私产,这样的家庭;假若你能明白我的意思——恐怕我是没有说得十分清楚——那么也许我不至于被误会了。不幸我到底是被误会了,被称为私产与家庭制度的拥护者,我也不想多去分辩,因为一想起幼年的生活,我的感情便掐住了我的理智,越说便越不近情理,爽性倒是少说的为是吧。"①这是老舍另外一部自传体长篇小说《小人物自述》中的一段话。这部小说写于1937年,完成了四五万字,但只发表了四节约一万五千字,就因卢沟桥事变后全面抗日战争的爆发,刊物停办,余下部分的稿子全都失落,流下来的这一部分是老舍写"我"降生和幼年的故事片段。虽然主人公的名字是"王十成",父亲不是护军,而是在外做生意,在"我"快到一周岁时,"死在了外乡",全篇里也只字没有提到旗人,但是,从小说关于"我"的出生经历、家庭成员、贫穷处境、居住环境与生活习好等方面所

---

① 老舍:《正红旗下·小人物自述》,人民文学出版社1987年版,第149、150页。

描写的主要情节和细节来看,都与《正红旗下》有许多酷似甚至完全相同的地方。这篇小说被重新发现时,就被称为"《正红旗下》的姐妹篇"。不管是《正红旗下》还是《小人物自述》中叙述的这段"幼年生活",这份"私产",都是作为老舍人生中的珍藏存在的,它是老舍创作中割舍不断的潜在冲动。有了这份精神的"私产",老舍才拥有了一个"完整的自己"。而这个"私产",这个"家庭",正是作为一个满族作家老舍的"精神家园"的象征。

在中国变革最为激进的 1960 年代,阶级斗争话语和社会主义现代化话语压倒了一切,在所有的对历史的叙述中,只有那些对中共领导的革命如何经历了曲折并最终走向胜利的叙述才具有意识形态的合法性。《正红旗下》《大波》和《三家巷》无疑不具备这种合法性,而是在某一方面表现出了"越轨"或"复杂"的内涵,因此这些作品或者未能竟篇、不能面世,或者遭受冷落和批判。但正因为有了这样的作品,我们可以了解到那个"断裂性"表现如此突出的年代里社会心理的复杂性。正因为有了这样的作品,我们看到了中国现代性的多层次性和复杂性。一方面社会的急剧变革造成的巨大断裂感,使人们失去了精神的家园;另一方面,文学关于历史如此发展的合法性叙述,又似乎在弥合着这种断裂感。不过,似乎只有那些内心深处被压抑的个人记忆和历史深处的文化记忆,才可以真正安顿那些因为"断裂"失去精神家园的人们的心灵。

第四节 启蒙文学的开启

一般认为,"十七年"和"文革"时期的文学生态具有一定程度的古典性质,是背离了"五四"启蒙传统的反启蒙的文学。在这样的文学史叙述中,这一时期的文学价值在很大程度上是被否定的。不过,自上个世纪末以来,随着思想界对 1949 年以来中国社会主义实践认识的深入,这一段历史得到了更加理性的认知。以汪晖为代表的一些学者认为,这一段历史仍旧具有某种现代性,即反西方资本主义现代性的现代性。这样的话,与这一段历史的意识形态有着紧密关系的文学,也就具有了重新阐释的可能性。虽然"十七年"文学和"文革文学"是延安文学(即文学为政治服务、文学为工农兵服务)逐渐建立霸权的产物,但这一时期的文学并不是铁板一块。文学的启蒙精神在"十七年"文学和"文革"文学中并没有完全消隐,它一直以潜流的方式存在。只要文学政策和文学规范稍为松动,它就要顽强地表现自己,如1956—1957年这一被称为"百花时代"的文学时期,1960年代初在政治、经济、文学政策上进入调整阶段的文学,还有控制虽十分严厉,却存在地下写作与传抄空间的"文革"后期的文学。这些文学的主要特质表现为知识分子话语与主流意识形态话语的有意偏离、悖逆,在一定程度上承续了"五四"文学的启蒙传统。这些以"非主流"方式存在的具有启蒙精神的文学,尤其是"文革"后期以《第二次握手》《波动》等为代表的具有启蒙精神的地下手抄本小说,则直接开启了新时期的新启蒙文学。

在这些具有启蒙精神的文学作品中,城市的面貌与"十七年"及"文革"时期的主流叙事相比,发生了很大变化。城市与乡村的对立逐渐淡化,城市中知识分子所偏爱的书房、公园、古迹、大学等具有文化意蕴的城市空间再次浮出历史的地表,城市的"夜晚"也作为与秩序相对立的意象出现在诸多文本中。与此同时,城市也不再呈现为工人阶级的左翼文化格局,知识分子重新成为文化的主体,成为城市(现代化)的未来。

一、启蒙叙事中的空间与时间

"十七"年及"文革"时期,大部分城市题材文学,尤其是其中的工业题材文学,叙事空间大多为工厂、车间、工地、办公室、住宅的客厅等公共性意义突出的场所,或者是北京、天安门、中南海等政治性意义突出的场所。建国后,国家生活的主题是政权合法性的确立、生产资料的公有化、国民经济的恢复、生产力的提高以及工业化,主流文学文本中的物理空间设置与此相吻合,充分体现了这一时期文学的意识形态建构功能。在一些具有启蒙精神的"异端"文学中,这些具有公共性、政治性意义的空间开始退场,而公园、历史古迹、小酒馆、山川景物,以及四合院、大学、实验室等场所被作为重要的城市空间渐次登场,并且被作为故事发生的主要空间。伴随着对生产性和政治性空间的离弃，这些知识性空间的城市属性也开始淡化，文化属性和思想意义则被凸显。与此同时，一向被认为是充满资产阶级危险思想和意识的城市，其作为文化和思想的源地的意义开始被故事的叙述者所强调，这似乎昭示着倚重思想的时代即将到来。

在这些具有启蒙精神的地下手抄本中，一方面叙事空间发生了转移，另一方面人物的思想状况和精神状态也开始不同于"十七年"和"文革"主流文学。在《晚霞消失的时候》中，李淮平和南珊的四次偶遇所发生的空间分别是：一个春光明媚的早晨的公园、灵隐胡同七十三号一个干净整齐的四合院、送知识青年上山下乡的火车上以及层峦叠嶂、巍峨奇拔的泰山。不管是城市的公园、四合院、火车站，还是远离城市的泰山，对于知识青年李淮平来说，重要的不是优美的自然风光、古朴的历史遗迹和即将离别的亲人朋友，而是思想的交锋、红卫兵的抄家、南珊一家人的长谈和智慧长者等人的言论所给予他的思想上的震动。这四个空间中发生的偶遇，之所以在南珊和李淮平一生当中具有极其重要的地位，就是因为在这个空间中所发生的事情、进行的对话代表了他们思想不断成熟的曲折历程。《波动》所叙述的故事发生在一个破旧的小城里，作者呈现的城市空间有：夜晚的街道、车站不远处的小土房、小酒馆、郊外的古寺和被社会遗弃的而被流浪汉用来作为藏身之所的防空洞等。在这样的城市空间里，叙述者着重表现的是身世凄惨、经历曲折的肖凌思想上的迷惘、精神上的痛苦、感情上的创伤以及理想的幻灭；沦为社会最底层已成为黑社会一员的白华对现实极度失望之后的以恶抗恶、以暴抗暴；在生活中较为顺利没有受到较大打击的杨讯对理想和责任的坚持，以及这三个人之间的感情纠葛。这样的城市空间承载的是"迷惘的一代"精神的幻灭和破碎，理想的失落与追求。《波动》是对城市空间呈现较为复杂的一部作品，作品中的故事情节和叙事空间都以不同人物各自的内心独白和意识流动来串联和呈现，因此空间的呈现表现出一定的破碎感和跳跃感。这正是作者把城市空间作为人物精神世界外化的表现，与作品中人物精神的苦闷、孤独、忧虑、幻灭和追求相契合。《公开的情书》中城市只是作为背景而存在，作为文本中故事发生的史前阶段中人物活动、生活的主要空间而存在。真真、老九、老嘎、老邪门等人都是在城市中度过自己的童年、少年时代并读完大学,之后老九、老邪门被分配到城市的工厂工作,真真因为父亲的问题被分配到一个山区小镇上去教书,老嘎则因为对艺术的追求到处旅行、写生。真真和老嘎们被迫或者主动远离了城市,他们的生存空间是与大自然更加贴近的乡村。老九虽然身处城市,但他所在的实验室建在城中的山上,是城市中"非城市化"的空间,或者说城市特征不突出的空间。在小说文本中,城市被淡化,作为政治、经济中心的城市形象被瓦解,体制化、组织化的城市不复存在。在真真的回忆中,城市记忆给予她的更多的是教训和痛苦,能够给予她激情和力量的是阿坝高原、大雪山等大自然景物的神奇和壮观。在老九的讲述中,城市同样令人厌恶,父母的"庸俗",单位没完没了的会议、学习和汇报等等都使他难以忍受。"红色"的城市在经历了红卫兵运动、上山下乡运动、再教育运动之后,在知识青年的眼里已经面目全非,不复有政治、经济中心的"红色"意义。这些接受"再教育"的知识青年被城市放逐和遗弃,而乡村也没能够安放他们的青春,给他们以归属感。老嘎在给老九的信中谈到真真和她的同伴们,这样说道:"在这笼子似的、静静的山谷里,栖息着十多只异乡的鸟:有北农大的,清华的,南开的,武大的,川大的……他们生长在二十世纪七十年代,却又生活在刀耕火种的桃花源里,这是怎样一种'再教育'呵。"动荡的城市经验和乡村经验给予知识青年的是对现实和历史的反思,在反思中被城市所放逐的知识青年的主体意识开始逐步觉醒。

上述作品,不管是城市背景的淡化、对名山大川的渲染,还是对公园、古迹、酒馆、遗弃的防空洞、火车站等场所的呈现,都是对"十七年"及"文革"文学主流叙事中城市形象的颠覆。对主流叙事中城市形象的反抗、颠覆,则意味着对主流意识形态话语的反抗和质疑。事实上,启蒙叙事中对上述空间的呈现和当时大学生、知识青年的生活方式、交流方式、精神探索方式是分不开的。"文革"开始之后,首先是红卫兵造反,之后是大规模的知识青年"上山下乡"运动。在这些运动中,一些知识青年发现"他们不必整天再去学习,也不再受学校纪律的约束,他们通过在全国各地串联发挥着新的作用,在国家领导人面前游行,去那些他们慕名已久的风景点去观光,频繁地同其他年轻人交流思想和经验"①。在此期间,北京、成都、厦门等城市形成了一些地下文艺沙龙,如北京的鲁燕生沙龙、史康成沙龙等。参加这些文艺沙龙的多是留在城市的知识青年,他们聚会的地点多在某个中心人物的家里,有时也会到圆明园、颐和园等场所②。在聚会上他们会交流阅读的书籍(基本上为当时的禁书)以及自己的诗歌、小说创作,甚至传抄下乡知青的文学作品,也会对中国当时的政治问题、青年的理想和信仰等问题进行激烈的讨论和争辩。尤其是到了"文革"后期,共产党在"文革"前建立起来的高度组织化的、艰苦朴素的、生产性的城市在一定程度上被破坏了。频繁的政治运动、草木皆兵的阶级斗争既破坏了生产也破坏了人们的政治信仰,一部分知识青年在迷惘、找不到出路的时候,通过大串联、沙龙聚会,通过秘密的文学创作表达他们的迷惘、探索和追求。他们正是在对中心性城市空间的疏离中,疏离了其时的主流意识形态。他们的精神探索和文学创作也获得了反抗、超越政治意识形态的可能性。

不仅是以上谈到的《公开的情书》《波动》和《晚霞消失的时候》等文学作品中在对城市进行叙述时,主要侧重呈现能够带来"思想和文化"的城市空间,或者干脆疏离城市空间,转向能给他们带来精神自由的名山大川,其他具有启蒙精神的文学作品也显露出这个特点。比如《第二次握手》中的大学、实验室、国际性学术会议等都是极具文化含量的城市空间;再比如《青春之歌》在表现林道静走上革命道路之前追求个性解放、反抗家庭包办婚姻的时候,展现的是她在北戴河对大海的热爱以及她在乡村教书的遭遇;再比如郭小川的诗歌《望星空》,正是在诗人在天安门漫步,把头抬向了浩瀚的星空时,才感到了个体的"惆怅";还有杨朔的《春子姑娘》,因为是通过表现女子如何被旧势力摧残

---

① 〔美〕马丁·金·怀特:《人民共和国的城市生活》,见〔美〕R.麦克法夸尔、费正清编:《剑桥中华人民共和国史·中国内部的革命(1966—1982 年)》,中国社会科学出版社1992 年版,第 749 页。

② 参阅杨健:《中国知青文学史》,中国工人出版社 2002 年版。

又如何被革命者所启蒙,来实现对旧中国城市的存在的非法性想象与叙述,所以选择的城市空间是建国前的牡丹江和哈尔滨的下层社会。此外电影谢铁骊根据柔石的《二月》改编的电影《早春二月》在表现受"五四"精神启蒙的知识分子萧涧秋找不到出路的苦闷与彷徨时,也把空间选在乡间的芙蓉镇,并在影片中多次用江水来隐喻人物的情绪和精神世界。

此外,这些具有启蒙精神的文本在叙事时间的选择上也有明显的倾向性。只要对文本的叙事时间稍加注意,我们就会发现"十七年"及"文革"主流文学的叙事者多把叙事时间设置为白天,即使偶尔设置为夜晚,也多是在灯火通明的客厅、车间等公共性突出的场所。这种叙事时间的设置与此一时期主流意识形态对社会主义公共性的强调有着密不可分的关系。现代化工业大生产的后果之一便是把人的工作时间和休息时间截然分开,也即是将社会生活的公共性和个人日常生活的私性截然分开。白天是被组织起来的可以被规约和控制的工作时间,这一时间段落有着突出的社会公共性;而夜晚更多的情况下是不在社会组织控制之下的具有私性的时间段落,相较于白天,它的性质要复杂而可疑得多。社会主义政权建立之后,社会意识中便存在这样的警惕,即私性对公共性存在着潜在的威胁和破坏力量。在实现社会主义国民经济工业化的过程中,对私性的批判一度成为时代阶级斗争的主题,黑夜因其具有的神秘性、私性和不可控制性,被主流意识形态作为异质性的力量和时间段落。因此,除了作为工作时间延伸的夜晚之外,其他的黑夜时间都被作为危险性的时间来对待。所以,除了"百花文学"时期的一些作品之外①,"十七年"及"文革"主流文学中对叙事时间的选择多为白天、或者公共性意义突出的夜晚。

"文革"地下手抄本中的启蒙文学则不同,其人物活动或故事铺衍常常在夜晚这一"危险性"的时间段落中展开,这一点上最为典型的要

---

① 这一时期的《红豆》《在悬崖上》《爱情》《组织部来了个年轻人》等具有"个性"和社会批判意识的作品,在叙事时间的选择上常常会选择夜晚。选择夜晚这种"危险"的叙事时间与作品思想内容的某些"越轨"之处显然存在着关联。不过,这些文学作品在之后的文学批判运动中都被打为了"毒草"。

数《波动》。它的大多数故事情节都发生在夜晚：杨讯在夜晚来到南方的一个小城初遇肖凌；两人在夜晚的街头偶遇、散步护城河畔；两人在冬日的飘雪的深夜看完电影之后漫步街头；他们两个在夜晚的酒馆里初遇白华，媛媛的生日聚会也是在晚上……黑夜几乎是《波动》挥之不去的叙事底色，成为小说文本中最重要的具有隐喻色彩的意象。在《公开的情书》中，真真和老九也多次提到夜晚，真真在黑夜中思想的挣扎，在被审查的黑夜中的遭遇，老九抱怨白天无聊的会议与学习占去了他的时间，而对知识的获取与思想的探索只有在夜晚才能够实现。《晚霞消失的时候》中李淮平带领红卫兵去抄南珊的家时思想受到极大触动也是发生在夜晚。郭小川的《望星空》，正是由于在黑夜中仰望星空才感到了"在伟大的宇宙的空间，／人生不过是流星般的闪光。／在无限的时间的河流里，／人生仅仅是微小又微小的波浪。／呵，星空，／我不免感到惆怅！"《早春二月》在表现萧涧秋的内心世界时，也多次把时间放在夜晚。

在以上的文本秩序中，白天是秩序的隐喻，黑夜则象征着对秩序的反抗。黑夜这一叙事时间的大量出现，绝不是偶然。黑夜意味着在生产斗争、阶级斗争、两条路线斗争和社会主义教育的"红色世界"之外，还存在别一世界。黑夜意味着意识形态控制不到的领域，或者脱离了意识形态控制的领域。在这一领域里，经历了大动乱的人们在黑夜中进行着探索和反抗。

二、知识性空间与主体性的建立

以上这些文学作品，在对城市的叙述和想象中，公共性、生产性、政治性的空间不再被作为城市最重要的空间来呈现，甚至有的作品完全"删除"了这样的城市空间。其中的有些作品，即使表现这样的城市空间，也不同于主流叙事的表述。那些具有文化意义、能够激发思想的城市空间，在有关城市的叙述中被重点呈现。正是在这样的空间转移中，知识者的主体意识和启蒙意识开始回归。

众所周知，在"十七年"和"文革"时期，知识分子作为社会主义建设的主体地位一直是被质疑的。毛泽东早在《在延安文艺座谈会上的讲话》中就指出知识分子、文艺工作者必须走与工农结合的道路。建国后,《讲话》作为文艺界唯一正确的纲领性文件被执行,知识分子与工农结合也被坚决地贯彻。1957 年反右扩大化,毛泽东又重申:"我们现在的大多数知识分子,是从旧社会过来的,是从非劳动人民家庭出身的。有些即使是出身于工人农民家庭,但是在解放以前受的是资产阶级教育,世界观基本上是资产阶级的,他们还是属于资产阶级知识分子。"①"文化大革命"中知识分子作为修正主义者遭到全社会大范围的批判,知识青年必须走"上山下乡"的道路才能获得革命性。这种社会语境中的文化主体不可能是知识分子,相反,其文化是"非知识分子化"或"反知识分子"的。

在"十七年"的一些"异端"文学作品中,尤其是在"文革"后期的具有启蒙精神的地下手抄本小说中,知识分子作为社会主义现代性主体尤其是文化主体的合法性被重新确认。这种合法性的获得是通过一系列的叙事行为实现的,其中最重要的即是叙事空间的转移。这一时期的主流城市题材文学为了表现重大国家生活主题和工业化主题,选取的叙事空间多为广场、车间、办公室、工人新村和住宅的客厅等。这些空间具有社会主义公共性的特点,与政治性、阶级性、生产性相关联。而启蒙叙事中却强调实验室、书房、四合院,以及带有历史印迹的公园等城市空间,或者城市之外的名山大川等自然空间。显然,这些空间带有明显的文化属性和知识分子属性,其中最典型的要数书房,我们来看一段《晚霞消失的时候》中关于书房的描写:

> 我站在书柜前,开始浏览那无数的藏书。它们种类与内容十分庞杂。除了各式各样的读物、目录和单行本外,有整整三排是全卷集的。我看到史学方面有全套的《资治通鉴》和《清史稿》,哲学方面有《庄子》《淮南子》和《吕氏春秋》,评论著作有《章氏丛书》和《胡适文存》,外国著作有从洛克、卢梭、黑格尔、马克思,一直到罗素、杜威等人的著述,还有一本普鲁塔克的《希腊罗马名人传》。

---

① 毛泽东:《在中国共产党全国宣传会议上的讲话》(1957 年 5 月 12 日),《毛泽东选集》第 5 卷,人民出版社 1977 年版,第 406 页。

甚至有些书还是外文版。当然,最多的还是佛著和佛经。我在那
整整四排的线装古书中,看到了无数古奥费解的书名:《兜沙经》
《金刚经》《华严义海百门》《大正藏》这些无疑是佛经了,《唐高僧
传》《西京伽蓝记》和《景德传灯录》《古尊宿语录》《宗镜录》等等。
这些书密密麻麻地摆满了书架,书中夹满了无数作记号和摘录的
纸条。这些书本身就是一个浩瀚的大海,以致我觉得只要抽出任
何一本,我就会被这片大海所淹没。

从这段关于书籍种类的罗列中,我们可以看出,关于书房叙述者强调的
是它的知识性价值与意义。泰山长老的藏书极其丰富,古今中外,历
史、哲学、宗教等等无所不包。从这一点来看,泰山长老更像是一个驻
守泰山的知识者,而不是一个出世的高僧。其实,叙述者完全可以用一
句话来概括长老书柜里种类繁多的书籍,但他不避叙事的拖沓与主要
事件的不断延宕,来插入对书房这一空间的详细描述,既是作者对"越
有知识越愚昧"的阶级斗争时代的一种反动,也是那一代知识青年渴
求知识的探索精神的反映,更充分显示了叙述者对知识、知识分子以及
带有知识分子属性的空间的倚重。在《晚霞消失的时候》这部作品中,
作者还在叙事的其他环节不厌其烦地讲述了各种历史、文学、哲学、科
学知识。叙述者在讲述男女主人公的四次巧遇时,对他们之间争论的
详细描述,颇有炫耀才学之嫌:从关于"文明和野蛮"的论争到对战争
的思考,从童话故事到莎士比亚的剧作,从《资本论》到《自然辩证法》,
从英语到俄语,从儒家思想到宗教信仰,从气象学等现代科学到古典哲
学,叙述者涉猎了各个领域的知识,大有穷尽人类知识的气魄。《第二
次握手》《公开的情书》和《波动》中,都有类似的叙述。《晚霞消失的
时候》是通过长篇的人物对话来实现这种对密集的知识的叙述的;《公
开的情书》选择了更利于这种叙述的书信体;《第二次握手》则通过全
知全能的叙事视角对化学、药物学以及尖端的核领域进行了叙述和想
象。知识和知识分子当然有着分不开的关系,对知识的强调无疑意味
着对知识分子现代性和主体合法性的强调。

　　如果说《晚霞消失的时候》中关于书房的描写,是叙述者对知识和
知识分子重要性的强调,那么《第二次握手》中有关书房的描写则隐喻

了知识分子与传统及西方的关系。科学家苏冠兰住在小巷深处的一所古朴、静谧的典型的"北京式四合院"里。他的家中几乎没有客厅的位置,一张餐桌兼有客厅的功能,但书房却占有举足轻重的位置。我们来看小说文本中关于书房这一空间的呈现:

> 书房就在这间兼作客厅的餐桌旁边。苏冠兰教授步入窗明几净的书房,随手关上房门,满意地环顾着一切。屋子的南壁开着一扇很大的花格子窗户,苹果绿的窗帘半合半闭,透过那一块块细小的图案状玻璃,可以隐约窥视院中的一部分景物。临窗放着一张红木大书桌,桌上陈设着一架"熊猫牌"收音机,喇叭中正传颂着轻快的圆舞曲。这是接着"首都新闻"之后的周末音乐会节目。书桌的一侧墙角摆着两三尺高的角橱,下方是盛开的菊花,橱上是一架电视机,书桌的另一侧墙角,摆着一张蒙着猩红色天鹅绒罩面的单人沙发。贴着小书房的另外两堵墙壁,陈列着四个大书橱,透过玻璃橱窗可以看到里面一排排的书籍、资料、手稿和文献,其中有苏冠兰教授本人的一些化学、药物学方面的著作,还有一部袖珍外文打字机。房间的中央,一盏式样别致的吊灯下,放着一张小圆桌,桌上摆着一只圆形金鱼缸和几只玲珑的小座钟,以及一面椭圆形小镜。除了一架鸟笼似的座钟在嘀嘀哒哒地走动外,其余几只座钟都"沉默"着。苏冠兰始终不明白,他所接触的一些外国友人,为什么那么热衷地把各式各样的小座钟作为私人之间的礼品互相赠送。小圆桌边有几张软椅靠垫,圆桌面上还放着一叠手稿和一部精装的大部头书籍,借着窗外透进的暗淡的光线,可以看见烫金的书名《病毒分析》,书名下印着著者的姓名:张季文、叶玉菡。

> 苏冠兰望着书房中的一切陈设物,打量着一尘不染的大书桌、小圆桌、书橱……满意地微笑了。他喜欢干净、整齐、有条理的生活,喜欢这个同样干净、整齐、有条理的环境,更喜欢为他布置了这个生活环境的伴侣——玉菡。

从这些描述中不难看出,苏冠兰的书房有着传统文人的特点与情调。

因为苏冠兰的书房非常讲究"雅致",比如"窗明几净"、半开半闭的"苹果绿的窗帘""一扇很大的花格子窗户"、书桌上放着的"盛开的菊花"等等。这样的物理空间呈现与作品中人物的特点相一致,《第二次握手》中作者塑造的苏冠兰,也是一位集传统文人和现代知识分子特点于一身的科学家。中国儒家思想的"气节""风雅""隐忍"等文人气质都在苏冠兰和小说文本中的其他知识分子身上得到了某种传承。也就是说,通过这些具有文化属性的空间的营造,在有关城市的叙述中,我们的文化传统不再像"十七年"和"文革"主流文学中表现的那样呈断裂状态,而是呈现出某种连续性。另外,值得我们注意的是,苏冠兰的书房还具有某些资产阶级的属性。因为他的书房布置得有些奢华,具有物质化倾向,甚至可以说是西方化倾向,比如"熊猫牌"收音机、喇叭里"轻快的圆舞曲""袖珍外文打字机""几只玲珑的小座钟""式样别致的吊灯"等等。以西方现代性为参照的"五四"现代性,在这些物质性的描述中也有所体现。在这样的空间呈现中,城市不再仅仅具有政治、生产等公共属性,而是显得更加包容。它不仅具有现代政治意义,还包容着传统文化和西方文化。这或许就是那个年代知识分子精神世界中理想的文化形态吧。在这段关于书房的描写中,就有两次苏冠兰环视自己书房并表现出满意之情的描写,显露出了知识分子对自足、独立的精神空间的慕求,这在一定程度上也体现出了知识分子主体意识的自觉。

类似的城市空间还有实验室、大学、异域等。在这样的城市空间中,知识分子作为现代性主体的地位不再被"怀疑"。他们不但被讴歌与赞美,而且还被认为比其他社会阶层更加肩负着民族、国家的未来。在这些小说文本中,叙述者无一例外都强调了知识分子对国家民族前途、命运的自觉承担。丁洁琼是老一代知识分子,她把自己的事业和祖国的强盛紧紧地联系在一起,她之所以放弃舞蹈艺术改学数学、物理,是因为苏冠兰关于科学较之于艺术更能救国的一段话给予她的震撼。她在国外之所以忘我地学习工作,之所以经历重重困难也要回到中国,是因为她要把自己所学的奉献给自己的祖国,使祖国繁荣昌盛。靳凡的《公开的情书》中老九是新一代的知识青年,他认为:"现在,把人联系在一起的力量,不可能是某种纯粹的精神生活,而只能是时代的要求——献身于祖国的未来。说得更深一些,共同的民族需要和不甘落后的紧迫感把人联系在一起的力量,比其他任何力量要强得多。"当真真看到静穆的群山中神话般瑰丽多彩的雪山时,她这样抒发自己的感情:"我感到,我心中沸腾的热情,我对祖国、对人民、对生活、对大自然的最纯美、最强烈、最深沉的感情,这些无法用语言来表达的感情,一下子都集中体现在这最美的景物中了。"作者在塑造人物时,不但强调人物对祖国民族前途、命运的自觉承担,还渲染了人物的受难:凄惨的身世、坎坷的命运、动荡的时代以及悲剧的爱情等等。在受难中,知识分子对自身所肩负的历史责任感依然矢志不渝①。这种受难精神和对国家、民族的矢志不渝使作为文化主体和启蒙主体的知识分子具有了圣徒般的感召力。我们不能小看启蒙类文本中这样的叙述,因为知识性空间和知识分子在"十七年"及"文革"的文学叙事中,根本无法获得这样的正面价值与意义,它们的独立性和合法性总是在阶级话语中被不断侵蚀和破坏。所以,在这些我们今天看来并未摆脱宏大叙述模式的叙述中,知识分子的合法主体地位和启蒙主体地位得以逐步建立。

在《第二次握手》中,作者更是通过对城市空间中带有知识分子属性的空间的呈现,对知识分子担当精神和受难精神的渲染,重构了"红色"城市(中国)的知识分子史。虽然这些城市的知识分子史对应于城市左翼史,但已经完全有别于主流叙事中的左翼史。它重构了知识分子作为文化主体和启蒙主体的历史。《第二次握手》选取的城市空间主要有:高桥(上海)、渤海大学(天津)、台州大学(南京)、加利福尼亚理工学院(美国)、京华大学(北京)、东雅医学院(北京)、金陵药学院(南京)、川慈医学院(四川北碚)、中国第一医科大学(北京)等等。虽然这些空间也对应着上海武装起义、"九·一八"、抗日战争、解放战争等中国重大革命、政治事件,但叙事的重点已转移到中国广大知识分子在中国革命历史进程中的担当、坚韧、不屈、无私及不断成熟与进步。

---

① 这一点,在《第二次握手》中的苏冠兰、丁洁琼身上表现得尤其明显。在《波动》《公开的情书》中的知识青年身上也有所表现。

叶玉菡用瘦弱的身躯托起了鲁宁,苏冠兰不顾个人安危引开了追捕鲁宁的军警,共产党员鲁宁才得以逃脱。在得知东雅医学院的专家小组是在研制"战略生物武器"之后,叶玉菡毫不犹豫地救出了被作为实验标本的"小星星",并放火烧毁了实验室。在川慈医学院,苏冠兰利用职务之便掩护共产党、为共产党配制和筹集药品,并因此放弃了留学美国与分离十年的恋人丁洁琼团聚的机会。作曲家丁宏的妻子在上海武装起义中,因为参加战场救护牺牲了。丁宏也被秘密逮捕,一年后被国民党杀害。丁洁琼留学美国,以其卓越的成绩和才能征服了国际科学界,因为公开反对美国使用核武器被秘密关押。建国后,这些知识分子在各自的领域里兢兢业业,为中国的科技现代化事业进行着不懈的奋斗。

在这些文本中,随着城市空间的转移,阶级、阶级斗争等权威话语被国家、民族、时代等宏大话语置换,知识分子的主体意识和启蒙意识由此得到加强。戴锦华曾有过精辟的论述:"在关于阶级、阶级斗争的'敌/我'针锋相对、水火不相容的权威话语中,知识分子被放置在一个暧昧不明的'友'的位置上。这与其说是一种位置的确认,不如说是一次放逐与搁置。它成为主流意识形态的一种'询唤'的姿态与许诺,但这样一种许诺如果不是'等待戈多'般地永远延宕,至少是难于兑现并迟迟不临的。于是,知识分子成为主流意识形态话语系统的双重编码:一是作为价值客体,为无产阶级和资产阶级两大阵营所争夺;一是作为永恒的准主体,承受着漫长的'思想改造'与'脱胎换骨'的痛苦,永远在穿越着灵魂与现实的炼狱,朝着一次许诺中的主体命名式迈进。"①也就是说,在阶级、阶级斗争的权威话语中,知识分子永远处于"准主体"和被改造的"客体"的位置,不可能获得主体的自主权,更不用说成为启蒙的主体。即使一部分知识分子获得了主体地位,也是被权威话语意识形态化的主体,并不具备真正的主体性。当作者在空间转移中用国家民族等宏大话语置换了阶级、阶级斗争等权威话语的时候(如

---

①　戴锦华:《〈青春之歌〉:历史视域中的重读》,《再解读:大众文艺与意识形态》,唐小兵编,香港牛津大学出版社1993年版。

丁洁琼在出国留学之际凌云竹的一段话:"你的容貌美丽非凡,你的才智超群轶伦,我希望你到了异国,把这一切变作是自己民族的集中象征! 让那些对中国人民友好的外国人和那些敌视中国人民的洋鬼子,都从你身上看到我们的民族精神!"《第二次握手》),也就是说,当阶级、阶级斗争话语合法性丧失的时候,或者说阶级、阶级斗争被作为一种压抑性的"异己"力量来表现的时候(肖凌在批斗中惨死的双亲[《波动》],南珊在批斗中被红卫兵抄家、凌辱的外公[《晚霞消失的时候》],真真被打成"右派"的姨夫[《公开的情书》],都是阶级斗争的牺牲品、受害者),知识分子作为文化主体和启蒙主体的地位便不言自明了。在这些文本中,知识分子的主体地位的获得,启蒙意识的自觉,并不是一次被动的命名式,而是在国家、民族、时代等宏大话语中具有天然的合法性。

此外,这些作品在城市空间的呈现和知识分子的塑造上存在着一定的西方化背景,特别是《第二次握手》:渤海大学、台州大学是美国教会办的,东雅医学院、金陵药学院以及其他研究机构都有着欧美背景,就连苏冠兰和叶玉菡在太原念的高中也都是教会中学。这些教会势力在文本中被作为帝国主义势力不可分割的一部分,他们在中国压迫进步青年学生,参与侵略中国,犯下了诸多罪行。然而,在真正的西方,也就是文本中丁洁琼留学的美国,却是科技发达、物质繁荣、生活富裕。丁洁琼在美国不但拥有良好的生活条件,像别墅、洋房、花园、书房、实验室、小汽车等等应有尽有,还拥有最先进的实验室和最优秀的研究团队。苏冠兰在学术上进步最显著的时期,还是在她寄来的津贴、珍贵的资料和先进的实验设备的基础上实现的。到国外去"深造"、去"攀登科学的高峰",也是苏冠兰的夙愿,并终于在建国后对北欧、西欧进行了为期半年的考察访问。这说明在知识分子的想象和思维逻辑中,资本主义国家(帝国主义者)不仅不是敌人,更是学习的对象和努力的方向。也就是说,他们想象中的现代化是西方化的现代化。这一点,不仅承续了"五四"时期知识分子对于建立民族国家的现代性想象,也开启了新时期启蒙者对中国现代化想象的范式。因此,这些小说文本中的知识分子大多都有着异域背景:丁洁琼跟随父母在日本、德国、法国、瑞士、希腊、意大利等十几个国家呆过,之后长期留学美国;物理学家凌云所及妻子宋素波至少在巴黎、柏林、汉堡、伦敦等国外城市居留;保守、专制的天文学家苏凤麒,在英国足足居住了三十年,足迹遍及欧、亚、美三洲,自称是"半个盎格鲁—撒克逊人"……在小说文本构建的秩序中,这些异域经验非但不是"历史的污点",反而是一种资本。与此同时,他们外表上的知识者乃至资产阶级特征也被强调和肯定。比如,对丁洁琼的外貌描写:"她穿着乳黄色夜礼服,双肩披着雪白的纱巾,体态格外显得轻盈、苗条。足有二三尺长的漆黑闪亮的长发,用一枚镶珍珠的黄金发卡束在脑后,飘飘然垂在腰下,显得特别有风韵。"再比如苏冠兰的形象,"白皙而细腻的皮肤","银灰色的鸭舌帽","深灰色呢大衣"等等。这种身体特征当然是知识分子启蒙意识的复归和现代性主体合法性的重新确立使然。

三、爱情、科学——知识者的启蒙诉求与主体性的不足

启蒙类手抄本中,爱情、科学是知识者最重要的启蒙诉求。具有启蒙精神的文学作品大多涉及爱情,有的甚至把爱情作为最重要的主题。爱情作为对压抑力量的反抗话语,作为人性最主要的组成部分之一,体现着启蒙精神和个人主体的价值。"文革"地下娱乐类手抄本中的爱情大多都是精神之恋,带有鲜明的时代印记。《第二次握手》中苏冠兰和丁洁琼相恋一生,却几乎没有相聚的时光,一生仅有的两次"亲密接触"也不过是握手;《公开的情书》中的真真和老九素未谋面,仅靠通信就可以深深相爱;《晚霞消失的时候》中的南珊和李淮平一生只有四次偶遇,却彼此深深地思念。在这些作品中,爱情是一种希望和力量,能够拯救深陷痛苦、无助绝望的主人公,同时,爱情还是一种信仰和追求,使迷茫的心灵找到精神的依托。

我们来看这样一个例子:并不相识的真真和老九在老嘎的介绍下开始通信,真真在给老嘎的第一封信的开头就这样写道:

> 思想和梦想的混乱,
> 把我年轻的灵魂钉上十字架。
> 呵,有谁伸出他的手,

放到我这太苦的心上来？①

从这几句话中可以看出，真真最需要的是一种强大的正面力量，能帮她摆脱"思想和梦想混乱的状态"。真真是解放战争最后一个阶段出生的革命后代，深受革命先辈的影响，少年时代有学好科学、为祖国做贡献的理想。"文化大革命"中，他的父亲被监禁，搞历史研究的姨夫成了"反动学术权威"，自己成了"黑帮子女"和"精神贵族的臭小姐"，由于反抗，又被打成"二月逆流"伸向群众组织的"黑手"，后被下放至一个乡镇学校担任教师。她不但受到"文化大革命"的政治打击，还受到骗子、恶棍、市侩的精神摧残。在这种打击和摧残下，她陷入了对周围世界的怀疑之中，丧失了目标和方向。她内心深处依然有着对理想的追求，但理想的渺茫与现实的不堪又使她找不到出路，她需要一种强大的力量，但大自然壮观、瑰丽的景象只能给她一时的慰安。文本中的老九有着为祖国未来而战的强烈信念、坚韧的毅力和昂扬的气概，无论学习、工作、游泳都不避艰险。他能够独立思考，爱进行精神上的探索，常有一些大胆的见解。他们两个通过通信彼此吸引，最后相爱了。老九爱的是真真的"激情"，而老九则是真真的"领路人"，是真真迷惘、痛苦的"救赎"。爱上老九之后，真真彻底摆脱了精神困境，有了目标和方向。在真真给老九的信中有这样一段表白，可以帮我们了解真真在获得爱情的同时得到救赎的激动和兴奋："我在一个封闭的体系中寻找真理，你拉我跳到一个广阔的天地。你尖锐地指出了像我这样的人不过是高级市侩。是的，在大动荡的时代，个人的一切变得多么微不足道呵！我没有丝毫理由长期纠缠在个人情感、个人出路之中。艰苦的工作在等待我们，激烈的战斗在召唤我们，我却陷于个人的痛苦中不能自拔，这是多么渺小啊！你使我在个人的苦闷中抬起了头，我看到了光明——我们这一代人对祖国和人民所负有的义不容辞的责任。我们决不把自己的命运交到别人手中！""让我把赤诚而热烈的爱情献给你吧！现在我是多么幸福呵！我只是渴望尽快见到你，尽早投入到你温

---

① 靳凡：《公开的情书》，中国作家协会创作研究室选编，时代文艺出版社 1986 年版，第 197、198 页。

暖有力的怀抱中!"①实际上,在这种爱情话语中并没有多少个人话语的空间,爱情意味着对个人苦闷的救赎,意味着融入更广阔的天地,意味着"对祖国和人民所负有的义不容辞的责任"。在这样的文本叙述中,爱情更多地体现着知识者的启蒙诉求,它更多的是祖国、人民等超验意义生效的场域。

《波动》中肖凌和杨讯之间的爱情故事却要复杂得多,但也体现着知识者对被损害者的同情,对善良人性的赞美。肖凌由于自己不幸的遭遇几乎对 1950 年代以来曾经激动人心的所有宏大命题如"祖国""责任""人生""幸福""奉献"等等均产生了深深的怀疑,并因此而愤世嫉俗。杨讯则是一个对未来还充满着信心的知识青年,他信仰的大厦并没有像肖凌一样轰然坍塌。相对积极和乐观的他在一定程度上曾激起了肖凌的希望和信心②,但他在洞晓肖凌的经历后选择放弃,也说明了所谓的强者在世俗面前的软弱和灵魂深处的庸俗。这反而从另外一个方面证明了被损害者只有建立起自己的主体性,而不是求助于自身之外的某种力量才能真正找到出路。《第二次握手》和《晚霞消失的时候》中对至死不渝的爱情的描写,在人类的普通情感被压抑的"文革"年代无疑具有震撼人心的力量。不过,在这些爱情叙述中,爱情与民族、爱情与信念在一定程度上是合二为一的。丁洁琼是靠着对苏冠兰的思念才度过了国外孤独、艰苦、漫长的岁月,苏冠兰对丁洁琼的意义不仅是恋人,也是"祖国"和"希望"的象征。李淮平是"文革"的参与者,无理性的抄家行为对他的人生产生了极大的震动,他无法面对被自己践踏尊严的曾经心仪的南珊。对于人类历史理性的认知和内心深处对耶和华的向往,却使南珊的身上具有了类似宗教的力量,她用这种

---

① 靳凡:《公开的情书》,中国作家协会创作研究室选编,时代文艺出版社 1986 年版,第 319、320 页。

② 与其说是杨讯激起了肖凌对生活的热情,毋宁说是信心和力量从来没有在肖凌身上丧失过。肖凌曾经有过这样的自我告白:"我们不甘死亡,不甘沉默,不甘顺从任何一定的结论! 即使被高墙、山峦、河流分开,每个人挣扎、彷徨、苦闷,甚至厌倦,但作为整体来讲信心和力量是永恒的。"她还说过:"希望从来就有,即使在最沉重的时刻,我仍为它留下明媚的一角。"赵振开:《波动》,《晚霞消失的时候》,中国作家协会创作研究室选编,时代文艺出版社 1986 年版,第 86 页。

力量抚平了仇恨与忏悔。因此，李淮平认为："南珊，她在我心中已经不再是一个名字和一个人，而是一种信念，一种对于我的人生正在开始发生无比巨大的影响力的崭新信念。"

无论是"五四"时期的启蒙运动还是新时期以来的新启蒙运动，"科学"一直都是作为一面旗帜或者思想的动力资源而被秉持。1980年代，新启蒙运动重新扬起"科学"这面大旗，在"文革"后期已初见端倪。1956年周恩来曾主持制订过"十二年赶上世界先进水平的全国科学发展规划"，掀起了一阵向科学进军的热潮。但不久的"反右"运动和"大跃进"运动把中国引向了"反科学"的激进的乌托邦运动。在"文革"后期的地下手抄本小说中，知识者拿起"科学"这个武器来思考个人和祖国的发展问题。虽然其中不乏"科学救国论"的旧调重弹，但毕竟表达了那个时代知识者的可贵探索，为新时期掀起新启蒙运动积聚了力量。

以《第二次握手》为代表的手抄本小说中的主人公都与"科学"有着紧密的联系。《公开的情书》中，老九知道真真开始看量子力学、仿生学、控制论时，"高兴极了"，从那时起就开始爱上真真了。因为一个人热爱科学便爱上他，似乎是不合情理的事情，但在把科学作为个人和祖国发展的最主要途径的思潮中，似乎又具有了某种合理性。老九在初中毕业时，偶尔看到了任鸿隽写的介绍爱因斯坦的相对论的小册子，便被那不可思议的时空理论吸引住了。大学的时候和同学一起探讨黑格尔和存在主义，结果陷入了"惊愕"和"恐怖"之中。当读到数学家哥德尔的著作时，明白了"必须投入到这股强大的、科学技术的洪流中去"，"用科学来改造我们的哲学"才是正途。老九还认为自己比真真坚强的原因是因为自己相信科学，因此他把科学当作解决所有问题的唯一途径。在他的眼里，青年的前途、祖国的未来甚至爱情都可以且必须用科学来解决。老九们对于科学的崇拜，在"知识越多越反动"的年代，对于反思建国以来的个人崇拜以及种种反科学的社会行为无疑有着积极的意义。但他们的"唯科学论"所表达的科学崇拜却陷入了偏颇之中，甚至认为科学是解决一切问题的法宝。究其原因，批评者阮铭的一句话可能能够切中要害："我们从老九和老邪门的某些言论中，也看得出某种'信仰危机'的反映。"①

　　《第二次握手》中的人物大多都是取得了较高成就的科学家。女主人公丁洁琼是一位成就卓著的物理学家,苏冠兰是一位药物化学家,叶玉菡是一位从事病毒原生质和细菌研究的科学家,就连反面人物苏凤麒也是一位在国际上有巨大影响的天文学家。在这两部作品中,作者都表达出这样一个观点,无论什么样的人只要努力都可以成为科学家。丁洁琼最初学舞蹈,后来改学数学成绩十分优异,再改学物理成就惊人。还有叶玉菡救下的被美国人当做实验标本的小星星也成了一名助理研究员。这显示出了作者们思想中幼稚的一面,同时也表达出了他们对于中国"科技现代化"的想象和强烈诉求。丁洁琼这一形象的塑造尤其体现了这一点。据作者说,"丁氏构造"和"黑蘑菇云"这两部分是他出狱后又加上的,而这两部分集中体现了作者对"科技现代化"的想象以及对中国在国际中身份的焦虑和理想想象。虽然这两部分的故事情节发生在建国前,但却带有强烈的"文革"后的时代气氛,也就是作者改写时的时代心理。在1943年费城召开的科学讨论会上丁洁琼解决了曾获得多种最高科学奖的、核子物理学的一系列基础理论的奠基人之一——席里无法解决的问题,引起了美国科学界的震惊。叙述者在描写丁洁琼的出色表现时突出了她出众的才智和惊人的美貌,同时还着重渲染了她的中国身份和美国人的震惊。在作者的叙述中,丁洁琼还参与了世界上最尖端的武器——核武器的研制,并且在其中起到了不可或缺的作用。作者通过这类人物的塑造洗刷了中华民族近代以来的民族耻辱,一名中国女子用她的才智和美貌代表"中国"征服(战胜)了美国(世界)。

　　作者还围绕丁洁琼塑造了两类外国人的形象。这两类外国人的形象分别代表了曾经侵略过中国的那些国家的不同态度:一种是忏悔派,为自己的前辈的侵略行为感到痛心和忏悔,发誓要进行弥补;另一类则依然抱着对中国的轻蔑和敌视态度,不过他们常常为中国人民(丁洁

---

　　①　阮铭:《让理想放出更加灿烂的光芒——评〈公开的情书〉》,《公开的情书》,中国作家协会创作研究室选编,时代文艺出版社1986年版,第342页。

琼）的出色表现所震惊。第一类的忏悔派是我们在对"帝国主义的侵略"进行道德谴责时的一种"问题的想象式的解决"，近乎"自我安慰"。不过，以这样的方式解决历史问题的确凸显了中国国际形象的高大。第二类人依然对中国有敌视态度，面对这一种国际态度，叙述者则是通过我们的科学技术的迅猛发展（意味着国家的强大）对他们有了震慑作用来回应的。在这部作品中，中国的贫弱和国际地位的低下以及国际环境的恶劣在这样的想象中都得到了解决……

把"爱情"和"科学"作为最重要的启蒙诉求，既表现了主体启蒙意识的觉醒、回归，也昭示着个人主体性的不足。爱情作为私人生活空间的呈现，是对建国以来私性消隐的不满和反动。但把爱情作为反抗的力量和个人思想混乱、信仰重建之中的救赎力量，又表现出这一代知识者在反抗"极左"话语时浪漫化的理想主义精神状态。他们事实上缺乏对现实及历史冷静、理性的审视与反思，只是在主体意识觉醒之后，把追求和希望寄托在脱离历史现实的想象之中。在叙事空间选择上偏重具有民族文化符号意义的名山大川和历史遗迹，而不是现实进程和历史事件的主要场所，也说明了这一点，那就是主体性的不足。也就是说，当个人主体把自己从真实的历史境遇中抽离出来的时候，也就决定了他反思的限度和主体性的不足。

科学具有解决个人以及民族问题的强大力量，一方面是对"极左"话语的反抗，另一方面也表达了知识者的现代化诉求。但是把科学作为民族现代化诉求的主要方式与途径也表明了个人主体性的不足。更何况一些文本比如《第二次握手》对科学及科技知识分子的倡扬，还借助了权威意识形态的话语。值得一提的是这部小说文本中，周恩来形象的塑造和共产党员鲁宁形象的塑造。作者设计了这样一些情节，1930 年代丁洁琼的母亲在上海武装起义中牺牲，父亲被捕入狱并最终被国民党秘密杀害。丁洁琼父亲的朋友们承担了照顾她的责任，用"党费"支付她的生活费。这些人背后的人物是周恩来，小说文本中叙述者还颇费心思地设计了"三个铜板"（这三个铜板是周恩来为了表达自己个人对丁洁琼的关心而在自己非常困难的情况下在付给丁洁琼生活费的党费上又加的）这样一个细节。在小说的结尾处，这"三个铜板"再次出现,丁洁琼执意要离开北京,"日理万机"的周恩来总理亲自来到机场挽留……小说文本中的周恩来是被作为建国以来正确对待知识分子的路线的实践者来塑造的。叙述者在文本中所流露出来的对中共这位领导人的由衷爱戴昭示着作者所反思的只是与所谓的"正确路线"相对立的政治路线、运动的批判和反省。小说文本中鲁宁的一段话可以让我们更清楚地看到这一点:

> 中国的知识分子与欧美的知识分子不同。中国的知识分子极大部分属于小资产阶级范畴,长期受帝国主义、封建主义和官僚资产阶级的压迫,具有很强的革命性。近代中国的革命史,以及我个人的所见所闻,都证实了这一点。党内和革命队伍内几度存在的轻视、排斥、打击知识分子的倾向和现象,才是真正的错误。……我常常痛感在又穷又大的中国,知识分子不是多了,而是少了,太少了! 我们要一步一个脚印地做好团结、教育、改造知识分子的工作,而要做好这项重要工作,首先就不能把他们当作敌人或闲人,必须把他们当作自己人,当作同志,当作革命战友,尽力接近他们,努力了解他们,热情关怀他们。

这虽然是文中出现的唯一一次作者花了大量笔墨塑造的中共党员鲁宁对自己妻子说的一段话,但细读文本我们会发现叙述者的话语方式与作品中人物的话语方式并没有多大差异,除了对反面人物的类型化叙述之外,大部分都是意识形态化了的知识分子话语。因此,鲁宁的话表达的应该是叙述者的政治倾向性。叙述者话语与人物话语的高度统一,也说明了作者并没有让人物按照其自身的逻辑去行动,而是在叙述者的控制下行动的。也就是说,在《第二次握手》中,作者设计的人物并没有真正获得自己的"主体性"。

第五节　手抄本"反特小说"中的流行文学传统

一、感性现代性与通俗文学传统

在"文革"时期的手抄本小说中,数量最多、流传最广的要数"反特小说",如张宝瑞的《一只绣花鞋》(也叫《梅花党》《一张梅花图》《三朵梅花图》),赵蕙兰和张宝瑞合写的《叶飞三下江南》,况浩文的《一双绣花鞋》,无名作者的《绿色的尸体》《一缕金黄色的头发》《地下堡垒的覆灭》和《远东之花》等等。从艺术上看这类小说并没有多少可取之处,结构松散,描写粗糙,情节离奇且缺乏逻辑。从内容上看,这类小说多为现代公案小说,多写中国共产党在取得政权之后,如何为了国家和人民的利益歼灭留在或潜回大陆的特务及其组织。其中夹杂着许多关于物欲、色情和大都市的腐化堕落的描写。正因为这类小说在艺术上的粗糙和内容上的低俗,许多研究"文革"时期手抄本的学者认为它们没有研究价值。实际上,研究者们对这类手抄本的态度正是现代中国感性现代性缺失与通俗文学合法性不足的体现。

在对现代性的构成层面进行分析时,杨春时认为,作为一种推动现代化的精神力量,现代性应包含感性、理性和反思三个层面。其中,感性层面即感性现代性,主要指人的感性欲望,它是现代性的基础层面;理性层面即理性现代性,也就是启蒙理性,它包括工具理性(科学精神)、价值理性和人文精神;反思—超越层面即反思现代性,现代性的发生发展一方面推动了社会的进步、人的发展,同时也产生了人的异化,于是就有了对现代性的反思、超越,形成了现代性的自我否定层面。在杨春时看来,感性现代性是被释放出来的人类生存欲望,它是现代性的深层动力;而通俗文学则是现代性的产物,是感性现代性的体现。通俗文学以想象的方式宣泄了现代人的感性欲望,使其获得了某种代偿性的满足,从而消解了理性现代性的压抑,维持了现代性精神世界的平衡。①

西方现代性的历史是与感性现代性联系在一起的。文艺复兴时期,人的觉醒首先表现在感性现代性领域。这一时期产生了人的欲望合法化的运动,宗教禁欲主义被打破,人的自然本性得到肯定。在这样的历史语境中,宣泄、肯定人的欲望的合理性,攻击禁欲主义的文学出

---

① 参见杨春时:《中国感性现代性的缺失与通俗文学合法性的的不足》,载《文艺争鸣》2007 年第 9 期。

现了。讽刺教士的虚伪淫乱，而对男女偷情津津乐道的《十日谈》就是其中的典型代表。这一时期反对禁欲主义的文学即是现代通俗文学的源头。在之后的历史阶段，随着现代性的逐步实现，特别是市场经济和城市文明的发展与城市形态的完备，以市民为主体的通俗文学就出现了，并且获得了较为充分的发展。

在中国现代性的历史进程中，通俗文学并未获得类似于西方通俗文学的合法性。这样的状况是由中国现代性的特殊性造成的。作为后发现代性国家，中国的现代性不是本土的产物，而是从西方引进并以西方现代性为参照的。同时，中国的现代性进程并不是完全自主的选择，一定程度上是被迫引进和西方资本主义国家打破国门后强行送来的。因此，在中国社会文化现代化的过程中，现代性的产生和发展都具有自己的特殊性。中国现代性进程中最为首要的问题是求得民族的解放。而对民族解放的强烈诉求使得中国的现代性不是直接服务于人的解放和发展，而是直接服务于国家、民族的独立和解放。在这样的历史背景中，中国几乎没有经过和西方文艺复兴时期类似的感性欲望的解放运动，即对人的欲望的肯定和尊重，就直接进入了理性启蒙阶段。于是，中国的现代性就体现了一种较为强固的理性主义，而作为现代性不同层面中颇为重要的感性现代性，既没有得到合法化，也没有得到发展。

辛亥革命前后，现代性的传播和接受主要集中在以科学主义、人文主义以及民族主义为中心的理性层面。之后的五四新文化运动则主要是以宣传、倡导和推进科学民主为中心的启蒙理性。虽然五四运动也反对封建礼教、提倡婚姻自由和个性解放，并且在一定程度上肯定了人的感性欲望的合法性，但是这些欲望的合法性是有限度的，是依附于启蒙理性的，它自己本身并没有获得独立的合法意义。从诉求与意义上来讲，五四新文化运动主要是"引进"和"争取"现代性的运动。之后不久，时代的主题就发生了转变，建立现代民族国家的紧迫性超越了建立现代性的任务，启蒙运动随之转化为了革命运动。在这个过程中，启蒙理性也让位于革命的理性。革命理性是一种政治化的集体理性，它是较之启蒙理性更强烈的理性主义。因此，它对感性现代性的排斥更强烈。争取现代民族国家的革命，需要在强调集体理性的同时抑制个体

　　欲望。因此,在革命运动中,更加强调政治性、道德性和集体主义,而个体欲望则被严厉约束,甚至被作为"资产阶级腐朽意识"而加以批判。

　　中国感性现代性的缺失造成了通俗文学长期的合法性不足与畸形发展。王德威称晚清文学有着"被压抑的现代性",就是因为在现代文学发生之初,通俗文学的趣味性和消遣娱乐功能没有得到承认,通俗文学没有获得合法性。"五四"时期,由于启蒙理性成为主导,且形成了理性主义的霸权,客观上造成了启蒙主义文学思潮。中国的启蒙理性和启蒙主义文学对通俗文学缺乏宽容精神,这当然是中国现代性的特殊性造成的。由于启蒙主义文学对通俗文学以批判、打压为主,最终造成了通俗文学的边缘化。到了革命时期,革命理性成为主导,"游戏的消遣的"通俗文学更没有了存在的合法性。

　　虽然在启蒙理性和革命理性成为主导的时期,通俗文学被边缘化、缺乏合法性,但由于相对多元的文学共生态的存在,面向市民读者的通俗文学仍然获得了一定的发展,并形成了自己的传统。通俗文学以表现和宣泄人的感性欲望为主,而人的感性欲望主要包括饮食、物质、性欲以及攻击欲望等,所以以宣泄人的感性欲望为价值取向的通俗文学便表现出色情、物欲和暴力的特点。中国近现代以来的通俗文学也在不同程度上具有这样的倾向性。王德威把晚清时期的通俗文学分为狭邪、公案侠义、谴责、科幻四个文类,并对"五四"以来的作家提出了批评,因为"他(她)们视狭邪小说为欲望的污染、狭义公案小说为正义的堕落、谴责小说为价值的浪费、科幻小说为知识的扭曲"[①]。"五四"作家对通俗文学的批评和王德威对"五四"作家的批评,一方面说明了"五四"新文化对感性现代性的压抑,另一方面也说明了晚清时期带有旧文学印迹的通俗文学对人的感性欲望的表达。民初的以鸳鸯蝴蝶派为代表的"艳情小说"与"哀情小说"以及以平江不肖生为代表的武侠小说则在表达人的欲望方面更进一步。"艳情小说"与"哀情小说"对情欲的渲染,武侠小说对棍棒拳术的打斗场面的刻画以及对呼风唤雨、吞吐飞剑的武技的描绘,都在一定程度上以想象的方式满足了人的感

---

　　① 《多角恋爱小说家张资平》,载《青年界》第6卷第2期。

性欲望。对感性现代性的表达最为充分的要数"海派"的一些通俗文学作家。性爱小说作者张资平被称为"三角多角恋爱小说家",有论者称他"专以供给低级的趣味、色情或富于刺激性的题材,娱乐一般中等阶级而名利双收为宗旨",可见他对都市欲望的体察与渲染。张资平注重对欲望的表现,尤其是性欲的表现,性苦闷、性病态、性虐待、性猜疑、婚外恋心理,在他的以日本、广东、武昌尤其是上海为题材的小说中都有表现。叶灵凤也是一位大胆描写性爱的作家,不同于张资平的是,张只有性心理描写,而叶既有对性的大胆描写,也有对性心理的分析(如《欲》《浪淘沙》《姊嫁之夜》《内疚》《摩伽的试探》等)。以写都市性爱小说著称的还有林微音、章克标、曾今可等。通俗文学作家徐订和无名氏的作品则具有鲜明的异域情调。不但作品中的人物有着异域血统,人物活动的空间和场景也多是酒店、别墅、花园、酒会、派对等,高级轿车、洋酒、美食、舞会更是人物活动必不可少的道具。作者正是在浓郁的异域情调中挑拨并满足着人们的色欲和物欲。予且则把欲望从十里洋场和豪门巨富转向了弄堂亭子间的子民,小小的悲欢、普通人的生存欲望、市民社会实利性的爱情哲学构成了他的石库门的"市民百图"的基石。

综上所述,通俗文学自晚清以降,在不同时期都有一定程度的发展,并形成了以武侠小说和市民小说为代表的通俗文学传统。不过,这种传统在建国后几乎中断。新中国成立后,政治理性成为国家意识形态。这种状况形成了对通俗文学的禁锢与压制,通俗文学中对感性欲望的想象和表达的传统也随之中断。在一定的时期内,一般通俗文学如武侠小说、言情小说、侦探小说等还可以存在,但是已经受到很大限制,必须"批判地阅读"。随着意识形态领域控制的加剧,对通俗文学的批判也日益严厉。在 1949 年 9 月《文艺报》邀请平津地区通俗文学的作者开座谈会,会议纪要中写道:"他们很自愧地表示:过去的写作是些粗制滥造毫无内容的作品,只是用来供人消遣的。……他们沉痛地说:'我们过去写的都是低级趣味的东西,里面是鬼话连篇。''我们的作品给青年人很多坏影响,给人民播撒了毒素。'"会议的主持者丁玲批判了通俗文学的毒害作用,号召"我们今天须要和这些东西作战。

我们要用正确的人生观改变这种小说读者的趣味。我们而且要求原来的人在原有形式的基础上以一种新的观点去写作"①。在社会主义改造运动中,文艺界也开展了对"黄色小说"的揭发、批判运动。所谓"黄色小说",不仅包括言情小说,也包括武侠神怪小说。张侠生不但批判古代的武侠神怪小说为"封建文化的渣滓",而且还否定了现代通俗文学:"至于清代以后出现的那些神怪武侠小说,还有那些从资本主义国家输入的探险小说、侦探小说……干脆就是为帝国主义的殖民政策和蒋匪帮的法西斯统治做宣传的。"②对通俗文学的批判伴随着政策上的禁止,全国查禁了大量的具有色情、暴力倾向的通俗文学。1955 年《人民日报》发表社论"坚决处理反动、淫秽、荒诞的图书",宣布"凡渲染荒淫生活的色情图书和宣扬寻仙修道、飞剑吐气、采阴补阳、宗派仇杀的荒诞武侠图书,应予收换,即以新书与之调换"。③ 但是在政策上又有所区别,对"一般谈情说爱的所谓'言情小说',虽然有一些色情描写但以暴露旧社会黑暗为主的图书,一般的侦探小说、神话、童话……",网开一面,不予查禁。因此,像张恨水的小说,由于有批判旧社会的内容,也给予一定的肯定,不在查禁之列。但是,所查禁的范围仍然囊括了相当数量的通俗文学,特别是武侠小说几乎全被查禁。而且,虽然对于解放前的某些通俗文学作品(标准就是有一定的"积极意义")的出版、流通有所通融,但是已经杜绝了当代通俗文学的生产,从而使通俗文学在解放后实际上终止了存在和发展。这种情况也仅仅维持了十余年,在"文革"前夕,那些被允许出版、流通的通俗文学作品也遭到了根本性的否定,在"文革"中,这些通俗文学全部被查禁甚至销毁。

　　建国前,感性现代性的缺失与通俗文学合法性的不足④,导致了通俗文学发展的迟滞与不充分。建国后,政治理性绝对权威的建立,使通

---

　　① 《争取小市民层的读者——记旧的连载、章回小说作者座谈会》(杨梨整理),载 1949 年《文艺报》第 1 卷第 1 期。
　　② 张侠生:《〈水浒传〉、〈西游记〉和武侠神怪小说有什么区别》,载《文艺学习》1955 年第 6 期。
　　③ 《人民日报》社论《坚决地处理反动、淫秽、荒诞的图书》,1955 年 7 月 27 日。
　　④ 关于"感性现代性的缺失与通俗文学合法性的不足"的详细论述可参见杨春时《中国感性现代性的缺失与通俗文学合法性的的不足》一文,原文载《文艺争鸣》2007 年第 9 期。

俗文学的发展几乎停滞。如果说,建国前人的感性欲望在通俗文学中还得到了某种想象性的宣泄和代偿性的满足,那么,建国后人的感性欲望只能以一种更加压抑和隐秘的方式存在。在文学叙事的罅隙里,它们不断地以各种变异的方式被想象和表达,"文革"中的娱乐类手抄本就是其最典型的想象方式之一种。不过,这类手抄本与晚清以来的通俗文学有着很大的不同。其中最主要的不同之处在于:后者是现代报纸、杂志为争取市民读者、获取经济利益而采取的一种市场行为,而前者完全是一种自发的个人行为,并且是以手写、传抄的方式传播。值得注意的是,这种自发的个人行为是以秘密的方式存在的。我们来看一段当事人事后的叙述:

> 当时抄是非常隐蔽的,老师肯定不让抄这些东西,所以上课时,让学习好、写字快的同学抄笔记,放学后大家再互相抄了第二天交给老师完事。那会儿都是"小报抄大报,大报抄梁效",反正也没人认真。剩下的这些人干什么呢? 就一块儿偷偷地抄手抄本。拿到手抄本后,你分几页,我分几页,然后再加上复写纸,一次就能印五、六份,抄好后再收起来往一块拼一下,然后再钉一钉,这就成了。所以一本手抄本抄下来字迹都完全不一样,我记得非常清楚,当时抄的时间都是利用早读、自习,还有音、体、美和外语这些副课上偷偷抄,但是不能在桌面上抄,只能把课本竖起来,假装抄笔记。上课抄是一种,还有一种是因为四川当时挖了很多防空洞,落实毛主席的"深挖洞,广积粮,不称霸"的号召,"文革"色彩非常浓厚,我们课余时间主要也是挖防空洞,挖战壕,可这些东西挖好了却没什么用处,我们逃课时就躲在防空洞里抄。防空洞里是黑的呀,我们就用放酵母片的大瓶子做一个煤油灯点上抄,有时抄上一两个小时出来,两个鼻孔里都是黑的,出来后赶紧找水洗洗,怕老师家长追问呀。还有一个抄手抄本的地方是什么呢,就是四川有很多小丘陵,丘陵上有不少小坟包,那里不像北方有一个个大坟场,他们的坟都零零星星地建在丘陵上,我们就到小坟包上去抄,那儿人去得少呀。另外还有一个原因就是抄的时候逞能——我胆大,不怕死人,特别是抄那些恐怖故事的时候。记得有个《神

秘的教堂》,中间有两个人物张大胆与张心慌,故事是反特内容,这两个人物是不是他们抄时自己加进去的还很难说,但情景与当时情况比较相似,因为四川的坟头部要种一棵泡桐树,它的叶子大,有时能躲个雨什么的。一般男生都爱做这类事儿,女生多打掩护,帮着抄笔记,没有被老师抓住过,要是抓住就不得了,这都是些封资修呀,得查你家的成份,取消你的困难补助什么的。①

若不是当事人活灵活现的叙述,我们会以为在万马齐暗的"无产阶级文化大革命"时期,人们的娱乐生活仅仅只有样板戏,谁知竟然还有如此紧张刺激、动人心魄的大规模的地下手抄行为。事实上,许多手抄本在当时流传极广。比如,张宝瑞的手抄本《一只绣花鞋》就通过到内蒙古大草原插队的哥哥,到西北当兵的表哥,到东北军垦、山西、陕西插队的同学,广泛流传到中国的各个地方。② 这种秘密的大范围的传抄行为在一定程度上可以认为是一种反抗行为。一方面是因为传抄内容对主流意识形态的疏离甚至对立,另一方面是因为在当时这种秘密的地下传抄行为面临着巨大的政治压力,许多人为此被捕入狱,甚至有许多人为此丧命。张扬就因写作《第二次握手》而锒铛入狱、几乎丧命,任毅就因为一首格调有些怅惘的《南京知青之歌》被判死刑,后经省委负责人开恩,改判十年徒刑,坐了九年监狱。这些例子或可帮助我们领悟到,传抄行为本身可能具有什么样的风险。冒着风险的传抄行为并不一定就构成了真正意义上的"反抗"行为,但最起码说明了在"文革"的政治气氛中毕竟存在"蠢动"的异质性力量。这种力量或可瓦解这场史无前例的"禁欲"般的无产阶级文化大革命。

不过,我们并不能因为这种传抄行为所面临的巨大政治风险,以及其中的一些创作者或者是传抄者受到了迫害,而夸大这种行为的反抗性。这些手抄本的基本面目非但不是政治反抗,反而还在追随和维护

---

① 某木先生:《在坟头上抄手抄本最容易进入情节》,《暗流——"文革"手抄文存》,白士弘编,文化艺术出版社 2001 年版,第 38 页。

② 张宝瑞:《宝瑞真言》,转引自《手抄本小说〈一只绣花鞋〉是怎样诞生的》,载《文史博览》2005 年第 5 期。

着主流意识形态,比如这些作品对当时的阶级斗争的极力渲染、对共产党员反特英雄"高、大、全"形象的塑造。其反抗意义只是表现在对人的感性欲望压抑的反抗上,而且这种反抗还是以曲折的方式表现出来的。大众蠢蠢欲动的情色欲望,对奢华生活的无名向往,对现代化技术魅力的暗自渴求,都是通过对阶级敌人的生活的想象表现出来的,都被包裹在"两条路线斗争"的意识形态话语之中。

这类手抄本小说注重的是趣味性、娱乐性,以及趣味性、娱乐性与主流意识形态的交媾,结果是趣味性、娱乐性与意识形态的相互消解,根本称不上是"异端"。正如一位研究者所指出的:"我在开始重新阅读'文革'时期的所谓'地下文献'的时候,总有一种期待,期待着能有某种令人震惊的发现,就像我们现在重新发现斯大林时代的扎米亚京、布尔加科夫和巴赫金以及更晚一些时候的索尔仁尼琴和'萨米兹达特'一样。许多'文革'史家似乎也有意地去努力发现(或发掘)那个时期的'异端'文献。可是,令人遗憾的是,我觉得这种期待基本上是落空了。政治上的和哲学上的'异端'少得可怜,这且不说。文学上的'异端'除了一些带有现代主义倾向的诗歌之外,基本上也不再有什么值得一提的。"①

我们只能说娱乐类手抄本小说,因为其对底层大众的感性欲望的表达,具有了社会文化史和社会底层心理史的价值和意义。它只是中国现代长期以来被压抑的感性现代性在最专制的年代里一次变异式的表达。

二、城市现代性的想象与表达

"文革"地下娱乐类手抄本并没有摆脱主流意识形态和"主流文学"的影响。在很多情况下,为了叙事的安全,这类手抄本小说的创作者们往往会采取一个被国家权力意志和主流意识形态认可的叙述框架。这种叙事框架多限定为反敌特题材中"敌"(特务)"我"(共产党英雄)之间的矛盾和斗争,这一叙事模式和叙事框架实际上是沿袭了

---

① 张闳:《戴面具的萨德》,《致命的呼吸》,载互联网"诗生活·评论家专栏"。

主流文学中"两条路线之间的斗争"。不过,细读这些粗糙的手抄小说文本,我们会发现这类的小说最重要的价值在于故事叙述中不时溢出的对感性现代性的想象与表达,这种溢出为我们认识和把握那个时代提供了更全面的讯息和路径。

1. 现代性城市的想象

在中国当代文学史上,没有哪一部作品会像《一只绣花鞋》一样,其人物活动会涉及如此众多的城市。相反,"十七年"文学和"文革"主流文学中,城市题材文学往往会回避关于城市形态的具体叙述,即使涉及也多限于能够体现新中国面貌的城市空间。这部作品却不同,其中既有关于中国大陆城市的描述,如:大连、南京、北京、重庆、武汉、桂林、大同,也有关于中国香港、台北的叙述,更有关于异域城市的想象,如:缅甸的首都仰光、马来西亚的首都吉隆坡、阿根廷的布宜诺斯艾利斯、苏联的莫斯科和高尔基城以及 A 国的某城等。在这部作品中,为了呈现人物活动涉及的不同地域的城市空间,作者几乎穷尽了自己的地理知识。故事中的人物为了对付敌人,频繁地来往于不同的城市之间,而叙述者则借助人物和故事实现着对中国城市和异域城市的想象和叙述。这些叙述在一定程度上表征了那个时代人们所可能的对城市的认知和想象。

我们来看一段对大连的描写:

> 大连的夜,幽静极了。
>
> 天上的流星偶尔拖着长长的尾巴,无声无息地从夜空坠落;迷人的月亮,睨着拥抱着城市的大海,温柔,慈祥;夜风像个调皮的姑娘,摇碎了天上的月光,摇碎了天上的繁星。在灯光和月光的映照下,大海撒出一把闪光的碎银,亮的刺眼。几只海鸥仿佛并不困倦,追逐着海面的碎银,偶尔掀起的浪花微笑着嘲弄着他们的双翼……

在张宝瑞的笔下,1963 年的大连的夜,安静、温柔而平和。作者的叙述展示着大连这个城市应该具有的社会主义新城市的气象和面貌。"纯洁"且毫无资产阶级城市的豪华与奢靡,是作者透露给我们的最主要信息。在这段文字中,大连与大海融为一体,与自然融为一体,显得无比和谐与安宁;而就是在这样安宁的夜晚,大连却发生了凶杀案。这样的叙述正好契合了建国初期的政治气候,一方面新生政权已经建立,和平、安宁的整体局面已经奠定,但战争文化的影响、台湾反攻大陆的威胁、复杂的国际政治形势,又使安定团结的局面笼罩着一层阴影。

又如对北京的叙述:

> "旅客们,北京就要到了,前面是丰台站,请大家做好准备。"广播里传出播音员清脆柔美的声音。
>
> 那声音在车厢里回荡:"北京是我国的首都,同时北京又是驰名中外的文明古都,它左环沧海,右拥太行,南襟河济,北枕居庸,形胜甲于天下。它曾是辽代的陪都、金中都、元大都、明、清的都城。北京,既是全国各族人民萦怀向往之地,又是世界各国友人渴望游览的圣地,有巍峨壮观的八达岭长城、庄严雄伟的天安门、风景优美的颐和园、建筑奇特的十三陵、金碧辉煌的故宫、设计奇巧的雍和宫……北京的名胜古迹,不可胜数,北京的山川风物,千姿百态……"

在这段文字中,叙述者对北京的描述是通过播音员的声音转述的。列车播音员的身份决定了其播音内容的官方意识形态性,而作者对此的转述又使作者对北京的叙述具有了某种意识形态性。这种意识形态性首先表现在北京是国家权力的象征,北京"是党中央和毛主席的所在地","是全国政治文化中心"。具有反讽意味的是,作为新中国象征的新北京的合法性却要由"文明古都"来证明与加强,而作为社会主义新城市的北京的城市形态是怎样的,在这里却被搁置不谈。因为北京作为新中国政治中心的意义是抽象的,除了天安门、中南海等具有高度政治意义的空间之外,北京的新国家意义是不能被具象化的。

再如对武汉的描述:

> 登上武汉江关钟楼,极目四望,天空高阔,楚地生辉。飞架的长江大桥犹如长龙卧波,横索龟江。长江、汉水在脚下合流,激浪

扬波,奔腾东去。在这里很难领略当年苏东坡所吟"大江东去,浪
淘尽,千古风流人物"的千古绝唱。长江,这条母亲般的河流,孕
育过华夏光辉灿烂的古代文化,也孕育了武汉这颗璀璨的明珠。
武汉自古以来就是我国内地的重要商埠。远在秦汉之际,中华民
族的祖先就在此地繁衍生息,依江筑城。三国时代,夏口(汉口)
和沙羡(汉阳)就以商业繁荣而著称。岁月更替,星转斗移,明清
之际,汉口就成了"十里帆船依市立,万家灯火彻夜明"的闹市,同
朱仙镇、景德镇、佛山镇并称为中国四大名镇。

武汉地处长江流域的要冲地段,雄踞中原,承东启西,支撑南
北,在中国交通运输战略格局中,占有重要地位。

在这段关于武汉的叙述中,作者强调的是武汉重要的地理位置和历史地
位,而作为新中国的重要现代城市,作者只提到了"飞架的长江大桥"。

从以上例证可以看出,作者对中国大陆城市的描写侧重于这些城
市的自然风光、名胜古迹、历史沿革。如果把这些关于中国城市的叙述
放到整个文本中,我们就会发现,后现代主义式的剪接、拼贴的叙事风
格,在这些接力传抄的故事中也有表现。我们的英雄与特务斗争的紧
张故事和各种关于城市的空洞词条被并置在一起,这或许只是因为故
事最初的口述性质和后来传抄者的添加、修改,但这样做的客观后果却
是对主流城市叙述的疏离和反抗。城市形象在对字典词条和教科书的
"戏仿"中变得空洞而抽象。但是,这一时代的人们对城市并不缺乏想
象与认知,只是这些想象和认知只属于香港、台湾和异域的"资本主
义"城市。在作者的叙述中,这些城市流光溢彩、富丽堂皇、奢靡无比。
我们来看作者笔下的香港:

鳞次栉比的商店,灯火辉煌,样式繁多的小汽车穿梭往来,像
一条彩色的河在流动;摩天大楼令人仰叹,破旧阴暗的房屋又比比
皆是。五光十色,令人眼花缭乱的广告灯,交相辉映;醉态的男人,
花枝招展的妓女,大腹便便的商人,耀武扬威的外国水兵,使这个
城市显得更加不协调。

再来看一下作者笔下缅甸的首都仰光:

夜晚,仰光是一片流光溢彩的世界,尤以迷人宫最动人心弦,远处望去,犹如一颗水晶葫芦,在半空中摇曳,闪闪泛光。迷人宫富丽堂皇的大厅顶上,吊着蓝色的精巧的大宫灯,灯上微微颤动的流苏,配合着五彩缤纷的塑料花木和天鹅绒的紫色帷幔。乐队奏着豪放粗犷的西班牙舞曲,一群珠光宝气的艳装妇人,在黯淡温柔的光线中,被搂在一群着装时髦的先生的胳膊上,妇人的皮鞋后跟响着清脆的声音。

不难看出,叙述者对中国大陆城市的叙述与想象和对香港、台湾和国外城市的叙述与想象,存在着巨大的差异。在对大连 、武汉、北京的自然风光与风景名胜进行描绘时,大连、武汉、北京显得"纯洁"与"安详"。但是,这些中国大陆城市在彼时是怎样的真实模样,作者却处于"失语"状态,作者甚至回避了主流叙事中基于世界主义的城市大工业化叙事。而像香港、仰光这样的资本主义城市,却有着完全不同的面貌,它们五光十色、多姿多彩,充满了现代城市的"魅惑"。

作者对大陆和大陆以外的城市的叙述与想象之所以存在如此大的差异,是由中国现代性的特殊性和当时的政治环境造成的。"五四"以来中国的现代性实践在某种程度上一直是在对西方现代性的批判下进行的。鸦片战争以来中国人目睹了资本主义扩张的本性,留学归来的中国第一代知识分子曾亲眼目睹资本主义社会的种种弊端,因此,他们理想中要建立的现代民族国家是克服了资本主义国家种种弊端的新的国家。中华民族特殊的历史境遇以及这个民族对资本主义的带有保留的批判态度,使这个民族最终选择了马克思列宁主义,走上了社会主义的道路。更为重要的是,中国革命的成功是通过"农村包围城市"取得的。中国革命成功的这一范式在很大程度上影响了建国后的社会主义建设。这种影响主要表现在对城市的态度上,城市成了有可能使革命的胜利果实变质的"危险"场域,城市的空间似乎充满了危险的资产阶级气息。因此,新生的政权对城市充满了"不安"与"警惕"。消除这种不安的办法就是城市"清洁化"运动,就是取消城市的消费性,凸显城市的生产性意义。在主流意识形态中,一直存在这样的认知:消费性是属于资产阶级的,是会腐蚀我们的工农兵的。这种意识形态观念在文学上的典型表现就是《千万不要忘记》和《霓虹灯下的哨兵》这一类作品的出现。因此在建国后至"文革"时期,文学中对城市的描写显得呆滞与缺乏想象,城市被赋予了国家主义意义,往往显得"纯洁与神圣"。这就是为什么娱乐类手抄本尤其是《一只绣花鞋》中出现的大陆城市都有着迷人的自然风光,因为自然风景是无所谓姓"资"也无所谓姓"社"的。同时这些城市还拥有令人骄傲的名胜古迹,就像北京,"既是全国各族人民萦怀向往之地,又是世界各国友人渴望游览的圣地"。手抄本的作者或许为了在专制的政治文化中获取叙述的安全,也可能是受当时国家权力意志和主流意识形态的影响,对中国内地的城市多采取了这样一种叙述策略。

　　而对于香港、台湾和国外的许多城市,叙述者却做了充分的"资产阶级想象"。香港、台湾、仰光、泰国无一不是充满了"魅惑"的花花世界。这里有闪烁的霓虹,有让人堕落的歌舞厅,有歌女与阔太太。当然,这类城市是作为大陆"社会主义"城市的他者——"资产阶级"城市而存在的。作者对这两类城市的描写并没有跳出"两条道路的斗争"的套路。但特别值得我们注意的是,作者在对这类城市进行资产阶级想象与叙述的时候,本意是为了批判,但批判显得如此无力,"艳羡"之情却溢于言表。香港的小汽车穿梭往来,"像一条彩色的河在流动",摩天大楼"令人仰叹";仰光的迷人宫"最动人心弦,远处望去,犹如一颗水晶葫芦,在半空中摇曳,闪闪发光"。这说明,尽管国家意识形态在千方百计地取消城市的"消费性",但正如马克思认为的生产最终为了消费,消费生产着生产的政治经济学原理一样,只要肯定了城市的生产性,其消费性就是不可取消的。尽管国家权力机关可以通过配给制来遏制城市的资本性和消费性,国家权力意志可以通过意识形态对此予以压制,但对"灯红酒绿"的具有消费性的城市的想象与渴望,就像暗流,在底层涌动,一如在黑暗中、在油灯下不断被传抄复制的手抄本。

　　2. 物质性书写与身体的生物学特性

　　"反特小说"手抄本的叙述者,对敌人和特务的生活进行了种种资产阶级想象。这种资产阶级想象透露出其时的国人对物质文化是如何的渴望与艳羡。这首先表现在故事讲述者对他们住所的设计上，在叙述者所描述的敌人中，除了那些地位低下、长相猥琐、不值一提的小角色之外，无不是住在豪华的别墅、小洋楼或者高级饭店里。《一双绣花鞋》的开头老更夫被杀，就是发生在"上个月才查封的敌伪财产"的一幢小洋楼里。《一只绣花鞋》中的女特务庄美美住着一座白俄罗斯式的小洋楼；另一位女特务白蔷在台湾住的是"巍峨端庄，富丽堂皇"的"圆山国际大饭店"；而特务头子白敬斋则住在一座别墅里，这座别墅是"一个白色的洋楼群，周围有火红的野枫林"……在叙述者的讲述中，这些洋楼、别墅布置得奢华而讲究，我们来看两段描写：

> 下午，龙飞驱车来到庄美美的住房前，这是一座白俄罗斯式的小洋楼，门前有一株高大的法国梧桐树，枝叶茂密，遮掩着楼上的窗口。龙飞三步并作两步走进小楼，中厅陈设整齐，颇有些西化，迎头有一副西斯廷圣母的油画，地上铺着饰有美丽花纹的纯羊毛地毯，一排栗色转式沙发，西壁有一架钢琴，南墙前有一张透亮的硬木大写字台，写字台上有一盏维纳斯铜像的台灯，旁边……

> 龙飞见白蔷走后，关好门，仔细打量着房间。水曲柳制成的拼花地板上，铺着大幅的红色暗花地毯，墙上镶嵌着工艺精致的护墙板。穿过房间有一条晶莹透明的暖廊，室内陈设富于中国的民族特色，家具用核桃木制成，端庄高雅，闪着柔和的自然光泽和华贵的花纹。宽大的沙发和软椅套着丝绒的座面，乳白色的组合柜上摆满了各式各样的精致工艺品，有木雕、根雕、泥雕、面塑、景泰蓝、雕漆等栩栩如生的人物和动物造型。正中有一个小电视机。

> 龙飞悄悄来到凉台上，放眼眺望，秀色尽入眼帘，基隆河蜿蜒回流至大厦草坪前，汇成澄澈的剑潭。剑潭山巍峙在东，苍松翠竹，嫩绿欲滴，圆山秀丽的曲线倒影在宽平若镜的河面，儿童游乐场和动物园隐现在山上缓坡的树林中……向南可俯瞰台北繁华市区的车水马龙，向东可看到剑潭山后露出的大屯山尖，融融春色挽留住悠悠白云。

上述文本中，关于这两处敌特住处的具体状况我们都是通过"反

特英雄"龙飞的眼睛看到的。前段叙述中,庄美美被杀后龙飞前往其
住处寻找线索,但我们看到的是龙飞并没有急于寻找线索与重要情报,
而是在仔细观察室内的陈设,这种状况让人颇费思量。后段叙述中,带
着重大任务的龙飞随白蔷到台北后,面对花花世界,我们的"英雄"似
乎忘记了自己的任务。看到"圆山国际大饭店"时他先是一番惊叹,之
后走进房间关好门,便开始"仔细打量着房间",房间内精致奢华的陈
设非但没有让共产党员龙飞对资产阶级奢靡的生活产生厌恶与批判之
情,恰恰相反,我们从这段文字中读出的是欣赏、艳羡与向往。打量完
房间内的陈设后,龙飞又"悄悄地来到凉台上",放眼眺望台北美丽的
自然风光和繁华街景。显然,我们的英雄在享受着资产阶级奢华的物
质生活。

　　在当时的政治背景和社会状况下,叶飞(《叶飞三下江南》)、龙飞
(《一只绣花鞋》)、沈兰(《一双绣花鞋》)等这些反特的侦探高手与敌
特的斗争是无产阶级与资产阶级之间的斗争,斗争的胜利则意味着社
会主义对资本主义的胜利。在斗争的过程中,我们的英雄们因为革命
工作的需要打入了敌特的内部,目睹并经历了敌特奢靡的资产阶级生
活。他们对待这种生活的态度,实际上也就是故事的讲述者的态度,同
时也应该是读者或者听众对待这种生活的态度,而这种态度非常值得
人们玩味。故事的讲述者本意是要批判这种生活方式,但当他们绘声
绘色、细致地描绘这种生活方式时,内心深处对这种生活方式的艳羡和
向往,往往会颠覆最初的立场。叙述者的这一矛盾立场使龙飞等共产
党员在面对这样的生活方式时,充满了尴尬。一方面是内心深处的艳
羡与向往,但另一方面当敌人对被捕的龙飞、南云等以洋房、汽车、金
钱、美女相诱惑时,作为无产阶级代表的龙飞、南云则立刻变得大义凛
然,坚决保卫无产阶级的生命财产和无产阶级革命的胜利果实。前后
态度变化之大以及叙事的矛盾之处让人惊讶,这其中的叙事裂缝恰恰
表征了人们的潜意识与主流意识形态之间的巨大差异。

　　作品中的这类描写,明显对叙述者本意要表达的对"资产阶级花
花世界"和"资产阶级糜烂生活"的批判构成了反讽与颠覆。这样的反
讽与颠覆还表现在作品中大量的对敌特饮食的丰盛的描写上。《一只

绣花鞋》中龙飞在"圆山国际大酒店"住下后,作者对服务员送来的食物作了详细介绍:"一盘原汁牛肉,一砂锅香菇的鱼翅羹,两只龙凤腿,一碗米饭";在写龙飞来到马来西亚首都吉隆坡的美美酒家,酒店老板极力渲染了他们酒店的"西班牙的美酒,法国的白兰地,新加坡的二龙戏珠名菜、马来西亚的水蛇肉";在写梅花党党魁白敬斋亲自备酒招待龙飞时,作者用了相当篇幅,以白敬斋的口吻介绍了每道名菜的历史来源及传说、原料配成、风味与营养价值等等。小说文本中对敌特饮食的细致描写与极力渲染比比皆是。尤其是白敬斋招待龙飞的那次,作者不厌其烦,也不顾叙事的拖沓与主要事件的不断延宕,详细地介绍了每一道菜。现选取几则,引述如后:

> 白敬斋兴致勃勃地介绍道:"这是台北的碧潭香鱼,碧潭是台北市郊新店溪的一个深水湾,绿水一泓,凝碧流玉,是观光胜地。潭中出产一种香鱼,鳞细背黑,腹黄吻红。这种鱼喜欢溯流吃细沙,非常洁净。渔者捕鱼后,先养于清水之中,令之吐沙净腹,然后烹调。这种鱼可连头带骨、鱼肝鱼肠一起吃下去,香酥无比。尤其鳞下有一层脂肪,油炸后鳞脆脂香,绝无腥味,比起大陆上杭州西湖'五柳居'、江苏松江'四腮鲈'有过之而无不及。故诗人有'碧潭香鱼久著名''宝岛香味称第一'之咏。"

> 白敬斋又指着一样食品说:"这是贡丸,创始人叫连海瑞,连家选料极严,须以猪后脚上腿肉为正料,又须是才屠宰不久而肉体尚温的鲜肉,制作时要用竹杠把整块猪肉用力捶碎,然后加油、盐、粉用力揉搓,再挤捏成丸,迅速放入滚水中煮熟。据说,连当年微服私访的嘉庆皇帝都极欣赏,嘉庆皇帝回京后敕令台湾官员时时进贡此物,所以此物叫贡丸。"①

饮食文化作为一种文化传统在中国源远流长,中国古典小说中对此亦常有表现。然而,在和敌特的斗智斗勇中,有必要长篇累牍地讲述饮食文化吗?反特英雄龙飞的一段话道破了叙述者如此叙述的原因:"现

---

① 张宝瑞:《一只绣花鞋》,大众文艺出版社 2000 年版,第 92 页。

在正是大陆上生活最困难时期,窝头、咸菜,比你们差远了,整天牛奶、面包、罐头……"通俗文学因为其直面人的感性欲望,往往对人的欲望进行赤裸裸的表现,现实生活中的匮乏通过这种表现得到代偿性的满足。试想一下,在物资匮乏的"文革"年代,三年自然灾害的阴影还未褪去,对于普通民众来说,上述引文中提到的"碧潭香鱼""贡丸"等美食,根本无缘享用。然而,就在叙述者津津乐道、细致入微的叙述和想象中,读者(或者听众)的味蕾得到了一次想象性的满足,这也是为什么娱乐类手抄本在"文革"期间流传最广的原因之一吧。

此外,相较于敌特"豪宅、汽车、美女、美钞"的引诱,美食是级别层次最低的一个。因此,反敌特英雄在面对美食的诱惑时,抛弃了欲迎还拒的态度,而是痛快地享用,"狼吞虎咽地吃起来""快活地吃起来""吃了一顿丰盛的美餐"是叙述者常用的语句。与对资产阶级花花城市、敌特的居住空间、性感妖娆的女特务的欲拒还迎的态度不同,在关于美食的享用上,我们读不到叙述者思想里任何的"分裂"之处。"吃"似乎算不上一个问题,算不上一个关乎无产阶级操守和道德的问题。所以,叙述者放松了警惕,袒露了内心深处涌动的物质欲望。

作者在对敌特的居住空间和日常生活进行充分的资产阶级想象时,不时地流露出对这种生活的艳羡之情。我们须将这种"艳羡"的话语放到讲述这种话语的年代,才能把握其意义。这类手抄本小说大多创作并流传于"文革"时期,是新中国物质比较匮乏的年代。新中国以来,国家为了尽快实现现代化,采取了优先发展重工业的措施。社会积累的财富有很大一部分用来投资支持重工业的发展,而与消费紧密相连的轻工业并没有得到较大发展,生活资料相对就比较匮乏。加上社会分配实行严格的配给制,国家意识形态又对消费的资本主义性质存在着严重的警惕与怀疑,因此,社会上大多数人的物质欲望是被压抑的。文学创作在一定程度上是一种想象,一种对在现实中无法实现的欲望的想象,这种欲望在文学想象中得到了代偿性的释放和满足。只是限于当时的社会状况与政治形式,人们对这种欲望的表达也不能采取正当的形式,而只能以曲折的形式(借助"革命""政治"的外衣)来表达。娱乐类手抄本小说中对资产阶级"衣食住行"的津津乐道以及欲拒还迎的态度,正是在这种特定的社会语境中民众内心深处隐秘欲望的表现。

3. 色情与技术化的暴力崇拜

值得我们注意的是,在娱乐类手抄本小说尤其是反特小说中,作者除了绘声绘色地描绘资产阶级的花花世界,还给读者"制造"了一个个性感妖娆的女特务。我们来看梅花党白系女特务白蕾的形象:

> 她穿着一条白底子绣粉红色玫瑰花的绸裤,露出两只小巧玲珑的脚,拖着一对嵌金镶珠的小拖鞋;上身穿一件藕荷色的长衫,袖口宽大,银线滚边,珍珠作纽扣,外面套一件银孤色的坎肩,前面有一处心形的缺口,露出半双象牙般的乳房。她头发浓密,黑里透亮,一双又大又黑的水汪汪的眼睛,笔直的鼻子,红珊瑚般的嘴唇,珍珠般的牙齿。

再来看梅花党白系女特务白蕾的形象:

> 她是一个颀长、俊美的女人,白皙的脸庞晶莹得像透明的玉石,眉毛又长又黑,浓秀地渗入了鬓角,身穿一件粉红色连衣裙,一双眼睛里泛出妖媚的光彩。

还有梅花党黄系女特务庄美美的形象:

> 相片上正是娇媚玲珑的庄美美,她抿着樱桃般的小翘嘴,嫣然笑着,真似一个剔透的小玉人,透出一股迷人的风骚。

从以上引述中我们可以看出,这些女特务无不妖冶、性感,穿着考究,她们的身体有着极为突出的性别特征。叙述者还通过衣着、面貌、神态描述,为女特务的身体赋予了强烈的阶级属性。"白底子绣粉红色玫瑰花的绸裤""藕荷色的长衫""小巧玲珑的脚"等等,明显有着封建地主阶级的属性;而"笔直的鼻子""粉红色的连衣裙""背心式的黑色连衣裙""大圈圈的金耳环"等无疑有着资产阶级的属性。无论是封建地主阶级还是资产阶级,都是人民的敌对阶级。所以,只要这些女特务一出场,她们的身体就凸显了她们的阶级属性,同时也把她们置于人民的敌人的位置。此外，与她们身体的阶级属性相联系的，是她们身体的道德属性。我们要知道，在以阶级斗争为纲的年代，阶级话语与道德话语往往可以相互置换。在这样的话语体系中，地主阶级和资产阶级的生活与腐朽相连，道德与堕落相连。所以，女特务的身体也总与性魅惑联系在一起，而性魅惑又是生活腐朽和道德败坏的代名词之一。文本中出现的"露出半双象牙般的乳房""妖媚""风骚"等描述无不在明示着她们生活的放荡。

这些类似"尤物"的女特务和反特英雄之间构成了一种特殊的男女关系。这种男女关系在与敌我矛盾相联系的同时，也与潜意识中的性意识纠缠不清。我们的反特英雄总是因为革命的原因不得不与这些尤物打交道。要么是我们的英雄使用"美男计"打入敌人内部，女特务当然只有招架之力，很快被英雄翩翩的风度所征服；要么是性感妖娆的女特务对我们的英雄施以美人计，而我们的英雄在充分欣赏之后，断然拒绝。当然，这些都不过是披着革命外衣的情色游戏。我们来看一下，当妖娆的女特务施以"美人计"对我们的英雄进行诱惑时，我们的英雄具体如何表现？

> 白兰仔细打量着叶飞：中等身材，标准体格，瓜子脸，薄嘴唇，两眼虽然不大，但目光炯炯有神，给人一种威慑之感。人虽已过中年，但仍富有年轻朝气。穿着一身便装，非常合身得体。
>
> 叶飞仔细打量着白兰：身材容貌酷似白玉（叶飞以前的恋人，笔者注），上身一件低领白衬衫，显得非常素雅。衬衫的开口很低，裸露着一双白嫩的乳房，恰似两节出水的嫩藕，最能吸引男人的目光，显得特别性感。下身穿一件极薄的白色短裙，两条白嫩的大腿几乎全部裸露着。
>
> 叶飞感到一阵恶心，立刻把目光移到了其他地方。

在公共话语的层面，这些女特务当然是邪恶淫荡的（恶心），然而在潜意识的层面，她们却又是这般令人垂涎（性感）。天平就这么反复摇摆着：人们总是为这些秀色可餐的尤物心痒难熬，却又总是碍于革命戒律而不敢越雷池一步；倒过来，又正因为无论如何都打不破色戒，反而更加贪恋这种要命的美艳的祸水。因此，连故事的叙述者也欲罢不能：

> "叶飞，请上床吧，我为你解除旅途的疲劳。"
>
> 白兰朝叶飞飞去一个媚眼，双手把领口拉的更低了，而且还有意无意地把腿翘了又翘。
>
> 叶飞快步走到门口，把门打开，对白兰不客气地说：
>
> "我想自己清净一会儿，请白小姐自便。"

弗洛伊德意义上"超我"与"本我"之间展开了拉锯战。最终是阶级的"超我"战胜了欲望的"自我"：

> 白兰却顺势倒进了叶飞的怀中说："你打死我呀，刚才不是我要他们活捉你，你早上西天了。"
>
> 叶飞一把推开白兰："说这些有什么用，我们是阶级敌人，立场不同没什么可说的。"

在这里，阶级话语置换了"本我"话语。只有这样，这场激动人心的色欲诱惑才得以"适可而止"，同时也未越出主流话语的框架。当然正是像白兰、白云、白蕾、白薇、白蕾、林晶这些从红色经典承继下来的作为阶级敌人的尤物形象，以某种变态的形式，给当时正处于极度性饥渴状态下的人们，提供了唯一可以领受的情色享受。

叙述者在用一个又一个的性感妖娆形象满足那个专制的禁欲的时代底层涌动着的情色欲望时，也表现出了对现代化器物的无限向往，这体现在作者对暴力的形式叙述上。不过手抄本小说在传抄的过程中不断被改写，而且很多这类的手抄本小说最初是以黑夜里讲故事的方式流传开来的，因此不但叙述粗糙甚至粗俗，而且情节不合逻辑，内容拼贴，章节杂乱，像一锅大杂烩。对暴力的叙述也是杂乱纷呈，有像恐怖小说那样渲染凶杀的恐怖气氛的，有像武侠小说那样显示我公安反特人员的高超武功的，还有对各种各样现代化武器装备的炫耀式描写，体现了一种基于现代性器物层面的暴力崇拜。在这些故事文本中，几乎所有重要人物出场或者行动时都会有小轿车作为交通工具，如大多数文本中多次出现的苏联"伏尔加"小汽车，白色或黑色的美国"雪佛莱"

小轿车,除此之外,还有各种越野车、摩托车、中型吉普车等等。叙述者几乎穷尽了自己对于小汽车有限的知识,来想象和叙述故事中敌特物质性生活中如影随形的现代化器物。此外,这些以手抄方式流传的故事中,敌我双方的战斗场面都少不了现代化的武器,如"勃朗宁"手枪,甚至有时故事中还会出现"袖珍勃朗宁"手枪,还有 F—14 战斗机、美国鬼怪式战斗机、喷气式歼击机等等(《远东之花》)。这些反敌特故事有时还混合科幻小说表现一些具有高科技含量的装备和设置,比如可以测试炸药量多少,并且能使手表停止走动的"磁透机"(《叶飞三下江南》);还有当小汽车开到白房子外围墙的时候,"用车灯一照,围墙就沉了下去,汽车就开了进去"这样具有技术含量的巧妙设置等等(《叶飞三下江南》)。这与其说是作者在描写敌人或特务精良的武器装备,不如说是隐现了讲故事人和听故事人对现代化器物与暴力崇拜的莫名向往。我们再联系到中国共产党用"小米加步枪"打得天下的斗争历程、建国后中国的落后局面和"赶超英美"的焦虑,以及"文革"中知识青年对"越有知识越反动"的反思,可以更清楚地看到,对现代化和富强的向往一直都是国人的强烈诉求,即使在"文革"中,这种物质暴力崇拜的现代性诉求依然存在。

参考书目

一、理论类

1. 〔美〕吉尔波特·罗兹曼：《中国的现代化》，"比较现代化"课题组译，江苏人民出版社 1995 年版。

2. 〔美〕柯文：《在中国发现历史——中国中心观在美国的兴起》，林同奇译，中华书局 2002 年版。

3. 〔美〕海登·怀特：《后现代历史叙事学》，陈永国、张万娟译，中国社会科学出版社 2003 年版。

4. 〔法〕利奥塔：《后现代状况——关于知识的报告》，车槿山译，生活·读书·新知三联书店 1997 年版。

5. 〔法〕布罗代尔：《资本主义的动力》，杨起译，生活·读书·新知三联书店 1997 年版。

6. 〔法〕鲍德里亚：《消费社会》，刘成富等译，南京大学出版社 2000 年版。

7. 〔法〕福柯：《知识考古学》，谢强、马月译，生活·读书·新知三联书店 1998 年版。

8. 〔英〕安东尼·吉登斯：《民族—国家与暴力》，胡宗泽、赵力涛译，生活·读书·新知三联书店 1998 年版。

9. 〔英〕安东尼·吉登斯：《现代性的后果》，译林出版社 2000 年版。

10. 〔美〕丹尼尔·贝尔：《资本主义文化矛盾》，赵一凡等译，生活·读书·新知三联书店 1989 年版。

11. 〔美〕本尼迪克特·安德森：《想象的共同体——民族主义的起源与散布》，吴叡人译，上海世纪出版集团 2005 年版。

12. 〔美〕艾恺：《世界范围内的反现代化思潮》，贵州人民出版社 1991 年版。

13. 〔美〕刘易斯·科塞：《理念人——一项社会学的考察》，郭方等译，中央编译出版社 2001 年版。

14. 〔德〕马克斯·韦伯：《韦伯作品集》，广西师范大学出版社 2005 年版。

15. 〔德〕马克斯·韦伯:《文明的历史脚步》,上海三联书店 1988 年版。

16. 〔德〕马克斯·韦伯:《新教伦理与资本主义精神》,黄晓京等译,四川人民出版社 1986 年版。

17. 〔美〕帕克等:《城市社会学》,宋俊岭等译,华夏出版社 1987 年版。

18. 〔比〕亨利·皮雷纳:《中世纪的城市》,陈国樑译,商务印书馆 1985 年版。

19. 〔英〕汤姆林森:《全球化与文化》,郭英剑译,南京大学出版社 2002 年版。

20. 〔德〕恩格斯:《家庭、私有制和国家的起源》,《马克思恩格斯选集》第四卷,人民出版社 1972 年版。

21. 张京媛主编:《新历史主义与文学批评》,北京大学出版社 1993 版。

22. 俞吾金:《现代性现象学——与西方马克思主义者的对话》,上海社会科学出版社 2002 年版。

23. 罗钢、刘象愚主编:《文化研究读本》,中国社会科学出版社 2000 年版。

24. 张世保:《从西化到全球化——20 世纪前 50 年西化思潮研究》,东方出版社 2004 年版。

25. 徐迅:《民族主义》,中国社会科学出版社 1998 年版,

26. 罗凤礼主编:《现代西方史学思潮评析》,中央编译出版社 1996 年版。

27. 周穗明等:《现代化:历史、理论与反思》,中国广播电视出版社 2002 年版。

28. 汪晖:《现代中国思想的兴起》(四卷),生活·读书·新知三联书店 2004 年版。

29. 刘小枫:《现代性社会理论绪论》,上海三联书店 1998 年版。

30. 陶东风:《文化研究:西方与中国》,北京师范大学出版社 2001 年版。

31. 汪民安等主编:《现代性基本读本》(上、下),河南大学出版社 2005 年版。

32. 罗钢、刘象愚主编:《后殖民主义文化理论》,中国社会科学出版社 1999 年版。

33. 〔美〕罗伯森:《全球化:社会理论与全球文化》,梁光严译,上海人民出版社 2000 年版。

34. 〔美〕杰姆逊:《后现代主义与文化理论》,北京大学出版社 1997 年版。

35. 陈嘉明:《现代性与后现代性》,人民出版社 2001 年版。

36. 余碧平:《现代性的意义与局限》,上海三联书店 2000 年版。

37. 罗荣渠:《从"西化"到现代化》,北京大学出版社 1997 年版。

38. 周宪:《审美现代性批判》,商务印书馆 2005 年版。

39. 〔英〕冯客:《近代中国之种族观念》,杨立华译,江苏人民出版社 1999 年版。

40. 〔德〕哈贝马斯:《交往行动理论》,洪佩郁等译,重庆出版社 1995 年版。

41. 费孝通:《乡土中国》,生活·读书·新知三联书店 1985 年版。

42. 王宁等主编:《全球化与后殖民批评》,中央编译出版社 1998 年版。

43. 李泽厚:《中国近代思想史论》,人民出版社 1979 年版。

44. 李泽厚:《中国现代思想史论》,东方出版社 1987 年版。

45. 吴亮:《思想的季节》,海天出版社 1992 年版。

46. 高亮平:《人文主义视野中的技术》,中国社会科学出版社 1991 年版。

47. 刘晔:《知识分子与中国革命》,天津人民出版社 2004 年版。

48. 〔美〕杜赞奇:《从民族国家拯救历史》,王宪明译,社会科学出版社 2003 年版。

49. 〔美〕麦克法夸尔、费正清主编:《剑桥中华人民共和国史(1966—1982)》,上海人民出版社 1992 年版。

50. 汪晖、陈燕谷编:《文化与公共性》,生活·读书·新知三联书店 2005 年版。

二、历史类

1. 〔法〕白吉尔:《上海史——走向现代之路》,王菊等译,上海社会科学出版社 2005 年版。

2. 〔法〕白吉尔:《中国资产阶级的黄金时代》,张富强等译,上海人民出版社 1994 年版。

3. 陈旭麓:《近代中国社会的新陈代谢》,上海人民出版社 1992 年版。

4. 〔美〕裴宜理:《上海罢工》,刘平译,江苏人民出版社 2001 年版。

5. 〔美〕韩起澜:《姐妹们与陌生人》,上海社会科学出版社 2005 年版。

6. 〔日〕刘建辉:《魔都上海—近代知识人的近代体验》,甘慧杰译,上海古籍出版社 2005 年版。

7. 〔美〕罗兹·莫菲:《上海:现代中国的钥匙》,上海人民出版社 1986 年版。

8. 〔美〕柯文:《在传统与现代之间——王韬与晚清改革》,雷颐等译,江苏人民出版社 2003 年版。

9. 熊月之、周武主编:《海外上海学》,上海古籍出版社 2004 年版。

10. 费成康:《中国租界史》,上海社会科学院出版社 1991 年版。

11. 张洪祥:《近代中国通商口岸与租界》,天津人民出版社 1993 年版。

12. 唐振常:《近代上海探索录》,上海书店出版社 1994 年版。

13. 上海通社编:《上海研究资料》,上海书店出版社 1984 年影印版。

14. 杨东平:《城市季风》,东方出版社 1994 年版。

15. 郑祖安:《百年上海城》,学林出版社 1999 年版。

16. 于醒民、唐继无:《从闭锁到开放》,学林出版社 1991 年版。

17. 石柏林：《凄风苦雨中的民国经济》，河南人民出版社 1993 年版。

18. 〔美〕莫里斯·梅斯纳：《毛泽东的中国及其发展——中华人民共和国史》，社会科学文献出版社 1992 年版。

19. 李天纲：《文化上海》，上海教育出版社 1998 年版。

20. 〔美〕费正清、赖肖：《中国：传统与变革》，江苏人民出版社 1996 年版。

21. 〔奥〕卡明斯基：《海上画梦录》，辽宁教育出版社 1998 年版。

22. 北京大学历史系编：《北京史》，北京出版社 1985 年版。

23. 忻平：《从上海发现历史》，上海人民出版社 1996 年版。

24. 许纪霖编：《二十世纪中国思想史论》（上、下），东方出版中心 2002 年版。

25. 许纪霖：《中国知识分子十论》，复旦大学出版社 2004 年版。

26. 许纪霖：《20 世纪中国知识分子史论》，新星出版社 2005 年版。

27. 〔美〕顾德曼：《家乡、城市和国家——上海的地缘网络与认同 1853—1937》，宋钻友译，上海古籍出版社 2004 年版。

28. 〔日〕小浜正子：《近代上海的公共性与国家》，葛涛译，上海古籍出版社 2003 年版。

29. 《上海文化》杂志。

30. 王年一：《大动乱的时代：1949—1976 年的中国》，人民出版社 2009 年版。

31. 顾洪章：《中国知识青年上山下乡始末》，人民日报出版社 2009 年版。

32. 高皋、严家其：《"文化大革命"十年史》，天津人民出版社 1986 年版。

33. 王力：《现场历史：文化大革命纪事》，牛津大学出版社 1993 年版。

34. 徐友渔：《1966：我们那一代的回忆》，中国文联出版公司 1998 年版。

35. 冯骥才：《一百个人的十年》，江苏文艺出版社 1997 年版。

36. 周明：《历史在这里沉思——1966—1976 年纪实》（1—6 卷），华夏出版社 1986 年版。

37. 徐友渔主编：《遇罗克遗作与回忆》，中国文联出版社 1999 年版。

38. 史卫民、何岚：《知青备忘录——上山下乡运动中的生产建设兵团》，中国社会科学出版社 1996 年版。

39. 顾洪章：《中国知识青年上山下乡大事记》，人民日报出版社 1996 年版。

40. 丁守和主编：《二十世纪中国史纲》，河南人民出版社 1994 年版。

41. 姜德明编：《北京乎——现代作家笔下的北京》，生活·读书·新知三联书店 2005 年版。

42. 姜德明编：《如梦令：名人笔下的旧京》，北京出版社 1997 年版，

43. 刘一达主编：《读城——大师眼中的北京》，中国华侨出版社 2006 年版

44.〔美〕R. 麦克法夸尔、费正清等编:《剑桥中华人民共和国史(革命的兴起
   1949—1965)》,中国社会科学出版社 1990 年版。

三、文学类

1.〔德〕本雅明:《发达资本主义时期的抒情诗人》,张旭东等译,生活·读书·新知
   三联书店 1992 年版。

2.〔美〕王德威:《被压抑的现代性——晚清小说新论》,北京大学出版社 2005
   年版。

3.〔美〕李欧梵:《上海摩登——一种新都市文化在中国》,北京大学出版社 2001
   年版。

4.〔美〕李欧梵:《未完成的现代性》,北京大学出版社 2005 年版。

5.〔美〕詹明信:《晚期资本主义的文化逻辑》,生活·读书·新知三联书店 1997
   年版。

6. 吴福辉:《都市漩流中的海派小说》,湖南教育出版社 1995 年版。

7. 李今:《海派小说与现代都市文化》,安徽教育出版社 2000 年版。

8. 许道明:《海派文学论》,复旦大学出版社 1999 年版。

9. 徐逎翔、黄万华:《中国抗战时期沦陷区文学史》,福建教育出版社 1995 年版。

10. 孟繁华:《传媒与文化领导权——当代中国的文化生产与文化认同》,山东教育
    出版社 2003 年版。

11. 韩毓海主编:《20 世纪的中国:学术与社会》,山东人民出版社 2001 年版。

12. 韩毓海:《从“红玫瑰”到“红旗”》,上海远东出版社 1998 年版。

13. 陈晓明主编:《现代性与中国当代文学转型》,云南人民出版社 2003 年版。

14. 唐小兵:《英雄与凡人的时代——解读 20 世纪》,上海文艺出版社 2001 年版。

15. 陈青生:《年轮——四十年代后半期的上海文学》,上海人民出版社 2002 年版。

16. 刘心皇:《抗战时期沦陷区文学史》,台湾成文出版有限公司 1970 年版。

17. 许秦蓁:《战后台北的上海记忆与上海经验》,台湾六安出版社 2005 年版。

18. 范伯群主编:《中国近现代通俗文学史》,江苏教育出版社 1999 年版。

19.〔美〕王德威:《想像中国的方法》,生活·读书·新知三联书店 2003 年版。

20. 赵稀方:《小说香港》,三联书店 2003 年版。

21. 陈思和:《中国现当代文学名篇十五讲》,北京大学出版社 2003 年版。

22. 陈平原、王德威主编:《北京:都市想像与文化记忆》,北京大学出版社 2005

年版。

23. 吴秀明:《三元结构的文学——世纪之交的当代文学思潮研究》,春风文艺出版社 1998 年版。

24. 吴秀明主编:《当代中国文学五十年》,浙江文艺出版社 2004 年版。

25. 吴秀明:《转型时期的中国当代文学思潮》,时代文艺出版社 2001 年版。

26. 董健、丁帆、王彬彬:《中国当代文学史新稿》,人民文学出版社 2005 年版。

27. 〔美〕李欧梵:《中国现代文学与现代性十讲》,复旦大学出版社 2002 年版。

28. 〔美〕夏志清:《人的文学》,辽宁教育出版社 1998 年版。

29. 陈平原:《文学史的形成与建构》,广西教育出版社 1999 年版。

30. 陈平原:《中国小说叙事模式的转变》,上海人民出版社 1988 年版。

31. 赵园:《北京:城与人》,上海人民出版社 1991 年版。

32. 夏晓虹:《觉世与传世——梁启超的文学道路》,上海人民出版社 1991 年版。

33. 陈平原:《20 世纪中国小说史稿》,北京大学出版社 1989 年版。

34. 戴锦华:《隐形书写——90 年代中国文化研究》,江苏人民出版社 1999 年版。

35. 戴锦华:《犹在镜中》,知识出版社 1999 年版。

36. 包亚明、王宏图、朱生坚:《上海酒吧》,江苏人民出版社 2001 年版。

37. 高瑞全、〔日〕山口久和主编:《中国现代性与城市知识分子》,上海古籍出版社 2004 年版。

38. 邱明正主编:《上海文学通史》,复旦大学出版社 2005 年版。

39. 王文英主编:《上海现代文学史》,上海人民出版社 1999 年版。

40. 杨幼生、陈青生:《上海"孤岛"文学》,上海书店出版社 1994 年版。

41. 黄擎:《废墟上的狂欢—文革文学的叙述研究》,作家出版社 2004 年版。

42. 汤哲生:《中国现代通俗小说流变史》,重庆出版社 1999 年版。

43. 洪子诚:《问题与方法》,生活·读书·新知三联书店 2002 年版。

44. 许志英、邹恬:《中国现代文学主潮》,福建教育出版社 2001 年版。

45. 陈思和主编:《中国当代文学史教程》,复旦大学出版社 1999 年版。

46. 胡志毅:《国家的仪式:中国革命戏剧的文化透视》,广西师大出版社 2007 年版。

47. 陈顺馨:《中国当代文学的叙事与性别》,北京大学出版社 2007 年版。

48. 王一川:《中国形象诗学》,上海三联书店 1998 年版。

49. 王一川:《中国现代卡理斯玛典型——二十世纪小说人物的修辞论阐释》,云南人民出版社 1994 年版。

50. 李军:《'家'的寓言——当代文艺的身份与性别》,作家出版社 1996 年版。

51. 陈伯海、袁进:《上海近代文学史》,上海人民出版社 1993 年版。

52. 贺桂梅:《人文学的想象力:当代中国思想文化与文学问题》,河南大学出版社 2005 年版。

53. 黄子平:《"灰阑"中的叙述》,上海文艺出版社 2001 年版。

54. 李怡:《现代四川文学的巴蜀文化阐释》,湖南教育出版社 1995 年版。

55. 洪子诚:《1956:百花年代》,山东教育出版社 1998 年版。

56. 洪子诚:《文学与历史叙述》,河南大学出版社 2005 年版。

57. 田晓菲:《尘几录——陶渊明与手抄本文化研究》,中华书局 2007 年版。

58. 李杨:《抗争宿命之路——"社会主义现实主义"(1942—1976)研究》,时代文艺出版社。

59. 杨鼎川:《1967:狂乱的文学年代》,山东教育出版社 1998 年版。

60. 孟繁华:《1978:激情岁月》,山东教育出版社 1998 年版。

61. 王尧:《迟到的批判》,大象出版社 2000 年版。

62. 杨健:《文化大革命中的地下文学》,朝华出版社 1993 年版。

63. 杨健:《中国知青文学史》,工人出版社 2003 年版。

后　记

按我的看法,对于中国现当代城市文学的研究,大概经历了三个阶段。80年代开始了对于30年代海派文学的研究,并积攒了相当多的研究经验。其中,吴福辉、陈思和、李今等先生的研究达到了很高水准,让现在的人很难超越。90年代后,这种研究被推广到近代与八九十年代的城市文学中,几乎就是遍地开花了。从研究形态上说,自80年代开始,对城市文学的研究经历了从作品论、流派论、作家论到文学形态论等各个阶段。随着近现代城市文学,特别是海派文学研究成果的丰富,尤其是李欧梵、王德威等域外研究力量的推动,城市文学研究已经溢出自身范围,其理念扩大到了整个的中国现当代文学,甚至影响到整个中国现当代历史研究。由海派文学研究中抽取的"日常性""晚清现代性"等概念,不仅为现代文学史事实中的个体性、私人性、消费性提供了研究的合法依据,而且对于中国学界来说,有点类似法国布罗代尔年鉴学派的作用,成为中国现当代史整体阐述的重要原则。中国现当代城市文学研究已经成为显学,其在现当代学术史意义上的显赫程度,似乎只有延安"讲话""五四"启蒙等现象才可比拟。

无疑,我个人也在这个研究队伍当中。近十年来,我先后出版过几本讨论现代城市文学的书,如《都市文化与中国现代都市小说》《文学中的上海想象》等,反响都还不错,其中第一本还再版过一次。但渐渐地我感到,虽然中国现代城市文学研究如此热闹,但还是有着巨大不足。最明显的问题,就是"断代",即对于1949—1976年间的城市题材文学的视而不见。不管国内国外,都是如此。具体来说,有两个表现。第一,在研究对象上,多数研究者将城市文学看做独立的文学形态,而这一时期的城市文学多数恰恰并不表现城市日常的社会与文化形态,甚至于还有意避免对城市形态的表现。比如,到80年代,上海的弄堂房子仍然占了上海住宅样式的80%以上,可是在50—70年代那个时期,作家们对此视而不见,一窝蜂地去写工人新村。由于它不是独立的文学形态,在中国当代文学的研究中,或者将其略去,或者被肢解在厂矿文学、"文革"文学形态等中作简单描述。从目前所见几种当代城市文学研究专著来看,学界大多将这一阶段的城市题材文学略去。这样最省事。或者,这些文学作品被当作了"工业文学"。早年我与同事承担过一个国家社科基金项目"20世纪中国工业文学研究",也是将50—70年代的一些作品作为工业文学对待的。第二,在方法上,十几年来,学界对城市文学阐释的最大策略是上海等城市的现代性,但这种现代性又大多被理解为城市的日常性、消费性、公共领域、市民文化一类。这种口岸城市的现代性,在50—70年代自然是没有的。因此,许多人就认为这一时期的中国当代城市没有现代性。所以,使用口岸城市现代性的研究策略,面对50—70年代的城市文学,肯定搔不到痒处。因为,你很难想象使用"消费性""市民社会"等术语去套用曹杨新村或者上钢几厂这种物事。事实上,由于没有相应的研究方法,即使将这一时期的城市文学纳入研究之列,也无法研究。两种情况概括起来说,一是不研究,二是没法研究。这样一来,就使得20世纪中国整体的城市文学分裂为1949年以前与1980年代以后。对两者之间的三十年,没有人当回事。可是,如果缺少了对这一时期城市文学的研究,对另两个阶段城市的文学阐释势必也呈断裂之状,最后的结果,当然是无法将整个20世纪城市文学纳入整体研究范围。

　　明白了症结,任务自然就来了。当然,这个任务也是由上述两个问题而来的。首先是,我们应不应该对50—70年代的城市文学进行研究?设立这样的话题似乎有些奇怪,因为当然应该研究!既然它存在过,就得进行研究。更何况它还是一个巨大的缺项。其次是,能不能进行研究?其实,说"能不能"的意思,不是出于意识形态的问题。起码,现在学术界的宽松度是很大了。说"能不能",意思是用什么方法。只有解决了方法问题,研究才能进行。因为刚才说了,如果按照现代城市文学研究的策略,比如用"公共领域""消费性""市民社会"术语去讨论工人新村,肯定是不行的。

　　先解决第一个问题。50—70年代的城市题材文学究竟算不算城市文学？的确,由于这一时期中国的"非城市化"倾向,多数作品逃避了对城市形态的表现。在学界,多数人把城市文学看做一种独立的文学形态,认为必须"表现"城市形态,否则就不是城市文学。其实,这是一种传统的"反映论"思维。本来嘛,文学的功能,除了表现意义上的"反映论",还有"话语论"意义。"十七年"与"文革"时期的城市题材,虽不是经典意义上的城市文学,但仍属于整体的 20 世纪"中国文学中的城市"体现,存在着对城市的某种想象与表述,或者至少是对城市的某种看法。既然有对于城市的表述,也就是一部话语文本,也就少不了叙述城市时的叙事、虚构、修辞等等文学特征。那么,这个年代的文学对于城市的表述是一种什么样的情形呢？我们以"文学中的城市"这一概念介入,以"叙述"的"话语论"研究兼容"表现"的"反映论",改变原有单一的"城市文学"的研究定式,也就可以把"十七年"和"文革"时期中国的城市题材文学纳入研究视野了。

再解决第二个问题:用什么方法研究？怎么研究？这就要先搞清这一时期中国的城市特性。其实,目下对这一时期中国城市的两种看法都有问题。一是把这一时期与其前后的近现代与当代完全割裂,认为 50—70 年代完全是一朵奇葩,与之前、之后的城市现代性都没有关系;二是企图将"消费性""日常性""市民社会"等近代口岸城市现代性套用到"十七年"与"文革"文学中。两种都是不切症结的搞法,完全行不通。其实,整体来说,这一时期的中国城市,依然逃离不了晚清到今天的中国城市现代性的基本框架。百年来中国城市现代性有两个谱系,一是城市(特别是上海)体现出的在殖民体系中的边缘、破产、畸形、堕落以及摆脱殖民统治获得解放的国家左翼元叙事;二是上海等城市体现出的国家现代化中心地位与大工业、物质繁荣乃至全球化图景。两个谱系横跨了满清、民国、"十七年""文革"与新时期以来的百余年。其中有一些亚概念,如"新中国""社会主义""工业化""大跃进""公共化""解放"等等,虽是"十七年"独有或者较为强烈的,但仍属于百年来城市现代性绵延展开的某一个阶段,也仍在两大谱系的范围之中。而且,在"十七年"的中国城市,甚至连近代时期的城市现代性因素也仍有遗留,只不过是被剔除了全球化、日常性、私性、消费性等口岸时代的城市内容,而突出了社会主义时期的"公共性"、组织社会与国家大工业逻辑等现代特性而已。前后两者都是城市现代性,不过因时代不同,现代性的内容侧重不一样。说的直白一些,此现代性非彼现代性,但都是现代性;换句话说也是一样:虽然都是现代性,但此现代性又非彼现代性。概况地讲,"十七年"与"文革"城市,不仅延续了百年来的城市现代性,甚至于其"公共化"与"工业化"过程可能还是百年来中国社会最为强烈的。"十七年"与"文革"的城市文学,与其他时段文学城市现代性中的消费性、公共领域、市民社会、全球化等因素此消彼长,共同表现出整个20世纪复杂状态的中国城市现代特性。

这样一来,两个问题都解决了,可以进行深入地研究了。

本书的研究路径是:首先弄清楚这一时期城市现代性的状况,其与现代和80年代以后整个城市现代性的关联。这一时期的城市文学,在上海等城市的历史溯源上大致采用了"断裂论"与"血统论"理解,即消除中国城市原有的文化传统与口岸城市基础,确立中国城市唯一的左翼政治革命起源,表现旧有城市逻辑的终结与城市的社会主义特性。在消除了城市生活的个人私性、日常性与消费性后,刻意突出国家的"公共性"与"国家工业化"意义。因此,国家政治保障下的工业生产特性在文学中得到空前强调,其他生活形态则被排除,工业生产对社会生活的全面控制与其带来的特定的社会组织、人的属性与人格状态大量进入文学。叙述工业化的作品不仅被巨量生产,而且往往伴随着重大的国家生活描写。在题材方面,反腐蚀、忆苦思甜、生产、下乡、技术革新与竞赛等题材会反复出现。这其中有胡万春、唐克新、费礼文等工人作家的作品,也包括"文革"时期大量的工业、车间文学。当然,解放前口岸城市与传统市井的文学脉络也不是完全没有,如"为人生"传统的继承,《上海的早晨》等对于城市消费时尚的热衷,对市井生活描写传统的延续等等,但是因为总是受到批判,最后只能以潜在方式存在。在审美原则、叙述文体、人物塑造、场景描写、空间时间呈现等文本形式方面,因为要突出"公共化"与"工业化",作品中的生活形态描写常常被淡化,其中包括居住、家庭、社群、消费等形态与城市原有的地域文化。人格属性的描写,如人际、生理、心理、身体等等,当然也要高度服从政治保障下的工业化逻辑,以突出人物的生产性与"公共性"。而场景,特别是话剧的场景设置,也会高度集中于与"公共化"政治、工业化有关的公共性空间,如广场、厂矿、办公室、工人新村、客厅等;属于私性的空间,如院落、弄堂、卧室等场景,则往往被取消。从风格上来说,文学的个人性、地域性当然很少,整体上还属于国家文学。

本书的研究来源,是我主持的 2007 年的国家社科基金项目。当时,对中国"十七年"城市文学的想法,我也曾经与温儒敏、陈思和、张炯、杨匡汉诸先生说起过。蒙他们好意,提出了不少有价值的建议。我还记得,当项目立项通过时,温先生曾高兴地打电话告诉我。几年下来,我的课题项目阶段性成果还着实不少,有二十多篇阶段性文章发表在《文学评论》《中国现代文学研究丛刊》《文艺争鸣》《学术月刊》《社会科学》《学术论坛》《南方文坛》《上海文化》等权威或核心期刊,仅《文学评论》就有三篇,还被《新华文摘》全文转载一篇,《人大复印资料》全文转载六篇,反响还都不错。上海的杨剑龙先生主编的《都市文化研究读本:都市文学卷》(上海人民出版社 2014 年 3 月出版),瑰集了新时期以来重要的城市文学研究论文,其中收录了我的《上海城市政治身份的叙述(1950—1970 年)》一文。这篇文章发表较早,2007 年被《新华文摘》全文转载。到现在还有学者说:"张鸿声近年来的研究着力于上世纪 50 到 70 年代的城市文学,他的《上海城市政治身份的叙述(1950—1970 年)》一文填补了这一历史时段上海城市文学研究的空白"。[①] 说"填补空白"不敢当,但关注较早倒是真的。此后,我对这一时期城市文学研究的文章当然就更多了。

因为是国家社科基金立项,在项目进行中,郑州大学的林虹、刘宏志副教授,河南工程学院的井延凤副教授先后加入,后两位是我指导的博士生。他们完成了一部分初稿,为课题做出了贡献。当然,他们撰写的文字在最后修改、通稿时会有大幅度的变化。项目进行中,中国社会科学院的金朝霞、王保生、邢少涛、刘艳等老师,上海社会科学院的陈惠

---

① 孔小彬:《都市文学研究的回眸与推进》,载《文艺报》2014 年 4 月 14 日。

芬、张曦、李亦婷老师,中国艺术研究院的陈飞龙老师,广西文联的张燕玲老师,吉林文联的王双龙、朱竞、孟春蕊等老师,郑州大学的乔学洁老师,中国传媒大学的胡智锋老师等等,还有其他许多朋友,对课题亦有帮助。在这里都一一谢过。

此外,还有一些关于学术与生活的题外话也要说说。我一直认为,对学者来说,学术只是生活的一部分,它服从于你的生活状态。两者的结合,就构成了学者的个人生活史。我是个喜欢怀旧的人,原本就喜爱搜藏旧货。别人可能觉得"十七年"干巴巴的无甚意思,但我由于这一兴趣,就淘了相当多的"副产品",比如当时全国美展的油画、中国画、木刻、水粉等图册,还有照片,以及年画、连环画,仅"文革"老连环画就有千余册之多。潘家园、报国寺、大钟寺等处,还有各地的旧货市场,都是我常去的地方。搭了许多功夫去玩还名之曰"研究",这是我一向的毛病。至于寻访当时的旧迹更是常事。在上海、北京的中苏友好大厦、苏联展览馆(现在都叫某某展览馆了),人家看商品展销,我看房子。我还拿着当时的小说和图册去看曹杨新村,或者在北京的老厂区转悠,那儿的人都不理解:这破地方,早该拆了,有什么可看?! 高雅的人可能也不理解:小资们喜欢看沪上的洋房或者石库门,比如张爱玲住过的地方;好古的人去找旧京的各种杂碎,起码也得是贝勒府、贝子府什么的。"十七年"的东西有什么劲?! 老洋房或者贝勒府我当然喜欢,但是既然搞了"十七年",总得有点个人生活史中的念想。现在这个时候,使专业成为乐子很难。对我来说,正经的学院派"研究"成了杂七杂八的生活,也算是一种生活内容吧。

书稿完成后,我的朋友、北京大学出版社的张雅秋老师要去了,尽管她认为这部书在我的著作里算不得好(我们交道多年,迄今为止这是我与她唯一的分歧)。雅秋是极有趣的好女孩。在我眼里,她还是个漂亮的小姑娘,可做编辑却黑脸老道,老资格了。为了这本书,劳她经常大老远从西边的海淀跑到东头的朝阳。她知道我在意图书的装帧设计,所以,关于书的封面、装帧与版式也非常操心,都与我反复商量。我感谢她,希望以后多为她做事儿。当然了,也要感谢北京大学出版社,还有未曾谋面的出版社领导。

　　上边的话，从研究思想说到了个人生活，真是拉拉杂杂。因为做事总要有头有尾，要算作后记就算是吧。想必雅秋看了会照例嘿嘿一乐：好玩儿！

张鸿声，于中国传媒大学

2014 年 8 月 10 日

作者说明

全书由张鸿声提出观点、总纲、章节细目。

初稿撰写：张鸿声，绪论、第一章、第二章、第三章、第四章、第五章第一节"工人创作群体"一部分、第六章、第七章第三节的老舍、陆文夫部分；林虹，第五章；刘宏志，第三章第四节的一部分，第四章的第七节；井延凤，第七章。

张鸿声负责全书的修改、通稿、定稿。